中华当代学术著作辑要

回向文学研究

张伯伟 著

商务印书馆

图书在版编目(CIP)数据

回向文学研究/张伯伟著.—北京:商务印书馆,2022
(中华当代学术著作辑要)
ISBN 978-7-100-20967-0

Ⅰ.①回… Ⅱ.①张… Ⅲ.①中国文学—文学研究—文集　Ⅳ.①I206-53

中国版本图书馆CIP数据核字(2022)第057011号

权利保留,侵权必究。

中华当代学术著作辑要

回向文学研究

张伯伟　著

商 务 印 书 馆 出 版
(北京王府井大街36号　邮政编码100710)
商 务 印 书 馆 发 行
北京通州皇家印刷厂印刷
ISBN 978-7-100-20967-0

2022年12月第1版　　　开本710×1000　1/16
2022年12月北京第1次印刷　印张42¼
定价:198.00元

中华当代学术著作辑要
出 版 说 明

学术升降，代有沉浮。中华学术，继近现代大量吸纳西学、涤荡本土体系以来，至上世纪八十年代，因重开国门，迎来了学术发展的又一个高峰期。在中西文化的相互激荡之下，中华大地集中迸发出学术创新、思想创新、文化创新的强大力量，产生了一大批卓有影响的学术成果。这些出自新一代学人的著作，充分体现了当代学术精神，不仅与中国近现代学术成就先后辉映，也成为激荡未来社会发展的文化力量。

为展现改革开放以来中国学术所取得的标志性成就，我馆组织出版"中华当代学术著作辑要"，旨在系统整理当代学人的学术成果，展现当代中国学术的演进与突破，更立足于向世界展示中华学人立足本土、独立思考的思想结晶与学术智慧，使其不仅并立于世界学术之林，更成为滋养中国乃至人类文明的宝贵资源。

"中华当代学术著作辑要"主要收录改革开放以来中国大陆学者、兼及港澳台地区和海外华人学者的原创名著，涵盖语言、文学、历史、哲学、政治、经济、法律、社会学和文艺理论等众多学科。丛书选目遵循优中选精的原则，所收须为立意高远、见解独到，在相关学科领域具有重要影响的专著或论文集；须经历时间的积淀，具有定评，且侧重于首次出版十年以上的著作；须在当时具有广泛的学术影响，并至今仍富于生命力。

自1897年始创起，本馆以"昌明教育、开启民智"为己任，近年又确立了"服务教育，引领学术，担当文化，激动潮流"的出版宗旨，继上世纪八十年代以来系统出版"汉译世界学术名著丛书"后,近期又有"中华现代学术名著丛书"等大型学术经典丛书陆续推出,"中华当代学术著作辑要"为又一重要接续,冀彼此间相互辉映,促成域外经典、中华现代与当代经典的聚首,全景式展示世界学术发展的整体脉络。尤其寄望于这套丛书的出版,不仅仅服务于当下学术,更成为引领未来学术的基础,并让经典激发思想,激荡社会,推动文明滚滚向前。

商务印书馆编辑部

2016年1月

谨以此书献给南京大学百廿华诞

目　录

前言 ……………………………………………………………… 1

第一辑　别裁伪体亲风雅：致敬前辈

百年浮沉：现代学术中的古代文学研究 …………………… 7
陈寅恪"以文证史"法新探 ………………………………… 40
程千帆诗学研究的学术史意义 …………………………… 70
我们需要什么样的文学教育 ……………………………… 98

第二辑　诗家关捩知多少：再识传统

"去耕种自己的园地"
　　——关于回归文学本位和批评传统的思考 ………… 151
中国文学批评的抒情性传统 ……………………………… 190
佛经科判与初唐文学理论 ………………………………… 216
论唐代的规范诗学 ………………………………………… 238
评点溯源 …………………………………………………… 275

第三辑　六经责我开生面：古典新论

陶渊明的文学史地位新论 ………………………………… 333
宫体诗的"自赎"与七言体的"自振"
　　——文学史上的《春江花月夜》 ……………………… 365

抒情诗诠释的多元性问题
　　——以杜甫《江村》的历代诠释为例 …………… 394
李义山诗的心态 ……………………………………… 422

第四辑　果然东国解声诗：禹域内外

"汉文化圈"视野下的文体学研究
　　——以"三五七言体"为例 …………………… 451
作为典范的东亚文学史上的杜诗 …………………… 488
汉文学史上的1764年 ………………………………… 536
同林异条　异苔同岑
　　——论日本江户时代"《世说》学"特色 …… 587
汉字的魔力
　　——朝鲜时代女性诗文的新考察 ……………… 617

张伯伟著述编年 ……………………………………… 651

前　言

　　回向？为何不是回归或回到？有人问。是的，本书要谈的不是一个带着怀旧或感伤情绪的问题，所以不须回归；也不是一个已经处于完成时态的话语，所以无从回到。回向，仅仅意味着要将思考的重心、凝视的目光做一个方向性的转移。转移需要一个立足点，我认为它应该是十字路口：从纵向看，是百年来中外文化交汇中的现代学术；从横向看，是当今世界的主潮——全球化。呈现在读者面前的本书四辑内容，就是在这个立足点上所见所思的结果。

　　第一辑"别裁伪体亲风雅"，语出杜甫《戏为六绝句》，重心落在"亲风雅"，故用以"致敬前辈"。这是对百年以来学术史的观察和思考，其中加以肯定的，都是在保持了批判的距离予以审视后得出的认识，即便涉及自己平生景仰的学者，也没有阿其所好。英国学者贡布里希(E. H. Gombrich)曾经写过一本《敬献集》(*Tributes*)，用来表彰西方文化传统的阐释者，他们在卓越的学术活动中体现了西方文化中的人文主义传统。相对而言，中国文化也有自身的人文传统，在古老的《周易》一书中就有"刚柔交错，天文也；文明以止，人文也。观乎天文，以察时变；观乎人文，以化成天下"的说法。如果注意到这段"象辞"属于"贲卦"（下离☲上艮☶），它的关键词就应该是"火"和"止"。文明社会的根本在于拥有制度和礼仪，通过教育使人懂得在何种场合下要"止"，这就是"人文"，而不是像野蛮社会或者动物世界，起居动静都凭着本能的食色之好或身体的强壮之肌而为所欲为。"人文"像太阳、火把，不是仅仅照亮、温暖一时一地之人,而是要"化成天下",使得全天下所有的人都能沐浴在文明的阳光下,心中充满温暖和光亮。我理想中的文学研究,最终将通往人文主义,而百年来的现代学术传统中,就有体现了这一理想的伟大学者。虽然我"敬献"的对象只是其中的寥寥数人,但已经展现了其无法掩映的光辉,足以成为今人追慕向往的典范。

第二辑"诗家关捩知多少",语出元好问《感兴四首》,拟"再识"中国文学的批评"传统"。如果以孟子提出"以意逆志"的说诗方法为起点,中国文学批评已拥有两千三百年的传统。然而在现代学术起步之初,国人对"自家宝藏"的价值却做了离奇的低估,以至于形成了"自有仙才自不知"的尴尬局面。"诗家关捩"是造就"诗"成为"诗"的关键点,在元好问看来,就是"规矩准绳",由此才成为"专门之学"(《陶然集诗序》)。为了帮助学诗者掌握这些知识,他还精心编纂过一部《锦机》。在人们的通常印象中,中国文学批评或是"言志""载道"的空洞判断,或是"神韵""肌理"等含混名词,似乎很少有具体细致的技法解析。而实际上,这方面的著述和议论是非常丰富的。如果我们的文学研究,希望自己所讲的不是在附和非学术读者的常识,而能说出一些新的东西,"技法"就是必不可少的专业知识。一个普通读者和一个专业读者可能同时被一首诗感动,但只有专业读者才有能力告诉人们,这首诗为什么如此令人感动,以及诗人是如何做到这样的。许多初涉学术的后生,甚至有些资深的教授,面对文本不知应如何解读,很大原因就是对于传统文学的"法式"过于陌生,并且误以为古人都是"不把金针度与人"的。希望通过这一辑的浏览,可以改变读者对中国文学批评传统的理解和认识。

第三辑"六经责我开生面",语出王夫之的对联,是一种对人们熟知的"古典"做出"新论"的自我期待。对于今天的文学研究者来说,这样的要求是最为迫切也是最为重要的,而对我来说,这项工作还处于探索阶段。所以,其新论的范围和数量都是有限的。这里选择的"古典",无论是陶渊明还是李商隐,无论是《春江花月夜》还是杜少陵诗,都是人们耳熟能详并且有过无数研究的文本,如果仍然能够激发出"新义"并且向我们展示其不为人知的面目,就不仅能够证明古典活力的无穷无尽,也能够证明古典研究同样是可以"光景常新"的。实际上,我希望读者能够将这一辑与下一辑合观,因为在"旧材料"中固然可以阐发"新见解",但更值得重视的是从"新材料"中发现"新问题"并以"新方法"来解决。

第四辑"果然东国解声诗",语出王士禛《戏仿元遗山论诗绝句三十二首》,涉及历史上的朝鲜半岛和日本的汉文学,希望能够借此打通"禹域内外"。域外汉籍是二十一世纪逐步受人重视的"新材料",在全球化时代尤为重要。但稍有遗憾的是,全球化时代的人文学研究,文学似乎落在了历史学的后面。典型的表现就是"全球史"(global history)成为历史著述的新体式,仅浏览所及,译成中文的著作就至少十余种。全球史写作与过去的世界史相比有两点重要特色:一是破除了欧洲中心观念,二是改变了以民族国家历史为叙述主体的写法。过去的世界史往往是由各国、各地区历史机械叠加而成,全球史写作则代之以"文明",亦即以"文化共同体"或曰"文化圈"为研究单元,并揭示其联系和交往。即便是以某个区域或国家为具体研究对象,也力求避免民族的片面性和局限性。虽然"世界的文学"早在马克思、恩格斯的《共产党宣言》中已经提出,其所谓"文学",在当时是泛指科学、艺术、哲学、政治等方面的著作,更接近于学术;再往前推二十年,歌德也提出了"世界文学"的概念;但迄今为止"世界文学史"的写作,却难以避免国别文学史的叠加之弊。尽管在全球化时代的比较文学研究中,也再次提出了"世界文学"的概念,并成为热门话题之一,但还多处于"坐而论道"的层面,"起而行之"的工作主要集中在文献汇集,如《诺顿英国文学选集》(*The Norton Anthology of English Literature*)第七版和"法语语系文学"(francophone literature)数据库。十年前,我曾提倡"作为方法的汉文化圈",强调以"汉文化圈"(sinosphere)作为文学研究的基本单元,将历史上的汉字文献当作一个整体,注重不同语境下相同文献的不同意义,注重汉文化圈内各个地域、阶层、性别、时段中的人们思想与感受的统一性和多样性。我期待通过这样的研究,既能消减文化帝国主义的膨胀欲,又能打开民族主义的封闭圈。本辑就是从不同的角度和层面,对以上观念和方法的初步实践。

本书所收的十八篇论文,大都写于2000年以来,多数写于近十年间,也就是年逾不惑的作品。唯一的例外是《李义山诗的心态》,这是较早的一篇学术论文习作,写成于1982年3月。它不仅伴随着青春岁月的美好,也是我将"写什么"与"怎样写"相结合的学术生涯的起点。实践对高尚人性的向往和对纯粹学问的热爱,这篇文章似乎也成为躬行之初的某种象征。通常来说,随着年龄的增长,人会变得不那么武断,但未必变得更有智慧,甚至可能变得没那么敏锐,T. S. 艾略特就曾经有过这样的感叹(见其《传统与个人才能》前言)。对此,我既不想回避又不甘承认,就留给读者来判断吧。本书虽然分为四辑,但有一个共同的方向,就是"回向文学研究"。我希望以此表明,文学研究的道路不仅是宽广的,也是多样的、有趣的,更不用说是有意义的。

第一辑

别裁伪体亲风雅:致敬前辈

百年浮沉:现代学术中的古代文学研究

一、引言

阮元曾说:"学术盛衰,当于百年前后论升降焉。"①二十世纪以来的中国现代学术史是波谲云诡、错综复杂的百年历程:既有外来新学的涌入,导致学术由传统向现代转型,也有自身学脉的延续,在竞争中或融合或消沉;既呈现了学术的进步和扩张,也导致了一些基本常识的丢失和遗忘。所以,即便只是考察古代文学的研究,也需要放置于中国传统与西方学术交汇的框架中,这是与以往历代学术史的最大区别之所在。

一百年,在费尔南·布罗代尔(Fernand Braudel)的史学观念中,属于一个介于中时段和长时段之间的历史段落。以这样一个历史段落为研究对象,我们首先要找到"趋势变动"的起点和转折点②。文化的变化发展,一方面受制于特定历史时期的政治和经济,另一方面也会对政治和经济产生反作用。所以,两者间的关系便是既相互制约又不相平衡,如果要将百年来的古代文学研究划分段落,以便更好地叙述和理解这段历史,就未必是与政治史或经济史齐整一致的。文学研究的核心

---

① 《十驾斋养新录序》,陈文和编:《嘉定钱大昕全集》第 7 册,江苏古籍出版社 1997 年版,第 1 页。
② 参见〔法〕费尔南·布罗代尔《论历史》(*Écrits sur l'Histoire*),刘北成、周立红译,北京大学出版社 2008 年版,第 29—30 页。

是批评,文学批评必然有其标准,也就必然蕴含着某种理论,追根究底,则是由某种哲学所决定的(如果把哲学思考理解为拒绝将传统惯例视作理所当然,就更是如此)。尽管这里有自觉的和非自觉的差别,有高调声称和默然无语的不同表现,文学批评都无一例外地受控于批评者的世界观。因此,当研究者群体不仅在思想上、认识上,而且在情感上、心态上也发生变化的时候,就是"趋势变动"的起点或转折点。秉持这样的立场,我把二十世纪一〇年代看成中国现代学术的起点,而1949年新中国的成立无疑是一个转折点,另一个转折点则在九十年代初,至少在我看来应该这样理解。

二、现代学术的开肇山林

二十世纪的一〇年代,无论是政治还是文化,都发生了根本的改变。1911年的辛亥革命推翻帝制,标志了传统社会的结束。1912年1月1日,孙中山发表《中华民国临时大总统宣言书》就职演说,誓言扫除专制,建立共和,对内坚持民族、领土、军政、内治和财政的统一,对外强调以和平主义的姿态与各国相处,既要使自身见重于国际社会,也要努力促进世界大同。这是以国家的名义宣誓,中国从此将面向世界、走近世界并融入世界。也就是从这一天开始,中国采用了公元纪年①。1911年创办的《国学丛刊》,从名称上看,似乎与1905年创办的《国粹学报》很近似,但只要把《国粹学报发刊词》和王国维的《国学丛刊序》略作比较,就可发现,仅仅在六年的时间内,学术的精神面貌已经发生

---

① 关于改用"阳历",孙中山说:"现在推倒专制政体,改建共和,与从前换朝代不同,必须学习西洋,与世界文明各国从同,改用阳历一事,即为我们革命成功后第一件最重大的改革,必须办到。"(王有兰:《迎中山先生、选举总统副总统亲历记》,王耿雄等编:《孙中山集外集》,上海人民出版社1990年版,第157页)

很大改变。前者面对的是"泰西学术,输入中邦,震旦文明,不绝一线。无识陋儒,或扬西抑中,视旧籍如苴土"而产生的危机感,主张以"三贤之意"(即阳明"心得"、习斋"实行"、东原"新理")为师,求学术之会通,达到"使东土光明,广照大千,神州旧学,不远而复"之目的,其宗旨在"保种爱国存学"①,是一种保守的"应战"姿态。后者则坦然面对世界学术大势,宣称"学无新旧也,无中西也,无有用无用也。凡立此名者,均不学之徒。即学焉,而未尝知学者也"。学术不应以国家、民族、历史、语言为疆界,而实属一"学术共和国",故"中、西二学,盛则俱盛,衰则俱衰。风气既开,互相推助"。在这样的视野下,王国维的"所谓中学,非世之君子所谓中学;所谓西学,非今日学校所授之西学",它们皆当为"学术共同体"中之一支,应该也能够彼此互证:"必如西人之推算日食,证梁虞𠠞、唐一行之说,以明《竹书纪年》之非伪;由《大唐西域记》以发见释迦之支墓,斯为得矣。"②这已完全属于现代学术的观念。至于此后的"新文化运动"(以 1915 年陈独秀创办《青年杂志》为代表)、"文学革命运动"(以 1917 年发表的胡适《文学改良刍议》和陈独秀《文学革命论》为代表),以及 1919 年"五四运动"的爆发,都是在时代大潮中激起的骇人浪花,无不昭示了新的文化观念的登场。

  与此前两千多年的传统学术相比较,处于现代学术转型中的古代文学研究面目之形塑,受到外来文化的很大影响。它突出表现在两个方面,一是思想观念,二是著述形式,两者又紧密结合。姑且不论中国传统已经不是一个"单细胞集落体",十九世纪末、二十世纪初涌入中国的西方思潮更是光怪陆离、五花八门③。在鲁迅的观察中,"四面八

---

  ① 《国粹学报》第一年乙巳第一号,光绪三十一年(1905)正月二十日。
  ② 王国维:《国学丛刊序》,胡逢祥主编:《王国维全集》第十四卷,浙江教育出版社 2009 年版,第 131 页。
  ③ 由官方主持大规模翻译欧洲、日本的著作,始于 1896 年 3 月 4 日"官书局"的设立,并任命孙家鼐为管理大臣。

方几乎都是二三重以至多重的事物,每重又各各自相矛盾"①。但如果从一堆乱麻中抽出与本论题相关的比较重要的思想观念,我想讨论以下两个:

第一,文学的概念。"文学"在中国算得上是一个古老的名词,孔子"四教"中就有"文学"一科,孔门弟子中也有擅长"文学"的子游、子夏。但名词的历史并不等于概念的历史,当时的"文学"是一个包含了文章、学术等所有文字著述的概念,即使到后代,"文学"一词中的"学术"成分也没有完全被淘洗。与二十世纪初人们心目中的"文学"概念更为接近的,在中国的固有表述是"文章"或径称为"文"。传统的"文章"体系中,如果借用真德秀的分类,就是"辞命""议论""叙事""诗赋",从文体上看,四分之三属于以应用为主的"古文","诗赋"算是"美文",这四个方面构成了中国乃至东亚传统的"文章正宗"②。至于小说、戏曲以及其他俗文学、白话文学等,则不仅难登大雅之堂,甚至在廊庑之间也无以厕身,这只要翻阅一下《四库全书》的书目就可以明白,其中绝无白话小说或戏曲的影子。然而这种观念在二十世纪初,就发生了根本的颠覆,借用鲁迅在1934年说的话,"现在新派一点的叫'文学'……是从日本输入,他们的对于英文Literature的译名"③。更明确一点说,就是所谓的"纯文学"的观念。这些新派人物以此反观中国传统的文学观,于是就给了一个"杂文学"的"恶谥"。但当时人对于英文"Literature"的理解,并无历史变迁的眼光,只是截取了欧洲十九世纪以

---

① 《随感录五十四》,《鲁迅全集》第一卷,人民文学出版社2005年版,第361页。
② [宋]真德秀:《文章正宗纲目》,《景印文渊阁四库全书》第1355册,台湾商务印书馆1983年版,第5—7页。按:真德秀《文章正宗》在东亚影响甚广,朝鲜时代人推崇至多,如黄德吉赞美为"文学之指南车","实后世文章家之标准也"(《书文章正宗后》,《下庐集》卷十一),即为一例。日本伊藤东涯《操觚字诀》是一部指导作文之书,其中将文章分为"叙事、议论、辞命、诗赋"四类,也显然是拾真德秀之余唾。
③ 《门外文谈》,《且介亭杂文》,《鲁迅全集》第六卷,第96页。

来一段时期的概念①,其中包含三大文体,即抒情诗、戏剧和叙事文学(主要是小说),这成为人们普遍接受的新的"文学常识"。观念必然影响文学研究的实践,"古文"从此遭到冷遇,而戏曲、小说则成为风光一时的"宠儿"②。也就是在这样的背景下,1920年胡适标举"安徽的第一个大文豪","不是方苞,不是刘大櫆,也不是姚鼐,是全椒县的吴敬梓"③,就象征着将白话小说的势力压倒桐城派古文。

第二,进化论观念。出版于160年前的达尔文的《物种起源》虽然是一部生物学著作,但很快就扩展到人类社会研究的各个方面。其在中国的传播,得力于十九世纪末严复根据达尔文的"护法"赫胥黎《进化与伦理》译制出的《天演论》,揭示了"物竞天择,适者生存"的观念。其《译天演论自序》发表于《国闻汇编》第二期(1897年12月18日),全书出版于1898年4月。作为新文化运动旗手之一的胡适,他的名字"适""适之"就体现了这一观念。1900年,瑸斋主人又译出日本有贺长雄的《社会进化论》,连载于《清议报》。梁启超在1902年介绍颉德(Benjamin Ridd)《泰西文明原理》一书时概括说,"近四十年来之天下,一进化论之天下也"④。文学研究也深受其影响,体现得最为广泛的在于思维模式,这就是经进化论过滤后的"一代有一代之所胜"。这句话虽然出自清代的焦循,其观念更是早见于元代⑤,主旨是以汉赋、六朝

---

① 据〔美〕乔纳森·卡勒(Jonathan Culler)《文学理论入门》(*Literary Theory: A Very Short Introduction*)说,把文学理解成富于想象力的作品可以追溯至十八世纪末德国浪漫主义理论家,"如果我们想得到一个确切的出处,那就可以追溯到1800年法国的德·斯达尔男爵夫人发表的《论文学与社会建制的关系》"。(李平译,译林出版社2013年版,第22页)

② 刘咸炘在二十世纪二十年代末撰写的《文学正名》中指出,最近人"专用西说,以抒情感人有艺术者为主,诗歌、剧曲、小说为纯文学,史传、论文为杂文学"(黄曙辉编校:《刘咸炘学术论集·文学讲义编》,广西师范大学出版社2007年版,第3页)。

③ 胡适:《吴敬梓传》,欧阳哲生编:《胡适文集》第二卷,北京大学出版社2013年版,第534页。

④ 《进化论革命者颉德学说》,《新民丛报》第18号,收入汤志钧、汤仁泽编《梁启超全集》第四集,中国人民大学出版社2018年版,第1页。

⑤ 参见钱锺书《谈艺录》,中华书局1984年版,第352—353页。

五言诗、唐代律诗、宋词、元曲、明八股,皆为"一代之所胜"①。但这一古已有之的"老话"本身并不含有"进化"思想,是民国初期的学者受当时思想影响,而将焦循此说涂上了"进化论"色彩。若仔细体会焦氏原意,其中蕴含的即便不说是"退化论",充其量也只如历史学家讲的"朝代间的比赛"②,是各有特色而已。焦循这一段话是"偶与人论诗而记于此",如果参见其《与欧阳制美论诗书》中的话:"晚唐以后……诗与文相乱,而诗之本失矣……乃分而为词,谓之'诗余'。"③可见在其心目中,词虽然可以号称有宋"一代之胜",实质上则是诗丧失其"本"而文又为诗所"乱"的产物。对比一下王国维、胡适等人的看法,其用意真有天壤之悬隔。王国维《宋元戏曲史序》称:"凡一代有一代之文学:楚之骚,汉之赋,六代之骈语,唐之诗,宋之词,元之曲,皆所谓一代之文学,而后世莫能继焉者也。"④他又说:"古今之大文学,无不以自然胜,而莫著于元曲……故谓元曲为中国最自然之文学,无不可也。"⑤显然是愈进而愈精。胡适在《文学改良刍议》中指出:"文学者,随时代而变迁者也。一时代有一时代之文学……此非吾一人之私言,乃文明进化之公理也。"⑥不仅"一代有一代之所胜",而且符合后出转胜的"文明进化之公理"。从此,所谓"归纳的理论""历史的眼光"和"进化的观念"⑦,就成为文学史研究或标榜或潜在的金科玉律。

---

① [清]焦循:《易余籥录》卷十五,《焦循杂著九种》下册,广陵书社2016年版,第628页。
② 参见杨联陞《国史探微》,辽宁教育出版社1998年版,第32—41页。
③ 《雕菰集》卷十四,《焦循诗文集》上册,广陵书社2009年版,第268—269页。
④ 王国维:《宋元戏曲史》,华东师范大学出版社1995年版,第1页。
⑤ 王国维:"元剧之文章",《宋元戏曲史》,第120—121页。
⑥ 《胡适文集》第二卷,第7页。
⑦ 曹伯言整理:《胡适日记全编》1914年1月25日"今日吾国急需之三术"条,安徽教育出版社2001年版,第222—223页。按:进化论主导下的文学研究,也是十九世纪后期以降欧洲文学研究的主潮,美国学者勒内·韦勒克(René Wellek)在1965年发表的《文学史上的进化概念》中已开宗明义指出,收在其《批评的诸种概念》(*Concepts of Criticism*),罗钢、王馨钵、杨德友译,上海人民出版社2015年版。

二十世纪古代文学研究在著述形式上的特征,既有语体上的,也有文体上的。语体上的特征是白话。尽管文言与白话之争,无论在理论上还是实践上,都延续了很长时间,但无可置疑的是,现代学术的主流语体以白话文为之已是不可逆转的时代趋势。胡适《文学改良刍议》的第八条"不避俗字俗语"的实质内容,就是"以今世历史进化的眼光观之,则白话文学之为中国文学之正宗,又为将来文学必用之利器,可断言也"①。1918年胡适《中国哲学史大纲》上卷的出版,更是以白话文为学术著作的典范。中国文化界之主张白话,始于十九世纪末。1898年5月11日创刊的《无锡白话报》(自第5期改名为《中国官音白话报》),裘廷梁等人在该刊撰文提倡白话文,作为开发民智的手段之一。到了1903年,各种白话报纸纷纷创办,如《中国白话报》《智群白话报》《湖南通俗演说报》《宁波白话报》《新白话报》等,但真正在学术上发挥影响,并形成时代潮流,则要到胡适的学术实践之后。白话虽然只是一种表达媒介,但在当时却是与进化论观念紧密联系的。梁启超《小说丛话》指出:"文学之进化有一大关键,即由古语之文学,变为俗语之文学是也。各国文学史之开展,靡不循此轨道。"②当时众多的学术演讲自然以口语为之,也从另一个侧面推波助澜③。1916年黎锦熙等人发起成立了"国语研究会",到1919年又成立"国语统一筹备会",而这一年也是"白话"和"白话文"在文献资料中出现频率最高的年份,分别为829次和260次④。终于在1920年由教育部下令,国民学校的

---

① 《胡适文集》第二卷,第14页。
② 原载光绪二十九年(1903)七月十五日出版《新小说》,收入《梁启超全集》第十七集,第105页。
③ 参见陈平原《学术讲演与白话文学——1922年的"风景"》,《现代中国》第三辑,湖北教育出版社2003年版,后收入其《现代中国的述学文体》第三章,北京大学出版社2020年版,第95—143页。
④ 这是相关学者根据香港中文大学中国文化研究所开发的"中国近代思想史专业数据库(1830—1930)"的统计结果,参见靳志明《白话书写与中国现代性的成长》,《天津大学学报》2014年第2期。

一、二年级国文教科书改为白话,从制度上确立了白话文书面语的地位,也源源不断地造就了白话文的写作人才,白话文逐渐成为现代学术著述的主流语体。

至于文体则是以"文学史"为中心。文学史的观念和著述在中国由来已久,也有其自身的批评方法。刘师培就说:"文学史者,所以考历代文学之变迁也。古代之书,莫备于晋之挚虞。虞之所作,一曰《文章志》,一曰《文章流别》。志者,以人为纲者也;流别者,以文体为纲者也。"①而钟嵘在《诗品》中展现的核心方法——推源溯流,就是中国的文学史研究法。但在二十世纪初"西潮"汹涌的风气中,学术界的注意力都被"西方美人"吸引。虽然也借鉴东邻,但日本不过是"效颦"的"东施",人们热衷追求的终极对象还是"彼美人兮,西方之人兮"(借用《诗经·简兮》句)。传统的观念和方法处于被人熟视无睹、置若罔闻的状态,"文学史"的名词术语、学科观念以及著述体制就几乎全是外来的。英国人翟理思(H. A. Giles)的《中国文学史》、日本人笹川种郎的《支那历朝文学史》等著作先后传入,刺激了国人,也引发了效仿。但在初期文学史著作中,真正取得创获并产生影响的,是王国维《宋元戏曲史》、鲁迅《中国小说史略》和胡适《白话文学史》,其中都有较深的外来影响之迹。王国维之著,在陈寅恪看来,是"取外来之观念,与固有之材料互相参证"②之代表。鲁迅则在其书序言中开宗明义指出:"中国之小说自来无史;有之,则先见于外国人所作之中国文学史中。"③其书"题记"中也提及日本学者盐谷温(著有《支那文学概论讲话》),并且在后来的《不是信》中说:"盐谷氏的书,确是我的参考书之一。"④但体现在这些著作中最重要的是文学观念的革命,因为在传统

---

① 《搜集文章志材料方法》,《左庵外集》卷十三,《刘申叔遗书》下,江苏古籍出版社1997年版,第1655页。
② 《王静安先生遗书序》,《金明馆丛稿二编》,上海古籍出版社1980年版,第219页。
③ 《中国小说史略·序言》,东方出版社1996年版,第1页。
④ 《华盖集续编》,《鲁迅全集》第三卷,第244页。

眼光中,戏曲、小说都被排斥于正统文学体式之外,而在欧洲文学传统中,古希腊时期的"诗学",指的主要是悲剧;在文艺复兴时期,小说开始进入文学的领地;反倒是抒情诗,这种在中国传统中具有最悠久辉煌历史的文体,直到十八世纪末、十九世纪初才体面地进入文学殿堂。上述的"三分法"成为百年前中国文学的"新标准"。王国维、鲁迅为戏曲、小说作专史,正可谓得风气之先者。至于《白话文学史》,则是为当时的文学"改良"乃至"革命"寻找历史依据之著,胡适在其书"引子"中说:"白话文学史就是中国文学史的中心部分。"后来在"自序"中又说:"这书名为'白话文学史',其实是中国文学史。"他标榜了一种新的文学史观,这就是"历史进化的文学观用白话正统代替了古文正统"①。尽管这部未完成的文学史影响极大,但它仅仅代表了胡适某一时期某一宗旨的文学史观,其中的极端和偏见是有意为之的。《白话文学史》始于汉代,而胡适在二十世纪三十年代初的北京大学讲授"中国文学史"课程时,编选了一部《中国文学史选例》作为补充讲义,其中有128则先秦文学的经典之作,无一是白话。三十年后与这一"孤本"重逢,他仍极为珍视。虽然此书在其身后印出②,但对于人们全面理解当年胡适的文学史观无疑是有所裨益的。文学史成为文学研究的核心,这同样受到西方的影响。十九世纪以来的欧洲文学批评,一个重要的特点就是大学的、教授的,或者用蒂博代(Albert Thibaudet)的话说,是"职业的批评"③,其最擅长的就是文学史研究。而五十年代大量输入的苏联文学

---

① 《中国新文学运动小史》(《中国新文学大系》第一集《导言》),《胡适文集》第一卷,第128页。

② 参见《中国文学史选例》,台湾商务印书馆2011年二版。

③ 参见《六说文学批评》(*Physiologie de la Critique*,若直译则是《批评生理学》),赵坚译,生活·读书·新知三联书店2002年版,第74—109页。按:蒂博代的话发表于1922年,而在英美"新批评"兴起之后,文学史的中心地位也在下降,例如在韦勒克和奥斯汀·沃伦(Austin Warren)于1956年合著的《文学理论》(*Theory of Literature*)中,"文学史"只是作为全书的最后一章,其中强调的是寻求一种新的文学史观念;又如2005年〔美〕迈克尔·格洛登(Michael Groden)等人主编的《霍普金斯文学理论和批评指南》(*The Johns Hopkins Guide to Literary Theory & Criticism*)第二版中,完全没有"文学史"的条目。

理论,他们在文学研究中同样最重视文学史,强调对文学发展规律的探讨①,这也大大影响了此后的研究。整个二十世纪,中国文学史著作的数量惊人,在二十一世纪初的某次学术会议上就有统计,中国文学史已有 1600 部之多,并且还在以每年十多部的速度增长②。而作家、作品文献的收集考订、专题论述,大专院校文学史课程的教材编纂,以及有关"重写文学史"的研讨与实践,足以表明,文学史是二十世纪文学研究中最为典型的著述体式。但令人遗憾的是,对于什么是文学史以及如何撰写文学史的理论思考,直到今天还是非常欠缺的,这也不仅仅是中国的学术状况③。

十九世纪末,西方势力对东亚大肆扩张,不仅在政治、军事、经济等领域,在文化上也同样如此。面对这种状况,东亚知识群体纷纷"自我东方化",也就是"自我矮化",中国也不例外。如果以北京大学国学门、清华大学国学研究院和"中研院"历史语言研究所为代表的话,它

---

① 苏联时期的这种文学研究理念一直延续到二十一世纪。比如当代俄罗斯文学理论家瓦·叶·哈利泽夫在 2004 年出版的《文学学导论》中,将文学史认定为"文学研究这门学术的中心,也可以说,它是这门学术之冠(终极目标之所在)";同时认为"文学理论这一学科所追问所探究的,是文学生活的那些普遍规律——首先是作家创作的那些普遍规律"(周启超等译,北京大学出版社 2006 年版,第 1 页)。

② 参见韩春萌《直面 1600 部文学史》,《中国图书评论》2005 年第 3 期。按:这一学术景观在当今世界也是颇为独特的。王德威在《哈佛新编中国现代文学史》(*A New Literary History of Modern China*)的"导论"中指出:"当代中国对文学史的关注为国际学界所仅见。"他又说:"当代大陆学界对文学史的热衷在世界上任何国家无出其右。"(四川人民出版社 2022 年版,第 1、12 页)

③ [法]茨维坦·托多罗夫(Tzvetan Todorov)在 1973 年出版的《诗学》(*Poétique*)一书中指出:"由于在很长时间里总想吸收相邻学科的知识,今天,文学史显得很贫瘠:历史诗学是诗学中探讨最少的方面。"(怀宇译,商务印书馆 2016 年版,第 82 页)这样的状况直到今天也未能发生根本的改变,更不用说在学术实践中加以践行了,正如[美]弗雷德里克·詹姆逊(Fredric Jameson)在 2008 年发表的《"新"已终结后的新文学史》(New Literary History after the End of the New)一文的最后说:"在我看来,正因为如此,我们今天才无法确切地撰写新文学史。"[史晓浩译,[美]芮塔·菲尔斯基(Rita Felski)主编:《新文学史》(*New Literary History*)中文版第 1 辑,浙江大学出版社 2013 年版,第 114 页]

们推崇的研究和清代学术最基本也是最根本的区别,就是胡适等人提倡的西洋的科学方法,即要用历史的眼光、系统的整理和比较的研究从事于"国学"或曰"国故"。傅斯年看待日本东方学的进步,归结为"师巴黎学派之故"①。日本狩野直喜认为王国维在学术上的伟大,唯在于"善于汲取西洋研究法的科学精神,并成功用于中国学问的研究"②。这样的看法成为一时的主流和共识。而所谓"科学方法",在人文学术领域中,表现最强势的是德国十九世纪的以"语文学"(philology)为基础的实证主义历史研究,所以"历史语言研究所"的英文就是"The Institute of History and Philology"。以这样的眼光回看中国学术,最受垂青的就是清代乾嘉考据学。实证主义的风气也从史学蔓延到文学研究,傅斯年在1927—1928年间于中山大学讲授"中国古代文学史",主张文学史即史学,强调用考据即语文学的方法从事文学史研究,代表了也导致了此后中文系的文学教育和研究偏向考据③。1942年,程千帆指出当时中文系之"蔽",就是"持研究之方法以事教学"和"持考据之方法以治词章",而所谓"研究之方法"也就是考据④。即便当时属于固守旧学的一派,从事的也多是传统的考据之学。新旧人物,在陈寅恪的眼中,就成了"田巴鲁仲两无成"⑤,这当然是以一个不世出的学术天才对中国学术的极高期待为标准的。如果做持平之论,这一时期完成了中国学术由传统向现代的转型,并且在世界学术的框架中与国外多

---

① 《论伯希和教授》,《大公报》1935年2月19日、21日,兹据李孝迁编校《近代中国域外汉学评论萃编》,上海古籍出版社2014年版,第307页。
② 〔日〕狩野直喜「王國維君を憶ふ」,『藝文』第十八年第八号(1927年8月),后收入其『支那學文藪』,みすず書房,1973年,370頁。
③ 参见《傅斯年讲中国古代文学史》,当代世界出版社2014年版,第7—56页。
④ 《论今日大学中文系教学之蔽》,《国文月刊》第16期,1942年10月,后作为"代序"收入张伯伟《程千帆古诗讲录》,人民文学出版社2020年版,第1—5页。
⑤ 《北大学院己巳级史学系毕业生赠言》,《陈寅恪诗集》,清华大学出版社1993年版,第18页。

有交流,在文集整理、作家研究、文学史和批评史著作方面,都取得了很大进步,为后来的发展奠定了良好的基础。

三、一个新时代的到来

1949年10月1日,东南沿海、西南山区的枪炮声还在持续中,毛泽东在北京天安门城楼宣告了中华人民共和国的成立。胡风颂扬一个新时代莅临的神来之笔——"时间开始了",代表了无数诚恳而热情的知识分子对新政权的"最美好和最纯洁的希望"。他们天真也确定地认为,中国从此将彻底告别贫穷、落后和愚昧,展现在眼前的是一条自由、民主、富强的金光大道,通向新民主主义、社会主义以及无比美妙的共产主义。"超英赶美",指日可待,身逢其世且参与其中,这是多么幸福而又多么神圣。新政权建立了,需要"制礼作乐",也就是要建设一个与新政权相匹配的新文化。军事上的大规模冲突结束了,国民党八百万"拿枪的敌人"被打败了,但"不拿枪的敌人"依然存在。知识分子虽然在思想上、认识上大多拥护共产党的领导,而在习惯上、心理上还未能完全适应,需要刻不容缓地对这五百万群体进行"团结、教育、改造"①的工作。在更早一些时候的解放区,这样的工作已经开展。比如1949年4月结束的对萧军的批判,落实在其"无耻的温情主义"和"反动的人道主义"。7月在北京举行的中华全国文学艺术工作者代表大会,总结了三十年来文艺界的两条道路,即资产阶级的自由艺术路线和无产阶级的革命艺术路线,确定了文学艺术工作者要自觉接受共产党的领导。延伸到文学研究,就是要用马克思列宁主义、毛泽东思想来武

---

① 这是1950年6月6日毛泽东在中共七届三中全会上提出的对待知识分子的政策,直到1978年10月时任中共中央组织部部长的胡耀邦宣布结束这一方针,而"尊重知识""尊重人才"成为新的口号。

装头脑。现成的样板,就是苏联的主流思想。他们的理论就是我们的理论,他们的文学批评标准也就是我们的标准,这就是"社会主义现实主义"。一切文学作品,无论是现代的还是古代的,中国的还是外国的,都需要通过这样的标准来衡量取舍。另一方面,就是要彻底清除欧美资产阶级、中国封建主义的残渣余孽。正面的,要通过不断的整风学习来提高理论水平;负面的,则又通过不断的批判运动来肃清其毒。

不妨通过目录学来做一番整体的扫描。根据1949—1954年《全国总书目》①,文学部中的第一类是"马克思列宁主义文学理论",一色来自苏联,其中单行本14种,"文学理论小译丛"共六辑46种,主要内容是围绕社会主义现实主义以及与之紧密联系的典型理论、人民性等,如《苏联文学中的典型性问题》(奥泽罗夫)、《论苏联民族文学的社会主义内容和民族形式》(罗米则)、《论社会主义的现实主义》(万西列叶夫)、《论社会主义现实主义的基本特征》(缅斯尼柯夫)、《论文学中的典型与美学理想》(梅拉赫)、《斯大林社会主义现实主义原则的艺术科学的最高成就》(庇萨列夫斯基)、《论俄罗斯文学中的人民性》(叶尔米洛夫)、《典型与个性》(布罗夫等)、《列宁与文学的人民性问题》(谢尔宾纳)、《论文学中的典型性问题》(雷伐金);第二类是"毛泽东文艺路线",共15种。其他如"文学批评""文学写作研究""作家论及作品研究""古典文学研究""文学史"等类中,也大量包括了苏联的著作,总计25种。在语言学方面,最多的是有关俄语学习的。至于文学艺术作品,更是大量翻译自苏联。当时的苏联莫斯科外国文书籍出版局也有专门出版中文书籍者,五年中共计148种,涉及马克思、恩格斯、列宁、斯大林著作类,社会、政治、经济类,语言文字类,苏联介绍类,文学、艺术类。1955年《全国总书目》②反映的基本面貌也类似,"文学理论"18

---

① 《全国总书目(1949—1954)》,新华书店总店1955年版。
② 《全国总书目(1955)》,新华书店总店1957年版。

种全部翻译自苏联,另外有三种书专门介绍苏联的文艺政策。"作家论及作品研究"中专列"苏联及人民民主国家作家论及作品研究"共11种,也多出自苏联文学评论家之手。苏联文学理论的核心观念,就是把社会主义现实主义看成所有文学艺术最高成就的代表。这些论著在中国的开花结果可以以周扬《社会主义现实主义——中国文学前进的道路》为代表,这篇原载苏联《旗帜》1952年第12期的文章,在1953年1月11日的《人民日报》上被转载。而在同年9月24日的中国文学艺术工作者第二次代表大会的报告中,周扬将社会主义现实主义定义为文学艺术创作与批评的"最高标准"。很显然,这是对当时苏联文学理论的亦步亦趋。就文学研究而言,无论是理论批评还是实际批评,在中国影响最大的是季莫菲耶夫,其著作的中文版有《文学概论》《文学发展过程》《怎样分析文学作品》《苏联文学史》《文学原理》《高尔基》《俄罗斯古典作家论》《论苏联文学》等,"社会主义现实主义"就是其论著之"魂"。变化是从1956年开始的,当时隐隐出现了中苏两党之间的裂痕,至1960年争论完全公开化,大量翻译出版苏联文学理论的情形也随即而有整体改变,取而代之的是毛泽东文艺思想。看看1960年的《全国总书目》①"文艺理论和批评"类书籍,苏联著作已杳然无迹,冲击视觉的是《更高地举起毛泽东文艺思想的旗帜》《用毛泽东思想武装起来,为争取文艺的更大丰收而奋斗!》《学习毛泽东文艺思想树立无产阶级世界观》《高举毛泽东文艺思想红旗前进》《努力学习毛泽东文艺思想争取文学艺术的更大繁荣》《在毛泽东文艺思想照耀下》《更高地举起毛泽东文艺思想红旗前进》《坚持文学的党性原则,彻底批判现代修正主义》《在毛泽东的文艺道路上不断革命》《毛泽东文艺思想在电影创作上的光辉胜利》等。此后一直到1977年12月31日毛泽东与

---

① 《全国总书目(1960)》,中华书局1961年版。

陈毅谈诗的一封信的发表,激起全国学术界对"形象思维"以及"比兴"、宋诗等问题的讨论,学术界的动作都是随着最高领导人的种种批示而翩翩起舞的。

1978 年,钱锺书在意大利应邀发表了《古典文学研究在现代中国》的演讲,他说的"现代中国",范围从 1949 年到当时。在他看来,"马克思主义的运用"导致了最可注意的两点深刻的变革,第一点是"对实证主义的造反",改变了 1949 年前的中国"文学研究和考据几乎成为同义名词"的局面;第二点是"中国古典文学研究者认真研究理论",又改变了 1949 年前的"这种'可怜的、缺乏思想的'状态"①。这是从积极方面所做的肯定的衡量,但若从古代文学研究的实绩来看,恐怕就难以如此乐观。对实证主义的批判,在现代中国学术史上是伴随着对俞平伯的《红楼梦》研究以及对胡适资产阶级学术的批判展开的,由于毛泽东在 1954 年 10 月 16 日的直接介入,将李希凡、蓝翎对俞平伯不同观点的讨论上升到"是三十多年以来向所谓红楼梦研究权威作家的错误观点的第一次认真的开火"的高度,并且号召"反对在古典文学领域毒害青年三十余年的胡适派资产阶级唯心论的斗争,也许可以开展起来了"②,所以不到半年,1955 年 3 月 15 日的《文艺报》半月刊第五期,就刊登了俞平伯的自我批判文章《坚决与反动的胡适思想划清界限——关于有关个人〈红楼梦〉研究的初步检讨》,从此他闭口不谈《红楼梦》。"小人物"能够挑战"大人物"并大获全胜,证明了所谓的"学术功力"是不堪一击的。如果在思想上犯了方向性错误,即便是拥有珍贵资料,并在其基础上展开的精密考证,也是没有价值,甚至还可能是有危害

---

① 《钱锺书集·人生边上的边上》,生活·读书·新知三联书店 2002 年版,第 179—181 页。
② 《关于红楼梦研究问题的信》,《毛泽东选集》第五卷,人民出版社 1977 年版,第 134 页。

的。这也表明有正确的理论指导,就足以超越权威、战胜权威。于是就出现了由大学生编纂的"红皮"《中国文学史》,以及许多发表或未发表的有关中国文学批评史、文学史上的作家作品论等,大学生的研究热情和批判热情一时无比高涨①。与此相同调的是1958年5月16日郭沫若针对史学界的话:"资产阶级的史学家只偏重资料……我们在不太长的时期内,就在资料占有上也要超过陈寅恪……陈寅恪办得到的,我们掌握了马克思列宁主义的人为什么还办不到?我才不相信。一切权威,我们都必须努力超过他!"②这番话在今天读来,大概只能当作一个充满浪漫情调的宣言了。既然在资料上难以超越前贤,转而也就轻视资料,甚至无视资料,"以论带史"最终演变成"以论代史"。纯粹的文献著作,也会遭到严厉的批判。比如1960年对徐朔方《汤显祖年谱》的讨论,1966年对邓广铭《辛稼轩年谱》《辛稼轩诗文钞存》《稼轩词编年笺注》的讨论,都集矢于其用资产阶级客观主义的方法编纂年谱、缺乏阶级斗争和历史唯物论、对古代作家的盲目崇拜等问题上。

　　五十年代初大量引进的苏联文学理论著作,的确激发了学术界对理论的关注和热情,但并未能结出应有的果实,这是有原因的。首先,这些理论的引入裹挟着马列主义的权威架势,是只能全盘接受,不能有任何质疑或修正,因为反苏就是反共。在苏联,尽管马克思列宁主义的理论也处于权威地位,但仍然有来自外部和内部的其他理论可以引起斗争和论战(虽然并不平等),比如俄国形式主义理论③、巴赫金的"对

---

　　① 其中也出现了很多颠覆性的论述,比如彻底否定陶渊明,把中国文学史上的民间文学提高到主流的代表。
　　② 《关于厚今薄古问题——答北京大学历史系师生的一封信》,《沫若文集》第十七卷,人民文学出版社1963年版,第594页。
　　③ 参见〔美〕V. 厄利希(Victor Erlich)《俄国形式主义:历史与学说》(*Russian Formalism: History - Doctrine*)第一部分"历史",张冰译,商务印书馆2017年版,第13—250页。

话""复调"和"狂欢"理论(这些理论在当时是不能传入中国的)①。因此,在论战中形成和发展壮大的理论本来也不失其生命力,但是在那个特殊时期,进入中国的苏联文学理论成为无可置疑的金科玉律,在研究实践中则沦为僵硬的教条。其次,即使在六十年代初,人们开始重视中国古代的文学理论,编纂出版了"中国古典文学理论批评专著选辑"以及《中国历代文论选》《中国文学批评史》等著作,但"文学概论"的基本框架,仍然遵循了季莫菲耶夫及毕达科夫的体系,只是将古代文论作为可资印证的材料,充塞到不同章节之中,还无法以中国文学理论为主体,呈现出具有民族特色的批评传统。外来理论和本土理论(如果承认有的话)未能进行平等的对话,更遑论做有机的结合。最后,如果说文学理论自身有其系统的话,苏联文学理论的脉络,也与欧洲德国、法国、意大利的文学理论存在联系。而五十年代的中国只是让苏联理论单科独进,但对欧美文学理论关上大门,只是在缝隙间勉强挤进极少量十九世纪以前的理论。到六十年代初中苏交恶以后,连苏联的理论著作也被归于修正主义而拒之门外。正因为如此,学术界对于理论学习的热情就未能取得应有的收获。以"社会主义现实主义"而言,周扬有高调赞美,将这一概念设定为文学创作、批评和研究的最高标准,众人则不加思考地在自己的论著中套用此概念,陆侃如在《什么是中国文学史的主流》②一文中,稍微涉及这一概念的历史性,但很快就被批判和否定,主张以现实主义概括中国"五四"运动以前乃至世界上"任何时期、任何国家"文学史的主流,以社会主义现实主义概括"五四"运动以来的中国文学主流。然而这样一个概念,在东西方主要文学史的发展中,能否充当所有时代优秀文学作品的标准创作方法,成为一个文学

---

① 参见〔英〕阿拉斯泰尔·伦弗鲁(Alastair Renfrew)《导读巴赫金》(*Mikhail Bakhtin*),田延译,重庆大学出版社 2017 年版。
② 《文史哲》1954 年第 1 期。

类型学的概念,或者只是在文学历史的某个时期突显出来的一种倾向?从美学角度讲,一方面要如实地反映社会现实,另一方面又必须按照其应有或将有的模样来描写,由此而集中到"典型"的概念,在欧洲文学批评史上,是否也存在各种不同的讨论?然而这些问题,在中国学术界没有任何声音,因为对待从苏联舶来的理论,唯一能做的就是贯彻执行①。

这一时期的古代文学研究界,争论和批判不断。从1949年11月开始的有关古典文学遗产的论争,1950年1月的美感论争,1954年以来的《红楼梦》研究论争以及紧接着的胡适思想批判,1958年全国高校的学术思想批判,1960年的文艺界和高校对欧洲十八、十九世纪文学的批判,同年12月的山水诗评价论争,1961年2月的文学共鸣问题论争,3月的《西厢记》作者论争,5月的古典小说创作方法论争、桐城派评价论争、《汉宫秋》评价论争,1962年1月的金圣叹评价论争,3月的曹雪芹生卒年论争,1963年1月的《陋轩诗》评价论争,1965年1月的《桃花扇》再评价论争,3月的"宫体诗"论争,6月的李伯元作品再评价论争、《兰亭序》论争,8月的《窦娥冤》再评价论争,1966年2月的辛弃疾评价论争,再稍后一点,空气中已经弥漫着"文革"的硝烟了②。这些名目众多的论争"每以讨论为名,行批判之实"③,即便是作者论争或生卒年论争这类较为客观的论题,也难免染上大批判文风。到了"文革"

---

① 同时代的美国学者韦勒克就针对苏联及其卫星国(他也注意到中国)将"社会主义现实主义"作为官方"唯一许可的文学创作方法",写了《文学研究中的现实主义概念》一文,收在其《批评的概念》(Concepts of Criticism),张今言译,中国美术学院出版社1999年版,第214—245页。

② 卢兴基曾主编《建国以来古代文学问题讨论举要》(齐鲁书社1987年版)一书,归纳了二十五个专题,涉及文学理论、文学史以及作家作品论,可参看。

③ 周勋初:《周勋初学术年表》,《周勋初文集》第七卷附录,江苏古籍出版社2000年版,第3页。

时期的《水浒传》评论、《红楼梦》评论或儒法斗争评论,更是借古代文学作品的评论以达到某种政治目的。参考一下《中国古典文学研究论文索引(1966.7—1979.12)》①,1975年以来的《水浒传》评论连篇累牍,数量超过这一时段所有论文的四分之一,但文学研究已经完全被绑架到政治斗争的战车上,几无学术可言。

然而主要倾向不是唯一倾向,在一片大合唱中,还是有微弱的不谐和之音。陈寅恪的《元白诗笺证稿》各篇当然写于此前,不过整理成书是在五十年代初。先是1950年由广州岭南大学印成线装本,后来由上海文学古籍社在1955年出版。虽然这部"以诗证史"的著作主旨在研究历史,但时至今日,它在古代文学研究界的影响远大于历史学界,步趋者众。② 据陈寅恪自述,这部书以及后来的《柳如是别传》等论著,所用的方法"固不同于乾嘉考据之旧规,亦更非太史公冲虚真人之新说"③,后者即有所暗喻。还有一部值得提出的著作,就是钱锺书的《宋诗选注》。这部初版于1958年的宋诗选本,在其本人看来,"我以为可选的诗往往不能选进去,而我以为不必选的诗倒选进去了","它既没有鲜明地反映当时学术界的'正确'指导思想,也不爽朗地显露我个人在诗歌里的衷心嗜好"④。这样的书在出版当年就受到批评甚至严厉的批判是可想而知的,幸好1959年日本学者小川环树在京都大学《中国文学报》第十册上发表了一篇高度赞美的书评,多少扭

---

① 中国社会科学院文学研究所图书资料室编:《中国古典文学研究论文索引(1966.7—1979.12)》,中华书局1982年版。

② 就阅读所及,历史学界秉承陈寅恪"文史互证"法从事研究者,前辈中以卞孝萱、缪钺为代表,后来者以景蜀慧为代表,有《魏晋诗人与政治》(中华书局2007年版)、《魏晋文史寻微》(中华书局2018年版)。

③ 1957年2月6日《致刘铭恕》,《陈寅恪集·书信集》,生活·读书·新知三联书店2001年版,第279页。

④ 《香港版〈宋诗选注〉前言》,《钱锺书集·宋诗选注》,第477—478页。

转了对此书的否定趋向。所以在1963年此书又获再版,只是不得不删去了一些内容①。以上二书是那个时期罕见的流传至今还被不断重印的著作。

1976年10月,"文革"结束,一场全民族的梦魇终于惊醒。1978年12月,中共十一届三中全会举行,确定了党的工作重心要向经济建设转移。而在思想文化战线上,也开始了拨乱反正,对影响深远的"极左思潮"进行认真的反思和清理。古代文学研究领域中,1980年7月11日,程千帆在《社会科学战线》编辑部召开的"中国古典文学研究座谈会"上第一个发言,强调了以下两点:一是要改变古典文学论文"请马、恩、列、斯、毛轮流发言作结论,有时再加上鲁迅和高尔基,不能也不敢提出自己独到的见解"的倾向;二是批评古典文学研究工作者"养成了一种不踏实的学风,认为只要有正确的论点,材料的多少是次要的"②。这针对的是古代文学研究中"贴标签"式的教条主义文风,以及研究人员中"空对空"式的虚浮夸诞学风。1981年1月1日,《中华人民共和国学位条例》开始实施,分学士、硕士、博士三级学位,以促进科学专门人才的成长,也促进各门学科学术水平的提高。众多老辈学者焕发学术青春,一方面认真培养学术人才,另一方面其积累多年的沉思翰藻也呈现于世(包括少量遗著),如《先秦汉魏晋南北朝诗》《唐声诗》《宋诗话考》《全金元词》等。经过解放思想运动,以前受到严厉批判的学者的论著也重新问世,如《胡适古典文学研究论集》。整个八十年代,思想界异常活跃,1985年是"方法论年",1986年是"文化热年"。国门打开了,思想解放了,面对涌入中国的各种西方思潮,人们的立场不一、态

---

① 参见王水照《〈宋诗选注〉删落左纬之因及其他》《〈正气歌〉所本与〈宋诗选注〉"钱氏手校增注本"》《〈宋诗选注〉的一段荣辱升沉》,《走马塘集》,复旦大学出版社2016年版,第245—290页。

② 《从迷雾中走出来》,《闲堂文薮》,齐鲁书社1984年版,第336—342页。

度不一、观点不一,但讨论、争辩甚至攻击的激情洋溢在知识群体之间。对"伤痕"文学的质疑,对朦胧诗的责难,对人道主义和"异化"的批判,清除精神污染,反对资产阶级自由化,各种政治运动或"准"政治运动依然连续不断,只是与之前相比,规模和时间较为有限①。知识群体中一波热情兴起,遭到暂时的冷却,更高的热情接踵而来。即便讨论传统文化的特性,目标也往往针对当下。而对于现实状况的种种不满,也导致对传统文化的情绪化评价。从精神特质上来看,这与从五十年代到七十年代的学术或非学术论争中,总是伴之以热血沸腾的状态有着连贯性,这一直延续到八十年代末。站在学术史的立场,我把这四十年划归为同一个时代。

四、走进一个更新的时代

1992年1月18日到2月21日,邓小平在巡视南方途中发表了一系列讲话,中心思想是要继续改革开放,提出了"发展才是硬道理"②。中国经济随之进入高速发展的快车道,一条东方的巨龙开始腾飞了。五年后,一张名为《走进新时代》的唱片专辑面世,其中的一首同名曲在短时间内传遍中国的大江南北。"勤劳勇敢的中国人,意气风发走进新时代。"如果说,新中国的成立,标志着中国文化进入了一个新时代,那么,从九十年代开始,就走进了一个更新的时代。

所谓"新",就是与过去的不同,知识分子的情感和心态发生了很大的变化,由此带来的学术成果,也显示出不同的色彩。李泽厚曾对此

---

① 比如1983年10月开始的针对理论界和文艺界的"清除精神污染运动",原计划用三年时间,但实际上只进行了28天。
② 《在武昌、深圳、珠海、上海等地的谈话要点》,《邓小平文选》第三卷,人民出版社1993年版,第377页。

做过一个概括:"九十年代大陆学术时尚之一是思想家淡出,学问家凸显,王国维、陈寅恪被抬上天,陈独秀、胡适、鲁迅则'退居二线'。"①我们暂且搁置其中的倾向性,从"思想家淡出,学问家凸显"来看,是一语中的的,而这在古代文学的研究中也表现得相当突出。虽然历史有其偶然性,但偶然中寄寓了必然。从学术史的发展来看,前四十年学术与政治的纠缠不休,学人中普遍存在的空疏不学、好作高论,至此而开始沉潜、冷静。学术史的内在理路与政治上的外力重击,国门大开后的经济发展与文化交流,诸多"合力"造就了九十年代学术的新特征:学术可以并且应该有其自身的目的,"为学术而学术"可以并且应该成为一个正面的表述。

从研究群体来看,学位制度实施后培养的硕士、博士,此时在学术上开始成长成熟起来。他们大多经过较为严格的专业训练,造就了较为优良的学术素养,也拥有了比上一代更为开阔的视野,更重要的是,他们获得了较其前辈更为优越的学术环境,与国际学术界展开了频繁的交流。毫不夸张地说,这一时期的学术成果在整体上不仅远远超过此前的四十年,就是放到现代学术的一百年中看,也超过了此前七十多年的总和。

我们不妨以钱锺书在1978年对古典文学研究的不足所做的评论为参照,其意见可以归纳为三点②:第一点集中在文献上,包括缺乏重要诗文集的新版本,欠缺各种问题的文献目录和汇编,总集的整理也相当滞后。检阅九十年代以来的学术业绩,文献整理是最为耀眼夺目的。其中新编的一代文献总集(有的还在继续编纂中),就是其鲜明标志,

---

① 参见香港《二十一世纪》1994年6月号(总第23期)"三边互动"栏目。
② 参见《古典文学研究在现代中国》,《钱锺书集·人生边上的边上》,第181—182页。

如《全宋文》《全元文》《全唐五代诗》《全宋诗》《全元诗》《全明词》《全清词》《清诗话全编》等。又有专题文献的汇编,如《中华大典·文学典》《历代文话》等。此外,以中华书局"中国古典文学基本丛书"和上海古籍出版社"中国古典文学丛书"为代表,中国文学史上历代重要的总集、别集的校注(包括整理旧注和今人新注)已呈现系统。此外,像《唐才子传校笺》《唐人轶事汇编》《中国文学家大辞典》以及分体断代的"中国文学史料学"等著作也纷纷问世。特别是自 2000 年以来,各种文献数据库的建设,使得汗牛充栋的文献通过关键字词的检索,转瞬之间便纷然胪列在目。大数据的出现,不仅简省了查阅文献资料的时间,并且有可能改变学术研究的面貌(当然也存在另外的问题)。这些都已经大大超出了钱锺书当初的观察范围。

第二点是还没有一部比较详备的大型文学史。然而九十年代以来,各类文学史层出不穷,既有文学通史,也有断代文学史。分体文学史中,韵文有诗史、词史、散曲史;有辞赋史、散文史、骈文史;有小说史、戏曲史、文学批评史以及少数民族文学史、区域文学史、专题文学史等,可谓琳琅满目,过去较少被注意的时段和文体(如明清诗文和辞赋)的研究也得到了长足的进步。其中较为大型的有中国社会科学院文学研究所总纂的"中国文学通史系列",出版了《先秦文学史》《魏晋文学史》《南北朝文学史》《唐代文学史》《宋代文学史》和《元代文学史》等六个分册。文学批评史方面,如复旦大学的七卷本"中国文学批评通史",都堪称"比较详备"。虽然文学史的编纂总是难以尽如人意,但只要各具特色,就能够从多方面呈现文学史的面貌并发掘其意义。由于文学史的大量出现,有关写作方法论的探讨也曾被作为学术会议的议题和学术著作的选题。二十世纪七十年代的美国,随着女性主义和非裔作家的兴起,对过去的文学史发起了挑战,认为那只是欧洲白人男性的文学史。他们纷纷发表众多火药味十足的宣言和挑战性强劲的论著,强调对以往文学经典的颠覆,并且在一定范围内和一定程度上取得了胜利①,所以在传统文学经典的捍卫者哈罗德·布鲁姆(Harold Bloom)的眼里,这些女性主义者和非洲中心论者等都属于"憎恨学派"(school of resentment)的成员②。这种思潮辗转传入中国,也引起对有关经典、选本和文学史"权力"等问题的关注,并激发了对女性文学史料的挖掘整理以及对女性作品的评判研究。只是往往各人自说自话,很少看到彼此的争论和交锋。不仅不同于美国学术界呈现的"对抗性批评"(antithetical criticism),也与此前中国学术界的"好辩"之风判然不同。

第三点是对海外汉学家研究中国文学的论著知之甚少。钱锺书特别指出:"这种无知是不可原谅的,而在最近的过去几年里它也许是不可避免的,亏得它并非不可克服的。"九十年代以来,这种状况也得到了根本的改变。只要稍稍关注一下出版物,以各种"汉学"为名的书刊,如《国际汉学》《汉学研究》《世界汉学》等层出不穷;或以国别为单位,既有"蔚为大观"者如美国、法国、德国、日本的汉学,也有"偏在一隅"者如以色列汉学,恰如"飞絮撩人花照眼"(借用宋人曹冠《凤栖梧》句)。各种研究丛书纷纷出笼,如上海古籍出版社的"海外汉学丛书"、江苏人民出版社的"海外中国研究丛书"等。更有汉学家的个人专书系列,如韩南(Patrick Hanan)、宇文所安(Stephen Owen)、顾彬(Wolfgang Kubin)、冈村繁等人的著作。除此以外,欧美学者的"中国文学史"也得到重视,如德国学者顾彬等人的十卷本分体《中国文学

---

① 比如在《哥伦比亚美国文学史》(*The Columbia Literary History of the United States*, 1988)中,增加了不少女性和少数种族作家的篇幅。又比如《诺顿女性文学选集》(*The Norton Anthology of Literature by Women*, 1985)和《诺顿非裔美国文学选集》(*Norton Anthology of African American Literature*, 1997)等权威选本的编辑出版,建构了新的文学经典的阵容。而对于女性作家和非裔作家的研究,也堂而皇之地进入了大学的课程,拓宽了经典的名单。

② 〔美〕哈罗德·布鲁姆:《西方正典》(*The Western Canon*),江宁康译,译林出版社2005年版,第14页。

史》，美国宇文所安和孙康宜《剑桥中国文学史》(*The Cambridge History of Chinese Literature*)，梅维恒(Victor H. Mair)《哥伦比亚中国文学史》(*The Columbia History of Chinese Literature*)，桑禀华(Sabina Knight)《中国文学》(*Chinese Literature*)，虽卷帙大小有异，都被迻译为中文。不只是这些硕学名流，甚至许多年轻新秀的研究论著，也未脱离中国学人的目光。新书甫一问世，立刻就会有人阅读介绍。这与程千帆在1979年10月12日致信叶嘉莹、周策纵，希望他们介绍近二十年欧美汉学论著时的内外学术环境已有天壤之别①。由于交流的频密，海外汉学家热衷讨论的命题，也会在中国学者中引起连锁反应，并展开较为集中的讨论，比如早期抄本研究所带来的文本生成和传播等问题。

　　以上三方面，固然可以看出九十年代以来古代文学研究的新貌（其与八十年代也有一定的联系），但我想特别指出这一时期的一个重要特点，就是"走向世界"的古代文学研究。或许有人会质疑，二十世纪初对于东西方文学理论的不成系统的引进，五十年代初对于苏联马克思列宁主义文学理论的盛况空前的译介，难道不是一种"走向世界"吗？我的回答是：姿态上顶礼膜拜式的引进，在实践中只能沦为僵硬的教条，用征引语录的方法代替学者严肃思考后的结论，又如何能够做深入对话呢？五十年代的情形大致如此，在当时"兄弟国家"朝鲜学者的论著中，回荡的也是同样的调子②。向前追溯，邓实在1904年描绘中国学界的普遍心理是："尊西人若帝天，视西籍如神圣。"③这在当时的

---

① 参见陶芸编《闲堂书简》(增订本)，上海古籍出版社2013年版，第257—258、274页。

② 例如朝鲜民主主义人民共和国古代文史研究者金河明在1955年出版的《燕岩 朴趾源》一书的前言中说："今后将遵循着以我们民族敬爱的领袖金日成元帅为首的朝鲜劳动党和共和国政府的正确的文艺政策，用马克思列宁主义的观点和朝鲜人民群众的立场为完成这个研究任务而尽最大的努力。"(陈文琴译，李启烈校，商务印书馆1963年版，第8页)

③ 《国学保存论》，《政艺通报》1904年第3号。

日本学者中间也非常流行,其作用可以奏效于一时,却难以结出学术硕果。此后在中国更有甚嚣尘上的"全盘西化"说,以及固守传统的对抗论调,结果则是"田巴鲁仲两无成"。九十年代以来的古代文学研究,呈现的是一种真正面向国际化的努力,尽管在走向世界的过程中,步履可能不够从容,姿态可能未尽优美,但这已经在行进的过程中有所调整和改正了。重要的是,正如我们在经济上主张全球化和多边贸易,在文化上强调尊重不同文化的多元价值,在政治上履行通过对话达到彼此沟通,从而建设人类命运共同体一样的道理,在学术上也就可以并且应该坦然面对各种理论思潮,自信而不自大,自谦而不自卑,以"它山之石,可以攻玉"的态度予以抉择和吸收。九十年代以来的古代文学研究正是朝着这一方向前进的。

首先是国际会议。不仅走出去,而且请进来。1990年11月21日至25日,南京大学举办的中国唐代文学第五届年会暨唐代文学国际学术讨论会,是新中国古代文学研究界第一次真正意义上的国际会议,有来自美国、日本、韩国(第一次)的学者,也有来自我国香港、台湾地区的学者。尤其是我国台湾地区的学者,是第一次正式获准组成学术团队来大陆地区参加学术会议①。这众多的"第一",使这次会议在学术史上具有了里程碑式的意义。1998年5月6日至8日,北京大学举办了大型的"汉学研究国际会议",有来自中、日、韩、美、英、德、法、俄、捷克、瑞典、荷兰、澳大利亚等17个国家和地区共三百位学者参加,会议的中心思想就是"文化的馈赠",意在通过文化的交流交融,以形成全球多元文化的繁荣昌盛②。这是中国传统文化研究领域迄今为止规模最为宏大的一次会议,成果丰硕。小规模的会议,如2015年9月10日

---

① 参见《周勋初学术年表》,《周勋初文集》第七卷附录,第14页。
② 参见袁行霈《文化的馈赠——汉学研究国际会议开幕辞》,《文化的馈赠——汉学研究国际会议论文集》语言文学卷,北京大学出版社2000年版,第1—3页。

至 11 日举行的中美学者就中国古典文献问题的讨论,也形成了良性的有成效的"对话"①。至于中国学者走向国际舞台出席学术会议,就更是不胜枚举了。

其次是文献资源。由于历史上的种种原因,有众多中国典籍散落在国外,十九世纪末,罗振玉、杨守敬、黎庶昌等人在日本刻意搜罗,后者编纂成《古逸丛书》流传于世。民国年间学者的注意力,主要集中在英、法所藏敦煌文献。大规模地调查、收集、影印、利用国外的文献资源,是到了九十年代以后的事。其眼光不止局限在东亚的日本和韩国,而且还转向了欧美和俄罗斯。通过与各国各地图书馆的合作,出版各种馆藏汉籍目录,一些珍贵善本也在中国影印出版,如《日本宫内厅书陵部藏宋元版汉籍影印丛书》《日本国立公文书馆藏宋元本汉籍选刊》《日本国会图书馆藏宋元本汉籍选刊》等。在这样的时代风气中,古籍整理者会有意识地充分利用海外所藏善本为底本或校本,文学史料学著作也会有专章介绍相关的海外文献资源。2018 年,中国政府斥一亿两千多万元巨资支持"全球汉籍合璧工程",充分体现了学术研究与经济发展之间的密切关系,尽管后者未必能决定前者的质量。

最后是域外汉籍。所谓域外汉籍主要指的是中国周边国家和地区的历史上流传下来的用汉字撰写的典籍。以今天民族国家的立场看,这些典籍的作者大都是"域外"的,如朝鲜—韩国、日本、越南等(西方人士的汉文作品也很多,不过大多局限在天主教徒的宣教文献,也有采用小说形式者)。因为同处于一个汉文化圈,这些域外汉籍对于中国古籍中所提出的问题,或照着讲,或接着讲,或对着讲,对汉文化的每一步发展都做出了回应。所以不仅是学术研究的新材料,也开扩了中国

---

① 参见傅刚主编《中国古典文献的阅读与理解——中美学者"黉门对话"集》,北京大学出版社 2017 年版。

学者的新视野,人们可以从中发现许多新问题,而且有望提炼出具有原创意义的新理论和新方法①。近二十年来,这一研究领域的发展是最为迅猛的。从根本的意义上说,这些文献是产生新理论和新方法的最为肥沃的土壤。就以其中大量的汉文学作品而言,即使在有限的研究中,也可以看出诸如文学典籍的流传、文学人士的交往、文学读本的演变、文学观念的渗透以及文学典范的确立等众多值得深入研究的问题。从欧美文学研究的新动向来看,国别文学史研究中的"文化圈概念"也具有一定的同步性。2001年出版的《诺顿英国文学选集》第七版,与以往各版的最大区别就在于其编选理念。对此,主编艾布拉姆斯(M. H. Abrams)在其序言中做了如下说明:"书名中'英国文学'的含义包括两部分:一指主要居住于英格兰、苏格兰、威尔士与爱尔兰的作家撰写的作品;二指用英语创作的文学作品,这种语言已经远远扩展到其原初边界之外。"正因为如此,编者"新选择的许多作品反映出文学史'国家的'(national)概念"。这是跨越了地理、种族和政治国家的"文学史'国家的'概念",它不是"单一国家"(a single nation)的,而是"全球性的"(global)②。而在2010年出版的《法语区文学:问题、争辩、论战》一书中,作者多米尼克·贡布(Dominique Combe)在引言中就提出了一系列问题:如何厘清"法语区文学"(Francophone)?或者如何明晰其适用范围和面向?如何在研究过程中恢复法语区文学的文学本质,从而更进一步审视其中涉及的文学理论问题,而不是仅仅把它当作某种民族社会学的文献资料?在引言的结尾部分,贡布指出,这个"未被言明的"共同体"无论其名称多么不明确或成问题,它质问着文学本身。被

---

① 参见张伯伟《从新材料、新问题到新方法——域外汉籍研究的回顾与前瞻》,刘跃进主编:《古代文学前沿与评论》第一辑,社会科学文献出版社2018年版,第55—70页。

② M. H. Abrams, General Editor, *The Norton Anthology of English Literature*, Seventh Edition, New York: W. W. Norton & Company Inc., 2001. pp. xxxii-xxxv.

称为'法语区的'文学研究是一个文学理论的实验室。思考法语区文学的位置和意义,就是思考文学自身的状况"①。尽管上述两位学者并未能具体阐明其理论和方法,但"文学理论的实验室"这一表述恰恰说明了以文化圈为单元研究文学,其中蕴含着丰富的理论和方法的可能性。这种超越"单一国家"概念的文学史眼光,在欧美也成为一些汉学家的某种共识,并在更大范围内形成了刺激。例如2001年梅维恒主编的《哥伦比亚中国文学史》,最后三章就分别介绍了朝鲜、日本、越南对中国文学的接受,并讨论了这些国家的"汉文学"。2010年《剑桥中国文学史》出版,孙康宜和宇文所安在序言中也特别强调:"基于我们的历史维度,我们也不得不排除韩国、越南以及日本境内的汉文作品。"②如果不是因为受到超越"单一国家"的文学概念的刺激,在一部以"中国文学史"为名的著作中,又何需做这番说明呢?因此,从国际学术范围内观察中国的域外汉籍研究,人们应该可以从中得到某些有益的启示。能否在国际化的背景下,形成自立于而不自外于、独立于而不孤立于西方的学术研究,值得为之努力。

我把新中国七十年的古代文学研究划分为两个时期,与后一个时期关系最为密切的是八十年代,它是两个时期之间的过渡。之所以将它属前,原因很多,其中之一就是八十年代的古代文学研究,往往还处于沿用思想内容和艺术特色的二分法来分析作家作品的思维定势中,虽有一些优秀论著关注到科举与文学、佛教与文学以及文学创作与文学思想的内在联系,但也只是少数学者的"孤明先发"(借用《高僧传》形容竺道生语)。而九十年代以来的研究,已经完全摆脱了这一僵硬

---

① Dominique Combe, *Les Littératures Francophones, Questions, Débats, Polémiques*, Paris: PUF, 2010. p. 19.
② 〔美〕宇文所安主编:《剑桥中国文学史》上卷,刘倩等译,生活·读书·新知三联书店2013年版,第7页。

模式的桎梏。人们试图从多方面去解释文学现象,制度的、法律的、政治的、经济的、宗教的、思想的、艺术的、科学的、区域的、家族的、地理的、医药的,等等,人类文化的各个不同方面和层面,都可以作为通往文学研究之途。概括起来说,人们往往将这一类研究冠以"文学文化学"之名,夷考其实,就是"文学社会学"研究。它截然不同于八十年代之前的"庸俗社会学"研究,对文学现象成因的揭示也要深刻细致得多,在古代文学研究的整体版图中,理应占有重要的位置。但这一类研究课题的大量涌现,确实挤压了文学本体研究的空间,造成了研究工作中的新的不足①。无论是用"文学文化学"还是"文学社会学"来冠名,其基本方法都是循着一种解释因果关系的思维,以较为传统的用语来表述,就是"以史证诗"。它擅长说明某个时代的某种文学现象为何出现以及从何而来,却未能进一步说明文化之因给文学之果带来了什么变化以及怎样变化,因此一旦进入审美判断,这一方法便无所作为。文学研究首要的和重要的就是把文学当作文学,面对文学说属于文学的话。所以,根据文学发展变化的内在理路展开的文学史研究,将创作和理论相互印证的文学批评史和文学思想史研究,综合文学史、文学理论、文学鉴赏的作品研究,以及注重各类文体自身的文体学研究等,就是属于文学本体的研究。文学研究是一门独特的知识体系,用韦勒克的话来说,其研究对象是作品,其精神状态是"凝神细察进行分析、做出解释,最后得出评价,所根据的标准是我们所能达到的最广博的知识,最仔细的观察,最敏锐的感受力,最公正的判断"②。而当下的实际情况是,古代文学研究者纷纷向历史靠拢,向文献靠拢,向考证靠拢。造成的后果

---

① 已经有不少学者注意到这个问题,比如在2017年10月10日中国社会科学院文学研究所举办的"学科评论·十年前瞻"古代文学高峰论坛研讨会上,不少发言都直击该问题。参见《"十年前瞻"高峰论坛》,《古代文学前沿与评论》第一辑,第1—51页。
② 〔美〕雷内·韦勒克:《文学理论、文学批评和文学史》,《批评的概念》,第15页。

之一,就是"治文学者十之八九不能品味原作"①。在回顾百年来古代文学研究的历程时,这个问题是值得深长思之的。

五、余论

学术研究离不开"学"与"思"的结合,孔子就说"学而不思则罔,思而不学则殆"②,又说要"博学之,审问之,慎思之,明辨之",前二者为"学",后二者为"思",而最终要化为实践——"笃行之"③。然而在学术的实际活动中,总是难得"学思并进",或偏重学如汉学,或偏重思如宋学;而在宋学里面,既有强调"尊德性"者,也有强调"道问学"者。清代的"乾嘉汉学"以考据也就是以"学"为特色,所以焦循便有如下概括:"古学未兴,道在存其学;古学大兴,道在求其通。前之弊患乎不学,后之弊患乎不思。证之以实而运之于虚,庶几学经之道也。"④其所谓"古学"即指"汉学","证之以实而运之于虚"就是将众多的材料构成思想的过程,重申的还是孔子的"学思并进"。回顾百余年来的学术史,真让人产生某种吊诡之感。1901年的梁启超用"过渡时代"概括其面临的现状,其中"学问上之过渡时代"的标志,就是"士子既鄙考据词章庸恶陋劣之学,而未能开辟新学界以代之"⑤,鄙视的是"考据词章"之学,期待的是未来的"新学界"。在1905年的《国粹学报发刊词》中,

---

① 钱锺书给钱瑗的信,转引自吴学昭《听杨绛谈往事》(增补版),生活·读书·新知三联书店2017年版,第318页。按:这封信大约写于1979年,但从学术现状看,似乎改善不大。
② 《论语·为政》,[宋]朱熹:《四书章句集注》,中华书局1983年版,第57页。
③ 《中庸》,《四书章句集注》,第31页。
④ 《与刘端临教谕书》,《雕菰集》卷十三,《焦循诗文集》上册,第248页。
⑤ 《过渡时代论》,光绪二十七年(1901)五月十一日出版《清议报》,收入《梁启超全集》第二集,第294页。

其开具的复兴"神州旧学"的药方,也是以王阳明"心得"、颜习斋(元)"实行"、戴东原(震)"新理"等"三贤"为师,除"实行"强调笃行实践,"心得"和"新理"强调的都是"思"。而在此后到来的现代学术中,却偏偏是"考据"之学披上了"科学方法"的外衣,重新占据了学术的最高殿堂,文学研究也不例外。朱自清在二十世纪三十年代发表的《中国文学系概况》中说:"从前做考据的人认为文学为词章……近年来风气变了,渐渐有了作文学考据的人。"①而且只有考据功夫的扎实,才能够在中文系站住并站稳脚跟,学风也就朝着"学而少思"的方向发展。五十年代的转折,标志之一是重视理论,从逻辑上推想本应该强调"思想",但当时对于苏联马克思列宁主义文学理论的译介,是一种顶礼膜拜式的引进,落实到学术实践中,"思想"变成了"不思不想",学者本应有的严肃思考被征引语录的文体惯例所替代。其弊端不只是"思而不学",甚至是"不思"又"不学"。而九十年代以来的学风,似乎又回到了"学而少思"的老路。也正因为如此,王元化在1994年呼吁"有思想的学术和有学术的思想"②,在他的学术实践中,显然主要是针对"学而不思",因而更强调的是"有思想的学术"。我们是不是可以说,百年来的中国现代学术,哪怕只限定在文学研究的范围,最严重的"痼弊"就是"学而少思"乃至"不思"呢?如果说"顾后"是为了"瞻前",那么,将理论和方法的探讨作为当下以及未来文学研究的中心课题之一,也许不能说是没有必要的。

百年间的古代文学研究,有太多著名的学者和优秀的论著,本文试从学术史角度展开,不拟写成"流水账"或"名人录",所以挂一漏万、语焉未详者便诚所难免。但如果能够揭示出学术变化的"时代症候",对

---

① 《清华周刊》第四十一卷第13、14合期(1934年6月1日),收入朱乔森编《朱自清全集》第八卷,江苏教育出版社1993年版,第413页。

② 《学术集林》第一卷《编后记》,上海远东出版社1994年版,第370页。

于现象背后的精神的把握,或许可用"虽不中,不远矣"来自我解嘲。清代王士禛论诗云:"诗如神龙,见其首不见其尾,或云中露一爪一鳞而已,安得全体?"①借用其语,透过本文对百年间"一爪一鳞"的描绘,读者或许可以联想到首尾完好的"龙"的全身吧;透过其屈伸浮沉之过程的勾勒,或许也能感受到其继续腾飞的方向吧。

二〇一九年六月二十三日于百一砚斋
二〇二〇年十二月二十日增补

(本文主要内容曾以《艰难的历程,卓越的成就——新中国 70 年的古代文学研究》为题载《文学评论》2019 年第 5 期)

---

① [清]赵执信《谈龙录》引,《清诗话》上册,上海古籍出版社 1978 年版,第 310 页。

陈寅恪"以文证史"法新探

一、引言

中国现代学术发展至今已有百年历程,阮元说:"学术盛衰,当于百年前后论升降焉。"①在十九与二十世纪之交,学术界发生了几件大事:1898年,马建忠根据西洋语法理论,完成了《马氏文通》,中国有了第一部语法书;1899年,在河南安阳发现了殷商甲骨文;1900年,在甘肃敦煌发现了大量六朝至唐代的写本。而随着"五四"新文化运动的兴起,北京大学国学门、清华学校国学研究院和中央研究院历史语言研究所的先后成立,中国学问的研究取得了很大的进步,终于形成一时的新风气。用周法高先生的概括:"二十世纪以来对中国学问的研究,和清代的学术研究有着基本的不同,那就是利用新材料、新方法、新观点来研究的结果。"②而所谓"新方法",主要的就是胡适等人提倡的西洋的科学方法,要用历史的眼光、系统的整理和比较的研究来从事于"国学"或曰"国故"③。百年来在中国人文学研究领域中,关于方法的探寻有哪些值得传承的经验,有哪些需要警惕的陷阱,有哪些尚待开拓的

---

① 《十驾斋养新录序》,《钱大昕全集》第7册,第1页。
② 《地下资料与书本资料的参互研究》,吴福助编:《国学方法论文集》上册,台湾文史哲出版社1990年再版,第126页。
③ 参见《国立北京大学国学季刊·发刊宣言》第1卷第1号,1923年1月,第16页。

可能,值得我们为之总结、提升和新探。本文拟以陈寅恪为个案,对该问题做一考索。

二、何谓"不古不今"

对现代学术史做纯学术的回顾,最风光的当然是胡适一派,从北大到"中研院"皆然;最落寞的属固守旧学的一派,从东南到西南恒多有之。然而在陈寅恪看来,却是"田巴鲁仲两无成"①。关于这句诗的解释,颇为五花八门。我从前理解为指史学研究上的新旧两派,但未遑作文。后读胡文辉《陈寅恪诗笺释》亦主此说,真有闭门造车、出门合辙之喜。上引陈诗的末句是:"要待诸君洗斯耻。"看起来是对北大史学系毕业生的期待,其实更是以此自期。此诗写于1929年,后来他在1932年说:"以往研究文化史有二失:旧派失之滞……新派失之诬。"②在1936年又说:"今日中国,旧人有学无术;新人有术无学,识见很好而论断错误,即因所根据之材料不足。"③所以,他所谓的"学"指材料,"术"指方法。旧派乃抱残守阙、闭户造车之辈,新派则据外国理论解释中国材料,并标榜"以科学方法整理国故"者。在陈寅恪看来,旧派之闭目塞听、陶然自醉,固然难有作为;新派之高自标置、鲁莽夸诞,时或流于"画鬼"④。而他在1931年所强调的"今世治学以世界为范围,重在知

---

① 《北大学院己巳级史学系毕业生赠言》,《陈寅恪诗集》,第18页。
② 蒋天枢:《陈寅恪先生编年事辑》(增订本)附录二,上海古籍出版社1997年版,第222页。
③ 卞僧慧:《陈寅恪先生欧阳修课笔记初稿》,刘东主编:《中国学术》第28辑,商务印书馆2011年版,第2页。
④ 王锺翰《陈寅恪先生杂忆》曾记其语云:"画人画鬼,见仁见智,曰朱曰墨,言人人殊,证据不足,孰能定之?"(《纪念陈寅恪教授国际学术讨论会文集》,中山大学出版社1989年版,第52页)

彼,绝非闭户造车之比"①,体现的也正是立足中国文化本位而又放眼世界的学术胸怀和气魄。可惜的是,陈氏的这一思想少有接续者,以至于在1945年而有"论学论治,迥异时流,而迫于事势,噤不得发"②的自叹。

既重视"学"又追求"术",既以中国文化为本位,又不断开掘史料,吸取新知,与国际学术做对话和竞赛,这是陈寅恪学术的基本特征。至于其背后的以中国文化为托命之所,更非常人可及③。他在1933年为冯友兰《中国哲学史》下册写审查报告时指出:

> 中国自今日以后,即使能忠实输入北美或东欧之思想,其结局当亦等于玄奘唯识之学,在吾国思想史上,既不能居最高之地位,且亦终归于歇绝者。其真能于思想上自成系统,有所创获者,必须一方面吸收输入外来之学说,一方面不忘本来民族之地位。

并认定这种态度是"二千年吾民族与他民族思想接触史之所昭示者也",且承此说而做自我评价曰:"寅恪平生为不古不今之学。"④对于陈寅恪的这句自述,汪荣祖先生解释为专攻"国史中古一段,也就是他研究的专业"⑤,实为误解。逯耀东先生另解作"超越今古文经学,专治乙部之学"即史学⑥,更属臆测。其他议论纷纭,不烦一一列举。综观众说,以

---

① 《吾国学术之现状及清华之职责》,《金明馆丛稿二编》,第318页。
② 《读吴其昌撰梁启超传书后》,《寒柳堂集》,上海古籍出版社1980年版,第150页。
③ 吴宓曾说:"义宁陈氏一门,实握世运之枢轴,含时代之消息,而为中国文化与学术德教所托命者也。寅恪自谓少未勤学,盖实成于家学,渊孕有自。"(《读散原精舍诗笔记》,袁行霈主编:《国学研究》第1卷,北京大学出版社1993年版,第551页)
④ 陈寅恪:《冯友兰中国哲学史下册审查报告》,《金明馆丛稿二编》,第252页。
⑤ 《陈寅恪评传》,百花洲文艺出版社1992年版,第81页。按:其书第6至第9章皆以"为不古不今之学"为题,以此贯串陈寅恪的学术成就。
⑥ 《陈寅恪的"不古不今"之学》,《胡适与当代史学家》,台湾东大图书公司1998年版,第202页。

先师程千帆先生的解释最为精辟,他在1995年给门人的信件中指出:

> "不今不古"这句话是出在《太玄经》,另外有句话同它相配的是"童牛角马",意思是自我嘲讽,觉得自己的学问既不完全符合中国的传统,也不是完全跟着现代学术走,而是斟酌古今,自成一家。表面上是自嘲,其实是自负。根据他平生的实践,确实也做到了这一点,即不古不今,亦古亦今,贯通中西,继往开来。①

把这个意思放回陈寅恪文章的语境中,也是极为恰当的。《太玄经》为汉代扬雄所著,对这两句话晋范望解曰:"马童牛角,是其常也……更而颠到,盖非其宜。既不合今,亦不合古。"②陈寅恪在1964年写完《柳如是别传》后的《稿竟说偈》中,也用到"非旧非新,童牛角马"③的表述,这一方面可以证实其喻的确出于《太玄经》,另一方面也可以表明,他的这个思想是一以贯之的。如此说来,陈寅恪所自许的应该是新旧之间的第三派,借用禅宗史上的名词,似可称作"教外别传"④。

如果仅仅就新旧来划派,陈寅恪当然应归入新派,所以非常强调"术",也就是方法。他讲授课程,往往开宗明义,陈述该课程在材料和方法上的特点⑤。他研究学问,无论明言抑或暗示,字里行间也往往透

---

① 陶芸编:《闲堂书简》(增订本),第425页。按:周师勋初在《陈寅恪先生研究方法之吾见》中,结合陈氏论著,对这一特色做了更为详赡的阐发,收入《当代学术研究思辨》,可参看。
② 《太玄经》卷三,四部丛刊初编本,商务印书馆版。
③ 《陈寅恪诗集》,第133页。
④ 陈寅恪《题冼玉清教授修史图》又云:"若将女学方禅学,此是曹溪岭外宗。"(《陈寅恪诗集》,第70页)这是把冼玉清比作禅宗南宗以褒扬之。禅宗不同于玄奘之唯识宗,乃取印度思想与中国本土思想结合,最终自成一宗,对汉传佛教有深远影响。故本文仿陈寅恪用法,以"教外别传"譬之。
⑤ 例如,唐筼记录的《元白诗证史第一讲听课笔记片段》、刘隆凯《陈寅恪"元白诗证史"讲席侧记》第一讲都记录了该课使用的材料和方法。李坚《陈寅恪二三事》载:"记得他第一次上课,专讲关于他的历史观和治学方法问题。"(张杰、杨燕丽编:《追忆陈寅恪》,社会科学文献出版社1999年版,第247页)

露出对方法的追求。但他与一般新派人物(比如胡适、傅斯年)的最大区别在于,他采取的路径并非"忠实输入北美或东欧之思想",而是追求自创一路的方法。他在1957年致刘铭恕的信中说,其近年从事著述的特点是"用新材料,新方法","固不同于乾嘉考据之旧规,亦更非太史公冲虚真人之新说"。"太史公冲虚真人"在当时或别有所指,但若从广义来看,实际上也就是西洋学说。说得更具体一些,他的新材料乃"明清间诗词,及方志笔记等"①,"新方法"就是"以诗证史",或更确切地说是"以文证史",所著者即《柳如是别传》等②。在表述上可以是对新旧两者的否定,也可以换个说法,"既吸收中国乾嘉学派的考据方法,又结合19世纪德国历史学派等西方的语言文字考据方法"③,即"不古不今,亦古亦今"。陈寅恪对自己在研究方法上的探索既自信又重视,在1968年的垂暮之龄,曾对其多年的助手黄萱说:"我的研究方法,是你最熟识的。我死之后,你可为我写篇谈谈我是如何做科学研究的文章。"④所以,说陈寅恪在研究方法上具有充分的自觉和刻意的追求,当非无稽之谈。

那么,就"以文证史"这一方法来说,其学术渊源和学术特色何在?现有的研究多从中国传统揭示其渊源,比如在二十世纪八十年代就有许冠三先生指出:"以诗证史一法,亦非寅恪首创。"并远溯北宋时代,

---

① 《陈寅恪集·书信集》,第279页。

② 陈寅恪先生这方面的论著,主要有《元白诗笺证稿》《韦庄秦妇吟校笺》《论再生缘》《柳如是别传》等,一般皆用"以诗证史"概括,二十世纪五十年代他在中山大学历史系授课时,便将课名定为"元白诗证史",现存其《元白诗证史讲义》(《陈寅恪集·讲义及杂稿》,生活·读书·新知三联书店2002年版);又有刘隆凯整理《陈寅恪"元白诗证史"讲席侧记》(湖北教育出版社2005年版)。周师勋初《以诗证史的范例》指出:"他的研究方法,可称之为'以文证史'。这个'文'字,又当从我国古来广义的说法上去理解。他不但用诗、文、杂史证史,而且用小说证史。"(《周勋初文集》第六卷《当代学术研究思辨》,第396页)此说可从。

③ 李坚《陈寅恪二三事》引用1942年陈寅恪在广西大学讲授"唐代政治史"一课的话,载《追忆陈寅恪》,第247页。

④ 蒋天枢《陈寅恪先生编年事辑》(增订本),第182页。按:可叹的是,在当时的环境和气氛中,黄萱只能难过地说:"陈先生,真对不起,您的东西我实在没学到手。"陈氏低沉地说:"没有学到,那就好了,免得中我的毒。"

近举王国维、胡适、郭沫若、邓之诚等人的著述,以为皆"从以诗证史宗旨着眼"①,从之者颇众。但如果仅仅这样,一则只是在传统学问的基础上做推演,二则同时代相类研究者亦多,哪里谈得上是陈氏学术的重要特色?又如何当得起"不古不今"之学术品格的自评?所以,对于这一方法的形成,有必要再做新探。

以中国传统来看,诗与史的关系本来就是密切的。自从孟子说"《诗》亡然后《春秋》作"②,《诗》与《春秋》在精神上就建立起某种联系③。东汉后期郑玄治《诗经》,专用孟子之法,有《诗谱》又有《诗笺》。"《谱》也者,所以论古人之世也;《笺》也者,所以逆古人之志也。"④将《诗经》与时代紧密结合起来,对后世影响很大。到唐代,杜甫的作品被称作"诗史",宋人注释,务使与纪传相符,典型者如陈禹锡之注杜,"自题其书曰《史注诗史》……必欲史与诗无一事不合,至于年月时日,亦下算子,使之归吾说而后已"⑤。尽管有所谓的百家、千家注杜,但大多机械地理解诗与史的关系,把诗等同于史,难免胶柱鼓瑟。至钱谦益乃嘲之如"鼹鼠之食牛角也,其啮愈专,其入愈深,其穷而无所出也滋甚"⑥。故其自注杜诗,乃将"诸家曲说,一切削去"⑦,取得很高成就。陈寅恪对钱谦益关注甚深,对其注杜尤为瞩目,《柳如是别传》中就有

---

① 《新史学九十年》,岳麓书社2003年版,第275页。
② 《孟子·离娄下》,《四书章句集注》,第295页。
③ 廖平《今古诗古义疏书凡例》一"笔削取义"指出,《孟子》"王者之迹熄而诗亡"句当作"王者之迹熄而《诗》作,《诗》作然后《春秋》作"。所以,《诗》"既经素王笔削,篇章字句,机杼全出圣心,亦如《春秋》,比事属辞,皆关义例"(《六译馆丛书·诗经类》)。把两者关系导向对政治的讽刺,符合战国秦汉的时代特征,其说可参。
④ 王国维:《玉溪生年谱会笺序》,张采田:《玉溪生年谱会笺》卷首,上海古籍出版社1983年版,第3页。
⑤ [宋]刘克庄:《再跋陈禹锡〈杜诗补注〉》,《后村先生大全集》卷一百六,《四部丛刊》本,商务印书馆版。
⑥ 《草堂诗笺元本序》,《钱注杜诗》上册,上海古籍出版社1979年版,第4页。
⑦ 《注杜诗略例》,《钱注杜诗》上册,第1页。

一大段篇幅讨论钱谦益、朱鹤龄杜诗注公案。他对钱注杜诗的整体评价是:"牧斋之注杜,尤注意诗史一点,在此之前,能以杜诗与唐史互相参证,如牧斋所为之详尽者,尚未之见也。"① 既然如此表彰钱氏的"诗史互证"法,则这一方法对他自己也必然会有影响。但陈寅恪的"以文证史"法,绝非仅仅是中国学术传统自然演变的结果,其"学"其"术"之形成,是中国传统与西洋学术嫁接后的成果。

三、兰克史学与"以文证史"

关于陈寅恪学术与西学之关系,尤其是与德国史学的关系,一直为人重视。近年来,也有一些专门的论著问世②。在谈到德国历史学对他的影响时,大多提及倪不尔(Barthold Georg Niebuhr, 1776—1831)、洪堡(Wihelm von Humboldt, 1767—1835)、兰克(Leopold von Ranke, 1795—1886)等人,近年又有学者在上述名单中加入了白乐日(Balázs István, 1905—1963)和赫尔德(Jihann Gottfried von Herder, 1744—1846)。但无论如何,兰克的影响最为重要,这大概是得到公认的③。

---

① 《柳如是别传》下册,上海古籍出版社1980年版,第993页。
② 举其代表者,如陈怀宇《在西方发现陈寅恪:中国近代人文学的东方学与西学背景》(北京师范大学出版社2013年版),利用了相当的西文(主要是英文)新资料,挖掘出不少鲜为人知的史实。
③ 陈寅恪虽然长期在国外留学,但在他的论著中却很少提及西洋史学家或史学著作,这当然不能理解为他没有受到其影响,我们可以从后人的回忆等资料中寻觅到一些痕迹。如李坚在《陈寅恪二三事》一文中,提及陈寅恪曾在黑板上书写过若干西方历史学家的外文名字,其中就有"德国考据学派史家兰克(Ranke)及英国剑桥学派史家阿克顿(Acton)"(《追忆陈寅恪》,第248页)。而阿克顿实即兰克在英国的传人,他曾主编《剑桥近代史》,1919年陈寅恪在美国哈佛大学注册,其专业是世界史,就曾经购买了这部十多册的巨著(参见余英时《陈寅恪史学三变》,载《中国文化》第15、16合期,1997年),并修习了"歌德之《意大利之旅》"和"现代德国史"两门课程(参见林伟《陈寅恪的哈佛经历与研读印度语文学的缘起》,《世界哲学》2012年第1期)。俞大维也曾转述陈寅恪的话:"研究中西一般的关系,尤其于文化的交流、佛学的传播,及中亚的史地,他深受西洋学者的影响。"(《怀念

可是谈到兰克史学的影响，人们似乎都集中在他对史料的重视上①。但据我看来，兰克史学的影响远不止此，其"以文证史"方式的形成，就离不开兰克派史学的刺激。

兰克和布克哈特(Jacob Burckhardt, 1818—1897)是十九世纪后期德国文化区中声誉最高的历史学家，但对于他们史学旨趣和特征的理解不一。稍后于兰克的法国史学家安托万·基扬(Antoine Guilland, 1861—1938)，在1899年和1915年分别用法语和英语出版了《近代德国及其历史学家》一书，从政治史的角度剖析了兰克史学，强调"他关于历史的观念首先是政治性的"②，提出"在发现其内核前首先要击破其外壳"③，以便揭示其在貌似平和冷静的表象下隐藏的"亲普鲁士的历史学家们的偏见"④。但兰克最为人熟悉的史学品格还是"考证"，尤其是在他身后，不仅有德国学者，还有法国和英国的历史学家，"他们都把兰克当作自己的导师，并且比别人更好地运用兰克的方法"⑤，兰克也就成为近代"考证派"史学的典范。这一典范随着美国史学界对兰克的误解，即"被当作是一种本质上是实证主义路线的思想始祖"⑥而得到更为广泛

(接上页)陈寅恪先生》，《追忆陈寅恪》，第8页)而事实上，这些早年研修西洋史的知识背景对他后来从事的中国文化研究，也同样具有虽不明显但并非不重要的作用。

① 汪荣祖《陈寅恪评传》说："兰克除了发扬语文考证方法外，最大的贡献是重视原始史料，开档案研究的先河……所谓兰克的历史科学方法，主要指此而言。这一点对我国近代史学研究之影响也最大。"(第49页)又许冠三《新史学九十年》将现代史家分门别派加以论述，陈寅恪就被列在"史料学派"。

② 《近代德国及其历史学家》(Modern Germany and Her Historians)，黄艳红译，北京大学出版社2010年版，第57页。

③ 同上书，第44页。

④ 同上书，第61页。

⑤ 同上书，第70页。

⑥ 〔美〕格奥尔格·伊格尔斯(Georg G. Iggers):《美国与德国历史思想中的兰克形象》，见其著《二十世纪的历史学：从科学的客观性到后现代的挑战》(Historiography in the Twentieth Century: From Scientific Objectivity to the Postmodern Challenge)一书"附录"，何兆武译，山东大学出版社2006年版，第155页。按：伊格尔斯此文写于1962年，即便那个时候，对于大多数美国史学家来说，兰克的形象依然没有得到根本的改变。

的传播。

　　然而自二十世纪九十年代以来,对兰克的评论在欧美史学界发生了很大的改变。美国史学家费利克斯·吉尔伯特(Felix Gilbert,1905—1991)生前最后一部著作《历史学:政治还是文化——对兰克和布克哈特的反思》集中讨论了两个问题:一是兰克史学究竟有何新意? 二是布克哈特文化史观念与其时政治和学术思潮之间的关系。根据该书的总结,自十九世纪以来人们对兰克史学的探讨导致了一个被广泛接受的结论:"兰克通过使用一种新方法,即语文-考据法(philological-critical method),将史学提升为一门科学。"而在作者看来,这种流行观念"简化和僵化了兰克对史学研究的贡献"①。那么,作者揭示了哪些被遮蔽了的兰克史学的精髓呢? 那就是史学写作应成为一门"文学艺术",用兰克自己的话说:"史学与其他学术活动的区别在于,它也是一种艺术。"②兰克被当时及后人引用得最多的一句话,出自其处女作《拉丁与条顿民族史,1494—1535》(*History of the Latin and Teutonic, 1494-1535*)一书的导言,即说明"事情的本来面目"(wie es eigentlich gewesen)③。但德语"eigentlich"一词在译成英文的时候,却颇有问题,是只想表明过去的"本质"(essentially)如何? "真正"(really)如何? 还是"实际"(actually)如何? 按照吉尔伯特的意见,这句话在兰克语境中的真正含义是,"历史学家应当恪守其任务的界限:去呈现事物的实际面目"④。所以,这句话暗示我们"将注意力引向兰克史学成就中一个

---

① 《历史学:政治还是文化》(*History: Politics or Culture? Reflections on Ranke and Burckhardt*),刘耀春译,刘君校,北京大学出版社 2012 年版,第 13—14 页。
② 同上书,第 16 页。
③ 〔德〕列奥波德·冯·兰克著,〔美〕罗格·文斯(Roger Wines)编:《世界历史的秘密:关于历史艺术与历史科学的著作选》(*The Secret of World History: Selected Writings on the Art and Science of History*),易兰译,复旦大学出版社 2012 年版,第 79 页。
④ 〔美〕费利克斯·吉尔伯特:《历史学:政治还是文化》,第 41 页。

常常被(如若不是被弃之不顾的话)忽略的层面",即"文学层面","按照实际面貌呈现过去,不仅意味着尽可能准确地确立事实,还意味着用一种使它们重演的方式将其置于时代语境中"①。对兰克而言,"史学家不仅必须是考证家,也必须是作家……他从不怀疑这一点:历史著作是并且应当是文学作品"②。

需要指出的是,对于兰克史学在这一方面特征的揭示,并非吉尔伯特的孤明先发或一枝独秀。不仅在他著作的脚注中可以看到相关的研究成果,我们还可以借用德国史学家耶尔恩·吕森(Jörn Rüsen)和斯特凡·约尔丹(Stefan Jordan)在2004年对近年来兰克研究新动向的概括,了解当今西方史学界的一般看法:

> 近年来人们还深入研究了兰克在其丰富的历史著作中运用的分析方法和叙述艺术。重新评价了十九世纪欧洲现代历史学的兴起与现代小说之间的内在联系,比如将历史小说的产生与兰克的《拉丁与条顿民族史,1494—1535》一书进行了对比。这类学术研究涉及此前没有引起足够注意的史学叙述所遵循的特定的修辞学模式,从而进一步扩展了对兰克及其同时代史学家的研究领域。③

这些意见无一不是在揭示文学在兰克史学中的作用。如果我们再回头读一下十九世纪末、二十世纪初的基扬的著作,其实也会发现,尽管这个因素没有得到特别的强调,但书中也同样呈现了以下几个事实:比如兰克在研究十五世纪时,因为关注路易十一,而沃尔特·司各特

---

① 〔美〕费利克斯·吉尔伯特:《历史学:政治还是文化》,第42页。
② 同上书,第43页。
③ 〔德〕斯特凡·约尔丹、耶尔恩·吕森编:《历史上的各个时代——兰克史学文选之一》(Über die Epochen der Neueren Geschichte)"编者导言",杨培英译,北京大学出版社2010年版,第24页。

(Walter Scott,1771—1832)的历史小说《惊婚记》(*Quentin Durward*)描写的也正是这个时代,"于是他翻阅了这本书"①;又如兰克强调对于史料的批判性研究,其方法也不是新颖的东西,"圣伯夫(Sainte-Beuve)在文学批评中就曾这样做过"②;再如当兰克于1824年开始其著述的时候,德国还没有文学史家,他的《拉丁与条顿民族史,1494—1535》出版的时候,"柏林文学界欢呼他们的奥古斯坦·梯叶里的诞生,因为他们认为在兰克的作品中发现了他们期待的东西"③。在基扬看来,"历史学应具有形式上的美感,而兰克在这方面具有最出色的才能",这是兰克史学的"另一个特质"④。只是由于在后世相当的时间段内,兰克作为重视史料、强调考据、近代"客观的"历史学奠基人的形象日益深入人心,才使学术界长期遗忘了兰克史学的另一面。

关于兰克史学中的"文学层面",似乎可以从两方面来看。

一是就史学表述而言。对兰克来说,历史学家的工作可以分作两部分:首先是对史料的精确考订,以便探讨事实与事实之间的内在关联;其次就是要以清晰优雅的语言将其内在关联重新叙述出来。所以,"历史学家的任务首先就是既要做到博学,又要做到有文采,因为历史既是艺术也是科学"⑤。兰克无疑拥有并使用了这些才能,人们称赞他的优美文风,字句交织变幻,叙述韵律和谐,美国学者罗格·文斯说:"我们可以将兰克的著作当做文学作品来赏析,只不过这一文学作品也提供了历史信息而已,兰克这位艺术家是用历史事实来从事艺术创作的。"他编选兰克的选集,就是"鉴于兰克在历史艺术方面的不

---

① 〔法〕安托万·基扬:《近代德国及其历史学家》,第52页。
② 同上书,第56页。按:圣伯夫(1804—1869)是法国文学评论家。
③ 同上书,第64页。按:奥古斯坦·梯叶里(Augustin Thierry,1795—1856)是法国历史学家。
④ 同上书,第63页。
⑤ 《世界历史的秘密:关于历史艺术与历史科学的著作选》,第346页。

朽功绩"①。海登·怀特(Hayden White)则根据文学的情节化(emplotment)模式,将十九世纪的历史学家分为四种,即米什莱(Jules Michelet)的"浪漫剧",兰克的"喜剧",托克维尔(Alexis de Tocqueville)的"悲剧"以及布克哈特的"讽刺剧",并指出兰克的喜剧模式将不可避免地转变为布克哈特的讽刺剧模式②。以至于安东尼·格拉夫敦(Anthony Grafton)感叹说:"怪不得现代的学者们不能确定,该将兰克视为第一位科学化的历史学家,还是最后一位浪漫主义历史学家。"③后人编纂历史概念词典,在"生动性"(anschaulichkeit)一条就以兰克为例,正是他"通过使用见证者报告、旅行日记和历史小说的叙述手段,创造了生动的新境界"④。

就史学表述而言,陈寅恪很少受兰克影响。他的史学论著在文字叙述上,不仅谈不上艺术讲究,还因此受到同时代学者的"腹诽"。胡适在日记中记录:"读陈寅恪先生的论文若干篇,寅恪治史学,当然是今日最渊博最有识见最能用材料的人。但他的文章实在写的不高明,标点尤懒,不足为法。"⑤钱穆在致余英时的信中也曾评论过近人论学文字,其中谓陈寅恪"文不如王(国维),冗沓而多枝节,每一篇若能删去其十之三四始为可诵"⑥。对以上评论的是非今人当然可以见仁见

---

① 《世界历史的秘密:关于历史艺术与历史科学的著作选》"导言",第38—39页。
② 〔美〕海登·怀特:《元史学:十九世纪欧洲的历史想象》(Metahistory: The Historical Imagination in Nineteenth-Century Europe),第二部分《19世纪历史写作中的四种"实在论"》,陈新译,译林出版社2009年版,第159—320页。
③ 《脚注趣史》(The Footnote: A Curious History),张弢、王春华译,北京大学出版社2014年版,第93页。
④ 〔德〕斯特凡·约尔丹(Stefan Jordan)主编:《历史科学基本概念辞典》(Lexikon Geschichtswissenschaft Hundert Grundbegriffe),孟钟捷译,北京大学出版社2012年版,第12页。
⑤ 曹伯言整理:《胡适日记全编》"1937年3月22日"条,第6册,第657页。
⑥ 余英时:《犹记风吹水上鳞:钱穆与现代中国学术》附录,台湾三民书局1991年版,第253页。

智,但这些评论出自日记和私人信函,应该表达了他们的真实观感。陈寅恪不取兰克史学的这一特点,并非缺乏文学才华,他采用的例证性撰述方式,实乃有意为之,继承的是"史之为道,撰述欲其简,考证则欲其详"①的中国史学正统,在叙述上摒弃了"忽正典而取小说"的"稗官之体"②,即便有损于可读性也在所不惜。但哪怕是表述上的重视"文学"的修辞,也体现了某种"文史结合",会促使人们在史学研究中重视文学,进而引发"以文证史",尽管不是一种直接的联系。其实,自我估计和他人的认识往往有差异,就兰克自己来说,他有时对自身历史著作的评价是:"我是以自己独特的方式来从事历史写作的,这种叙述方式是朴实的、没有任何修饰的,除非实有必要才略显一点文采。"③但就把这句话与兰克其他的表述放在一起,也能显然发现其矛盾。

二是就史学方法而言。对兰克来说,认识世界的方式有两种:一是哲学式的,一是历史学的。前者是"通过对抽象一般的研究",后者"是通过对特殊的研究"④。他最终想要的结果是:"从根本上使'历史'这一头衔更加尊贵。"⑤用罗格·文斯的概括,兰克要"将历史主义构建成一种精神上令人高山仰止的事物"⑥。但历史学家要还原历史事实,就要有从个别事实升华到把握事件之间广泛联系的能力,尤其贵在能于

---

① 《四库全书总目》卷四十五"史部总叙"语,中华书局1965年影印版,第397页。
② 《四库全书总目》卷四十五《晋书》"提要"语,第405页。
③ 《世界历史的秘密:关于历史艺术与历史科学的著作选》,第54页。按:形成差异的原因是复杂的,这里并不一定可以自我声称为依据。就好像兰克总是把历史研究与文本考订联系在一起,说成是"我自己所首创的研究方式"(《口述自传》,第51页)。但正如格拉夫敦指出的,在兰克之前的倪不尔和赫尔曼(Gottfried Hermann,1772—1838)都曾经在对史料的批判上孕育了兰克,兰克甚至曾经称倪不尔是"新考证方法的开创者",但是最终"兰克不由自主地坚称自己具有原创性(人人都想取得原创性)——甚至不惜以对记忆中那个造就了自己的传统进行筛查(censoring)为代价"(《脚注趣史》,第111—112页)。
④ 同上书,第139页。
⑤ 同上书,第336页。
⑥ 同上书,第20—21页。

貌似无关的材料间发现其内在联系。在第一阶段,坚持的是史料批判原则。兰克也使用文学材料进入历史,尤其是小说,但一旦发现其中的错误,就会把自己的研究与虚构的故事相切割。至第二阶段要揭示"事情的本来面目",这来自上帝的神圣意志,无法通过对具体的文献史料的研究而获取,只能通过"移情"和"直觉"才能感知。兰克晚年给儿子的信中说:"一个人应当从内在的感情去理解历史……上帝的神圣意志高悬于每一事物之上,这种上帝的神圣意志无法直接证明,但是可以依据直觉而感知到这种神圣意志。"①这在其他文献中也有表述,比如:"最后的结果是以设身处地的方式(mitgefühl),移情(mitwissenschaft)地理解所有的一切。"②或者是:"批评性的研究,加上直观的理解,这两者之间相互配合不仅会,而且一定会使彼此更加具有说服力。"③格拉夫敦曾借用魏德曼(T. Wiedemann)的概括,道出兰克的一种无与伦比的才能——"结合侦探般的直觉与历史学的洞察力"④。"直觉"和"移情"说到底,是一种文学艺术的审美方法,他要通过这种方法,从大量史料中去感知、把握"事情的本来面目"。在这一层面上,陈寅恪就有较多的吸收。要能从残缺不全的材料中,窥见古代全部结构,"必须备艺术家欣赏古代绘画雕刻之眼光及精神","神游冥想,与立说之古人,处于同一境界,而对于其持论所以不得不如是之苦心孤诣,表一种之同情,始能批评其学说之是非得失,而无隔阂肤廓之论"⑤。正因为如此,陈寅恪论史论文,总能上下古今,不拘于一时间一地域,由片段个别的材料中别具只眼,"于异中见同,同中见异,融会异

---

① 《世界历史的秘密:关于历史艺术与历史科学的著作选》,第349页。
② 同上书,第328页。
③ 同上书,第336页。
④ 〔美〕安乐尼·格拉夫敦:《脚注趣史》,第66页。
⑤ 《冯友兰中国哲学史上册审查报告》,《金明馆丛稿二编》,第247页。

同,混合古今,别造一同异俱冥,今古合流之幻觉"①,所见往往在牝牡骊黄之外。这与兰克强调的"设身处地""直觉""移情"皆能相合。但兰克所面对的是"上帝的神圣意志",陈寅恪所面对的是古人之精神与学说,所以兰克最重视的是"直觉",而陈寅恪重视的是"了解之同情"。这是吸纳了中国传统的"知人论世""以意逆志"说,同时又摆脱了穿凿附会之弊。根据中国文学的特点,他又大量使用"以文证史"的方法。而在"以文证史"的实际运用中,又特别注意做"了解之同情"。蔡鸿生说"寅恪先生在历史人物与艺术典型之间'搭桥'的本领,虚实相生,令人叹服"②。在和兰克史学的"似"与"不似"之间,陈寅恪实践了其"不古不今"的学术品格。

四、布克哈特与"以文证史"

至于布克哈特,这位以《意大利文艺复兴时代的文化:一本尝试之作》(*Die Kultur der Renaissance in Italien : Ein Versuch*)而不朽的学者,一方面追随兰克,另一方面又是第一个将文化史和艺术史相结合的欧洲学者。在耶尔恩·吕森和斯特凡·约尔丹开列的"积极接受兰克思想的欧洲代表人物"的名单中,就有年轻的瑞士人布克哈特,并认为"他后来为艺术-文化史的发展指明了方向"③。这当然是有充分理由的。1843年,布克哈特在填写个人履历的时候,说自己有这样一位老师,"对这个人无论如何赞美都不为过,莱奥波德·冯·兰克"④;四十多年

---

① 《读哀江南赋》,《金明馆丛稿初编》,上海古籍出版社1980年版,第209页。
② 《发覆的魅力》,《仰望陈寅恪》上编,中华书局2004年版,第68、73页。
③ 《历史上的各个时代——兰克史学文选之一》"编者导言",第1页。
④ 《历史学:政治还是文化》,第109页。

后,在他"撰写自己的悼词时再次认为有必要重申自己曾是兰克的学生"①。在布克哈特看来,"将文学艺术与精确的学术研究相结合则是兰克最早两部伟大的史学著作独一无二的特征"②。这指的就是兰克的《教皇史》和《宗教改革时期的德国史》。"对布克哈特来说,这两部历史著作构成了兰克所有著作的导言,他认为政治史和文化史似乎不可能截然分开。"③而这两点,也构成了兰克和布克哈特的共同纽带,尽管他们的史学方向、趣味和认识有差异(这或许是布克哈特再三强调是兰克弟子的原因之一),"兰克被公认为政治史学派的领袖,布克哈特则写出了最出色的文化史著作"④。

和兰克一样,布克哈特也十分重视研究方法的探索。他在《世界历史沉思录》的"导言"中指出:"在研究的过程中,每个人都走出自己的路子。每个人所走的道路体现了他的精神思路,因此他以自己独特的方式走进他的研究课题,并且根据自己的思路发展出适合自己的方法。"⑤作为一个注重文化史写作的史学家,布克哈特在史料的运用和批判上也有自身的准则。史料当然要全面系统,但文化史研究所使用的,"大部分是由一种无意的、超然的,甚至是偶然的方式传达的材料所组成的"。对于史家来说,就是要善于把握其中体现出来的"持久的和典型的东西","这只有长期的和广泛的阅读才能确认这一点"⑥。其中文学是很重要的史料来源,他说:"教师应该不断地强调,每一个

---

① 《历史学:政治还是文化》,第112页。
② 同上书,第114页。
③ 同上书,第116页。
④ 同上书,第112页。
⑤ 〔瑞士〕布克哈特:《世界历史沉思录》(*Weltgeschichtliche Betrachtungen*),金寿福译,北京大学出版社2007年版,第4页。
⑥ 〔瑞士〕布克哈特:《希腊人·导言》,《希腊人和希腊文明》(*The Greeks and Greek Civilization*),王大庆译,上海人民出版社2008年版,第49—50页。

有名的古典作家的作品(原注:仅仅是汇编在一起也有其独特的价值)都是文化史研究的素材。"具体包括了叙述性作家、诗歌和哲学。由于强调阅读的整体性,他甚至说:"研究者同时应当认真地阅读很多二流和三流作家的全部作品……最重要的东西往往是在很遥远的地方被发现的。"①因为在一个文化史学者的眼中,"所有流传下来的东西都与它们所处时代的精神有某种联系,并以特定的形式解释和表达那个时代"②。既然有如此丰富的文献,判定其真实性就是首要解决的问题。中国拥有漫长的文献历史,在传世文献中,由于各种政治的、经济的、宗教的、人事的原因,也存在不少伪书。前人判定伪书的态度,往往颟顸武断,一得"伪书"之"恶谥",便似全无价值。古书流传至今,固然有全真全伪之书,但也有不少属于真伪混杂。既不能以伪乱真,也不能因伪废真。对此,陈寅恪提出了很好的意见:

> 真伪者,不过相对问题,而最要在能审定伪材料之时代及作者,而利用之。盖伪材料亦有时与真材料同一可贵。如某种伪材料,若径认为其所依托之时代及作者之真产物,固不可也。但能考出其作伪时代及作者,即据以说明此时代及作者之思想,则变为一真材料矣……今人能知其非一人一时之所作,而不知以纵贯之眼光……斷斷致辩于其横切方面。此亦缺乏史学之通识所致。③

此诚为石破天惊之论,但似非陈氏创见。布克哈特在关于希腊文化史

---

① 《希腊人·导言》,《希腊人和希腊文明》,第53—54页。
② 《世界历史沉思录·导言》,第17页。
③ 《冯友兰中国哲学史上册审查报告》,《金明馆丛稿二编》,第248页。陈氏另有《梁译大乘起信论伪智恺序中之真史料》一文,乃具体揭示"真论本文可以有后加伪序,而真序亦可附于伪论……真序之中可以有伪造之部分,而伪造之序中亦可以有真实之资料",见《金明馆丛稿二编》,第132—136页。

的演讲中就已经指出:"我们从希腊的往昔搜集来的任何东西都可以成为一种史料……即使是伪造者,一旦被我们识破,了解到他这样做的目的,其伪作也能够不自觉地提供非常有价值的信息。"①他又说:"在这方面典型的例子是小说,许多人把它们当做历史来读。里面的故事虽然经过加工,但总体上是真实的。"②这与他的老师兰克不同,兰克阅读沃尔特·司各特的小说,发现其中"甚至在具体细节上也是错的",就"不能接受司各特这种带有偏见倾向的描写"③。但布克哈特重视的是人类生活中较为恒定的社会状态,而非个别人物的所作所为,与典型的和持久的相比起来,具体人物和事件的前后顺序反而是次要的了。吉尔伯特曾做了这样的总结:"文化史家不打算从材料中了解过去的'事实';他研究材料是因为他们表达了以往时代的精神。因此,它们是不是准确的事实、是在撒谎或夸大其词或杜撰都无关紧要。即使误导性的陈述也可能告诉我们以前某个时代的精神。"④

布克哈特对于文献的开发有着无穷的积极性,他说:"只要我们以正确的方式在资料上下工夫,那么资料中蕴藏着的重要的信息一定会在某个重要的时刻或者命中注定的时间作为回报向我们招手。换一种表达方式,我们从许久以来的清规戒律或者故纸堆中突然获得一个崭新的启示。"⑤他在《世界历史沉思录》中,就有专门一节是"从历史的角度考察诗歌",他从认识人的本质出发,极其强调诗歌对于历史研究的作用:"历史能够在诗歌中找到它最重要的源泉,而且这些素材属于最纯真的和最美好的(按:在布克哈特的手稿中,使用的词不是'最美好的'而是'最可靠的')。首先,多亏了诗歌,历史对人的本质才有所

---

① 《希腊人·导言》,《希腊人和希腊文明》,第54—55页。
② 《世界历史沉思录·导言》,第16页。
③ 《世界历史的秘密:关于历史艺术与历史科学的著作选》,第52—53页。
④ 《历史学:政治还是文化》,第101—102页。
⑤ 《世界历史沉思录·导言》,第18页。

认识,其次,诗歌在理解时间方面和民族方面的问题上为历史提供了诸多的启发。对历史地考察世界的人来说,诗歌提供了有关各个民族的永恒的画面、提供了有关这些民族的各方面的信息,而且经常是唯一保存下来的或者是保存最好的信息。"①在这一节中,他论述的范围包括史诗、抒情诗、小说、戏剧以及其他造型艺术,特别值得一提的是,他还专门论及中国戏剧。随着相关史料的不断发现,或许会有直接证据表明陈寅恪读过布克哈特的书②。不过从常情推断,布克哈特曾在1872年被邀至柏林大学接任兰克退休后空出的教席,他拒绝了这个荣耀而留在瑞士,此举为人熟知,他的博学和人格也赢得了人们崇高的尊敬③。而根据另一位研究文艺复兴的大师英国学者贡布里希(E. H. Gombrich)的概括:"《意大利文艺复兴时期的文化》起初销售不畅,但约三十年后,这本书不仅在史学家中,而且也在普通读者中变得非常出名和流行。"④好学的陈寅恪适逢其时地在德国和瑞士求学,1909年至

---

① 《世界历史沉思录》,第63页。

② 目前已经发现的陈寅恪在德国留学时的64本读书笔记中,有藏文13本,蒙文6本,突厥回鹘文一类14本,吐货罗文(吐火罗文)1本,西夏文2本,满文1本,朝鲜文1本,中亚、新疆2本,佉卢文2本,梵文、巴利文和耆那教10本,摩尼教1本,印地文2本,俄文、伊朗1本,西伯来文1本,算学1本,柏拉图(东土耳其文)1本,亚力斯多德(数学)1本,《金瓶梅》1本,《法华经》1本,《天台梵本》1本,《佛所行赞》1本,这当然不是全部。参见季羡林《从学习笔记本看陈寅恪先生的治学范围和途径》,《纪念陈寅恪教授国际学术讨论会文集》,第74—87页。

③ 以尼采为例,"在他们的关系中,尼采始终是非常急迫的追求者,每次去信时都担心能否得到布克哈特的完全认可"。"尼采把握不准他与布克哈特的关系,这对他来说是十分痛苦的。他最后一次激动的表述是在一张狂乱的纸条上从'您'直接过渡到'你':'现在您是——你是——我们的伟大的更伟大的老师。'"以上引文出自二十世纪研究布克哈特的权威——德国卡尔·洛维特(Karl Lowith)著《雅各布·布克哈特》(*Jacob Burckhardt*),楚人译,商务印书馆2013年版,第40—41页。

④ 《文艺复兴:时期还是运动》,〔英〕贡布里希(E. H. Gombrich)著,李本正、范景中编选《文艺复兴:西方艺术的伟大时代》(*The Renaissance: A Great Age of Western Art*),中国美术学院出版社2000年版,第9页。按:事实也正是如此,该书于1860年初版时,仅印了750本,用了九年时间才售完。

1911年留学德国柏林大学，1911年至1912年留学瑞士苏黎世大学，1921年至1925年再度留学德国柏林大学，我们几乎可以确信他读过并且熟悉布克哈特的著作。近年有学者指出，陈寅恪对于艺术史十分重视，并在自己的史学研究中身体力行"图像证史"的手段①，而布克哈特几乎就是十九世纪最负盛名的艺术史家，他的这部名著"审慎地、隐然地'图像证史'"，"创造性地突破了依据年代叙事的传统史学，建立了以论题为经纬编织有机的文化史的新范式"②。这一类似也从另一个侧面印证了两者之间的联系，尽管仍然是不着痕迹的。

1944年，陈寅恪初成《元白诗笺证稿》，在给陈槃的信中说："前作两书，一论唐代制度，一论唐代政治，此书则言唐代社会风俗耳。"③言社会风俗，当然重在文化，但即便研究制度和政治，他的重心也还是放在种族和文化上，所以更重在具备文化史的眼光。其讨论隋唐制度渊源，特别阐明"魏晋以降中国西北隅即河陇区域在文化学术史上所具之特殊性质……实吾国文化史之一大业"④；在陈寅恪看来，"吾国旧史多属于政治史类"⑤，但他撰写唐代政治史，却着重指出："唐代安史乱后之世局，凡河朔及其他藩镇与中央政府之问题，其核心实属种族文化之关系也。"⑥尽管其研究面甚广，但聚焦所在是文化问题。陈寅恪重视史料，有学者甚至将他归为"史料学派"，认为"他对新史学的贡献，首推史料扩充"⑦。这固然不错，但仅仅是其一面（如果不说是表面的

---

① 参见姜伯勤《陈寅恪先生与中国"艺术史学"》，载曹意强等著《艺术史的视野——图像研究的理论、方法与意义》，中国美术学院出版社2007年版，第559—567页。
② 曹意强：《"图像证史"——两个文化史经典实例：布克哈特和丹纳》，《艺术史的视野——图像研究的理论、方法和意义》，第60—61页。
③ 《陈寅恪集·书信集》，第231页。
④ 《隋唐制度渊源略论稿》，中华书局1963年版，第19页。
⑤ 《唐代政治史述论稿·自序》，上海古籍出版社1997年版，第1页。
⑥ 《唐代政治史述论稿》上篇，第27页。
⑦ 许冠三：《新史学九十年》，第261页。

话)。对此,先师程千帆先生生前曾对我说:"寅老以考据家的面目出现,谈论的实际上是文化的走向问题。可惜从这一点研究者尚少。"①将政治史与文化史相融合,明显可以看出布克哈特的痕迹②。周师勋初曾经这样概括陈氏治史的特点:"史家的眼光,文学的意味。"③这与布克哈特史学的特征也是可以印证的。

就"以文证史"而言,陈寅恪绝非沿着传统路数顺理成章所致,比如在从洪迈到钱谦益之系谱上的踵事增华,其眼光及手段也绝非同时代学者可与相比。明显的一例是邓之诚,其《清诗纪事初编》秉承黄宗羲"以诗证史"之说,但其学术方法完全属于中国的旧学传统,其所成就也完全属于"旧人"的"有学无术"。陈寅恪则不然,他一方面熟稔中国"以诗证史"的传统,另一方面又从兰克、布克哈特等人的学术中受到启示,再根据中国文献自身的特色,开创出"以文证史"的新方法。陈寅恪在使用这一方法时,不仅仅是扩充了史料的来源,更重要的是对史料特征做出了辨析,而在这一辨析过程中,心中实有"外国"史料的对比在。他五十年代讲授"元白诗证史"课,第一讲开宗明义揭橥其史料与方法说:

> 中国诗与外国诗不同之点——与历史之关系:
> 中国诗虽短,却包括时间、人事、地理三点……外国诗则不然,空洞不着人、地、时,为宗教或自然而作。
> 中国诗既有此三特点,故与历史发生关系。唐人孟棨有《本事诗》,宋人计有功亦有《唐诗纪事》,但无系统无组织……即使是

---

① 张伯伟:《书绅录》,《读南大中文系的人》,南京大学出版社 2014 年版,第 221 页。
② 卡尔·洛维特在《布克哈特的"文化"史》中指出:"布克哈特文化史严格说来不是政治史,尽管它显得是政治的。"又说:"布克哈特却是这样的历史学家:他实际上在为当前服务……而他需要借助历史理解当前。"载《雅各布·布克哈特》,第 297 页。
③ 《陈寅恪的治学方法与清代朴学的关系》,《余波集》,南京大学出版社 2008 年版,第 284 页。

某人之年谱附诗,也不过把某一个人之事记下来而已,对于整个历史关系而言则远不够。

综合起来,用一种新方法,将各种诗结合起来,证明一件事。把所有分散的诗集合在一起,于时代人物之关系、地域之所在,按照一个观点去研究,联贯起来可以有以下作用:

说明一个时代之关系。

纠正一件事之发生及经过。

可以补充和纠正历史记载之不足。最重要是在纠正。

"元白诗证史"即是利用中国诗之特点来研究历史的方法。①

从以上的陈述中可以看出,这种方法与纯传统或纯西方者都不同,所以称得上"一种新方法"。就中国传统而言,虽然在唐宋时代已经有了《本事诗》《唐诗纪事》等书,但"无系统无组织";自宋迄清,尤其是在清代,无论是笺注前人作品,还是自己(或门人)编集,往往附入年谱或按年代次序作品,也仅局限于一人,不能从整体上说明与一个时代的关系,或证明一事之发生及经过。而陈寅恪是要综合史料,联贯地考察时间、人事、地理,这与兰克、布克哈特重视史学叙述中的完整、连贯具有同样的学术特征。再就西方传统而言,由于其诗多"为宗教或自然而作",在陈寅恪看来缺乏时间、空间和人物的要素,因此,很难用以充当"证史"的材料。布克哈特虽然不否定诗歌在历史研究中的作用,但他主要是为了证明"时代精神",而非具体的人事。若想注重后者,他也不得不承认:"小说能够展现一个广阔的生活场景,并且不断地联系现

---

① 唐筼:《元白诗证史第一讲听课笔记片段》,《陈寅恪集·讲义及杂稿》,第483—484页。按:引文中的书名号和引号为引者所加。又刘隆凯《陈寅恪"元白诗证史"讲席侧记》一书的记录,亦可参看。

实。"①故以史料的采撷和论证的步骤言,"以诗证史"也不是西方的学术传统。陈寅恪是取西方观念与中国文献相结合,开创了"利用中国诗之特点来研究历史的方法"。这才当得起"不古不今"的学术品格。

同样是"以文证史",在西方学术传统中,更多是利用小说等叙事体文学。尤其是在十九世纪的德国乃至欧洲,历史和小说关系的密切度达到前所未有的程度。雅克·巴尔赞(Jacques Barzun)在其文化史巨著中综述了这样的论述,比如"司各特教欧洲学会了历史",又比如法国历史学家说,"必须'阅读并吸收'巴尔扎克的小说之后,方能动手写史"。最后的结果是:"历史读起来就像一本小说,而小说几乎就是历史。"②在这个意义上,我们也能够重新理解已经熟知的恩格斯在1888年《致玛·哈克奈斯》信中的话,巴尔扎克的《人间喜剧》"汇集了法国社会的全部历史",自己从其中"所学到的东西,也要比当时所有职业的历史学家、经济学家和统计学家那里学到的全部东西还要多"③。布克哈特提倡的文化史研究,也不断强调阅读有名的古典作家,甚至是二流、三流作家的全部作品。在他的"希腊文化史"演讲中,通过对若干悲剧的分析,讨论了历史人物的精神世界。他说:"有一些作家,比如赫西俄德,在每件作品中都会提出新的问题,打开新的视野;我们每次阅读埃斯库罗斯的《普罗米修斯》的时候都会揭示出新的特点。"④而"对兰克,一如对兰克的许多同辈来说,沃尔特·司各特的小说曾是一个重要的刺激因素,激发了他对往昔事件的兴趣,即便在小说中发现的错误表述令兰克惋惜"⑤。直到二十世纪的德裔美国文化史

---

① 《世界历史沉思录》第二章,第67页。
② 《从黎明到衰落:西方文化生活五百年,1500年至今》(From Dawn to Decadence: 500 Years of Western Cultural Life, 1500 to the Present),林华译,中信出版社2013年版,第517页。
③ 《马克思恩格斯选集》第4卷,人民出版社1972年版,第445—446页。
④ 《希腊人·导言》,《希腊人和希腊文明》,第55页。
⑤ 《历史学:政治还是文化》,第43页。

家彼得·盖伊(Peter Gay,1923—2015),他所运用的"以文证史"的方法,仍然取材于小说,表现的还是西方史学的传统,尽管其学术背景已经发生了很大变化。作者驳斥了后现代历史学有关"事实是被创造而不是被发现出来"的观点,把小说看成一面反映现实世界的"扭曲的镜子"①,并最终一言以蔽之:"在一位伟大的小说家手上,完美的虚构可能创造出真正的历史。"②他告诉我们,作为一个老练的读者,可以把历史知识和文学经验融为一体,使小说成为发现历史真相的辅助。此外,作为美国汉学家的史景迁(Jonathan Spence),当他从事中国史研究的时候,偶试"以文证史"之笔,在地方志以外,也是借用了《聊斋志异》这类虚构的故事,来呈现清初山东郯城乡村中可能发生的情形③。当一位接受了中国史学训练的学者说:"在中国,历史学家一般不用《聊斋志异》或《红楼梦》之类的材料。"他的回应是:"因为我们知道它们是小说。但同时我们知道蒲松龄正是生活在本书所涉的时代。尽管是小说,它代表了一种见解。"④不止于此,他还明确区分了所谓"文学"和"小说"与历史相结合的不同性质⑤。这些都体现了一种强大而持久的西洋学术

---

① 《历史学家的三堂小说课》(*Savage Reprisals: Bleak House, Madame Bovary, Buddenbrooks*),刘森尧译,北京大学出版社2006年版,第11页。

② 同上书,第153页。

③ 参见《王氏之死》(*The Death of Woman Wang*),李孝恺译,李孝悌校译,广西师范大学出版社2011年版;《太平天国》(*God's Chinese Son: The Taiping Heavenly Kingdom of Hong Xiuquan*),朱庆葆等译,广西师范大学出版社2011年版。

④ 卢汉超:《史学的艺术——史景迁访谈录》,载王希、卢汉超、姚平主编《开拓者:著名历史学家访谈录》,北京大学出版社2015年版,第34页。

⑤ 史景迁在接受卢汉超采访时,曾特别做了如下辨析:"将历史和文学合而为一与将历史和小说合而为一是大不相同的。当我们用'Literature'一词时——无论是指'文'或'文学'——我们是用它来传达一种品质,一种评判,或者是如何遣词造句。当我们用'fiction'一词时,我们是意指一种方法,而这种方法除了广义上的合情合理外不必以事实为依据。"他又说:"文学和小说往往不同。我想文学更是一种哲学传统。'Literature'一词也与一种艺术传统相连。所以,如果说我把文学和历史相结合,这只是意味着我对史学的写作风格有着激情。"(同上书,第29—30页)

传统。作为熟悉德国史学的陈寅恪,对这一路数不会陌生,但是具体到中国文献中,小说本是"小家珍说"之意,在传统观念中,属于君子不为的"小道",其在文学中的地位,远不能与西洋小说在其文学世界中的地位相比,"以文证史"如何对待此类文献?据陈氏门人石泉的回忆:

> 先师讲课及研究过程中,在掌握史料方面"以诗证史"之例颇多,前人已屡有称述;但"以小说证史"之论点,则在讲课过程中亦有所阐发,大意谓:有些小说中所叙之人与事,未必实有,但此类事,在当时历史条件下,则诚有之。……先师称之为:"个性不真实,而通性真实。"①

所谓"个性不真实,而通性真实"的意见,实有类于布克哈特的立场,即关注材料所说的内容是不是"典型的和持久的"。或者用他另一番话来表述:"即使一个已经被记录下来的事件并未真的发生,或者并不像人们所报道的那样发生,但认为它确实发生过的看法已经通过论述的典型性保留了其价值。"②这个"典型性"就是"通性真实",它无关乎著述形式,也不在乎官修私撰。正是在这种观念的指导下,陈寅恪提出:"苟能于官书及私著等量齐观,详辨而慎取之,则庶几得其真相,而无诬讳之失矣。"③例如,为了证明唐代自高宗、武后以后,朝廷与民间皆重进士而轻明经,他引用了康骈《剧谈录》中的故事,并加按语云:

> 《剧谈录》所纪多所疏误,自不待论。但据此故事之造成,可

---

① 《先师寅恪先生治学思路与方法之追忆(补充二则)》,胡守为主编:《陈寅恪与二十世纪中国学术》,浙江人民出版社 2000 年版,第 157 页。
② 《希腊人·导言》,《希腊人和希腊文明》,第 50 页。
③ 《顺宗实录与续玄怪录》,《金明馆丛稿二编》,第 74 页。

推见当时社会重进士轻明经之情状,故以通性之真实言之,仍不失为珍贵之社会史料也。①

他是从"通性之真实"着眼取材于"小说证史"的。尽管"以文证史"是十九世纪后期德国兰克史学的特征之一,陈寅恪也耳熟能详,但他还是根据中国小说的文体特征,在采撷此类材料时提出"通性之真实",使有疏误的材料也能发挥史学上的"珍贵"作用。这就有别于兰克史学的方法,他因为司各特小说中的"错误"而最终只能放弃使用。至于就中国传统眼光来看,小说与史地位悬殊,若"以小说证史"无异于不经之谈。即使在与陈寅恪同时的一些优秀学者如陈垣、岑仲勉等人的眼中,小说材料也只能有限利用,终不能与正史"等量齐观"②。这种观念上的差异,与彼此在学术上的背景、取向、境界之别大有关系。也正因为如此,陈寅恪的"以小说证史"同样体现了其学术上"不古不今"的特质。

五、陈寅恪的启示

处于二十一世纪的今天,陈寅恪当年所指陈问题的背景已经发生了巨大改变,但问题本身却并没有得到解决。"有学无术"和"有术无学"的倾向,在今日学界依然存在。从缺乏自身的人文学研究的理论和方法来看,更是当今学术突出"病症"之所在。因此,陈寅恪在这一方面的探索精神和成绩,尤其值得继承、发扬、光大。

今日的人文学研究,应该把对理论和方法的探索作为一个重要课题。百年前东亚学术由传统向现代转型期间,在"术"的问题上,几乎

---

① 《唐代政治史述论稿》中篇《政治革命及党派分野》,第82页。
② 参见周师勋初《古今文史观念的演变》的相关分析,《当代学术研究思辨》,第199—215页。

是众口一词地向欧美学习。其中日本走在最前列,东洋史学家桑原隲藏在二十世纪初说:"我国之于中国学研究上,似尚未能十分利用科学的方法,甚有近于蔑视科学的方法者,讵知所谓科学的方法,并不仅可应用于西洋学问,中国及日本之学问亦非借此不可。"不仅如此,整个东方学的研究莫不皆然:"印度、阿拉伯非无学者也,彼辈如解释印度文献及回教古典,自较欧洲学者高万倍,然终不能使其国之学问发达如今日者,岂有他哉,即研究方法之缺陷使然耳。"①胡适当年读到此文,乃高度赞美曰"其言极是"②。中国学者看待日本的汉学研究成果,也取同样眼光。傅斯年在1935年说:"二十年来,日本之东方学之进步,大体为师巴黎学派之故。"③日本学者看中国学者的成绩,也着眼于此,狩野直喜在1927写的《忆王静安君》中说:"善于汲取西洋研究法的科学精神,并将其成功地运用在研究中国的学问上了。我以为这正是王君作为学者的伟大和卓越之处。"④韩国的情形也类似,国文学者林荧泽说,他五十年前经常听到的一个观点是:"我们国家虽然有文学作品,却没有评价它们的合适标准。所以借用国外的评价标准也是不错的。"⑤这里所谓的"国外",指的就是欧美。但是百年来一味模仿、引进欧美理论和方法的后果如何? 不妨听听以下的评论。

1975年前后,日本笔会为祝贺美国学者唐纳德·靳(Donald Keene)的《日本文学史》写作计划而举行座谈会,"其中好几次出现了这样的颂词:只有美国学者才能写出真正的日本文学史"⑥。而唐

---

① 《中国学研究者之任务》,J. H. C. 生译,原载《新青年》第3卷第3号,1917年5月。此据李孝迁编校《近代中国域外汉学评论萃编》,第79—80页。
② 《胡适日记全编》"1917年7月5日"条,第2册,第614页。
③ 傅斯年:《论伯希和教授》,原载《大公报》1935年2月19、21日,此据《近代中国域外汉学评论萃编》,第307页。
④ 《中国学文薮》,周先民译,中华书局2011年版,第384—385页。
⑤ 《国文学:做什么、怎么做》,《韩国学:理论与方法》,李学堂译,王君松校,山东大学出版社2010年版,第322页。
⑥ 〔日〕小西甚一:《日本文学史》1993年版"跋",郑清茂译,台湾联经出版事业股份有限公司2015年版,第249页。

纳德·靳的写作动机,也缘于此前读到佐佐木信纲《上代文学史》后的感想:"我们毕竟还是不得不为自己写文学史。不管日本人的评价如何,佐佐木氏的著作与我们的趣味相去甚远。"①福井文雅对西洋学者的类似批评也是言之再三,"日本汉学家虽然拥有广博的知识,但缺乏科学的整理而使之上升为学术研究的方法","日本人写的论文是知识的罗列,这并非学术"②。这些批评有时兼涉中日两国学者:"中国人和日本人虽然有文献的知识,却不懂得处理、研究文献的方法。"③保罗·柯文(Paul A. Cohen)在二十世纪七十年代后期说:"中国史家,不论是马克思主义者或非马克思主义者,在重建他们自己过去的历史时,在很大程度上一直依靠从西方借用来的词汇、概念和分析框架,从而使西方史家无法在采用我们这些局外人的观点之外,另有可能采用局中人创造的有力观点。"④而在前些年,宇文所安也曾对中国学人当面直陈"中国古代文学研究者欠缺理论意识"⑤。至于包弼德(Peter K. Bol)针对思想史研究的国际转向也预言了如下结果:"除了欧美思想架构体系以及方法论在世上不同语言国家中的扩张外,思想史在国

---

① 《日本文学史·解说·导进文学核心的书》,同上书,第238页。按:唐纳德·靳的语气同样是自负的,其著作也的确受到欧美学者的重视。比如他在1976年出版的讨论江户时代日本文学史著作(*World Within Walls: Japanese Literature of the Pre-Modern Era, 1600-1867*)中,就有一个所谓的"著名论断",即这一时期的日本文坛是"高墙内的世界","此时的文学基本上是在没有借鉴外国的基础上发展的"(参见彼得·伯克《文化杂交》的称引,杨元、蔡玉辉译,译林出版社2016年版,第78页)。这就完全忽略了自康熙二十三年(1684)以后,每年从中国到长崎的船上大量输入的最新书籍,也无视日本学者的众多先行研究,如山脇悌二郎『長崎の唐人貿易』,吉川弘文館,1964年;大庭脩『江戸時代における唐船持渡書の研究』,關西大學東西學術研究所,1967年,所以这一论断尽管是"著名"的,但也是错误的。

② 《汉字文化圈的思想与宗教·后记》,徐水生、张谷译,武汉大学出版社2010年版,第286页。

③ 《有关道教的诸问题》,《汉字文化圈的思想与宗教》,第267页。

④ 《在中国发现历史》(*Discovering History in China*),林同奇译,中华书局1989年版,第1页。

⑤ 转引自卞东波《宋代诗话与诗学文献研究·后记》,中华书局2013年版,第440页。

际转向上还能有其他作为吗？其他文化（例如南亚与东亚）能有所反馈吗？儒学学者能有所反馈吗？我觉得对此问题的答案很可能是'不能'。而这也是过去百年来中国知识分子深层焦虑的源由。"①这些评论应该引起我们的反思，从而调整我们的学术重心。

"学"和"术"，用另外一个表述，不妨称作材料和方法。在材料的挖掘方面，百年来的成绩突飞猛进。材料、观念、方法的更新，便可能导致古典学的重建。裘锡圭把第一次重建的时间定于二十世纪一二十年代，把今天受赐于"出土资料"而"走出疑古时代"，看成第二次古典学重建的开始②。其实，现代的所谓"新材料"，是包括但不限于"出土资料"的③。但仅仅有了新材料，是否必然会导致古典学的重建？是否必然会形成"时代学术之新潮流"④？回答是否定的。就好像法国十八世纪的哲学家们，虽然"砸烂了圣·奥古斯丁的《天城》，只不过是要以更行时的材料来重建它罢了"⑤。易言之，即便使用了"更行时的材料"，但重建起来的依然是一座中世纪的旧城⑥。我们的确在材料的挖掘、

---

① 《我们现在都是国际史家》（"We are all International Now"），赖芸仪译，载思想史编委会编《思想史》第一辑，台湾联经出版公司 2013 年版，第 246 页。英文版见该书第 253 页。

② 《中国古典学重建中应该注意的问题》，《中国出土古文献十讲》，复旦大学出版社 2004 年版，第 4 页。

③ 2002 年 11 月，北京大学中国古代史研究中心就举办过"古代中外关系史：新史料的调查、整理与研究"国际学术研讨会，其论文集《中外关系史：新史料与新问题》（荣新江、李孝聪主编，科学出版社 2004 年版），内容涉及七个方面：a. 图像·文本·碑铭：新发现与新解读；b. 简牍与文物：考古新发现与研究；c. 舶来品与外来文化：新问题与新探索；d. 手稿·游记·著作：明清来华传教士研究；e. 天文·地志与舆图：多角度的新观察；f. 域外遗珍：海外史料的调查与研究；g. 周边文献与地方史料：新旧资料的互证。

④ 陈寅恪：《陈垣敦煌劫余录序》，《金明馆丛稿二编》，第 236 页。

⑤ 〔美〕卡尔·贝克尔（Karl L. Becker）：《18 世纪哲学家的天城》（*The Heavenly City of the Eighteenth-Century Philosophers*），何兆武译，北京大学出版社 2013 年版，第 25 页。

⑥ 本书的这个核心观念，在彼得·盖伊（Peter Gay）的《启蒙运动：现代异教精神的崛起》（*The Enlightenment: The Rise of Modern Paganism*）一书中受到全面的质疑并修正。刘尧森、梁永安译，台湾立绪文化事业有限公司 2008 年版。

整理方面取得了很好的成绩,而且还应该继续类似的工作,但如果在学术理念上,把文献的网罗、考据认作学术研究的最高追求,回避、放弃学术理念的更新和研究方法的探索,那么,我们的一些看似辉煌的研究业绩,就可能仅仅是"没有灵魂的卓越"①。

　　陈寅恪的"以文证史"是其文史研究的新方法。他实践了"一方面吸收输入外来之学说,一方面不忘本来民族之地位"的历史经验,既开掘新史料,又提出新问题;既不固守中国传统,又不被西洋学说左右。在吸收中批判,在批判中改造,终于完成其"不古不今之学"。他不只在具体研究上有许多创获,尤其在学术方法上有所建树。今日中国学术如能沿着这条道路继续努力,其在国际学术界的贡献和影响,必将形成另外一番面目。我还是要说,在进行自身的理论和方法的建设和探索时,应该坚持以文本阅读为基础,通过个案研究探索具体可行的方法,走出模仿或对抗的误区,在与西洋学术的对话中形成。在今天的人文学理论和方法的探求中,套用西方固不可为,无视西方更不可为。我们的观念和方法应该自立于而不自外于、独立于而不孤立于西方的学术研究②。

二〇一五年十一月二十九日初稿
十二月十三日修改于朗诗寓所
二〇一六年七月二十日再改

　　(本文曾以《现代学术史中的"教外别传"——陈寅恪"以文证史"法新探》为题载《文学评论》2017年第3期)

---

　　① 借用美国学者哈瑞·刘易斯(Harry R. Lewis)的书名——*Excellence Without a Soul*。
　　② 有关这一方面的详细论述,参见张伯伟《中国古代文学研究的理论和方法问题》,载《文学遗产》2016年第3期。

程千帆诗学研究的学术史意义

一、引言

程千帆(1913—2000)先生是二十世纪的学者。这样一个历史时段,正是中国学术完成从传统向现代转型的过程。转型后所面临的,就是发展的问题。阮元曾说:"学术盛衰,当于百年前后论升降焉。"①如果以百年升降看中国乃至东亚学术,今日发展遇到的最大问题,就是如何反省西方汉学对东亚的影响和改造,其症结点就在研究方法。自十九世纪末开始,东亚学术面临西方的挑战,先后不等地进入了一个转型的过程。在这一过程中,日本走在最前列,他们做出的样板,就是全面拥抱西洋的科学方法。中国作为当时的后进国,即便从事传统文化的研究,也要既向西洋学习,又向东洋学习(当然,通过东洋最终还是学习西洋)。八十年代以来,国外汉学译著在中国学术界大量涌现,本来是作为"他山之石",却在不知不觉中演变为潜在的金科玉律。学人不是力求与之做深度的学术对话,反而一味地为西洋思考模式的不断传播提供在东亚的"演出平台"或"扬声器"。也难怪宇文所安要批评说,"中国古代文学研究者欠缺理论意识"②;包弼德则忍不住出言讥讽,思

---

① 《十驾斋养新录序》,《钱大昕全集》第7册,第1页。
② 转引自卞东波《宋代诗话与诗学文献研究·后记》,第440页。

想史研究的国际转向,其唯一的结果只能是"欧美思想架构体系以及方法论在世上不同语言国家中的扩张",而儒学学者是不可能对此有任何"反馈"的。所谓"不同语言国家",在包弼德的想象中,主要就是东亚①。为了中国学术的健康发展,我们有必要直面上述问题,做出严肃的而非意气的回应。

在这里,我想把范围压缩到中国文学(尤其是诗学)的研究,但其中涉及的种种问题,其实在东亚人文学术中也带有普遍性。孔子说:"我欲载之空言,不如见之于行事之深切著明也。"②因此,采用具体的个案分析的方式也许更为切实可行。在二十世纪的中国古代文学研究者中,千帆先生不仅是一位卓有建树的专家,在很多具体问题上做出了精深的研究,而且,他还是一位极其注重研究方法之探讨和实践的学者。在同时代的古代文学研究者中,千帆先生是最具有方法的自觉和不懈的努力的,这可以作为他区别于其他学者的重要标志。从四十年代开始尝试将考证和批评相结合,到九十年代中期概括出"两点论"——文艺学和文献学的精密结合,这种努力是一以贯之的。仔细梳理这一探索过程,深入阐释"两点论"的内涵和意义,对于今日中国学术的发展无疑是有益的。针对中国学术面临的问题,任何一位有责任感的学者都不会回避。比如最近蒋寅教授发表论文《在中国发现批评史——清代诗学研究与中国文学理论、批评传统的再认识》③,就是仿照了美国学者保罗·柯文(Paul A. Cohen)《在中国发

---

① 《我们现在都是国际史家》,第 246 页。英文版见该书第 253 页。
② 《史记·太史公自序》引,〔日〕泷川资言:《史记会注考证附校补》卷一百三十,上海古籍出版社 1986 年版,第 2067 页。
③ 文载《文艺研究》2017 年第 10 期。更早的时候,蒋寅曾在 2015 年 7 月 3 日上海大学主办的"清代诗学文献整理与研究"国际学术研讨会上,以此为题做了摘要式报告,后收入李德强编《清代诗学文献整理与研究》,上海大学出版社 2016 年版。

现历史》的书名,试图从清代诗学文献出发,达到对中国文学批评和理论传统的再认识。但除了就具体的文献层面做探讨,在方法层面上的研究有可能会导致更大的收获,这也是本文以学术方法为聚焦点的重要原因。

二、陈寅恪的先导作用

千帆先生出生于文学世家,初中三年级以前,他接受的是私塾教育,在"有恒斋"跟从其伯父君硕先生读书,奠定了广泛而坚实的中国传统文化基础。1928年到南京,成为金陵大学附属中学初中三年级的插班生,开始接受现代教育。1932年考入金陵大学中文系,当时南京的高等学府还有著名的中央大学,云集了众多名师,使千帆先生获得了转益多师、亲承音旨的机会①。在其后的工作环境中,转益多师的精神也一直保持在他身上。在四川和武汉,如赵世忠、庞俊、刘永济等前辈,都是他所"极为尊敬而事以师礼的"②。由于各方面的滋养和刺激,他在学术上也迅速成长起来③。

在影响千帆先生的众多学者中,有一位虽然没有直接的师承关系,却因家族世交而产生重大意义的,他就是陈寅恪④。1988年,在为纪念陈寅恪百年诞辰的论文附记中,千帆先生写道:"鯫生与丈三世通家,

---

① 参见程千帆述、张伯伟编《桑榆忆往·劳生志略》的第二、三两节,北京大学出版社2015年版,第6—19页。
② 程千帆:《闲堂自述》,《文献》1991年第2期,收入巩本栋编《程千帆沈祖棻学记》,贵州人民出版社1997年版,第7页。
③ 关于千帆先生学术受到黄季刚(侃)、胡小石(光炜)、刘弘度(永济)等先生影响的部分,参见张伯伟《程千帆先生的诗学研究》,《江苏文史研究》2000年第三期"纪念程千帆先生专号"。
④ 在千帆先生晚年所写的《闲堂自述》中,第二节是"学习与师承",其中对陈寅恪先生只字未提。

尝陪杖屦,山木之哀,久而弥笃。"①关于程、陈两家的世交情谊,已有人收集了大量史料,做了详赡的描述②。所谓"三世通家",是从千帆先生的伯祖父程颂藩,叔祖父程颂芳、程颂万与陈三立的交往算起,第二世是其父程康(其师顾印伯也是陈三立的至交)与陈家父子的交往,到他自己是第三世。就千帆先生本人与陈家有关者而言,比如他少年时就得到散原老人的赠联:"卓荦想超文字外,典型独守老成余。"③上句出自王安石《寄无为军张居士》,下句出自苏轼《次韵子由送蒋夔赴代州学官》。陈方恪1934年写给程康的诗中,也用"有子已足况麒麟,优游礼法肩青箱"④之句,表达了对千帆先生的欣赏和赞美。而在武汉大学任职期间,千帆先生也曾与陈登恪同事,彼此有诗简交往。至于与陈寅恪的所谓"尝陪杖屦",其实只有1944年数月中的短暂时日,当时燕京大学内迁成都,借华西大学校址,陈寅恪在文学院讲授唐史、元白诗等课,千帆先生和孙望先生曾去旁听。但千帆先生对陈寅恪可谓终生追慕向往,他对陈氏学术方法、宗旨、趣味以及文字表达的理解,远胜一般。即便与陈氏及门弟子相较,也毫不逊色,如果不说超出的话。

我们先从有迹可循处说起,陈寅恪有一篇《韩愈与唐代小说》,原以中文撰成,后由魏楷(J. R. Ware)译成英文,1936年4月发表在《哈佛亚细亚学报》第一卷第一期,中文原稿从未刊布⑤。千帆先生在1947

---

① 北京大学中国中古史研究中心编:《纪念陈寅恪先生诞辰百年学术论文集》,北京大学出版社1989年版,第161页。

② 参见廖太燕《世缘与学缘的叠合——论程千帆和陈寅恪的家族渊源及学术因缘》,《近代史学刊》第13辑,社会科学文献出版社2015年版,第253—265页。

③ 《赠会昌联》,注:录自江西省博物馆藏程千帆所捐赠之陈三立手迹。潘益民、李开军辑注:《散原精舍诗文集补编》,江西人民出版社2007年版,第345页。按:此则文献出处承廖太燕博士提示,特此感谢!

④ 《甲戌冬月喜晤穆庵,即送其赴杭州》,潘益民辑注:《陈方恪诗词集》,江西人民出版社2007年版,第68页。

⑤ 关于陈寅恪此篇中文稿未能刊出的原委,参见孙羽津《陈寅恪、朱自清学术互动论略——以1936年退稿事件为中心》,《文艺研究》2020年第1期。

年春将此迻译为中文，发表在《国文月刊》第 57 期（1947 年 7 月 10 日），而格式"皆准寅丈平日行文之例"①，突出表现了其心摹手追的用意。1945 年 12 月，他撰写《〈长恨歌〉与〈圆圆曲〉》，开篇即提及 1944 年春陈寅恪讲课论及白居易《长恨歌》与陈鸿《长恨传》，且评论云："其极深研几，发千古文心之覆，非洞悉文章体制之老宿，殆不能为是言。"②有关《长恨歌》《传》之关系及性质，千帆先生在 1949 年春也曾与孙望先生有所讨论，前者颇韪陈言，而后者不取陈说③。再如 1948 年所写《郭景纯、曹尧宾〈游仙诗〉辨异》，讨论唐人言"仙"和"游仙"的特殊含义，以及"会真"二字作何解释，千帆先生也特别表彰"近日陈寅恪丈始发其覆"④，并根据其说以为全文讨论的基础。1938 年 8 月 19 日，他在周云青《秦妇吟笺注》一书的扉页上曾题写数行云："寅恪先生《读秦妇吟》一篇，刊《清华学报》，于诗中主角行旅轨辙论列甚详，当参。"晚年论及自己《唐代进士行卷与文学》一书，也说受到"寅恪先生谈唐朝行卷的文章"⑤的影响。但陈寅恪影响之最深刻处，并不在这些具体的结论上。

在现代中国学术史上，陈寅恪是非常强调学术研究方法的，这当然不止他一人，同时代的新派人物大都强调用"科学方法"，也就是西洋人做学问的方法来整理国故。与之相对的旧派人物，则往往固守传统。在陈寅恪看来，这两派可谓"田巴鲁仲两无成"⑥，表现在"旧派失之

---

① 收入莫砺锋编《程千帆全集》第七卷《闲堂文薮》，河北教育出版社 2000 年版，第 36 页。
② 《程千帆全集》第八卷《古诗考索》，第 495 页。
③ 参见孙望《与程会昌函》，《蜗叟杂稿续编》，《孙望选集》下册，南京师范大学出版社 2002 年版，第 724—725 页。
④ 《程千帆全集》第八卷《古诗考索》，第 425 页。
⑤ 《桑榆忆往·劳生志略》七，第 58 页。
⑥ 《北大学院己巳级史学系毕业生赠言》，《陈寅恪诗集》，第 18 页。

滞……新派失之诬"①;或曰"旧人有学无术,新人有术无学"②。而他要努力追求和实践的,用其自我评价的话来说,就是"寅恪平生为不古不今之学"③。对于这句话的理解,众说纷纭,但解释得最为贴切的,是千帆先生的意见,就是指其学问"既不完全符合中国的传统,也不是完全跟着现代学术走,而是斟酌古今,自成一家。表面上是自嘲,其实是自负……即不古不今,亦古亦今,贯通中西,继往开来"④。如果不是对陈寅恪学术有真切的理解,是无法做出上述精辟阐释的⑤。陈氏的学术研究,非常注重使用新材料、新方法,最具代表性的就是"以诗证史",或曰"以文证史"。他讲授课程,往往开宗明义,揭示该课程在材料和方法上的特点。他著书立说,无论明言抑或暗示,字里行间也往往透露出对方法的追求。但与当时新派人物如胡适、傅斯年最大的区别在于,他采取的路径并非"忠实输入北美或东欧之思想",而是自创一路,将中国传统与西洋学术相嫁接⑥。千帆先生非常重视陈氏的学术方法,他曾这样谆谆教导门人,读陈寅恪的书"不但要接受他的有详密的论证而获得的结论,更要注意论证过程中所显示的方法。这是非常重要的,否则你所得到的终究有限"⑦。同时他还指出,比方法更重要的是见识,"认识到什么程度使用什么方法。陈寅恪使用的方法是考证,这是

① 蒋天枢:《陈寅恪先生编年事辑》(增订本)附录二,第 222 页。
② 卞僧慧:《陈寅恪先生欧阳修课笔记初稿》,刘东主编:《中国学术》第 28 辑,第 2 页。
③ 《冯友兰中国哲学史下册审查报告》,《金明馆丛稿二编》,第 252 页。
④ 陶芸编:《闲堂书简》(增订本),第 425 页。
⑤ 陈寅恪先生的弟子蔡鸿生在《金明馆教泽的遗响》一文中,列举诸家对"不古不今之学"的解释后指出:"比较而言,程说似乎更知其人其学。"(刘隆凯整理:《陈寅恪"元白诗证史"讲席侧记》,第 200 页)
⑥ 参见张伯伟《现代学术史中的"教外别传"——陈寅恪"以文证史"法新探》,《文学评论》2017 年第 3 期。
⑦ 《闲堂书简》(增订本),第 425 页。

很传统的方法,但在他的考证背后隐藏着他对于中国历史与文化许多理论性看法,他考证的方法丝毫不影响他结论的深刻与独创。可见最重要的是治学的眼光,而不完全是方法"①。这导致了千帆先生对陈氏学术宗旨的深刻认识:"寅老以考据家的面目出现,谈论的实际上是文化的走向问题。"②这么看来,考据也不过是其"筌蹄"而已。

在二十世纪古代文学研究的学者中,千帆先生是一个方法论意识极为自觉而强烈的人。从早年的将批评建立在考据基础上的方法,到晚年强调的"两点论"——文艺学和文献学的精密结合,这种学术追求是始终一贯的。由于受到陈寅恪的深刻影响,在具体的研究实践中,千帆先生当然就会运用陈氏的方法,比如《王摩诘〈送綦毋潜落第还乡〉诗跋》《唐代进士行卷与文学》,就是陈寅恪"以诗证史"法的实践(当然已有所变化)。更进一步说,他对研究方法高度地、一贯地重视,也同样来自陈氏的启示。周勋初先生指出,将批评建立在考据的基础上,这一方法的提出就受到陈寅恪的影响③。1978 年重返南京后,千帆先生在给老门生的信件中说:"我的工作重点今年在培养中年教师,为他们详细修改讲义。另外,作几次方法论的专题报告。"④1980 年 6 月 30 日致函叶嘉莹,希望她能代选若干英美汉学刊物上的文章,"择其研究方法不同于国内传统而见解精辟者,复制若干篇赐寄"⑤;1981 年 1 月

---

① 《访程千帆先生》,《文学研究参考》1987 年第 1 期,收入《程千帆沈祖棻学记》,第 94 页。
② 《书绅录》,张伯伟:《读南大中文系的人》,第 221 页。
③ 周勋初先生在《程千帆先生的诗学历程》中指出,千帆先生早年倡导的将批评建立在考据基础上的方法"显然曾受陈寅恪先生的影响";又说,陈氏"以诗证史,以史证诗,开辟了文史研究的新途径。千帆先生的治学,同样具有这一特点"(《周勋初文集》第六卷《当代学术研究思辨》,第 127 页)。
④ 《闲堂书简》(增订本),第 37 页。
⑤ 同上书,第 260—261 页。

19日致函周策纵,也同样请求复印若干"方法新颖,议论精辟"的论著①;1985年请叶嘉莹到南京大学讲学,提出"请先生概述北美西欧汉学研究现状(动态及方法等)并回答一些提问"②的要求。1985年末,陶芸先生编讫《治学小言》,在"后记"中说,千帆先生这本书"主要谈的是治学方法论的问题"③。1986年冬在接受《文学研究参考》记者的访谈时,他着重谈了研究方法的创新。1989年由门人代编的《程千帆诗论选集》,其宗旨仍然"是一部有关方法论的书"④。到九十年代中期他提出"两点论",将其一生对于文学研究方法的探索做了一个概括。除了以公开演讲的形式加以提倡,在与后辈的谈话或邮件中,亦每每标举此境。如云:"我总是在考虑,文学研究,应该是文献学与文艺学最完美的结合。"⑤又云:"我常感到,最理想的著述应当是文献学与文艺学的高度结合,互相渗透,融为一体。"⑥又云:"近岁每以为文艺学与文献学之高度结合,乃研究工作之高境。"⑦这一表述中的文艺学和文献学或先或后,但意思相同。千帆先生颇喜举清人周书昌语:"为文章者,有所法而后能,有所变而后大。"⑧我要说的是,在其自身学术方法的探索过程中,他对于陈寅恪的学术,就做到了既"有所法"又"有所变"。

---

① 《闲堂书简》(增订本),第274页。
② 同上书,第269页。
③ 陶芸编:《治学小言》,齐鲁书社1986年版,第143页。按:千帆先生对此书颇为珍视,他在1990年7月曾这样自述:"我既做了半个世纪的教书匠,自不免和青年人多所接触,谈过不少问题。陶芸将其中有关如何做学问的一部分辑录下来,出版了一本名为《治学小言》的小册子,愚者千虑,或有一得,聊供有志于从事学术工作的同志们参考。"(《闲堂自述》,《文献》1991年第2期)但此书未收入《程千帆全集》,颇为可惜。
④ 张伯伟:《程千帆诗论选集·编后记》,山西人民出版社1990年版,第280页。
⑤ 程千帆、巩本栋:《关于学术研究的目的、方法及其他》,原载《文艺理论研究》1995年第3期,收入《程千帆沈祖棻学记》,第119页。
⑥ 《闲堂书简》(增订本),第724页。
⑦ 同上书,第709页。
⑧ 姚鼐《刘海峰先生八十寿序》引,《惜抱轩文集》卷八,《惜抱轩诗文集》,上海古籍出版社1992年版,第114页。

三、从史学研究法到诗学研究法

陈寅恪的学术,是千帆先生终生向往追慕的对象,有人评论他"对陈寅恪学术研究方法论的自觉意识远超同时代的许多学者"①,也是中肯之论。但千帆先生的学习方式,不是形迹上的亦步亦趋,而是在把握学术宗旨的前提下,根据自己的研究内容,在学术实践中"有所法"又"有所变",将重心由"史"转移到"诗"。所以在具体问题的结论上,也就必然会对陈寅恪的某些断语有所补充或修正②。陈寅恪冥心搜讨的新方法是史学研究法,他明确地说"元白诗证史即是利用中国诗之特点来研究历史的方法"③,在这一宗旨下,无论名目上说"以诗证史""以史证诗"或"诗史互证",在陈寅恪心中终究都是用来"研究历史的方法"。而千帆先生所努力探索和实践的则是诗学研究法。在这一研究法中,"诗"不仅是研究的出发点,也是归结点。各种史料的运用不一定是用来"证诗"之真伪、是非,更多的是提供读诗的参证和联想的凭借。而在研究方法的层面涉及千帆先生与陈寅恪的关系,时贤往往仅注意其同,而忽略其异。但尤其这个"异",恰恰是最值得我们予以深究的。

三十年前,我编纂《程千帆诗论选集》一书,在"编后记"中曾经对

---

① 廖太燕:《世缘与学缘的叠合——论程千帆和陈寅恪的家族渊源及学术因缘》,《近代史学刊》第 13 辑,第 259 页。

② 例如,《唐代进士行卷与文学》第八节"行卷风尚的盛行与唐代传奇小说的勃兴"中说:"陈寅恪先生依据赵(彦卫)说,加以发挥,指出传奇小说某些结构和内容上的特点,对我们也还是有益的,但他却将这些本来不具有绝对性和普遍性的情况绝对化和普遍化了,陷入以偏概全,因而就不得不得出与事实不完全符合的、同时也使人不能完全信服的结论来。"(《程千帆全集》第八卷,第 80 页)

③ 唐赟:《元白诗证史第一讲听课笔记片段》,《陈寅恪集·讲义及杂稿》,生活·读书·新知三联书店 2002 年版,第 484 页。

千帆先生的研究方法有所提炼，概括为"以作品为中心的文学研究方法"①，并围绕这一方法做了较多的阐释。当时他尚未提出"文艺学和文献学精密结合"的"两点论"，其成形当在九十年代中期，公开阐述在1996年10月12日，是南京大学中文系"素心会"第二次活动时的讲演题目。二十多年来，这句话在许多人已是耳熟能详，但即便是一句真理，若缺乏进一步阐释，很可能渐渐流为一句"口头禅"，最后也可能失去其应有的意义。既然称作"两点论"，看起来自然是两者并重，但研究的起点在哪里，终点在哪里，重点在哪里，如果把文献学和文艺学的结合比作一杯鸡尾酒，那么，两者的剂量是否有固定的比重，"两点论"的精髓是什么，可否简单地理解为"考证"加"评论"，怎样的研究才堪称"两点论"的典范。这些问题，都还值得我们继续思考和探索。

简单地说，"两点论"是千帆先生在探索研究方法过程中的最后结果，它不是突如其来的灵光一闪，而是与以往的研究和探索有着一脉相承的关系，只有结合其一贯的研究特征，才能把握"两点论"的精髓。千帆先生自己说，他是"通过创作、阅读、欣赏、批评、考证等一系列方法，进行探索"②的。我还是认为，在这一系列过程中，中心环节是围绕文学作品。所谓文学研究的方法，其区别于哲学或史学研究方法的关键，就在于其研究对象离不开文学作品本身。没有作品，就没有文学的历史和理论；不深入理解作品，文学的历史和理论就只能是表层现象的描绘或似是而非的议论。创作的成果固然是作品，阅读、欣赏、批评、考证的对象也是作品（主要是诗），这就意味着，诗学研究法要学会并坚持始终对诗说话、与诗对话、说诗的话。阅读的对象是诗，在这一过程中，就会发生欣赏、批评和考证的活动，其中前二者属文艺学，后者属文

---

① 张伯伟:《程千帆诗论选集·编后记》，第282页。
② 《答人问治诗》，《文史知识》1986年第4期，收入《治学小言》，第121—122页。

献学,经过这样一番活动,最终导致的是对作品更新、更深的理解和认识。所以,文艺学和文献学相结合所指向的起点是作品,终点是作品,重点还是作品。千帆先生说:"文艺学与文献学两者有个结合点,那就是作品,首先要把作品弄得很清楚。"①他又说:"方法本身不是目的,目的是要使作者的心灵和它所依托的时代浮现出来。就是要认识作品真正的美……我们无论用哪种方法从事研究,都必须归结到理解作品这一点上。"②无论是文艺学还是文献学,在以作品为中心的研究方法范围内,都必须坚持把诗当作诗来欣赏、批评和考证。尤其是考证,不要企图用一般历史文献学的方法解决属于文学自身的问题。作为一名大学教授,这项宗旨不仅应体现在研究工作上,也要贯彻于教学活动中③。

陈寅恪曾经在课堂上指出:"中国诗与外国诗不同之点——与历史之关系:中国诗虽短,却包括时间、人事、地理三点……外国诗则不然,空洞不着人、地、时,为宗教或自然而作。中国诗既有此三特点,故与历史发生关系。"④因为中西诗的不同特点,也导致研究文学的方法有异。比如韦勒克就说:"文学研究区别于历史研究之处在于,它需要处理的不是文献,而是不朽的作品。"⑤但在中国文学中,由于经常关涉时间、人事、地理,就与历史密切相关。研究这样的作品,当然就要处理文献问题,就要使用文艺学和文献学相结合的方法,这也

---

① 徐有富:《程千帆先生谈治学》,徐有富、徐昕:《文献学研究》,江苏古籍出版社2002年版,第1页。
② 《访程千帆先生》,《程千帆沈祖棻学记》,第93页。
③ 参见程会昌(千帆)《论今日大学中文系教学之蔽》,《国文月刊》第十六期,1942年10月。
④ 唐筼:《元白诗证史第一讲听课笔记片段》,《陈寅恪集·讲义及杂稿》,第483页。
⑤ "Literary Theory, Criticism, and History", *Concepts of Criticism*, Yale University Press, 1963. pp. 14-15.

是由研究对象的进一步差异决定的,尽管都可以被称作文学。当陈寅恪用"以诗证史"的方法去研究历史的时候,其意义在于"可以补充和纠正历史记载之不足。最重要是在于纠正"①;而当千帆先生用"两点论"来研究文学作品时,就会反对过多重视"对客观事物的估量和研究,而忽略了文学本身是一种情感作用"②;或者更直接地批评说:"企图用考证学或历史学的方法去解决属于文艺学的问题,所以议论虽多,不免牛头不对马嘴。"③《两点论》是一篇演讲词,在概念的运用上并不十分严格,有时会以形象思维和逻辑思维代替文艺学和文献学,千帆先生最想要提醒大家的是:"形象思维和逻辑思维并重,对古代文学的作品理解要用心灵的火花去撞击古人,而不是纯粹地运用逻辑思维。"④

　　古代诗歌往往涉及时间、人事、地理,所谓"人事",不仅有时事,也有故事。诗歌在表现上述三点的时候,常常会出现"不实之辞"。千帆先生说,采用"两点论",需要文艺学和文献学的"精密"结合。什么叫作"精密"结合?用文献学的方法要处理的对象很宽,包括版本、校勘、释义,也包括对史实的考证。前者是较为客观的,必须严格遵守的,在古往今来的研究者中也没有什么异议,此处从略。而对作品中的史实考证,包括时间、人事、地理,若是做历史研究,就会判断相关的某一记载(无论是历史文献还是文学文献)是"错误的""不实的"。但在与文艺学"精密"结合的文献学中,史实的考证仅仅是提供理解诗意的背景,而非判断诗人是否实事求是的律条。例如,陈寅恪提到的地理问

---

① 《元白诗证史第一讲听课笔记片段》,《陈寅恪集·讲义及杂稿》,第484页。
② 《两点论——古代文学研究方法漫谈》,原载《古典文学知识》1997年第2期,收入《程千帆沈祖棻学记》,第81页。
③ 《相同题材与不相同的主题、形象、风格——四篇桃源诗的比较研究》,《程千帆全集》第八卷《古诗考索》,第131页。
④ 《两点论——古代文学研究方法漫谈》,《程千帆沈祖棻学记》,第82页。

题,在唐代的边塞诗中,就往往存在地名的方位、距离与实际情况不相符合的情况,以往的研究者遇到此类问题,不外乎两种意见:或通过文献考证指责作者的率意,致使作品中的世界与现实世界矛盾;或旁搜远绍迂曲论证,以说明作品中的世界与现实世界并不矛盾。两种结论貌似对立,但使用的方法却一致,都是将文献学的方法代替了文学研究的方法。将文艺学与文献学做精密结合,从作品出发,又归结到作品,就是要尊重诗的特性,学会并坚持对诗说话,说属于诗的话。千帆先生指出:"唐人边塞诗中之所以出现这种情况,乃是为了唤起人们对于历史的复杂的回忆,激发人们对于地理上的辽阔的想象,让读者更其深入地领略边塞将士的生活和他们的思想感情……古代诗人们既然不一定要负担提供绘制历史地图资料的任务,因而当我们欣赏这些作品的时候,对于这些'错误',如果算它是一种'错误'的话,也就无妨加以忽略了。"①对于诗学研究者来说,既不必通过考证而对作品中的描写"率意地称之为'小疵'",也无须对某些"不实之辞"替作者"进行学究式的辩护"②。再比如王维的《桃源行》,将陶渊明笔下的"桃花源"改写成神仙世界,于是后人批评他因未能看清或看懂陶诗而致误,但千帆先生认为,王维桃源诗在主题上的更新,是由当时的社会风气和王维的思想感情支配的,他从文艺学的角度展开议论:"只有作家的创作意图,才能决定题材的取舍……其区别都由于作者的关心与着重点的不同。"③在文艺学与文献学的精密结合中,最终起决定作用的是作品呈现的"创作意图",而不是所谓的"历史事实"。所以,"两点论"不是简单的文艺欣赏加文献考证,而是通过考证,帮助读者将想象的翅膀张得更

---

① 《论唐人边塞诗中地名的方位、距离及其类似问题》,《程千帆全集》第八卷《古诗考索》,第180页。
② 同上书,第182页。
③ 《相同的题材与不相同的主题、形象、风格——四篇桃源诗的比较研究》,《程千帆全集》第八卷《古诗考索》,第131页。

宽，对作品的感情世界体验得更深。千帆先生早年有一篇文章《王摩诘〈送綦毋潜落第还乡〉诗跋》，从题目上来看，应该是以对王维诗的欣赏、评论为主，但实际上，全文占五分之四的篇幅都是在讨论唐代的进士试以及由此形成的社会习俗，文章结尾处说："世之诵此诗者，设于李唐一代之贡举制度与其习俗，所知甚悉，则吟讽之际，联想必多，感兴亦自然深厚。反之，设于此事茫无所知，则亦必以常语视之，漠然无动于中。此余所以不惮词费而详说之也。"①尽管从篇幅上来说，此文在文献学方面占了绝对的比重，但归根结底还是为了帮助读者在诵诗之际，引发更多的联想和感兴，从而加深对作品的理解。所以，"两点论"并非机械地按照某个固定的比重来划分，也不是由各自所占篇幅的广狭来决定意义的小大。

不仅如此，"两点论"还蕴含着更大的学术抱负，就是在文献考证无能为力的时候，尝试以文艺学的方法解决文献考证的问题。在《两点论》的演讲中，千帆先生以《古诗十九首》的产生年代为例，一说较早，一说较迟，症结之一是围绕《明月皎夜光》中"玉衡指孟冬"的解释，这里就涉及考据问题。"玉衡"是北斗七星中的第五颗星，从第五颗到第七颗星习称斗柄，当斗柄指向十二宫中的亥宫时，就意味着季节到了孟冬。李善注《文选》就是这样解释，而且用的是汉武帝太初改历之前的历法，十月相当于夏历七月，所以诗中写的是秋景。这样一来，这首诗的产生时间也就成为西汉初年。后来金克木写了《古诗"玉衡指孟冬"试解》，认为这句诗写的不是季节，而是秋季下弦月夜半至天明之间的一段时间，所以，不能证明这首诗创作于西汉初。讲考据，"就要有不断的规范它的定位的一些词句"，可是这里没有，所以不妨"利用形象思维来判断这诗的年代……我们看得出诗人有着极大的忧患意

---

① 《程千帆全集》第八卷《古诗考索》，第451页。

识,简直是惶惶不可终日,非常忧伤……我们把东汉的历史一段一段看,只有在黄巾大起义前,桓、灵之时,整个东汉帝国马上就要消亡,农民起义迫在眉睫,敏感的诗人感到一片黑暗……这样来判断,我们就可以用形象思维来理解来支撑这个逻辑思维,因为这不是用考据能够解决的,这种情况很多"①。对这一具体结论,学术界容或见仁见智,但在将文艺学与文献学做精密结合的过程中,用文艺学的方法解决文献学的问题(尤其是文献学束手无策的问题),是应该也是可以继续探索的。

其实,这一类型的方法,在古人是常用的。比如严羽《沧浪诗话》中有一篇《考证》,他解决文学考据问题的方法就是文艺学的。他说晁迥家藏的陶诗有《问来使》一篇,虽然写得好,"然其体制、气象与渊明不类"②;又说《文苑英华》所收李白的几首七律和五律,"其家数在大历、贞元间,亦非太白之作"③;又说世传杜甫"迎旦东风骑蹇驴"绝句,"绝非盛唐人气象,只似白乐天言语"④,等等,都是用文学鉴赏的判断做诗歌真伪的考据。多年前曾听北京大学葛晓音教授说,林庚先生读诗,往往首先从整体上"望气"。我想,在这一"望"之中,也包含了对诗的体制、气象、家数等判断在内,是"目击而道存"(借用《庄子·田子方》语)、"目机铢两"(借用《云门匡真禅师广录》语)的。传统文学的创作和批评,其核心在于"风格"。严羽说的体制、气象、家数等,用现代文学理论术语来说,就是风格⑤。风格是一个诗人在艺术上成熟的

---

① 程千帆:《两点论——古代文学研究方法漫谈》,《程千帆沈祖棻学记》,第82—83页。
② 张健:《沧浪诗话校笺》,上海古籍出版社2012年版,第714页。
③ 同上书,第716页。
④ 同上书,第724页。
⑤ 以风格鉴赏喻为"望气"云云,也可用作贬义,钱锺书《管锥编》云:"'不识文字体制意度'或'不识书',遂谓风格无征不信……嗤鉴别风格为似方士之'望气'。"(《钱锺书集》第三册,生活·读书·新知三联书店2007年版,第1740页)

标志(创作),也是对诗人创作特征的整体把握(批评)。既可以从整体上去把握一个时代、一个诗人或某一选本、某一体裁的风格特征(如《沧浪诗话·诗体》中所谓"以时而论""以人而论""选体"和"古诗、近体"等),也可以从构成风格的不同方面切入,如句法、音节等。虽然这种方法是传统的经验型的,里面却有很多值得挖掘和汲取的思想资源。但传统观念的自身局限,窄化了通向文学批评的道路。从曹植开始,就明确说"盖有南威之容,乃可以论于淑媛;有龙渊之利,乃可以议于断割"①,只有诗人(甚至是优秀的诗人)才是唯一合格的批评家。从孙过庭的《书谱》到方东树的《昭昧詹言》,都引用过曹植的这段话。所以初唐的卢照邻就嘲笑钟嵘之论诗,是"人惭西氏,空论拾翠之容;质谢南金,徒辩荆蓬之妙"②;直到晚清的陈衍,还在批评钟嵘"以一不能诗之人,信口雌黄,岂足信哉"③。按此标准,一般人就没有对诗的发言权,在今日国际汉学界也几乎无人具备评论中国古诗的资格④。所以传统的道路就会越来越狭隘,最终窒碍难行。为了走出这一封闭圈,从经验型的风格研究走向历史和理论,实际上就是走向了西方,并冠以"科学"的美名,这成为二十世纪以来最流行的"知识时尚"。于是理论压倒了经验,逻辑抹杀了形象,历史取代了文学。这就渐渐导致了一个

---

① 《与杨德祖书》,《六臣注文选》卷四十二,中华书局1987年影印本,第790页。
② 《南阳公集序》,祝尚书笺注:《卢照邻集笺注》卷六,上海古籍出版社1994年版,第322页。
③ 黄曾樾辑:《陈石遗先生谈艺录》,张寅彭主编:《民国诗话丛编》第1册,上海书店出版社2002年版,第705页。
④ 千帆先生早年也有这种看法,他曾经说:"往闻日本人盐谷(温)以治我国文学为时流所称,及阅所著书,诧其荒陋无识。后友人殷石臞东游反,出示盐谷所为台湾纪行诗,差免舛律而已。乃知其不知,正以其不能也。"(《论今日大学中文系教学之蔽》,载《国文月刊》第十六期,第3页)文中不无尖刻的语气应该与当时的"抗战"背景有关。到了晚年,千帆先生虽然还是强调文学研究者不能"自己完全没有创作经验",但这时讲"创作经验是非常广泛的,你会弹琵琶,跳迪斯科,也是一种创作经验,只要你有激情,有感发,而不是冷冰冰的"(《两点论——古代文学研究方法漫谈》,《程千帆沈祖棻学记》,第82页)。

令千帆先生痛心疾首的现象:"写论文好像一个严格的法官,把杜甫往这里一摆:根据历史条件,根据哲学,根据人生观,根据开元天宝年间的时代背景,现在宣判杜甫符合现实主义的三条,违背浪漫主义的七条。杜甫要哭的呀!我们不能如此冷酷地对待我们的艺术大师,因为文学艺术是个感情的东西。"①把这番话里的因素分析一下,历史、哲学、人生、背景,等等,可以归为文学以外的文献,现实主义、浪漫主义是文学本身的术语,这样的研究能不能说是"文艺学和文献学结合",当然不可以。所以,"两点论"不是简单的考证加评论。就文艺学而言,千帆先生尤其强调风格辨析,他说:"题材、主题、环境、经历,古今相同者多矣,独风格因人而异,本之个性,发于语言,有不可强致者。读诗作诗,不从风格之辨析入手,终同面墙。"②又说:"玩索古贤之作,于其风格独特之处,尤宜加意。"③这些以斩钉截铁的语气表达的意见,由于散见在与他人的书信中,所以很容易被忽视。风格辨析是传统文学批评最基本的入手处,谈论此类问题原属文学研究者的看家本领、当行本色。但百年来遭受了现代学术(其实就是西方学术)的洗礼之后,文学研究的门径拓宽了许多,从历史学、社会学、宗教学、地理学等各门其他学科中吸取养分,从而衍生出对文学现象从各个不同方面和层面——比如社会的、思想的、技术的、文献的角度予以揭示和阐说的方法,取得的进步不容抹杀。然而在取得进步的同时,也付出了代价。文学研究者本有权欣赏、挖掘作品的美,本有能力对各种具体作品做出风格判断,但现代学术要求的所谓"研究",不是从个人的角度去判断作品的得失,而是从该作品形成的历史前提出发去评判其意义。久而久之,就连文学研究者也遗忘了乃至丧失了通过感觉到的经验去理解事物的天赋。如

---

① 《两点论——古代文学研究方法漫谈》,《程千帆沈祖棻学记》,第82页。
② 《闲堂书简》(增订本),第22页。
③ 同上书,第27页。

果说,传统的文学批评面临的问题是,除了风格还会说什么?那么现代学者面临的问题是反过来,除了不会说风格还有什么不会说?类似的困境,其实在中国艺术史(或缩小一点范围说中国美术史)的研究中,也同样存在①。中国古代有一个词叫"目想",后来也用在文艺批评上,萧统用以选文——"历观文囿,泛览辞林,未尝不心游目想,移晷忘倦"②;姚最用以评画,说谢赫的作品"点刷研精,意在切似,目想毫发,皆无遗失"③;张怀瓘用以论书——"虽彼迹已缄,而遗情未尽,心存目想,欲罢不能"④。这是典型的将形象思维(目之所见)与逻辑思维(想之所及)相结合的表述。如果借用西方美学的说法,那就是:"知觉活动在感觉水平上,也能取得理性思维领域中称为'理解'的东西……因此,眼力也就是悟解能力。"⑤"两点论"所期望达到的,是将文献学与文艺学作完美结合,并超越文献考证与风格鉴赏,成为在更高意义上的统一体。然而"两点论"如何在文学批评的实践中融会,还有待于在实践中不断累积经验,并且探索将经验型的感觉提炼为接近客观化的具体手段。如果达成这样的目的,我们未来的研究就可能会变得既拥有伟大的传统,又具备鲜明的独创性,并且还蕴含蓬勃的生机。

四、"千帆诗学"的学术史意义

在专书和论文写作之间,千帆先生显然更重视后者。论文所试图

---

① 参见复旦大学文史研究院编《图像与仪式:中国古代宗教史与艺术史的融合》所附"研讨会实录",中华书局2017年版,第324—399页。
② 《文选序》,《六臣注文选》卷首,第3页。
③ 《续画品》,潘运告编著:《汉魏六朝书画论》,湖南美术出版社1997年版,第329页。
④ 《书断序》,潘运告编著:《张怀瓘书论》,湖南美术出版社1997年版,第52页。
⑤ 〔美〕鲁道夫·阿恩海姆(Rudolf Arnheim):《视觉思维》(*Visual Thinking*),滕守尧译,光明日报出版社1986年版,第56页。

解决的问题,虽然各有其特定的范围,但总能从不同的角度体现作者从事诗学研究的方法。所以我认为,在他同时代的古代文学研究学者中,千帆先生的方法论意识最为自觉、强烈和持久。其诗学研究的学术史意义,也突出地表现在这一方面。标题中的"千帆诗学",则是借用了舒芜先生的提法。①

1954年4月,沈祖棻先生在她和千帆先生合著的《古典诗歌论丛》"后记"中强调:"特别是千帆,在这些论文中,他尝试着从各种不同的方面提出问题,并且企图用各种不同的方法加以解决,是因为在过去的古代文学史研究工作当中,我们感到,有一种比较普遍的和比较重要的缺点。那就是,没有将考证和批评密切地结合起来……这样,就不免使考据陷入烦琐,批评流为空洞……基于这样的理解,我们就尝试着一种将批评建立在考据基础上的方法。"②这里所批评的两种倾向,其实与陈寅恪批评的史学两派——旧派失之滞,有学无术;新派失之诬,有术无学——有着惊人的类似。而他们努力提倡和实践的"将考证和批评密切地结合起来",就能使批评有内容(空洞即无内容),考据有方向(烦琐即无方向)。不难看出,从"考证与批评密切地结合",到"文艺学和文献学精密结合",其学术思路是一贯的。他付出的种种努力,意在探索文学研究的方法,为中国文学研究找回属于自己的尊严。

十九世纪末二十世纪初,整个东亚学术先后不等地开始从传统向现代转型。在这一转型过程中,人们十分注重研究方法的探寻。但总体看来有一个普遍共识,就是方法不属于东亚学术传统所固有,要顺利完成这一转型,只有学习西洋的科学方法。在当时的东亚,日本学者处于领先地位,他们的意见也影响了中国。桑原骘藏在《中国学研究者

---

① 参见舒芜《千帆诗学一斑》,《读书》1991年第6期,收入《程千帆沈祖棻学记》,第157—164页。

② 《古典诗歌论丛》,上海文艺联合出版社1954年版,第263—264页。

之任务》一文中,强调西洋的科学方法"不仅可应用于西洋学问,中国及日本之学问亦非借此不可",推而广之,印度学、阿拉伯学和整个东方学,也无一而不是如此①。胡适在 1917 年 7 月 5 日的日记中,写了他对该文的读后感,高度认同曰"其言极是"②。为什么非用西洋人做学问的方法而不用中国传统的方法呢? 那是因为在当时人看来,中国学术传统中缺乏学术研究的理论和方法。以文学研究而言,虽然有丰富的批评文献,但当时的主流意见认为,这些材料零碎散漫,不成系统,即便如《文心雕龙》,也还有人以"杂乱破碎"③视之。导致在二十世纪的中国学界,"不论是马克思主义者或非马克思主义者,在重建他们自己过去的历史时,在很大程度上一直依靠从西方借用来的词汇、概念和分析框架"④。面对西方世界的挑战和刺激,与模仿相对应的另一个误区,就是刻意对抗。但是在少数有识之士的努力下,也积累了一些有益的思想资源,可供今人的采撷⑤。千帆先生的大学时代(1932—1936)是在南京接受的现代教育,那里是"学衡派"的大本营。胡先骕在 1935 年曾这样概括"南雍师生"的特色——"以继往开来、融贯中西为职志"⑥,至少也体现了这样的追求。根据千帆先生在学术上所接近、倾慕的人物来看,如陈寅恪、刘永济、吴宓等,都靠近或属于学衡派的阵营,他们强烈主张"昌明国粹,融化新知"(借用《学衡杂志简章》语),所以受到影响也是自然的。四十年代中期,吴宓在成都见到千帆先生夫

---

① J. H. C. 生译,《新青年》第 3 卷第 3 号,1917 年 5 月,收入李孝迁编校《近代中国域外汉学评论萃编》,第 79—80 页。
② 曹伯言整理:《胡适日记全编》第 2 册,第 614 页。
③ 赵景深:《文学研究法序》,"人人文库"本,台北商务印书馆 1981 年版,第 1 页。按:此书为日本学者丸山学著,郭虚中译。
④ 〔美〕保罗·柯文:《在中国发现历史》,第 1 页。
⑤ 参见张伯伟《中国古代文学研究的理论和方法问题》,《文学遗产》2016 年第 3 期。
⑥ 《朴学之精神》,《国风》第八卷第一号,1936 年 1 月。

妇,就在日记中写下观感,认为他们"均有行道救世、保存国粹之志"①,堪称"知人"。就前者而言,我们可以从千帆先生对学林人物的评价中看出。他曾比较顾颉刚和陈寅恪,认为"(顾)的学问和陈寅恪有距离,没有能够把学问与国家命运联系起来",又说"陈寅老的学问走向更近于梁启超,而远于王国维。陈寅恪先生的学生中没有人真正传其学术的。最多也只是考据,但陈寅老不是纯粹的考据"②。至于后者,我曾用"开放的文化保守观"概括千帆先生的文化立场,这意味着:一要立足中国文化传统;二要不断吸取现代新知。不吸收新知,也就无可能"保存国粹"。这与陈寅恪在1931年所强调的"今世治学以世界为范围,重在知彼,绝非闭户造车之比"③是一致的。所以,面对西潮汹涌,在文学的定义、文学史的观念、文体的变化发展等一系列问题上都奉西学为圭臬的现象,千帆先生甚为不满。而要为中国文学研究找回尊严,就需要证明:1. 文学研究是有理论、有方法的,绝非随心所欲便能信口雌黄;2. 文学研究的理论和方法可以在中国传统中找到资源,无须一味向西洋乞灵。1941年到1943年之间,千帆先生任教武汉大学和金陵大学,讲授古代文论,选前人论文之作十篇,为之注释诠解,编为《文学发凡》二卷。他在"自序"中说:"通论文学之作,坊间所行,厥类郅夥。然或稗贩西说,罔知本柢;或出辞鄙倍,难为讽诵。"④结合殷孟伦序言中批评的"彼浮夫近士,骋辩腾说,稗贩谲狂之云,何适非然"⑤,则此书

---

① 吴学昭整理注释:《吴宓日记》第10册,生活·读书·新知三联书店1999年版,第14页。
② 《书绅录》,《读南大中文系的人》,第222页。
③ 《吾国学术之现状及清华之职责》,《金明馆丛稿二编》,第318页。又参见张伯伟《"行道救世,保存国粹"——程千帆先生的精神遗产》,刘梦溪主编:《中国文化》2014年春季号。
④ 《文学发凡》卷上卷首,金陵大学文学院1943年版。
⑤ 同上。

明显有针对天下滔滔,无非"稗贩西说""稗贩谲狂"之流的用意。书名《文学发凡》,也有建立一个基本系统的目的在。十篇文字,卷上为"概说",分别为文学之界义、文学与时代、文学与地域、文学与道德、文学与性情;卷下为"制作",分别为制作与体式、内容与外形、模拟与创造、修辞示例、文病示例,显示了以中国文论资料建立文学理论系统的用心。可惜在1948年由上海开明书店印行时,叶圣陶先生将书名易为《文论要诠》;1983年黑龙江人民出版社再印此书,又改题为《文论十笺》,原先的自序和殷孟伦序,也在这一版中被删除,愈来愈淡化了其建立系统、颉颃西洋的色彩①。尽管千帆先生晚年谦虚地说,"这部书不是很完整的体系",但也说"十篇文章,有注解,有按语,还成个体系"②。在研究方法上,千帆先生同样立足本土。沈祖棻先生说,将批评建立在考据基础上的方法并非自创,"伟大的古典文学批评专著《文心雕龙》论述文学原理和文学历史,基本上就是用的这种方法",这也是该书之所以伟大的原因之一。但实际上,中国传统只是其立足点,就这一方法的实践而言,其中蕴含的众多"新知",已经大大超出了刘勰的范围。沈祖棻先生说:"我们不仅希望从文学、史学方面获得立论的根据,而且有时还更其广泛地利用了其他科学来解决一些通过这些科学可以获得解决的问题。"③这其中还包括了自然科学的知识。

  我理解的"开放的文化保守观"的内涵,它植根于中国传统的学术品格,又经受了现代学术精神的洗礼,既针砭中国的学术现状,也为中国学术的发展在观念上廓清了是非。千帆先生在当时之所以反对"稗贩西说",着重从本土文献挖掘理论和方法的资源,说到底,是出于对

---

  ① 李婧《绚烂之极归于平淡——从〈文学发凡〉到〈文论十笺〉》(《德州学院学报》第32卷第3期,2016年6月),较为详细地比较了二书的异同,尤其注意到后者删除了不少针对当时风气的针砭文字,可参看。
  ② 《桑榆忆往》第七节"我的著作",第65—66页。
  ③ 《古典诗歌论丛》,第265页。

时风之弊的针砭。用禅宗语录的话说，就是"应病施药"（借用《百丈怀海禅师广录》卷三语）。我们只要看到，千帆先生在大学时代就接受欧美现代诗风的影响，与汪铭竹、孙望、常任侠、艾珂、滕刚、章铁昭、绛燕（沈祖棻）等人组织了"土星笔会"，其典即出于法国象征派诗人魏尔伦（Paul-Marie Verlaine）的第一本诗集《土星人诗集》①。在"土星笔会丛书"十五种当中，也包括了千帆先生的诗集《三问》和诗论集《无是集》。第一篇学术论文《杜诗伪书考》发表后，他将抽印本寄呈日本京都大学铃木虎雄请益。凡此种种，都可以看出他对于"新知"的渴求。就自身的专业而言，二十世纪以来的"新知"，就是世界范围内的人文学术研究，至少也是国际汉学研究。二十世纪七十年代末，中国结束了闭关锁国的国策，在文化上重新开始了与国外的交流。当时学界对国外同行研究的进展几乎懵然无知，因此很多人根本就缺乏求知意识。千帆先生却敏捷地表现出对于新知的热忱，这与三十多年前的学界西潮滔天之际自觉保持适当的距离，表现虽然不同，精神前后一致。他在1979年10月12日致叶嘉莹、周策纵的邮件中列出三项"所欲知晓各事"，分别为："一、欧美著名汉学中心（包括图书馆、研究所及大学亚洲学系）之名称、地址及主持人。二、欧美著名东方学（汉学）学术刊物之名称、出版社地址及主持人（此项旧有者多知之，乞详示近二十年新出者）。三、研究汉语古典诗歌及中国古代文艺理论之学人（特别是华族学者）及其主要著作（专书或论文、发表刊物及出版书店）。"②这是颇领风气之先的。在1986年冬接受记者采访时，他批评了当时研究界所存在的"轻视国外中国学的倾向"，以及自以为"中国人研究中国文学理所当然是最高水平"的盲目的井蛙意识，强调一个民族文化的发展"应该具

---

① 参见陆耀东编《沈祖棻程千帆新诗集》"前言"，武汉大学出版社1992年版，第1—2页。
② 《闲堂书简》（增订本），第257—258、274页。

有一种以世界总体文化为背景的特色"①。在这里,我们似乎又听到了陈寅恪"今世治学以世界为范围"的回响。

五、余论:学术启示与未竟之业

本文开篇即云,如何反省西方汉学对东亚学术的影响和改造,是今日学术发展面临的重大问题。我认为,千帆先生的国外中国学认识对今日学界是大有启示的。其认识大概包括这样一些内容:1. 国外中国学研究的某些成果值得国内学者认真学习;2. 国外中国学的研究队伍已发生变化,特别是其中的外籍华裔学者,他们的成果很值得借鉴;3. 国外中国学研究是随整个科学的发展而发展的,国外的科学发展较快,其成果直接影响到国外中国学研究;4. 重视国外研究的另一个重要意义,就是有必要输出我们自己的优秀东西②。如果我们注意到这些看法是在八十年代中期提出,就不能不钦佩千帆先生的远见卓识,其中所蕴含的深刻道理,在今天有些已被大家接受并习以为常,有些则还未必得到认识和理解。比如第三点,它意味着国外中国学是国外学术整体的一个分支,而不是中国学在国外的分支。这听来似乎很平常,但近些年我在学术圈里看到了太多的"常识的遗忘",也就没什么奇怪了。如果真的明确了这样的认识,我们对国外中国学成果的吸收和批判,就会这样来看:1. 他是怎么提出问题的;2. 他用了什么理论构成其解释框架;3. 他的援用是否正确;4. 他用来解释中国文献的效果如何;5. 他的基本立论能否站得住,等等。但今天的多数学者对国外汉学著作发表评论的时候,往往集中在其对中国文献本身的理解、解释、翻译是否正

---

① 《访程千帆先生》,《程千帆沈祖棻学记》,第91页。
② 同上书,第92页。

确,在自觉不自觉中将这类成果看成中国学在海外的延伸,所以也就习惯性地仅仅用中国文献学的评价标准作为"批判的武器",可若把文中错误之例改掉、删掉或换掉,这些汉学著作的基本立论并不受太多影响,这就不大可能在较高的层面上与国外中国学进行对话。千帆先生所谈的第四点尤为重要,即向外国输出自己的所长。要做到这一点,首先就要能够与国外中国学家展开真正的对话,即有深度的和有建设性的对话。所以,更重要的不是学习国外汉学家的论著,而是学习国外汉学家所吸收,并转而用以研究中国的国外文学、史学、哲学的论著,即欧美人研究欧美文学、史学、哲学的著作。千帆先生不仅这样说,也是这样做的。他曾经向一位研究中国小说的老门生传授过这一"秘诀":"问题在于艺术分析深度不够。在这方面要多看外国人分析小说的文章,最有效的方法是拿作品和论文对照看……我曾用对照法仔细学习,极为有益。希望你不要认为这样作迂远不切事情。"①即先读外国小说,再读外国人评论这篇小说的论著,这就是"对照法"。这样做,就能够逐步和国外的中国学家站在几乎同样的理论平台,也就有条件展开较为深入的对话,在对话的同时,输出中国学人的学术意见,包括宗旨、理论、方法、结论等。如果我们今天对于西方汉学能做到如此高度的批判性吸收,则中国人文学术在国际上的地位势必越来越高,对世界学术的贡献也会越来越多,陈寅恪在九十年前所发出的"要待诸君洗斯耻"的期望就能够早日实现。但在此之前,首要之务是转变观念。所以说,千帆先生意见的深刻性,尚有待阐发弘扬,更有待付诸实践。

对于西方汉学成果,千帆先生最为重视的是其中"方法新颖,议论精辟"者。但他对"新方法"的运用,有着非常辩证的理解,也值得一书。首先是拥有必要性:"应用新方法,有一个前提,就是一定要使结

---

① 《闲堂书简》(增订本),第 137 页。

论比用旧方法得出的结论更深刻,新的方法要能发掘出新的内容。"其次是新旧之间的关系:"不能因为提倡新的就排斥旧的,传统方法仍然要保留。"由于新方法大多来自国外,所以第三,"应该有大量第一手材料,也就是说,要有原文完全的准确的翻译"。他举萨特(这大概类似于今人之喜谈福柯)为例,"应当有其代表作的全译本以及研究他的著作的主要论者的译本。这才能有一个基础。应该全面地把国外的各种学术流派翻译过来,加上中国人需要的注解,为国内读者提供方便,这样新方法的引进就比较踏实了。"① 如果结合他的"两点论"的主张,那么,所谓"文献学"也可以包括西方的文献在内——原始文献和翻译文献,原创文献和研究文献。令人欣喜的是,经过近十多年来学术界的不懈努力,在国外人文学研究的论著翻译方面已经积累了相当的成绩,为中国学术事业的发展奠定了基础。在千帆先生的学术实践中,他也曾尝试如何将传统与西方的文学理论批评做有机结合。比如《张若虚〈春江花月夜〉的被理解和被误解》一文,程先生自云是一项"方法论的探索","对作品的理解与整个文学的历史潮流有关。对一个作品,不同时代的人往往有不同的理解和不同的评价,这实际上涉及到接受美学的问题"②。只是限于时代和个人的坎坷命运,如何建设一种既是传统的又是现代的文学研究方法,其探索还处于初步阶段。对于更多的后来者而言,正可以用"任重而道远"来形容。

  2010年,荷兰学者任博德(Rens Bod)出版了一部新著——《人文学的历史》,描述了世界范围内人文学的历史,并且不是被孤立考察的历史。他的切入点就是在世界各地"存在诸多共有的人文实践与方法论",而"不同学科的方法与原则之间的联系鲜有被建立",所以,他聚

---

① 《访程千帆先生》,《程千帆沈祖棻学记》,第93—94页。
② 同上书,第95页。

焦于"人文学中的一条未曾中断的线索",这就是"基于方法原则寻求人文资料中的模式"①。这本书给人们带来的启发是,超越具体的文献资料和个别问题之上的"方法原则",可能是最适合在不同文化、不同国度、不同时段、不同领域之间进行对话的。正如文学可以从很多不同的角度去研究,但最基本的和最重要的却是把文学当作文学来研究。对话也可以有不同方面和不同层面,但最愉快的和最有成效的对话总是在具备较多共同话语的场合下展开的。文学研究的方法就很可能是这样的一场对话,这也是我把本文的讨论聚焦于研究方法的理由之一。法国资深汉学家雅克·攀芭诺(Jacques Pimpaneau,汉文名班文干)并不喜欢被人们称作"汉学家"(sinologue),他觉得"汉学"这个词至少说明中国的文学、历史、艺术还没有融入更广义上的文学、历史和艺术的学科体系之中,总是偏安一隅,或者有点孤芳自赏。他一直觉得,中国的文学不仅应该在中国的框架下探讨,更有必要在文学的框架下探讨②。这或者是中国文学研究的前景之一。如果是这样,从方法出发的对话,也许就是朝着这个方向迈出的第一步。

千帆先生晚年曾对门人说:"寅老以一考据家的面目出现,谈论的实际上是文化走向问题,可惜从这一点研究者尚少。我体悟到这一点已经太晚,来不及做工作了,你们还可以做……你在考据上已经有些基础,下面要有意识的更加开阔。"③千帆先生去世已近二十年,他的学术遗产属于整个中文学界,是今日"中国人文研究摆脱西方中心取向,重

---

① 《人文学的历史》(*De Vergeten Wetenschappen*),徐德林译,北京大学出版社 2017 年版,第 4—6 页。
② 参见钱林森《我与中国文化结缘六十年——访谈法国资深汉学家雅克·攀芭诺先生》,《跨文化对话》第 36 辑,商务印书馆 2016 年版。
③ 《书绅录》,《读南大中文系的人》,第 221—222 页。

新出发"①的起点之一。那么,就让我们再次诵读他的上述文字吧,因为这里的"你们",正包括了此刻在阅读本文的——"你"。

二〇一八年二月六日于百一砚斋

(本文曾以《"有所法而后能,有所变而后大"——程千帆先生诗学研究的学术史意义》为题载《文学遗产》2018 年第 4 期)

---

① 余英时:《试论中国人文研究的再出发》,《知识人与中国文化的价值》,台北时报文化出版公司 2007 年版,第 296 页。

我们需要什么样的文学教育

一、引言

不记得从什么时候开始,出版社颇为热衷将执教于上庠的教授先生们的课堂讲演经录音整理出版,偶然有机会翻阅,我总是暗自庆幸自己因为名气不大而未获邀请。诱惑是个妖娆妩媚的魔鬼,万一把持不住而入其彀中,若在哪天凑巧看到诺贝尔文学奖得主、南非作家库切(J. M. Coetzee)表彰学院派批评家值得学习的一点,是"未经压缩、修改,含有俏皮话、离题话的演讲稿,不要拿去出版"的话,恐怕真难免"神州士夫羞欲死"之叹。库切说这些话,是针对约瑟夫·布罗茨基(Joseph Brodsky)的《论悲哀和理性》(*On Grief and Reason*)一书,建议他"从学院派那里学点什么",因为有些演讲稿"要是每篇删去十页左右的话,也许会更好"①。然而在我六十岁的那天,想起孔子说的"六十而耳顺",尤其是焦循的阐释,"所谓善与人同,乐取于人以为善也。顺者,不违也",而通常则"学者自是其学,闻他人之言多违于耳"②,由此联想到库切的微讽,也就觉得不能一概而论了。总有些讲演录的水准

---

① 〔南非〕J. M. 库切:《约瑟夫·布罗茨基的随笔》,《异乡人的国度》(*Stranger Shores*),汪洪章译,浙江文艺出版社 2017 年版,第 176 页。
② 程树德《论语集释》卷三《为政上》引,中华书局 1990 版,第 76 页。

很不一般，还真有"缪斯授予的灵感"（借用库切语），比如纳博科夫（Vladimir Nabokov）的《文学讲稿》《〈堂吉诃德〉讲稿》《俄罗斯文学讲稿》等，有什么理由让这样的稿子存在"关锁的园"（a garden inclosed）里呢？这也就是为什么在时隔四十年之后，我要将当年听先师程千帆先生授课时的笔记加以整理、公之于众的原因。固然，这是一份"亲承音旨"的记录，可以提供无此因缘的及门弟子和众多年轻学人"讽味遗言"的凭借①；这也是一份不见于《程千帆全集》的资料，可以满足热衷拾遗补阙的文献收藏者的"中心好之"；但更为重要的是，这可以让我借此回答一个很久以来盘旋胸中而在当下又不无严肃的问题：我们需要什么样的文学教育？

二、以诗论诗：在文学框架中谈文学

1978年8月，千帆师移砚南京大学，已经是六十五岁的老人。一年多前，他在武汉大学奉命"自愿退休"，且以"上午动员，下午填表，晚上批准"②的高效率、快节奏完成。再往前追溯，则是沙洋放牛、武大中文系资料室管理员以及农场劳动生涯，所以在1979年上半年给中文系七六级学生（最后一届工农兵学员）上课时，他感叹自己已经"二十二年没有上过课了，我喜欢上课"③。对于一个喜欢上课的教授来说，被

---

① 同门蒋寅曾这样感叹："我1985年初考进南京大学，受业于程千帆先生，到1988年3月毕业，三年间饫闻绪论，饱受教益。听张伯伟说，先生上大课最精彩，可惜到我入学的时候，先生精力不如从前，已不再上大课，而且也不为我们专门讲课了。"（《学术的年轮·立雪私记》，中国文联出版社2000年版，第212页）
② 参见徐有富《程千帆沈祖棻年谱长编》，南京大学出版社2013年版，第262页。
③ 张伯伟编：《程千帆古诗讲录》，第119页。

无情地剥夺上课权利达二十二年之久,这是多么严重的精神折磨①。所以,当1978年5月南京大学中文系副主任叶子铭亲赴武汉,询问千帆师到南大任教有什么条件时,他几乎是喊出了这四个字:"我要工作!"而一旦重获授课机会,他就以饱满的热情甚至是激情投入课堂教学,先后讲了四门"大课":1979年2月至1980年1月,给七六级本科生讲授"历代诗选";1979年秋季,给七九级硕士生讲授"校雠学";1980年9月至1981年1月,给七七级本科生讲授"古代诗选";1981年9月至12月,给七九级硕士生讲授"杜诗研究"。此后就再没有正式的课堂教学。上述课程中,"校雠学"不属于文学课程,而且当时的讲义业经扩充修订,以四卷本《校雠广义》正式出版。唯有这三门文学课程的笔记未经整理,其授课风采也只能在众人的想象中依稀仿佛。即便今天我们能够将当日的笔记整理成文,而先师讲授时给听者以感动激励的精神气味,已如"空中之音,相中之色,欲有寻绎,不可得矣"②。回念前尘,只能兴起无可奈何的怅惋。

三十年前,我编纂《程千帆诗论选集》并撰写编后记,强调千帆师的文学研究理念是"以作品为中心"③;两年前我撰文阐发先师"文献学与文艺学"相结合的研究方法,也仍然强调这两者的结合"所指向的起点是作品,终点是作品,重点也还是作品"④。这种文学研究的理念与其文学教育的实践是一以贯之的。上述三门课程,"历代诗选"以时

---

① 千帆师曾说:"我从小最大的野心就是当个教授。我当了教授,有机会做一个教授应该做的事情,当中忽然把它们掠夺了,不让做,这是处理知识分子、虐待知识分子最恶毒的一个方法,我不知道是哪个智囊团给想出来的,非常刻薄。对我来说,这可能是最厉害的惩罚。"(张伯伟编:《桑榆忆往》,第42页)
② 借用张舜民(芸叟)评王安石诗语,[宋]赵与时:《宾退录》卷二,上海古籍出版社1983年版,第21页。
③ 参见张伯伟《程千帆诗论选集·编后记》,第280—297页。
④ 参见张伯伟《"有所法而后能,有所变而后大"——程千帆先生诗学研究的学术史意义》,《文学遗产》2018年第4期。

间为序,讲解汉魏晋宋齐梁陈隋唐宋诗歌;"古代诗选"则以专题为单元,范围也还是八代唐宋诗歌;"杜诗研究"属于专家诗,是以问题为中心展开的。虽然三门课程各有重心,但都是围绕具体的诗歌作品。传统的文学研究范围,包括文学理论、文学批评、文学史,但核心是文学作品。没有作品,就没有文学的理论和历史;不深入理解作品,文学的历史和理论就只能停留在表象的描绘和空泛的议论。这是千帆师的一向主张,不仅体现在研究工作中,也贯彻在教学实践上。如同苏轼所说的"有为而作""言必中当世之过"①,千帆师的文学教学,也是针对当下弊端的纠偏之举。他在"古代诗选"课的第一堂就开宗明义:

解放后较少或忽略了对作品本身的研究,偏重于史和论。②

在"杜诗研究"课上,他也指出:

把具体的诗人、具体的诗歌作品都抽象化,这是三十年抒情诗研究未取得多大成就的一个相当重要的原因。③

他还说:

解放后中青年老师接受训练同以前不同,我们是从具体开始的,念文字就念《说文解字》。解放后空论多了,往往不太准确。④

---

① 《凫绎先生诗集叙》,郎晔选注:《经进东坡文集事略》卷五十六,中华书局(香港)1979年版,第911页。
② 《程千帆古诗讲录》,第179页。
③ 同上书,第250页。
④ 同上书,第251页。

其课程以讲解作品为重心的针对性不言而喻。由此而引导出对听者的要求,那就是多阅读、多背诵作品。在恢复教学生涯的第一堂课上,他就"丑话讲在前面":

> 学生毕业好比姑娘出嫁,学校要多陪些东西。我提一个要求,要多读、多背,三年后不背熟三百首,就不能毕业。①

如果把文学教育比作一个美人,那么,千帆师心目中的标准不是如当今时代的"秋山瘦嶙峋",而是如春秋时代的"硕人其颀",或如盛唐时代的"骨细肌丰"。要达成饱满的文学教育,不能只有"史和论"的骨干条框。他的文学教育理念,首先就是要让学生通过"多读、多背"的途径熟悉历代作品,从而逐步在文学上成长为"倮倮"的"美人"(《诗经·简兮》毛《传》:"倮倮,容貌大也。")。

熟悉作品是第一步,进而则要能理解"文心"。所谓"文心",就是刘勰所说的"为文之用心"②,读者贵在"得其用心"。陆机不无得意的自炫即在"余每观才士之所作,窃有以得其用心"③。这是一种需要训练的技能,最直接的方法就是"创作",陆机曾这样夫子自道:"每自属文,尤见其情。"④千帆师在其早年写的一篇文章中也指出:

> 能者必知,知者不必能。今但以不能之知而言词章,故于紧要

---

① 《程千帆古诗讲录》,第 3 页。
② [南朝梁]刘勰:《文心雕龙·序志》,周勋初:《文心雕龙解析》,凤凰出版社 2015 年版,第 800 页。
③ [晋]陆机:《文赋》,[南朝梁]萧统:《文选》卷十七,《六臣注文选》上册,第 309 页。
④ 同上。

处全无理会。虽大放厥词,亦复何益。①

只是到了晚年,他把"能"(创作经验)的范围扩大到各种艺术才能②,已不限于创作古典诗词一途。

要是用千帆师自己的话来说,其文学教育的基本方法就是"以诗论诗"。在讲授"历代诗选"第一学期的最后一堂课时,他这样说:

> 这学期讲诗的方法,基本上是以诗论诗,最好是本人的诗证本人的诗。③

所谓"以诗论诗",不同于古人的"论诗诗",不是用诗的形式来论诗,而是用同一诗人的不同作品或不同诗人的相关作品来参读、互证。它要求破除外在形式上的差异,以洞鉴古今中外艺术家的"文心"。

"以诗论诗"的方法,其最基本也是最重要的意义在于面对文学作品时,不论处理什么问题,不论采用何种视角,都始终把文学当作文学来阅读放在第一位。文学之所以值得阅读、值得研究,首先就因为它是文学,而不是其他任何政治的、历史的、宗教的、思想的衍生物或复制品。所以,阅读者和研究者面对文学,也就要学会说属于文学的话,用哈罗德·布鲁姆的表述,就是"批评实践,按照其原义,就是对诗性思维进行诗性的思考"④。而现代的文学教育,往往将文学作品看作现实

---

① 程会昌:《论今日大学中文系教学之蔽》,《国文月刊》第十六期,1942 年 10 月。按:此文已收入《程千帆古诗讲录》,并作为《代序》。

② 1986 年 1 月,千帆师在《答人问治诗》中说:"我们不妨把艺术创作的范围放得宽点,例如会弹琴跳舞的人对诗歌的节奏比起不会的人来就要敏感一些。艺术和艺术总是相通的,其中有许多共同的东西。"收入陶芸编《治学小言》,第 123—124 页。

③ 《程千帆古诗讲录》,第 111 页。

④ 《影响的剖析:文学作为生活方式》(The Anatomy of Influence: Literature as a Way of Life),金雯译,译林出版社 2016 年版,第 16 页。

的复制,以"说什么"为衡量标准。尤其在二十世纪五十年代以后,将"思想性第一"变成"思想性唯一",而又将所谓的"思想性"简单地当成随手张贴的标签,导致对作品思想的理解极为狭隘浮浅,不仅研究不了思想,更不懂也不能做艺术分析。千帆师在"杜诗研究"课上指出:

> 现在谈杜诗思想性的较一般,谈艺术性的则陈词滥调,要把古典文学搞上去,要打破许多框框。重要的一点,不要把艺术品当作史料。杜诗当然是史料……杜甫之所以伟大,是他的诗不能为两《唐书》所代替。要把诗当作诗来研究。①

在学术圈阅世既久,常常见到令人啼笑皆非的"常识的遗忘"。"把诗当作诗来研究"就是一个被遗忘太久了的"常识",很有一些人满足于"把艺术品当作史料",意欲在学术品味上将狼吞虎咽的饕餮者取代细嚼慢咽的美食家。而要做到"以诗论诗",首先需要培养起来的就是对文学的"美感"能力,那是"感"与"知"的结合,而不是仅凭无"感"之"知"。他说:

> 对艺术实践是知—感—知—感—知,而不是知—知—知—知。②

学人的精神状态与诗人虽有不同,但在文学的阅读中,对作品的感受,即"披文以入情"③,不仅是欣赏的起点,也是研究的起点。千帆师曾自述其研究经验:"我往往是在被那些作品和作品所构成的某种现象所

---

① 《程千帆古诗讲录》,第251页。
② 同上书,第300页。
③ 《文心雕龙·知音》,《文心雕龙解析》,第780页。

感动的时候,才处心积虑地要将它弄个明白,结果就成了一篇文章。"①对那些于文学"无感"的"文学"研究,他也有过一个形象的比喻和稍显辛辣的讽刺,即"狗对食物有感,对牡丹花无感"②。阅读古典当然不能脱离考证,考证中较难处理的问题,往往是文学中的描写与事理不合或与史实相左。千帆师指出:

> 文学中常有"好而不通"和"通而不好"的例子。③

"通而不好"姑且不论,"好而不通"的问题,则在宋代欧阳修已指摘其弊,所谓"诗人贪求好句,而理有不通,亦语病也"④。人们通常的处理方式,亦往往如欧公所为,集矢于诗人之"语病"。千帆师在课堂上曾举例:

> 把"黄河"与"孤城"写在一个画面里,在生活中是不存在的,因此有人说乃"黄沙直上",但有人不同意。⑤

这讨论的是王之涣《凉州词》中"黄河远上白云间,一片孤城万仞山"之句,无论是赞成抑或反对,观点虽然相悖,方法同出一辙,"都企图通过沿革地理的考证来解决诗中地理上的矛盾现象"⑥。由于这种方法是

---

① 程千帆:《答人问治诗》,《治学小言》,第122—123页。
② 《程千帆古诗讲录》,第39页。
③ 同上书,第14页。
④ [宋]欧阳修:《六一诗话》,何文焕辑:《历代诗话》上册,中华书局1981年版,第269页。
⑤ 《程千帆古诗讲录》,第133页。
⑥ 参见程千帆《论唐人边塞诗中地名的方位、距离及其类似问题》,《程千帆诗论选集》,第95—119页。

将艺术品当作史料,故其考证的结论虽貌似有理,能够解决"通"的问题,却无法说明其在事理上的"通"或"不通"与诗歌中的"好"或"不好"有什么关系,最终也损害了对诗性思维的理解。如果说,在文学的教育和研究中不能脱离考据学,那么,我们真正需要的是"文学考据学",即深通文心之妙的考据学,而不是冬烘先生或学究气十足的考据学。后者虽貌似能考据,却常常"考其所不必考"且又"据其所不能据"①,以史料堆垛起来的最终是隔膜文心的高墙。这类情形,在古人中也很常见。千帆师说:

> 杜甫《进封西岳赋表》:"维岳,授陛下元弼,克生司空。"这使许多诗人注释家很为难。这些学者很懂书本上的道理,而不懂世故人情。杜甫要想当官,当然不愿得罪人。因此看诗要看哪些是门面话,哪些是实质的话……所以不能太书呆子气。②

杜甫进表中的这几句话,是改造《诗经·崧高》称颂周大臣尹吉甫(或曰甫侯)、申伯等人的句子恭维杨国忠的,注释家的"为难"表现在,或如张溍云:"谓郭子仪,公倾慕正人如此。"③将其赞美的对象转移到郭子仪,故无损杜甫人品;或如朱鹤龄云:"时国忠大恶未著,故公及之。"④以为杜甫虽赞美杨国忠,但事出有因;或如王士禛直斥:"杜所谓'元弼''司空',谓国忠也……甫独引《大雅》甫、申之词以谀之,可谓无

---

① 千帆师语,参见《闲堂书简》(增订本),第721页。
② 《程千帆古诗讲录》,第281页。
③ 《读书堂杜工部诗文集注解·文集注解》卷一,齐鲁书社2014年版,第1420页。
④ 同上。

耻。"①将"门面语"混同于"真心话"。这些注释评论都涉及与此文相关之时、事、人的考证,但由于缺乏对"世故人情"的理解(尽管像王士禛还不失为一个优秀诗人),从某种意义上说,也是缺乏对文学修辞手段的理解,成不了"文学考据学",也未能做到"把诗当作诗来研究"。

"以诗论诗"的"诗"是广义的,可以作为文学的代名词。这是将古今中外的文学作品甚至艺术作品放在同一个平台上,以具有普遍意义的文学眼光加以衡量、评价。先师的授课就是这样,他打破了种种时代的、民族的、国别的封闭圈,从而拥有了歌德所说的"世界文学"②的眼光。正如在科学上"没有什么叫做德国科学或者法国科学"③一样,在文学研究上,也无须画地为牢刻意强调是"中国文学"或"唐诗"。这就是韦勒克很欣赏的话:"只有文学教授,正如有哲学教授和历史教授,却不会有英国哲学史教授。"④在二十世纪四十年代,拥有这种观念并发出声音的人并不很稀见。闻一多在《调整大学文学院中国文学外国语文学二系机构刍议》中提议合并二系,另分语言学系和文学系,朱自清亦有类似意见。浦江清也承其意而指出:"历史、哲学是依照学科分系的,中西合并研究,文学却分两系,中西对立。"建议在中外文系之外新设文学系⑤。钱锺书则说:"中国诗并没有特特别别'中国'的地方。中国诗只是诗,它该是诗,比它是'中国的'更重

---

① 《池北偶谈》卷十九,中华书局 1982 年版,第 456 页。
② 语见《歌德谈话录》"1827 年 1 月 31 日",朱光潜译,人民文学出版社 1978 年版,第 113 页。
③ 〔法〕居斯塔夫·朗松(Gustave Lanson):《文学史方法》,《朗松文论选》,徐继曾译,百花文艺出版社 2009 年版,第 33 页。
④ 《比较文学的危机》,《批评的概念》,第 275 页。
⑤ 《论大学文学院的文学系》,浦汉明编:《浦江清文史杂文集》,清华大学出版社 1993 年版,第 239—245 页。

要。"①所以"在某一点上,钟嵘和弗洛伊德可以对话,而有时候韩愈和司马迁也会说不到一处去"②。打破这一自我封闭的心态很重要,这是改变中国文学研究或国际上的汉学研究偏于一隅的状况的第一步,进而才有可能使中国文学成为人类一般文化修养的构造成分③。钱锺书在其《谈艺录》《管锥编》中对此做出了大量的研究实践,德国学者莫芝宜佳(Monika Motsch)经过研究后说:"《管锥编》第一次把中国文学作为文学来考察。"④指的就是钱锺书把中国文学放在普遍的"文学"框架中来研究。她还把这一手法概括为"逐点接触法",其效果是:"单个例证的独特魅力因此没有丢失。""中国与西方母题相互间有了关联,但又保持着彼此间的差别。"⑤不同民族、不同语言、不同文化的"诗"在文学的框架中发现了"同",又在各自的文学中保持了"异"。从精神的体现来说,千帆师的文学教育也正是如此,与钱锺书的文学研究可以相互映照。

千帆师的这三门课,内容都是古典诗歌,主要是抒情诗。所以在每门课伊始,必先讨论"什么是抒情诗"以及"抒情诗的特征"等问题。置于文学的整体框架中来看,中国文学的主要特征就是抒情诗的发达,这个意见在先师的研究论著中罕见阐述,或许在他看来这只是一个不证

---

① 《谈中国诗》,《钱锺书集·人生边上的边上》,第167页。
② 《诗可以怨》,《七缀集》,上海古籍出版社1985年版,第106页。
③ 如果说,出版于1994年的哈罗德·布鲁姆(Harold Bloom)的《西方正典》(*The Western Canon*)多少还有点"DWEMs"——已故(Dead)白人(White)欧洲的(European)男性(Male)们的意味的话,进入二十一世纪以后,这样的状况已在发生改变。比如2016年出版的劳拉·米勒(Laura Miller)主编的《文学的仙境》(*Literary Wonderlands*)一书,就包括了阿拉伯文学《一千零一夜》、中国文学《西游记》和十三位女作家(包括两名黑人作家)的作品。这样的改变在程度上当然是远远不够的,所以更需要中国文学研究者的继续努力。
④ 《〈管锥编〉与杜甫新解》,马树德译,河北教育出版社1997年版,第85页。
⑤ 同上书,第115、120页。

自明的"文学常识",而就文学教育来说,其宗旨之一就应该是对"文学常识"做充分的说明。他说:

> 古典抒情诗是中国古典文学中最精华的部分,在世界上是独一无二的,无论是数量或质量。鲁迅说司马迁《史记》是"无韵之《离骚》",可以看出抒情诗在鲁迅心目中的地位。戏曲中如《西厢记》《牡丹亭》中的著名段落均采用抒情诗的语言来写。小说、散文中最动人的成分是抒情诗的成分。
>
> 抒情诗是中国古典诗歌的主流。①

以今日的"后见之明"来看,在国际汉学界(主要是美国汉学界)兴起的论题之———"中国文学的抒情传统",与千帆师对中国文学的主流"抒情诗"的强调几乎是同步的。而其着眼点都是放在"世界文学"的框架中,以比较的眼光得出的结论。在汉学界最早提出中国文学的抒情传统的是陈世骧,他在1971年美国亚洲研究学会的致辞中,就以"中国的抒情传统"为题,后来又经过高友工的推波助澜,在中外学术界产生了较为广泛的影响②。这个命题的提出,在学术上是有重要意义的。

---

① 《程千帆古诗讲录》,第179—180页。
② 参见陈世骧《中国的抒情传统》,收入《陈世骧文存》,台湾志文出版社1972年版。高友工"Chinese Lyric Aesthetics"(《中国抒情美学》,1991年),中译文收入乐黛云、陈珏编选《北美中国古典文学研究名家十年文选》,江苏人民出版社1996年版。此前高氏在《文学研究的美学问题:美感经验的定义与结构》(中译文载台湾《中外文学》第7卷第12期,1979年5月)一文中,对中国文学的抒情传统也已有所论述。此后,有不少专著对这一问题加以阐发,特出者如张淑香《抒情传统的省思与探索》,台湾大安出版社1992年版;萧驰《抒情传统与中国思想》,上海古籍出版社2003年版。一直到2004年11月,台湾大学中国文学系的郑毓瑜教授主持"中国文学的抒情传统研习营",我也曾参与其事并做演讲,后来成稿为《中国文学批评的抒情性传统》,载《文学评论》2009年第1期。带有汇总性的论著是柯庆明、萧驰主编《中国抒情传统的再发现:一个现代学术思潮的论文选集》,台湾大学出版中心2009年版。

就文学的构成方式而言,不外叙事、抒情、议论借以传达人生经验的本质和意义。在具体的文学现象中,上述三者相互渗透,很难割裂,中外文学作品皆然。千帆师在讲授时也多次指出:"抒情诗不排斥叙事和说理的成分,它常常将叙事和议论作为其组成部分之一。"①但是在不同的文学传统中,以何者为核心从而成为一个主流,却是各不相同的。通过比较揭示其各自的重心所在,方便理解不同文学传统的特色,就是一项有意义的学术工作。中国文学以抒情诗为主流,并形成了一个创作和批评的抒情传统,就是这样被提出的。这绝不意味着由此可以引导出中国文学传统中缺少叙事,或者西方文学传统中没有抒情的幼稚结论。以西方文学传统而言,抒情固然是其应有之义,抒情诗(lyric)也有其悠久的传统。在古希腊文学中就有著名的抒情诗人品达(Pindar)、萨福(Sappho)、阿尔凯厄斯(Alkaios),其作品可以在弦乐器里拉(lyra)的伴奏下以吟唱的方式表演。然而在古希腊的主流观念中,"诗"的殿堂里只有戏剧和史诗(与叙事诗关系较紧密)的位置。亚里士多德《诗学》虽然开宗明义说其书要讨论的是"关于诗的艺术本身"②,但其所谓"诗"不是西方十九世纪以来的"诗"的观念,他说"兼用数种,或单用一种,这种艺术至今没有名称"③,这一"没有名称"的"艺术"正是抒情诗。如果以中国传统做对比,"诗"最早就是《诗经》的专称,其最初的定义就是一种以抒情为主,并且伴随着音乐、舞蹈的表演形式:"情动于中而形于言,言之不足故嗟叹之,嗟叹之不足故永歌之,永歌之不足,不知手之舞之、足之蹈之也。"④而类似的以弦乐伴奏的抒情诗,在古希腊却被流放在诗国之外。正如卫姆塞特(William K.

---

① 《程千帆古诗讲录》,第180页。
② 《诗学》,罗念生译,人民文学出版社1962年版,第3页。
③ 同上书,第4页。
④ 《毛诗序》,[清]陈奂:《诗毛氏传疏》卷一,凤凰出版社2018年版,第2页。

Wimsatt)和布鲁克斯(Cleanth Brooks)所说:"《诗学》中没有抒情诗的理论体系。""亚里士多德的诗学是戏剧的诗学,尤其是悲剧的诗学。"①抒情诗在西方文学体系中获得体面的进而为崇高的地位,是在十八、十九世纪浪漫派文学兴起之后,人们熟知的英国华兹华斯(William Wordsworth)在1800年的名言"一切好诗都是强烈情感的自然流露"②,可以当作浪漫派文学观的宣言。他又说:"在这些诗中,是情感给予动作和情节以重要性,而不是动作和情节给予情感以重要性。"③把欧洲文学传统中叙事和抒情的重心做了扭转乾坤式的颠倒,并且在此后"为数代人定义了诗歌及其用途"④。抒情诗成为戏剧和叙事文学以外的第三种文学体裁,正式被引入诗学和美学,而"十八世纪末十九世纪初的美学哲学最终为这种三分法赋予了形而上的庄严"⑤。在二十世纪三十年代美国"新批评"派的眼中,抒情诗成为其心目中首要关注的对象,这几乎成为他们的一个局限。所以,相对于西方文学悠久的戏剧和史诗的叙事传统,将中国文学的抒情传统特别拈出是有意义的。学术史的变迁往往犹如钟摆,总会出现"翻案"或"反转",但是,如果仅仅局限在中国文学传统之内,另外提出一个"叙事传统",无论其目的是要抵消"抒情传统",抑或与之相辅相成,就算不能刻薄地当它是"伪"命题,充其量也只能宽容地视作一个"萎"命题。

---

① William K. Wimsatt & Cleanth Brooks, *Literary Criticism: A Short History*, University of Chicago Press, 1957, pp. 35-36.
② 《〈抒情歌谣集〉序言》,曹葆华译,刘若端编:《十九世纪英国诗人论诗》,人民文学出版社1984年版,第6页。
③ 同上书,第7页。
④ 〔美〕J.希利斯·米勒(J. Hillis Miller):《文学死了吗》(*On Literature*),秦立彦译,广西师范大学出版社2007年版,第11页。
⑤ 〔德〕贝内迪克特·耶辛(Benedikt Jeßing)、拉尔夫·克南(Ralph Köhnen):《文学学导论》(*Einführung in die Neuere deutsche Literaturwissenschaft*),王建、徐畅译,北京大学出版社2016年版,第17页。

千帆师的三门课堂讲授,其内容以抒情诗为主,这是"中国古典诗歌的主流"。作为一个中国文化的热爱者、诠释者、传承者,在面对世界文化的时候,当然不会也不应妄自菲薄,需要谨防的反倒是文学上的"民族主义"。二十世纪随着民族国家的兴起,出现了民族文学的概念,尤其是透过大学的制度化设置,有了中文系、英文系、法文系、日文系等分科以及相应的语言文学研究。民族主义"代表了一种过度膨胀的、令人遗憾的利己主义的保守倾向"①,在本民族文学的教学和研究中也比较容易滋生。中国文学有其不可取代也不可企及的优长,但也必然有其不足。指出其不足,同时指出历代诗人为弥补其不足所做的努力和达到的成就,是一个严肃的文化诠释者必须面对的任务。千帆师多次指出:

> 组诗,现在称之,古代称联章诗……组诗的重要性在很大程度上弥补了我国诗歌短小的缺陷。组诗,同一首很长的诗是不一样的。既然是一首一首写的,就有相对的独立性,调动题材,转换角度,处理情绪。②
>
> 这种形式之所以重要,是以联章补偿诗歌短小的缺陷。③

"中国人虽有长城却只有短诗"④,短诗固然可收言已尽而意无穷之效,

---

① 〔德〕汉斯-乌尔里希·维勒(Hans-Ulrich Wehler):《民族主义:历史、形式、后果》(*Nationalismus*),赵宏译,中国法制出版社2013年版,第3页。
② 《程千帆古诗讲录》,第277页。
③ 同上书,第32页。
④ 此借用钱锺书的说法——"The Chinese have a Long Wall, but short poems."见 Qian Zhongshu, "Chinese Literature", 原载 *Chinese Year Book*(《中国年鉴》)1945,收入 *A Collection of Qian Zhongshu's English Essays*(《钱锺书英文文集》),外语教学与研究出版社2005年版,第285页。

但篇幅短小,也会限制诗人对较为广阔的社会场景和较为复杂的内心感受的表达力,于是人们就探索利用联章的方式加以弥缝。古代"诗有一人之集止一题者"①,如应璩《百一诗》、阮籍《咏怀》之类,不是严格意义上的"联章诗"。千帆师所注意的联章诗,是"有统一的主题,然后有统一的构思,完成后是统一的整体"②之类,始于《楚辞》中的《九辩》,而在杜甫手上达到纯熟,特别是七律组诗。例如《秋兴八首》"每篇诗是一个整体,同时八篇诗合起来又是一个更大的整体",所以"不研究它们的结构是不行的"③。关于《秋兴八首》存在的整体结构,钱谦益曾自诩发明:"此诗旧笺影略,未悉其篇章次第,钩锁开阖……章虽有八,重重钩摄,有无量楼阁门在,今人都理会不到。"④陈廷敬亦云:"杜此八首……以章法论,章各有法,合则首尾如一章,兵家常山阵庶几似之。"⑤杨伦更扩大言之:"杜集凡连章诗,必通各首为章法,最属整齐完密。"⑥实际上,在元代的诗法类著作中,就有托名杨载序的《诗法源流》(即指杜律诗法之源流),诡言出自杜甫门人吴成、邹遂、王恭之嫡传⑦,其《秋兴八首》下引王氏语云:"《秋兴》一题,分作前三章与后五章,以夔州、长安自是二事,此其纲目也。八章之分,则又各⑧命一题以起兴。"⑨这已经从整体结构着眼分析(尽管非常初步),只是此类

---

① [清]汪师韩:《诗学纂闻·诗集》,丁福保编:《清诗话》上册,上海古籍出版社1978年版,第442页。
② 《程千帆古诗讲录》,第277页。
③ 程千帆:《古代诗歌研究绪论》,程千帆、沈祖棻:《古典诗歌论丛》,第18页。
④ 《钱注杜诗》卷十五,第504页。
⑤ 《杜律诗话》卷下,杜松柏:《清诗话访佚初编》第十册,台湾新文丰出版公司1987年版。
⑥ 《杜诗镜铨·凡例》,上海古籍出版社1980年版,第13页。
⑦ 参见张伯伟《元代诗学伪书考》,《文学遗产》1997年第3期。
⑧ "又各"二字原作"有名",兹依张健《元代诗法校考·诗解》改,其所据者为日本五山版《诗法源流》,北京大学出版社2001年版,第52页。
⑨ 明刻本《诗法源流》,《古今诗话续编》本,台湾广文书局1973年影印,第60页。

"俗书"不入绛云楼主法眼,故未能及之。从文学批评史的角度看,杜甫联章诗的整体结构至晚在十三世纪晚期(托名杨载的序写于至治二年即1322年,自云少年时得此书于杜甫九世孙杜举)已被人揭示,钱谦益之笺注杜诗也在康熙六年(1667)刊刻行世,但对于联章诗结构的忽视,直到二十世纪五十年代(《古代诗歌研究绪论》写于1954年)还普遍存在,到七十年代末千帆师重登讲坛,其状况也没有发生任何改变。虽然这只是一个很小的例子,却再一次表明,文学研究之不振,与文学教育之弊有莫大关系。而令人难以释怀的是,文学教育之弊不仅在时间上由来已久,在空间上也是世界性的。

三、左右逢源:语文学与文学理论

文学教育的核心是作品,但在现代的知识体系和学术体系中,要讲授好作品,研究好作品,并不是仅仅依赖熟读作品或有创作才能就可以完成的。在现代学术也就是西方学术传入中国以前,中国人已经有了两千年以上的文学批评传统,留下了丰富的学术遗产。但面对这些遗产,我们可以领略其"宗庙之美、百官之富",却无法坐享其成。因为在表现形态上,它们大多为零散片段;在思维特色上,它们经常如灵光忽现。所以,当百年前西洋学术全方位地弥漫东亚之时,中国学者一方面对古典遗产感到无法取用,只能"抛却自家无尽藏",另一方面对西洋工具又觉得精妙无比,不免"沿门托钵效贫儿",最后除了文献考据尚有招架之功以外,固有的学术遗产几乎全沦为"材料",理论框架、学术方法以及提问方式,占据主流的都是"西方式"的或曰"外来"的[1]。对现代学术史做纯学术回顾,有全盘西化的胡适一派,有固守传统的守旧

---

[1] 参见张伯伟《中国古代文学研究的理论和方法问题》,《文学遗产》2016年第3期。

之士,其势力尽管极不相称,但在陈寅恪看来,终归"田巴鲁仲两无成",这意味着:

  旧派之闭目塞听、陶然自醉,固然难有作为;新派之高自标置、鲁莽夸诞,时或流于"画鬼"。①

而陈寅恪自己所追求和实践的,则属于不同乎二者的"教外别传",既重视"学"又追求"术",既以中国文化为本位,又不断开拓创新,其"治学以世界为范围,重在知彼"②,努力与国际学术做对话和竞赛。在二十世纪的古代文学研究者中,千帆师最具方法的自觉并为之不懈努力,这几乎可以作为他与其他学者相区别的重要标志。学术的发展进步,如果说大都遵循从"照着讲"到"接着讲"的步骤的话,那么,在学术上对千帆师影响最大的前辈学者是陈寅恪,而他对陈氏学术的方法、宗旨、趣味以及文字表达的理解远胜一般,但他做到了既"有所法"又"有所变",完成了从"史学研究法"到"诗学研究法"的转换③。其学术研究与文学教育,在理念上也是一脉贯通的。

在"古代诗选"的第一堂课上,千帆师提出了这样的要求:

  学习这门课的知识准备:一、文学史;二、文学理论;三、古代汉语,特别是诗律学。④

---

① 张伯伟:《现代学术史中的"教外别传"——陈寅恪"以文证史"法新探》,《文学评论》2017 年第 3 期。
② 陈寅恪:《吾国学术之现状及清华之职责》,《金明馆丛稿二编》,第 318 页。
③ 参见张伯伟《"有所法而后能,有所变而后大"——程千帆先生诗学研究的学术史意义》,《文学遗产》2018 年第 4 期。
④ 《程千帆古诗讲录》,第 179 页。

作品是个别的、具体的,有一定的"文学史"知识,就可以对作家所处的时代、作品的文体面貌拥有大致印象,而通过讲解作品,又可以使既有的文学史知识得到深化。尽管上述三者都是作为"知识准备"提出的,但"文学理论"和"古代汉语",同时也是解析作品的重要工具。这两个工具,在中西学术史上各有其传统,而在文学教育的实践中,也各有其成败。面对当下的困境,我们也许应该对历史做些回顾。

　　古代汉语的内容,通常来说包含文字、音韵、训诂。运用这些知识来进行文本的构造和解析,用中国传统的术语来讲,是"章句之学";用西方传统的术语来讲,就是"philology",可译为"语文学"(也有译作语学、历史语言学、文献学等)。千帆师说:"古人很重章句之学,一年学离经辨志(离经是断句,辨志是分章,黄以周讲)。"中国传统的章句之学,在西汉就很成熟也很普遍,《汉书·艺文志》里就已经著录了很多,除了章句以外,也有用故(诂)、训、传、注来表示,后代笼统地概括为"章句之学"。在文学的学习和研究中,章句之学的重要性早就得到认识和实践,除了汉人对《诗经》《楚辞》的注释外,在文学理论著作中最明显的例证就是《文心雕龙·章句篇》。此后,唐代关于《文选》的校勘注释形成了"《文选》学",宋代则有大量对此前文集的注释,更有宋诗宋注,从而造就了文学研究中的校注传统。这就是以最大可能再现作者的"原本",并对其字、词、句、章做尽可能准确的理解。传统的文学教学,以文本为主。作为一种语言文字的艺术,必然是"因字而生句,积句而为章,积章而成篇"的,故研读文学,贵在"振本而末从,知一而万事毕"①。就字、句、章、篇而言,字是"本"是"一",其余则为"末"为"万"。但决定章句的还有一更为根本者,这就是"情"。刘勰一再说"设情""宅情""控引情理",即说明章句都是为之安设、受其控引的,

---

① [南朝梁]刘勰:《文心雕龙·章句》,《文心雕龙解析》,第557页。

"情"才是文学的根本。太老师黄季刚先生最精小学,故其《文心雕龙札记》一书,也以对《章句篇》的阐发最为详赡。其核心观念是:

> 凡为文辞,未有不辨章句而能工者也;凡览篇籍,未有不通章句而能识其义者也;故一切文辞学术,皆以章句为始基。①

至于诗律学,是伴随着近体诗的萌芽、成型、定型而形成的,属于"章句之学"中的一个特殊部分。章句之学原为阐明文本,便利初习,但去古愈远,每况愈下,也就导致章句愈繁。黄季刚先生又说:"降至后世,义疏之作,布在人间,考证之篇,充盈箧笥,又孰非章句之幻形哉?"②所以清代考据学又号称"汉学",就表示它是以章句为本的。段玉裁将戴震"义理者,文章、考核之源也。熟乎义理,而后能考核、能文章"的话转换为"义理、文章,未有不由考核而得者"③,最能体现考据家的学术趣味。

西方的"语文学"一词"philology",就词源来说,出自希腊语"philologia",其中"philos"代表热爱,"logos"代表言词,所以就字面上说,这个词是"言辞(文本)之爱"的意思,与哲学——"philosophos"所代表的"智慧之爱"相对。西方的语文学,成型于亚历山大时期(公元前三世纪)的前十年,目的是保存和解释古典文学。泽诺多托斯(Zenodotos)完成了荷马史诗和赫西俄德(Hesiodus)诗歌的文本考订,并创立了考订的原则,目的在于恢复原始文本的面貌。在后来的演变中,语文学家的任务增添了评注、阐释,而阐释的原则是从作者本身出发解释作者。到古罗马时代,鉴赏力的高尚化被认为是一种

---

① 《文心雕龙札记》,华东师范大学出版社1996年版,第159页。
② 同上书,第166页。
③ 《戴东原集序》,《戴震文集》卷首,中华书局1980年版,第1页。

美德,语文学也得到进一步发展。崇尚博学广闻,并注重文法研究。中世纪八百年是语文学的衰退期,而文艺复兴以来的近代古典语文学,根据内容和方法上的不同侧重而在不同地区形成不同阶段,先后以意大利、法国—荷兰、英国为中心。从十八世纪开始,德国跃居领先地位,语文学各学科的方法都得到完善,从以文本考据为中心转移到以认识事物为目的的观察方式,并且影响了历史研究。倪不尔(Barthold Georg Niebuhr)运用原始资料鉴定法,开创了以批评性的语文学方法研究历史的先河(陈寅恪也曾受其影响)。历史主义—实证主义也在十九世纪下半叶到二十世纪早期的德国古代文化研究领域中达到鼎盛,他们坚信,只要有充足的原始资料,历史事实是可以获得全面认识和掌握的。实证主义获得了广泛认可,也使得其自我反思的能力日益下降,由此引来尼采的强烈抨击①。但不管怎样,十九世纪的语文学已是欧洲人文学术研究的主流,德国俨然是语文学研究的中心,其势力范围扩张到欧美。而相应的损失则是,"十九世纪晚期,德国完全丧失了文艺理论和批评方面的领导地位"②,另一个"弱国"就是美国。陈寅恪、傅斯年都留学德国,深受其时"语文学"的影响是固然的;赵元任虽然在美国求学,但对"语文学"也深感兴趣,甚至最想做一个"语文学家"(philologist)。"中研院"史语所从某种意义上说,就是德国的语文学、新兴的英法语言学、传统的中国考据学和音韵学共同塑造的③。历史语言研究所的英文是"The Institute of History and Philology",不难看出语

---

① 参见〔德〕维森博格(Weisenberg)《西方古典语文学简史》,刘小枫编《西方古典文献学发凡》,丰卫平译,华夏出版社 2014 年版,第 1—35 页。

② 〔美〕雷纳·韦勒克:《近代文学批评史》(*A History of Modern Criticism*)第二卷"总结"语,杨自伍译,上海译文出版社 2009 年版,第 438 页。

③ 参见张谷铭《语文学还是语言学?跨越洲际的反应》,贾晋华等编:《新语文学与早期中国研究》,上海人民出版社 2018 年版,第 41 页。又可参见张谷铭《Philology 与史语所:陈寅恪、傅斯年与中国的"东方学"》,台湾"中研院"《历史语言研究所集刊》第八十七本第二分,2016 年 6 月。

文学在其中的重要意义。以德国语文学的背景看中国学术传统,最能赢得其垂青的就是清代的考据学。赵元任说:

> Philology 所注重的是推求某一字在流传的文献当中,某某章句究竟应该怎么怎么讲。所以某种文献,有某种的 Philology,他的性质是近乎咱们所谓考据、训诂之学。①

傅斯年在《与顾颉刚论古史书》中说:"三百年中所谓汉学之一路,实在含括两种学问:一是语文学,二是史学,文籍考订学。"②这里所说的"汉学",指的是乾嘉考据学。他把史学解释为"文籍考订学",与在此后不久写的《历史语言研究所工作之旨趣》中说"近代的历史学只是史料学"③的意见是一致的。而当他将研究的目光从史学转到文学的时候,也就以同样的逻辑展开其论述。现在保存下来的1927—1928年间傅斯年在中山大学讲授"中国古代文学史"的讲义,就主张文学史即史学,强调用考证即语文学的方法从事文学史研究。他说:

> 因为文学史是史……要求只是一般史学的要求,方法只是一般史料的方法。考定一书的时代,一书的作者,一个事件之实在,一种议论的根据,虽是文学史中的问题,也正是通史中的事业。④
>
> 希望诸君能发乎考证,止乎欣感,以语学(大陆上谓之"Philologie")始,以"波涛动荡"(Sturm und Drang)终。⑤

---

① 《语言问题》,商务印书馆1980年版,第2页。
② 《傅斯年全集》第四册,台湾联经出版公司1980年版,第455页。
③ 同上书,第253页。
④ 《中国古代文学史讲义》,《傅斯年全集》第一册,第12页。
⑤ 同上书,第20页。按:这里所说的"大陆",指的是欧洲大陆。法国的情形也类似,据安托万·孔帕尼翁(Antoine Compagnon)说:"文学史出现于十九世纪,当时更为通行的叫法是语文学或语文研究。"《理论的幽灵:文学与常识》(Le démon de la théorie: Littérature et sens commun),吴泓缈、汪捷宇译,南京大学出版社2017年版,第13页。

在傅斯年讲义的"拟目"中,更有一则醒目的标题——"论文艺批评之无意义"。这代表了也导致了此后许多大学中文系的文学教育现象,就是以"文献学"或"考据学"取代"文艺学"。而在千帆师看来,这就是文学教育之"弊"。他指出:

> 以现状而言,则多数大学中文系之教学,类皆偏重考据。此自近代学风使然。而其结果,不能无蔽。
>
> 愚此所谓蔽者,析而言之,盖有二端:不知研究与教学之非一事,目的各有所偏,而持研究之方法以事教学,一也。不知考据与词章之非一途,性质各有所重,而持考据之方法以治词章,二也。详此二蔽之所由兴,则实皆缘近代学风之一于考据。案满清学术,一由于明学之反动,二由于建夷之钳制,考据遂独擅胜场……及西洋学术输入,新文化运动勃兴。全盘西化之论,格于政治社会之阻碍,未克实行;考据之学乃反得于所谓科学方法一名词下,延续其生命。二十年来,仍承胜朝之余烈,风靡一世者,职是之由。①

此文作于1942年,我在此很想再引录一段钱锺书在1978年讲的话,来做前后对照:

> 在解放前的中国,清代"朴学"的尚未削减的权威,配合了新从欧美进口的这种实证主义的声势,本地传统和外来风气一见如故,相得益彰,使文学研究和考据几乎成为同义名词,使考据和"科学方法"几乎成为同义名词。②

---

① 《论今日大学中文系教学之蔽》,《国文月刊》第十六期,1942年10月。
② 《古典文学研究在现代中国》,《钱锺书集·人生边上的边上》,第179页。

从"章句之学""语文学"到考据学、实证主义,再加上二者的结合,文学教育的主体就变成了"作者之生平,作品之真伪,字句之校笺,时代之背景"①等,再加上一些版本校勘、辑佚钩沉、本事索隐,就以为文学教育之能事已毕,这都是"持研究之方法以事教学"。研究与教学的关系,既有区别又有联系。将研究成果融入教学实践,能够提升教学质量,也是大学教育的特征所在。但若混同二者,就可能损害教育职责。千帆师以为一所大学的"中文系尤有发扬民族文化之重任,故其动态与风气,关系国运者至深",因此,不能造成最终"致力及成就者,类皆襞积细微,支离破碎"②的后果。这使我想起十九世纪末、二十世纪初的美国大学,其来源有二:一是仿效德国的研究型传统,一是沿用英国的人文教养传统,后者想通过文学教育灌输民族文化的中心思想和价值观念,而前者强调以批判性的、客观的态度去追求真理(在当时就是以实证性知识为代表),其中也明显存在着悖论,但美国大学的教授坚信他们可以在研究和教学实践中调和这两项充满矛盾的任务。米勒曾这样描绘:

  一名英语教授既可以对某个作家的生平细节进行最琐碎的实证性研究,又可以对那些单调乏味的书目整理和编辑工作乐此不疲,与此同时,他还能给本科生上课,弘扬弥尔顿、约翰逊、勃朗宁、艾略特等人著作中所包含的伦理美德。③

就这一点而言,研究与教学的重心是可以也是能够区别的。傅斯年等

---

① 《论今日大学中文系教学之蔽》,《国文月刊》第十六期,1942年10月。
② 同上。
③ 〔美〕希利斯·米勒:《因特网星系中的黑洞:美国文学研究的新动向——兼纪念威廉·李汀思》,《萌在他乡:米勒中国演讲集》,国荣译,南京大学出版社2016年版,第36页。

人将语文学与考据学相等同,只是沿用了十九世纪德国语文学的概念,但正如维森博格指出的:"某个地区和某个流派占据主导地位,并不意味着同一时候和其他地方没有其他方式的语文学研究。"①所以傅氏的论调是对西方语文学的窄化和简化。至于将文学史研究归结为文学史料学研究,同时彻底废除文艺批评的意义,只能视为学术上的颠顶之举。在吸收西学之初,出现这样的问题是可以理解和谅解的,但在百年之后,人们若仍然自觉不自觉地以这种观念武装头脑,就不仅是顽固不化,更是愚不可及。二十世纪九十年代开始,学风再变,用李泽厚的概括,就是"九十年代大陆学术时尚之一是思想家淡出,学问家凸显"②。大学的文学教育在很大程度上又回到了二十世纪五十年代之前的风尚,至少在我的观察所及,这种倾向是比较明显的。如果说有发展,也只是版本扩大到域外,资料深入到私藏,借中外数据库之便利,更有所谓"e-考据"之美名。尽管千帆师厌恶文学教育和研究中的实证主义,但他并不是笼统地一概反对考据。他强调"古代汉语"即传统的章句学在作品研习中的作用并付诸实践,就可以看出他对"语文学"这一工具的重视,以下论文的标题即可为证:《陶诗"结庐在人境"篇异文释》(1944年4月)、《陶诗"少无适俗韵"的"韵"字说》(1945年12月)、《李颀〈听董大弹胡笳声兼语弄寄房给事〉诗题校释》(1963年5月)、《杜甫〈诸将〉诗"曾闪朱旗北斗殷"解》(1976年5月)、《李白〈丁都护歌〉中的"芒砀"解》(1977年6月),其前后跨越达三十多年。但章句是工具而非目的,要将"字句的疏通与全篇的理解并重",最终还是归结到对作品的理解和欣赏。千帆师反复说"欣赏诗歌不能脱离考证学",强调"文献学与文艺学"的结合。我二十多年来倡导域外汉籍研

---

① 《西方古典文学简史》,刘小枫编:《西方古典文献学发凡》,第15页。
② 语载香港《二十一世纪》1994年6月号(总第23期)"三边互动"栏目。

究,希望将阅读文献和研究视野的范围扩大到汉文化圈,在这一过程中,首先从事的也是目录学和文献的整理解题工作。但文学教育应该以作品为核心,着重对作家作品的阐发、分析、评论,并进而达到人文精神的重建。

这就要谈到第二个工具"文学理论",它同样在中西学术史上各有传统,落实在文学教育中也各有得失。千帆师强调的文学理论虽然兼涉中外,但在实际运用中主要偏于古代文论。他在"杜诗研究"最后一课曾强调研究方法的六个"并重",其中之一就是"传统的文艺理论和外来的新的文艺理论并重",同时又要"多进少出,不懂不讲"①。当时的中国学术界,与外国的学术交流还未能频繁展开,对外国文学理论的翻译介绍还很不系统,为了防止生搬硬套、削足适履的"滥用",所以谨慎地提出要"少出""不讲",但这丝毫不存在对国外文学理论的抵触或排斥。传统的文学教育中实施的文论教育,集中在文学写作,最早且最为典型的是唐代的诗格,明清演变为诗法。还有一种类型就是选本,如《文选》之在唐宋时代,《唐诗品汇》之在明清时代,直到《古文辞类纂》都是这一类代表作。但在传统的知识体系中,今人说的"文学批评"在古代目录学上的名称是"诗文评",与"词曲"肩摩踵接,列于集部之末,不为人所重。现代大学里的文学教育,其"新品种"当属文学史,其中也涵括了部分古代文论的内容。由中国人撰写的最早的文学史,当属1904年草创并刊行的京师大学堂林传甲《中国文学史》,其第十三篇中就专列"昭明《文选》创总集之体""刘勰《文心雕龙》创论文之体""钟嵘《诗品》创诗话之文体"及"徐陵《玉台新咏》创诗选之体"②等,虽极为简略,亦有意义。稍后东吴大学黄人编纂《中国文学史》,曾回顾中

---

① 《程千帆古诗讲录》,第300页。
② 参见林传甲《中国文学史》,陈平原辑:《早期北大文学史讲义三种》,北京大学出版社2005年版,第190—193页。

国传统"所以考文学之源流、种类、正变、沿革者,惟有文学家列传(如《文苑传》,而稍讲考据、性理者,尚入别传),及目录(如《艺文志》类)、选本(如以时地、流派选合者)、批评(如《文心雕龙》《诗品》、诗话之类)而已"①,他的书则要综合上述诸体,自具机杼,所以被后人评为真正"始具文学史之规模"②。然而就其中的文论部分来说,也不过点缀其间。直到二十世纪四十年代中后期,才在学术界的一般观念中,"似乎都承认了诗文评即文学批评的独立的平等的地位"③。其文论教学大抵有三类:一是中国文学批评史,如郭绍虞《中国文学批评史》有商务印书馆"大学丛书"本,朱东润《中国文学批评史大纲》也是他原在武汉大学使用的教材;二是专书讲疏,主要集中在《文心雕龙》,著名者如黄季刚《文心雕龙札记》、刘永济《文心雕龙校释》;三是文论选,代表者如许文雨《文论讲疏》,也是"自十八年(1929)讲学北大创始"④。批评史在当时属于肇启山林的工作,朱自清评论郭绍虞之著,虽说表彰了其"材料与方法"⑤,但重心还是在材料方面,以此勾勒出中国文学批评的基本线索和面貌,意欲"兼揽编年、纪事本末、纪传三体之长,创立一种'综合体'"⑥,但有些基本判断还存在问题,也难免"见林不见树"。专书和文论选以具体作品为核心,可以避免"离事言理"之弊,且各有深入之见,但总体来说还是以"语文学"的方法为主,重在疏释文本大意,不免"见树不见林"。对于文学理论在文学教育和研究中的重要性,千帆师不仅深具认识,而且身体力行。他的做法不同于上述三类,1941

---

① 《中国文学史》,苏州大学出版社2015年版,第3页。
② 浦江清:《郑振铎〈中国文学史〉》,浦汉明编:《浦江清文史杂文集》,第130页。
③ 朱自清:《诗言志辨序》,《朱自清古典文学论文集》,上海古籍出版社1981年版,第188页。
④ 许文雨:《文论讲疏·例略》,正中书局1937年版。
⑤ 《评郭绍虞〈中国文学批评史〉上卷》,《朱自清古典文学论文集》,第540页。
⑥ 《诗文评的发展》(其内容为评论罗根泽《中国文学批评史》、朱东润《中国文学批评史大纲》),《朱自清古典文学论文集》,第545—546页。

年到 1943 年之间,他任教武汉大学和金陵大学,专门讲授古代文论课,并编为《文学发凡》二卷,由金陵大学文学院印行。本书从大量古代文论材料中精选十篇加以笺注,文末附有按语,做总体论述。我在二十年前对此书的学术定位是:"这是一部较早的对文学理论本土化的尝试之作和成功之作。"①上卷为概说,分文学之界义、文学与时代、文学与地域、文学与道德、文学与性情;下卷为制作,分制作与体式、内容与外形、模拟与创造、修辞示例、文病示例。既不按照时代顺序,也不选择体系性过强者(如《文心雕龙》),而是完全按照作者对文学理论的理解和认识,选择能够代表中国人文学观念的十篇论文,阐发其理论内涵②。窥其微意,实有建立系统、颉颃西洋的色彩。可惜后来正式出版时,一易名为《文论要诠》,再易名为《文论十笺》,并且在内容上多有删削,尽管个别条目的注释更为准确,但上述色彩则愈来愈淡化。总体而言,中国学者,特别是古代文学研究者,对文学理论的兴趣是较为淡薄的,尤其是与文献资料的搜罗爬梳相比。即便是中国文学批评史的研究,"也无可讳言,偏重资料的搜讨,而把理论的分析和批判放在次要地位"③,这怎么也算不上是苛评。在这样的学术背景下来看千帆师的《文学发凡》,其文学理论教育也同样以"文论作品"为中心,坚持"从具体开始";其次,在材料的选择上取精用闳,以构建中国文学理论体系

---

① 张伯伟:《程千帆文集》书评,《中国学术》第 4 辑,商务印书馆 2000 年版,第 272 页。按:同门友蒋寅教授也持同样看法,认为《文论十笺》是较早用当代眼光来处理古代史论资料,按中国传统文论为框架来建构理论体系的尝试"(《我的老师程千帆先生》,收入《学术的年轮》,中国文联出版社 2000 年版,第 199 页),可参看。
② 千帆师在晚年说:"日本学者把这本书当成文学概论的教材来用……十篇文章,有注解,有按语,还成个体系。当时我下了个决心,也和刘(永济)先生商量过,没有选《文心雕龙》。现在想来,这是对的,因为《文心雕龙》太完整。"(《桑榆忆往》,第 65—66 页)
③ 钱锺书:《古典文学研究在现代中国》,《钱锺书集·人生边上的边上》,第 180—181 页。

为指归,既见"树"又见"林";再次,在文论的使用上,坚持与文学作品相结合的基本原则。这虽然在《文学发凡》中没有过多的实践,但在这本《程千帆古诗讲录》中却有具体的展现。它不仅体现了文学理论作为工具之"用",置于中西学术格局来看的话,在"理论之后"的时代该如何面对理论,也可以带来有益的启示。如果我们没有可能"宿命般地回到前理论时代的单纯"①,那么理论到底还有什么用?

这里,我姑且以"比兴"为例略做阐发。"比兴"原本于《诗经》学上的概念,与"赋"联系在一起成为"三义"或"三用"。由于隶属于经学,其含义也往往带着较强的政治性。但从西晋开始,就有人突破经学体制,注重文学修辞特色的意义。到了梁朝的钟嵘,更明确地以五言诗为依据做出新释。这不仅对后来的文学中人有影响,研治经学的学者,如唐代的陆德明,宋代的朱熹,也对其新说有所吸收②。字面上仍是一贯的"比兴",但概念的内涵和外延却变动不居。在中国的批评传统中,理论批评(theoretical criticism)往往是透过实际批评(practical criticism)展现出来的,因此,它与文学作品有着密切关系。理论产生于对作品的理解和认识,当理解得到深化、认识有所升华,也会突破原有的理论,并反过来影响创作。所以,当一个概念在新的批评文本中,其含义无法用既定的意思限定时,我们既不能生搬硬套原先的定义,哪怕它戴着权威的面具,也不能削"作品之足"以适"理论之履",因为理论只是帮助我们理解作品的工具。千帆师指出:

中国古典文学中的名词,往往随时代而变化含义,唐朝人的

---

① Terry Eagleton, *After Theory*, Penguin Books Ltd, 2003, p. 1.
② 参见张伯伟《钟嵘诗品研究》第六章"'兴'义发微",南京大学出版社1993年版,第96—112页。

"比兴"往往是与政治有关的内容,而不是修辞学上的术语。①

杜甫论元结的两首诗曰"不意复见比兴体制",元诗是用赋体作的,但杜甫说他是"比兴体制"。可见唐人对"比兴"有独特的看法,是指有很高思想内容的文学作品。陈子昂与杜甫是一致的。②

杜甫的话见于其《同元使君舂陵行序》,称赞元结之作为"比兴体制",但从作法来看,《舂陵行》是以赋体为之的,所以此处的"比兴"就"不是修辞学上的术语",而是对于统治者横征暴敛的控诉,具有《诗经·国风》的"美刺"意义(元结《舂陵行》的末句是"何人采国风,吾欲献此辞",就是以继承《诗经》的精神自命的)。这个概念部分吸取了汉儒说诗的成分,又带有唐代的特色。正如陈子昂批评齐梁诗歌缺乏"兴寄",当然也不是说那些作品未曾采用修辞手段上的"比兴",而是说缺乏撼动人心的内涵。这个问题,千帆师在课堂上曾反复提及,往往特别强调"赋"法,强调"以文为诗"的功能,强调议论也是塑造文学形象的不可或缺的手段之一。其背景是,1977年12月31日《人民日报》第一版刊登了毛泽东给陈毅谈诗的一封信,特别强调"比兴"的重要性,批评宋人不懂形象思维,"一反唐人规律",其病根在韩愈的"以文为诗"。这引起当时学术界的大讨论,几乎一边倒地贬斥宋诗,推崇"比兴"(作为修辞手段),批判"以文为诗"。千帆师对这种"依草附木"的学风极为鄙视,他告诫学生:"搞学问,一是不能随声附和,二是不能停滞在原来的境地。"③这就不只是学术观点,更是学术品格了。

千帆师对文学理论的强调,总是不脱离作品。三十年前,我曾经概

---

① 《程千帆古诗讲录》,第283—284页。
② 同上书,第130—131页。
③ 同上书,第218页。

括为"以作品来印证理论"和"从作品中抽象理论"①。他很推崇刘永济的《文心雕龙校释》一书,尤其欣赏其附录《文心雕龙征引文录》三卷,上下二卷为文录,即作品选;卷末为"参考文目录",即文论选,也是着眼于其书将文学理论与文学作品的结合。而从他推崇的其他著作中,我们还可以窥见另外两种研究文学理论的学术取向:一是朱自清《诗言志辨》,以中国文学批评史上的重要概念为纲,仔细梳理其含义的变迁,接近于某种"概念史"或"专题史"的工作。朱自清在大学开设"中国文学批评研究"课,其方法也是如此②。千帆师赠朱自清诗有"解颐人爱说诗匡""肯把金针度与无"③之句,可略见其向往之情。一是朱光潜《诗论》,这是以比较文学的方法构拟中国诗学的系统,该书也曾用作北京大学、清华大学和武汉大学的授课讲义④。其书《抗战版序》中说:"当前有两大问题须特别研究,一是固有的传统究竟有几分可以沿袭,一是外来的影响究竟有几分可以接收。"⑤他自己对这本书最为满意,晚年说该书"试图用西方诗论来解释中国古典诗歌,用中国诗论来印证西方诗论;对中国诗的音律、为什么后来走上律诗的道路,也作了探索分析"⑥。还提及学界友人(包括千帆师)此前曾劝他再版《诗论》⑦。1984年10月,我以《以意逆志论》作为硕士论文提交答辩,

---

① 参见《程千帆诗论选集·编后记》中的相关讨论,第285—289页。
② 参见刘晶雯整理《朱自清中国文学批评研究讲义》,天津古籍出版社2004年版。
③ 《赠佩弦先生四绝》,《闲堂诗存》,《程千帆全集》第十四卷,第19页。按:《诗存》卷首又录《朱佩弦先生书》(甲申,1944年)。在《朱自清日记》中,从1944年5月30日到1948年4月11日,都有他们来往的记录。
④ 参见商金林校订《诗论讲义》,北京大学出版社2018年版。
⑤ 《诗论》,《朱光潜美学文集》第二卷,上海文艺出版社1982年版,第4页。
⑥ 《诗论·后记》,武汉大学出版社2008年版,第266页。
⑦ 《朱光潜美学文学论文选集·编后记》中提到:"北京师大中文系钟敬文同志和南京大学中文系程千帆同志都劝我将《诗论》再版。"(湖南人民出版社1980年版,第476页)

千帆师担任论文评阅委员和答辩委员会主席,其评语从学术史角度着眼,认为此文是对《诗言志辨》的"继承与发展。继承,指的是它严格遵循了朱先生所曾经采用并因此取得成功的历史主义方法。发展,指的是它进入了朱文所未涉及的比较文学理论范畴"。可见继续朱自清、朱光潜的探索方向或加以结合,的确是符合其学术追求的。

二十世纪七十年代末、八十年代初,钱锺书对中国文学研究界有这样一个描述:

> 中国的西洋文学研究者都还多少研究一些一般性的文学理论和艺术原理,研究中国文学的人几乎是什么理论都不管的。①
> "掌握资料"的博学者,往往不熟悉马克思主义的方法;而"进行分析"的文艺理论家往往对资料不够熟悉。②

这个描述与美国学者对中国文学研究界的印象是吻合的,尽管态度不同。比如理查德·特迪曼(Richard Terdiman)说:"中国学术界在文学史上盛产实证性的研究。"③宇文所安直陈"中国古代文学研究者欠缺理论意识"④。而在包弼德看来,"大陆出版的最有价值的书是古籍整理,而不是研究著作"⑤。研究成果与教育内容有很大关系,如果文学教育的重心在"掌握资料",就不可能结出真正的研究硕果;反之,"进行分析"的理论家如果脱离作品,也就会导致没有文学的文学理论批评(这在今天已经相当普遍)。

---

① 《古典文学研究在现代中国》,《钱锺书集·人生边上的边上》,第180页。
② 《粉碎"四人帮"以后中国的文学情况》,《钱锺书集·人生边上的边上》,第194页。
③ 《编者的话》,《萌在他乡:米勒中国演讲集》,第2页。
④ 转引自卞东波《宋代诗话与诗学文献研究·后记》,第440页。
⑤ 《21世纪的知识分子信念——包弼德访谈录》,王希等主编:《开拓者:著名历史学家访谈录》,北京大学出版社2015年版,第254页。

二十世纪是西方尤其是美国文学理论大发展的时代,这常常是与大学的文学教育密切相关的。从十九世纪到二十世纪初,美国的"学院派批评"热衷的是传记、目录学和版本学研究,"属于古籍研究和语文学性质"①,人们回顾这段时期美国的文学教学和研究活动时发现,当时"普遍存在着一种强烈的反理论的偏见"②,这一倾向在各大学和学院占据主导地位。这种以"语文学"为基础的研究钟情于对史实和语言现象的挖掘和考证,是实证主义的研究。如同欧洲大陆的德国,美国大学也视文学教育和研究为"史学"而非"美学"性质,是一种"不考虑价值(value-free)的研究观",而"对事实的整合与储存恰恰是大学教授潜在拥有的最高价值,是他们存在的理由(raison d'être)"③。反对的力量来自受到英国美学运动的影响的人,主张"印象主义"式的"鉴赏",他们"灌输给弟子的乃是钟情于文学的那份热爱,却没有批评的标准和学术的锐气","强调的是玩味,而反对解释和判断"④,只是其声音相对来说还较微弱。这与同时代的中国大学里的文学教育和研究其实也很相像,正统的、严肃的教研工作是考据,玩索词章者则难免空疏之讥。被今人盛称的闻一多《唐诗杂论》中有几篇文章,固然可归于印象主义式的鉴赏,但毕竟寥寥(其中还有《少陵先生年谱会笺》《岑嘉州系年考证》等考据性质的文字),为他赢得学术地位的还得依赖《神话与诗》《古典新义》等"考"与"证"的论著。造成翻天覆地变化的,是"新批评派"(New Criticism)的出现,它为美国大学以及学术界重新定义了文学研究。尽管名列"新批评派"的人物各有不同的主张,很难将他们强行的挤到一张床上,但还是有几个共同点:一是将关注重心从诗

---

① 〔美〕雷纳·韦勒克:《近代文学批评史》第六卷,第113页。
② 〔美〕希利斯·米勒:《理论在美国文学研究和发展中的作用》,《萌在他乡:米勒中国演讲集》,第11页。
③ 同上书,第15—16页。
④ 〔美〕雷纳·韦勒克:《近代文学批评史》第六卷,第115页。

人转移到诗本身,是以作品为中心的观点;二是强调对文本进行"细读"(close reading)。从摧毁的角度看,他们都摈弃"实证主义和历史决定论的批评方法"①。还有就是他们的身份,多半是大学教师,取得成功的决定因素也因此是一本教科书,即克林斯·布鲁克斯(Cleanth Brooks)和罗伯特·潘·沃伦(Robert Penn Warren)合著的《理解诗歌》(Understanding Poetry),它在美国二十世纪四十年代大学文学教育中除故革新,大获成功。它"侵占了语文学学术研究的堡垒,成为新批评派的教学武器",其不同于法国"文本分析论"(explication de texte)之处,据韦勒克看来,"在于提出了批评标准,走向诗篇优劣的区别"②。用"理论"指导"实际批评",从此在大学的文学教育中展开。而从五十年代开始,他们更积极引进欧洲大陆的文学理论,首先是存在主义和现象学,之后是六十年代的结构主义、拉康的心理分析、新马克思主义批评以及"解构主义"。1966年,约翰·霍普金斯大学(Johns Hopkins University)主办了一场"批判语言与人文科学"国际研讨会,第一次把雅克·拉康(Jacques Lacan)和雅克·德里达(Jacques Derrida)带进美国,也成为美国二十世纪五十年代以后"文学理论史十件大事"③之一,它标志着"美国文学研究开始逐渐被这些引进的理论所控制"④。米勒认为,"理论的胜利已经完全改变了文学研究的现状",因为"这些理论大都基于文学之外,却又公然要求我们去效忠"。大学里的文学理论课,"专门研究理论文本,而不是把理论当作研究文学文本的辅助手段"⑤。

---

① 〔美〕雷纳·韦勒克:《近代文学批评史》第六卷,第489页。
② 同上书,第272页。
③ 参见〔英〕彼得·巴里(Peter Barry)《理论入门:文学与文化理论导论》(Beginning Theory: An Introduction to Literary and Cultural Theory)第十四章"文学理论史十件大事",杨建国译,南京大学出版社2014年版,第261—283页。
④ 〔美〕希利斯·米勒:《理论在美国文学研究和发展中的作用》,《萌在他乡:米勒中国演讲集》,第22页。
⑤ 同上书,第23、25页。

到了 1986 年,作为"文学理论史十件大事"中的又一件,就是米勒在美国现代语言协会年会上的主席演讲,他宣告了文学研究中的语言研究向历史研究的转向,并且成为一个新的充满活力的研究领域,即"文化批评"或曰"文化研究"。文学文本与历史文本的关系也变得异常复杂,"它们既是通常意义上的'文学'文本,从某种意义上说,也是超出'文学之外'的历史文献"①,文学又重新转向了"外部研究"(the extrinsic approach to the study of literature,借用韦勒克、沃伦《文学理论》语)——历史化或政治化。尽管理论命题不断翻新,但总体趋势就是远离文学作品本身。这一现象在今日中国大学的文学理论教学研究中也比比皆是,从业者的脑子里充斥着各种名词、术语、概念,无意也无法通过对具体的文学文本的研究,证明他们的理论是有成效的。美国马克思主义评论家弗雷德里克·詹姆逊(Fredric Jameson)曾对二十多年来欧美文学理论在中国传播影响的变迁有个描述:"对我们美国人来说,这些理论本来是欧洲的舶来品,但是,对于中国人来说,这些'理论'就是美国人的。"而随着文化交流的频繁,"我们再也没必要扮演传教士了"②。谈论文学的书越来越多,而文学自身反而越来越无足轻重,这也是一种"全球化"。甚至有一种观点认为:"理论的兴起导致了文学的覆亡。"就算温和一点的看法,也指出"文学理论教导我们:文学批评并不倾向于处理文学作品本身,并且这在实践中也是不可能做到的"③。于是保罗·德·曼(Paul de Man)在 1982 年发表了一篇题为《回归语文学》("The Return to Philology")的文章,讨论如何处理文学

---

① 《理论在美国文学研究和发展中的作用》,《萌在他乡:米勒中国演讲集》,第 27 页。按:在彼得·巴里看来,米勒的问题是"忽略了历史和历史主义的区别",见《理论入门:文学与文化理论导论》,第 271—274 页。

② 《英文版序》,《萌在他乡:米勒中国演讲集》,第 1—2 页。

③ 〔美〕芮塔·菲尔斯基(Rita Felski):《文学之用》(Uses of Literature),刘洋译,南京大学出版社 2019 年版,第 4—5 页。

的教学研究与文学理论的关系,就是针对二十世纪文学理论的发展,导致文学教育研究中的人文和历史的丧失,所以要从文学理论转向语文学。故自九十年代中叶开始,美国又兴起了一种"新语文学"的"时尚"。沈卫荣教授曾援引德国马堡大学语文学家 Jürgen Hanneder 在 2013 年对美国"新语文学"的批评,认为"它最多不过是美国学术界的下一个方法,或者更可能是下一个时尚",他们"用一个又一个的'转向'来跨越迄今为止学术研究所达到的边界,所以,他们的学术边界可以通过不断地转向而被扩大","这样的学术转向其实与时尚界的时尚一样,多半是连续不断地在新旧之间轮转"①。这与我在私下里用 SPAN,即超(Super)、后(Post)、反(Anti)、新(New)来概括晚近的美国学术也有点相似,所以很同意用"时尚"来描述这一学术现象。大约百年前,"新批评派"将其理论矛头直指实证主义,从某种意义上说,也就是直指"语文学"。百年之后,所谓"新语文学"又卷土重来,意欲告别理论。文学研究中的语文学和文学理论,究竟该是彼此默契的孪生姐妹,还是不共戴天的生死仇人? 或者它们天然就该是一对冤家夫妻,注定要在相互纠缠(纠剔又缠绵)中共度一生,失去了任何一方,文学研究的家庭就会破裂。问题也许只在于,它们的相处需要一定的技巧。

四、返本开新:寻求更好的文学教育

在今天的中国,我们还能够提关于文学教育的问题,应该有一种幸

---

① 参见沈卫荣《文学研究的理论转向与语文学的回归——评 Paul de Man 的〈回归语文学〉》《语文学、东方主义和"未来与文学"》,收入《回归语文学》,上海古籍出版社 2019 年版,第 35—124 页。按:这一研究"时尚"在中文世界也有反映,见贾晋华等编《新语文学与早期中国研究》。

福感。以米勒 2002 年的观察,全世界文学系的年轻教员,正在大批离开文学研究,转向理论、文化研究、后殖民研究、媒体研究(电影、电视等)、大众文化研究、女性研究、黑人研究等,"他们在写作和教学中常常把文学边缘化或者忽视文学"①。到了二十一世纪一〇年代,这样的情况愈演愈烈,美国大学的英语系中,"纯文学的课程非常少",在新近出版的"文学与文化研究"的书目中,"竟然没有一本是真正与文学有关的"②。再看图书馆和出版业,由于互联网上研究资料的越来越多,许多大学图书馆(学术型图书馆)正在过时,购买力下降导致"许多学术型出版社干脆就不再出版人文类图书",比如美国加州大学出版社 2002 年已经"完全停止了文学研究类图书的出版"③。随着互联网和智能手机的发达和普及,视听文化快速取代书籍文化,电子书籍的销售量,据亚马逊网 2010 年 7 月 19 日宣布,他们销售的可以在 iPad 和 Kindle 上阅读的书第一次超过了纸质版图书。即便大学里还有文学课,在哈罗德·布鲁姆看来,也已堕落到"用欣赏维多利亚时代女人内裤取代欣赏查尔斯·狄更斯和罗伯特·布朗宁",并且"实际上只是常规"④。东亚的情况不妨看看日本,以素有"汉学重镇"美誉的京都大学为例,我在 2017 年 2 月访问的时候,看到中文科公布的当年录取的两名博士生名单,一个来自南京大学,另一个来自台湾大学。据说,国文学科(即日本文学系)某年招收的研究生中,竟然没有一个日本人,大都来自中国的日语系。再反观中国,今天的网络文学高度发达并大受追捧,据中国社科院文学研究所网站 2020 年 2 月 18 日发布的《2019

---

① 《文学死了吗》,第 18 页。
② 〔美〕希利斯·米勒:《冰冷的苍穹与悲凉的心境》,《萌在他乡:米勒中国演讲集》,第 288 页。
③ 〔美〕理查德·特迪曼:《编者的话》,《萌在他乡:米勒中国演讲集》,第 3 页。
④ 《如何读,为什么读》(*How to Read and Why*),黄灿然译,译林出版社 2011 年版,第 8 页。

年度网络文学发展报告》,网络文学创作者已达1755万人,网络文学用户量更高达4.55亿,并且还在快速增长中。但是,大学里的"文学经典"课程仍在开设,社会上中外文学名著的销售也有不错的业绩。米勒曾五味杂陈地预计,在不久的将来,中国大学英语系学习欧美文学的学生,"会比美国本土的学生知道得更多"[1],他"甚至觉得严肃的英美文学研究已经迁移或者被'转包'到中国了"[2]。虽然我没有这样的乐观,但还是坚信在今天重提"需要什么样的文学教育"既有必要也有可能,只是回答的重心有所不同。

　　在十九世纪中叶,受席勒《审美书简》的影响,德国的许多哲学家、理论家,包括施莱格尔兄弟、谢林和黑格尔,都提出文化教育应该以文学为中心,文学也由此而取代了哲学的地位。接着是在英国,经过马修·阿诺德(Matthew Arnold)的提倡,他在1869年的《文化与无政府状态》中形容文学世界的"甜美与光芒"(sweetness and light),是"世界上最好的被思考且被说出的"(the best that has been thought and said in the world),其内容就是自荷马以来的欧洲文学经典。文学不仅能够开拓读者的心智,而且能够赋予伦理教育。当初的美国大学也遵循了这一模式,但在今日美国,以上的观念早就被视为过时且被人遗忘,他们更不相信文学能够担当这样的任务。文学教育在今天,其唯一的作用也许只是有助于更透彻地理解修辞,也因此而更善于"辨别网上帖子的真伪"[3]。幸好中国盛产"顺民",上述观念在大学里并没有受到严重的挑战,文学经典的地位岿然不动。以中国文学来说,从《诗经》《楚辞》、李杜诗、韩柳文、苏辛词到鲁迅,他们的作品就像"镜与灯"一样,

---

[1] 《冰冷的苍穹与悲凉的心境》,《萌在他乡:米勒中国演讲集》,第288页。
[2] 《前言》,王逢振、周敏主编:《J.希利斯·米勒文集》,中国社会科学出版社2016年版,第9页。
[3] 参见《冰冷的苍穹与悲凉的心境》中的相关论述,《萌在他乡:米勒中国演讲集》,第290—291页。

要么反映了世间万象，要么照亮了人生前途。因此，回答"需要什么样的文学教育"，重心就在寻求"更好"的文学教育，它是技术层面的，也是价值层面的，而且还须"应病施药"。

在当代美国学者中，希利斯·米勒是一个"非常善于通过解读文学文本来阐释理论的批评家"①，令我佩服（如果他还能考证，就更令我钦敬）。他曾经比较过中美文学研究的异同，虽然其抽样调查难免片面，但并不因此影响其敏锐观察的真实性。他在文中列出的六点不同，至少有三点都涉及中国学者对于具体作品的轻视，无论是对风格、文体、修辞特征的分析，还是简单的引文甚至作品的名称，他们更倾向于一种高度概括性的描述，或者是对作品意义的抽象阐发；而在美国学者的论文里，"风格技巧"对于意义的生成具有至关重要的作用是不言自明的，所以他们更注重大量的实例，也少不了修辞分析②。米勒本人即是如此，他反复强调"读真正的文学作品是我最喜欢做的事情，我相信理论是用来辅助文学作品之解读的"③，"文学的教学和研究，可以被看做是好的阅读训练"④，并且呼吁大家"要仔细研读原文，即使在当前全球化的语境下，细读在大学里也依然是必须的，不可或缺的"⑤。如果说，文学研究是文学教育的结果，那么，我们在研究中对具体作品的轻视不也正反映了文学教育中作品的大量"缺席"？所以，今天文学教育的一个最基本的要求，就是具体作品，必须以作品为中心。文学史不能缺少作品，文学理论也不能脱离作品。这就是千帆师在文学研究和文学教育中反复强调的重中之重，尽管似乎是

---

① 王逢振：《后记》，《J.希利斯·米勒文集》，第607页。

② 参见希利斯·米勒《中美文学研究之比较》，《萌在他乡：米勒中国演讲集》，第242—256页。

③ 《引言》，《萌在他乡：米勒中国演讲集》，第8页。

④ 《理论在美国文学研究和发展中的作用》，《萌在他乡：米勒中国演讲集》，第30页。

⑤ 《全球化对文学研究的影响》，《萌在他乡：米勒中国演讲集》，第72页。

老生常谈。

越来越多的学者拥有了一种明智,就是再也不徒劳地为文学批评提供特定的解困之法,也不去费力搜求能够解释所有困惑的终极答案。同时,他们也意识到,最好的解释往往需要综合考虑多方面的因素。不妨引述一段威尔弗瑞德·古尔林(Wilfred L. Guerin)等人的《文学批评方法手册》:"由于文学是人之为人的语言艺术的表达,并具有这一概念所蕴含的丰富、深刻及复杂,因此,文学批评必然是达到那种经验的许多途径的综合……也因此我们需要很多种方法。"[①] 但是结合中国文学批评的实际,我们最需要补上的一课是"细读"。看看梁启超《中国韵文里头所表现的情感》,他说李商隐的《锦瑟》《碧城》等诗"讲的什么事,我理会不着;拆开一句一句的叫我解释,我连文义也解不出来。但我觉得他美,读起来令我精神上得一种新鲜的愉快"[②],就这被历来古代诗学研究者视为名篇的代表作,我们除了淹没在其文章情感的泛滥中,得不到任何能超出非学术读者已知之事。虽然作为一种教育和批评方法的"细读"概念,是由新批评提倡并推广开来,但这一概念及其蕴含的精神并没有随新批评的退场而烟消云散,而是作为一块英语文学研究的基石继续发挥重要作用。彼得·巴里说:

> 所谓"英语语言文学研究"(English studies)就是建立在细读(close reading)概念之上的。虽然在二十世纪七八十年代,细读概念常常遭到非难,但毫无疑问,如果真抛弃了这一概念,那这一学

[①] Wilfred L. Guerin, Earle labor, Lee Morgan, Jeanne C. Reesman, John R. Willingham, *A Handbook of Critical Approaches to Literature*, 4th edition, Foreign Language Teaching and Research Press & Oxford University Press, 2004, p. 304.

[②] 《中国韵文里头所表现的情感》,《饮冰室合集·文集》卷三十七,中华书局 1989 年版,第 120 页。

科也将不再有任何东西能引起人们的兴趣。①

中国学术界对于新批评的引进,其实并不太晚。二十世纪三四十年代英国"实际批评"(practical criticism,在美国则叫作"新批评")的巨擘瑞恰慈(I. A. Richards)、燕卜荪(William Empson)都曾在清华、西南联大任教,他们的主张当然也影响了卞之琳、钱锺书、杨周翰、袁可嘉等人,其相关论著也有了中译。七八十年代的海峡两岸,新批评也曾风行一时,但其成果较为有限,所以赵毅衡在时隔二十多年后要将其旧著改头换面"重访"新批评②。有人将新批评在中国的受挫归因于异质文明的冲突③,但中国传统文论是否必然引导出对新批评的排斥,或者仅仅是因为我们误解了自身的传统,更未能做有效的阐发所致?新批评虽然是一个松散的学术派别,但至少有两个共同点,用克林斯·布鲁克斯在1979年的概括,就是"除了重视作品本身更甚于重视作家意图和读者反应以外……要说有,那也许就是'细读法'(close reading)了"④。我们就不妨考察一下中国传统的"细读"文献,究竟是缺乏还是丰富,以及在批评中的实践如何。

以古代文论来说,较早也较为系统地对诗歌的作法加以规定,后来也成为诗歌读法的文献,就是唐人诗格,涉及声律、对偶、句法、结构、语义等方面,成为一种"规范诗学",它具有材料的丰富性、论述的细密性以及思维的圆通性等特征⑤。在唐代这些内容属于创作论,而到了宋

---

① 《理论入门:文学与文化理论导论》,第5页。
② 参见《重访新批评》,百花文艺出版社2009年版。
③ 参见代迅《西方文论在中国的命运》第四章第二节,中华书局2008年版,第159—178页。
④ 《新批评》,赵毅衡编:《"新批评"文集》,中国社会科学出版社1988年版,第549页。
⑤ 参见张伯伟《论唐代的规范诗学》,《中国社会科学》2006年第4期。

代，其中的一部分就演变成批评论。尽管诗格在当时非常流行，其空间从西北敦煌到东瀛日本，数量也很惊人，但因为其性质或以训初学，或有便科举（也许算得上古代的文学教育），属于"俗书"，向来为人轻视，资料散佚，真伪混杂，直到二十世纪九十年代才得到系统整理①。散见的文献中也有"细读"的资料，南宋文人罗大经在《鹤林玉露》中的"一联八意"条，就是对杜甫"万里悲秋常作客，百年多病独登台"的分析："盖万里，地之远也；秋，时之惨悽也；作客，羁旅也；常作客，久旅也。百年，齿暮也；多病，衰疾也；台，高迥处也；独登台，无亲朋也。十四字之间含八意，而对偶又精确。"②宋元之际方回编纂《瀛奎律髓》，作为一部诗歌选本（同时也是一部文学读本）极具包容性，涵括了摘句、诗格、诗话、评点等批评样式。方回曾说："予谓诗家有大判断，有小结裹。"③所谓"大判断"是"载道""言志"等"炎炎"大言，而"小结裹"则是注重细部批评的"詹詹"小言。在人们的正统观念中，"小结裹"是微不足道的④。而自宋代开始的大量评点，多数都用于"文学教育"，并不为人所重。吕祖谦《古文关键》卷首列"看古文法"，是为了"示学者以门径"⑤，"观其标抹评释，亦偶以是教学者"⑥。中国文学批评史上"细读"的代表人物非金圣叹莫属，其批评实践以"评点"为主，一个重要目的也是教导子弟如何读书："子弟读得此本《西厢记》后，必能自放异样手眼，另去读出别部奇书。"⑦但在很长一段时间内，他是一个充满了争

---

① 参见张伯伟《全唐五代诗格校考》，陕西人民教育出版社1996年版。
② 《鹤林玉露》乙编卷五，中华书局1983年版，第215页。
③ 《瀛奎律髓》卷十，李庆甲集评标点：《瀛奎律髓汇评》，上海古籍出版社1986年版，第340页。
④ 黄宗羲《答张尔公论茅鹿门批评八家书》云："其圈点句抹多不得要领……缘鹿门但学文章，于经史之功甚疏，故只小小结裹，其批评又何足道乎？"（《南雷文定》初集卷三）
⑤ 《四库全书总目》卷一八七，第1698页。
⑥ ［清］张云章《古文关键序》，吕祖谦《古文关键》卷首，中华书局1985年版。
⑦ 《贯华堂第六才子书西厢记》卷二《读第六才子书西厢记法》，《金圣叹全集》第二册，凤凰出版社2008年版，第856页。

议的人物。这一切,使得"细读"的批评遗产未能得到现代学者的挖掘、理解和传承。但在今天看来,中国传统文论的优点之一,就在于蕴含了大小相济、远近结合的潜在要素。离开大判断的小结裹是碎片化的,缺乏小结裹的大判断是空泛化的。我们既需要 close reading(近玩),又需要 distant reading(远观),两者兼而有之,是否可称为"CD 阅读法"呢?

但如果将文本阅读当作一个整体,或者以孔门"德行、言语、政事、文学"的概念理解"文学"的范围,那么,经学史上的"细读"不仅有更为悠久的历史和深厚的传统,而且拥有崇高的地位。如果说,传统文学批评中的"细读",其最大的分析单元还不超过一联(两句),那么,经学、佛经注疏系统中的"细读"就不止于针对字词句章,还往往是笼罩全篇的。自"仲尼没而微言绝,七十子丧而大义乖"①,后代就需要通过对儒家经典的讲说阐明其微言大义。汉人讲经之法有三,即"条例、章句、传诂"②,其中传诂以解释经典字义为主,章句以解释文义为主,条例则归纳经文凡例,据以理解经义,这些都是当时的经学教育方式。章句主要是博士对弟子的口说,以后才写定。但也因为是口说,务求详密,遂愈衍愈繁。所谓"一经说至百余万言"③,但其重心还在字句,故有"说五字之文,至于二三万言"④的现象,其细密烦琐的程度,可想而知。至佛经疏钞之学传入中国,于是在儒家经典解释中也流行起义疏之学⑤。其中将"细读"从字句扩展到篇章,则是佛经义疏中"科判"(又称科分、

---

① 《汉书·艺文志》,中华书局 1962 年版,第 1701 页。
② 《后汉书·郑兴传》,中华书局 1965 年版,第 1217 页。
③ 《汉书·儒林传赞》,第 3620 页。
④ 《汉书·艺文志》,第 1723 页。
⑤ 参见戴君仁《经疏的衍成》,收入《梅园论学续集》,戴静山先生遗著编辑委员会编《戴静山先生全集》本,1980 年版,第 1131—1155 页;牟润孙《论儒释两家之讲经与义疏》,《注史斋丛稿》,中华书局 1987 年版,第 303—355 页;张恒寿《六朝儒经注疏中之佛学影响》,《中国社会与思想文化》,人民出版社 1989 年版,第 389—410 页。

科文、科段、科章、科节等)的方法。中土科判之学始于道安,其基本特点是将全篇经典的结构划分为三,即序分、正宗分、流通分。虽然与印度经师彼此相绝,但"科判彼经,以为三分"的方法却惊人的一致,后人也因此而发出"东夏西天,处虽悬旷,圣心潜契,妙旨冥符"①的赞叹。科判之学初起之时较为简略,但到刘宋以后,便日趋琐细,梁代法云法师"三重开科段"②,第一重是一分为三,第二重三分为六,第三重六分为二十四。虽极为烦琐,却异常流行,至唐代湛然法师还感叹"自梁、陈以来,解释《法华》,唯以光宅(按:指光宅寺法云)独擅其美"③。佛经科判又影响到儒家经典义疏,其步骤也大致同于佛经,即"解本文者,先总科判,后随文释经"④。继而再影响到文学研究,既有诗格类著作中强调作文的"科判",又有《选》学著作中解读文本的"科判",二者都与当时的文学教育相关⑤。谁能说中国人不懂细读、不善细读或不喜细读呢?世间不乏"自有仙才自不知"的才人,而一旦认清了"自家宝藏",需要我们做的或许仅仅是接续并发扬这一优良传统,只是正如艾略特(T. S. Eliot)所说,传统"不是继承得到的,你如要得到它,你必须用很大的劳力"⑥。

千帆师的教学和研究已经对此做了初步践履,放在中西两大文学批评传统中,更能彰显其意义。他把作品放在教学和研究的中心位置,强调反复诵读。他的读诗解诗工作,早在二十世纪四十年代初就获得

---

① [唐]良贲:《仁王护国般若波罗蜜多经疏》卷上一,《大藏经》第三十三册,台湾中华佛教文化馆《大藏经》委员会据日本新修《大正藏》影印本 1955—1957 年版,第 435 页。
② 《法华经义记》卷一,《大藏经》第三十三册,第 574 页。
③ 《法华文句记》卷一上,《大藏经》第三十四册,第 153 页。
④ [唐]良贲:《仁王护国般若波罗蜜多经疏》卷上一,《大藏经》第三十三册,第 435 页。
⑤ 参见张伯伟《佛经科判与初唐文学理论》,《文学遗产》2004 年第 1 期。
⑥ 《传统与个人才能》(Tradition and the Individual Talent),卞之琳、李赋宁等译,上海译文出版社 2012 年版,第 2 页。

朱自清"剖析入微,心细如发"①之赞。在讲解和阐释的过程中,他注重艺术分析,包括对偶、韵律、结构、句法等,尤其是结构,这也是新批评派十分重视的内容。克林斯·布鲁克斯最知名的代表作《精致的瓮》(The Well Wrought Urn),其副标题就是"诗歌结构研究"(Studies in the Structure of Poetry)。凡此种种,都契合了"细读"的精神。我想轻轻地问一声:既然有了前贤的"道夫先路",我们还要再犹豫"改乎此度"吗?

正如上文所说,文学理论和语文学,是文学教育和研究者手中的一对鸳鸯剑,缺一不可。但无论是当事人还是后来的评判者,往往将两者形容为势不两立、无法共存。在一百年前的美国大学文学院里,新批评派想要登上讲台,就要把当时已成为"规范"和"正统"的历史研究法和语文研究法,也就是运用考据、训诂和文学家传记资料来研究文学作品的方法赶下台去。他们把"正统的"方法称作"研究",而把自己的"新"主张称作"批评"。在新批评对"犹如未读的阅读"方法大获全胜之后,克林斯·布鲁克斯1946年写了一篇《新批评与传统学术研究》("传统学术研究"的原文是"Scholarship",其实也可以意译为"语文学研究"),态度是相当从容的。他说:"新批评在原则上是一种与正统研究最少冲突的批评。""批评和正统研究在原则上并非格格不入,而是相辅相成,我觉得,它们完全能够在一种神灵附体的怪物——完美的批评家身上理想地融为一体。"②韦勒克在评价布鲁克斯的时候,认为他的工作"目标是理解,'解释'",并且与时髦的"解释学"目标相同③。而当百年后"新语文学"卷土重来的时候,竟然真的走向了"理解",这是

---

① 《答程千帆见赠,即次其韵》自注,《朱自清古典文学论文集·犹贤博弈斋诗钞》,第765页。
② 《新批评与传统学术研究》,《"新批评"文集》,第473页。
③ 参见《近代文学批评史》第六卷,第272—273页。

否乐观地昭示着"研究的羔羊"和"批评的狮子"真的要"和平共处"（借用布鲁克斯语）了呢？

2008年10月，奥地利维也纳大学的恩斯特·斯坦因凯勒（Ernst Steinkellner）教授应邀在北京藏学研讨会开幕式上做主题演讲《我们能从语文学学些什么？有关方法论的几点意见》，强调语文学的宗旨是正确"理解"文本的本来意义，在今天更是一种世界观，是指导我们如何理解他人、处理与他人关系的一种人生哲学①。2015年，哈佛大学出版社出版了由波洛克（Sheldon Pollock）、艾尔曼（Benjamin A. Elman）、张谷铭（Ku-ming Kevin Chang）主编的《世界语文学》（World Philology），将"新语文学"重新定义为"使文本被理解的学科"，强调它与人文学、社会学各学科融会贯通的综合研究②。二者都强调了"新语文学"的方法论意义，作为学术研究的又一个"时尚"，其在中国的传播，足以使人诧为"此曲只应天上有"，但反观中国传统的"章句之学"，哪怕只是从赵岐的《孟子章句》到朱熹的《四书章句集释》，他们在文本理解方面的探索、开拓以及反省，不得不让人有"春在枝头已十分"的感叹。我可以很负责任地说，这不是民族主义式的"古已有之"的滥熟腔调。

章句之学在汉代就已经很发达，而对文本的解读也早就不仅限于儒家经典，扩展到《楚辞》和汉赋。文本之所以需要解读，是因为其中蕴含了意义，无论是圣人的"微言大义"，还是作者的"言外之意"。解读固然要以可靠文本、字句训诂为基础，但一旦上升到"解释"，就需要突破文字的拘限，迫近其背后的精神活动和人格主体。而要使这种"迫近"具有客观依据，而不是随心所欲的自说自话，就要"知人论世"，对于文本产生的历史文化语境，尤其是这一语境中的"人"予以极大关

---

① 参见沈卫荣《回归语文学》"前言：我们能从语文学学些什么？"，第1—33页。
② 参见贾晋华等《新语文学与早期中国研究》"导论：新语文学对于早期中国研究的方法论意义"，第1—14页。

注。所以,对文本的解读,也就是读者和作者之间在精神上的对话,即孟子所说的"以意逆志"①,千帆师曾将它通俗化为"以意(读者的思想活动)逆(迎接)志(诗人的思想活动)"②。"以意逆志"提出的思想基础,是体现人文学最为纯粹的"人性论",所以赵岐的注释是:"人情不远,以己意逆诗人之志,是为得其实矣。"③就是击中了人同此心、心同此理的人性论的本质。但在文本解读的实践中,面对同一文本,不同的读者会有不很相同甚至很不相同的解读,造成这一现象的原因很多,其中一个重要原因,就是读者和作者在精神层面上的落差,儒家经典就是这样。解读既然本质上是"精神上的对话",也只有在近乎平等的层面上,"对话"才可能是真正的对话。唯有如此,我们才能理解阮裕"非但能言人不可得,正索解人亦不可得"④的失落,才能认同刘勰"音实难知,知实难逢,逢其知音,千载其一乎"⑤的感叹,也才能体会黑格尔"只有精神才能认识精神"⑥的深刻含义。董仲舒曾记载"所闻《诗》无达诂,《易》无达占,《春秋》无达辞"⑦,这在汉代的其他文献中也能得到互证。《诗纬·泛历枢》云:"《诗》无达诂,《易》无达言,《春秋》无达辞。"⑧刘向《说苑·奉使》引《传》曰:"《诗》无通故,《易》无通言,《春秋》无通义。"⑨从时人频繁地辗转征引中,就可以看出这几句话的流行程度。精神的差距固然会导致误解,知识不足、态度偏颇、方法失当等,都

---

① 《孟子注疏·万章章句上》,《十三经注疏》下册,中华书局1980年影印本,第2735页。
② 《程千帆古诗讲录》,第9页。
③ 《孟子注疏·万章章句上》,《十三经注疏》下册,第2735页。
④ 《世说新语·文学》,余嘉锡:《世说新语笺疏》,中华书局1983年版,第216页。
⑤ 《文心雕龙·知音》,《文心雕龙解析》,第771页。
⑥ [德]黑格尔:《小逻辑》,贺麟译,商务印书馆1980年版,第66页。
⑦ 《春秋繁露·精华篇》,苏舆:《春秋繁露义证》卷三,中华书局1992年版,第95页。
⑧ 赵在翰辑:《七纬》卷十五,中华书局2012年版,第250页。
⑨ 向宗鲁:《说苑校证》卷十二,中华书局1987年版,第293页。

可能产生歧义,而宋儒就对此做出了反省。朱熹《语孟集义序》指出:

> 自秦汉以来,儒者类皆不足以与闻斯道之传。其溺于卑近者,既得其言而不得其意;其骛于高远者,则又支离踳驳,或乃并其言而失之,学者益以病焉。宋兴百年,河洛之间有二程先生者出,然后斯道之传有继……非徒可以得其言,而又可以得其意;非徒可以得其意,而又可以并其所以进于此者而得之。其所以兴起斯文、开悟后学,可谓至矣。①

文本的解读,不仅要能"得其言",还要"得其意",更要由此而追溯其精神境界和时代风会,即"所以进于此者"。于是,文本解读也就通向了人文主义,并且肯定它、传承它,即"兴起斯文、开悟后学"。总之,这是由"道问学"走向"尊德性"。陆九渊则指出了另一条途径,即把"尊德性"视为第一义,以此决定"道问学"的方向和层次。在文本解读方面,他有一段很著名的话,但长久以来深受误解:

> 或问:"先生何不著书?"对曰:"六经注我,我注六经。韩退之是倒做,盖欲因学文而学道。"②

在文本阅读中,陆九渊把读者自身人格境界的提升放到第一位,唯有精

---

① 《朱熹集》卷七十五,四川教育出版社 1996 年版,第 3944 页。按:朱熹在《中庸集解序》中也有类似意见:"秦汉以来,圣学不传,儒者惟知章句训诂之为事,而不知复求圣人之意,以明夫性命道德之归。至于近世,先知先觉之士始发明之,则学者既有以知夫前日之为陋矣。然或乃徒诵其言以为高,而又初不知深求其意,甚者遂至于脱略章句,陵籍训诂,坐谈空妙,展转相迷,而其为患反有甚于前日之为陋者。"(《朱熹集》卷七十五,第 3956—3957 页)可参看。

② 《语录上》,《陆九渊集》卷三十四,中华书局 1980 年版,第 399 页。

神上达到圣人之域,圣人的言论如同自我胸中流出("六经注我"),才有资格转而诠释圣人之言("我注六经")。他又说:"学苟知本,六经皆我注脚。"①也是同义反复。章学诚对陆九渊的思想深有会心,故强调"圣人之知圣人""贤人之知贤人",并因此而大发感慨曰:"夫不具司马迁之志而欲知屈原之志,不具夫子之忧而欲知文王之忧,则几乎罔矣。"②文学批评也同样如此,陆游说:"欲注杜诗,须去少陵地位不大远,乃可下语……书家以钟、王为宗,亦须升钟、王之堂,乃可置论耳。"③西方文学批评中也有类似意见,克罗齐(Benedetto Croce)就说"要判断但丁,我们就须把自己提升到但丁的水平"④。所以在陆九渊看来,以"道问学"为先就是"倒做"。我们确实无法想象,一个人格卑微琐屑的无赖能够对高尚纯粹的精神有真正的理解,但若一个自新的浪子,能够"抚壮而弃秽","觉今是而昨非",由"言"而"意","以明夫性命道德之归",又有什么不可能进入圣人之域呢?孟子主"性善",荀子主"性恶",但由"恶"转"善"的途径就是"学"。《荀子》首列《劝学篇》,曾设问"学恶乎始,恶乎终",则答曰"始乎为士,终乎为圣人"⑤。这与孟子是殊途同归的,所以司马迁将二人同传。在与作者的对话中,读者一方面学会理解他人,一方面也学会注视并反省自身的局限,由此而获得精神境界的提升。在文本阅读上,汉儒、宋儒都出于孟子,其精髓就在"以意逆志"⑥。由于人格的成长和知识的增进一样,都是无限的,所以文本的解读,无论是空间上的"东海、西海、南海、北海",或是

---

① 《语录上》,《陆九渊集》卷三十四,中华书局1980年版,第395页。
② 《文史通义·知难》,《章学诚遗书》,文物出版社1985年影印版,第35页。
③ 《跋柳书苏夫人墓志》,《渭南文集》卷三十一,四川大学古籍研究所编:《宋集珍本丛刊》第47册,线装书局2004年版,第270页。
④ 《美学原理》,朱光潜译,外国文学出版社1987年版,第132页。
⑤ [清]王先谦:《荀子集解》卷一,中华书局1988年版,第11页。
⑥ 这是一个非常复杂的问题,本文只能扼要略说,详细论证可参见张伯伟《中国古代文学批评方法研究》内篇第一章"以意逆志论",中华书局2002年版,第3—103页。

时间上的"千百世之上、千百世之下",也都不可能一劳永逸地终结。1989年6月,我以《中国古代文学批评方法论》获得博士学位,在讨论"以意逆志"在今后的发展时,提出了两项原则,即人文主义和熔铸中西①。所以,当我读到萨义德(Edward W. Said)在晚年的最后写的《回到语文学》中说的"对一部文学作品的细读,实际上将逐渐把文本放置在它的时代,作为各种关系构成的整个网络的一部分……对于人文主义者来说,阅读活动首先在于把自己放在作者的位置"②,这不就是"以意逆志"的题中应有之意吗? 我不敢自诩有什么洞察力和预见力,可还是禁不住想让这些文字穿越三十年的时光隧道,与年轻的自己抱个满怀。

也因为这样,即使在我写作这些文字的当下,新冠病毒正肆虐着我的祖国大地(每当病魔向人类袭来,我总会愧疚自身的无力),但我从电视媒体上看到众多无畏的勇士在奋起抗击的时候,就会想到,由五千年文化所滋养、所孕育的平凡的中国人,以他们人性中固有的仁爱、正义、恭敬、智慧,必定能激发无穷的力量。而我期待中的文学教育,它能使阅读活动越来越专注,越来越广泛,越来越有接受力和抵抗力,用萨义德的话来说,就能"给人文主义提供足以相当于其基本价值的训练"③。有了这样的基本价值,哪怕一弯新月突变成夜晚的伤口,湖面上也会涌出一万双秋水般的眼睛。

己亥腊月二十七日至庚子正月十二日间陆续写成

(原载《中国文化》2020年春季号第五十一期)

---

① 参见张伯伟《中国古代文学批评方法三论》,载《文献》"博士学位论文提要"栏,1990年第1期。

② 《回到语文学》,《人文主义与民主批评》(Humannism and Democratic Criticism),朱生坚译,上海三联书店2013年版,第72页。

③ 同上书,第70页。

第二辑
诗家关捩知多少:再识传统

"去耕种自己的园地"
——关于回归文学本位和批评传统的思考

一、引言

2018年,中国社会科学院文学研究所新编了一种出版物——《古代文学前沿与评论》。在第一辑的卷首,刊登了一组总题为《"十年前瞻"高峰论坛》①的笔谈,汇集了当今活跃在学术研究第一线的二十一位老、中、青学者的发言稿,在一定程度上,将其视作对当下古代文学反思的代表,也许是合适的。比如詹福瑞有一连串的发问:"现在我们面临着一个很大的问题:文学究竟怎么研究?""什么叫回归文学本体?""我们在对古代文学即所谓的文史哲都在其中的'泛文学'做研究时,还做不做文学性的研究?文学性的研究还是不是我们古代文学研究中的核心问题?"葛晓音也直陈这样的现象:"学者们关注到了很多前人不太注意的材料、作家与文学外围的现象等……但是相对来说反而是主流文学现象的研究突破不大。"也就是说,在文学发展的内因、外因两方面,"目前的倾向是,研究者更偏向于外因"。她同时还指出,造成这种现象的原因之一,"是与传统偏见有关,总觉得文学艺术性的研究很难做得深入,好像是软学问,不如文献的整理和考据'过硬'"。在她

---

① 《古代文学前沿与评论》第一辑,社会科学文献出版社2018年版,第1—51页。

看来,"版本和考据工作最终仍是要为解决文学问题服务",而"文学艺术性的研究需要以读懂文本为基础"。文本的阅读和理解原本是读中文系人的长项,但却如刘宁所说,"研究者有没有深度解读文本的能力"已然成为一个问题。更糟糕的还在于,"现在似乎很多人不太关心对文学文本的解读能力,认为有新视角就可以解决问题"。此外,王达敏、李玫等也痛陈"文学研究的空心化问题",以及"选题中相对忽视文学本身的倾向",与上述学者的看法也形成了呼应。

在目前的古代文学研究中,以文献挤压批评,以考据取代分析,以文学外围的论述置换对作品本身的体悟解读,已是屡见不鲜的现象,究竟应该如何进行"文学"研究,竟成为横亘在古代文学研究者面前的一个难题。以上反思代表了古代文学学界对研究现状与存在问题的某种担忧,但较真起来讲,上述意见不应该是文学研究中的老生常谈吗?而当一个老生常谈变成了研究界普遍纠结的问题时,事情恐怕就不那么简单。我们当然可以借用章太炎的一番话为说辞:"大愚不灵、无所愤悱者,睹眇论则以为恒言也。"①但实际上,面对某种普遍发生的现象,学者是无法以一种知识的傲慢夷然不屑的。

有学者指出这种现象与某种"传统偏见"相关,但传统是多元的,有一种传统偏见,往往就会有另一种针对此偏见的传统。又如把文学的艺术性研究看成"软学问"固大谬不然,但这是否也暴露了长期以来文学研究中的某些弊端?由于缺乏对文学本体研究的理论思考和方法探究,"纯文本"研究往往流于印象式批评,即便是被人们视为典范的闻一多的《唐诗杂论》,在敏锐的感觉、精致的表述掩盖下的,依然是"印象主义"的批评方法。而考据与辞章、文学与历史的关系如何,孰

---

① 《文学总略》,程千帆:《文论十笺》上辑,黑龙江人民出版社1983年版,第31页。

重孰轻、孰高孰低,其争论辩驳也由来已久。不仅中国文学如此,在西方文学批评史上,这些相互冲突的见解也不罕见。因此,对上述问题做出清理,以求在一新的起点上明确方向、抖擞精神、重新出发,不能说是没有必要的。

文学研究,首要的和重要的就是把文学当作文学,面对文学说属于文学的话,借用哈罗德·布鲁姆的话来说:"批评实践,按照其原义,就是对诗性思维进行诗性的思考。"①这样的一个出发点,在中国现代学术中有其传统,置于整个中国文学批评史中来看,甚至存在一个悠久的传统。那么,这一传统从何而来,在现代学术中有何种承当,其在今日的意义如何,又该怎样发展,便是本文讨论的主要问题。

文学是一个复杂体,当然也就有为了突出文学的某一侧面或层面的理论,这些理论丰富了人们对文学的多样性认识。所以,在研究方法或批评实践中,越来越多的人会趋向于"综合"。威尔弗瑞德·古尔林(Wilfred L. Guerin)等著的《文学批评方法手册》指出:"读者在对一部文学作品做出慎重解释的任何一个时刻,他可能是从某个特定的角度作出反应的……然而,理想的最终反应应该是各种方法的综合与折衷。"②又说:"由于文学是人之为人的语言艺术的表达,并具有这一概念所蕴含的丰富、深刻及复杂,因此,文学批评必然是达到那种经验的许多途径的综合……也因此我们需要很多种方法。"③从某种意义上看(作为一部多次修订并被译为多种语言的大学教材),这也许在一定程

---

① 《影响的剖析:文学作为生活方式》,第16页。
② Wilfred L. Guerin, Earle labor, Lee Morgan, Jeanne C. Reesman, John R. Willingham, *A Handbook of Critical Approaches to Literature*, 4th Edition, Foreign Language Teaching and Research Press & Oxford University Press, 2004, p. 302.
③ Ibid., p. 304.

度上可以代表欧美批评界的共识。文学研究的核心是批评①,读者一方面"是从某个特定的角度"对作品产生最初的反应,另一方面,"理想的最终反应"又应该是"各种方法的综合与折衷"。我赞成运用综合的方法对文学进行各种不同方面和层面的批评,但只要是文学研究,首先就应该尊重文学的特性,做到对诗说话,说属于诗的话。有各种不同的文学理论的立场,也有各种不同的文学批评的出发点,但是以尊重文学特性为出发点应该是"第一义"的和最为根本的。这样的批评实践,不仅在我们现代学术进程中有其传统,而且在中国两千五百年的批评传统中,也同样不绝如缕。因此,本文撰述的宗旨,一方面是对当下古代文学研究的针砭,一方面是对现代学术中某种传统的接续,还有一个重要方面,就是对中国批评传统的再认识。

二、从一重公案说起:实证主义文学研究批判

1978年,钱锺书赴意大利参加欧洲汉学家第26次大会,并应邀发表了《古典文学研究在现代中国》的演讲。其时"文革"结束不久,钱氏的演讲虽然保持了其惯有的博学幽默,却小心翼翼地收敛了讥刺的锋芒。他强调"马克思主义的运用"导致了最可注意的两点深刻的变革:"第一点是'对实证主义的造反'",改变了此前"文学研究和考据几乎成为同义名词"的状态;"第二点是:中国古典文学研究者认真研究理论","改变了解放前这种'可怜的、缺乏思想的'状态"。具体的理论命题,就是文学和社会发展的关系、典型论、反映论以及动机和效果、形式

---

① 在注重概念辨析的欧美文学批评传统中,自二十世纪六十年代以来,"批评"一词已经扩展并囊括了全部的文学研究,还有人对此做了梳理。参见雷内·韦勒克《文学批评:名词与概念》,《批评的概念》,第19—33页。

和内容的矛盾,等等①。可见,钱氏所谓"现代中国"的时间范围是从1949年以后到他演讲的1978年之前。时过境迁,他所描述的两点"深刻变革"的现象,今天也许会换一种概括,就是人文学(不止古代文学)研究中的"以论带(代)史"和理论上的顺应苏联,文中举出的理论命题不出季莫菲耶夫、毕达科夫"文学概论"的一套,在二十世纪八十年代以后的学界反思中,这些理论和实践基本上被认为是机械唯物论和庸俗社会学在文学研究中的体现。但当涉及具体人物的具体研究的时候,钱锺书就不客气地指出:

> 譬如解放前有位大学者在讨论白居易《长恨歌》时,花费博学和细心来解答"杨贵妃入宫时是否处女?"的问题——一个比"济慈喝什么稀饭?""普希金抽不抽烟?"等西方研究的话柄更无谓的问题。今天很难设想这一类问题的解答再会被认为是严肃的文学研究。②

这里所说的"大学者"的研究指的当然就是陈寅恪的《长恨歌笺证》。钱锺书对文学研究中的"实证主义"向来反感,以他的眼界、品味之高,绝不肯以"小人物"作为批评对象,故以陈寅恪为例。但若回到陈寅恪论著本身,我们不得不说,钱锺书的批评是失却准星的。《长恨歌》中说到的杨贵妃入宫事,自宋人笔记便加以讨论,至清代考证尤多,陈寅恪已举出朱彝尊、杭世骏、章学诚等人的论著为代表,并以朱彝尊之考证"最有根据",他说自己的文章"止就朱氏所论辨证其误,虽于白氏之文学无大关涉,然可借以了却此一重考据公案也"③。这就很明确地告

---

① 《古典文学研究在现代中国》,《钱锺书集·人生边上的边上》,第178—182页。
② 同上书,第180页。
③ 《元白诗笺证稿》,上海古籍出版社1978年版,第14页。

诉大家,这则考据与"文学无大关涉",是史学问题。他通过杨玉环先嫁李隆基之子李瑁,再由玄宗施加手段霸占儿媳的事实梳理,推衍至李唐王室的文化,亦即朱熹所谓"唐源流出于夷狄,故闺门失礼之事,不以为异"这一重大判断①。虽然不是"严肃的文学研究",但无疑是"严肃的史学研究"。陈寅恪的文学修养无可怀疑,他开创的"以诗证史"或曰"以文证史",是试图用文学的材料解决史学的问题(其中也含有对文学研究的深刻启示)。由于使用的是"诗"的材料,并且尊重了"中国诗之特点",他在很多地方也做到了将对诗说话、说属于诗的话作为研究的出发点。不过,他冥心搜讨的新方法毕竟是史学研究法,曾明确地说"元白诗证史即是利用中国诗之特点来研究历史的方法"②。所以,将钱锺书与陈寅恪的上述分歧看成两种不同的"诗学范式之争"③,这是无法让我同意的。因为说到底,他们一为史学研究,一为诗学研究,这样说并不否定史学研究和诗学研究的联系,两者之间即便在钱、陈自身的笔下也时有交叉,但这与并行的两种"诗学范式"毕竟不是一回事。更何况若是在托马斯·库恩(Thomas S. Kuhn)的意义上使用"范式"一语,我们不禁要问:在上述两位学者的生前或身后,又何尝形成过一个诗学研究的具有原创力、影响力、凝聚力以及示范性的"学术共同体"呢?

诚如钱锺书指出的,现代学术中文学研究的实证主义风气之形成原因,"在解放前的中国,清代'朴学'的尚未削减的权威,配合了新从欧美进口的这种实证主义的声势,本地传统和外来风气一见如故,相得益

---

① [宋]黎靖德编:《朱子语类》卷一百三十六"历代三",中华书局1986年版,第3245页。参见牟润孙《陈寅恪与钱锺书——从杨太真入宫时是否处女说起》,《海遗丛稿》(二编),中华书局2009年版,第163—165页。

② 唐筼:《元白诗证史第一讲听课笔记片段》,《陈寅恪集·讲义及杂稿》,第484页。

③ 参见胡晓明《陈寅恪与钱锺书:一个隐含的诗学范式之争》,《华东师范大学学报》1998年第1期,后收入《诗与文化心灵》,中华书局2006年版,第245—256页。

彰……使考据和'科学方法'几乎成为同义名词"①。而他所概述的"现代中国",从学术研究上来看,实际上是对这一轨道的脱逸。二十世纪八十年代以来,针对长期存在的僵化和空疏,学术界开始追求学术性和多元化。但到九十年代之后,中国的人文学界逐步形成了如李泽厚描绘的图景且愈演愈烈:"九十年代大陆学术时尚之一是思想家淡出,学问家凸显,王国维、陈寅恪被抬上天,陈独秀、胡适、鲁迅则'退居二线'。"②与之密切相关的,就是文学研究中"实证主义"的死灰复燃,并大有燎原之势。近年国家社科重大项目的课题指南中,类似"某某文献集成与研究"的名目屡见不鲜,虽然名称上还带了"研究"的尾巴,但往往局限在文献的整理和考据,并且还多是一些陈旧文献的汇编影印。这多少反映出学术界的若干现实,也多少代表了学术上的某种导向③。钱锺书说:"所谓'实证主义'就是繁琐无谓的考据,盲目的材料崇拜。"④若是用柯林武德(R. G. Collingwood)的话来说,实证主义留给世人的学术遗产,"就是空前的掌握小型问题和空前的无力处理大型问题这二者的一种结合"⑤。文献考据本身有其价值,但以考据学眼光从事文学研究,或者将文学视同史学的附庸,文学研究的尊严也丧失殆尽。

　　徐公持在总结二十世纪最后二十年的中国古典文学研究时,举出

---

① 《古典文学研究在现代中国》,《钱锺书集·人生边上的边上》,第179页。
② 香港《二十一世纪》1994年6月号(总第23期)"三边互动"栏目。
③ 如果我们检阅一下近四十年来古代文学研究的成绩单,举出的最有代表性的成果基本上都属于文献整理,这类回顾性的文章很多,稍加浏览就不难得出以上印象。而从"外人"的眼光来看,比如包弼德认为:"大陆出版的最有价值的书是古籍整理,而不是研究著作。"(王希等主编:《开拓者:著名历史学家访谈录》,北京大学出版社2015年版,第254页)也许算得上是一种"旁观者清"。
④ 《古典文学研究在现代中国》,《钱锺书集·人生边上的边上》,第179页。
⑤ 《历史的观念》(The Idea of History),何兆武、张文杰译,商务印书馆1997年版,第195页。

当时老一代学者"再现学术雄风,其中钱锺书、程千帆堪为代表",并认为其著作在"本时期的学术精神,实质上与三四十年代遥相呼应"①。徐氏将钱、程并举是着眼于他们的学术成就和影响,而两者之间实有一共同点值得拈出,那就是对文学研究中考据至上的实证主义的批判。这里,我想引用一篇程千帆不太为人注意的早年文章《论今日大学中文系教学之蔽》,其中揭示的弊端之一,就是"持考据之方法以治词章"。至于其形成原因,则与钱锺书所指摘者若合符契:

> 满清学术,一由于明学之反动,二由于建夷之钳制,考据遂独擅胜场……及西洋学术输入,新文化运动勃兴……考据之学乃反得于所谓科学方法一名词下,延续其生命。

由此形成了如下研究与教学的趋势:

> 以考据之风特甚,教词章者,遂亦病论文术为空疏,疑习旧体为落伍。师生授受,无非作者之生平,作品之真伪,字句之校笺,时代之背景诸点。涉猎今古,不能自休。不知考据重知,词章重能,其事各异。就词章而论,且能者必知,知者不必能。今但以不能之知而言词章,故于紧要处全无理会。虽大放厥词,亦复何益。昔人谓治词章,眼高手低,最为大病。若在今日,则并此低手亦无之矣。②

此文撰写于1942年,与钱锺书在1978年对考据之风的批评恰可遥相

---

① 《二十世纪中国古典文学研究近代化进程论略》,《中国社会科学》1998年第2期。
② 《论今日大学中文系教学之蔽》,《国文月刊》第十六期(1942年)。按:此文未收入《程千帆全集》。

呼应。而到了今天,执教上庠的教授、博导虽比比皆是,超过历史上的任何时候,然其治词章之学,不仅多"不能",甚且有"无知",视程千帆当年所贬斥者犹且瞠乎其后。至于批评和考据的关系,两位学者的意见也是接近的。钱锺书说:

> 文学研究是一门严密的学问,在掌握资料时需要精细的考据,但是这种考据不是文学研究的最终目标,不能让它喧宾夺主、代替对作家和作品的阐明、分析和评价。①

而程千帆在早年提出并实践"将批评建立在考据基础上的方法",到晚年将其研究方法上升为"两点论"——文艺学和文献学精密结合,它所指向的起点是作品,终点是作品,重点也还是作品。他说:"文艺学与文献学两者有个结合点,那就是作品。"②他又说:"我们无论用哪种方法从事研究,都必须归结到理解作品这一点上。"③尤其强调不能企图用一般历史文献学的方法,解决属于文学自身的问题④。钱锺书也这样自陈:"我的原始兴趣所在是文学作品。"⑤如果说,二十一世纪的古代文学研究仍然有对前人"照着讲""接着讲"甚至"对着讲"的必要,那么,我们最迫切、最需要接续的就是这样的学术传统,并且在理论和实践上向前推进。

---

① 《古典文学研究在现代中国》,《钱锺书集·人生边上的边上》,第179页。
② 徐有富:《程千帆先生谈治学》,徐有富、徐昕:《文献学研究》,江苏古籍出版社2002年版,第1页。
③ 《访程千帆先生》,《文学研究参考》1987年第1期,巩本栋编:《程千帆沈祖棻学记》,第93页。
④ 参见张伯伟《"有所法而后能,有所变而后大"——程千帆先生诗学研究的学术史意义》,《文学遗产》2018年第4期。
⑤ 《作为美学家的自述》,《钱锺书集·人生边上的边上》,第204页。

三、从批评实践看文学、史学研究之别

在二十世纪中叶,陈寅恪探索和实践了"以诗证史"的研究方法,这一方法能够奏效的基础,首先在于中国诗的特点:

> 中国诗与外国诗不同之点——与历史之关系:中国诗虽短,却包括时间、人事、地理三点……外国诗则不然,空洞不着人、地、时,为宗教或自然而作。中国诗既有此三特点,故与历史发生关系。①

能否如此笼统概括外国诗的特点,也许可以商讨,但中国诗与历史有千丝万缕的联系,历史研究与文学研究如葛藤交错,于是在理论上和实践上,如何区分历史研究与文学研究,也就成为困扰许多研究者的一个问题。

雷内·韦勒克曾这样说:"文学研究不同于历史研究之处在于它不是研究历史文件而是研究有永久价值的作品。"②这是以研究对象做区别,貌似合理。但以二十世纪后期的文学观念衡量,一个文本究竟是文献还是作品,往往取决于读者用什么方式阅读。甚至在海登·怀特(Hayden White)看来,"历史的文学性和诗性要强于科学性和概念性",因此,历史就是"事实的虚构化和过去实在的虚构化"③,历史文本和历史阐释都与文学相类似④。这么一来,怎么还分得清历史文献或文学

---

① 《元白诗证史第一讲听课笔记片段》,《陈寅恪集·讲义及杂稿》,第483页。
② 《文学理论、文学批评和文学史》,《批评的概念》,第13页。
③ 《元史学:十九世纪欧洲的历史想象》"中译本前言",陈新译,译林出版社2009年版,第7页。
④ 参见〔美〕海登·怀特《历史中的阐释》《作为文学制品的历史文本》,《话语的转义:文化批评论集》(*Tropics of Discourse: Essays in Cultural Criticism*),董立河译,大象出版社、北京出版社2011年版,第55—107页。

作品呢？早年的钱锺书有这样的看法："窃常以为文者非一整个事物（self-contained entity）也，乃事物之一方面（aspect）。同一书也，史家则考其述作之真赝，哲人则辨其议论之是非，谈艺者则定其文章之美恶。"重心是在"观点（perspective）之不同，非关事物之多歧"①。此处的"观点"意为"视角"，所以同样的儒家经典，在章学诚眼里是"六经皆史"②，而在元明人眼里，就变成了"六经皆文"③。深究下去，都与特定的理论立场有关，与本文的关注重心不同。所以，与其纠缠于理论争辩，不如从批评实践中寻找其差异。

从文学理论的立场看文学和历史的关系，一种人们熟悉的看法就是认为文学是特定历史时期的反映，因此，理解作品就要置于其历史背景之中。但文学中展现的历史，与实际发生的历史并不一定吻合，为了研究历史而利用文学材料，就会对文学描写加以纠正，这便属于历史研究。而为了纠正文学描写，就需要对史实（包括时间、人事、地理）做考据，转而轻忽甚至放弃文学批评。即便无须纠正，但如果仅仅将作品看成文献记载，也谈不上是在进行文学研究。当陈寅恪用"以诗证史"的方法去研究历史的时候，他心目中的意义就在于"可以补充和纠正历史记载之不足，最重要是在于纠正"④，被他"纠正"的往往不是历史记载，而是作品描写。比如对白居易《长恨歌》中"七月七日长生殿，夜半无人私语时"等描写，陈寅恪经过严密的考证，认为既有时间问题，又有空间问题："揆之事理，岂不可笑？""据唐代可信之第一等资料，时间

---

① 《中国文学小史序论》，《钱锺书集·人生边上的边上》，第102页。
② 仓修良编注：《文史通义新编新注》内篇一《易教上》，商务印书馆2017年版，第1页。
③ ［元］方回《赠邵山甫学说》云："古之经皆文也，皆诗也。"（《桐江续集》卷三十）明初唐桂芳《白云集序》云："夫六经皆文也。"（《白云集》卷首）
④ 《元白诗证史第一讲听课笔记片段》，《陈寅恪集·讲义及杂稿》，第484页。

空间,皆不容明皇与贵妃有夏日同在骊山之事实。"①又如元稹之《连昌宫词》,陈寅恪讨论的先决问题是:"此诗为作者经过行宫感时抚事之作,抑但为作者闭门伏案依题悬拟之作。"他批评洪迈意见"为读者普通印象",非史家实证之论,遂依元稹一生可以作此诗之五个年月一一考据,得出结论云:"《连昌宫词》非作者经过其地之作,而为依题悬拟之作,据此可以断定也。"②正因为是悬拟之作,所以诗中如"上皇正在望仙楼,太真同凭栏干立","寝殿相连端正楼,太真梳洗楼上头"等句,"皆傅会华清旧说,构成藻饰之词。才人故作狡狯之语,本不可与史家传信之文视同一例,恐读者或竟认为实有其事,特为之辨正如此"③。凡此皆属时间、人事、地理问题,其所纠正者,亦皆属诗中之描写。偶有以文学纠正历史记载者,也是以文学为史料,比如以元稹《遣悲怀》诗中"今日俸钱过十万"之句,"拈出唐代地方官吏俸料钱之一公案"④。其纠正的目的,不是衡量文学描写之妍媸,而是还原历史面目之真相。他在课堂讲授时说:"这些人诗文中的讹误,有的是不知而误,也还有的是轻见轻闻而误。"⑤其为史学研究而非诗学研究,不待细辨即可知。但陈寅恪对文学极为精通,故其论著也时时发表对文学研究的卓见,深受学者重视。比如历代对白氏《长恨歌》的理解,在他看来:"所谓文人学士之伦,其诠释此诗形诸著述者,以寅恪之浅陋,尚未见有切当之作。"真有目空一切之概,他同时又指出向上一路:"鄙意以为欲了解此诗,第一,须知当时文体之关系。第二,须知当时文人之关系。"⑥可谓

---

① 《元白诗笺证稿》第一章,第 40—42 页。
② 同上书,第 61—71 页。
③ 同上书,第 79 页。
④ 陈寅恪:《元白诗中俸料钱问题》,《金明馆丛稿二编》,第 59—73 页。
⑤ 刘隆凯整理:《陈寅恪"元白诗证史"讲席侧记》,第 91 页。
⑥ 《元白诗笺证稿》第一章,第 1—2 页。

度人以金针。由此而视宋人魏泰、张戒之论,实皆"不晓文章体裁,造语蠢拙"者流;即便沈德潜等清人评语,亦未免颠顶蹉驳①。凡此皆可谓文学研究而非史学研究,故研究唐代文学者多采其说。纵有商榷讨论,也属文学研究内部之争,而非文学与史学之争。

在文学研究上,钱锺书对陈寅恪没有什么吸收,他们在对具体作品的分析上,意见也往往相左。由于差别较为明显,就缺乏辨析的必要。但程千帆深受陈寅恪的影响,他对陈氏学术方法、宗旨、趣味以及文字表达的理解,远胜一般。但程千帆的学习方式,不是形迹上的亦步亦趋,而是在把握其学术宗旨的前提下,根据自己的研究内容,在学术实践中"有所法"又"有所变",将重心由"史"转移到"诗"。他们之间的区别,是一个很好的辨析史学研究和诗学研究之差异的个案。如上所说,中国古代诗歌往往包括时间、人事、地理,所谓"人事",不仅有时事,也有故事,所以在研究工作中就不可避免地需要对史实的考证。若是史学研究,就会判断相关的某一记载(无论是历史文献还是文学作品)是出于"假想"或"虚构",因而是"错误的"或"不实的"。但若是诗学研究,史实的考证就仅仅是提供理解诗意的背景,而非判断诗人是否实事求是的律条。正是在这里,我们看到了程千帆与陈寅恪的差异。比如在唐代的边塞诗中,往往存在地名的方位、距离与实际情况不相符合的问题。研究者面对这样的作品,不外乎两种意见:或通过文献考证指责作者的率意,或同样采用考证的手段证明作品无误。两种结论貌似对立,但思维方式却如出一辙,都是将考据学代替了文学批评。如果从作品出发,又回归到作品,就会尊重诗的特性,学习并坚持对诗说话,说属于诗的话。程千帆这样指

---

① 《元白诗笺证稿》第一章,第 4—11 页。

出:"唐人边塞诗中之所以出现这种情况,乃是为了唤起人们对于历史的复杂的回忆,激发人们对于地理上的辽阔的想象,让读者更其深入地领略边塞将士的生活和他们的思想感情……古代诗人们既然不一定要负担提供绘制历史地图资料的任务,因而当我们欣赏这些作品的时候,对于这些'错误',如果算它是一种'错误'的话,也就无妨加以忽略了。"①对于诗学研究者来说,既不必通过历史考证而对文学作品中的描写"率意地称之为'小疵'",也无须对某些"不实之词"为作者"进行学究式的辩护"②。文学批评不排斥甚至有时也需要考证,但考证的目的,不单是为了弄清所谓的"历史事实",而是通过考证,帮助读者将想象的翅膀张得更宽,对作品的感情世界体验得更深。把文学作品当作历史文献,在文学批评实践中过多重视"对客观事物的估量和研究",反而忽略"文学本身是一种情感作用"③,"企图用考证学或历史学的方法去解决属于文艺学的问题,所以议论虽多,不免牛头不对马嘴"④。即便作品中含有历史因素,考据的方法在一定程度和一定意义上对作品的理解也会有帮助,但仅仅以此为满足,并未能完成文学批评的任务。

我们试看这样一个例子:屈原《离骚》作为中国文学两大传统的源头之一,在文学史上享有崇高的位置。从汉代开始,就有为之作传注者,直到今天也还新注不断,在空间上更是远传域外,并被翻译成多种

---

① 《论唐人边塞诗中地名的方位、距离及其类似问题》,《程千帆诗论选集》,第105—106页。

② 同上书,第108页。

③ 程千帆:《两点论——古代文学研究方法漫谈》,《古典文学知识》1997年第2期,收入《程千帆沈祖棻学记》,第81页。

④ 程千帆:《相同题材与不相同的主题、形象、风格——四篇桃源诗的比较研究》,《程千帆诗论选集》,第80页。

文字，供世界人民欣赏。但在阐释中存在的问题也是长期而明显的，《离骚》开篇即云：

> 帝高阳之苗裔兮，朕皇考曰伯庸。摄提贞于孟陬兮，惟庚寅吾以降。皇览揆余于初度兮，肇锡余以嘉名。名余曰正则兮，字余曰灵均。纷吾既有此内美兮，又重之以修能。扈江离与辟芷兮，纫秋兰以为佩。①

这一段文字，刘知幾已经将它看成是自序传的发端："其首章上陈氏族，下列祖考；先述厥生，次显名字。自叙发迹，实基于此。"②至清人贺宽干脆就说"此屈子自叙年谱"③；而自王逸开始，又以其中两句"摄提贞于孟陬兮，惟庚寅吾以降"作为考证屈原生年的依据，至游国恩更斩钉截铁地说："《离骚》此二句为考证屈原生年之唯一材料。"④从内容来看，这段文字的确陈述了自己的氏族和祖先，也交待了自己的出生年月日，并说明了自己的名和字，但屈原真的是在用分行的韵语撰写一份自传或履历吗？历代学者"花费博学和细心"据以考证屈原的生年，歧义纷出，仅以《离骚纂义》汇录近人的研究成果看，因推算方式的差异也仍有五种主要意见，除了"正月"无异议外，年份从公元前343年到前335年不等，日子更有初七、十四、二十一、二十二之不同，在看得见以及看不见的将来恐怕也难有一致之时，这种"考证"究竟该算学术上的"众里寻他千百度"（借用辛弃疾《青玉案·元夕》句），还是人生中

---

① ［宋］朱熹：《楚辞集注》卷一，上海古籍出版社1979年版，第3页。
② ［清］浦起龙：《史通通释》卷九"序传第三十二"，上海古籍出版社2009年版，第238页。
③ 转引自游国恩主编《离骚纂义》，中华书局1980年版，第8页。
④ 同上书，第18页。

的"可怜无益费精神"(借用韩愈《赠崔立之评事》句)呢?在我看来,屈原在这里只是用辞赋体塑造了一个自我形象而已。这个"我"(无论其第一人称代词是"朕""吾"或"余")是颛顼帝的远孙,其光环和美德直到自己父亲的身上仍在闪耀。而"我"秉持着这一血统,又出生在寅年寅月寅日,更标志着与生俱来的不凡。"我"的父亲(一说"皇"通"媓",即母亲①)看到这一切,赐予了"我"很好的名字:"正则"如天一般公平,"灵均"如地一般养物。"我"有如此众多的得自祖先和天地的内在美好,又有不断的自我砥砺而养成的用世才能,就好像一个天生丽质的美人,再佩戴上芬芳馥郁的香草。总之,《离骚》开篇塑造了一个高贵的形象,他代表了荣誉和尊严,他追求着崇高和纯粹,他不仅有与生俱来的优越,而且也通过不断的磨练证明了自己是受之无愧的。所以,在屈原的叙说中,他把自己和家族历史之间的关系做了建设性的联结,就是为了突出这种卓越的理念。三个第一人称代词,除了"朕"偶一用之以外,在屈赋中用得最多的是"余"和"吾",其区别正如朱熹在《涉江》题下注云:"此篇多以余、吾并称,详其文意,余平而吾倨也。"②这在《离骚》中也同样适用。"惟庚寅吾以降""纷吾既有此内美兮"中的两个"吾",是充满了骄傲色彩的自致隆高,篇中其他的"吾",如"来吾导夫先路""吾将从彭咸之所居"以及连续以"吾令"领起的若干句子,在在流露出精神上的贵族气质。所以,就像"正则""灵均"的名字只是文学上的造作,是辞赋体使然一样③,其描述出生日期的寅年寅

---

① 此汤炳正等《楚辞今注》说,上海古籍出版社 2012 年版,第 3 页。
② 《楚辞集注》卷四,第 81 页。
③ 幸好有《史记·屈原列传》,我们知道屈原的名字,但还是有人把"正则""灵均"或看成屈原的"小字小名"(如马永卿),或以为"皆少时之名"(如陈第),唯王夫之指出这里名字的写法,"以属辞赋体然也"。游国恩继此更作按语云:"战国时若庄生之书造作名号,而阴寓其意者多矣。正则、灵均盖其类尔(后世赋家乌有、子虚之名,实昉于此)。"(以上诸说均见《离骚纂义》,第 21—23 页)堪称卓见。

日,也不必视同填写履历时的自供,而更是为了衬托其不凡的生命。如果我们的文学批评,在这样伟大的杰作面前,只能纠缠于氏族、出生和名字的考据,也许可以显示自己某一方面的"博学",但不也正暴露了"固哉!高叟之为诗"①?

关于文学研究中的考据与词章,程千帆还说:"词章者,作家之心迹,读者要须不以文害辞,不以辞害志,以意逆志,是为得之。孟氏之言,实千古不易之论……若仅御之以考据,岂不无所措手足乎!王逢原诗云:'满眼落花多少意,若何无个解春愁?'大可借咏于前文神妙处毫无领悟之辈也。"②其所引孟子云云,见于《孟子·万章上》,以"千古不易之论"为评,似可表明,现代学者的文学批评,也有自觉接续中国古代文学批评之某一传统者在。由此重新思考我国两千五百年文学批评之发展,也可以获得一些新的理解和认识。

四、中国文学批评的另一传统

对中国文学批评做出整体描述,是现代学术形成后的产物。由于当时人多以十九世纪以来的欧美文学观念作为参照系,由此导致了一个被广泛接受的结论,即中国的批评传统以实用的、道德的、伦理的、政治的为主要特征,虽然也含有审美批评,但在整个批评体系中似乎仅仅偏于一隅。在我看来,这是对中国文学批评传统的简化和僵化,尤其是因为缺乏与西方批评传统的整体对应,因而遮蔽了中国文学批评的另一传统——审美批评(包括非常丰富的技术批评)的传统。尽管已有学者对此做出了呼吁和阐发,但仍有进一步呼吁和阐发的必要。面对

---

① 《孟子·告子下》,《四书章句集注》,第340页。
② 《论今日大学中文系教学之蔽》,《国文月刊》第十六期(1942年)。

今日文学研究的困境,如果我们要从中国批评传统中寻找资源,对于这一隐而未彰的传统,有必要予以揭示。

在春秋时代,诗乐未分,所以有"诵诗三百,弦诗三百,歌诗三百,舞诗三百"①之说,又有"古者教以诗乐,诵之歌之,弦之舞之"②的说法,所以,诗歌批评与音乐批评也往往是结合在一起的。《左传》襄公二十九年(公元前544年)记载的吴公子季札观周乐,就是一份较早的也是学者较为熟悉的实际批评的文献,他评《周南》《召南》曰:"美哉!始基之矣,犹未也,然勤而不怨矣。"杨伯峻说:"季札论诗论舞,既论其音乐,亦论其歌词与舞象。此'美哉',善其音乐也。'始基之'以下,则论其歌词。"③此说甚是。季札试图从歌诗中看到一定的政治、道德、社会风气,如果说这是其批评"终点"的话,那么其"起点"则是伴随着对音乐(包括歌词、舞蹈)审美元素的尊重,是透过审美批评进入政治、道德批评的。他一口气使用了八个"美哉"、一个"广哉"、一个"至矣哉"来形容,完全是一种情见乎辞的赞叹。有时他还加上一些形容词,如"渊乎""泱泱乎""荡乎""沨沨乎""熙熙乎"等,对音乐旋律做进一步形容,然后再透过音乐旋律判断其中所体现的政治清浊、道德良窳、社会治乱等问题。但批评者不仅没有用政治批评取代审美批评,甚至还尊重了审美批评的独立性。比如他对《郑风》的批评:"美哉!其细已甚,民弗堪也,是其先亡乎!"④政情的衰败,民众之难忍,已有亡国先兆,但不排斥其在音乐上的"美"。

孔子对文学也十分重视,列为"四科"(德行、言语、政事、文学)之

---

① [清]孙诒让:《墨子间诂》卷十二《公孟》,中华书局1986年版,第418页。
② 《诗经·郑风·子衿》毛传语,[清]陈奂:《诗毛氏传疏》卷七,第278页。
③ 杨伯峻:《春秋左传注》第三册,中华书局1981年版,第1161页。
④ 同上书,第1162页。

一。而在"四教"的排列上,又以"文、行、忠、信"①为序。讲到"四科"的关系,前人颇多误解。最早以先后论者是皇侃,他说:"文学指是博学古文,故比三事为泰,故最后也。"②"泰"表示属于不急之务,但还没有以高下论。至唐代韩愈则说:"德行科最高者……言语科次之者……政事科次之者……文学科为下者。"③这影响了后来的宋祁、欧阳修,《新唐书》即云:"夫子之门以文学为下科。"④对此,清人陈澧曾反复予以辨正:"以文学承三科之后,非下也。"又云:"《诗》教兼四科也。"⑤又云:"文学为四科之总会,非下也。宋子京不识也。"⑥孔子当时的"文学"一语,当然不同于后世的词章之学,更不同于二十世纪国人所说的"纯文学"。他在讲到"诗"的时候,虽然不是一个抽象的概念,而是"诗三百"这样的具体作品,但尤其是在"十五国风"的部分,已经体现出一些"诗"的共性,这就是音乐节奏的语言和内心意志的独白,是由生发于内的情感意志和表现于外的语言文字的高度融合。尽管在孔子的时代,他是以道德的、实用的眼光去看待文学和诗,但具体到实际批评,也仍然注意到其审美特征。比如,"子谓《韶》,尽美矣,又尽善也。谓《武》,尽美矣,未尽善也"。又云:"《关雎》乐而不淫,哀而不伤。"⑦这里的"美""乐""哀"都是审美批评,而"善""不淫""不伤"

---

① 《论语·述而》,《四书章句集注》,第 99 页。
② [南朝梁]皇侃:《论语义疏》卷六《先进》,中华书局 2013 年版,第 267—268 页。
③ 旧题[唐]韩愈、李翱:《论语笔解》卷下,[宋]文谠注、王侙补注:《新刊经进详注昌黎先生文集》遗文卷三,《续修四库全书》影印北京图书馆藏宋刻本,第 1310 册,第 228—229 页。
④ [宋]欧阳修、宋祁:《新唐书》卷二百一《文艺上》,中华书局 1975 年版,第 5726 页。
⑤ 《东塾读书记》卷二,黄国声主编:《陈澧集》第 2 册,上海古籍出版社 2008 年版,第 25—26 页。
⑥ 《东塾读书论学札记》,《陈澧集》第 2 册,第 392 页。
⑦ 俱见《论语·八佾》,《四书章句集注》,第 66、68 页。

则是道德批评,展示出的审美理想应该是美善结合、平和中正。孔子还有一段具有概括性的话:"诗可以兴,可以观,可以群,可以怨。迩之事父,远之事君,多识于鸟兽草木之名。"后面的意思偏重在伦理、政治和知识积累方面,但其批评的"起点"却在"诗可以兴",也就是"感发志意"。朱熹说:"学诗之法,此章尽之。"①王夫之后来据以发挥为"作者用一致之思,读者各以其情而自得……人情之游也无涯,而各以其情遇,斯所贵于有诗"②。读者"各以其情"读诗、说诗,就是对孔子文学批评出发点的恰当说明。

在中国文学批评史上,孟子的贡献可谓极大。"文学批评"是一个外来的名词,韦勒克曾经讨论过西方的"批评"概念如何取代了传统的"诗学"或"修辞学"③,但这里我更想引用布莱斯勒(Charles E. Bressler)的概括,取其表述上的更为简明醒豁:"批评家一词源自两个希腊词:一个是 *Krino*,意思是'做判断';另一个是 *krites*,意思是'法官或陪审团成员'。文学批评家,或 *kritikos*,因此也就是'文学的法官'。"④这在西方文学批评的传统中是一个常态,正如诺思罗普·弗莱(Northrop Frye)所说:"人们普遍接受的一个说法是,对于确定一首诗的价值,批评家是比诗的创造者更好的法官。"⑤而在中国文学批评传统中,相应的则是由孟子提出的"说诗"的概念,文学批评家也就是"说诗者"。这是一个与西方不同的概念,如果不说是较西方优越的概念。什么是"说"? 我们不妨看看中国最古老而权威的解释——许慎的《说

---

① 《论语·阳货》,《四书章句集注》,第178页。
② 戴鸿森:《薑斋诗话笺注》卷一《诗译》,人民文学出版社1981年版,第4—5页。
③ 参见〔美〕雷内·韦勒克《文学批评:名词和概念》,《批评的概念》,第19—33页。
④ 《文学批评:理论与实践导论》第五版(*Literary Criticism: An Introduction to Theory and Practice*, 5th Edition),赵勇、李莎、常培杰等译,中国人民大学出版社2015年版,第7页。
⑤ 《批评的剖析》(*Anatomy of Criticism Four Essays*),陈慧等译,百花文艺出版社1998年版,第5页。

文解字》曰:"说,说释也。"段玉裁为我们做了进一步的阐明:"说释即悦怿,说悦、释怿皆古今字,许书无悦、怿二字也。说释者,开解之意,故为喜悦。"①因此,西方的"文学批评"形成一种理性判断的传统,而中国的"说诗"是一种由情感伴随的活动。

孟子在中国文学批评史上的贡献,简言之有二:一是提出了"以意逆志"的说诗方法;二是对"说诗"和"论史"做出了区分。这两者也是有联系的。尧、舜、汤、武是儒家推崇的历史上的圣人典范,法家却不以为然。《韩非子·忠孝》指出:"贤尧、舜、汤、武而是烈士,天下之乱术也。"并以《诗经·小雅·北山》中"普天之下,莫非王土;率土之滨,莫非王臣"为据云:"信若诗之言也,是舜出则臣其君,入则臣其父、妻其母、妻其主女也。"②这种说法在战国诸子纷争时代当较为普遍,故咸丘蒙举其说以问孟子,一方面涉及如何理解诗意,一方面也直接关系到如何理解历史上舜的形象③,是一个兼及"诗"和"史"的问题。针对学生的提问,孟子明白告知了他的说诗方法:

> 咸丘蒙曰:"舜之不臣尧,则吾既得闻命矣。《诗》云:'普天之下,莫非王土;率土之滨,莫非王臣。'而舜既为天子矣,敢问瞽瞍之非臣,如何?"曰:"是诗也,非是之谓也。劳于王事而不得养父母也。曰:'此莫非王事,我独贤劳也。'故说诗者,不以文害辞,不以辞害志,以意逆志,是为得之。如以辞而已矣,《云汉》之诗曰:'周余黎民,靡有孑遗。'信斯言也,是周无遗民也。"④

---

① [清]段玉裁:《说文解字注》三篇上"言部",上海古籍出版社1981年版,第93页。
② 陈奇猷:《韩非子集释》卷二十,上海人民出版社1974年版,第1108页。
③ 参见朱东润《古诗说捃遗》的相关论述,收入其《诗三百篇探故》,上海古籍出版社1981年版,第94—95页。
④ 《孟子·万章上》,《四书章句集注》,第306页。

如果拘泥于文字本身的理解,既然"莫非王土""莫非王臣",舜当然是"臣其君""臣其父",若说"瞽叟(舜之父)之非臣",自然会引起咸丘蒙的不解。同样,如果执着于文辞,"周余黎民,靡有孑遗"也就真成了无人存活。孟子说诗方法的要义在于:首先,要尊重诗的表达法,为了发抒情志,语言上的夸张、修辞中的想象是必不可少的,这是文学的特性。王充批评"周余黎民,靡有孑遗"云:"夫旱甚,则有之矣;言无孑遗一人,增之也。"①真可谓"痴人面前说不得梦"。其次,诗歌在语言上往往夸张、变形,诗人之志与文字意义也非一一相应,正确的读诗方法,就是"不以文害辞,不以辞害志",以读者的意去迎接诗人的志,即"以意逆志"。所以孟子之"说诗",是以认识诗语的特征为出发点,最终也回到诗歌本身。说诗如此,论史则不然。《孟子·尽心下》曰:"尽信《书》则不如无《书》,吾于《武成》,取二三策而已矣。仁人无敌于天下,以至仁伐至不仁,而何其血之流杵也?"②他认为武王伐纣,是"以至仁伐至不仁",怎么可能杀人无数,以至于血流漂杵呢?从语言修辞的角度言之,"血流浮杵"只是一种夸张,以形容死者之多。但在孟子看来,作为记载历史的《尚书》,不能也不应有此种修辞。史书中的叙事想象在现代史学的理解中,不仅不必诟病,而且具有积极的意义,但孟子没有也无须此种概念。重要的是,他在实际批评中体现出的说诗和论史的区别,具有重要的意义。张载曾对此做了对比:"'不以文害辞,不以辞害意',此教人读《诗》法也。'吾于《武成》取二三策而已',此教人读《书》法也。"③一为诗,一为史,文字性格不同,所以读法也不同。"说

---

① 黄晖:《论衡校释》卷八《艺增篇》,中华书局1990年版,第386页。
② 《四书章句集注》,第364—365页。
③ [宋]蔡模《孟子集疏》卷十四引,商务印书馆(台湾)《景印文渊阁四库全书》第200册,第542页。

诗"与"论史"不同,这是孟子的千古卓见①。

中国早期的审美批评至《文心雕龙》做一总结,这就是"缀文者情动而辞发,观文者披文以入情……夫唯深识鉴奥,必欢然内怿"②。首先是一种感情活动,在获得真知灼见之后,内心也必然充满喜悦,甚得传统"说诗"之髓脑。而经钟嵘《诗品》揭橥的"诗之为技"③的观念,到了唐代,衍生一系列从诗歌技巧出发的诗学著作,涉及声律、对偶、句法、结构和语义,为分析诗歌的主题、情感等提供了大量的分析工具和评价依据④。但自宋代开始,这一情况发生了较大改变。

清人沈涛《匏庐诗话自序》云:"诗话之作,起于有宋,唐以前则曰'品'、曰'式'、曰'例'、曰'格'、曰'范'、曰'评',初不以'话'名也。"⑤欧阳修是诗话体的创立者,同时也奠定了诗话写作的基本态度是"以资闲谈"⑥。因为是"闲谈",所以态度是轻松的,文体是自由的,长短是不拘的,立论也往往是较为随意的。由于欧阳修在文坛上的崇高地位,他的这一"创体"很快得到普及,其著述观念也深入人心,在此观念指导下的历代诗话之作就形成了这样的基本通例。"闲谈"中出现了一些新话题,于是转移了文学批评的关注重心。例如:

诗人贪求好句,而理有不通,亦语病也。如"袖中谏草朝天

---

① 除此以外,孟子的说诗是多方面的,这也开后世无数法门。陈澧指出:"其引《蒸民》之诗以证性善,性理之学也;引'雨我公田'以证周用助法,考据之学也。'《小弁》之怨,亲亲也。亲亲,仁也。'此由读经而推求性理,尤理学之圭臬也。"(《东塾读书记》卷三,《陈澧集》第2册,第54页)其说可参。
② [南朝梁]刘勰:《文心雕龙·知音》,《文心雕龙解析》,第780页。
③ 曹旭:《诗品集注》,上海古籍出版社1994年版,第66页。
④ 参见张伯伟《论唐代的规范诗学》,《中国社会科学》2006年第4期。
⑤ 张寅彭选辑:《清诗话三编》第7册,上海古籍出版社2014年版,第4557页。
⑥ 欧阳修《六一诗话》:"居士退居汝阴,而集以资闲谈也。"([清]何文焕辑:《历代诗话》,第264页)

去,头上官花侍宴归",诚为佳句矣,但进谏必以章疏,无直用稿草之理。唐人有云:"姑苏台下寒山寺,夜半钟声到客船。"说者亦云,句则佳矣,其如三更不是打钟时。如贾岛《哭僧》云:"写留行道影,焚却坐禅身。"时谓烧杀活和尚,此尤可笑也。①

于是,当人们谈论诗歌的时候,忽略其艺术上的独创性,而注意其描写是否"合理",这个话题吸引了说诗者的注意,成为文学批评的一个不同的出发点。以"半夜钟"为例,在《苕溪渔隐丛话》中就专门列为一则公案,辑录了《王直方诗话》《石林诗话》《诗眼》《学林新编》等诸家驳斥欧阳修的论述,力图证明张继描写的"半夜钟"确有其事,并无不合理处②。又杜甫《古柏行》有句云:"霜皮溜雨四十围,黛色参天二千尺。"③从范镇开始,就以成都武侯祠堂柏树的实际高度予以衡量,得出"其言盖过,今才十丈。古之诗人,好大其事,率如此也"④的结论,开始了宋代文坛上的又一重公案。沈括、王得臣、黄朝英等则以考证的方法计算树的直径和高度,算得上批评史上少有的以数学计算的实证方式论诗之例。关于这桩公案,《苕溪渔隐丛话》辑录了《王直方诗话》《遁斋闲览》《缃素杂记》《学林新编》和《诗眼》等五则材料,其中还是有人能从诗语出发否定沈括:"四十围二千尺者,亦姑言其高且大也,诗人之言当如此。而存中乃拘以尺寸校之,则过矣。"⑤范温还区分了诗人的"形似之意"和"激昂之语",后者"出于诗人之兴",这两句的描写正

---

① 《六一诗话》,[清]何文焕辑:《历代诗话》,第269页。
② [宋]胡仔:《苕溪渔隐丛话》前集卷二十三,中华书局(香港)1976年版,第155—156页。
③ [清]仇兆鳌:《杜诗详注》卷十五,中华书局1979年版,第1358页。
④ [宋]范镇:《东斋记事》卷四,中华书局1980年版,第32页。
⑤ 《学林新编》语,《苕溪渔隐丛话》前集卷八,第53页。

是"激昂之语,不如此,则不见柏之大也"①。明清时代对这一公案仍有议论,但已没有太多的新意。对这一类"煞风景"的批评,也许可以用一个具有法国情调的比喻来形容:"对诗意麻木不仁,这就好比一个收到情书的家伙不读情书却去挑剔其中的语言错误一样。"②审美上的不懂诗意正如生活中的不解风情,只能像个傻小子。

以斤斤较量、算尽锱铢的"科学"方式说诗,在中国文学批评传统的市场不大,但不识诗语特征,拘泥于史实从而导致对诗歌的误判,在宋代以后却屡见不鲜。比如杜牧《赤壁》诗有"东风不与周郎便,铜雀春深锁二乔"之句,许顗《彦周诗话》讥刺道:"孙氏霸业,系此一战,社稷存亡、生灵涂炭都不问,只恐捉了二乔,可见措大不识好恶。"③胡仔也附和其说,认为"牧之于题咏,好异于人",乃至"好异而叛于理"④。他们都自以为熟谙史实、深识道理,便可以高屋建瓴、义正辞严地批评诗人,殊不知正如四库馆臣的反驳:"大乔,孙策妇;小乔,周瑜妇。二人入魏,即吴亡可知。此诗人不欲质言,变其词耳。"⑤"不识好恶"的"措大"正是批评家自己。更为典型的批评案例,就是宋代以下对杜诗的阐释。四库馆臣曾经对诸家注杜有一总评:

> 自宋人倡"诗史"之说,而笺杜诗者遂以刘昫、宋祁二书据为稿本,一字一句,务使与纪传相符。夫忠君爱国,君子之心;感事忧时,风人之旨。杜诗所以高于诸家者,固在于是,然集中根本不过数十首耳。咏月而以为比肃宗,咏萤而以为比李辅国,则诗家无景

---

① 《诗眼》语,《苕溪渔隐丛话》前集卷八,第53—54页。
② 〔法〕安托万·孔帕尼翁:《理论的幽灵:文学与常识》,第245页。
③ 《历代诗话》,第392页。
④ 《苕溪渔隐丛话》后集卷十五,第108页。
⑤ 《四库全书总目》卷一百九十五,第1782页。

物矣;谓纨绔下服比小人,儒冠上服比君子,则诗家无字句矣。①

这里举到的具体例证,一出于夏竦,见引于魏泰《临汉隐居诗话》:"夏郑公竦评老杜《初月》诗'微升紫塞外,已隐暮云端',以为意主肃宗,此郑公善评诗也。"②二出于黄鹤《补千家集注杜工部诗史》,谓《萤火》诗"幸因腐草出,敢近太阳飞"句"盖指李辅国辈以宦者近君而挠政也"③。三出于《洪驹父诗话》的记载,乃就杜诗"纨绔不饿死,儒冠多误身"④而发,已遭洪氏讥笑为"虽不为无理,然穿凿可笑"⑤,皆为宋人之说。而苏轼评杜所谓"一饭未尝忘君"⑥,对后世的误导也极大,在某种意义上蒙蔽了杜诗的真面目,以此学杜也往往流为"杜壳子"⑦。以上诸说的共性就是不以文学的眼光看文学,面对着诗却说着非诗的话,尤其是这些议论有时还出于名人之口,这就在相当程度上改变了中国古代的说诗传统。从审美(如情感、技巧)出发对诗歌做批评的传统,也就被压抑成一股虽未中断但却易受忽略的潜流。

五、现代学术传统:理论意识与比较眼光

今日的古代文学研究应接续以钱锺书、程千帆为代表的学术传统,但这并非易事。不用说,就个人的学问、才能而言,像钱锺书这样不世

---

① 《四库全书总目》卷一百四十九《杜诗攟》提要,第 1281—1282 页。
② 《历代诗话》,第 325 页。
③ 转引自萧涤非主编《杜甫全集校注》第 3 册,人民文学出版社 2014 年版,第 1547 页。
④ [唐]杜甫:《奉赠韦左丞丈二十二韵》,《杜诗详注》卷一,第 74 页。
⑤ [宋]胡仔:《苕溪渔隐丛话》前集卷九,第 59 页。
⑥ 《王定国诗集叙》,《苏轼文集》卷十,中华书局 1986 年版,第 318 页。
⑦ 夏敬观《唐诗说·说杜甫》云:"明人所学杜壳子,皆坐此弊。"并认为苏轼此论"可谓开恶文之例"(台湾河洛图书出版社 1975 年版,第 48 页)。

出的天才，几乎无人可以企及。因此，我所说的"接续"，乃就其学术宗旨、方向而言，如果后面一代的学人，能够秉持其宗旨并朝着那个方向继续努力，完成从"照着讲"到"接着讲"的历史使命，中国古代文学的研究就可能有一个辉煌的未来。然而即便是"照着讲"，首先也需要有对其学术宗旨、方向的认识和理解，这又岂是一件容易的事？程千帆在晚年曾经将他理想的学术方法概括为"两点论"，在及门弟子和再传弟子间耳熟能详，要加以发扬光大似乎不难。但若缺乏进一步阐释，很可能渐渐流为一句"口头禅"，最后也可能失去其应有的意义①。至于钱锺书的学术，在他的晚年和去世的数年间也曾形成一阵研究热潮，有所谓"钱学"之称。多数是崇拜，也有少数的批评，而批评往往集中在"片段零碎""不成体系"方面。这里不妨以余英时的意见为代表，他评论钱锺书"注意小地方太过了，所以他不肯谈什么大问题"，甚至认为他有"考据癖"②。钱锺书在学问上有很强的好胜心，这种争胜就会体现在举出更早的出处或者更为广泛的例证，不免在表面上给人以"考据癖"的感性印象，但就其学术宗旨而言，他一生特别反对实证主义的"索隐"，也讥讽过他人学术上的"识小"。比如1946年写《围城序》时，他就嘲讽过"考据癖"；八十年代给女儿钱瑗写信说："世间一切好方法无不为人滥用，喧宾夺主，婢学夫人……如考据本为文学研究之means，而胡适派以考据代替文学研究。"③1978年在意大利演讲时，他对陈寅恪"自我放任的无关宏旨的考据"④有微词；1979年"在美国他又批评陈寅恪太'trivial'（琐碎、见小）"⑤。无论这些批评讥讽是否合

---

① 详见张伯伟《"有所法而后能，有所变而后大"——程千帆先生诗学研究的学术史意义》，《文学遗产》2018年第4期。
② 陈致：《余英时访谈录》，中华书局2012年版，第38—39页。
③ 转引自吴学昭《听杨绛谈往事》，第319页。
④ 钱锺书：《古典文学研究在现代中国》，《钱锺书集·人生边上的边上》，第179页。
⑤ 余英时：《我所认识的钱锺书先生》，《情怀中国·余英时自选集》，香港天地图书有限公司2010年版，第149页。

理、能否成立,但至少表明钱锺书本人对"无关宏旨的考据"和"琐碎"的学术见解是鄙夷的,若说他的学术之弊正在于此,对于钱氏而言,岂非冤哉枉也的大不幸?《世说新语·文学篇》曾记载阮裕的叹息:"非但能言人不可得,正索解人亦不可得。"①若换作黑格尔的表述,那就是"只有精神才能认识精神"②。相距过远或但凭印象就只能做模糊影响之谈。

如果将钱锺书、程千帆的学术传统合观并视,我想举出两点对今日文学批评尤其是古代文学研究具有重要意义的学术遗产。

第一,从作品出发上升到文学理论,以自觉的理论意识去研究作品。钱锺书自述其"原始兴趣所在是文学作品;具体作品引起了一些问题,导使我去探讨文艺理论和文艺史"③。其《通感》解决的是这样一个问题:"中国诗文有一种描写手法,古代批评家和修辞学家似乎都没有理解或认识。"④这个描写手法就是"通感"。程千帆则强调"两条腿走路"的原则:"一是研究'古代的文学理论',二是研究'古代文学的理论'……后者则是古人所着重从事的,主要是研究作品,从作品中抽象出文学规律和艺术方法来。"虽然两种方法都是需要的,但后者在今天"似乎被忽略了"。为此他探讨了古典诗歌描写与结构中的"一与多"的问题,试图"在古人已有的理论之外从古代作品中有新的发现"⑤。在对具体作品的研究也就是文学批评中,中国学者往往不太在意理论问题。钱锺书指出:

> 研究中国文学的人几乎是什么理论都不管的。他们或忙于寻

---

① 《世说新语笺疏》,第 216 页。
② 《小逻辑》,第 66 页。
③ 《作为美学家的自述》,《钱锺书集·人生边上的边上》,第 204 页。
④ 《通感》,《七缀集》,第 54 页。
⑤ 《古典诗歌描写与结构中的一与多》,《程千帆诗论选集》,第 44 页。

章摘句的评点，或从事追究来历、典故的笺注，再不然就去搜罗轶事掌故，态度最"科学"的是埋头在上述的实证主义的考据里，他们不觉得有文艺理论的需要……就是研究中国文学批评史的人，也无可讳言，偏重资料的搜讨，而把理论的分析和批判放在次要地位。①

"寻章摘句的评点"最典型的做法就是鉴赏型的喝彩或讥讽，寻求出处或逸事掌故则多半是为"考据"服务的。程千帆对这样的文学批评也有不满：

> 那就是，没有将考证和批评密切地结合起来……这样，就不免使考据陷入烦琐，批评流为空洞。②

这样的状况，并不仅限于他们眼中的年代，美国的宇文所安就在前几年还批评"中国古代文学研究者欠缺理论意识"③；这样的状况也不仅出现在中国，雷内·韦勒克曾这样概括二十世纪初英国的文学研究：

> 在英国，文学研究有两种传统：专门好古的学风由于有了 W. W. 葛莱格和多佛·威尔逊所从事的新"文献学的方法"（有关作品本文的和"高级的"批评，大部分是关于莎士比亚的）而在近几十年变得很有势力；而个人的批评文章又往往蜕化为表现完全不负责任的奇怪想法……在任何比较困难和抽象的问题面前无

---

① 《古典文学研究在现代中国》，《钱锺书集·人生边上的边上》，第 180 页。
② 程千帆、沈祖棻：《古典诗歌论丛·后记》，第 263—264 页。
③ 转引自卞东波《宋代诗话与诗学文献研究·后记》，第 440 页。

所作为，无限怀疑用合乎理性的方法研究诗歌的可能性，从而完全不去思考方法论的基本问题似乎已经成为至少是老派学者的特点。①

前者是"文献考据"，后者是"印象主义"和"主观主义"。这与上文所提到的今日中国古代文学研究的"传统"（以现代学术的成型来计算，也有百年历史）是非常类似的。而造成这两种现象持久不衰的原因，就是对理论的敌视或轻视。

程千帆很重视文学理论。二十世纪四十年代初，他在任教武汉大学和金陵大学的时候，讲授古代文论，就编为《文学发凡》二卷，具有以中国文论资料建立文学理论系统的雄心。钱锺书同样非常重视文学理论，不仅在他的著作中广泛征引西洋文学理论著作，而且还直接翻译过欧美古典和现代理论家的论著，较为容易统计到的就多达35家。他还针对中国古代文学批评写过一些专题论文，尽管数量有限。这里，我想对一种流行意见提出不同看法。学术界多有人认为，没有建立自己的理论体系，是钱锺书学术中的一大缺憾。余英时解释为"他不肯谈什么大问题"②，又说"他基本上就不是讲求系统性的人"③。我在读钱氏论著的时候，常常想到清代的纪昀，也几乎没有什么著作。他曾向一位嘉庆四年（1799）从朝鲜来中国的使臣徐滢修说过这样一番"私房话"："少年意气自豪，颇欲与古人争上下。后奉命典校四库，阅古今文集数千家，然后知天地之不敢轻易言，文亦遂不敢轻言编刊。至于随笔杂著，姑借以纾意而已，盖不足言

---

① 《近年来欧洲文学研究中对于实证主义的反抗》，《批评的概念》，第253页。
② 陈致：《余英时访谈录》，第39页。
③ 傅杰：《余英时谈钱锺书》，收入《情怀中国·余英时自选集》，第158页。

著作矣。"①钱锺书读书的范围更是大大超越了纪昀,所知愈多则愈"不敢轻易言",尤其是想做到"惟陈言之务去",更是"戛戛乎其难哉"(借用韩愈《答李翊书》语)。其次,见惯了各种体系的从兴起、辉煌到崩坏,"眼看他起朱楼,眼看他宴宾客,眼看他楼塌了"(借用孔尚任《桃花扇》句),钱锺书说:

> 不妨回顾一下思想史罢。许多严密周全的思想和哲学系统经不起时间的推排销蚀,在整体上都垮塌了,但是它们的一些个别见解还为后世所采取而未失去时效……往往整个理论系统剩下来的有价值东西只是一些片段思想。脱离了系统而遗留的片段思想和萌发而未构成系统的片段思想,两者同样是零碎的。眼里只有长篇大论,瞧不起片言只语,甚至陶醉于数量,重视废话一吨,轻视微言一克,那是浅薄庸俗的看法——假使不是懒惰粗浮的借口。②

这完全是夫子自道。事实上,没有系统性的眼光,没有古今中外的通识,根本就不可能在无数具体问题(其中也含有不少大问题)上发表卓越的见解。理论的重要性不在乎体系,理论的表现形态也不限定于皇皇巨制,这在二十一世纪的今天,已经得到更多有识之士的认同。孔帕尼翁说:"理论不提供固定配方……恰恰相反,其目的就是要质疑一切配方,通过反思弃如敝屣……理论是嘲弄派。"③钱锺书太超越时代了,收获误解就是天才的宿命。

---

① 〔朝〕徐滢修:《纪晓岚传》,《明皋全集》卷十四,《韩国文集丛刊》第 261 册,韩国景仁文化社 2001 年版,第 302 页。
② 《读〈拉奥孔〉》,《七缀集》,第 29—30 页。
③ 《理论的幽灵:文学与常识》,第 17 页。

第二,在文学范围内从事中国古典文学的批评,使民族文学的特性通过比较而具备文学的共性。同时,揭示了共性也依然保持而不是泯灭了各自的特性。在这一方面,钱锺书表现得更为突出,而从异域文化眼光的观察中,也容易更敏锐地发现他的这一学术特征。德国学者莫芝宜佳就指出:"《管锥编》第一次把中国文学作为文学来考察。"①"把古老的文学传统重新发掘出来并在考察西方源流的基础上对其作出新的阐释,这是钱锺书的贡献。"②堪称卓见。这不只是一般比较文学中所说的"影响研究"或"平行研究",而是要把中国文学放在"文学"的框架中来研究。有些古代文学研究者,在面对西方文学和文学理论的时候,总是强调中国文学的特殊性和差异性。所以,一方面只能在古代文学甚至不能在中国文学的范围里讨论;另一方面,对于西方的文学理论采取排斥的态度,给出的理由无非诸如巴赫金或哈罗德·布鲁姆不懂中国文学,所以,无论是"对话主义"还是"影响的焦虑",这些理论对研究中国古代文学的人似乎就毫无意义。反之,对于套用某些西方理论来研治中国古代文学的"汉学家",他们又投之以过剩的热情且奉之为学术圭臬。西方汉学家对中国文学往往有一些特殊的趣味,比如在钱锺书的观察中,"一般学者们对《金瓶梅》似乎比《红楼梦》更有兴趣……表达了美国以及整个西方的社会风尚",并以一位美国女讲师和一位意大利青年女教师为例③。2017 年在美国哈佛大学周边的一家书店里,我买了一册英国著名汉学家吴芳思(Frances Wood)最新的书——《中国伟大的书》④,书名大概是套用了

---

① 《〈管锥编〉与杜甫新解》,第 85 页。
② 同上书,第 138 页。
③ 同上书,第 185 页。
④ Frances Wood, *Great Books of China: From Ancient Times to the Present*, New York: Blue Bridge, 2017.

大卫·丹比(David Denby)《伟大的书》①,后者列举了从荷马、卢梭到伍尔夫的作品。反观吴芳思,在她列出的66种书目中,不仅有《金瓶梅》(*Plum in a Golden Vase*),而且有《肉蒲团》(*The Carnal Prayer Mat*),这些也许跟韩南(Patric Hanan)的研究和英译有关,但我们还是很难设想在代表西方文明伟大著作的目录中,会出现拉萨尔(Antoine de La Sale)的《一百则新故事》(*Les Cent Nouvelles Nouvelles*)或者韦威尔(Béroalde de Verville)的《诀窍》(*Le Moyen de Parvenir*)等情色文学的代表作吧。我之所以不避烦琐地说这些,是想要表明一种态度,用西方理论来硬套中国文学研究固然不适宜,但借口中国文学的特殊性而回避文学的一般共性,躲避甚至排斥与西方文学和理论的对话,充其量只能将"汉学家"的客厅当作学问的殿堂,就其本质而言,是学术上的怯懦立场和懒汉思维。

1945年钱锺书用英语做了一个题为《谈中国诗》的演讲,在结束部分说:"中国诗并没有特特别别'中国'的地方。中国诗只是诗,它该是诗,比它是'中国的'更重要。"②他还"幽"其一"默"地假装凶狠的语气说:"有种鬈毛凹鼻子的哈巴狗儿,你们叫它'北京狗'(Pekinese),我们叫它'西洋狗',《红楼梦》里的'西洋花点子哈巴狗儿'。这只在西洋就充中国而在中国又算西洋的小畜生,该磨快牙齿,咬那些谈中西本位文化的人。"③一般人谈中西文化,因为从外表上看差异大,于是就大谈其差异,钱锺书偏偏能看到其中的"同"。1942年写的《谈艺录·序》中,他就概括为"东海西海,心理攸同;南学北学,道术未裂"④,皆为"自其

---

① 《伟大的书》(*Great Books*),曹雅学译,江苏人民出版社2003年版。
② 《谈中国诗》,《钱锺书集·人生边上的边上》,第167页。
③ 同上。
④ 《谈艺录》,第1页。

同者视之"。直到四十年后的《管锥编》,开篇"论易之三名",便慨叹"黑格尔尝鄙薄吾国语文,以为不宜思辩……遂使东西海之名理同者如南北海之马牛风,则不得不为承学之士惜之"①。然而另一方面,揭示其"同",恰恰是为了凸显其"异",而不是掩盖差别。莫芝宜佳将钱锺书的这一手法概括为"逐点接触法",包含了三个步骤,即拆解、关联和回顾②。其效果是:"单个例证的独特魅力因此没有丢失。"③"中国与西方母题相互间有了关联,但又保持着彼此间的差别。这样就避免了整体的等量齐观或整体的对照比较——把一个母题简单地归属为'典型的'中国文化或西方文化。"④而归根结底,"《管锥编》中把西方文学作为批评之镜,为的是使中国能从'镜'中看清自己"⑤。因此,不同民族、不同语言、不同文化的"诗"在文学的框架中发现了"同",又在各自的文学中保持了"异"。

作品层面以外,还有理论层面。1937年钱锺书写了《中国固有的文学批评的一个特点》,里面就谈到,"中国所固有的东西,不必就是中国所特有的或独有的东西";中西文学理论有差异,但"两种不同的理论,可以根据着同一原则……虽不相同,可以相当";最后归结到"这个特点在现象上虽是中国特有,而在应用上能具普遍性和世界性;我们的看法未始不可推广到西洋文艺"⑥。通过中西文学理论的比较,拈出异同,彰显特色。这是从中国出发看西洋,又从西洋回首望中国。二十多年后,钱锺书写了《通感》,这是把西洋文学批评的术语移植到中国,用来概括一种未经人道的文艺现象,这个词后来也因此被收入《汉语大

---

① 《钱锺书集·管锥编》一,生活·读书·新知三联书店2007年版,第3—4页。
② 《〈管锥编〉与杜甫新解》,第25—30页。
③ 同上书,第115页。
④ 同上书,第120页。
⑤ 同上书,第30页。
⑥ 《钱锺书集·人生边上的边上》,第117—119页。

词典》。这项成功的实践表明,中西之间在理论层面上的沟通比较是可行的,刘若愚(James J. Liu)说:"文学理论的比较研究可以引致对所有文学的更好理解。"①钱锺书的探索为我们建立了一个成功的范例。我们追求成功的探索,但也要宽容探索中的不尽完善。人们往往敏锐于钱锺书的尖刻,却不怎么在意他的宽厚。比如他在谈到美国学者运用西方文学理论研究中国古典文学时说:"这种努力不论成功或失败,都值得注意;它表示中国文学研究已不复是闭关自守的'汉学',而是和美国对世界文学的普遍研究通了气,发生了联系,中国文学作品也不仅是专家的研究对象,而逐渐可以和荷马、但丁、莎士比亚、歌德、巴尔扎克、托尔斯泰等作品成为一般人的文化修养了。"②此处大段文字与其说是在描绘现状,不如说是在展望未来。他希望中国文学作品能够走向世界,成为人类的精神财富和文化修养,抒发的是一个中国书生的梦想。我们需要走出的第一步,就是改变中国古典文学研究的偏于一隅的状况,这也需要研究者改变自我封闭的心态。

六、余论

文学家当然有其社会、政治、宗教等各方面的诉求,但这一切都要通过文学诉求来实现。所以,文学批评也只能以对其文学诉求的回应为出发点,否则,既证不了史,也谈不了艺。谁能以"白发三千丈"和"飞流直下三千尺"的对比来证明李白的愁发比庐山的瀑布长十倍呢?在今日古代文学研究再出发时,我们最应接续的是以钱锺书、程千帆为代表的学术传统,这不仅因为他们都针对实证主义和印象式批评予以

---

① James J. Liu, *Chinese Theories of Literature*, Chicago & London: The University of Chicago Press, 1975, p. 2.
② 《美国学者对于中国文学的研究简况》,《钱锺书集·人生边上的边上》,第184页。

纠偏，坚持面对文学说属于文学的话，而且他们的珍贵的学术遗产，也已经为我们在探索之路上的继续前行树立了典范。

"文学批评"是本文的一个关键词。约三十年前，我在南京见到第一次来中国开会的韩国学者车柱环，他对我说："我认为中国文学批评是一门高次元的学问。"作为"高次元"学问，是必然应拥有并超越文献学的。钱锺书说："批评史的研究，归根到底，还是为了批评。"①然而今天的中国文学批评史研究，大部分工作集中到了文献的收集、整理，从诗话、词话、文话、赋话的"全编"到攒集各种评点本的"汇评"，不一而足。文学批评史的研究渐渐沦为文学批评文献的汇编，并且成为各种名义不一的"标志性"项目。而在今日古代文学的实际批评中，占较大比重的也还是文献的和历史的研究。究其原因，是文学批评在中国没有建立起自身的尊严和地位。

在西方，文学批评崇高地位的建立时间也不很长。1957年诺思罗普·弗莱出版了《批评的剖析》一书，他把批评定义为"是整个与文学有关的学问和艺术趣味"②，首次严厉批驳了"把批评家视为（文学的）寄生虫或不成功的艺术家的观念"，强调批评家应该"成为知识的开拓者和文化传统的铸造者"，并且抨击了诗人身份的批评家："诗人作为批评家所说的话并不是批评，而只是可供批评家审阅的文献。"③他试图建立起文学批评的系统，尽管他认为文学批评的原则只能从文学中归纳而来，"不能从神学、哲学、政治学、科学或任何这些学科的合成中现成地照搬过来"④，但是批评家若不关心批评理论，那就只能"在史实上求助于历史学家的概念框架，而在观点上求助于哲学家的概念框

---

① 《中国诗与中国画》，《七缀集》，第1页。
② 《批评的剖析》"论辩式的前言"，第1页。
③ 同上书，第2—4页。
④ 同上书，第7页。

架";"由于缺乏成系统的批评而产生了一种动力真空,使所有相邻的学科都涌了出来"。弗莱提出的解决方案就是"批评家们各不相同的兴趣都可以同一个系统理解的中心的扩展模式相联系"①,把批评"设想成一种连贯的、系统的研究"②。从此以后,文学批评是一门知识体系的观念深入人心,它本身就可以作为一门学问而具备充分的存在价值。

而在中国,"文学批评史"总是处在一个尴尬的地位,在不同的大学里面,它或者附在古代文学或者附在文艺学专业,在国务院学位委员会公布的学科目录中,它甚至一度被取消。在这样的背景下,人们讲起文学批评,联想到的或是主观任意的文学鉴赏,往往流于"公说公有理,婆说婆有理"的相对主义;或是夸多逞博的文献考证,难免成为"痴人面前说不得梦"的冬烘学究。说到底,还是传统学术中"汉学"与"宋学"、"学"与"思"之争在现代的变形延续。陈寅恪在二十世纪三十年代批评当时的中国史学界:"旧人有学无术,新人有术无学。"③钱锺书在八十年代的演讲中也借用"康德所说理性概念没有感觉是空虚的,而感觉经验没有理性概念是盲目的",评论当代的文学研究:"'掌握资料'的博学者,往往不熟悉马克思主义的方法;而'进行分析'的文艺理论家往往对资料不够熟悉。"④到了九十年代之后,"思想家淡出,学问家凸显",为了证明自己有"学问",古代文学研究者纷纷向历史靠拢,向文献靠拢,向考证靠拢。造成的后果之一,就是"治文学者十之八九不能品味原作"⑤,还以"软学问"反唇相讥。北京大学历史系一位英

---

① 《批评的剖析》"论辩式的前言",第15页。
② 同上书,第17—18页。
③ 卞僧慧:《陈寅恪先生欧阳修课笔记初稿》,《中国学术》第28辑,第2页。
④ 《粉碎"四人帮"以后中国的文学情况》,《钱锺书集·人生边上的边上》,第194页。
⑤ 钱锺书给钱瑗的信,转引自《听杨绛谈往事》,第318页。按:这封信虽然写在将近四十年之前,但从学术现状看,至今恐怕也没有什么改善。

年早逝的青年史学工作者在中文系授课时有句"名言":"中文系学生没有学问,文献专业还说得过去。"引致中文系一位文献学专业的教授情不自禁地为之写出了"中文无学问,文献略峥嵘"的悼念之句①。文学研究,无论是就理论批评还是实际批评,其难以自振也是情理中的事了。

然而文学批评的确是一门学问,是一门独特的知识体系。用韦勒克的话来说,文学批评的对象是作品,其精神状态是"凝神细察进行分析、做出解释,最后得出评价,所根据的标准是我们所能达到的最广博的知识,最仔细的观察,最敏锐的感受力,最公正的判断"②。其中当然少不了知识和学问,但他坚持文学研究的自主性,尤其强调文学理论、文学批评和文学史三者的互相包容与合作,明确指出:"主张文学史家不必懂文学批评和文学理论的论点,是完全错误的。"那些否认批评和理论重要性的学者,"他们本身却是不自觉的批评家,并且往往是引证式的批评家,只接受传统的标准和评价"③。抛弃了实证主义,超越了文献考证,文学批评有其自身的知识系统,也需要不断更新自身的知识储蓄。让我们再听听韦勒克的忠告吧:"我们并不是不再那样需要学问和知识,而是需要更多的学问、更明智的学问,这种学问集中研究作为一种艺术和作为我们文明的一种表现的文学的探讨中出现的主要问题。"④这让我想起了另外两位中外先哲的遗训,一位是中国的孟子,他说:"人病舍其田而芸人之田。"⑤放弃自家田地不种,偏偏去耕耘他人

---

① 邓小南等编:《大节落落 高文炳炳——刘浦江教授纪念文集》,中华书局2016年版,第233页。
② 《文学理论、文学批评和文学史》,《批评的概念》,第15页。
③ 〔美〕韦勒克、沃伦:《文学理论》(Theory of Literature),刘象愚等译,江苏教育出版社2005年版,第38—39页。
④ 《近年来欧洲文学研究中对于实证主义的反抗》,《批评的概念》,第267页。
⑤ 《孟子·尽心下》,《四书章句集注》,第373页。

之田，在孟夫子看来已经成为某些人的"病"。另一位是法国的伏尔泰（Voltaire），他笔下的"老实人"在历经人间生死荣辱之后，终于在最后幡然醒悟道："我们还不如去耕种自己的园地。"①

二〇一八年七月二十八日稿于朗诗寓所
二〇一九年三月二十日修改

（原载《文艺研究》2020 年第 1 期）

---

① 《老实人》(*Candide ou l'optimisme*)的结尾句。傅雷译作"可是种咱们自己的园地要紧"。徐向英译作"那么让我们耕耘我们的园子吧"。但符合本文需要的最贴切的表述，出自周作人《自己的园地》中的译法，故据之。(《周作人文选·散文》，群众出版社 1999 年版，第 160 页)

中国文学批评的抒情性传统

本题目来自2004年11月下旬我在台湾大学中文系主办的"中国文学的抒情传统研习营"所做的演讲，当时行程匆匆，仅做口头述说。兹撰而为文，借用《文心雕龙》的话来说，可谓"因谈余气，流成文体"①，所以在语言上多少保留了一些口述的风格。

关于中国文学的抒情传统，经由陈世骧、高友工等先生的阐述②，如今已广为人知。但与中国文学密切相关的中国文学批评，同样具有很强的抒情性，并且同样形成了一个传统，这个命题却未见有人提出并阐述③。这是一个中国文学批评史上的大问题，关系到中国文学批评的性格、特征等，展开论述，也会涉及许多涵盖中国文化史上的重大问题。因此，本文只能大题小作、长话短说。

---

① ［南朝梁］刘勰：《文心雕龙·时序》，王利器：《文心雕龙校证》，上海古籍出版社1980年版，第273页。

② 参见陈世骧《中国的抒情传统》，收入《陈世骧文存》，台湾志文出版社1972年版；高友工《中国抒情美学》，收入乐黛云、陈珏编选《北美中国古典文学研究名家十年文选》，江苏人民出版社1996年版。又高氏在《文学研究的美学问题：美感经验的定义与结构》（台湾《中外文学》第7卷第12期，1979年5月）一文中，对中国文学的抒情传统已经有所论述。此后，有不少专著对这一问题加以阐发，特出者如张淑香《抒情传统的省思与探索》，台湾大安出版社1992年版；萧驰《抒情传统与中国思想》，上海古籍出版社2003年版。

③ 我在台湾大学演讲时，由美国耶鲁大学的孙康宜教授主持，她说听到我讲的题目，"从某种意义上说是找到了知音"，因为她在耶鲁大学开一门课，名称就是"Lyrical Criticism"（抒情的批评）。可惜没有见到她在这方面的论述，不知与我所讲有何异同。

一、"诗言志"

文学是什么？在中国传统文学观念中，最能代表文学的样式就是诗。厄尔·迈纳（Earl Miner）在《比较诗学：比较文学理论和方法论上的几个课题》一文中指出："对'文学'的概念下定义究竟是以抒情诗为出发点，还是以戏剧为出发点（如西方），这似乎是构成各种文学批评体系的差异的根本原因。"①我很赞同他的看法，中国古代文学批评的体系就是以抒情诗为出发点而建立起来的。因此，"文学是什么"这样一个问题，在中国传统文学批评中就可直接以"诗是什么"而提出。

宋人曾提出写诗要"言用勿言体"②，而在对某种现象、某一事物做概括、下定义时，中国人似乎也倾向于使用这一方式，不言其本体，而言其作用。对诗的解释就是这样。《尚书·尧典》云：

诗言志，歌永言，声依永，律和声。③

"诗言志"没有说诗是什么，而是从诗有何用的角度来回答——诗是用来表达志意的。孔子说诗可以"兴观群怨"④，也是从诗之用方面展开的。另外一种是训诂学上的解释，许慎《说文解字》三上"言部"释"诗"曰：

诗，志也。志发于言，从言，寺声。⑤

---

① 鲁效阳译，《中国比较文学》创刊号，浙江文艺出版社1984年版，第257页。
② ［宋］魏庆之:《诗人玉屑》卷十"体用"条，上海古籍出版社1978年版。
③ ［清］孙星衍:《尚书今古文注疏》卷一，中华书局1986年版，第70页。
④ 《论语·阳货》，《四书章句集注》，第178页。
⑤ ［清］段玉裁:《说文解字注》，上海古籍出版社1981年版，第90页。按："志发于言"四字通行本中无，杨树达《释诗》据《韵会》引《说文》补，收入《积微居小学金石论丛》，中华书局1983年版。

从字源学(etymology)的意义上考察某一概念的形成和演变,在中国古代,就是用训诂字义的方式先寻找出某一字的原形、原音,由其音、形以求其义,进而寻求原字与孳乳字之间的关系。但无论是从诗之用的角度,还是从训诂学的角度,都把"诗"和"志"字联系到一起。近现代有不少学者,都主张"诗"和"志"原本于同一字根"屮",其意义一方面是"之",一方面是"止"①。志和诗二字,一从心,一从言,在古文字中,"心"和"言"正属于偏旁互易之例,所以很可能原本是一个字。假如我们稍作发挥,有某种感受停留在你的心上,那是志,也就是藏在心中的诗。把心中的感受诉诸语言,那是诗,也就是表达出来的志。因此,从功能和作用的角度看,"诗"是"志"的载体或符号,由此而出现了"诗言志"的定义。许慎对于诗既"言志"又"从言"的说明,也反映了从春秋战国到汉代,人们已经普遍认识到,诗是由生发于内的情感意志和表现于外的语言文字的高度融合。而充分表达这一观念,并且在中国文学批评史上奠定了牢固基础的是《诗大序》:

> 诗者,志之所之也。在心为志,发言为诗。情动于中而形于言,言之不足故嗟叹之,嗟叹之不足故永歌之,永歌之不足,不知手之舞之、足之蹈之也。②

这里,"诗"既是"志"的停蓄("在心为志"),又是"志"的表现("发言为诗"),从而涵容了字根"屮"的"止""之"二意。从"志"到"诗",其基本动力和相伴相随者则为"情"("情动于中而形于言")。同时,诗还是

---

① 参见陈世骧《中国诗字之原始观念试论》,收入《陈世骧文存》;周策纵《"诗"字古义考》,程章灿译,《古典文献研究》(1991—1992),南京大学出版社1994年版。
② 《毛诗正义》卷一,《十三经注疏》上册,第269—270页。

和音乐、舞蹈同源的艺术形式。这段话,既展示了诗的观念的演变痕迹,又标志着中国早期诗歌概念的成熟,更重要的是,它奠定了中国文学批评抒情性传统的基础。从本体论意义上说,情是文学的本质之所在;从创作论的角度看,情是文学发生的动因;从作品论的方面看,情又是文学内容的基本构成。中国文学批评史上强调、重视"情"在文学中的功能的言论不绝于耳,举不胜举,兹乃以一例括之。边连宝《病余长语》卷六指出:"夫诗以性情为主,所谓老生常谈,正不可易者。"①可见此种观念一脉相承、源远流长。

在中国文学批评史上,"情"占有最为重要的地位。陆机《文赋》更为明确地说:"诗缘情而绮靡。"尽管"缘情"是在"言志"后提出,但也只是强调重心有所不同,两者并无本质差别,所以自陆机开始,文学批评中就频频出现了一个新词——"情志":

陆机《文赋》:"颐情志于典坟。"②

挚虞《文章流别论》:"夫诗虽以情志为本,而以成声为节。"③

范晔《狱中与诸甥侄书》:"常谓情志所托,故当以意为主,以文传意。"④

沈约《宋书·谢灵运传论》:"自兹以降,情志愈广。王褒、刘向、扬、班、崔、蔡之徒,异轨同奔,递相师祖。"⑤

刘勰《文心雕龙·附会》:"夫才童学文,宜正体制。必以情志

---

① 《边随园集》第五册,中华书局2007年版,第1574页。
② [唐]李善注:《文选》卷十七,日本中文出版社影印胡刻本1972年版,第225页。
③ [唐]欧阳询《艺文类聚》卷五十六引,上海古籍出版社1982年版,第1018页。
④ [南朝梁]沈约:《宋书》卷六十九《范晔传》,中华书局1974年版,第1830页。
⑤ 《宋书》卷六十七,第1778页。

为神明,事义为骨髓,辞采为肌肤,宫商为声气。"①

萧绎《金楼子·立言》:"文集盛于两汉……其美者足以叙情志,敦风俗。"②

在这里,"情志"涉及文学艺术的本体、特质、内容、功能等各方面③。此词作并列结构解,则"情"即"志","志"即"情";作偏正结构解,则"志"须以"情"纬之。本来,"志""情"二字都是从"心"的,因此,同样是"好恶喜怒哀乐",《左传》中称作"六志",而《礼记》中就称为"六情",孔颖达疏云:"在己为情,情动为志,情志一也,所从言之异耳。"④现代学者分辨"情"和"志"的差别,往往将两者视为水火冰炭,言之不休。在古人看来,转觉多事。

钟嵘《诗品》是第一部古典诗歌评论的专著,他把"情"在诗歌(也就是文学)中的重要性做了进一步的强调:

气之动物,物之感人,故摇荡性情,形诸舞咏。欲以照烛三才,晖丽万有。灵祇待之以致飨,幽微借之以昭告。动天地,感鬼神,莫近于诗。⑤

在这里,钟嵘指出,诗的本质是人的本质的外化,即"摇荡性情,形诸舞咏"。摇荡是一种不平静的状态,"物不得其平则鸣";摇荡甚至是一种不由自主、不能自持的状态,是无可奈何之境、万不得已之情。但性情

---

① 《文心雕龙校证》,第 262 页。
② 许逸民:《金楼子校笺》,中华书局 2011 年版,第 852 页。
③ 吴林伯《〈文心雕龙〉字义疏证》"情志"条对此有详赡之说明(武汉大学出版社 1994 年版),可参看。
④ 《春秋左传正义》卷五十一,《十三经注疏》上册,第 2108 页。
⑤ 曹旭:《诗品集注》,第 1 页。

之摇荡又本于天地自然的生命本质——"气",因此,诗是个体生命对自然生命的一种感发和体察。自然之气触发人的生命之气,生命之气又表现为作品之气。从这个意义上说,诗是人的生命力的流露,诗的本质亦即生命的本质。所以,诗才能够"晖丽"万事万物,不仅可借之以沟通人与自然的生命,而且可以沟通与超自然的生命——"灵祇待之以致飨,幽微借之以昭告"。从这个意义上说,文学的抒情性本质来自人的生命本质,来自人与世间万有的亲和,即"天人合一"。刘熙载《艺概·诗概》指出:

《诗纬·含神雾》曰:"诗者,天地之心。"文中子曰:"诗者,民之性情也。"此可见诗为天人之合。①

既是"天地之心",又是"民(人)之性情",这就是中国传统文学批评中对"什么是文学(诗)"的一个回答。

今试再进一问:中国文学的体裁甚多,除诗以外,其他文体是否也同样以情为主?晚明清懒居士《吴骚合编序》有云:

夫世间一切色相,俦有能离情者乎……缅缅一腔,难以自已,遂畅之为诗歌、为骚赋……窍发于灵,而响呈其籁,代不乏矣。汉以歌、唐以诗、宋以词,迨胜国而宣于曲,迄今盛焉。②

此语涉及中国文学中的若干代表性文体,可谓皆本于情。

---

① 《刘熙载文集》,江苏古籍出版社2000年版,第93页。
② [明]张楚叔、张旭初辑:《白雪斋选订乐府吴骚合编》,《续修四库全书》第1743册,上海古籍出版社2002年版,第566页。

文学除了情,当然还有文采、法则(包括格律)等因素,其间的关系又如何?用王夫之的话来回答,就是"情为至,文次之,法为下"①。这一价值次序代表了中国文学批评的基本理念。

二、"有情天地内,多感是诗人"

什么人是文学家?在中国文学批评传统中,这个问题同样可以做这样的追问——什么人是诗人?

诗人的基本素质为何?最早对此做出概括性说明的是王褒,其《四子讲德论》云:

> 传曰:诗人感而后思,思而后积,积而后满,满而后作。②

这也许可以视作汉人对这一问题的代表性看法。诗人首先是敏感的、善感的、多感的,能够感人所不能感,这是诗人成其为诗人的基本素质。有所感并不一定立刻发而为诗,有时会经过理性的反省和沉淀,这种感性和理性之间交融摩荡的过程就是"积",积而至满,则一旦写出,其内心所感便"若决江河,沛然莫之能御也"③。用清人厉志的话来说,就是"胸中本有诗,偶然感触,遂一涌而出,如此方有好诗"④。大诗人和小诗人之别,常常就取决于其所感之高度、幅度及深度之别,"志高则其

---

① 《诗广传》卷一,中华书局1964年版,第8页。
② 《文选》卷五十一,第707页。
③ 《孟子·尽心上》,《四书章句集注》,第353页。
④ 《白华山人诗说》卷二,郭绍虞编:《清诗话续编》下册,上海古籍出版社1983年版,第2285页。

言洁,志大则其辞弘,志远则其旨永"①。以钟嵘《诗品》为例,他评价阮籍的《咏怀》之作云:

> 可以陶性灵,发幽思。言在耳目之内,情寄八荒之表,洋洋乎会于《风》《雅》,使人忘其鄙近,自致远大。颇多感慨之词。②

阮籍作品的基调是悯时伤乱、孤独悲哀。但其"颇多感慨",绝非个人的"贫贱""幽居"之词,而是"仁人志士之发愤"③,故其视野极为开阔,境界极为高远,在在流露出一种伟大的孤独。就其所直接描写者而言,是近在"耳目之内",但其中所寄寓的感情的幅度,却又远届"八荒之表"。这样的诗人写出的这样的作品,自然可以净化、诗化人们的心灵(即"陶性灵"),并启发人们的进一步思考和理解(即"发幽思")。所以,其作品才能使读者"忘其鄙近,自致远大",随其诗境而进入一个高远开阔的世界之中。

善感者为诗人的看法,到了唐代,经一诗人顾非熊之口而有如此动人心魄的说明:

> 有情天地内,多感是诗人。④

天地之间芸芸众生,有何资格方能成为诗人?一个诗人为天下诗人给出了这样的答案——"多感是诗人"。其实,许多诗人有过类似的自白

---

① [清]叶燮:《原诗》外篇上,蒋寅:《原诗笺注》,上海古籍出版社 2014 年版,第 263 页。
② 《诗品集注》,第 123 页。
③ 旧题[清]陈沆撰:《诗比兴笺》卷二,《魏源全集》第 20 册,岳麓书社 2004 年版,第 465 页。
④ 《落第后赠同居友人》,《全唐诗》卷五百九,中华书局 1960 年版,第 5786 页。

或描写,以杜甫和李商隐为例,杜诗云:

  少壮几时奈老何? 向来哀乐何其多。①
  老来多涕泪,情在强诗篇。②

李诗云:

  深知身在情长在,怅望江头江水声。③
  此情可待成追忆? 只是当时已惘然。④

因为"多感"且"善感",杜甫能够在大唐天宝盛世,敏锐地感受到这"似乎很美妙,而实际上却不很美妙乃至很不美妙"的社会状况,写下了《饮中八仙歌》。然而这不是一种"众人皆醉我独醒"的遗世独立,而是"以一双醒眼看八个醉人","表现了他以错愕和怅惋的心情面对着这一群不失为优秀人物的非正常精神状态"⑤。同样因为"多感"且"善感",李商隐的五绝《乐游原》"夕阳无限好,只是近黄昏"之作,将身世之感与伤时之念打并为一,故纪昀评为"百感茫茫,一时交集"⑥,管世铭则评为"消息甚大,为绝句中所未有"⑦。在中国文学批评传统的审

---

  ① 《渼陂行》,《杜诗详注》卷三,第182页。
  ② 《哭韦大夫之晋》,《杜诗详注》卷二十二,第1994页。
  ③ 《暮秋独游曲江》,冯浩:《玉溪生诗集笺注》卷三,上海古籍出版社1979年版,第728页。
  ④ 《锦瑟》,《玉溪生诗集笺注》卷二,第493页。
  ⑤ 程千帆:《一个醒的和八个醉的——杜甫〈饮中八仙歌〉札记》,张伯伟编:《程千帆诗论选集》,第201—202页。
  ⑥ [清]朱鹤龄笺注,[清]沈厚塽辑评:《李义山诗集》卷上,中华书局(香港)1978年影印版,第11a页。
  ⑦ 《读雪山房唐诗序例》,《清诗话续编》第1561页。

视下,一切伟大的诗人、伟大的作品,都离不开"多感"和"善感"。

顾非熊能够说出这样的话,考察其诗题,可知是他落第后所作,这似乎也揭示了古人"穷而后工"的观念。"穷"何以能使诗"工"? 张煌言在《曹云霖中丞从龙诗集序》中曾有这样的分析:

> 甚矣哉,欢愉之词难工,而愁苦之言易好也。盖诗言志,欢愉则其情散越,散越则思致不能深入。愁苦则其情沉著,沉著则舒籁发声,动与天会。故曰诗以穷而益工,夫亦其境遇然也。①

从孔子的"诗可以怨",到司马迁列举人类的大著作皆出于"意有所郁结",到钟嵘所谓"离群托诗以怨",到韩愈的"欢愉之辞难工,而穷苦之言易好",到欧阳修说诗"穷者而后工",这个观念也成为了中国文学批评史上的一大传统②。

三、"恨人间、情是何物"

文学既以"情"为本质,文学家既以"多情"为素质,那么,文学中的情又有何特质? 借用元好问的词句,就是"恨人间、情是何物,直教生死相许"③。

对此,儒道两家皆有不少堂皇的正论。孔子说"《诗》三百,一言以蔽之,曰'思无邪'"④,这是强调情之"正"。庄子说"真者,精诚之至也……故强哭者虽悲不哀,强怒者虽严不威,强亲者虽笑不和。真悲无

---

① 《张苍水集》第一编,上海古籍出版社 1985 年版,第 3—4 页。
② 关于这一问题,钱锺书《诗可以怨》中有详述,收入《七缀集》,可参看。
③ 《摸鱼儿》,吴庠编:《遗山乐府编年小笺》,中华书局(香港)1982 年版,第 1 页。
④ 《论语·为政》,《四书章句集注》,第 53 页。

声而哀,真怒未发而威,真亲未笑而和"①,这是强调情之"真"。中国文学批评中对诗人之"志",也就是诗人之"心"、诗人之"情"的要求,总括起来就是两个字:曰真,曰正。而由真到正,其会通合一的途径有两条:一是诗人之心的内敛,使之净化、纯化,这时,诗人所言所咏的"志"就是"赤子之心",就是"童心";而"赤子之心"和"童心",必然是一颗"无邪"的心,"真"就是"正"。孟子说:"大人者,不失其赤子之心者也。"②袁枚说:"诗人者,不失其赤子之心者也。"③王国维说:"词人者,不失其赤子之心者也。"又说:"主观之诗人,不必多阅世。阅世愈浅,则性情愈真。"④正应该在这个意义上来理解。另一途径是诗人之心的外扩,使其个人之心涵容社会之心、大众之心、人类之心。"个性"与"社会性"的结合,就是"真"与"正"的融通。孔颖达对《毛诗序》中"是以一国之事,系一人之本"等句疏解道:

一人者,其作诗之人,其作诗者道己一人之心耳。要所言一人,心乃是一国之心……言天下之事,亦谓一人言之。诗人总天下之心、四方风俗以为己意,而咏歌王政。⑤

伟大诗人的精神总是贯通于天下国家的,他是以天下国家的悲欢凝注为自身的悲欢,再挟带着自身的生命力将它表达出来。"从表面看,是诗人感动了读者;但实际,则是诗人把无数读者所蕴蓄而无法自宣的悲欢哀乐还之于读者。我们可以说,伟大诗人的个性,用矛盾的词句说出

---

① 《庄子·渔父》,郭庆藩:《庄子集释》第四册,中华书局1961年版,第1032页。
② 《孟子·离娄下》,《四书章句集注》,第292页。
③ 《随园诗话》卷三,人民文学出版社1982年版,第74页。
④ 况周颐、王国维:《蕙风词话 人间词话》,人民文学出版社1960年版,第197—198页。
⑤ 《毛诗正义》卷一,《十三经注疏》上册,第272页。

来,是忘掉了自己的个性;所以伟大诗人的个性便是社会性。"①这是中国传统文学批评中最根本的思想之一,如果用一个更为人所熟知的概念来表述,就是宋人说的"文所以载道"②。凡是伟大的文学家,无一不是具有伟大人格与伟大心灵的。在他们艺术创作的根源处,激发其创作冲动的也往往是对人类命运难以抑制的关切、同情与责任,"直教生死相许"。因此,强调"文以载道",必然会强调作者的人格修养,也就是对作者之"志"、之"心"、之"情"的培养。中国思想传统中的成圣成贤,并非高不可攀,无非是具有孟子所说的"四心"(即"恻隐之心""羞恶之心""恭敬之心"和"是非之心"),又能将此"四心"推扩及人。由于这"四心"沉潜于作者的生命之中,并且内化为作者之心,而不是由"外铄"的异己之他物,所以,从这个意义上说,"文以载道"就是"文以载心"。刘勰强调文学的"原道""征圣""宗经",但全书乃结之以"文果载心,余心有寄"③。虽有创作与批评之异,其实是相通的。而这个"心",由于在个体生命的感动中涵摄、包孕了群体生命的感动,所以必然反映了人性的本质方面的内容,因而也必然是具有普遍性的。

强调文学的真善美,这也许是中外文学思想中的共同点。但如何达成文学中的真善美,强调"真"与"正"的结合,此为中国文学批评之特色。

然而文学作品中的"情",其最为动人的部分,常常不是上述可言可说之"情",而是无可言、无可说之"情",是人生的忧伤之情,无奈之情,怅惘之情。以下的句子就是如此:

---

① 徐复观:《传统文学思想中诗的个性与社会性问题》,《中国文学论集》,台湾学生书局 1982 年五版,第 86 页。
② [宋]周敦颐:《通书·文辞》,《周敦颐集》卷二,中华书局 1990 年版,第 34 页。
③ 《文心雕龙·序志》,《文心雕龙校证》,第 296 页。

>人生代代无穷已,江月年年只相似。①
>巧啭岂能无本意,良辰未必有佳期。②
>当时明月在,曾照彩云归。③
>世事一场大梦,人生几度秋凉。④
>日午画船桥下过,衣香人影太匆匆。⑤
>拼取一生肠断,消他几度回眸。⑥

这样的诗句,一旦在无端的怅惘中无端的想起时,都会在内心引起一种莫名的感动。受感动,是因为其情可感;曰莫名,则因为这样的"情",往往是无可言说或难以言说的。中国文学批评中,对这样的"情"有高度评价。徐铉说:

>人之所以灵者,情也;情之所以通者,言也。其或情之深、思之远,郁积乎中,不可以言尽者,则发为诗。⑦

由于其情之深、之远,其"郁积乎中"的时间之久、层次之丰,故其本身即"不可以言尽",发而为诗,自然不同凡响。若其诗情不只是"不可以言尽",甚至是诗人自身所不能喻、不能解者,则其诗更能惊心动魄。

---

① [唐]张若虚:《春江花月夜》,《全唐诗》卷一百十七,第1184页。
② [唐]李商隐:《流莺》,《玉溪生诗集笺注》卷三,第705页。
③ [宋]晏几道:《临江仙》,张草纫:《二晏词笺注》,上海古籍出版社2008年版,第282页。
④ [宋]苏轼:《西江月》,《东坡乐府》卷上,上海古籍出版社1979年版,第19页。
⑤ [清]王士禛:《冶春绝句》十二首之三,[清]惠栋、金荣:《渔洋精华录集注》卷三,齐鲁书社1992年版,第284页。
⑥ 王国维:《清平乐》,陈永正:《王国维诗词笺注》,上海古籍出版社2011年版,第508页。
⑦ 《萧庶子诗序》,李振中:《徐铉集校注》第三册,中华书局2018年版,第835页。

钱谦益说：

> 古之为诗者，必有独至之性，旁出之情，偏诣之学，轮囷偪塞，偃蹇排奡，人不能解而己不自喻者，然后其人始能为诗，而为之必工。①

费锡璜说：

> 千古绝调，必成于失意不可解之时。惟其失意不可解，而发言乃绝千古。②

袁枚说：

> 夫诗者由情生者也，有必不可解之情，而后有必不可朽之诗。③

试以一当代事例为解，友人邬国平教授曾有两句诗曰："你不能拒绝风，也无法挽留梦。"并在酒后将此佳句送给我，嘱我续成。其实，这两句诗所揭示的就是人生中的一个永恒的谜。"吹皱一池春水"的乍起的风，和"栩栩然胡蝶也"的庄生的梦，不知从何而来，也不知飘向何去。你固然无法拒绝，你又何尝能够把握？它仿佛吹进了你的生命，又

---

① 《冯定远诗序》，《牧斋初学集》卷三十二，上海古籍出版社1985年版，第939页。
② 《汉诗总说》，丁福保编：《清诗话》下册，第943页。按：此书乃费氏与沈用济合撰之《汉诗说》卷首总论，各单行本皆署费氏一人之名，实为费、沈合撰。参见张寅彭《新订清人诗学书目》（上海古籍出版社2003年版）、蒋寅《清诗话考》（中华书局2005年版）之相关条目。
③ 《答蕺园论诗书》，《小仓山房续文集》卷三十，《小仓山房诗文集》第四册，上海古籍出版社1988年版，第1802页。

好像翩然远逝。它是不可捉摸的，却又"剪不断，理还乱"。你只有用尽全部的生命力去做无穷尽的追随，"Gone with the Wind"，一直追随到生命的尽头。然而这人生之谜何以如此，国平"固不能自知也，而余顾能知之也耶"①？当然，更不可能为狗尾续貂之举了。而如果要在古代诗人中找一个例证的话，最有代表性的就是李商隐，其诗中反复出现的"无端"二字便是一个标志②。这也是其诗难解的原因之一。现实中有"云鬓无端怨别离"③，自然界有"秋蝶无端丽"④，面对历史是"今古无端入望中"⑤，回首平生是"锦瑟无端五十弦"⑥。这恰恰是李商隐对自己生命历程的茫然无解在诗中的表现，所以薛雪在《一瓢诗话》中评论《锦瑟》篇"全在起句'无端'二字，通体妙处，俱从此出……对锦瑟而生悲，叹无端而感切"⑦。因此，古代批评家认为诗生于情，但那种"幽忧隐痛、不能自明"⑧之情，是最为可贵的，因为这种"情"的本身即代表了"有诗"。

四、"观文者披文以入情"

从阅读、鉴赏和批评的角度看，中国文学批评的理论与实践也十分重视"情"的因素。

---

① 借用钱谦益《题杜苍略自评诗文》语，《牧斋有学集》卷四十九，上海古籍出版社1996年版，第1595页。
② 参见张伯伟、曹虹《李义山诗的心态》第九节"从'无端'二字看义山诗的心态"，载《唐代文学论丛》第六辑，陕西人民出版社1985年版。
③ 《别智玄法师》，《玉溪生诗集笺注》卷三，第711页。
④ 《属疾》，《玉溪生诗集笺注》卷二，第491页。
⑤ 《潭州》，《玉溪生诗集笺注》卷一，第182页。
⑥ 《锦瑟》，《玉溪生诗集笺注》卷二，第493页。
⑦ 《清诗话》下册，第684页。
⑧ [清]朱彝尊:《天愚山人诗序》，《曝书亭集》卷三十六，《景印文渊阁四库全书》第1318册，第68页。

文学批评的概念在中国的最早表述是"说诗",孟子最早提出了"说诗"的原则：

> 故说诗者,不以文害辞,不以辞害志。以意逆志,是为得之。①

赵岐注曰:"人情不远,以己之意逆诗人之志,是为得其实矣。"他人有心,而予能忖度;古人有诗,而可以意逆志。这何以成为可能？赵岐注中特别提出"人情不远"来做解释,这固然有得于孟子的人性论思想②,同时也揭示了中国文学的批评论对"情"的重视。因为人同此心,故能以意逆志。这不仅在文学上是如此,在不同的时代和文明之间也是如此。中国古代的圣贤就有这样的胸怀和见识,陆九渊曾这样说：

> 东海有圣人出焉,此心同也,此理同也。西海有圣人出焉,此心同也,此理同也。南海、北海有圣人出焉,此心同也,此理同也。千百世之上有圣人出焉,此心同也,此理同也。千百世之下有圣人出焉,此心同也,此理同也。③

陆氏的思想得自《孟子》的启示,从文学批评到文明对话,坚信人同此心,心同此理,其思想传统是一以贯之的。

《文心雕龙·知音》专论如何进行文学批评：

> 夫缀文者情动而辞发,观文者披文以入情。沿波讨源,虽幽必

---

① 《孟子·万章上》,《四书章句集注》,第306页。
② 参见张伯伟《中国古代文学批评方法研究》内篇第一章第一节"从儒家人性论看孟子'以意逆志'的提出",第3—19页。
③ [宋]杨简《象山先生行状》引,载《陆九渊集》卷三十三,第388页。

显。世远莫见其面,睹文辄见其心。①

因为"情"是文学创作的原动力,所以,文学批评的对象和目的也是"情"。而孟子"以意逆志"的观念,在这里就表述为"睹文辄见其心"。中国文学批评史上有关如何进行文学批评的论述不多,即便有,也未见其超出刘勰者。因此,"披文以入情"就可以看作中国文学批评论的核心。

中国文学批评的实践,现在能看到的最早的实例,应该是《左传》记载的襄公二十九年(前544)吴公子季札到鲁国观乐时所做的评论。杨伯峻说:"季札论诗论舞,既论其音乐,亦论其歌词与舞象。"②此说甚是。季札一口气使用了八个"美哉"、一个"广哉"、一个"至矣哉"来形容,完全是一种情见乎辞的赞叹——"美啊""大呀""好极啦"! 这也是中国文学批评史上抒情批评的第一个实例。

司马迁的《史记》,这部被鲁迅赞誉为"无韵之《离骚》"③的杰作,从中多处流露出司马迁读书(不限于读文学作品)时的姿态:

太史公读《春秋历谱谍》,至周厉王,未尝不废书而叹也。④

余读《孟子书》,至梁惠王问"何以利吾国",未尝不废书而叹也。⑤

余读功令,至于广厉学官之路,未尝不废书而叹也。⑥

---

① 《文心雕龙校证》,第289页。
② 《春秋左传注》第三册,第1161页。
③ 《汉文学史纲要》第十篇"司马相如和司马迁",《鲁迅全集》第九册,人民文学出版社1981年版,第420页。
④ 《史记·十二诸侯年表》,中华书局(香港)1969年版,第509页。
⑤ 《史记·孟子荀卿列传》,第2343页。
⑥ 《史记·儒林列传》,第3115页。

> 余读《离骚》《天问》《招魂》《哀郢》，悲其志。适长沙，观屈原所自沈渊，未尝不垂涕，想见其为人。①

穿过千年的历史隧道，我们从字里行间还能听到他一声声沉重的叹息，看到他一行行悲伤的眼泪，在不知不觉中，也要为之叹息、为之流泪了。这正是抒情批评的魅力。

《世说新语·任诞》载：

> 桓子野每闻清歌，辄唤"奈何！"谢公闻之曰："子野可谓一往有深情。"②

"奈何"是一感叹词，赞叹、哀伤皆可用之，因此，它可能更是一种综合体复杂感情的表达。"清歌"是歌之一种，梁元帝《纂要》曾列举"清歌、高歌、安歌、缓歌、长歌、浩歌、雅歌、酣歌、怨歌、劳歌"③等，都应该是一种不加乐器伴奏的徒歌④。因此，它是人的生命力的直接呈现，易于引起与其他生命的呼应和共鸣。曹丕《燕歌行》云："展诗清歌聊自宽，乐往哀来摧心肝。"⑤每闻清歌，哀乐并举袭上心头，欣赏者只能以一声"奈何"作评，看似不了了之，其实是"一往有深情"。因此，这无疑也是抒情的批评。

---

① 《史记·屈原贾生列传》，第 2503 页。
② 余嘉锡：《世说新语笺疏》，第 757 页。
③ 《初学记》卷十五引，中华书局 1962 年版，第 376 页。
④ "清歌"的另一解释是清妙歌声。《文选》卷三十谢灵运《拟魏太子邺中集·魏太子》云："急弦动飞听，清歌拂梁尘。"李周翰注云："清歌言清妙歌声，动于梁上尘也。"古人以悲音为美，而"清妙歌声"往往是悲音，故王粲云"曲度清且悲"（《公宴诗》），潘岳云"箫管清且悲"（《金谷集作诗》），陆机云"惠音清且悲"（《拟古诗》）。张万起编《世说新语词典》释"清歌"为"挽歌"（商务印书馆 1993 年版，第 251 页），似不确。
⑤ 黄节：《魏武帝魏文帝诗注》，商务印书馆（香港）1961 年版，第 50 页。

用现代人的眼光看来,上述三人都不够"专业"。其实,所谓的专业学习或专业评论,情况也是类似的。钟嵘《诗品》言及谢朓"与余论诗,感激顿挫过其文"①。"感激顿挫"是感情激动抑扬的表现,谢朓在论诗时表现的强烈程度,甚至超过了其诗歌写作。《诗品》本身的批评也具有强烈的感情色彩,他在评论古诗和赵壹时发出的"悲夫"之音,在评论曹植、谢灵运时发出的"嗟乎""宜哉"之叹,在评论李陵、陶渊明时所作的"其文亦何能至此""岂直为田家语耶"的反诘句式,在评论范云、丘迟时所作的"如流风回雪""似落花依草"的意象形容,何一而非抒情的批评?需要补充说明的是,这种抒情的批评并非就与理性的、逻辑的批评相对立,"披文而入情"在文学批评活动中占有重要和首要的地位,不可因此而误认为中国文学批评是无理性、非理性或反理性的。

王济说:"文生于情,情生于文。(一作'文于情生,情于文生')"②前者是文学的创作,后者是文学的阅读、欣赏和批评,由于"情"而沟通了创作和批评③。其实,在中国文学批评史上,一直有一个强烈的声音,即作为批评家的先决条件,首先应该是一个文学家,而且是优秀的文学家④。最著名的说法来自曹植,其《与杨德祖书》有云:

---

① 《诗品集注》,第 298 页。
② 《世说新语笺疏》,第 254 页。
③ 由文生情进而产生文学作品,这在文学史上很早就出现,《楚辞》即为代表。王逸《九辩序》云:"刘向、王褒之徒,咸悲其(指屈原)文,依而作词,故号为《楚词》。"(洪兴祖:《楚辞补注》卷八)陆云《九愍序》曰:"昔屈原放逐,而《离骚》之辞兴。自今及古,文雅之士,莫不以其情而玩其辞而表意焉。"(《陆云集》卷七)但直到王济总结出"情生于文"的概念后,后人才总结出一条创作原则。王昌龄《诗格》云:"凡作诗之人,皆自抄古今诗语精妙之处,名为随身卷子,以防苦思。作文兴若不来,即须看随身卷子,以发兴也。"(张伯伟:《全唐五代诗格汇考》,江苏古籍出版社 2002 年版,第 164 页)
④ 虽然总的来看,这种声音在中国传统文艺批评中显得较为强烈,但在西方文学批评传统中也并非绝无仅有。如十九世纪风行一时的"印象主义批评"(impressionistic criticism),就强调艺术家自己是唯一合格的批评家。参见 W. K. Wimsatt Jr. & Cleanth Brooks, *Literary Criticism: A Short History*, New York, 1969. pp. 475-498. 又如二十世纪二

> 盖有南威之容,乃可以论其淑媛;有龙泉之利,乃可以议其断割。①

这个说法,后来被卢照邻、孙过庭直到方东树所引述发挥。即便像苏轼说"吾虽不善书,晓书莫如我"②,那也是说自己"晓书"是真,谁会相信他说的"不善书"呢？这种作为批评家的条件的提出,不止是创作经验的积累,而且有创作能力在批评实践中的运用。张怀瓘《书议》云：

> 昔为评者数家,既无文词,则何以立说？何为取象其势、仿佛其形……夫翰墨及文章至妙者,皆有深意以见其志……非有独闻之听、独见之明,不可议无声之音、无形之相。③

《书议》涉及文学和书法的评论,缺乏艺术感受力,就不可能有"独闻之听"和"独见之明",缺乏艺术表现力,则将"何以立说"？更不可能"取象其势,仿佛其形"了。同理,既然作为文学家的基本素质是"多感",那么,作为批评家而大量使用抒情的批评,便完全是理所当然之事了。中国文学批评史上"意象批评"法的大量运用④,就是抒情批评的一项表现。

(接上页)十年代现代派诗歌的代表庞德(Ezra Pound)在其《几条禁令》("A Few Don'ts")中指出："不必理会那些自己从未写过一篇值得注意的作品的人的评论。试想在古希腊诗人、戏剧家的实际作品和希腊-罗马语法学家的理论之间的差异,后者是编造出来以解释其规则的。"(*20th Century Literary Criticism*, Edited by David Lodge. Longman, 1972. p.60)

① 《文选》卷四十二,第585页。
② 《次韵子由论书》,《苏轼诗集》卷五,中华书局1982年版,第210页。
③ 潘运告编著：《张怀瓘书论》,第17页。
④ 参见张伯伟《中国古代文学批评方法研究》内篇第三章"意象批评论"。

五、"别裁伪体亲风雅"

抒情性批评不仅表现在理论重心和命题上,也不仅表现在批评实践中,而且还表现为独特的批评文体。

如上所述,在中国文学批评传统中,作为批评家的先决条件就是首先做一个文学家。因此,批评著作也常常以美文呈现,甚至可以作为文学作品来阅读。《文赋》就是作为文学作品而被收入《文选》,《文心雕龙》全以骈文形式写成,《诗品序》也同样是一篇清丽文字。刘勰和钟嵘除了两部批评著作外,没有其他任何文学创作存世,但清人孙梅在《四六丛话》中将二人均列为"作家"。所谓"作家",不只是一个写作者,而是在写作上卓有成就者的称号。这也反映了他们的文章在后人心目中的位置。

抒情性批评在文体上最典型的表现,就是论诗诗①。与这一形式同类的还有论赋赋、论词词、论曲曲,但最为普遍的还是论诗诗。用诗歌形式来进行文学批评,在西方文学批评传统中并非不存在,美国学者 R. 韦勒克在《文学理论、文学批评和文学史》一文中就指出:

> 文学批评早就使用了最不相同的艺术形式来表达,如贺拉斯(Horace)、维德(Vida)和蒲伯(Pope)用诗歌,又如弗里德里希·施莱格尔(Friedrich Schlegel)用言简意赅的格言,或者是抽象的、平淡的甚至是糟糕的论文形式。②

---

① 关于论诗诗的详细情况,参见张伯伟《中国古代文学批评方法研究》外篇第四章"论诗诗论"。

② *Concepts of Criticism*, Yale University Press, 1963. p. 4.

韦氏虽然举到了这些文献,但一是以诗歌作为文学批评的文献在西方相当有限,二是韦氏对此根本就取一种不屑的态度。他坚持认为批评家不是艺术家,批评不是艺术,批评是一种理性的认识。他的观点所代表的正是西方文学批评的传统,与中国文学批评的抒情性传统正形成对照。

论诗诗诸体中,虽然古体、近体皆有,但最为风行的是七言绝句体,这是由杜甫所开创的。论诗诗既是文学批评,又是批评文学。因此,最著名的论诗诗是由最优秀的诗人,同时也是最卓越的批评家写出的。它们不仅见解超拔,而且本身也是富有魅力的作品。钱大昕指出:

> 元遗山论诗绝句,效少陵"庾信文章老更成"诸篇而作也。王贻上仿其体,一时争效之。厥后宋牧仲、朱锡鬯之论画,厉太鸿之论词、论印,递相祖述,而七绝中又别启一户牖矣。①

从文学作品的角度看,论诗绝句是在"七绝中别启一户牖",历代论诗绝句的数量,至少在万首以上,但真正脍炙人口、影响深远的,允推杜甫、元好问、王士禛三人之作。因为这些作品既是好诗,又富识力。

兹以杜甫《戏为六绝句》为例略作分析,从抒情批评的角度看,这一组诗在写作上的特色,就是以对比的手法强烈地表达出自己的褒贬抑扬之情,这尤其表现在每首诗的后两句:

> 今人嗤点流传赋,不觉前贤畏后生。
> 尔曹身与名俱灭,不废江河万古流。
> 龙文虎脊皆君驭,历块过都见尔曹。

---

① 《十驾斋养新录》卷十六,《钱大昕全集》第7册,第449页。

>或看翡翠兰苕上，未掣鲸鱼碧海中。
>窃攀屈宋宜方驾，恐与齐梁作后尘。
>别裁伪体亲风雅，转益多师是汝师。①

因为是以诗体来论诗，"代词之所指难求，诗句之分读易淆，遂致笺释纷纭，莫衷一是"②。然而把握住其写作上对比手法的特色，也有助于对其诗意的理解。以第三首为例，"君"和"尔曹"何所指？"龙文虎脊"和"历块过都"何所喻？前人注解，可谓歧义纷出。根据杜诗对比手法之通例，我的理解如下："'君'字泛指，下'尔曹'乃专指后生。"③"谓文章之妙如'龙文虎脊'之马，皆可充君之驭。"④"尔曹自负不浅，然过都历块，乃可见耳。所以极形容前辈之未易贬也。"⑤"历块过都"语出王褒《圣主得贤臣颂》："过都越国，蹶如历块。"吕延济注："越，过；蹶，疾也。言过都国疾如行历一小块之间。"⑥此为其本意。但杜甫《瘦马行》中"当时历块误一蹶"之句，已将此典活用，改变其原意，以"跌"解"蹶"⑦。所以这两句诗的意思是：一个人若有开放的心胸，则历代优秀之作好似骅骝名马，可任君驾驭；但尔等后生辈设若蔑视前贤，自高自大，则恰似想要穿越都国，却为土块绊倒，恐怕会摔得鼻青眼肿，丢人现眼。杜甫的论诗诗就是这样采用对比手法作文学批评，所以表露出浓烈的感情色彩。

中国古代文学批评的表达形式，除勒为专书者外，有多种文体，如

---

① ［清］仇兆鳌：《杜诗详注》卷十一，第898—901页。
② 郭绍虞：《杜甫戏为六绝句集解》序，人民文学出版社1978年版，第3页。
③ ［清］杨伦：《杜诗镜铨》卷九，第398页。
④ 赵次公语，郭绍虞《杜甫戏为六绝句集解》引，第23页。
⑤ 刘辰翁语，同上书。
⑥ 《六臣注文选》卷四十七，第883页。
⑦ 《杜诗详注》卷六注云："公疏救房琯，至于一跌不起，故曰'历块误一蹶'。"（第493页）

诗、词、曲、赋、骈文、散文、小说等,都属于文学形式。以文学形式来论文,这是中国文学批评的一大特色,也是抒情性批评的突出表现。

六、余论

上文从理论批评(theoretical criticism)、实际批评(practical criticism)和批评文体(critical genre)三方面展开对中国文学批评抒情性传统的讨论,就文学批评研究的对象而言,前二者是一般通说①,后者是我要特别加以提出的。因为我坚信,批评文体不是一个可以忽略不计的问题,借用英国美学家克莱夫·贝尔(Clive Bell)的话说,它是"有意味的形式"②。在理论批评部分中,我着重就什么是文学、何人是文学家、情的特质何在等问题切入,希望给大家提供一个基本轮廓,以确认中国文学批评的抒情性传统的存在。

二十世纪初,随着西方学术的大量涌进,导致传统学术向现代学术的转型,文学研究也走上了另外的途径。研究小说,则注重情节、结构、人物形象、典型环境等;研究戏剧,则注重冲突、人物、布景、对白;甚至研究抒情诗,也会更加注重主题、题材、韵律、句式。从总体上看,越来越趋向于崇尚思辨,强调分解,轻视感性,忽略整体。这尚且属于文学的本体研究,至于远离文学作品,以政治学、社会学、历史学、文化学的研究冒充或者取代文学研究的现象,也比比皆是。现代人与古人,在阅

---

① 例如,刘若愚在《中国文学理论》(Chinese Theories of Literature)一书导论中,曾概括西方文学理论研究的成果,把文学研究和文学批评的研究列为一表,其中就将文学批评区分为"理论批评"和"实际批评"两类。(杜国清译,江苏教育出版社2006年版,第2页)

② 克莱夫·贝尔在《艺术》(Art)中指出:"艺术品中必定存在着某种特性:离开它,艺术品就不能作为艺术品而存在;有了它,任何作品至少不会一点价值也没有……那就是'有意味的形式'。"(周金环、马钟元译,滕守尧校,中国文联出版公司1984年版,第4页)

读背景、联想方式、思维习惯等方面都有较大的差异,传统批评的独抒结论省略过程的方式确有必要做现代转换,上述的研究绝非不重要或不必要。同时也毋庸讳言,抒情性批评的末流,有时会堕为煽情或滥情。但优秀的抒情性批评所传达出来的对作品风格的整体把握,则来自在对作品的实际体验中所获得的完整印象和感受,是想象力对理性的投射,它能够激发起读者自身的想象和美感,激发起读者对文学的热爱,并促使他们回到作品世界中再度予以印证或修正。可以说,文学研究若抛弃了感情的因素,则必然是隔膜的,因而也必然是不圆满的。现代批评延续至今,学者的研究态度有时如同法官判案,冰冷而严格,他们往往热衷于对文学做"科学的"研究,采用统计学、历史学、社会学、生物学甚至数学的方式,以求得文学研究的客观和确定。所幸的是,在从中央大学到南京大学的学术传统中,抒情性的文学批评一直保持和延续了下来,使我有机会亲炙这一传统。先师闲堂先生晚年在一次演讲中说:

> 胡小石先生晚年在南大教《唐人七绝诗论》,他为什么讲得那么好,就是用自己的心灵去感触唐人的心,心与心相通,是一种精神上的交流,而不是《通典》多少卷、《资治通鉴》多少卷这样冷冰冰的材料所可能记录的感受。我到现在还记得当时胡先生的那份心情、态度,就是在这样的情况下,我学到了以前学不到的东西。[①]

而闲堂师本人的研究,也自觉地秉承了这一传统:

[①] 《两点论——古代文学研究方法漫谈》,收入张伯伟编《桑榆忆往》,又见《程千帆全集》第十五卷,第179页。

> 由感动而理解,由理解而判断,是研究文学的一个完整的过程……就我个人的经验来说,我往往是在被那些作品和作品所构成的某种现象所感动的时候,才处心积虑地要将它弄个明白,结果就成了一篇文章。①

这是值得我们深长思之的。

在2002年8月举行的"中国比较文学学会第七届年会暨国际学术研讨会"上,国际比较文学学会主席川本皓嗣富有激情地指出:

> 文学及其研究在世界的一些地区可能正处于低潮。但是我确信文学会打起精神并最终恢复活力。不管这种活力将以何种形式出现,都将通过感动人,激发对他人的同情和共鸣,以及重振对语言的洞察力等途径实现。②

他所揭示的前景,从文学研究的角度看,正是抒情性批评的前景。这也正是我们今天谈论中国文学批评抒情性传统的意义之一所在。

二〇〇六年七月一日初稿于百一砚斋
七月十四日修改

(原载《文学评论》2009年第1期)

---

① 《答人问治诗》,《程千帆诗论选集》,第18页。
② 〔日〕川本皓嗣:《开胃抑或倒胃:东方视角下的文学理论》("Orectic or Anorectic: Literary Theory from an Eastern Perspective"),秋叶摘译,载汪介之、唐建清主编《跨文化语境中的比较文学》,译林出版社2004年版,第19页。

佛经科判与初唐文学理论

一、问题的提出

最早将佛经科判与一般文学相联系的是梁启超。他在《翻译文学与佛典》六"翻译文学之影响于一般文学"中指出：

> 尤有一事当注意者，则组织的解剖的文体之出现也。稍治佛典者，当知科判之学，为唐宋后佛学家所极重视。其著名之诸大经论，恒经数家或十数家之科判；分章分节分段，备极精密。（道安言诸经皆分三部分，一序分，二正宗分，三流通分；此为言科判者之始。以后日趋细密。）推原斯学何以发达，良由诸经论本身，本为科学组织的著述。我国学者，亦以科学的方法研究之，故条例愈剖而愈精。此种著述法，其影响于学界之他方面者亦不少。夫隋唐义疏之学，在经学界中有特别价值，此人所共知矣。而此种学问，实与佛典疏钞之学同时发生。吾固不敢迳指此为翻译文学之产物，然最少必有彼此相互之影响，则可断言也。而此为著述进化一显著之阶段，则又可断言也。①

---

① 《中国佛教研究史》，上海三联书店1988年版，第130页。

梁氏主要举出的是儒家义疏文体与佛典疏钞之学间可能存在的关系①，至于科判之学影响及一般文学究竟何在，则语焉未详。

本文所试图探讨的是佛教和唐代文学理论关系中的一个问题。具体地说，一篇文章或一首长诗的写成，往往需要分成若干段落或层次，此在今日几乎成为文学常识。但从历史上来看，其在文学理论上的反映，最早出现在初唐。而这一理论之能够形成，则来自佛经科判的启示。迄今为止，这一问题尚未得到学术界的注意，故撰作此文，以做嚆矢之引。

二、佛经科判略说

科判，又称科分、科文、科段、科章、科节等，指的是僧人解释经论的一种方法。据《佛光大辞典》说，就是"为方便解释经论而将内容分成数段，再以精简扼要之文字标示各部分之内容，称为科文"②。关于佛经科判，以往的研究并不多见。最有代表性的，是汤用彤《汉魏两晋南北朝佛教史》，其书第十五章"南北朝释教撰述"对于"科分"在中国的起源及特点，有简明扼要的陈述。此外，丁福保《佛学大辞典》、慈怡《佛光大辞典》、中村元等《岩波佛教辞典》也专列"科文"条，并有详略不等的解释。尚永琪《六朝义疏的产生问题考略》一文亦有所讨论，更

---

① 即使就这两者的关系而言，梁氏的说法也未免模糊含混。牟润孙《论儒释两家之讲经与义疏》十二"论义疏之文体"批评道："任公先生盖见群经义疏与释典之疏均有科分，发现其有相类似之点，其意似欲从此点论儒家义疏在文体上所受浮屠影响，而辨认未明，语意含混，既未指明释氏经疏之分段落，亦未说出儒家经疏之体若何，仅由'同时发生'一语囫囵推之，谓其必有彼此相互之影响。以意测之，梁先生所欲言者，殊未透彻。"（《注史斋丛稿》，第295页）

② 慈怡编：《佛光大辞典》，书目文献出版社据台湾佛光山出版社1989年第五版影印，第3923页。

趋深化①。兹结合佛教经论义疏,参酌前贤议论,对佛经科判之学略述如下:

佛经科判的基本特点是将经典一分为三,即序分、正宗分、流通分。汤用彤指出:

> 震旦诸师开分科门,实始于释道安,而道安则称"科分"为"起尽"……其所分为三分。按道安注疏中有《放光般若起尽解》一卷。《法华文句》有云:"起尽者,章之始末也。"可见起尽者,即后人所谓之科段也。②

中国的科判之学始于道安,乃古今之通说。如慧皎《高僧传》卷五"义解"《道安传》云:

> 安穷览经典,钩深致远,其所注《般若》《道行》《密迹》《安般》诸经,并寻文比句,为起尽之义,乃析疑甄解,凡二十二卷。③

所谓"为起尽之义",即区分章段。吉藏《仁王般若经疏》卷上一云:

> 然诸佛说经,本无章段。始自道安法师,分经以为三段:第一序说,第二正说,第三流通说。序说者,由序义,说经之由序也。正说者,不偏义,一教之宗旨也。流通者,流者宣布义,通者不拥义,欲使法音远布无壅也。④

---

① 文载《中国典籍与文化论丛》第六辑,中华书局2000年版,第381—415页。
② 《汉魏两晋南北朝佛教史》,中华书局1983年版,第398页。
③ 《大藏经》第五十册,第352页。
④ 《大藏经》第三十三册,第315页。

天台湛然《法华文句记》卷第一上云：

> 古来讲者多无分节，至安公来，经无大小，始分三段，谓序、正、流通。①

良贲《仁王护国般若波罗蜜多经疏》卷上一云：

> 解本文者，先总判科，后随文释经……昔有晋朝道安法师，科判诸经以为三分，序分、正宗、流通分。故至今巨唐慈恩三藏译《佛地论》，亲光菩萨释《佛地经》，科判彼经，以为三分。然则东夏西天，处虽悬旷，圣心潜契，妙旨冥符。②

据良贲所说，印度的《佛地经论》也是以三分"科判彼经"，尽管与道安彼此皆闭门造车，却能出门合辙，于是有"东夏西天，处虽悬旷，圣心潜契，妙旨冥符"之叹。

何以至道安时代乃有科判之说，汤用彤曾指出科判之学有一个从"佛教义学"到"经师之学"的转变，尚永琪也指出"义学的兴起"是科判之学的重要背景。然而佛教义学颇受玄学思维的影响，概言之，即"得意忘言"和"举本统末"，此皆出于王弼。其《周易略例·明象》云：

> 夫象者，出意者也。言者，明象者也。尽意莫若象，尽象莫若言……然则忘象者，乃得意者也；忘言者，乃得象者也。得意在忘象，得象在忘言。③

---

① 《大藏经》第三十四册，第152页。
② 《大藏经》第三十三册，第435页。
③ 楼宇烈：《王弼集校释》下册，中华书局1980年版，第609页。

王弼在解释孔子"予欲无言"时云:

> 予欲无言,盖欲明本。举本统末,而示物于极者也。①

本着这一逻辑,他在《周易略例·明象》中指出:

> 统之有宗,会之有元。故繁而不乱,众而不惑……故自统而寻之,物虽众,则知可以执一御也;由本以观之,义虽博,则知可以一名举也……品制万变,宗主存焉。《象》之所尚,斯为盛矣。②

其基本精神是注重大义而轻视言象。道安对此深有会心,他对于当时的佛教讲经"致使深义隐没未通"③的状况颇多不满,于是提出了改变的方式:

> 考文以征其理者,昏其趣者也;察句以验其义者,迷其旨者也……若率初以要其终,或忘文以全其质者,则大智玄通,居可知也④。

"率初以要其终"和"忘文以全其质"其实就是"举本统末"和"得意忘言"的另一种表述,科判之说也就是为了更好地诠解经文而兴起的一种注释方法。从道安的实践来看,在当时也是成功的。《高僧传》这样

---

① 《论语释疑》,《王弼集校释》下册,第 633 页。
② 同上书,第 591 页。又见张伯伟《中国古代文学批评方法研究》第二章第四节第三小节"'举本统末'的思想方法",第 142—149 页。
③ 《出三藏记集》卷十五,《大藏经》第五十五册,第 108 页。
④ 《道行经序》,《出三藏记集》卷七,《大藏经》第五十五册,第 47 页。

评论他"为起尽之义"的工作效果:

> 序致渊富,妙尽深旨,条贯既序,文理会通。经义克明,自安始也。①

道安自己说他的注经工作是为了帮助初学者了解佛教经义,其《安般注序》云:

> 魏初康会为之注义,义或隐而未显者,安窃不自量,敢因前人为解其下。②

又《了本生死经序》云:

> 然童蒙之伦,犹有未悟。故仍前迹,附释未训。③

又《十二门经序》云:

> 敢作注于句末,虽未足光融圣典,且发蒙者,傥易览焉。④

又《大十二门经序》云:

> 今为略注,继前人之末,非敢乱朱,冀有以悟焉。⑤

---

① 《大藏经》第五十册,第352页。
② 《出三藏记集》卷六,《大藏经》第五十五册,第43页。
③ 同上书,第45页。
④ 同上书,第46页。
⑤ 同上。

由此可以推知,佛经科判之学的兴起,不仅与佛教义学有关,而且也涉及佛经义理的启蒙教育问题。运用科判的方式,可以使段落清晰,经义豁然,更便于初学者的把握。后者与文学科判说的产生具有类似之处,特于此表而出之。

科判之学初起之时,由于以"得意忘言""举本统末"的思想为基础,必然较为简略。汤用彤又指出:"科分经文,至刘宋而益盛。"①从发展趋势来看,科判之学兴盛之后,实有越来越琐细的倾向,因此也引起了一些人的批评。天台湛然《法华文句记》卷第一上指出:

> 自梁、陈以来,解释《法华》,唯以光宅独擅其美。后诸学者,一概雷同。云师虽往,文籍仍存。吾钻仰积年,唯见文句纷繁,章段重叠。寻其文义,未详旨趣……故碎乱分文,失经之大道……若细分碎段,非求经旨者所宜……昙鸾北齐人,斥云:细科经文,如烟云等为疾风所飑。飑者,风飞也。②

这里提到的"光宅""云师",指的是梁光宅寺法云法师,他撰有《法华经义记》八卷。据其自述,略可见其烦琐。《法华经义记》卷第一云:

> 今一家所习,言经无大小,例为三段。三段者,第一诏为序也;第二称为正说;第三呼曰流通。然今三重开科段。第一开作三段,自有三阶……次第二重,又就此三段之中各开为二……次第三重,开科段者,减一名义,通、别两序各开为五;明因辨果,二正说中各

---

① 《汉魏两晋南北朝佛教史》,第399页。
② 《大藏经》第三十四册,第153页。

开为四;化他自行,二流通中各开为三也。①

一般的科判只是将经典一分为三,法云则"三重开科段"。第一重是一分为三,第二重则三分为六,第三重则六分为二十四。将一部经典分为二十四段,详细解释,愈演愈繁。故汤用彤指出:"至若科判,则亦时愈后者分愈密……而佛教义学颇转而为经师之学也。"②这当然是就六朝佛教而言。至唐人科判,则又转而化繁为简,依然以三分为主。

需要指出的是,虽然自刘宋以来,科判极为流行,但这只是僧人解释经典的一种主要方法,而非唯一的方法。如天台智者大师《仁王护国般若经疏》卷一指出:

夫震旦讲说不同,或有分文,或不分文。只如《大论》,释大品不分科段,天亲《涅槃》即有分文,道安别置序、正、流通,刘虬但随文解释。此亦人情兰菊,好乐不同。意在达玄,非存涉事。③

又吉藏《法华义疏》卷一云:

问:寻天竺之与震旦,著笔之与口传,敷经讲论者不出二种:一者科章门,二者直解释……答:夫适化无方,陶诱非一。考圣心以息患为主,统教意以开道为宗。若因开以取悟,则圣教为之开;若由合而受道,则圣教为之合。如其两晓,并为甘露;必也双迷,俱成毒药。若然者岂可偏守一径,以应壅九逵者哉?④

---

① 《大藏经》第三十三册,第 574—575 页。
② 《汉魏两晋南北朝佛教史》,第 400 页。
③ 《大藏经》第三十三册,第 255 页。
④ 《大藏经》第三十四册,第 452 页。

以上两段材料,大致表达了三方面的意思:其一,从解释者来说,自有其习惯或偏好使用的方法;其二,无论使用何种方法,其目的皆在于传达经中义理;其三,方法的选择,与受众的资质也有关系。有此三因,故"或有分文,或不分文"。不可固执一端,"偏守一径",那样的话,"甘露"也就变成了"毒药"。又区别章段,只是以三分为常,并非一成不变。吉藏《法华义疏》卷一云:

> 问:有人言经无大小,例开三段,序、正、流通。是事云何?答:领向圆通之论,开道息患之言,足知众途是非,宁问三段之得失耶?必苟执三章,过则多矣。①

又隋释慧远《大般涅槃经义记》卷第一之上云:

> 问曰:诸人多以三分科判此经,今以何故离分为五?释言:准依《胜鬘经》等,三分科文,实有道理。故彼经中十五章前,别有由序。十五章后,别立流通。此经判文,不得同彼,以第五分非流通故。又诸论者作论解经,多亦不以三分科文。②

总之,科判之学兴盛以后,解经者以区分章段为常;而区分章段,又以三分为常。吉藏《法华义疏》卷一云:"推文考义,三段最长,宜须用之。"③并且从十个方面说明三分科文的意义。应该说,这代表了佛经义疏之学的常态,尽管我们也不应忽略其变态。

---

① 《大藏经》第三十四册,第452页。
② 《大藏经》第三十七册,第614页。
③ 《大藏经》第三十四册,第452页。

三、佛经科判与儒家义疏

科判之学兴盛以后，一般佛徒在研习或解释经论时皆从事于兹。僧祐《十诵义记目录序》自谓"章条科目，窃所早习"①，即可为代表。而这种区分章段的注释方法，也就影响到儒家的经典义疏。关于这一点，前人已有论述②。兹踵事增华，更做推衍，以略见佛经科判影响之广大深远。

六朝义疏之受佛教影响，乃一既在之事实。孔颖达《周易正义序》指出：

> 江南义疏，十有余家，皆辞尚虚玄，义多浮诞……若论住内住外之空，就能就所之说，斯乃义涉于释氏，非为教于孔门也。既背其本，又违于注。③

又《礼记正义序》云：

> 爰从晋、宋，逮于周、隋，其传礼业者，江左尤盛。其为义疏者……见于世者唯皇（甫侃）、熊（安）二家而已。熊则违背本经，多引外义。④

---

① 《出三藏记集》卷十二，《大藏经》第五十五册，第94页。
② 参见牟润孙《论儒释两家之讲经与义疏》，载《注史斋丛稿》，第239—302页。戴君仁《经疏的衍成》，载《戴静山先生全集》（二），戴静山先生遗著编辑委员会1980年版，第93—117页。
③ 《十三经注疏》，第6页。
④ 同上书，第1222页。

可见,在六朝儒家经典的义疏中,用佛教之说相比附,以外义解经并非罕见。只是这些内容多为孔颖达所刊落,故难以寻查。但科判的痕迹,在今日所存六朝至唐宋的儒家义疏中,仍班班可考。

六朝时代的义疏之著流传至今者,唯梁皇侃所撰《论语集解义疏》最为完整可信。其卷一"论语学而第一疏"下云:

> 《论语》是此书总名,《学而》为第一篇别目,中间讲说,多分为科段矣。①

又于"学而时习之"章下云:

> 就此一章,分为三段:自此至"不亦悦乎"为第一……又从"有朋"至"不亦乐乎"为第二……又从"人不知"讫"不亦君子乎"为第三。②

此科分章段,且一分为三。孔颖达虽然批评了六朝儒家义疏"多引外义"比附经说之弊,但他自己也难免受到佛经科判之学的影响。《周易正义》卷一自"文言曰"至"利贞"下云:

> 从此至"元亨利贞",明乾之四德,为第一节;从初九曰"潜龙勿用"至"动而有悔",明六爻之义,为第二节;自"潜龙勿用下"至"天下治也",论六爻之人事,为第三节;自"潜龙勿用,阳气潜藏"

---

① 《论语义疏》卷一,第1页。按:据《梁书》卷四十八《皇侃传》,此书原名《论语义》,《隋书·经籍志》作《论语疏》,敦煌写本作《论语疏》,今通称《论语集解义疏》。据《梁书》及《南史》本传,侃"性至孝,常日限诵《孝经》二十遍,以拟《观世音经》"。可见,在日常生活中,他也以儒释相比附。

② 同上书,第2页。

至"乃见天则",论六爻自然之气,为第四节;自"乾元者"至"天下平也",此一节复说乾元之四德之义,为第五节;自"君子以成德为行"至"其唯圣人乎",此一节更广明六爻之义,为第六节。今各依文解之。①

这很类似于良贲所说的"解本文者,先总判科,后随文释经",仅仅是将"段"改称为"节"。又孔颖达《礼记注疏》原目"文王世子第八音义"下云:

此篇之内,凡有五节。从"文王之为世子"下,终"文王之为世子也",为第一节……从"凡学世子"至"周公践阼",为第二节……自"庶子之正于公族"至"不翦其类",为第三节……自"天子视学"至"典于学",为第四节……自"世子之记"以终篇末,为第五节……各随文解之。②

又邢昺《孝经注疏》"开宗明义章第一"下云:

章者,明也,谓分析科段,使理章明……凡有科段,皆谓之章焉。③

分章分节,皆与佛经之分科分段一脉相承。又邢昺《尔雅注疏》卷一"释诂第一"下云:

此书之作,以释六经之言,而字别为义,无复章句。今而作疏,

---

① 《十三经注疏》,第 15 页。
② 同上书,第 1404 页。
③ 同上书,第 2545 页。

亦不分科段。①

《尔雅》为字书，自然无法对之区分科段，但要特别做一说明，亦可见在唐宋以来的儒家经典注疏中，也以分科段为常态，以不分科段为变态。

汉儒的章句之学自然也要分章断句，如赵岐《孟子注》，其《题辞》云："具载本文，章别其旨，分为上下，凡十四卷。"②所谓"章别其旨"，一方面分章段，一方面作"章旨"。钱大昕指出："赵岐注《孟子》，每章之末括其大旨，间作韵语，谓之《章指》。"③唐代陆善经注《孟子》时已删去，宋人作《疏》用陆本，所以后代难见《章指》之痕迹。但李善注《文选》曾引用数则，如阮籍《咏怀诗》注引赵岐《孟子章指》曰："千载闻之，犹有感激。"④曹植《求自试表》注引曰："忧国忘家。"⑤扬雄《解嘲》注引曰："滕文公尊敬孟子，若弟子之问师。"⑥干宝《晋纪总论》注引曰："治身勤礼，君子所能。"⑦陆机《演连珠》注引曰："言循性守故，天道可知；妄改常心，乖性命之指。"⑧窥其文体，皆较为简略，《孟子》原本七篇，也只是各析上下为十四篇⑨。这与佛经义疏科判之繁复是不可同日而语的。儒家的义疏之学，从其形成来看，显然还是与佛教有关。

不仅儒家经典注疏讲究科判，文学典籍的注释也受其影响。唐代

---

① 《十三经注疏》，第2568页。
② 同上书，第2663页。朱彝尊《经义考》卷二百三十二引张镒云："题辞即序也。赵注尚异，故不谓之序而谓之题辞也。"（中华书局影印本1998年版，第1176页）
③ 《十驾斋养新录》卷三，《钱大昕全集》第7册，第66页。
④ ［唐］李善注：《文选》卷二十三，日本中文出版社影印胡刻本1972年版，第309页。
⑤ 《文选》卷三十七，第508页。
⑥ 《文选》卷四十五，第622页。
⑦ 《文选》卷四十九，第683页。
⑧ 《文选》卷五十五，第759页。
⑨ 晁公武《郡斋读书志》卷十三："赵岐字台卿，后汉人，为'章旨'，析为十四篇。"《中国历代书目丛刊》本，现代出版社1987年版，第639页。

的文学注释,最有经典性的便是以李善为代表的《文选注》。我曾就义疏之学与合本子注对唐代《文选》学的影响,探讨了唐代的文学解释受到佛教和儒家经典解释影响的问题①。这里要进一步指出的是,科判或许也是其影响之一。据李匡乂《资暇集》卷上"非五臣"条载:

> 代传数本李氏《文选》,有初注成者、复注者,有三注、四注者,当时旋被传写之……尝将数本并校,不唯注之赡略有异,至于科段,互相不同,无似余家之本该备也。②

李善对于佛教并不陌生,《文选》中收录的作品中,如孙绰《游天台山赋》、沈约《钟山诗应西阳王教》、王巾《头陁寺碑文》、任昉《齐竟陵文宣王行状》等,皆与佛教有关。从李善的注释来看,他引用到的佛教经论注疏数量不少③。钱谦益曾指出:"今注诗者动以李善为口实,善注《头陁寺碑》,穿穴三藏,注《天台赋》,消释三幡,至今法门老宿,未窥其奥。"④以此推论,李善熟悉佛教义疏之体,因而也熟悉科判之学,并进而受其影响,固在情理之中。佛经科判之学的影响既如此深远,于是在文学理论方面,也出现了强调"科别"的回响。

四、佛经科判与文学"科判"

初唐文学理论中提到的"科别""科分"或"科位",实际上便同于

---

① 参见張伯偉「得意忘言與義疏之學——魏晋至唐代的古典解釋」,『中國中世文學研究』第 39 號,白帝社,2001 年,65—78 頁。
② 《资暇集》,"新世纪万有文库"本,辽宁教育出版社 1998 年版,第 6 页。
③ 参见〔日〕平野顯照「李善の佛教」,『唐代文學と佛教の研究』,朋友書店,1978 年,209—228 頁。
④ 《复吴江潘力田书》,《牧斋有学集》卷三十九,第 1351—1352 页。

佛经中的科判，讲的是文章段落。不同的是，经论讲疏中的"科判"是为了便于解释，对佛经所做的段落分析，而文学理论中的"科别"则是为了写好文章，提出的一种写作原则。

初唐文论中有关科别的材料，集中在日僧空海大师的《文镜秘府论》一书中。《文镜秘府论》纂集了中国自南朝以后至中唐以前的文论资料，因而也保存了许多在中国已经亡佚的文献。市河宽斋《半江暇笔》云：

> 我大同中，释空海游学于唐，获崔融《新唐诗格》、王昌龄《诗格》、元兢《诗髓脑》、皎然《诗式》等书而归，后著作《文镜秘府论》六卷。唐人卮言，尽在其中。①

初唐文论有关科别的论述，见于《文镜秘府论》南卷"论体"和"定位"的前半部分，以及北卷"句端"。由于《文镜秘府论》乃采摭诸书而成，又往往略其出处，所以对其中各种文献的来源，中外学者曾做过许多研究。最有代表性的是小西甚一《文镜秘府论考》（有"考文篇"和"研究篇"）。此外，如王梦鸥《初唐诗学著述考》、王晋江《文镜秘府论探源》、王利器《文镜秘府论校注》、兴膳宏译注之《文镜秘府论》和我的《全唐五代诗格汇考》②，均有程度不同的考论。兹就其中"论体""定位"及"句端"的时代和作者略说如下：

关于"论体"和"定位"，小西甚一《文镜秘府论考·考文篇》认为出于《文笔式》，王利器认为出于隋刘善经《四声指归》。兴膳宏认为无

---

① 转引自池田胤『日本詩話叢書』第七卷「文鏡秘府論」解题，文会堂书店，1921年，215页。

② 此书初名《全唐五代诗格校考》，陕西人民教育出版社1996年初版。后经全面修订，易名为《全唐五代诗格汇考》，江苏古籍出版社2002年版。

疑是隋至初唐间的著作，但对于"定位"一节，则认为出于《文笔式》的可能性大。我在《全唐五代诗格汇考》一书中认为，根据现在可考的《文笔式》中的内容，出于其自创者实不多见，而大多与刘善经的《四声指归》和上官仪的《笔札华梁》相联贯，所以很难做十分确切的甄别。但三家所说宗旨一贯，后出者便不妨既引述袭用，又有所增补附益，这也是古书中的一条通例①。因此，我虽然将"论体"和"定位"归于《文笔式》，但对于其中的理论，应该看作与刘善经、上官仪一脉相承。关于《文笔式》的产生年代，罗根泽《文笔式甄微》认为出于隋②，王利器也认为"此书盖出隋人之手也"③。小西甚一则认为作者当与上官仪同时或稍后④。我定此书年代在稍后于《笔札华梁》的武后时期⑤。

关于"句端"，由于在日本藏有平安朝写本《文笔要决》，作者为初唐人杜正伦，两相对照，即可知"句端"乃出于《文笔要决》。

无论是《文笔式》还是《文笔要决》，在中国皆早已亡佚。藤原佐世的《日本国见在书目录》中，这两种书都有著录。又借《文镜秘府论》的引用，《文笔式》就和其他几种唐人诗格一样，遂得以保存至今。

初唐文学理论中的科判说，其提出实与佛教有关，兹略作申说如下：

首先，从表达的术语来看，"科别""科分""科位"等名称皆来自佛教经疏。《文笔式》"论体"云：

必使一篇之内，文义得成；（谓篇从始至末，使有文义，可得连接而成也。）一章之间，事理可结。（章者，若文章皆有科别，叙义

---

① 参见余嘉锡《古书通例》卷四"辨附益"，上海古籍出版社1985年版。
② 文载《中山大学文史学研究所月刊》第三卷第三期，1935年1月。
③ 王利器：《文镜秘府论校注》，中国社会科学出版社1983年版，第475页。
④ 小西甚一，『文鏡秘府論考・研究篇』，日本講談社，1951年，42頁。
⑤ 《全唐五代诗格汇考》，第68—69页。

可得连接而成事，以为一章，使有事理，可结成义。）①

又"定位"云：

故自于首句，迄于终篇，科位虽分，文体终合。②

又《文笔要决》云：

属事比辞，皆有次第，每事至科分之别，必立言以间之，然后势义可得相承，文体因而伦贯也。③

《文笔式》所谓"章者，若文章皆有科别"，"科别"即分章段，一如《法华义疏》所云"敷经讲论者"的"科章门"之法。佛教经论科判多作三分，故又称"科分"（汤用彤即用"科分"指称）。至于"科位"，也是从佛经科判说中转换而来。《出三藏记集》卷八载释道朗《大涅槃经序》云：

余以庸浅，豫遭斯运，夙夜感戢，欣遇良深。聊试标位，叙其宗格，岂谓必然窥其宏要者哉？④

又卷十一载释僧肇《百论序》云：

（鸠摩罗什）常味咏斯论，以为心要先虽亲译，而方言未融，致

---

① 《全唐五代诗格汇考》，第80页。
② 同上书，第82页。
③ 同上书，第541页。
④ 《大藏经》第五十五册，第59页。

令思寻者踌躇于谬文,标位者乖迕于归致。①

这里所用到的"标位"一词,即标明位置、划分章科之意,而"科位"与"标位"也是名异义同,"科位虽分"就是"章段虽然有所划分"的意思。中国文学批评中的概念和术语,有自身直承者,有横向移植者。就后者而言,有的来自儒家、道家、名家、兵家等思想性著作,有的来自人物品评,也有的来自音乐、绘画、书法批评等,这是唐以前文论概念横向移植的主要来源。但就唐宋以下的概念移植而言,佛教与禅宗典籍成为文论术语的重要来源,初唐文论中的"科判"说亦为明显一例。

其次,佛经科判虽然以解释经文为主,但具体到如何科判某一经典,则还需要兼顾到经文本身的文势与义脉。吉藏《法华义疏》卷一在回答何以要科分三段解经时,从十个方面予以说明,首先便是"一者圣人说法必有诠序"②。因此,科判经文就要注意到其本身固有的"诠序"。如天台湛然《维摩经略疏》卷第一云:"今寻经意趣,傍经开科,而非固执。"③又其《法华文句记》卷第一上云:

但文势起尽,用与不同。如释通序,则句句须四,通贯正宗及流通故;若释正宗,则本迹各三,义通四种;若释流通,还须具四,通收正宗……又序中约教,须观文势……若解斯文,则一部经心如观指掌。④

"起尽"本来就是指"科判",道安所使用的就是这一名词,故其书名《放

---

① 《大藏经》第五十五册,第77页。
② 《大藏经》第三十四册,第453页。
③ 《大藏经》第三十八册,第563页。
④ 《大藏经》第三十四册,第156页。

光般若起尽解》。《法华文句记》卷第一上亦云:"言'起尽'者,章之始末也。若分节已大小,各有总别起尽。"①但如何科判,还是要以"文势起尽"为依据。如果做到这一点,那么,读者或听众对经中所蕴含的圣人的用心,即所谓"经心"(或称"圣心"),就能"如观指掌"。反之,若固执一端之偏见,则"纵不全违圣心,终是人之情见"②,横生系累,毕竟是不可取的。

佛经科判与文论中的"科别""科分",虽然前者是就解释经文而言,后者是就文学写作而言,但在区分章段之际,必须考虑到文势和义脉,则是两者的共同点。这也是佛经科判能够影响文学理论的基础。《文笔要决》指出:"每事至科分之别,必立言以间之,然后势义可得相承,文体因而伦贯也。"③恰当地安排文章的"科分",是为了达到"势义可得相承,文体因而伦贯"的目的。这里的"势义",指的也就是文势与义脉。《文笔式》"定位"在讲到确定科位的四种技巧和避忌时,就有两点与势义相关:

> 三者义须相接。(谓科别相连,其上科末义,必须与下科首义相接也。)四者势必相依。(谓上科末与下科末,句字多少及声势高下,读之使快,即是相依也)……义不相接,则文体中绝。(两科际会,义不相接,故寻之若文体中断绝也。)势不相依,则讽读为阻。(两科声势,自相乖舛,故读之以致阻难也。)④

由阅读文本时的科判需要重视"势义",到写作文章时的科判需要重视

---

① 《大藏经》第三十四册,第 152 页。
② 同上书,第 154 页。
③ 《全唐五代诗格汇考》,第 541 页。
④ 同上书,第 81—82 页。

"势义",这是一种很自然的转换。而在文章科判之外、之前同时兼顾文本"势义"的,唯有在佛经科判之中。因此,文章科判说之提出,由佛教的启示和影响所致,应该是可以断言的。

最后,初唐文论中提出"科别""科分"或"科位"的诸书作者,就可考者而言,与佛教似有较为密切的关系。如《文笔要决》的作者杜正伦,《旧唐书》卷七十《杜正伦传》云:"正伦善属文,深明释典。"据《历代法宝记》载,四祖信禅师寂灭后,"中书令杜正伦撰碑文"①。又《佛祖历代通载》卷十二记显庆元年(公元656)高宗勅书,"玄奘新翻经论,文义须精",乃命杜正伦等人"时为看阅,或不稳处,随事润色"②。可见,他对佛教的浸润非同一般。《文笔式》作者已不可考,但正如前文已经指出,这部书的内容与刘善经《四声指归》、上官仪《笔札华梁》相联贯,三者不易做十分确切的厘清。而上官仪与佛教也是因缘颇深的。《旧唐书》卷八十《上官仪传》载:

私度为沙门,游情释典,尤精《三论》(按:指《中论》《十二门论》《百论》),兼涉猎经史,善属文。

又《文笔式》一书也颇受释家重视,空海大师既录之于《文镜秘府论》,镰仓时代释了尊复征引于《悉昙轮略图抄》。初唐文论作者精通释典,那么,受其影响,援佛经科判之说以论文,亦为顺理成章之事。

唐代诗学的核心是诗格,其范围包括以"诗格""诗式""诗法"等命名的著作,之后又由诗扩展到其他文类,而有"文格""赋格""四六格"等书,其性质是一致的。唐人诗格的撰写动机有二:一是以便应

---

① 《大藏经》第五十一册,第182页。
② 《大藏经》第四十九册,第577页。

举,二是以训初学。实际上,就指导应举者写作而言,其接受对象也多是初学者。如杜正伦《文笔要决》云:

> 新进之徒,或有未悟,聊复商略,以类别之云尔。①

上官仪《笔札华梁》云:

> 故援笔措词,必先知对,比物各从其类,拟人必于其伦。此之不明,未可以论文矣。②

王昌龄《诗格》云:

> 但比来潘郎,纵解文章,复不闲清浊;纵解清浊,又不解文章。若解此法,即是文章之士。为若不用此法,声名难得。③

旧题白居易《金针诗格》云:

> 金针列为门类,示之后来,庶览之者犹指南车,而坦然知方矣。④

徐夤《雅道机要》云:

> 以上略叙梗概,要学诗之人,善巧通变,兹为作者矣。⑤

---

① 《全唐五代诗格汇考》,第541页。
② 同上书,第67页。
③ 同上书,第172页。
④ 同上书,第351页。
⑤ 同上书,第448页。

王梦简《诗格要律》云:

> 夫初学诗者,先须澄心端思,然后遍览物情。①

可见,从初唐到晚唐五代,指导初学习作,是诗格类著作不变的功能。前文讲到,佛经科判说的提出,与佛教经义的启蒙有关。而文学科判说的提出,也与文学创作的启蒙有关。两者在这一方面的相似性,或许也并不是偶然的吧。

初唐文论中的"科判"说,与唐代诗格中的许多论述一样,性质上属于"规范诗学"的范畴,其本身所包蕴的理论内涵,具有重要的地位和价值。因此,对"科判"说的理论内涵做进一步阐说,并从"历史诗学"的角度予以定位,显然是十分必要的。但这已经逸出本题的范围,我将另有专文再做探讨。

(原载《文学遗产》2004 年第 1 期)

---

① 《全唐五代诗格汇考》,第 474 页。

论唐代的规范诗学

一、引言

这里使用的"规范诗学"一语,来自俄国形式主义文学理论中的一个概念。鲍里斯·托马舍夫斯基(1890—1957)在《诗学的定义》一文中指出:"有一种研究文学作品的方法,它表现在规范诗学中。对现有的程序不作客观描述,而是评价、判断它们,并指出某些唯一合理的程序来,这就是规范诗学的任务。规范诗学以教导人们应该如何写文学作品为目的。"①之所以要借用这样一个说法,是因为它能够较为简捷明确地表达我对唐代诗学中一个重要特征的把握。在过去的文章中,我曾经说"唐代诗学的核心就是诗格"②。所谓"诗格",其范围包括以"诗格""诗式""诗法"等命名的著作,其后由诗扩展到其他文类,出现了"文格""赋格""四六格"等书,其性质是一致的。清人沈涛《瓠庐诗话·自序》指出:"诗话之作起于有宋,唐以前则曰品、曰式、曰例、曰格、曰范、曰评,初不以话名也。"③唐代的诗格(包括部分文格和赋格)

---

① 《俄国形式主义文论选》,方珊等译,生活·读书·新知三联书店1989年版,第80—81页。

② 張伯偉『隋唐五代文学批評総説』,日本『中唐文学会報』2000号,日本中唐文学会編集,(株)好文出版2000年版,2頁。

③ 《瓠庐诗话》(望云仙馆刻本),《丛书集成续编》第158册,上海书店出版社1994年版,第97页。

虽然颇有散佚,但通考存佚之作,约有六十余种之多①。"格"的意思是法式、标准,所以诗格的含义也就是指作诗的规范。唐代诗格的写作动机不外两方面,一是以便应举,二是以训初学,总括起来,都是"以教导人们应该如何写文学作品为目的"。因此,本文使用"规范诗学"一语来概括唐代诗学的特征。

二、"规范诗学"的形成轨迹

研究中国文学批评史的学者,对于隋唐五代一段的历史地位有不同看法,比如郭绍虞名之曰"复古期"②,张健名之曰"中衰期"③,张少康、刘三富则名之曰"深入扩展期"④。言其"复古",则以唐人诗学殊乏创新;谓之"中衰",则以其略无起色;"深入扩展"云云,又混唐宋金元四朝而言。究竟隋唐五代约三百八十年(581—960)间的文学批评价值何在,地位如何,实有待从总体上予以说明并做出切实的分析。

唐代是中国古典诗歌的黄金时代,假如从诗学的角度来看,则唐代是文学批评史上的一大转折。在此之前,文学批评的重心在文学作品的"写什么",而到了唐代,其重心转移到文学作品应该"怎么写"。

文学规范的建立,与文学的自觉程度是一个紧密联系的话题。关于文学的自觉,近年来曾引起不少讨论。依我看来,文学是一个多面体,无论认识到其哪一面,都是某种程度上的自觉。孔子认为《诗》"可

---

① 此据张伯伟《全唐五代诗格汇考》及该书附录《全唐五代诗文赋格存目考》统计,实际则远不止此数。
② 《中国文学批评史》,上海古籍出版社1979年版,第2页。
③ 《清代诗话研究·自序》,台湾五南图书出版公司1993年版,第3页。
④ 《中国文学理论批评发展史》上册,北京大学出版社1995年版,第3页。

以兴,可以观,可以群,可以怨"①,孟子认为说《诗经》者当"不以文害辞,不以辞害志。以意逆志,是为得之"②,能说这是对文学(以《诗经》为代表)的特性无所自觉吗? 只是其话语的重心,更多地落实在文学的社会作用和道德意义上,但社会作用和道德意义难道不是文学的题中应有之义吗?《汉书·艺文志》中专列"诗赋略",这表明自刘向、刘歆父子到班固,都认识到诗赋有其不同于其他文字著述的特征所在,因而需要在目录分类上独立出来。但班固重视的赋,应该具备"恻隐古诗之义",即如春秋时代的赋诗言志,可以"别贤不肖而观盛衰焉"。至于歌诗的意义,在班固的心目中,主要在"感于哀乐,缘事而发,亦可以观风俗、知厚薄云"③。一句话,他们重视的还是"写什么"。从这个意义上看,曹丕《典论·论文》中"诗赋欲丽"的提出,实在是一个划时代的转换,因为他所自觉到的文学,是其"文学性"的一面。他已经意识到,诗赋之所以为诗赋,不在于其中表现的内容是什么,而在于用什么方式来表现。而"诗赋欲丽"的"欲",所表达的不仅是一种内在的要求④,假如与上文"奏议宜雅,书论宜理,铭诔尚实"中的两"宜"一"尚"联系起来的话,"欲"似乎也含有一种外在规范的意味。所以我认为,唐人"规范诗学"的源头不妨追溯到这里。

　　唐以前最有代表性的文学理论著作,允推刘勰《文心雕龙》和钟嵘《诗品》。而据章学诚的看法,刘勰也是本于陆机的⑤。在《文赋》中,陆机已经明显表露出对于文章写作规范的重视之意,所谓"普辞条与

---

① 《论语·阳货》,《四书章句集注》,第 178 页。
② 《孟子·万章上》,《四书章句集注》,第 306 页。
③ 上引见陈国庆《汉书艺文志注释汇编》,中华书局 1983 年版,第 183—184 页。
④ 宇文所安以 aspire 翻译"欲",即传达出这一意蕴。见《中国文论:英译与评论》,王柏华、陶庆梅译,上海社会科学院出版社 2003 年版,第 67 页。
⑤ 章学诚《文史通义·文德》指出:"古人论文,惟论文辞而已矣。刘勰氏出,本陆机氏说而昌论文心。"(叶瑛:《文史通义校注》,中华书局 1985 年版,第 278 页)

文律,良予膺之所服"①。前人对这两句话的解释颇多,以先师程千帆先生的说法最为显豁:"辞条即文律,谓为文之法式也。"②但陆机具体论述到这些"文律"时,也不过云"其会意也尚巧,其遣言也贵妍。暨音声之迭代,若五色之相宣"③,至于意如何巧,言怎样妍,音声用什么方法迭代,仍然是模糊的。

《文心雕龙》的《总术》篇是专讲"文术"之重要性的④,所谓"文术",就是指作文的法则。其开篇云:"今之常言,有文有笔。以为无韵者笔也,有韵者文也。"⑤以文、笔代指有韵无韵的作品是一种新说,但刘勰并不完全认同这一提法⑥,他认为这种区分于古无征,"自近代耳"。又对这一说的代表人物颜延之的意见加以批驳,最后说出自己的意见:"予以为发口为言,属笔为翰。"⑦口头表述者为言,笔墨描述者为翰,这反映了刘勰对于文采的重视。"翰"原指翠鸟的羽毛,晋以来常常用以形容富有文采的作品,如李充有《翰林论》,其中评潘岳的诗"如翔禽之有羽毛"⑧,王俭的《七志》也将《汉志》的"诗赋略"改为"文翰志",萧统《文选序》将"义归乎翰藻"⑨作为史赞的选文标准之一,这

---

① 《六臣注文选》卷十七,第314页。
② 《文学发凡》卷下,金陵大学文学院中国文学系丛书第二种1943年版,第10页。
③ 方竑指出这一段文字乃"具论作文之利害所由",见张少康《文赋集释》,上海古籍出版社1984年版,第101页。
④ 其中提及陆机《文赋》,虽然颇有贬义,也可证刘勰写作此篇时,心中自有陆机在。
⑤ 王利器:《文心雕龙校证》,第267页。
⑥ 刘咸炘《文学述林》卷一"文学正名"指出:"刘氏《文心雕龙》不主文笔之说。"(《刘咸炘学术论集·文学讲义编》,第6页)由于这在当时已是一个约定俗成的提法,所以刘勰有时也会姑且采用。如《序志》中的"论文叙笔",《体性》中的"笔区云谲,文苑波诡"等,皆以"文""笔"对举。
⑦ 《文心雕龙校证》,第267页。按:有些学者认为刘勰与颜延之等人一样,主张以有韵无韵区分文笔,实为误解。如逯钦立《说文笔》(收入《汉魏六朝文学论集》,陕西人民出版社1984年版)即持此类意见,似当纠正。
⑧ [南朝梁]钟嵘《诗品》卷上潘岳条引,曹旭:《诗品集注》,第140页。
⑨ 《六臣注文选》卷首,第4页。

是时代风尚。然而在刘勰看来,用笔墨描写的也并非都堪称作品,妍媸优劣的关键即在"研术"。所谓"才之能通,必资晓术。自非圆鉴区域,大判条例,岂能控引情源,制胜文苑哉"①。据《文心雕龙·序志》所说,其书的下篇乃"割情析采,笼圈条贯,摛神性,图风势,苞会通,阅声字,崇替于《时序》,褒贬于《才略》,怊怅于《知音》,耿介于《程器》"②,涉及文学的创作、批评、历史等诸多方面的理论。其中创作论部分,又涉及文学的想象、构思、辞采、剪裁、用典、声律、炼字、对偶等命题,部分建立起文学的写作规范。

这里不妨举出与唐代文学理论关系较为密切者,以便对照。如《丽辞》中讲到了对偶:

> 丽辞之体,凡有四对:言对为易,事对为难;反对为优,正对为劣……凡偶辞胸臆,言对所以为易也;征人之学,事对所以为难也;幽显同志,反对所以为优也;并贵共心,正对所以为劣也。又言对事对,各有反正,指类而求,万条自昭然矣。张华诗称"游雁比翼翔,归鸿知接翩",刘琨诗言"宣尼悲获麟,西狩泣孔丘",若斯重出,即对句之骈枝也。是以言对为美,贵在精巧;事对所先,务在允当。③

首先,刘勰在这里举出了文章的四种对偶方式,并加以说明,"言对"不用典故,取字词相对即可。"事对"则须用典,是典故与典故相对。"反对"是情理不同,而旨趣一致。"正对"则事件相异,而意义无别。其次,又指出这四种对的难易优劣。同时指出"言对"和"事对"中皆各有"反对"和"正对",所以实际上只是两种对。再次,又指出对偶的避忌,

---

① 《文心雕龙校证》,第267页。
② 同上书,第295页。
③ 同上书,第223—224页。

举出张华和刘琨的对句,乃"骈枝"之病,后人又称之为"合掌"。这一类的毛病,在魏晋以来的诗歌中较为常见①,故在此特别揭示。最后,文章指出对偶的原则,"言对"贵在语言精巧,"事对"贵在用典准确。若两者不相称,则不免为病。

又如《声律》中讲到了平仄等问题:

> 凡声有飞沉,响有双叠。双声隔字而每舛,叠韵离句而必睽。沈则响发而断,飞则声扬不还。并辘轳交往,逆鳞相比,迕其际会,则往蹇来连,其为疾病,亦文家之吃也。②

这里所说的"飞沉",代指的是平仄,而"双叠"则指双声和叠韵。平声字发音长,仄声字则短,故长短相配,就能如辘轳取水般运转无碍。否则,便会诘屈聱牙,所谓"文家之吃"③。但究竟如何做到"辘轳交往,逆鳞相比",刘勰并未细作规定,这大概是因为"纤毫曲变,非可缕言"的缘故吧。

《章句》篇专讲"宅情""位句",也就是结构和句法。一篇作品之成,由字而句,由句而章,由章而篇。大致可分开始、中段和结尾,既应

---

① 《苕溪渔隐丛话》前集卷一引《蔡宽夫诗话》云:"晋、宋间诗人,造语虽秀拔,然大抵上下句多出一意,如'鱼戏新荷动,鸟散余花落','蝉噪林逾静,鸟鸣山更幽'之类,非不工矣,终不免此病。其甚乃有一人之名而分用之者,如刘越石'宣尼悲获麟,西狩泣孔丘',谢惠连'虽好相如达,不同长卿慢'等语,若非前后相映带,殆不可读,然要非全美也。唐初,馀风犹未殄,陶冶至杜子美,始净尽矣。"[中华书局(香港)1976年版,第5页]

② 《文心雕龙校证》,第212页。

③ 诗句流畅,是诗人的一般追求。但有的诗人为了出奇或游戏,也会故意写作拗口之诗。《苕溪渔隐丛话》前集卷二引《漫叟诗话》云:"东坡作《吃语》诗:'江干高居坚关扃,耕犍躬驾角挂经。孤航系舸菰茭隔,笳鼓过军鸡狗惊。解襟顾影各箕踞,击剑高歌几举觥。荆笋供胘愧搅聒,干锅更戛甘瓜羹。'山谷亦有戏题云:'逍遥近道边,憩息慰惫懑。晴晖时晦明,谑语谐谠论。草莱荒蒙茏,室屋壅尘坌。僮仆侍偪侧,泾渭清浊混。'二老亦作诗戏邪?"(第11页)这似乎是为了拗折天下人嗓子。山谷之作乃"联边"诗,读之亦拗口。

各有所司,这又需互相照应。若颠倒错乱,则不成文章:

> 启行之辞,逆萌中篇之意;绝笔之言,追媵前句之旨。故能外文绮交,内义脉注。跗萼相衔,首尾一体……是以搜句忌于颠倒,裁章贵于顺序,斯固情趣之指归,文笔之同致也。①

但这里指出的仅为结构文章的原则,同样未有细则详规。刘勰认为:

> 夫裁文匠笔,篇有小大。离章合句,调有缓急。随变适会,莫见定准。②

有常法而无定法,即"赞"所谓"断章有检,积句不恒"③,"检"即法度,"不恒"乃多变。其讨论句法部分,仅论四言、五言、七言等字数,故纪昀评为"但考字数,无所发明,殊无可采"④。具体涉及文章写作规范的要求,是关于语助词的用法:

> 至于夫、惟、盖、故者,发端之首唱;之、而、于、以者,乃札句之旧体;乎、哉、矣、也,亦送末之常科。据事似闲,在用实切。巧者回运,弥缝文体,将令数句之外,得一字之助矣。⑤

指出语助在文章的开端、句中、结尾的作用,这在唐代刘知幾的《史

---

① 《文心雕龙校证》,第219页。
② 同上书,第219页。
③ 同上书,第220页。
④ 《纪晓岚评注文心雕龙》,江苏广陵古籍刻印社影印本1997年版,第294页。
⑤ 《文心雕龙校证》,第220页。

通·浮词》中得到更明确的表述①,而系统总结、归纳语助词在文章中的用法,则要到初唐杜正伦的《文笔要决》。

钟嵘《诗品》的写作重心在"显优劣",即通过对自汉以来一百二十多家作品的评论,建立起诗歌评论的标准。他已经把握到"诗之为技"的特点,也就必然要涉及"怎么写",主要体现在以下一段文字:

> 文已尽而意有余,兴也;因物喻志,比也;直书其事,寓言写物,赋也。弘斯三义,酌而用之,干之以风力,润之以丹彩,使味之者无极,闻之者动心,是诗之至也。若专用比兴,则患在意深,意深则词踬。若但用赋体,则患在意浮,意浮则文散,嬉成流移,文无止泊,有芜漫之累矣。②

首先,对此"三义"的定义,最引人瞩目的是"兴"的解释:"文已尽而意有余。""文"指的是文字,包括文字所要表达的意义(meaning),"意"则指诗的意味、情调(significance)。"兴"是一种诗意的动情力,它能够决定一首诗的意味和情调,就其所能达到的艺术效果而言,便是一唱三叹、意在言外③。其次,钟嵘指出诗人对赋比兴应该"酌而用之",不可单用一种,否则就会导致"意深"或"意浮"之弊。这里所揭示的,其实仍然是一项原则。

对于用典和声律,钟嵘也有明确的说明,皆取否定的态度。从"规范"的角度看,属于消极的避忌,而不是规则的建立。

---

① 《史通·浮词》指出:"是以伊、维、夫、盖,发语之端也;焉、哉、矣、兮,断句之助也。去之则言语不足,加之则章句获全。"(《史通通释》卷六,第146页)
② 《诗品集注》,第39—45页。
③ 关于这一新定义的意蕴,参见张伯伟《钟嵘诗品研究》第六章"'兴'义发微"。

齐梁以来积极建立诗学规范的,可以沈约等"永明体"诗人为代表①。周颙撰《四声切韵》,沈约撰《四声谱》,在声律方面,提出了"四声八病"的规定。沈约说:

> 欲使宫羽相变,低昂舛节,若前有浮声,则后须切响。一简之内,音韵尽殊;两句之中,轻重悉异。妙达此旨,始可言文。②

从他开始,中国诗歌的音律有了人为的限定,并且要求严格执行。在其"规范"的视野之下重新审视诗歌史,尽管自古以来就有"高言妙句,音韵天成"者,但都是"暗与理合,匪由思至"。如文学史上享有大名的作家,"张(衡)、蔡(邕)、曹(植)、王(粲),曾无先觉;潘(岳)、陆(机)、颜(延之)、谢(灵运),去之弥远"③。他所试图建立的是一个崭新的规范,了解诗歌的音韵规律成为写作、谈论文学的必要前提。"作五言诗者,善用四声,则讽咏而流靡;能达八体,则陆离而华洁。"④然而,这样一种有关规范的意见在当代并未能得到普遍认同。如陆厥攻击沈约的论点,认为诗歌中的音律古已有之,不得谓前人"此秘未睹"。甄琛(思伯)撰《磔四声论》,并取沈约"少时文咏犯声处以诘难之"⑤。钟嵘《诗品》列沈诗于中品,并且贬抑为"见重闾里,诵咏成音"⑥。因此,尽管在

---

① 《南齐书·陆厥传》:"永明末,盛为文章,吴兴沈约、陈郡谢朓、琅邪王融以气类相推毂。汝南周颙善识声韵。约等文皆用宫商,以平上去入为四声,以此制韵,不可增减,世呼为'永明体'。"(中华书局1972年版,第898页)
② 《宋书·谢灵运传论》,《六臣注文选》卷五十,第946页。
③ 同上。
④ [南朝梁]沈约:《答甄公论》,《文镜秘府论》天卷《四声论》引,王利器:《文镜秘府论校注》,第102页。
⑤ 《四声论》,《文镜秘府论校注》,第97页。
⑥ 把这句批评的话与《诗品序》中"蜂腰鹤膝,闾里已具"结合起来看,可知也主要是针对其诗歌中四声八病的实践而言。

创作实际上，自"永明体"以降，齐梁合律的诗句比例日渐增多，以至于后代论者往往将律诗的起源追溯到这里，如杨慎集六朝诗为《五言律祖》，胡应麟《诗薮》内编卷四也说"五言律体，兆自梁、陈"①，并举阴铿等人的作品为证，但在理论上却未见新的推动。

值得注意的是，北方学者在对四声的推动方面起了较大的作用。对音韵之学的关注，在北方本有传统。阎若璩《尚书古文疏证》卷五下指出：

> 按顾氏《音学五书》言："文人言韵，莫先于陆机《文赋》。"余谓《文心雕龙》："昔魏武论赋，嫌于积韵，而善于资代。"《晋书·律历志》："魏武时，河南杜夔精识音韵，为雅乐郎中令。"二书虽一撰于梁，一撰于唐，要及魏武、杜夔之事，俱有韵字。知此学之兴，盖于汉建安中。②

魏有李登撰《声类》十卷，晋有吕静（山东任城人）撰《韵集》六卷，潘徽《韵纂序》批评道："李登《声类》、吕静《韵集》，始判清浊，才分宫羽，而全无引据，过伤浅局，诗赋所须，卒难为用。"③其中原因在于，李、吕之书乃韵书，非讲诗文平仄之书，二者存在着音韵学与诗律学的区别，前人已经指出④。但北方韵学研究，可谓由来已久。刘善经《四声指归》云："宋末以来，始有四声之目，沈氏乃著其谱论，云起自周颙。"⑤这在

---

① 《诗薮》，上海古籍出版社1979年版，第58页。
② 《景印文渊阁四库全书》第66册，第276页。
③ 《隋书》卷七十六《文学·潘徽传》，中华书局1973年版，第1745页。
④ 陈澧《切韵考》卷六"通论"云："沈约《四声谱》乃论诗文平仄之法，非韵书也。若韵书则李登、吕静早有之，不得云'千载未悟'。况韵书岂能使五字音韵悉异，两句角徵不同，十字颠倒相配乎？"（《陈澧集》第三册，上海古籍出版社2008年版，第222页）
⑤ 《文镜秘府论校注》，第80页。

北方引起很大反响,除了甄思伯的《磔四声论》明确反对以外,从现存的文献看,有很多人都是羽翼声律论的。

1. 洛阳(一作"略阳")王斌《五格四声论》。王与沈约、陆厥同时,在与文学批评相关的著作中,这是第一部在书名中出现"格"的。《南史·陆厥传》称:"时有王斌者,不知何许人,著《四声论》行于时。"①其书已轶,但在《文镜秘府论》中有遗文可觅。有些属于声律病犯,如西卷"文二十八种病"中蜂腰、鹤膝二病,一般说来,蜂腰指第二字不得与第五字同声,鹤膝指第五字不得与第十五字同声。但"蜂腰、鹤膝,体有两宗,各互不同。王斌五字制鹤膝,十五字制蜂腰"②,就正好相反。所以沈约又说:"人或谓鹤膝为蜂腰,蜂腰为鹤膝,疑未辨。"③又"傍纽"下引王斌语云:"若能回转,即应言'奇琴''精酒''风表''月外',此即可得免纽之病也。"④所谓"傍纽",是指双声字中间有隔,这本来也是沈约的说法。刘善经说:"傍纽者,即双声是也。譬如一韵中已有'任'字,即不得复用'忍''辱''柔''蠕''仁''让''尔''日'之类。沈氏所谓'风表''月外''奇琴''精酒'是也。"⑤王斌乃承沈说。但这里的文字被引用者加以简约,所以文义不很明确。结合崔融的《唐朝新定诗格》,其傍纽病云:"'风小''月脸''奇今''精酉''表丰''外厥''琴罱''酒盈'。"⑥即在五言诗中分别出现上述字乃为病,假如能够调整("若能回转"),将分开的两字合在一起成为"奇琴""精酒",那就可以避免此病("免纽之病")。另外,王斌也有关于创作体式的规定,这应属于"五格"的范围。地卷"八阶"的"和诗阶"下引王斌曰:

---

① 《南史》卷四十八《陆厥传》,中华书局1975年版,第1197页。
② 《文镜秘府论校注》,第416页。
③ 同上书,第419页。
④ 同上书,第429页。
⑤ 同上书,第431—432页。
⑥ 《全唐五代诗格汇考》,第137页。

"无山可以减水,有日必应生月。"所谓"和诗",一方面是外界景色与内心感受相呼应,另一方面是景色与景色相配合①,王斌的说法属后者。

2. 北魏常景《四声赞》。刘善经《四声指归》云:"魏秘书常景为《四声赞》曰:'龙图写象,鸟迹摛光。辞溢流徵,气靡清商。四声发彩,八体含章。浮景玉苑,妙响金锵。'虽章句短局,而气调清远。故知变风俗下,岂虚也哉。"②潘重规认为"俗下"当为"洛下"之讹③,甚为有见。据《魏书》卷八十二《常景传》,景"若遇新异之书,殷勤求访"④。"四声"之说是当时诗坛最为"新异"的论调,他必然仔细研读,并付诸实践。刘善经又引《后魏文苑序》,称"陈郡袁翻、河内常景,晚拔畴类,稍革其风",以至"洛阳之下,吟讽成群"⑤。

3. 刘滔,生平不详⑥。案《四声指归》多引用各家之说,于南方人士或称"吴人",或称"江表之士",或称"江东才子",而数引刘滔言,皆径称之,或为北方之人。从引文来看,首先,是附和沈约之见,如云前人对四声"竟无先悟",其作品之成败,乃"得者暗与理合,失者莫识所由。唯知龃龉难安,未悟安之有术"⑦。其次,他提出了必须遵守的写作规范,在"上尾""蜂腰""傍纽""正纽"等问题上皆有其意见,罗根泽已有论述⑧,此处从略。刘滔的意见中最值得注意的是两点:第一,强调五言诗句的二、四不同声。沈约等"永明体"诗人主张二、五不同声(如蜂

---

① 《文镜秘府论》解释道:"黄兰碧桂,风舞叶上之飞香;紫李红桃,日漾花中之艳色。彼既所呈九暖,此即复答三春。兼疑秋情,齐嗟夏抱。染墨之辞不异,述怀之志皆同。彼此宫商,故称相和。"(《文镜秘府论校注》,第168页)
② 同上书,第104页。
③ 《隋刘善经四声指归定本笺》,《新亚书院学术年刊》第四期。
④ 《魏书》卷八十二,中华书局1974年版,第1805页。
⑤ 《文镜秘府论校注》,第81页。
⑥ 前人怀疑为梁代的"刘绍",参见同上书,第81—82页。
⑦ 同上书,第80页。
⑧ 参见罗根泽《中国文学批评史》第一册第三篇第五章"音律说"四"刘滔的病犯说",上海古籍出版社1984年版。

腰病所示），但刘滔说："第二字与第四字同声，亦不能善。此虽世无的目，而甚于蜂腰。"①这实际上代表了从永明体到今体诗的过渡。在今体诗中，二、五同声很常见，但二、四同声须避免。第二，永明体强调四声分用，平、上、去、入各为一类而与其他三类相对，但从刘滔的话中可以看到四声二元化的趋向："平声赊缓，有用处最多，参彼三声，殆为大半。且五言之内，非两则三……此其常也。亦得用一用四。若四，平声无居第四……用一，多在第二……此谓居其要也。"②显然是以平声与其他三声（上、去、入）相对。其所谓"非两则三""用一用四"，都是就平声字与仄声字在一句诗中的多少而言。而且，对于在不同句式中平声字应处的位置，作者也有严格的规定。

4. 北齐阳休之《韵略》。《四声指归》指出："齐仆射阳休之，当世之文匠也。乃以音有楚夏，韵有讹切，辞人代用，今古不同。遂辨其尤相涉者五十六韵，科以四声，名曰《韵略》。制作之士，咸取则焉。后生晚学，所赖多矣。"③显然，这是一部与文学创作有关的音律学著作，其书对于当时人影响颇大。对于创作者来说，起到了"取则"的规范作用。

5. 北齐李概（字季节）《音韵决疑》。《四声指归》云："齐太子舍人李节，知音之士，撰《音韵决疑》……经每见当世文人，论四声者众矣，然其以五音配偶，多不能谐。李氏忽以《周礼》证明，商不合律，与四声相配便合，恰然悬同。愚谓钟、蔡以还，斯人而已。"④钟子期、蔡邕均为知音之人，颜之推《颜氏家训·音辞》也曾表彰李季节"知音"。不过，中国幅员辽阔，南北有异，语音不同，"吴楚则时伤清浅，燕赵则多伤重

---

① 《文镜秘府论校注》，第412页。
② 同上书，第413页。
③ 同上书，第104页。
④ 同上书，第104页。

浊,秦陇则去声为入,梁益则平声似去"①,所以在颜之推看来,"李季节著《音韵决疑》,时有错失;阳休之造《切韵》,殊为疏野"②。所谓"疏野",是以其设韵太宽③。而后来唐代的官韵都以陆法言《切韵》为蓝本,其书以"南北是非,古今通塞"为标准,分一百九十三韵。唐代科举之士又"苦其苛细",要求允许将相近的韵"合而用之"④。

6. 隋刘善经《四声指归》。此书引用了众多文献,主要意见亦不外四声和病犯。值得注意的是作者的态度,对于其所信奉的观念以不容置疑的口吻道出,具有强烈的规范意识。例如关于四声,他说:"四声者譬之轨辙,谁能行不由轨乎?纵出涉九州,巡游四海,谁能入不由户也?"⑤《文镜秘府论》西卷有"文笔十病得失",据中外学者的研究,此节亦出于《四声指归》⑥。略举一例如下:

> 上尾,第一句末字、第二句末字不得同声。诗得者:"萦鬟聊向牗,拂镜且调妆。"失者:"西北有高楼,上与浮云齐。"笔得者:"玄英戒律,繁阴结序。地卷朔风,天飞陇雪。"失者:"同源派流,人易世疏。越在异域,情爱分隔。"⑦

---

① [隋]陆法言:《切韵序》,洪诚选注《中国历代语言文字学文选》,江苏人民出版社1982年版,第159页。
② 王利器:《颜氏家训集解》,上海古籍出版社1980年版,第474页。
③ 周祖谟《颜氏家训音辞篇注补》指出:"如冬、钟、江不分,元、魂、痕不分,山、先、仙不分,萧、宵、肴不分,皆与《切韵》不合。其分韵之宽,尤甚于李季节《音谱》,此颜氏之所以讥其疏野也。"(《问学集》上册,中华书局1966年版,第416页)
④ 封演《封氏闻见记》卷二"声韵"条云:"隋朝陆法言与颜、魏诸公定南北音,撰为《切韵》,凡一万二千一百五十八字,以为文楷式。而先、仙、删、山之类,分为别韵。属文之士,共苦其苛细。国初,许敬宗等详议,以其韵窄,奏合而用之,法言所谓'欲广文路,自可清浊皆通'者也。"("新世纪万有文库"本,辽宁教育出版社1998年版,第7页)
⑤ 《文镜秘府论校注》,第97页。
⑥ 参见興膳宏訳注、解説「文鏡秘府論」,『弘法大師空海全集』第五卷,筑摩書房,1986年,688頁。
⑦ 《文镜秘府论校注》,第460页。

如果和沈约的说法比较:"第一、第二字不宜与第六、第七字同声。"①"不宜"与"不得"语气显然有别。再结合对"蜂腰"的看法,王斌的意见与沈约正好相反,沈约以为两者可"并随执用"②,且以迟疑的口气说"疑未辨"③。而刘善经则批评王斌"体例繁多,剖析推研,忽不能别"④,又讥讽沈约"孰谓公为该博乎"⑤?种种迹象表明,文学批评上的"规范意识"在批评家头脑里是越来越强化了。在南方,萧子显《南齐书·文学传论》中提及"吟咏规范,本之雅什"⑥,简直就是"规范诗学"的另一种表述。

自从初唐人提出融合南北以形成新的诗风,无论是魏征所谓的"江左宫商发越,贵于清绮;河朔词义贞刚,重乎气质"⑦,以"太康体"和"建安体"分别代表南北文学,或以吸收陆机和宋、齐诗风而形成的"绮错婉媚"的"上官体",还是"言气骨则建安为传,论宫商则太康不逮"⑧的盛唐诗,都把唐人对声律的吸收,仅仅看成超越了太康文学,而延续了南齐永明体以来的诗歌成就。事实上,从北魏孝文帝时开始,北方文学在声律上的成就不容忽视。在刘善经的笔下,其盛况被描述为"声韵抑扬,文情婉丽,洛阳之下,吟讽成群……动合宫商,韵谐金石者,盖以千数,海内莫之比也……习俗已久,渐以成性。假使对宾谈论,听讼断决,运笔吐辞,皆莫之犯"⑨。这绝非夸大其词。《洛阳伽蓝记》

---

① 《文镜秘府论校注》,第404页。
② 同上书,第416页。
③ 同上书,第419页。
④ 同上书,第97页。
⑤ 同上书,第419页。
⑥ 《南齐书》卷五十二,第907页。
⑦ 《隋书》卷七十六《文学传序》,第1730页。
⑧ [唐]殷璠:《河岳英灵集·论》,傅璇琮编撰:《唐人选唐诗新编》,陕西人民教育出版社1996年版,第108页。
⑨ 《文镜秘府论校注》,第81页。

载喜作双声语的李元谦经过郭文远宅,与其婢女春风的对话,即可见在日常语言中刻意使用双声词,已普及到社会的下层民众①。而缁门对诗歌的病犯之说也同样熟悉,如隋朝的慧净②。这些都显示了声律论在北方社会的流行程度。因此,唐代"规范诗学"的建立,有着深厚的历史渊源和广泛的社会基础。那种仅以南方文学的传统来认识律诗形成的思路,恐怕是需要调整或修正的。

三、"规范诗学"的建立

如果说一代有一代之胜,那么,诗歌无疑是唐代之胜。诗歌发展到唐代,古诗、乐府、律诗、绝句,可谓各体皆备,流派纵横。然而在诸体中,假如要选出一体以代表唐诗,首当其选的无疑是律诗。或以七律,如元好问之《唐诗鼓吹》;或以五律,如李怀民之《重订中晚唐诗主客图》③。律诗是唐人的创造,诗而称"律",就表明了对"规范"的重视。元稹《唐故工部员外郎杜君墓系铭》云:"沈、宋之流,研练精切,稳顺声

---

① 《洛阳伽蓝记》卷五载:"陇西李元谦乐双声语,常经文远宅前过,见其门阀华美,乃曰:'是谁第宅?过佳!'婢春风出曰:'郭冠军家。'元谦曰:'凡婢双声!'春风曰:'僕奴慢骂!'元谦服婢之能,于是京邑翕然传之。"周祖谟云:"案'是谁'为禅母、'过佳'及'郭冠军家'并为见母,'凡婢'为奉母,'双声'为审母,'僕奴'为泥母,'慢骂'为明母,皆双声字也。'第'为定母,'宅'为澄母,古音亦属同声。"([魏]杨衒之撰,周祖谟校释:《洛阳伽蓝记校释》,上海书店出版社 2000 年版,第 181 页)
② 《续高僧传》卷三《慧净传》记载了大业初年他与始平令杨宏的对话:"(宏)曰:'法师必须词理切对,不得犯平头、上尾。'于时冠平帽,净因戏曰:'贫道既不冠帽,宁犯平头?'令曰:'若不犯平头,当犯上尾。'净曰:'贫道脱屦升床,自可上而无尾。'"(《大藏经》第五十册,第 441 页)从其机敏的应对中,正可看出他对这套术语的熟悉。
③ 元好问最擅长七律,他以七律作为唐诗的代表,显示了其批评眼光,并且对元、明时代颇有影响。而清人李怀民认为,唐人专攻五律,不轻作七律,因此五律才是唐诗的代表。"略五言而学其七言,是弃其长而用其短也。吾之订唐诗而不及七言,诚欲力矫此弊。"(《重订中晚唐诗主客图说》,咸丰四年刊本)这又代表了另一种批评眼光。

势,谓之为律诗。由是而后,文变之体极焉。"①律诗的特征是"研练精切","研练"即《文心雕龙·总术》中所说的"研术"和"练辞",落到实处主要是"稳顺声势",一是声律,二是对偶。元稹对自己的作品分类,以"声势沿顺、属对稳切者为律诗"②,亦可互证。一般说来,文学史上一种新形式的流行,常常是由于旧形式在人们心目中的日久生厌,"至今已觉不新鲜"③。但在中国文学史上,新形式的出现未必总是要取代旧形式,而是在保留它们的同时,向旧形式中注入新的因素。所以,律诗出现后,唐人并没有使古诗消失,而是将他们提出的规范,同时向古诗渗透④。也许正因为这样,李攀龙才有"唐无五言古诗,而有其古诗"⑤的论断。

唐人创造的近体诗(包括律诗和绝句)是一种具有高度形式感的诗体,与古诗相比,其结构由开放走向封闭。五七言四句构成了绝句,五七言八句构成了律诗,这是近体诗的基型⑥。由此而决定了一首诗的长度是有限的,诗人借以跳跃腾挪的空间是规定的。其次,音律由"清浊通流,口吻调利"⑦走向严守平仄,避忌文病。再次,句式由单辞孤义走向偶辞并见,由线性的流动变为稳定的对称。那么,如何在有限

---

① 《元稹集》卷五十六,中华书局1982年版,第601页。"文变之体"《全唐文》卷六百五十四作"文体之变"。
② 《叙诗寄乐天书》,《元稹集》卷三十,第353页。
③ [清]赵翼:《论诗》之二,《赵翼诗编年全集》第三册,天津古籍出版社1996年版,第821页。
④ 高友工《中国抒情美学》指出:"对'法'的迷恋在律诗定型的时候显得最明显……唐代所建立的适合'古体诗'的诗歌理论,同样反映了对法的关注。"(乐黛云、陈珏编选:《北美中国古典文学研究名家十年文选》,第35页)
⑤ 《选唐诗序》,《沧溟先生集》卷十五,上海古籍出版社1992年版,第377页。
⑥ 尽管可以有联章体或排律体,但这些也是由近体诗的基型累迭而成,并非典型,且所占比例不大。
⑦ 钟嵘《诗品序》云:"余谓文制,本须讽读,不可蹇碍。但令清浊通流,口吻调利,斯为足矣。"(《诗品集注》,第340页)

的空间中,使每一个字词发挥其在视觉、听觉、味觉、感觉上的最大的效用①,从而敞开一种若隐若现、可望而不可即、可意会而难言传的无限的境界,这一文学需要的本身也就催生并促进了唐代"规范诗学"的建立和发展。

唐代的"规范诗学",主要集中在诗格类著作中。诗格的内容,就其本身而言,其讨论的重心也有变迁,反映在书名上,比如崔融的《唐朝新定诗格》、徐隐秦的《开元诗格》、王起的《大中新行诗格》、郑谷等人的《新定诗格》等,或标年号,或冠"新"名,即表示其规定性或产生于或针对于一时一朝。但总体看来,唐人对诗学的"规范"主要表现在对文学作品中声律、对偶、句法、结构和语义的要求上。兹分述如下:

1. 声律

南朝以来的文笔论,主要以有韵无韵做区分,即"无韵者笔也,有韵者文也"。刘勰不主张以此区分文笔,他提出"言"与"翰"之别,前者是口头语言,后者是文学表现,只是他的解释既不够明朗也不够有力。虽然他在《情采》篇中,将"文"又区分为"形文""声文"和"情文",但这需要有心的读者善作勾连。继作推进者是萧绎,其《金楼子·立言篇》说:

> 至如不便为诗如阎纂,善为章奏如伯松,若此之流,泛谓之笔。吟咏风谣、流连哀思者谓之文……至如文者,维须绮縠纷披,宫徵靡曼,唇吻遒会,情灵摇荡。②

逯钦立以为萧绎的意见"与传统的文笔说,有天地的悬隔",并"含有两

---

① [宋]计有功《唐诗纪事》(上海古籍出版社1987年版,第702页)卷四十六引刘昭禹说:"五言如四十个贤人,著一字如屠沽不得。"其说可参。
② 许德平:《金楼子校注》,台湾嘉新水泥公司文化基金会1967年版,第189—190页。

大异彩"①,堪称卓见。其新说的意义在于,这是对作品中"文学性"的又一番深切的反省。因此,阁纂的诗被排斥于"文"之外。萧绎虽然没有说阁的诗"不便"在何处,不过,结合他所说的"作诗不对,本是吼文,不名为诗"②,也许是阁不善于对偶。何僧智"赋诗不类",任昉嘲笑为"狗号"③。可见,未必有韵者即可称诗。过去的"有韵""无韵",讲的是韵脚,而"宫徵靡曼,唇吻遒会"讲的是声律。一般的语言材料,只有通过富有文采、音律和情感的方式表现出来,才可以称作"文",也就是刘勰"形文""声文"和"情文"之意。

　　唐人诗格中有大量关于声律病犯的限制,从上官仪《笔札华梁》到郑谷等人的《新定诗格》,韵的问题始终受到高度重视。由于唐人的说法过于频繁,以至于纪昀也得出了"言八病自唐人始"④的错误结论。

　　"规范诗学"的核心是"怎么写",因此,一般的语言材料通过什么方式才能成为文学作品,就是规范诗学首先面对的问题。从六朝以来文笔之辨的发展以及北朝重视韵学的流变来看,"韵"很快引起了批评家的注意。《文笔式》中说:"制作之道,唯笔与文……即而言之,韵者为文,非韵者为笔。"⑤这看起来还是一个传统的说法,但具体的论述,都是关于如何防止"声病"。韵脚之"韵"已转换为韵律之"韵"。文章最后总结道:

　　　　名之曰文,皆附之于韵。韵之字类,事甚区分。缉句成章,不

---

① 《说文笔》,逯钦立:《汉魏六朝文学论集》,第366页。
② [唐]王昌龄《诗格》引,《全唐五代诗格汇考》,第171页。
③ [南朝梁]萧绎:《金楼子·杂记篇》上,《金楼子校注》,第250页。
④ 《沈氏四声考》卷下,《丛书集成初编》本,商务印书馆1936年版,第156页。
⑤ 《全唐五代诗格汇考》,第95页。

可违越。若令义虽可取,韵弗相依,则犹举足而失路,弄掌而乖节矣。故作者先在定声,务谐于韵,文之病累,庶可免矣。①

即便一段语言材料的内容很好("义虽可取"),但如果不合韵律("韵弗相依"),也不成其为作品。这就典型地表明,声韵在作品中具有何等重要的审美功能。其中涉及语音和语调等问题。语音问题论者已多,这里仅就语调再做说明。《文笔式》云:

> 声之不等,义各随焉。平声哀而安,上声厉而举,去声清而远,入声直而促。词人参用,体固不恒。请试论之:笔以四句为科,其内两句末并用平声,则言音流利,得靡丽矣。兼用上、去、入者,则文体动发,成宏壮矣。②

不同的语调(或平、或升、或降)会造成不同的语音旋律,产生不同的审美效果,形成不同的文学风格。唐人在声律上的最大贡献在"调声",这是为了解决律诗粘对的问题③。违反规则,便可能失粘或失对。元兢《诗髓脑》指出:"调声之术,其例有三:一曰换头,二曰护腰,三曰相承。"④若准此"三术",就能写出一首完全合律的近体诗。独孤及批评当时人"以'八病''四声'为桎梏,拳拳守之,如奉法令"⑤,亦可见"规范诗学"实际效用之一斑。

---

① 《全唐五代诗格汇考》,第97页。
② 同上书,第95页。
③ 王力《诗词格律》说:"粘对的作用,是使声调多样化。如果不'对',上下两句的平仄就雷同了;如果不'粘',前后两联的平仄又雷同了。"(中华书局2000年版,第29页)
④ 《全唐五代诗格汇考》,第114页。
⑤ 《检校尚书吏部员外郎赵郡李公中集序》,《毘陵集》卷十三,《四部丛刊》影印亦有生斋校刊本。

2. 对偶

上文引到萧绎的话"作诗不对,本是吼文,不名为诗",已经把对偶作为诗歌成立的一项必要条件提出。这在唐人就成为更普遍的要求,如上官仪《笔札华梁》指出:

> 凡为文章,皆须对属。诚以事不孤立,必有匹配而成……在于文章,皆须对属。其不对者,止得一处二处有之。若以不对为常,则非复文章(若常不对,则与俗之言无异)……故援笔措辞,必先知对。比物各从其类,拟人必于其伦。此之不明,未可以论文矣。①

崔融《唐朝新定诗格》云:

> 凡为文章诗赋,皆须对属,不得令有跛眇者。跛者,谓前句双声,后句直语,或复空谈。如此之例,名为跛。眇者,谓前句物色,后句人名,或前句语风空,后句山水。如此之例,名眇。②

王昌龄《诗格》云:

> 凡文章不得不对。上句若安重字、双声、迭韵,下句亦然。若上句偏安,下句不安,即名为离支。若上句用事,下句不用事,名为缺偶。③

从他们反复申明的文章"皆须对属"中,可见其重视程度。文学是语言

---

① 《全唐五代诗格汇考》,第 65—67 页。
② 同上书,第 135 页。
③ 同上书,第 171 页。

的艺术,如果找不到语言的艺术性何在,就难以区分文学语言和日常语言。唐人极其注重文学语言的特征,其中"对偶"就是重要的一项。缺少这一特征,"若常不对,则与俗之言无异"。诗歌语言的构成需要根据一定的艺术原则展开,拿对偶来说,就有根据相称与平衡的原则、对比与映衬的原则、字形与字音的原则等演化出来的各种不同的方式。如果无意中违反了这些原则,便是诗病,如跛、眇、离支、缺偶等。唐人的对偶原则,日僧空海在其《文镜秘府论》东卷中曾加以整理,"弃其同者,撰其异者,都有二十九种对"①,基本都符合以上这些构成原则。如的名对、互成对、异类对、背体对乃根据对比与映衬的原则,隔句对、双拟对、平对、同对则根据相称与平衡的原则,双声对、迭韵对、字对、声对又根据字形与字音的原则等。这里特别需要提出的是两种例外:"偏对"和"总不对对"。前者谓"全其文彩,不求至切,得非作者变通之意乎"②;这其实与"意对""交络对""含境对""虚实对""假对"类似,都不是严格的对偶。而"总不对对"竟然得到"如此作者,最为佳妙"③的评价。对偶基本上需要遵循的是平衡与对称的原则,但诗人在达到平衡之后,又需要在一定程度上和一定范围内打破固有的平衡,"不求至切";甚至推到极致,以不对为对,即"总不对对"。这是得到允许的"作者变通之意",与不懂对偶、不善对偶所造成的"不对"未可相提并论。即如"总不对对"而言,其诗例为沈约《别范安成》:

平生少年日,分手易前期。及尔同衰暮,非复别离时。勿言一

---

① 《文镜秘府论校注》,第 223 页。
② 同上书,第 261 页。
③ 同上书,第 269 页。

樽酒,明日难共持。梦中不识路,何以慰相思。①

虽然从字面上看不对,但从含义和韵律上自有其内在的对称。首四句即为不严格的隔句对。五六句以席上之樽酒,写当下之离怀。结尾两句以他日之远梦,写今日之别情。严羽《沧浪诗话·诗体》云:"有律诗彻首尾不对者,盛唐诸公有此体。"②并举孟浩然、李白为例。其实,一味强调对偶,并且是很工稳的对偶,也易于造成诗歌的油滑与僵化。所以皎然《诗议》中就批评了当时的"俗对"、"下对"(乃"低下"之"下"),原因即在于句中多着"熟字""熟名"和"俗字""俗名"。他指出:"调笑叉语,似谑似讖,滑稽皆为诗赘,偏入嘲咏,时或有之,岂足为文章乎?"③他又说:"夫累对成章,高手有互变之势,列篇相望,殊状更多。若句句同区,篇篇共辙,名为贯鱼之手,非变之才也。"④因此,有规范而又有变通,是唐人的智慧处,而唐代诗学的卓越成就,也就自然不同凡响。

3. 句法

古典诗歌发展到晋、宋时代,在审美上开始逐步重视起"佳句""秀句",并且在诗学批评上衍生出"摘句褒贬"的方法⑤。杜甫《寄高三十五书记》云:"美名人不及,佳句法如何。"⑥这是将"佳句"明确赋予了"法"的权威,"句法"的概念从此而生。到宋代,类似"子美句法""老杜句法"的话也就被人津津乐道,"句法"甚至成为宋代诗学的核心观

---

① 《六臣注文选》卷二十,第385—386页。
② [清]胡鉴:《沧浪诗话注》卷二,台湾广文书局1978年影印版,第97页。
③ 《全唐五代诗格汇考》,第206页。
④ 同上书,第205页。
⑤ 此语见《南齐书·文学传论》:"张际摘句褒贬。"参见张伯伟《中国古代文学批评方法研究》外篇第二章第二节"'摘句褒贬'的形成"。
⑥ 《杜诗详注》卷三,第194页。

念之一①。但强调句法实始于唐代②,杜诗中的用字不是偶然的。

文学作品总是"因字而生句,积句而成章,积章而成篇"③的,从诗歌来看,其基本单位是句。句与句之间按照什么样的审美标准或艺术程序来进行不同的组合,例如相反、对立、承应、互补等,是句法所要处理的主要问题。如果我们认识到对偶也属于句法的范围,那么,在唐代的"规范诗学"中,有关句法的探讨实际上占据了很大的比重。

在古典诗学中,"句法"的含义颇为丰富,高友工用现代的话语做了如下表述:"'法'这个词同时有规律(law)、模式(modle)、法则(method)和教育的办法(pedagogy)这样几个意思。"④此外,它还含有诗句的内容乃至作者的涵养之意。不过,本文着重要谈的是构句的模式。

撇开讨论对偶的部分不谈,如上官仪《笔札华梁》中的"八阶""句例",《文笔式》中的"六志""句例",崔融《唐朝新定诗格》中的"十体",王昌龄《诗格》中的"十七势""起首入兴体十四""常用体十四""落句体七",皎然《诗议》中的"诗有十五例",《诗式》中的"品藻",齐己《风骚旨格》中的"诗有十体""诗有十势""诗有二十式""诗有四十门",徐夤《雅道机要》中的"明联句深浅""明势含升降""叙句度",神彧《诗格》中的"论诗势"等,谈论的基本上都不出句法的范围。

不过在表述上,唐人尚不似宋代直接使用"句法"一词⑤,而多用

---

① 王德明《中国古代诗歌句法理论的发展》(广西师范大学出版社2000年版)一书,实以宋代为探讨重心,即说明了这一点。
② 李东阳《麓堂诗话》云:"唐人不言诗法,诗法多出宋……所谓法者,不过一字一句、对偶雕琢之工。"(丁福保:《历代诗话续编》下册,中华书局1983年版,第1371页)此说有误。
③ [南朝梁]刘勰:《文心雕龙·章句》,《文心雕龙校证》,第219页。
④ 《中国抒情美学》,《北美中国古典文学研究名家十年文选》,第35页。
⑤ 以魏庆之《诗人玉屑》为例,其卷三、卷四就明确标出"句法""唐人句法""风骚句法"等名目,可知到宋代"句法"已成为诗学界普遍使用的一个概念。

"体"或"势"来代指。"体势"的概念出现于六朝,在《文心雕龙》中专列《体性》和《定势》篇,对这两个概念的内涵做了较为完善的陈述。据学术界的一般认识,刘勰这两篇所集中阐述的是文学上的风格问题。唐代的文学理论从六朝发展而来,唐人当然有继续沿用这些概念的情形,但在诗格类文献中,"体势"的概念往往具有全新的指涉,即句法。为何本来用以描述风格的概念在唐人却转换为对句法的描述呢?简单地说,就是唐人充分意识到,一篇作品乃至一个诗人风格的形成,句法是最基本也是最重要的因素。在诗歌中,句子是其基本成分,句与句之间既相互关联又相互制约,形成了一篇作品的独特结构,最后,整篇作品便呈现出一个统一的、完整的面貌,这就是作品的风格。假如这种面貌在一个诗人笔下反复呈现,就形成了这个诗人的风格;在一个时代反复出现,就形成了这个时代的风格。到宋代,人们才明确用"句法"表示①。《唐朝新定诗格》列"十体",可以理解为十种不同的风格,但根基在不同的句法。例如"飞动体":

飞动体者,谓词若飞腾而动是。诗曰:"流波将月去,潮水带星来。"又曰:"月光随浪动,山影逐波流。"②

又如"婉转体":

婉转体者,谓屈曲其词,婉转成句是。诗曰:"歌前日照梁,舞

---

① 举一个时代风格的例子,吴可《藏海诗话》云:"'细数落花因坐久,缓寻芳草得归迟。''细数落花''缓寻芳草',其语轻清。'因坐久''得归迟',则其语典重。以轻清配典重,所以不堕唐末人句法中,盖唐末人诗轻佻耳。"(丁福保:《历代诗话续编》上册,第333页)在吴可看来,"轻佻"之风格的形成,其决定因素是"句法"。余可类推。

② 《全唐五代诗格汇考》,第131页。

处尘生袜。"又曰:"泛色松烟举,凝华菊露滋。"①

每体皆举两句诗为例,前者呈现的是一种回环往复的流动之感,正合于"飞动";后者以错综法构句②,遂形成"婉转"的风格。正因为风格基于句法,所以唐人就把本来用于描述风格的术语直接转换到对句法的指涉。王昌龄《诗格》中有"十七势",罗根泽先生说:"第十二'一句中分势'与第十三'一句直比势',可归为一组,都是讲明句法的。"③这话固然没有说错,但实际上,"十七势"所讲的都是句法。例如"下句拂上句势"云:

下句拂上句势者,上句说意不快,以下句势拂之,令意通。古诗云:"夜闻木叶落,疑是洞庭秋。"昌龄诗:"微雨随云收,蒙蒙傍山去。"又云:"海鹤时独飞,永然沧洲意。"④

这是说若上句诗表情达意不够明白爽快,则以下一句补充照应。又如"含思落句势"云:

含思落句势者,每至落句,常须含思,不得令语尽思穷。或深意堪愁,不可具说,即上句为意语,下句以一景物堪愁,与深意相惬便道,仍须意出成感人始好。昌龄《送别诗》云:"醉后不能语,乡山雨霏霏。"又落句云:"日夕辨灵药,空山松桂香。"又"墟落有怀

---

① 《全唐五代诗格汇考》,第131页。
② 正常的词序似乎应该是"日照歌前梁,尘生舞处袜",以及"烟举泛松色,露滋凝菊华"。
③ 《中国文学批评史》第二册,第33页。
④ 《全唐五代诗格汇考》,第155页。

县,长烟溪树边"。又李湛诗云:"此心复何已,新月清江长。"①

律诗和绝句都有一定的长度,若"语尽思穷",则殊为乏味。而要做到"文已尽而意有余",在结句的时候便大有讲究。为了将钟嵘的审美要求在创作上落到实处,王昌龄提出了"含思落句",并具体指授以景惬意作结的句法。后人当然有更为明确的表述,如张炎《词源·令曲》云:"末句最当留意,有有余不尽之意始佳。"②沈义府《乐府指迷·结句》云:"结句须要放开,含有余不尽之意,以景结情最好。"③直到晚清的刘熙载,其《艺概·词曲概》云:"收句非绕回即宕开,其妙在言虽止而意无尽。"④标举的都是同一个道理。不过,在文字表述上,王昌龄显得有些絮絮叨叨,这也许是由"规范诗学"的性格所决定的吧。

这样,在晚唐五代的诗格中,频繁出现的种种"势",其实都是在讲句法,也就容易理解了⑤。到了宋代,句法是风格的基础,乃至以句法代表风格,类似的议论不绝于耳。魏泰《临汉隐居诗话》评孟郊诗"寒涩穷僻……观其句法,格力可见矣"⑥。《吕氏童蒙诗训》云:"前人文章,各自一种句法……学者若能遍考前作,自然度越流辈。"⑦又云:"渊明、退之诗,句法分明,卓然异众。惟鲁直为能深识之。学者若能识此等语,自然过人。"⑧范温《诗眼》云:"句法之学,自是一家工夫。"⑨葛立

---

① 《全唐五代诗格汇考》,第156页。
② 夏承焘:《词源注》,人民文学出版社1963年版,第25页。
③ 蔡嵩云:《乐府指迷笺释》,人民文学出版社1963年版,第56页。
④ 《艺概》卷四,上海古籍出版社1978年版,第114页。
⑤ 关于晚唐五代诗格中的"势"论,参见张伯伟《佛学与晚唐五代诗格》,《禅与诗学》,浙江人民出版社1992年版,第15—25页。
⑥ [清]何文焕辑:《历代诗话》上册,第321页。
⑦ [宋]胡仔:《苕溪渔隐丛话》前集卷八引,第48页。
⑧ [宋]胡仔:《苕溪渔隐丛话》前集卷十八引,第119—120页。
⑨ [宋]胡仔:《苕溪渔隐丛话》前集卷四十一引,第281页。

方《韵语阳秋》卷二云:"应制诗非他诗比,自是一家句法,大抵不出于典实富艳尔。"①然而若考察这番议论的源头,实在唐人对句法的论述中。

4. 结构

文学的结构也是"规范诗学"中的重要命题。陆机说他读前人的佳作时能"得其用心",刘勰解释"文心"二字乃"为文之用心"②,他们所说的"用心",就是唐人所说的"构思"。

《文笔式》云:"凡作文之道,构思为先。"③构思首先要解决的是"文"如何"逮意",即"必使一篇之内,文义得成;一章之间,事理可结"④。所以,必须要根据文体之大小,事理之多少,以决定文章段落之划分。"体大而理多者,定制宜弘;体小而理少者,置辞必局。"⑤段落与段落之间的连结,则靠更端词的作用。《文笔式》又云:"其若夫、至如、于是、所以等,皆是科之际会也。"⑥杜正伦《文笔要决·句端》云:"属事比辞,皆有次第。每事至科分之别,必立言以间之,然后义势可得相承,文体因而伦贯也。"⑦这里所用的"科"或"科分",来自佛经科判的术语,指的就是段落。尽管在《文心雕龙》的《章句》篇中,已经提到了"语助",并有"夫、惟、盖、故者,发端之首唱"的说法,但就语助辞在文章中的作用作系统总结,则始于唐人。其不同的功能表现为有的是"发端置辞,泛叙事物",有的是"承上事势,申明其理";有的是"取下言,证成于上",有的是"叙上义,不及于下";有的是"要会所归,总上

---

① 《历代诗话》下册,第498页。
② 《文心雕龙·序志》,《文心雕龙校证》,第294页。
③ 《全唐五代诗格汇考》,第80页。
④ 同上。
⑤ 同上书,第81页。
⑥ 同上。
⑦ 同上书,第541页。

义",有的是"豫论后事,必应尔"①。此后,一直到元人卢以纬的《语助》(后易名为《助语辞》),才继续有从作文的角度论述这一问题的著作②。

段落的划分有四项基本原则:"一者分理务周,二者叙事以次,三者义须相接,四者势必相依。"③"分理务周"可使文章段落大致均衡,"叙事以次"可使文章富有条理,"义须相接"能增强文章的逻辑性,"势必相依"会造就文章的音律美。一篇文章虽然可以划分为若干段落,但仍然是一个有机的整体,即"自于首句,迄于终篇,科位虽分,文体终合"④。此即唐人有关文章的分段理论。

唐代流行律赋,这种形式感很强的文体,必然很注重结构,而且具有更强的规定性。《赋谱》云:

> 凡赋体分段,各有所归。但古赋段或多或少,如《登楼》三段,《天台》四段之类是也。至今新体,分为四段:初三、四对,约卅字为头;次三对,约卅字为项;次二百余字为腹;最末约卅字为尾。就腹中更分为五:初约卅字为胸;次约卅字为上腹;次约卅字为中腹;次约卅字为下腹;次约卅字为腰。都八段,段段转韵发语为常体。⑤

---

① 以上引文出于《文笔要决》,见《全唐五代诗格汇考》,第 541—548 页。
② 现代学术惯将语言、文学分科,学者往往自划疆界,故视《语助》一类的著作仅为汇解虚词的书,甚至将此书推许为最早之著,可谓数典忘祖。如王克仲《助语辞集注》(中华书局 1988 年版)的"前言",即为一例。同样,今人有关文学史或批评史的论著,也很少涉及此类文献。
③ 《文笔式·定位》,《全唐五代诗格汇考》,第 81—82 页。
④ 同上书,第 82 页。
⑤ 《全唐五代诗格汇考》,第 563 页。

唐以前的古赋虽然也有分段，但多少不一。至于律赋则分为八段，每段的字数也有较为严格的规定。而段与段之间的连结与转换，则一依赖于更端词，在《赋谱》中称作"发语"，它具有"原始""提引""起寓"等不同的功能；二依赖于转韵，所谓"一韵管一段"①。总括而言，便是"段段转韵发语为常体"。

有一定篇幅的文或赋当然需要"构思"，做结构上的安排，一首律诗也同样有其结构。与对律赋的结构描述方式类似，唐人对律诗的结构也有"破题""颔联""诗腹""诗尾"的区分，并且做详细的提示。如《金针诗格》分"破题""颔联""警联""落句"，《雅道机要·叙句度》分"破题""颔联""腹中""断句"。而神彧《诗格》中"论破题"有五种方式，"论颔联"有四种写法，"论诗尾"有三种效果。所以虽然是"规范"，也还具有一定的弹性。

这样的结构理论当然是为了指导后生辈作文而提出，但唐人并不仅仅停留在"理论批评"，而是贯彻到具体的批评实践中，如孔颖达的《毛诗正义》，就有不少篇章结构的分析，李善注《文选》，也往往区分"科段"②，可见"规范诗学"的辐射面还是相当宽广的。

5. 语义

陆机《文赋》中说自己写作时遇到的最大难题是"恒患意不称物，文不逮意"③。可见，这里是把文、意、物作为三项而并列的，他所追求的也不过是"意"与"物"的相称，而不是合一。至《文心雕龙·神思》篇，则提出"神与物游"，又提出"陶钧文思，贵在虚静"④，这是要用庄

---

① 《赋谱》，《全唐五代诗格汇考》，第564页。
② 李匡乂《资暇集》卷上"非五臣"条云："代传数本李氏《文选》，有初注成者、复注者，有三注、四注者，当时旋被传写……尝将数本并校，不唯注之赡略有异，至于科段，互相不同。"（"新世纪万有文库"本，辽宁教育出版社1998年版，第6页）
③ 《六臣注文选》卷十七，第309页。
④ 《文心雕龙校证》，第187页。

学的精神贯注于创作之中,以达到物我为一。由此而产生了"意象"一词,"意"与"物"的关系在理论上更为紧密了。但这并不代表当时的创作实际,齐梁诗风"竞一韵之奇,争一字之巧。连篇累牍,不出月露之形;积案盈箱,唯是风云之状"①,"意"与"物"是脱节的。到唐代,无论是陈子昂提倡的"兴寄"②,还是殷璠强调的"兴象"③,或是王昌龄所说的"意象"④,体现的是一个共同的趋向,即"意"与"物"的融合,而唐代的诗歌创作也能与这一理论趋向同步发展。诗歌既然是语言材料的有机组合,在一个完整的结构中,小到一词,大到成篇,都有其特定的意义。于是,语义也成为"规范诗学"中的一项。

首先是题目。刘宋以前的诗对题目并不在意,有意识地制题也许从谢灵运开始,然后就要数杜甫⑤。唐代进士科考试有诗赋,要想使自己的作品吸引考官的眼球,必然要着意于开篇,也就是诗格著作中所说的"破题",这自然要重视题目。唐人作诗,大致皆先有题目。于是题目就如同核心,所有的诗句都围绕题目展开,重视题目或许由此而来。贾岛《二南密旨·论题目所由》指出:

> 题者,诗家之主也;目者,名目也。如人之眼目,眼目俱明,则全其人中之相,足可坐窥于万象。⑥

---

① [隋]李谔:《上隋文帝书》,《隋书》卷六十六《李谔传》引,第1544页。
② 陈子昂《修竹篇序》云:"仆尝暇时观齐梁间诗,彩丽竞繁,而兴寄都绝,每以永叹。"(彭庆生:《陈子昂诗注》卷三,四川人民出版社1981年版,第217页)
③ 殷璠《河岳英灵集·叙》批评齐梁以来的作品"都无兴象,但贵轻艳"(《唐人选唐诗新编》,第107页)。
④ 王昌龄《诗格》卷下"诗有三思"云:"久用精思,未契意象。"(《全唐五代诗格汇考》,第173页)
⑤ 陈衍《石遗室诗话》卷六云:"康乐制题,极见用意。然康乐后,无逾老杜者,柳州不过三数题而已。"(张寅彭:《民国诗话丛编》第一册,上海书店出版社2002年版,第89页)其说可参。
⑥ 《全唐五代诗格汇考》,第377—378页。

其"论篇目正理用"就规定了何种题目有何种寓意。《雅道机要》则归纳了诗题的若干类型,如"大雅题""小雅题""背时题""歌咏题""讽刺题""教化题""哀伤题""叹恨题""感事题"等。徐衍《风骚要式》也专列"兴题门",揭示题目与寓意的关系。但这也不是绝对化,所以《雅道机要·叙血脉》云"诗有四不",首先就是"不泥题目"①。又列"叙通变",云"凡欲题咏物象,宜密布机情,求象外杂体之意"②,可以看作对"不泥题目"的补充。

其次是物象。唐人诗格中讲到的物象,我过去命名为"物象类型",它指的是"由诗中一定的物象所构成的具有某种暗示作用的意义类型"③。《二南密旨·论总例物象》云:

天地、日月、夫妇,君臣也,明暗以体判用。④

这里的"天地""日月"和"夫妇"都是同一类物象,它们暗示的是"君臣"。前者是"明",后者是"暗";前者是"用",后者是"体"。好的物象,应该是体用兼备,是"意"与"象"的结合。不仅如此,唐人诗格中还详细规定了意、象结合的类型。比如虚中的《流类手鉴·物象流类》云:

日午、春日,比圣明也。残阳、落日,比乱国也……春风、和风、雨露,比君恩也。朔风、霜霰,比君失德也。⑤

---

① 《全唐五代诗格汇考》,第446页。
② 同上书,第447页。
③ 《中国古代文学批评方法研究》,第63页。
④ 《全唐五代诗格汇考》,第379页。
⑤ 同上书,第418页。

这种硬性的规定其实体现了一种文学倾向,即注重"意"在"象"中的主导作用。《雅道机要·叙搜觅意》云:"未得句,先须令意在象前,象生意后,斯为上手矣。不得一向只构物象,属对全无意味。"①在中国政治性很强的文学传统中,自《楚辞》以下本来就有这样的文学存在,王逸在《离骚经序》中又发挥了"香草美人"之说,所以,唐人诗格是在大量"象征物象"的作品基础上提炼出这些寓意②,并将这种寓意表述为"内外意"的原则。《金针诗格》最先提出"诗有内外意",《二南密旨》中说"明暗以体判用",《流类手鉴》中称"天地、日月、草木、烟云皆随我用,合我晦明"③,《处囊诀》以"明昧已分"作为"诗之用",反复叙述的都是一个意思。其中以《雅道机要·明意包内外》强调最甚:

内外之意,诗之最密也。苟失其辙,则如人去足,如车去轮,其何以行之哉?④

这里的"密",我想应该是"秘密"之"密"吧。

最后是篇意。《二南密旨·论总显大意》云:"大意,谓一篇之意。"⑤从所举的诗例来看,他是以诗中的一联(也许是关键句)作为衡量"一篇之意"的依据的。由此可以知道,在唐人的心目中,"句法"仍然是决定一篇作品风貌的最为重要的基石。

以上从五个方面阐发唐代的"规范诗学",我们应该不难得出以下的结论:

---

① 《全唐五代诗格汇考》,第445—446页。
② 以这种方式作诗或说诗,也会带来穿凿附会的弊端。参见张伯伟《中国古代文学批评方法研究》,第63—66页。
③ 《全唐五代诗格汇考》,第418页。
④ 同上书,第438页。
⑤ 同上书,第381页。

1. 唐代诗学的特点在于"规范诗学"。

2. "规范诗学"的要义在"怎么写"。

3. 唐代在中国文学批评史上的地位是，它完成了从"写什么"到"怎么写"的转变。

四、余论："规范诗学"的意义

唐代是一个追求浪漫的时代，也是一个重视规范的时代。唐律之完备，书法上的"尚法"①，都表明了规范在唐代的意义。《新唐书·刑法志》云："唐之刑书有四，曰：律、令、格、式。"②唐人把自己创造的诗冠以"律诗"之名，以至于宋代人认为其性格近于法家③。实用性的文体，从官家的公文如"王言"，到社会上一般的"书仪"，在敦煌残卷中，也都保存着各种格式④。而诗格类著作中又多有以"格""式"命名者，乃成为唐代文学批评的代表。由此看来，"规范"是唐代的风气，"规范诗学"就是这种风气的产物。

在今天看来，唐人的"规范诗学"有三方面的意义：

其一，唐代的诗歌是处于从古体诗向近（今）体诗转型之际发展起来的，在这样一个转型过程中，唐人十分注重诗歌语言的锻造与锤炼。

---

① ［清］冯班《钝吟杂录》卷七在讲到唐宋书法之异时说："唐人用法而意出。"又说："唐人尚法，用心意极精。"（中华书局2013年版，第112、115页）

② 《新唐书》卷五十六，第1407页。

③ 《苕溪渔隐丛话》前集卷八引《唐子西文录》云："诗在与人商论，深求其疵而去之，等闲一字放过则不可，殆近法家，难以言恕矣。东坡云：'敢将诗律斗深严。'予亦云：'诗律伤严近寡恩。'"（第49页）

④ 所谓"王言"，包括制、勅、册、令、教、符等，其撰写格式见于各种"公式令"，参见中村裕一《隋唐王言の研究》，日本汲古書院2003年版。"书仪"则为撰写各种书札的范本，其式如《大唐新定吉凶书仪》等。周一良、赵和平《唐五代书仪研究》指出，书仪对"凡涉及士大夫之社会交往的几乎诸方面都有规范"（中国社会科学出版社1995年版，第18页），其说亦可参。

从日常生活的语言中可以提炼出书面语言,这是语言的散文化。从日常语言和书面语言中再凝练而成诗歌语言,这是语言的诗化。诗歌语言的不断变化,实际上是生活语言与书面语言之间的不断往复,并且越来越接近的过程。在唐代的"规范诗学"中,不仅注重将诗与日常口语相区分,而且也要将诗与其他文体相区分。它追求的是诗歌语言的规范化,从平仄、对偶到句法、语义,都有非常细密的规定,同时也不乏变通。这就为诗人在诗歌语言达到高度规范化之后,不断追求新的变化,不避散文化的语言,甚至不避俚俗化的语言提供了可能。杜甫无疑是其最高代表,他一方面"晚节渐于诗律细"①"语不惊人死不休"②,另一方面又有非常生活化的诗语③。其后到元和时代,诗歌语言便发生了两方面的变化:一是以韩愈、孟郊为代表的追求怪异,一是以元稹、白居易为代表的追求通俗。前者从散文语言中吸取养分,后者从生活语言中采撷精华。但这并非将诗歌语言混同于散文语言或生活语言,而是经过提炼,使得诗歌语言更加健康、爽朗、凝练而又充满生活气息④。这对处于从旧诗到新诗转型的现代人来说,或许可以从中得到一些有益的启发。

其二,文学的规范与个性是一对矛盾,张融的《门律自序》说:"夫文岂有常体,但以有体为常,政当使常有其体。"⑤在这里,"以有体为常"是强调规范,"文岂有常体"是强调个性,而"常有其体"则揭示了规范的普遍性。文无"常体",是要以新的"体"打破旧的规范,但新的

---

① [唐]杜甫:《遣闷戏呈路十九曹长》,《杜诗详注》卷十八,第1602页。
② [唐]杜甫:《江上值水如海势聊短述》,《杜诗详注》卷十,第810页。
③ [宋]黄彻《䂬溪诗话》卷七云:"数物以'个',谓食为'吃',甚近鄙俗,独杜屡用。"(《历代诗话续编》上册,第379页)张戒《岁寒堂诗话》卷上云:"世徒见子美诗多粗俗,不知粗俗语在诗句中最难。非粗俗,乃高古之极也。"(同上书,第450页)
④ 参见林庚《唐诗的语言》,《唐诗综论》,人民文学出版社1987年版,第80—99页。
⑤ 《南齐书·张融传》,第729页。

"体"一旦取代了旧的规范,就形成了另一种"规范",从长时段来看,这种更迭所体现的还是"常有其体"。唐人的"规范诗学"蕴含有一定的变通之术,所以就包容了在旧规范中的新因素,为诗人的个性舒展开启了门户。宋代的江西诗派强调"夺胎换骨""点铁成金"以及主张"句眼""拗律"等,极易使后学"规行矩步,必踵其迹"①,僵化为"定法"或"死法",所以到了南宋,张戒提出"不可预设法式"②,吕本中则提出"学诗当识活法",而所谓"活法",就是指"规矩备具,而能出规矩之外;变化不测,而亦不背于规矩也",即"有定法而无定法,无定法而有定法"③。对于规范与个性的关系作了更为简捷的说明。

其三,站在文学理论的立场上看,唐人的"规范诗学"是一种"诗学语言学",是从语言的角度对诗歌创作提出了一系列的形式上的规范。中国文学理论在文学形式方面的建树和贡献,向来没有得到系统的总结,也因此在面临西方文学理论对文学作条分缕析的时候,今人往往显得有些心理自卑。其实,中国古代文论中并不缺乏这方面的成就。二十世纪从语言角度研究文学形式的,就其深度和影响而言,首推俄国形式主义文论。倘若我们将俄国形式主义文论与唐人诗说试做比较的话,便可发现许多相映成趣之处。仔细地比较研究非本文任务,姑且就其中代表人物之一日尔蒙斯基的见解与唐代诗格略做对照。日氏在《诗学的任务》一文中,描述了其诗语学说的五个方面的内容,即 1. 音韵学;2. 词法学;3. 句法学;4. 语义学;5. 语用学④。这与唐代"规范诗学"中的声律、对偶、句法、结构和语义等内容大致可以相应。而在材

---

① [宋]陈岩肖:《庚溪诗话》卷下,《历代诗话续编》上册,第182页。
② [宋]张戒:《岁寒堂诗话》卷上,《历代诗话续编》上册,第453页。
③ [宋]吕本中:《夏均父集序》,[宋]刘克庄《后村先生大全集》卷九十五《江西诗派》引,《四部丛刊》影印旧钞本。
④ 参见《俄国形式主义文论选》,第225—229页。另参见方珊为本书所写的《前言:俄国形式主义一瞥》,其中对他们的主张有提要钩玄的介绍。

料的丰富性、论述的细密性以及思维的圆通性方面,不夸张地说,唐人毫不逊色。从时间和空间上来说,规范诗学延续了二三百年,其影响贯穿于宋元明清,并覆盖到整个东亚世界的诗论与歌论。

我曾在《佛经科判与初唐文学理论》一文的结束部分,写过这样一段话:"初唐文论中的'科判'说,与唐代诗格中的许多论述一样,性质上属于'规范诗学'的范畴,其本身所包蕴的理论内涵,具有重要的地位和价值。因此,对'科判'说的理论内涵做进一步阐说,并从'历史诗学'的角度予以定位,显然是十分必要的。但这已逸出本题的范围,我将另有专文再做探讨。"①本文便是对上文的"接着说"。而对于"规范诗学"如何在时间上和空间上展开其影响,则需要另外一篇"接着说"的文章来完成了。

二〇〇五年六月二十一日初稿于百一砚斋
七月十五日修改

(原载《中国社会科学》2006 年第 4 期)

---

① 《佛经科判与初唐文学理论》,《文学遗产》2004 年第 1 期。

评 点 溯 源

评点是中国文学批评的传统方式之一，南宋以后，诗文评点即趋兴盛，明清以来的小说和戏曲批评中亦数见不鲜。这种批评形式往往又和选本结合在一起，为读者点明精彩，示以文章规矩，但也因此而被通人讥訾。可是人们听惯了"载道""言志""美刺""褒贬"的"大判断"，再来看这些纯粹以作品优劣为重心的"小结裹"①，也未尝没有亲切实在乃至耳目一新之感。

评点起于何时？学者持论不一。有说起于梁代，如章学诚《校雠通义·宗刘》云：

> 评点之书，其源亦始钟氏《诗品》、刘氏《文心》。然彼则有评无点，且自出心裁，发挥道妙。又且离诗与文而别自为书，信哉，其能成一家言矣！②

曾国藩《经史百家简编序》亦云：

---

① 此语出自方回《瀛奎律髓》卷十姚合《游春》评语："予谓诗家有大判断，有小结裹。"（《瀛奎律髓汇评》，第340页）后人往往将此说与评点结合起来，如[清]黄宗羲《答张尔公论茅鹿门批评八家书》云："其圈点句抹多不得要领……至其批评谬处，姑举一二……缘鹿门但学文章，于经史之功甚疏，故只小小结裹，其批评又何足道乎？"（《南雷文定》初集卷三，陈乃乾编：《黄梨洲文集》，中华书局2009年版，第459—461页）

② 叶瑛：《文史通义校注》，第958页。

梁世刘勰、钟嵘之徒，品藻诗文，褒贬前哲，其后或以丹黄识别高下，于是有评点之学。①

有说起于唐代，如袁枚《小仓山房诗文集凡例》云：

古人文无圈点，方望溪先生以为有之，则筋节处易于省览。按唐人刘守愚《文冢铭》云有朱墨围者，疑即圈点之滥觞。②

有说起于南宋，如吴瑞草《瀛奎律髓重刻记言》云：

诗文之有圈点，始于南宋之际而盛于元。③

《四库全书总目》卷三十七《苏评孟子》提要云：

宋人读书，于切要处率以笔抹，故《朱子语类》论读书法云，先以某色笔抹出，再以某色笔抹出。吕祖谦《古文关键》、楼昉《迂斋评注古文》亦皆用抹，其明例也。谢枋得《文章轨范》、方回《瀛奎律髓》、罗椅《放翁诗选》始稍稍具圈点，是盛于南宋末矣。④

前人意见，大致如此⑤。考文学评点之成立，实始于南宋。但评点法的

---

① 《曾国藩全集》，岳麓书社2012年版，第232页。
② 《小仓山房文集》，江苏古籍出版社1993年版，第4页。
③ ［元］方回：《瀛奎律髓汇评》，第1815页。
④ 《四库全书总目》，第307页。
⑤ 近人讨论文学评点者甚多，罗根泽《中国文学批评史》第三册第十一章第十节"诗文评点"最有代表性。此外，如龚鹏程《细部批评导论》（《文学批评的视野》，大安出版社1990年版，第387—438页）、吴承学《评点之兴》（《文学评论》1995年第1期）等文亦能踵事增华。

形成,却当溯源至前代。评点之意,包括"评"和"点"两端,又与所评的文本联系在一起,宋人合而为一,遂成为一种文学批评的样式。自南宋以降,评点流行于世,甚至无书不施评点,更有其广泛的社会历史原因。因此,探讨评点的形成,也需要从各个方面去寻源究本。

一、章句与评点

"点"即标点。溯其原始,出自古人章句之学。将章句与评点联系起来,始于曾国藩。其《经史百家简编序》指出:

> 自六籍燔于秦火,汉世掇拾残遗,征诸儒能通其读者,支分节解,于是有章句之学……科场有勾股点句之例,盖犹古者章句之遗意……故章句者,古人治经之盛业也,而今专以施之时文圈点者,科场时文之陋习也。①

但曾氏推崇章句而贬斥圈点,吕思勉《章句论》对此提出了批评:

> 圈点之用,所以抉出书中紧要之处,俾人一望而知,足补章句所不备,实亦可为章句之一种。徒以章句为古人所用而尊之,圈点起于近世而訾之,实未免蓬之心也。②

"标点"一词,或起于南宋。《宋史·儒林八·何基传》云:"凡所读无不

---

① 《曾国藩全集》,第232页。
② 吕思勉:《文字学四种》,上海教育出版社1985年版,第52页。

加标点，义显意明，有不待论说而自见者。"①我甚至怀疑，"评点"一词的最初义也就是标点。如敦煌遗书 S2577《妙法莲花经卷第八》下云：

> 余为初学读此经者，不识句レ文，故凭点之。②

"レ"是倒字符，即谓"句文"应作"文句"，"凭点"当即"评点"，在这里的实际意思就是标点。但章句起源甚古，且流变颇多。兹略说如下。

《礼记·学记》云："比年入学，中年考校。一年，视离经辨志。"郑玄注："离经，断句绝也。"孔颖达疏："离经，谓离析经理，使章句断绝也。"③可知，分章断句，以便理解段落大意，是先秦以来初学者的主要课程之一。旧说章句起于子夏，《后汉书·徐防传》载其上疏云："臣闻诗书礼乐，定自孔子；发明章句，始于子夏。"子夏名卜商，是孔门弟子中以"文学"著称者。《史记·仲尼弟子列传》记载他在孔子身后，曾居河西教授，为魏文侯之师。司马贞《索隐》指出："子夏文学著于四科，序《诗》传《易》，又孔子以《春秋》属商，又传《礼》。"④所以，他"发明章句"是极有可能的。

早期断句之符，势必较为简单，大致有钩（し）、有句（丶）、有=、有点、有厶、有口。"し"表示钩勒，《流沙坠简》的《屯戍丛残》中一简有此三符，王国维说："隧长四人，前三人名下皆书し以乙之，如后世之施句读。盖以四人名相属，虑人误读故也。"⑤杨树达认为此符即《说文》中的"し"，以示钩识⑥。句（丶）用以表绝止，《说文解字》"丶"部云："丶，

---

① 《宋史》卷四百三十八，中华书局 1985 年版，第 12979 页。
② 黄永武主编：《敦煌宝藏》第 21 册，新文丰出版公司 1986 年版，第 233 页。
③ 《十三经注疏》，中华书局 2009 年版，第 3297 页。
④ 《史记》卷六十七，第 2203 页。
⑤ 王国维、罗振玉撰：《流沙坠简》，浙江古籍出版社 2013 年版，第 67 页。
⑥ 《古书句读释例》，中华书局 1963 年版，第 2 页。

有所绝止而识之也。"句、读为叠韵字,其意相同①。"="为叠字符,赵翼云:"凡重字下者可作二画,始于石鼓文,重字皆二画也。后人袭之,因作二点。今并有作一点者。"②点表示灭除,施于误书之字上。《尔雅·释器》云:"灭谓之点。"郭璞注:"以笔灭字为点。"③刘知几《史通·点烦篇》云:"文有烦者,皆以笔点其上。凡字经点者,尽宜去之。"④"厶"为"私"的古字,据何琇《樵香小记》卷下"厶地"条云,实为三角圈(△),它和四角圈(囗)一样,同为缺字符⑤。

从汉代以来,章句之学有了新的发展,不止于分章断句,亦非符号之意所能该。但标点符号本身却仍有发展,在敦煌遗书中就保存了不少这样的符号,其使用较多者达十七种。此外,还有表示字的读音的记号⑥。这些符号有些与后来的评点符号相同或相似。早期的文学评点,无论是《古文关键》《文章正宗》《文章轨范》,还是刘辰翁批点的诗集或说部,从"点"的角度来看,也只有简单的圈点而已⑦,与前代的标点符号关系密切。

评点中又有以不同色彩的笔点抹以表示不同意义者,其实也有所传承。甲骨文中已有用朱、墨两种笔写字,继而再刻者。旧题孔安国《古文孝经孔氏传序》云:"朱以发经,墨以起传,庶后学者睹正谊之有

---

① 黄侃《文心雕龙札记》指出:"或谓句读二者之分,凡语意已完为句,语意未完语气可停者为读,此说无征于古。"又云:"句读二名,本无分别,称句称读,随意而施。"(第161—162页)其说可参。
② 《陔余丛考》卷二十二"重字二点"条,中华书局1963年版,第428页。
③ 周祖谟:《尔雅校笺》附《宋监本尔雅郭注》,江苏教育出版社1984年版,第70—71页。
④ [清]浦起龙:《史通通释》,第404页。
⑤ 《景印文渊阁四库全书》第859册,第797页。
⑥ 参见李正宇《敦煌遗书中的标点符号》,《文史知识》1988年第8期。〔日〕石塚晴通「敦煌の加点本」,池田温編『敦煌漢文文献』,大東出版社,1992年,229—261頁。
⑦ 参见叶德辉《书林清话》卷二"刻书有圈点之始"条,中华书局1957年版,第33页。

在也。"①三国时董遇"善《左氏传》,更为作朱墨别异"②,这是用于训解经籍;《颜氏家训·勉学》云:"读天下书未遍,不得妄下雌黄。"这是用于校改文字③。《史通·点烦篇》云:"昔陶隐居《本草》,药有冷热味者,朱墨点其名;阮孝绪《七录》,书有文德殿者,丹笔写其字。由是区分有别,品类可知。"④这是为了区分品类。齐梁以来,这种情况已相当普遍,大多是为了醒目。道教文献中亦有此例,如陶弘景《真诰》卷十九"翼真检第一"云:"《真诰》中,凡有紫书大字者,皆隐居别抄取三君手书经中杂事……有朱书细字者,悉隐居所注,以为志别。其墨书细字,犹是本文。"⑤唐陆德明《经典释文叙录》"条例"云:"今以墨书经本,朱字辩注,用相分别,使较然可求。"⑥宋人读书,多用朱、墨笔,便是继承了这种风气,如朱熹、黄榦、何基、王柏等。程端礼《读书分年日程》卷二引用《勉斋批点四书例》,其中点抹例云:

红中抹(一本作黄旁抹):
纲、凡例。

红旁抹:
警语、要语

红点:
字义、字眼

---

① 《景印文渊阁四库全书》第182册,第5页。
② 《三国志·王肃传》裴注引《魏略》,中华书局1982年版,第420页。
③ 宋祁《宋景文笔记》卷上云:"古人写书尽用黄纸,故谓之黄卷。颜之推曰:'读天下书未遍,不得妄下雌黄。'雌黄与纸色类,故用之以灭误。"(《景印文渊阁四库全书》第862册,第535页)
④ 《史通通释》,第404页。
⑤ 〔日〕吉川忠夫、麦谷邦夫:《真诰校注》,朱越利译,中国社会科学出版社2006年版,第571页。
⑥ 吴承仕:《经典释文序录疏证》,中华书局1984年版,第5页。

黑抹：
　　考订、制度
黑点：
　　补不足①

这里有点有抹，其实已经是一种评点了，因为它带有批评性和欣赏性。这种做法，也被王柏所继承。文学评点之用不同色笔表示，可能始于谢枋得。《读书分年日程》卷二《批点韩文凡例》自称是"广迭山法"，其中提到的就有黑、红、黄、青四色笔，用以截、抹、圈、点。后世最著名的当然是归有光评《史记》，钱泰吉《曝书杂记》卷中云：

震川评点《史记》，自为例意。略云：硃圈点处，总是意句与叙事好处。黄圈点处，总是气脉。硃圈点者人易晓，黄圈点者人难晓。黑掷是背理处，青掷是不好要紧处，硃掷是好要紧处，黄掷是一篇要紧处。②

略做比较，就能够看到评点符号与章句符号一脉相承的关系。

章句之学到汉代演变为传注，这是由于经义难明，故于符号之外，又须申之以言说。汉人讲经之法有三，即条例、章句、训诂。《后汉书·郑兴传》载：

晚善《左氏传》……天凤中，将门人从刘歆讲正大义，歆美兴

---

① 姜汉椿校注：《程氏家塾读书分年日程》卷二，黄山书社1992年版，第70页。
② 余祖坤：《历代文话续编》，凤凰出版社2013年版，第441页。

才,使撰条例、章句、训诂。①

三者虽然都是用以讲解儒家经典,但方式不同,训诂以解释经中字义为主,章句以解释经中文义为主,条例主要是归纳经文中的凡例,据以理解经义②。这时的章句主要是博士对弟子的口说,以后写定。既是口头解说,务求详密,于是愈演愈繁。所谓"一经说至百余万言"③,"说五字之文,至于二三万言"④。所以从西汉末年开始,就有了对这种学风的批判。到东汉末年,学风开始转变为对博古通今、通理究明的追求。晋人一方面承汉代章句之学的演变趋势,又受到佛经疏钞的影响,于是在儒家的经典解释中也流行起义疏之学⑤。

《四库全书总目》卷一百八十七《崇古文诀》提要云:"宋人多讲古文,而当时选本存于今者,不过三、四家。"⑥即吕祖谦《古文关键》、楼昉《崇古文诀》、真德秀《文章正宗》和谢枋得《文章轨范》。兹以此诸书为依据,从评点角度看汉晋以来经疏之学的影响,有以下几点值得注意。

首先区分章段。如赵岐作《孟子章句》,卷首《孟子题辞》云:

于是乃述己所闻,证以经传,为之章句。具载本文,章别其旨,

---

① 《后汉书》卷三十六,第1217页。
② 黄侃《礼学略说》云:"郑君注《礼》,大抵先就经以求例,复据例以通经。故经文所无,往往据例以补之;经文之误,往往据例以正之。"《黄侃论学杂著》,上海古籍出版社1980年版,第459页。
③ 《汉书·儒林传赞》,第3620页。
④ 《汉书·艺文志》,第1723页。
⑤ 参见戴君仁《经疏的衍成》,《梅园论学续集》,《戴静山先生全集》(二),第1131—1155页;牟润孙《论儒释两家之讲经与义疏》,《注史斋丛稿》,第303—355页;张恒寿《六朝儒经注疏中之佛学影响》,《中国社会与思想文化》,人民出版社1989年版,第389—410页。
⑥ 《四库全书总目》,第1699页。

分为上下,凡十四卷。①

所谓"章别其旨",即一方面分章段,一方面作《章指》。钱大昕《十驾斋养新录》卷三"孟子章指"条云:

> 赵岐注《孟子》,每章之末,括其大旨,间作韵语,谓之《章指》。《文选注》所引赵岐《孟子章指》是也。②

佛教义疏体尤其重视分段、重(即层次)。这在佛门可能有其自身的传统,然而中土佛经分章段,始于道安,却有可能受到儒家章句之学的影响③。但佛经义疏不仅分章,且进而分段,仍有其自身的特色,并反过来给儒家义疏以影响。皇侃《论语集解义疏》在《学而》篇目下疏云:

> 《论语》是此书总名,《学而》为第一篇别目。中间讲说,多分为科段矣。

如"学而时习之"下疏云:

> 就此一章,分为三段:自此至"不亦悦乎"为第一……又从"有

---

① [清]焦循:《孟子正义》上,中华书局1987年版,第25—27页。
② 《十驾斋养新录》,第96页。
③ 吉藏《仁王般若经疏》卷上云:"然诸说佛经,本无章段,始自道安法师。"(《大藏经》第三十三册,第315页)据《高僧传》卷五载,道安"理怀简衷,多所博涉,内外群书,略皆遍睹。阴阳算数,亦皆能通。外涉群书,善为文章。苻坚敕学士,内外有疑,皆师于安"。既然内外该览,则他对儒家经典的章句之学必有涉猎,并有可能受其影响。戴君仁指出:"儒家的经疏,自有它本身的历史,由汉历晋,以至南北朝,逐渐衍变而成,不是单纯的由佛书产生出来的,可以说是二源的,也可以说是中印文化合产的。"(《经疏的衍成》)其说可参。

朋"至"不亦乐乎"为第二……又从"人不知"讫"不亦君子乎"为第三。①

又如其《礼记义疏》，将《礼运篇》分作四段，孔颖达《周易正义》疏乾卦"文言"分作六节，其《尚书正义》疏《洪范》"二五事"分作三重，《毛诗正义》疏《关雎序》"《关雎》，后妃之德也"分为十五节。可见，区分章段乃义疏体之通则。

宋人评点诸书，亦好分段。如吕祖谦《古文关键》评韩愈《获麟解》"反覆作五段说"，评《师说》"最是结得段段有力"，评柳宗元《桐叶封弟辨》"一段好如一段"②。谢枋得《文章轨范》卷二评柳文此篇"七节转换，义理明莹"，卷六评韩愈《送浮屠文畅师序》也常以"此一段最高""此一段义理最精""此一段尤切近人情"等语评之③。直到金圣叹评《西厢记》，将其分作十六章，又将第一章"老夫人开春院"分作十五节，一一评点。这种区分章段的评点方式，当来自经典义疏之学的影响。

评点有时往往在文章之末用数语括其主旨，如《文章正宗》卷一《周襄王不许晋文公请隧》文末批云：

愚按此篇要领在"班先王之大物以赏私德"一语。④

又卷七贾山《至言》文末云：

---

① 《论语义疏·学而第一》，第1—2页。
② 《古文关键》卷上，《景印文渊阁四库全书》第1351册，第720、732页。按：宋王霆震《古文集成》卷六十五《获麟解》下引敩斋批语："自首及末，立为五段，抑扬开合，皆以'祥'字为主。"（《景印文渊阁四库全书》第1359册，第455页）亦承吕祖谦说。
③ 以上俱见〔日〕簡野道明『補注文章軌範』，明治书院，1943年，70、240—242页。
④ 〔宋〕真德秀：《文章正宗》卷一，《景印文渊阁四库全书》第1355册，第8页。

> 按:此书专规帝与近臣射猎而已,何至借秦为谕?盖秦亡养老之义,亡辅弼之臣,亡进谏之士,故穷奢极欲,陷于危亡而不自知。文帝虽未至是,然不与近臣图议政事,而与之殿驰射猎,则佞幸进而侈欲滋,其蹈秦之失有不难者,此忠臣防微之论。①

又如谢枋得《文章轨范》卷三苏轼《秦始皇扶苏论》文末云:

> 此论主意有两说:(李)斯、(赵)高矫诏立胡亥,杀扶苏、蒙恬、蒙毅,其祸不在于蒙毅之去左右,而在于始皇之用赵高。后世人主用宦官者当以为戒。一说李斯、赵高敢于矫诏杀扶苏、蒙恬,而不忧二人之复请者,其祸不在于斯、高之乱,而在于商鞅之变法,始皇之好杀,后世人主之果于杀者,当以为戒。前一段说始皇罪在用赵高,附入汉宣任恭显事,后一段说始皇之果于杀,其祸反及其子孙,附入汉武杀戾太子事,此文法尤妙。②

这种在一篇之末总括大意的评点法,亦如赵岐之作《孟子章指》,于"每章之末,括其大旨"。

其次为开题(或曰发题)。释氏讲经多有开题,《高僧传》卷四《竺法汰传》载晋简文帝请汰讲《放光明经》,开题大会,帝亲临幸。《广弘明集》卷十九有《发般若经题》一文。又《梁书·武帝纪》云:"(中大通五年)二月癸未,行幸同泰寺,设四部大会。高祖升法座,发《金字摩诃波若经》题,讫于己丑。"③受佛经义疏体的影响,此后儒家讲经也重视开题,如《陈书·儒林传》谓"简文在东宫,出士林馆,发《孝经》题";又

---

① 《文章正宗》卷七,《景印文渊阁四库全书》第 1355 册,第 184 页。
② 〔日〕簡野道明『補注文章軌範』,140 頁。
③ 《梁书》卷三《武帝本纪》,中华书局 1973 年版,第 77 页。

云"周弘正在国学发《周易》题"①。谈玄论道,亦重视发题。《陈书·马枢传》载梁邵陵王萧纶"自讲《大品经》,令枢讲《维摩》《老子》《周易》,同日发题"②。《隋书·经籍志》录开题书有梁蕃《周易开题义》十卷、梁武帝《毛诗发题序义》一卷、梁《春秋发题义》一卷。《旧唐书·经籍志》录有《周易发题义》一卷、梁武《周易开题论序》十卷、大史叔明《孝经发题》四卷等,可知重视开题乃晋宋以来经疏之通例③。据《广弘明集》卷十九载,中大通五年二月二十六日讲经,首先由都讲枳园寺法彪唱题,曰《摩诃般若波罗蜜经》,继由梁武帝发题云:

……名摩诃般若波罗蜜,此是天竺音,经是此土语。外国名为修多罗,此言法本。具含五义:一出生,二涌泉,三显示,四绳墨,五结鬘。训释经字亦有三义:一久,二通,三由久者名不变灭,是名为久。④

皇侃《论语集解义疏序》释"论语"二字,亦同乎发题格式:

凡通论此"论"字,大判有三途:第一舍字制音,呼之为伦;一舍音依字,而号曰论;一云伦、论二称,义无异也。第一舍字从音为伦,说者乃众,的可见者,不出四家:一云伦者次也,言此书事义相生,首末相次也;二云伦者理也,言此书中蕴含万理也;三云伦者纶也,言此书经纶今古也;四云伦者轮也,言此书义旨周备,圆

---

① 《陈书》卷三十三,中华书局1972年版,第444页。
② 《陈书》卷十九,第264页。
③ 参见牟润孙《论儒释两家之讲经与义疏》第六节至第八节,《注史斋丛稿》,第260—279页。
④ 《大藏经》第五十二册,第239页。

转无穷,如车之轮也。第二舍音依字为论者,言此书出自门徒,必先详论,人人金允,然后乃记,记必已论,故曰论也。第三云伦、论无异者,盖是楚夏音殊,南北语异耳……音字虽不同,而义趣犹一也。①

尽管在汉代以来儒家经说中也有类似的解题,如孔颖达《周易正义·论易之三名》指出:"《易纬·乾凿度》云:'易一名而含三义,所谓易也,变易也,不易也。'……郑玄依此作《易赞》及《易论》云:'易一名而含三义:易简,一也;变易,二也;不易,三也。'"②但多较为简略,佛家经疏的开题则连篇累牍,所以此后的儒家义疏亦往往如此。

后世评点,在文章题下也往往著数语,类似解题。如《古文关键》卷下曾巩《唐论》题下云:

此篇大意,专说太宗精神处。③

又如《崇古文诀》卷三贾谊《吊屈原赋》题下云:

谊谪长沙,不得意,投书吊屈原,而因以自谕,然讥议时人太分明。其才甚高,其志甚大,而量亦狭矣。④

又如《文章轨范》卷一"放胆文"下云:

---

① 《论语义疏》,第2页。
② 《周易正义》序,《十三经注疏》,第15页。
③ 《景印文渊阁四库全书》第1351册,第784页。
④ 《景印文渊阁四库全书》第1354册,第21页。

> 凡学文,初要胆大,终要心小。由粗入细,由俗入雅,由繁入简,由豪荡入纯粹。此集皆粗枝大叶之文,本于礼义,老于世事,合于人情。初学熟之,开广其胸襟,发舒其志气,但见文之易,不见文之难,必能放言高论,笔端不窘束矣。①

方回《瀛奎律髓》将所选的唐、宋五七言律诗分作四十九类,每类之下,皆着数语,实为解题。如卷三"怀古类"下云:

> 怀古者,见古迹,思古人,其事无他,兴亡贤愚而已。可以为法而不之法,可以为戒而不之戒,则又以悲夫后之人也。齐彭、殇之修短,忘尧、桀之是非,则异端之说也。有仁心者必为世道计,故不能自默于斯焉。②

直至金圣叹之评《西厢记》,开笔所评即云:

> 《西厢》者何?书名也。书曷为乎名曰《西厢》也?书以纪事,有其事,故有其书也,无其事,必无其书也。今其书有事,事在西厢,故名之曰《西厢》也。③

仍然是开题格式。又需注意者,此以问答方式展开,恐怕也是有得于儒佛传疏之文的启示④。

---

① 〔日〕簡野道明『補注文章軌範』,1页。
② 《瀛奎律髓汇评》,上海古籍出版社1986年版,第78页。
③ 《贯华堂第六才子书西厢记》卷四,凤凰出版社2016年版,第888页。
④ 金圣叹评点与经典义疏的关系,他自己也曾有所透露。如云:"如此一段文字,便与《左传》何异……盖《左传》每用此法,我于《左传》中说,子弟皆谓理之当然,今试看传奇,

总之，评点从符号到格式，多受章句之学影响。唯有追溯及此，方为探源究本之论。

二、论文与评点

论文之作始于曹丕的《典论·论文》。将论文之作与评点联系起来，始于章学诚的《文史通义》，其后曾国藩亦有类似意见。评点既然是"评"和"点"的结合，当然需要追溯其"评"的渊源。

钱锺书《管锥编》评论陆云的《与兄平原书》云："什九论文事，著眼不大，著语无多，词气殊肖后世之评点或批改，所谓'作场或工房中批评'（workshop criticism）也……苟将云书中所论者，过录于（陆）机文各篇之眉或尾，称赏处示以朱围子，删削处示以墨勒帛，则俨然诗文评点之最古者矣。"①其实，《左传》襄公二十九年记吴公子季札观周乐，从《周南》评论到《颂》，若一一移于《诗经》诸国风、雅、颂之首，即成评点。《论语》中记载的孔子对《诗》的评论，如"诗三百，一言以蔽之曰：思无邪"，若移于卷首，即是总评《诗经》；将"郑声淫"置于《郑风》之下，即是总评一国之风；将"《关雎》乐而不淫，哀而不伤"②移于《关雎》诗下，

（接上页）亦必用此法……甚矣！《左传》不可不细读也。我批《西厢》，以为读《左传》例也。"（《贯华堂第六才子书西厢记》卷四）他又评杜甫《江村》诗云："问：江村如是，即令人如何去来？答：我有何人去来，自去自来，止有梁上之燕耳。问：若无去来，然则与何人亲近？答：我与何人亲近，相亲相近，独此水中之鸥耳。"（《唱经堂杜诗解》卷二）这种方式亦如《公羊传》纯以发问开篇，六朝义疏也采用问答。《隋书·经籍志》录梁有《春秋公羊传问答》五卷，荀爽问，魏安平太守徐钦答；《春秋公羊论》二卷，晋车骑将军庾翼问，王愆期答。儒家和佛教经讲皆有都讲一职，专事发问。汤用彤《汉魏两晋南北朝佛教史》指出："按佛教传说，结集三藏时，本系一人发问，一人唱演佛语。如此往复，以至终了，集为一经。故佛经文体，亦多取斯式。"（《汉魏两晋南北朝佛教史》，第82页）

① 《管锥编》第四册，中华书局1986年版，第1215页。
② 以上俱见《四书章句集注》之《为政》《卫灵公》《八佾》，第53、164、66页。

即是总评一诗。《毛诗》有大序、有小序,"序"的作用,本来是序引作者之意,它列于全书之首或一篇之首,是对一书或一诗"大旨"的说明。后世的评点,也往往含有这类意思①。王逸的《楚辞章句》,亦篇篇有序。当然,这些议论还未免有些大而化之。魏晋以下,有了专门的论文之作,时人不仅以专文发表对文学的意见,而且在书信、序跋和言谈中也往往涉及文学评论。其勒为专书者,当推《文心雕龙》和《诗品》。《诗品》一书又名《诗评》(见《隋书·经籍志》),同时湘东王萧绎也著有《诗评》②。品评诗人诗作,亦往往有就某人某篇而言之者。如《诗品》评班姬"《团扇》短章,词旨清捷,怨深文绮,得匹妇之致";评阮籍"《咏怀》"之作,可以陶性灵,发幽思。言在耳目之内,情寄八荒之表,洋洋乎会于风雅";评袁宏"《咏史》,虽文体未遒,而鲜明紧健,去凡俗远矣"。也有就某一句诗而评之者,如评张翰、潘尼"季鹰'黄华'之唱,正叔'绿蘩'之章,虽不具美,而文采高丽,并得虬龙片甲,凤凰一毛";评陶渊明"'欢颜酌春酒''日暮天无云',风华清靡,岂直为田家语耶"③。唐代以来,诗格流行,作者也往往举出诗句以为格式。同时,唐人的选集也颇为发达,其中也时有评论。至宋代而诗话兴起,评论之作,连篇累牍。评点之"评"就是在这样的基础上发展起来的。

考察历代论文之作与评点的关系,除了文论本身的发展以外,唐代以来有这样一些文学批评现象尤其值得重视。

其一,诗格与评点。诗格是唐代以来极为流行的一种批评样式,从中唐开始,诗格中好论"势"。其中的许多"势"名,往往是四字一组的形象语,如"狮子返掷势""猛虎跳涧势""毒龙顾尾势"等。诗格中所说

---

① 如[明]袁无涯《〈忠义水浒全书〉发凡》云:"书尚评点,以能通作者之意,开览者之心也。"(马蹄疾编:《水浒资料汇编》卷一,中华书局1980年版,第12页)
② 此书早佚,史志亦无著录。《文镜秘府论》南卷《论文意》中曾引用之。
③ 以上俱见曹旭《诗品集注》,第94、123、253、222—223、260页。

的种种"势",落实到具体的文学批评上,指涉的实际上是诗歌中的句法问题。到了宋代,"法"成为文学创作和批评中令人十分关注的热点。古典诗歌发展至晋、宋时代,开始重视"佳句""秀句",并且在批评上衍生出一种"摘句褒贬"的方法,这表明诗歌创作和批评由《诗经》中的重视一章转变为五七言诗中的重视一联。"句法"最早出现在杜诗中,其《赠高三十五书记》云:"美名人不及,佳句法如何。"①王安石对杜诗句法深有会心,《唐子西文录》指出:"王荆公五言诗,得子美句法。"②《苕溪渔隐丛话》前集卷三十六也指出:"半山老人《题双庙诗》云:'北风吹树急,西日照窗凉。'……此深得老杜句法。"③杜甫是宋代诗家的新典范之一,这一新典范的确立,与王安石、黄庭坚的关系最大。黄庭坚及其江西诗派瓣香杜甫,实以"句法"为中心。黄庭坚在其诗文中多次使用"句法"一词。如"句法俊逸清新,词源广大精神"④;"传得黄州新句法,老夫端欲把降幡"⑤;"其作诗渊源,得老杜句法"⑥;等等。从此以后,"句法"成为宋代诗学的中心观念之一。《彦周诗话》把"辨句法"作为诗话定义的首要内容,黄庭坚鼓吹的"点铁成金",其核心也是"句法"。范温《诗眼》秉承其意云:"句法以一字为工,自然颖异不凡,如灵丹一粒,点铁成金也。"⑦《诗人玉屑》卷三、四专列"句法""唐人句法""宋朝警句""风骚句法"等。从理论本身的发展看,"句法"是

---

① 《杜诗详注》卷三,第194页。
② [清]何文焕辑:《历代诗话》,中华书局2004年版,第445页。
③ [宋]胡仔:《苕溪渔隐丛话》,人民文学出版社1962年版,第242页。
④ [宋]任渊、史容、史季温:《黄庭坚诗集注》卷十六《再用前韵赠子勉》,中华书局2003年版,第576页。
⑤ 《黄庭坚诗集注》卷十七《次韵文潜立春日三绝句》之二,第618页。
⑥ 《答王子飞书》,《豫章黄先生文集》卷十九,《四部丛刊》影印嘉兴沈氏藏宋乾道刊本。
⑦ 宋晁公武《郡斋读书志》卷十三《诗眼》下云:"温,范祖禹之子,学诗于黄庭坚。"吕本中《紫薇诗话》亦云:"表叔范元实(温)既从山谷学诗,要字字有来处。"可见其诗学渊源。

沿着唐五代诗格中所讨论的问题演变而来，所以，其格式也往往是四字一组的形象语。如《诗人玉屑》卷四的"风骚句法"，即有"万象入壶""重轮倒影""新月惊鼋""衣衮乘龙"等名目，其中有些与唐五代诗格中的"势"名极为类似，如"孤鸿出塞""龙吟虎啸""碧海求珠"等，可知其为一脉相承。诗歌强调"句法"，文章则强调"文法""章法"。如陈骙《文则》，强调的便是为文之法则，其中"己"部七条专论句法和章法。至宋代评点诸书，在看似零散的评论中，实际上贯注着对"法"的追求和重视。如《古文关键》开篇"总论"部分，便列有"看文字法""看韩文法""看柳文法""看欧文法""看苏文法""看诸家文法""论作文法"等；《文章轨范》对诸家文章的评论，也特别重视"句法"和"章法"。如评韩愈《上张仆射书》云："连下五个'如此'字，句法长短错综凡四变，此章法也。""又连下三个'如此'字，长短错综，此章法也。""此三句无紧要，句法亦不苟且。"①陈振孙《崇古文诀序》也以"昔人所以为文之法备矣"推许此书②。这种关心，从文学批评的角度看，显然是自唐五代诗格顺承而来的。元人程端礼《读书分年日程》卷二《批点韩文凡例》，注云"广迭山法"，可知出于谢枋得（迭山）而又加以增广。其中有这样的说明：

一、大段意尽。黑画截。于此玩篇法。

一、大段内小段。红画截。于此玩章法。

一、小段内细节目，及换易句法。黄半画截。于此玩句法。③

不同的符号表示不同的意思，但重视的都是"法"。到明、清的小说评

---

① 『補注文章軌範』，20—21 頁。
② 《直斋书录解题》附录三，上海古籍出版社 1987 年版，第 711 页。
③ 姜汉椿校注：《程氏家塾读书分年日程》卷二，第 75 页。

点,也还是注重"法"。如金圣叹评点《水浒传》说:"《水浒传》章有章法,句有句法,字有字法……看得《水浒传》出时,他书便如破竹。"又说:"此本虽是点阅得粗略,子弟读了,便晓得许多文法。不唯晓得《水浒传》中有许多文法,他便将《国策》《史记》等书中间但有若干文法,也都看得出来。"①章学诚《文史通义·古文十弊》指出:

> 古人文成法立,未尝有定格也。传人适如其人,述事适如其事,无定之中,有一定焉……法度难以空言,则往往取譬以示蒙学,拟于房室,则有所谓间架结构;拟于身体,则有所谓眉目筋节;拟于绘画,则有所谓点睛添毫;拟于形家,则有所谓来龙结穴。随时取譬,然为初学示法,亦自不得不然。②

所以,评点家讲"文法",也往往用形象语为之,一如唐五代诗格中的"势"名。如金圣叹《读第五才子书法》卷三说《水浒传》中的"许多文法,非他书所曾有"③,举出所谓"草蛇灰线法""锦针泥刺法""背面傅粉法""横云断山法""鸾胶续弦法"等,这些名目,后来被毛宗岗评《三国演义》、脂砚斋评《红楼梦》所继承。如后者在第一回眉批中写道:

> 事则实事,然亦叙得有间架,有曲折,有顺有逆,有映带,有隐有见,有正有闰,以至草蛇灰线,空谷传声,一击两鸣,明修栈道,暗度陈仓,云龙雾雨,两山对峙,烘云托月,背面傅粉,千皴万染诸奇,

---

① 《第五才子书施耐庵水浒传》卷三《读第五才子书法》,凤凰出版社2016年版,第36页。
② 叶瑛:《文史通义校注》卷五《古文十弊》,第508页。
③ 《第五才子书施耐庵水浒传》卷三《读第五才子书法》,第34页。

书中之秘法亦复不少,予亦于逐回中搜剔刳剖,明白注释,以待高明,再批示谬误。①

综上所述,诗格给评点的影响,就在于对"句法""章法"和"文法"的关心,以及用四字一组的形象语对"句法"和"文法"加以形容。

其二,选集与评点。据《隋书·经籍志》的说法,选集始于挚虞:"苦览者之劳倦,于是采摘孔翠,芟剪繁芜,自诗赋下,各为条贯,合而编之,谓为《流别》。"②从那时开始,选集就有区别优劣,也就是文学批评的作用。唐以前的选集,现存较完整者仅《文选》和《玉台新咏》,另外如挚虞的《文章流别集》和李充的《翰林论》,仅存佚文数则。从这些文献来看,早期选集表达文学批评的方式,主要通过序文以及选目的多寡或以何种作品入选来体现的。虽然《文章流别论》和《翰林论》中都有对作家和作品的评论,但从《隋书·经籍志》的著录来看,它们和选集本身是分开的。章学诚和曾国藩都曾经指出,评点起于钟嵘《诗品》和刘勰《文心雕龙》。这个意见虽说不错,但两者并非直接的关系。所以我们仍须为之下一转语,齐梁的文论是经过了唐人选集、选注的转换,从而影响到评点形态的产生的。

唐代的选集颇为发达,以诗歌选集而言,即多达一百三十七种③。如果把敦煌遗书中的写本材料考虑进去的话,为数当更多。从这些唐人选集中可知,他们利用这种形式进行文学批评时,在继承前人的基础上更有所新创。有些选集的批评观念仍然集中体现在序文中,如元结《箧中集序》、楼颖《国秀集序》等。但特别值得注意的,却是将评语和

---

① 俞平伯辑:《脂砚斋红楼梦辑评》,中华书局1960年版,第6页。
② 《隋书》卷三十五,第1089页。
③ 参见陈尚君《唐人编选诗歌总集叙录》,《中国诗学》第二辑,南京大学出版1992年版。

选诗结合在一起的形式,这一创体可能从殷璠开始,它较好地体现了选集的批评功能。殷璠曾编有三部选集,其中《荆扬挺秀集》已佚,《丹阳集》尚有遗文,完整流传下来的是《河岳英灵集》。

殷璠《河岳英灵集》二卷,有叙有论,每个诗人名下各系以评语。这种方法,显然是对于钟嵘《诗品》的继承。他在《叙》和《论》中指出"文有神来、气来、情来,有雅体、野体、鄙体、俗体",同时标举自己所选的诗"既闲新声,复晓古体,文质半取,风骚两挟。言气骨则建安为传,论宫商则太康不逮"①。这是他所理解的盛唐诗的特色,即风骨、兴象、声律皆备。殷璠又在所选诗人的名下各著评语,然后附以作品,这实际上代表了从论文到评点的过渡。评语中有总评,有评论全篇,尤多摘句批评。值得注意的是,其评语的格式及用词亦颇类似于《诗品》和《文心雕龙》。如《河岳英灵集》卷上评常建云:

高才而无贵仕,诚哉是言。曩刘桢死于文学,左思终于记室,鲍昭卒于参军,今常建亦沦于一尉。悲夫!

建诗似初发通庄,却寻野径,百里之外,方归大道。所以其旨远,其兴僻,佳句辄来,唯论意表。

至如"松际露微月,清光犹为君",又"山光悦鸟性,潭影空人心",此例十数句,并可称警策。

然一篇尽善者,"战余落日黄,军败鼓声死","今与山鬼邻,残兵哭辽水",属思既苦,词亦警绝。潘岳虽云能叙悲怨,未见如此章。②

---

① 傅璇琮等:《唐人选唐诗新编》,第107—108页。
② 同上书,第115页。

我将这一段文字分为四节,第一节评其生平,亦如《诗品》之评古诗"人代冥灭,而清音独远。悲夫";评李陵"有殊才,生命不谐,声颓身丧"等。第二节总评其诗。第三节为摘句批评,亦如《诗品》举"五言之警策"。第四节评全篇,亦如《诗品》举古诗"客从远方来""橘柚垂华实"评曰:"亦为惊绝矣。"末句似出于《文心雕龙·诔碑》之评潘岳"巧于叙悲"。殷璠《丹阳集》虽不完整,但从中仍然能够看到许多评语是从《诗品》而来。如评储光羲诗"务在直置",即如《诗品》评陆机诗"有伤直致之奇";评丁仙芝"迥出凡俗",即如《诗品》评袁宏"去凡俗远矣";评蔡希周"殊得风规",即如《诗品》评何晏"风规见矣";评张彦雄"不尚绮密",即如《诗品》评颜延之"体裁绮密";评张潮"颇多悲凉",即如《诗品》评曹操"甚有悲凉之句";评张晕"巧用文字,务在规矩",即如《诗品》评张华"巧用文字,务为妍冶"。所以,后人也有将殷璠与钟嵘相提并论者,如毛先舒《诗辩坻》卷三指出:"殷璠撰《河岳英灵集》,持论既美,亦工于命词。可以颉颃记室,续成《诗品》。"①

高仲武的《中兴间气集》受到殷璠的影响,《四库全书总目》卷一百八十六即指出其"如《河岳英灵集》例"。如二书同为两卷,同以五言诗为主,同在人名之下系以评论等。而在选诗的时间起迄上,与《河岳英灵集》也正相衔接,显然含有续选之意。但他特别推崇大历时期的诗人,则与殷璠有所不同。另外,他更为重视摘句的运用,列举的佳句较多。尤其需要指出的是,这部书多处袭用《诗品》语,从论文到评点,经过这样的转换,痕迹极为明显。兹列表如下,以做对比:

---

① 郭绍虞:《清诗话续编》,上海古籍出版社1983年版,第46页。

《诗品》	《中兴间气集》
评谢惠连:"恨其玉兰凤凋,故长辔未骋。"	评皇甫冉:"恨长辔未骋,芳兰早凋。悲夫!"
评鲍照:"骨节强于谢混,驱迈疾于颜延。"评江淹:"筋力于王微,成就于谢朓。"	评韩翃:"其比兴深于刘员外,筋节成于皇甫冉也。"
评谢朓:"善自发诗端。"	评郎士元:"古人谓谢朓工于发端,比之于今,有惭沮矣。"
评陆机:"陆文如披沙简金,往往见宝。"	评崔峒:"斯亦披沙拣金,往往见宝。"
评谢朓:"善自发诗端,而末篇多踬,此意锐而才弱也。"	评刘长卿:"大抵十首以上,语意稍同,于落句尤甚,思锐才窄也。"
评张协为上品,张载为下品云:"孟阳诗,乃远惭厥弟。"	评皇甫曾:"昔孟阳之于景阳,诗德远惭厥弟,协居上品,载处下流。今侍御之于补阙,文辞亦尔。"

选集已经将选文与评论相结合,只是评论在作者名下,与评点之在作品或文句下略有差别,但也只是一步之遥,而注释的格式就与评点基本相同了。

唐代的文学注释,最著名同时也最有影响的是《文选注》。注本的格式往往是以本文为大字,注文为小字。大小字的格式来自经学,在简牍时代,根据所书文本的用途及重要性的差异,其长度及文字的大小均有区别。如《六经》书于二尺四寸之简,《孝经》一尺二寸,《论语》八寸。《春秋》二尺四寸,《左传》只有八寸①。就是因为《孝经》《论语》为初学者所读,在当时未列入"经",而《左传》是"传"的缘故。王充《论衡·量知篇》说:"加笔墨之迹,乃成文字。大者为经,小者为传记。"②我们

---

① 参见钱存训《中国古代书史》,香港中文大学出版社 1975 年版,第 95—99 页。
② 黄晖:《论衡校释》,中华书局 1990 年版,第 551 页。

看唐代的抄本，经传合一时，也是经文为大字，注文为小字的①。这种格式从经学开始，影响到其他典籍。文学亦然，无论是《文选》李善注还是五臣注，都是本文为大字，注文为小字。后来的评点格式也是循此发展而来的。

注释主要是对于文本的解释，但其中也往往含有评论的内容。特别值得注意的是，有些文字便是从前人的论文之作而来。李善注《文选》引用的典籍，遍及四部，多达一千九百四十六种②，其中也包括了诗文评著作，如曹丕《典论·论文》、傅亮《文章志》、挚虞《文章志》《文章流别论》、佚名《文章录》、李充《翰林论》、江邃《文释》等。如卷十二木华《海赋》之末引《翰林论》云：

　　　　木氏《海赋》，壮则壮矣，然首尾负揭，状若文章，亦将由未成而然也。③

又卷四十八扬雄《剧秦美新》题下引《翰林论》云：

　　　　扬子论秦之剧，称新之美，此乃计其胜负，比其优劣之义。④

李善注还用到了钟嵘《诗品》，如卷二十五刘琨《答卢谌诗并书》的书

---

① 敦煌文献中所存的儒家典籍，有《周易》王弼注、《尚书》孔安国传、《诗》毛传郑笺、《春秋左传》杜预集解、《春秋穀梁传》范宁集解、《礼记》郑玄注、《尔雅》郭璞注、《论语》郑玄注和皇侃疏、《孝经》郑玄注等，又现存唐抄本中如卜天寿抄《论语》郑注等，皆此类格式。
② 据〔日〕小尾郊一、富永一登、衣川賢次編『文選李善注引書攷證』(上下)(研文出版，1990年、1992年)统计。
③ 《文选》卷十二，第552页。
④ 《文选》卷四十八，第2148页。

末,李善这样写道:

> 久罹厄运,故述丧乱,多感恨之言也。①

即出于《诗品》评刘琨语:"琨既体良才,又罹厄运,故善叙丧乱,多感恨之词。"而李善注本身,有时也含有评论的成分②。在后世的评点书中,往往有将注释与评点相结合者,如金圣叹《唱经堂杜诗解》、仇兆鳌《杜诗详注》、杨伦《杜诗镜铨》等。从选集本身的发展来看,这种情况是不难理解的。注释的成分偏多,即为注本。评论的成分偏多,则为评本。但在著述形式上来说,二者没有多少区别。我们也许可以说,选集是具体而微的评点。从选集到评点,也是顺理成章的演变。

其三,诗社与评点。宋元以来,结社之风颇盛,据吴自牧《梦粱录》卷十九"社会"条记载:

> 文士有西湖诗社,此乃行都搢绅之士及四方流寓儒人,寄兴适情赋咏,脍炙人口,流传四方,非其他社集之比。武士有射弓踏弩社,皆能攀弓射弩,武艺精熟,射放娴习,方可入此社耳。更有蹴鞠、打球、射水弩社……诸寨建立圣殿者,俱有社会,诸行亦有献供之社……诸行市户,俱有社会,迎献不一。如府第内官以马为社,七宝行献七宝玩具为社。又有锦体社、台阁社、穷富赌钱社、遏云社、女童清音社、苏家巷傀儡社、青果行献时果社、东西马塍献异松

---

① 《文选》卷二十五,第1170页。
② 如评江淹《恨赋》"孤臣危涕,孽子坠心"句云:"心当云危,涕当云坠。江氏爱奇,故互文以见义。"又卷二十三评曹植《七哀》"明月照高楼,流光正徘徊"句云:"夫皎月流辉,轮无辍照,以其余光未没,似若徘徊。前觉以为文外傍情,斯言当矣。"(《文选》卷十六,第1086页)

怪桧奇花社。鱼儿活行以异样龟鱼呈献,豪富子弟绯绿清音社、十闲等社。①

"社"起源于宗教活动,最早为祀土神之社,其后"社"的范围、性质转变并扩大,则有东晋以慧远为代表的莲社。由此而继续发展,至宋代则各事之结合,皆得以"社"名之②。但在各种"社"中,以诗社最为人所重视。文人雅集起源甚早,但诗社似起于中唐以后,如戴叔伦有"沧州诗社散"③之句,高骈有"吟社客归秦渡晚""好与高阳结吟社"④等句,即为明证。而民间诗社兴起于北宋末期。至宋元之际,诗社众多⑤,一方面与当时结社的风气有关,另一方面也是由于诗社"非其他社集之比"的观念决定的。

考察诗社与评点的关系,不能不注意到诗社的评诗活动。但宋元时代诗社活动的资料比较零散,略能见其梗概的是吴渭编《月泉吟社诗》一卷⑥。虽然它成书于元初,但反映的应该是宋代的风气⑦。从其步骤来看,先有稿约,包括交稿的时间、方式、地点、题目、题意、诗体,继

---

① 《梦粱录》,浙江人民出版社 1980 年版,第 181 页。
② 参见柳诒徵《述社》,《柳诒徵史学论文续集》,上海古籍出版社 1991 年版,第 273—289 页。
③ 《卧病》,《全唐诗》卷二百七十三,第 3077 页。
④ 《寄鄂杜李遂良处士》《途次内黄马病寄僧舍呈诸友人》俱见《全唐诗》卷五百九十八,第 6917、6918 页。
⑤ 据欧阳光《宋元诗社研究丛稿》(广东高等教育出版社,1996 年版)下编《宋元诗社丛考》所列,当时的诗社可考者有近六十个。实际所有的诗社,当远不止此数。
⑥ 《月泉吟社诗》共收卷二千七百三十五份,现在仅存前六十人及附录句图三十二联,已不完全。明人李东阳《麓堂诗话》云:"今世所传,惟浦江吴氏月泉社,谢翱为考官,《春日田园杂兴》为题,取罗公福为首……闻此等集尚有存者,然未及见也。"可知在明代此类材料已较为少见。
⑦ 吴渭举办"月泉吟社"是在"月泉旧社"的基础上重开,其稿约有"请诸处吟社用好纸楷书,以便誊副"语,如第一名罗公福来自"杭清吟社",其余有"古杭白云社""孤山社""武林社""武林九友会"等,可知其具有较为广泛的社会基础。

而聘请评鉴者品评,举其优劣,列出名次,最后奉送奖品,并将诗集编印成册。这应该是宋代诗社活动的一般程序。月泉吟社聘请了方凤、谢翱、吴思齐三人为考官,观其品评方式,全同评点。如评第三名高宇云:

前联妙于纽合,后联引陶、范,不为事缚,句法更高。末借言杂兴,的是老手。

评第十四名喻似之云:

语健意深,虽首句叠字,微欠推敲,后联与末韵过人矣。

评第四十八名感兴吟云:

此诗无一字不佳,末语虽似过直,若使采诗观风,亦足以戒闻者。

评第五十七名柳州云:

二联见田园分明。第四句最好,"晒"字欠工。①

其摘句图则依起句、联句、结句分别列之。诗社是一种文人集团,考文人集团之兴起,可追溯至汉代的藩王宾客。但较为典型的应该是建安时的文人集团,他们往往由集团首领命题作文,或同题共作,并且互相讨论,指点妍蚩。如曹植云:"世人著述,不能无病。仆常好人讥弹其

---

① 以上俱见[元]吴渭编《月泉吟社诗》,中华书局1985年版,第11、19、49、58页。

文,有不善者,应时改定。"①曹丕《典论·论文》《与吴质书》中也有对当时文人的评论。文人相聚,往往如此。《南史·颜延之传》记载,颜问鲍照自己与谢灵运优劣如何?鲍照云:"谢五言如初发芙蓉,自然可爱;君诗若铺锦列绣,亦雕缋满眼。"②钟嵘《诗品序》谈到当时诗坛"随其嗜欲,商榷不同,淄渑并泛,朱紫相夺,喧议竞起,准的无依"③的现象,也是和当时诗歌创作风气的兴盛联系在一起的。品评者必须是一时翘楚,且评语中肯,方能使人信服。《唐诗纪事》卷三记载上官昭容评沈佺期、宋之问诗云:

> 二诗工力悉敌,沈诗落句云:"微臣雕朽质,羞睹豫章才。"盖词气已竭。宋诗云:"不愁明月尽,自有夜珠来。"犹陟健举。沈乃服,不敢复争。④

至于作诗之有赏赐,当起于应制。《新唐书·文艺传中·宋之问传》载:

> 武后游洛南龙门,诏从臣赋诗。左史东方虬诗先成,后赐锦袍。之问俄顷献,后览之嗟赏,更夺袍以赐。⑤

诗社之有奖赏,当沿此而来。《月泉吟社诗》第一名罗公福在得到的"送诗赏小札"中,即用"诗成夺锦"之典。北宋诗社的成员多为官僚,有较高的文学修养,常常互相品评诗作。如欧阳修《圣俞会饮》诗中有

---

① 《与杨德祖书》,《文选》卷四十二,第 1902 页。
② 《南史》卷三十四《颜延之传》,第 881 页。
③ 曹旭:《诗品集注》,第 74 页。
④ 王仲镛:《唐诗纪事校笺》,中华书局 2007 年版,第 64 页。
⑤ 《新唐书》卷二百二,第 5750 页。

"更吟君句胜啖炙,杏花妍媚春酣酣(原注:君诗有'春风酣酣杏正妍'之句)。吾交豪俊天下选,谁得众美如君兼。诗工镵刻露天骨,将论纵横轻至钤"①;《招许主客》诗有"仍约多为诗准备,共防梅老敌难当"②。汪藻幼年作"一春略无十日晴"诗,"此篇一出,便为诗社诸公所称"③。

自北宋末年开始,民间诗社发展起来,吴可《藏海诗话》记载:

> 幼年闻北方有诗社,一切人皆预焉。屠儿为《蜘蛛》诗,流传海内。

> 元祐间,荣天和先生客金陵,僦居清化市,为学馆。质库王四十郎、酒肆王念四郎、货角梳陈二叔皆在席下,余人不复能记。诸公多为平仄之学,似乎北方诗社……诸公篇章富有,皆曾编集……今仅能记其一二,以遗宁川好事者。欲为诗社,可以效此,不亦善乎?④

因为是民间诗社,成员多默默无闻,其诗学修养不深乃可以想见,所以常需由一、二人主盟,予以品题⑤。这些诗集编集出版的时候,也常会将评语一并录入。可惜这类书多已亡佚,幸而《月泉吟社诗》尚有残卷流传至今,能略存当时旧式。诗社活动中每有评点伴随,其学诗之际,

---

① 刘德清、顾宝林、欧阳明亮笺注:《欧阳修诗编年笺注》卷五,中华书局2012年版,第591页。
② 《欧阳修诗编年笺注》卷八,第909页。
③ [宋]张世南:《游宦纪闻》卷三,中华书局1981年版,第23页。
④ 丁福保辑:《历代诗话续编》,中华书局2006年版,第341页。
⑤ 全祖望《跋月泉吟社后》指出:"当时主盟,如方、谢、吴三先生,至今学士皆能道其姓氏,而社中同榜之人,自仇近村(远)而外,多已湮没不传。"(《鲒埼亭集外编》卷三十四,朱铸禹:《全祖望集汇校集注》,上海古籍出版社2000年版,第1439页)即为一例,其他类此者甚多。

亦当注重评点。这是诗文评点成立的社会基础,也就是诗社给予评点成立的影响。

评点是中国古代文学批评的方式之一,由于这种方式成立较晚,所以其受到以往文论之作的影响较多。本节为之一一分疏,乃叙述之方便。就其实际状况而言,其作用往往是综合发生的。

三、科举与评点

科举制度形成后,对于文学产生了很大的影响。这在唐代已经表现得很突出①。不仅创作如此,对文学批评的影响也是显然的。最明显的就是诗格、文格和赋格类著作。唐人诗格的写作,或以便科举,或以训初学,而赋格的写作,几乎都与科举有关。《因话录》云:"李相国程、王仆射起、白少傅居易兄弟、张舍人仲素,为场中词赋之最,言程式者,宗此五人。"②《册府元龟》载后唐长兴元年(930)学士院奏本,也提到"依《诗格》《赋枢》考试进士"③。据史志著录,上述五人中,除李程外,都有诗格类著作,如王起《大中新行诗格》、白居易《金针诗格》、白行简《赋要》、张仲素《赋枢》等。此类书风行一时,却多已亡佚④。现存的诗格均已收入《全唐五代诗格校考》一书,附录三所收唐人《赋谱》,也是与律赋写作有关的。严羽《沧浪诗话·诗评》在回答"唐诗何以胜我朝"的问题时说:"唐以诗取士,故多专门之学,我朝之诗所以不

---

① 关于这一问题,先师程千帆先生《唐代进士行卷与文学》(上海古籍出版社1980年版)、傅璇琮《唐代科举与文学》(陕西人民出版社1986年版)二书有详细考论,可参看。
② [唐]赵璘:《因话录》卷三,中华书局1985年版,第13页。
③ [宋]王钦若等:《册府元龟》卷六百四十二"贡举部四",中华书局1960年版,第7695页。
④ 参见张伯伟《全唐五代诗格校考》附录四"全唐五代诗文赋格存目考",陕西人民教育出版社1996年版,第549—555页。

及也。"①宋诗是否真的不及唐诗,此处不拟置论,但宋代科举考试科目的变更,的确给文学带来了与唐代不同的影响,评点的形成即为其中之一。

元人倪士毅《作义要诀自序》云:

> 按宋初因唐制,取士试诗赋。至神宗朝王安石为相,熙宁四年辛亥议更科举法,罢诗赋,以经义论策试士,各占治《诗》《书》《易》《周礼》《礼记》一经,此经义之始也。宋之盛时,如张公才叔《自靖义》②,正今日作经义者所当以为标准。至宋季则其篇甚长,有定格律。首有破题,破题之下有接题,有小讲,有缴结,以上谓之冒子。然后入官题,官题之下有原题,有大讲,有余意,有原经,有结尾。篇篇按此次序,其文多拘于捉对,大抵冗长繁复可厌。③

宋代的科举科目繁多,但为人重视者仍然是进士科④。进士科的考试,自王安石立经义而废诗赋,至元祐年间又有变化,终宋之世,兴废分合,几经反复⑤。但从总体上说,在进士科的考试中,诗赋的地位下降,经义、策论的地位上升是大趋势,严羽以"唐以诗取士"为由说明唐诗的

---

① 郭绍虞:《沧浪诗话校释》,人民文学出版社1983年版,第147页。
② 此指张庭坚(才叔)《自靖人自献于先王义》,见收于吕祖谦《宋文鉴》卷一百十一"经义"。
③ 李修生主编:《全元文》卷一四八九,凤凰出版社1998年版,第49册,第38页。
④ 《宋史·选举志》云:"宋之科目,有进士,有诸科,有武举。常选之外,又有制科,有童子举,而进士得人为盛。"(中华书局1985年版,第3604页)马端临《文献通考·选举考》五引吕祖谦云:"唐初间,进士、明经都重;及至中叶以后,则进士重而明经轻……到得本朝,待遇不同,进士之科往往皆为将相,皆极通显;至明经之科,不过为学究之类。"(中华书局2011年版,第939页)
⑤ 关于宋代的科举及其变迁,参见〔日〕荒木敏一『宋代科舉制度研究』,东洋史研究会1969年版;侯绍文《唐宋考试制度史》,台湾商务印馆1973年版;何忠礼《宋史选举志补正》,浙江古籍出版社1992年版。

成就，反映的就是这样一个实际状况。

王安石废明经科、止诗赋试，目的是要能够选拔出通经之士，不能以雕虫小技或徒事记诵而登第。儒家经义自汉代以来，言人人殊，统治者每以己意附会经义，借以控制士子的思想，王安石的《三经新义》就是如此。他将自己的"新义"作为考试的准则，颁于学宫，俾举子研习。这就决定了试经义并不能自由发挥个人见解，只是对既定的经义如何阐发的问题①。经义通过文字而落实，故士子应试还得注意文章的作法。即使到了南宋废止《三经新义》，但考试方法既定，也是从为文的格式上去讲求。最早的评点书，不涉及诗而涉及文，又多讲究文法、格式，这是很重要的原因之一。

《文献通考》卷三十二《选举考五》说宋代科举是"变声律为议论，变墨义为大义"②。与诗赋、记诵不同，"议论"和"大义"是与文章，也就是古文紧密结合在一起的。评点在宋代的出现，与科举考试科目转变的背景是分不开的。宋人魏天应编《论学绳尺》十卷，《四库全书总目》卷一百八十七《论学绳尺》提要云：

> 是编辑当时场屋应试之论，冠以《论诀》一卷……考宋礼部贡举条式，元祐法以三场试士，第二场用论一首。绍兴九年定以四场试士，第三场用论一首，限五百字以上成，经义、诗赋二科并同。又载绍兴九年国子司业高闶札子，称太学旧法每旬有课，月一周之；

---

① 司马光《起请科场札子》批评道："王安石不当以一家私学，欲盖掩先儒，令天下学官讲解，及科场程式，同己者取，异己者黜。"（《传家集》卷五十四，《景印文渊阁四库全书》第 1094 册，第 491 页）苏轼《答张文潜书》曰："文字之衰，未有如今日者也。其源实出于王氏。王氏之文，未必不善也，而患在于好使人同己……地之美者，同于生物，不同于所生；惟荒瘠斥卤之地，弥望皆黄茅白苇，此则王氏之同也。"《经进东坡文集事略》卷四十五，中华书局（香港）1979 年版，第 773 页。

② ［元］马瑞临：《文献通考》卷三十一"选举考四"，第 908 页。

每月有试，季一周之，皆以经义为主，而兼习论策云云，是当时每试必有一论，较诸他文，应用之处为多，故有专辑一编，以备揣摩之具者。天应此集，其偶传者也。①

即指出此书与当时风气的关系。虽然此书编于南宋，但当时此类书必甚多，我们从这部"偶传"之作中可以推知当时的一般情形。宋代进士科省试场次多有变迁，大致从熙宁到绍圣元年七月之前，多为四场，此后则为三场②。无论其为三为四，最后都是试策论。《论学绳尺》所收皆为"论"体，原因似即在此。卷首《论诀》引吴琮语云：

省闱多在后两场取人。谚云：三平不如一冠。若三场皆平平，未必得。若论策中得一冠场，万无失一……盖有第一场文字不相上下，则于此辨优劣也。③

此书所录之文共分十卷，一百五十六首，每两首立为一格，共七十八格，如"立说贯题格""贯二为一格"等。每篇文章的题下先标出处，次为立说，这两部分类似解题；再次为批语，点明文章妙处。正文句下多有笺解，《四库提要》谓"略以典故分注本文之下"，此外还有批评。如卷一彭方迥《帝王要经大略》，正文与笺解以大小字区别：

论曰：圣人之自治有常道。常是经，谓帝王自治有经常之道。故所

---

① 《四库全书总目》，第1702页。
② 此据何忠礼《宋史选举志补正》附录三"宋代进士科省试试艺内容变迁表"。《四库提要》谓"绍兴九年定以四场试士"，不知其所据为何。
③ ［宋］林子长笺解：《论学绳尺》卷首，《景印文渊阁四库全书》第1358册，第73—74页。

持者约而其用博焉。约是要,博是大,用是略。夫中国之所以异于外
裔者。气象好。以经常不易之道存焉耳。此是要经。而圣人所以
自治其中国者。应破题,"自治"字是主意。初岂以远人之变而易吾
之常也哉。应常字,是经。如其舍我之常徇彼之变。反接上面常变
二字。①

可见本文之下的文字含有批评的意味,涉及文脉、字眼,以及稍感玄虚
的"气象"等。在全文之末,另著评语,往往是将同属一格的两篇文章
或分属两格的前后文章做比较。这些评语,有助于举子掌握省闱作文
之法。

在每篇文章之前皆列有批语,这些批语可分作三类:一是"批云",
当为编者或笺解者所批;二是"某某批云",如"陈竹林批云""徐进斋批
云""冯厚斋批云"等,共有十四处;特别值得注意的是第三类"考官批
云",共有二十七处。其中有的还出现了考官的名字,如"考官欧阳起
鸣批云""考官杨栋批"等。考官在举子的文章上有批语,由来已久。
唐代试帖经、墨义,多为记诵之学,考官批语往往用"通"或"不"一字而
已,宋代考试重视经义、策论,往往是五百字、七百字的文章,当时的科
举制度也渐趋严密,考卷一般要经过三道程序,最后以定去取。为了考
定高下,就需要对考卷仔细评论。《宋会要辑稿·选举六》贡举杂录举
士十二宁宗嘉定十年正月九日臣僚言:

> 初考(官)以点检为名,盖点检程式,别白优劣,而上于复考
> (官)。复考(官)以参详为职,盖参订辞义,精详工拙,以上于知

---

① 《论学绳尺》卷一,《景印文渊阁四库全书》第1358册,第99页。

举。至于知举取舍方定。①

这虽然讲的是南宋情形,但与北宋熙宁以后的情形应大致相似。从《论学绳尺》中所列的考官批语来看,其中一则是"知举批",见卷九《圣人大明至公如何论》,语气比较决断:"意味深长,议论明莹,说得'大明至公'字,非苟作者。"以此推之,其余各则"考官批云",当是复考官的批语。从其语气来看,也多含荐举之意,如卷一批彭方迥《帝王要经大略》云:"说有根据,造辞老苍,较之他作,气象大段不同。真可为省闱多士之冠。"批缪烈《孝武号令文章如何》云:"议论正大,文势发越,可谓杰特之作。"又卷二批李发同题之作云:"立说尖新,造语警拔,真百鸟中之孤凤也。如缪烈论以表章六经为主意,固是正说,但立说稍同,不如此篇奇伟,甚刮人眼。"批危科《文武之道同伏羲》云:"意甚古,语甚新,下字亦甚异。此论中巨擘也。"卷四批叶大有《太宗英宗仁恕如何》云:"就本文立说,议论有据,文字明洁,真佳作也。"批陈文龙《理本国华如何论》云:"有学问,有识见,有议论,有文藻,反复转折,不费斧凿,健笔也。'心之精神'四字,亦有本祖。"②这样的评语,真可谓"参订辞义,精详工拙"了。从考官的批语到评点的评语,其递转的痕迹在《论学绳尺》一书中,可谓赫然在目③。

《论学绳尺》卷首《论诀》"诸先辈论行文法"引戴溪语云:"据古文为文法。"所以衡量经义、策论在行文方面的优劣,也以唐宋名家古文为标准。例如,卷一徐霖《太宗治人之本》下"考官批云":

---

① [清]徐松辑:《宋会要辑稿》,上海古籍出版社2014年版,第9册,第5372—5373页。
② 以上俱见《论学绳尺》,《景印文渊阁四库全书》第1358册,第501、99、105、148、142、226、510页。
③ 曾国藩《经史百家简编序》云:"试官评定甲乙,用朱墨旌别其旁,名曰圈点。后人不察,辄仿其法,以涂抹古书,大圈密点,狼藉行间。"也指出了科举与评点的这一层关系。

> 文有古体,语有古意,当于古文求之,其源委得之柳子厚《封建论》。

卷二批吴君擢《唐虞三代纯懿如何》云:

> 文字出入东莱议论,法度严密,意味深长,说得圣人本心出,深得论体,可敬可服。

批丘大发《三圣褒表功德》云:

> 立论高,行文熟,用事详赡,笔力过人。其学识得之《左氏》,其文法得之东莱《博议》。

卷五批黄朴《经制述作如何》云:

> 文势圆转,意味深长,盖自吕东莱《七圣论》中来。①

批语中多次提到吕祖谦,吕氏有《左氏博议》,自称"为诸生课试之作也",书中"枝辞赘喻,则举子所以资课试者也"②。其书流行一世,所以能为时人所取法。宋人选本朝文字示人以门径的书颇多,虽然流传至今者无几,但从《文献通考·选举考五》引用南宋绍兴年间太学博士王之望的话"举人程文,或纯用本朝人文集数百言,或歌颂及佛书全句,

---

① 以上俱见《论学绳尺》,《景印文渊阁四库全书》第 1358 册,第 122、126、132、300 页。
② 《左氏博议序》,《景印文渊阁四库全书》第 152 册,第 296—297 页。

旧式皆不考,建炎初悉从删去,故犯者多"①来看,这些样板文字已成为剽窃之资。而要真正写好经义、策论文字,还须上溯于古文文法。吕氏曾选韩、柳、欧、苏等人的古文六十余篇,各标举其命意、布局之处,示学者以作文门径,题为《古文关键》。陈振孙《直斋书录解题》卷五十五云谓此书"标抹注释,以教初学"②。可知此书原本有评有点。所谓"以教初学",实际上还是为了科举作文。楼昉《崇古文诀》(本名《迂斋古文标注》)"逐章逐句,原其意脉,发其秘藏",也是为了写好场屋之文的需要,刘克庄说他"以古文倡莆东,经指授成进士名者甚众"③,即可了解其书与科举的关系。而这方面的典型之作,应数谢枋得《文章轨范》。

王守仁《文章轨范序》指出:"宋谢枋得氏取古文之有资于场屋者,自汉迄宋凡六十有九篇,标揭其篇章句字之法,名之曰《文章轨范》。盖古文之奥不止于是,是独为举业者设耳。"④全书以"侯王将相有种乎"七字分标七卷,此语原出《史记·陈涉世家》,但只有到了宋代,真正打破了门阀的垄断,通过科举考试,穷阎漏屋之士一跃而为侯王将相的希望才可能得到较为充分的实现。全书将文章分为"放胆文"和"小心文"两类,其每集之下的文字也能充分表明其书于科举的关系。如王字集下云:

辩难攻击之文,虽厉声色,虽露锋芒,然气力雄健,光焰长远,读之令人意强而神爽。初学熟此,必雄于文。千万人场屋中,有司

---

① 〔元〕马瑞临:《文献通考》卷三十二,第926页。
② 《直斋书录解题》卷十五,第451页。
③ 〔宋〕刘克庄:《迂斋标注古文序》,辛更儒:《刘克庄集笺校》卷九十六,中华书局2011年版,第4049页。
④ 〔日〕簡野道明,『補注文章軌範』卷首,4頁。

亦当刮目。①

将字集下云：

　　议论精明而断制，文势圆活而婉曲，有抑扬，有顿挫，有擒纵。场屋程文，"论"当用此样文法。②

相字集下云：

　　此集文章占得道理强，以清明正大之心，发英华果锐之气，笔势无敌，光焰烛天。学者熟之，作经义、作策，必擅大名于天下。③

有字集下云：

　　此集皆谨严简洁之文，场屋中日晷有限，巧迟者不如拙速。论、策结尾，略用此法度，主司亦必以异人待之。④

由此可知，当时的不少评点之作，实际上是为了科举而写的。现在流传下来的早期评点书，几乎无一不是如此。

宋代经义、策论文字，有一定的格式，特别是到了南宋，"讲求渐密，程式渐严，试官执定格以待人，人亦循其定格以求合，于是双关、三

---

① 〔日〕簡野道明，『補注文章軌範』，55 頁。
② 同上书，第 97 页。
③ 同上书，第 151 页。
④ 同上书，第 200 页。

扇之说兴,而场屋之作遂别有轨度"①。评点之作也多着眼于此,如《古文关键》首列"看文字法",就有"如何是起头换头佳处,如何是缴结有力处,如何是融化屈折、剪截有力,如何是实体贴题目处"②之说,其评论古文,也往往在起承转合处为之点明。《文章轨范》卷三评苏轼《王者不治夷狄论》云:"此是东坡应制科程文六论中之一,有冒头,有原题,有讲题,有结尾。当熟读,当暗记,始知其巧。"③后来的制举文(即八股文)就是由此演变而来。中国古代文学批评与人物品评的关系密切,由此而影响到评论家,常常以人体的各部分来比喻文学。但是在与科举有关的文学评论中,这种比喻又有其特别之处,就是常用头、项、腹(腰)、尾等,来表示文章或诗歌的结构④。唐代佚名《诗式》举"杂乱"病曰:

> 凡诗发首诚难,落句不易。或有制者,应作诗头,勒为诗尾;应可施后,翻使居前,故曰杂乱。⑤

已见这类比喻的端倪。又唐代佚名《赋谱》云:

> 凡赋体分段,各有所归……至今新体,分为四段:初三、四对约卅字为头,次三对约卅字为项,次二百余字为腹,最末约卅字为尾。就腹中更分为五:初约卅字为胸,次约卅字为上腹,次约卅字为中

---

① 《四库全书总目》卷一百八十七《论学绳尺》提要语,第1702页。
② 《古文关键总论》,《景印文渊阁四库全书》第1351册,第718页。
③ 〔日〕簡野道明,『補注文章軌範』,145页。
④ 更早的用例应该是沈约提出的"八病",其中"平头、蜂腰、鹤膝、上尾"也是用的这种方式。这虽然不能说与科举无关,但他用以形容声病,与后来的大多数用例不同。如《论学绳尺》卷首《论诀》中也有"蜂腰体""鹤膝体",但谈的是结构问题。
⑤ 《全唐五代诗格校考》,第105页。

腹,次约卅字为下腹,次约卅字为腰。①

魏庆之《诗人玉屑》卷十二引《金针诗格》云：

> 第一联谓之"破题",欲如狂风卷浪,势欲滔天;又如海鸥风急,鸾凤倾巢,浪拍禹门,蛟龙失穴。第二联谓之"颔联",欲似骊龙之珠,善抱而不脱也。亦谓之"撼联"者,言其雄赡遒劲,能捭阖天地,动摇星辰也。第三联谓之"警联",欲似疾雷破山,观者骇愕,搜索幽隐,哭泣鬼神。第四联谓之"落句",欲如高山放石,一去不回。②

这段文字是否真出于白居易之手,当然很可怀疑。但唐代以《诗格》《赋枢》等为标准考试进士,而白居易又是为当时举子所"宗"的五人之一,因此这段文字还是与当时的科举有关。五代神彧《诗格》,有"论破题""论颔联""论诗腹""论诗尾"等节目,反映的还是当时的风气。宋人评点诸书,凡与科举有关者,也多有此类论调。上引吕祖谦和谢枋得的说法即可作为例证。又如《论学绳尺》卷首《论诀》引冯椅"论一篇之体":

> 鼠头欲精而锐,豕项欲肥而缩,牛腹欲肥而大,蜂尾欲尖而峭。③

又引欧阳起鸣"论头""论项""论心""论腹""论腰""论尾"。如"论

---

① 《全唐五代诗格校考》,第340页。
② [宋]魏庆之:《诗人玉屑》卷十二,中华书局2007年版,第379页。
③ 《景印文渊阁四库全书》第1358册,第74页。

头"云：

> 论头乃一篇纲领，破题又论头纲领。两三句间要括一篇意，承题要开阔，欲养下文，渐下莫说尽为佳。欲抑先扬，欲扬先抑，最嫌直致无委曲。讲题、举题只有详略两体，前面意说尽，则举题当略；前面说未尽，则举题当详。缴结收拾处，要紧切，前后相照。①

这里说到对题目的破、承、转、结，成为南宋以来的程文定式，明、清八股文有所谓破题、承题、起讲、大结等，便是由此演变而来②。元代以来，一般的文学理论中也多有此类论调，如旧题杨载的《诗法家数》，其中"律诗要法"节便讲起、承、转、合，分别就破题、颔联、颈联、结句阐述之③。旧题傅与砺的《诗法正论》也有类似说法。明人王昌会《诗话类编》卷二"论起承转合"云："以律诗论之，首句是起，二句是承，中二联则衬贴题目，如经义之大讲，七句则转，八句则合耳。"④起承转合成为律诗的一般章法，也成为"三家村"塾师的启蒙语⑤。又王恽提出"作文三体"，有所谓"入作当如虎首，中如豕腹，终如蚕尾"⑥；乔吉提出的"作今乐府法"，有所谓"凤头、猪肚、豹尾"⑦，似乎也与上述说法有关。

---

① 《景印文渊阁四库全书》第1358册，第78页。
② 《四库全书总目》卷一百八十七《论学绳尺》提要指出："其破题、接题、小讲、大讲、入题、原题诸式，实后来八比之滥觞，亦足以见制举之文源流所自出焉。"
③ 其说实本于《金针诗格》，而将"警联""落句"改为"颈联""结句"。
④ 台湾广文书局1973年版，第164页。
⑤ 叶燮《原诗》内篇上云："律诗必首句如何起，三四如何承，五六如何接，末句如何结……此三家村词伯相传久矣。"《师友诗传续录》记王士禛回答"律诗论起承转合之法否"云："勿论古文今文、古今体诗，皆离此四字不可。"又云："起承转合，章法皆是如此，不必拘定第几联第几句也。"关于起承转合在诗学中的展开，蒋寅《起承转合：机械结构论的消长》一文的三、四两节有详论（《文学遗产》1998年第3期），可参看。
⑥ ［元］王恽《玉堂嘉话》卷一引，中华书局2006年版，第41页。
⑦ ［元］陶宗仪《南村辍耕录》卷八引，中华书局1959年版，第103页。

上文提到,最早的评点书不涉及诗而多评文,实与科举有关。而宋末的刘辰翁全力做诗歌评点,似仍与科举有关。元初欧阳玄在《罗舜美诗序》中指出:

> 宋末须溪刘会孟出于庐陵,适科目废,士子专意学诗,会孟点校诸家甚精,而自作多奇崛,众翕然宗之,于是诗又一变矣。①

宋代科举有记载者到度宗十年(1274)为止,再过五年而南宋亡,直到元代延祐年间才恢复科举。在这四十多年时间里,诗歌风气兴盛起来。陆文圭《跋陈元复诗稿》指出:"科场废三十年,程文阁不用,后生秀才气无所发泄,溢而为诗。"②刘辰翁的评点,主要目的是授人以诗学门径。其子刘将孙《刻长吉诗序》云:

> 先君子须溪先生于评诸家诗,最先长吉。盖乙亥避地山中,无以纾思寄怀,始有意留眼目,开后来。自长吉而后及于诸家……开示其微,使览者隅反神悟,不能细论也……每见举长吉诗教学者,谓其思深情浓……最可以发越动悟者在长吉诗。③

从当时的情形来看,这些学诗者中,多数可能是东南一地的诗社成员。所以,其诗歌评点与科举实亦有间接关系。

在宋末元初的诗社中,有些也仿效科举法,评其优劣,列出名次。合为一书,即成评点。如宋末元初月泉吟社,几乎完全效仿科举活动。

---

① 《欧阳玄集》卷八,岳麓书社2010年版,第87页。
② 《全元文》卷五百六十三,第17册,第555页。
③ 《全元文》卷六百二十,第20册,第146页。

拟定题目,按期交卷,然后誊副糊名,由考官定以名次,定期揭晓,发放赏品。如第一名罗公福,其真实姓名为连文凤,糊名法即仿效科举①。评语云:"众杰作中求其粹然无疵,极整齐而不窘边幅者,此为冠。"便类似考官评语。被评诸人,也往往以门生自居。如罗公福《回送诗赏札》云:"抚景兴思,慨唐科之不复;以诗为试,觊周雅之可追。窃知扶植之盛心,正欲主维乎公是。"第二名司马澄翁则云:"置诸榜眼,壮此诗脾……录其善者,愿为吟社之门生;罗而致之,景仰骚坛之座主。"②又如越中诗社,曾以《枕易》为题集卷三十余份,所聘评点者即称"考官李侍郎"。黄庚《月屋漫稿》、张观光《屏岩小稿》同录《枕易》诗,为"越中诗社试题都魁",并附有批语③。到元明之际,这种方式仍然流行。如李东阳《麓堂诗话》指出:

  元季国初,东南人士重诗社,每一有力者为主,聘诗人为考官,隔岁封题于诸郡之能诗者,期以明春集卷。私试开榜次名,仍刻其优者,略如科举之法。④

虽然这些仿效科举的行为主要是诗社活动,但伴随这一活动的评点,也是与科举密不可分的。

  上文说到南宋已降经义、策论文字渐成定格,于是有起承转合之说,影响诗学理论,成为一般的通说。后世评点,也往往有用其说者。

---

① 《四库全书总目》卷一百八十七《月泉吟社》提要云:"其人皆用寓名,而别注本名于其下,如第一名连文凤改称罗公福之类,未详其意。岂(方)凤等校阅之时,欲示公论,以此代糊名耶?"这样的推测是有道理的。
② 俱见《月泉吟社诗》,第9、89页。
③ 《四库全书总目》卷二百六十六《屏岩小稿》提要云:"越中诗社以《枕易》为题,李应祈次其甲乙,以观光为第一,其诗今见集中,并载应祈批……(案:黄庚《月屋漫稿》亦称以《枕易》诗为李侍郎取第一。一试有两第一,必有一讹。然无可考证,谨附识于此。)"
④ 丁福保:《历代诗话续编》,中华书局2006年版,第1380页。

如金圣叹、冯舒、徐增之批唐诗、批杜诗,皆用此法。金圣叹《唱经堂杜诗解》卷一《赠李白》题下批云:

> 唐人诗多以四句为一解,故虽律诗,亦必作二解。若长篇,则或至作数十解。夫人未有解数不识,而尚能为诗者。如此篇第一解,曲尽东都丑态;第二解,姑作解释;第三解,决劝其行。分作三解,文字便有起、有转、有承、有结。从此虽多至万言,无不如线贯华,一串固佳,逐朵又妙。自非然者,便更无处用其手法也。①

这种以起承转合或分解的方式说诗,虽然有一定的道理,但实未免拘泥牵强。画地为牢,只能是作茧自缚。王夫之对这种说诗格式曾有严厉的批评:

> 起承转收,一法也。试取初盛唐律验之,谁必株守此法者……且道"卢家少妇"一诗作何解?是何章法?又如"火树银花合"浑然一气,"亦知戍不返"曲折无端……起不必起,收不必收,乃使生气灵通,成章而达……杜(甫)更藏锋不露,抟合无垠,何起何收?何承何转?陋人之法,乌足展骐骥之足哉?②

清代中叶以后,这种说诗的论调就渐渐消失了。但我们考察这种论调的形成,不能不追溯至与科举有关的诗文批评,在其演变过程中,科举文的程式对于一般诗文批评的术语、方式也发生了作用和影响。评点也未能例外。

---

① 《唱经堂杜诗解》卷一,第615页。
② 戴鸿森:《薑斋诗话笺注》卷二"夕堂永日绪论内编",第78页。

四、评唱与评点

　　禅宗在唐代兴起以后,对文学艺术产生了深远的影响。即就文学批评而言,在思维方式、精神意态、名词术语以及著述形式等方面都有其痕迹。不过,批评形式的不同,如在诗话、诗格、论诗诗中,其受禅宗影响的程度和方面也是各异的。从评点的角度看,评唱的启示似不容忽视。

　　评唱是禅宗特有的著述形式之一,这种形式的出现是与禅宗的宗旨联系在一起的。禅宗强调自证自悟,不落言筌,但为了接引学人,又不得不诉诸语言文字。便宜的方法,就是引用古代大宗师的言行,或是举出他们悟道得法的因缘,使学人参而悟之。这样的言行或因缘就被禅家称作"公案"。三教老人序《碧岩录》云:

　　　　尝谓祖教之书,谓之公案者,倡于唐而盛于宋,其来尚矣。二字乃世间法中吏牍语……具方册作案底,陈机境为格令,与世间所谓金科玉条、清明对越诸书,初何以异。祖师所以立为公案,留示丛林者,意或取此。[1]

从唐代开始,禅师上堂垂示,常举古人公案,至宋代则更为普遍。如《五灯会元》卷十二《丞熙应悦禅师》上堂云:

　　　　我宗无语句,徒劳寻露布。现成公案已多端,那堪更涉他门户。[2]

---

[1] 《大藏经》第四十八册,第139页。
[2] [宋]普济:《五灯会元》卷十二,中华书局1984年版,第759页。

但公案也未必人人能悟,所以禅家常有"公案未了"或"未了底公案"之说①。《五灯会元》卷十四《天宁禧誧禅师》云:"丹霞有个公案,从来推倒扶起。今朝普示诸人,且道是个甚底?"其后环顾左右曰:"会么?"众曰"不会"。同书卷二十《梁山师远禅师》上堂举杨岐三脚驴子话云:

  这公案直须还他透顶彻底汉,方能了得。此非止禅和子会不得,而今天下丛林中,出世为人底,亦少有会得者。②

又对于同一公案,诸学人参证商量的心得也未必一致,甚至有偏颇误解。同书卷二十《焦山师体禅师》上堂举"临济四喝"公案云:

  这个公案,天下老宿拈掇甚多,第恐皆未尽善。③

由于这两点原因,于是禅家又有"颂古"和"代别",对公案下转语、著见地,以转拨心机、启发学人。而最初以此出名的就是汾阳善昭禅师。《汾阳无德禅师语录》卷中专集"颂古代别"。颂古是以韵文的形式对公案做旁敲侧击式的引发,代别则是以直说的形式对公案加以弥缝修正。善昭禅师云:"室中请益古人公案,未尽善者,请以代之;语不格者,请以别之,故目之为'代别'。"④对于汾阳禅师的这种作风全面秉承的,是雪窦重显禅师。《祖庭事苑》卷一至卷四提及雪窦的著作有八种,其中就有《雪窦拈古》和《雪窦颂古》。圜悟克勤《碧岩录》第一则评

---

① 参见[宋]普济《五灯会元》卷四《黄檗希运禅师》、卷十《清凉泰钦禅师》诸章。
② 《五灯会元》卷二十,第1325页。
③ 同上书,第1363页。
④ 《汾阳无德禅师语录》卷中,《大藏经》第四十七册,第615页。

唱云:"大凡颂古只是绕路说禅,拈古大纲据款结案而已。"①因为颂古是用诗歌形式,意在言外,所以是"绕路说禅"。拈古是以直说的方式剖判公案,如同根据法律条文判案。也正因为是"绕路说禅",学人往往仍然不易领会,于是有必要对之再作评说提唱,这就是"评唱"的产生。

现存最早而且影响最大的评唱,是成书于北宋宣和七年(1125)的《碧岩录》(又名《碧岩集》)。《碧岩录》原先是北宋初期雪窦重显(980—1052)从《景德传灯录》《云门广录》及《赵州录》等书中选出的一百则公案,写成了一百则颂古,以阐扬公案的含义。至北宋后期圜悟克勤(1063—1135)在其基础上再加垂示、著语和评唱,对一百则公案和颂古复加阐扬,乃成此书。由于雪窦很有诗才,所以其颂古在当时极为流行。圜悟《碧岩录》第四则评唱云:"雪窦颂一百则公案,一则则焚香拈出,所以大行于世。他更会文章,透得公案,盘礴得熟,方可下笔。"②圜悟禅师的悟性极高,辨才无碍,二十年间,多次为弟子剖析《雪窦颂古》,最后集结成书。关友无党的《后序》说:

《雪窦颂古》百则,丛林学道诠要也。其间取譬经论或儒家文史,以发明此事,非具眼宗匠时为后学击扬剖析,则无以知之。圜悟老师在成都时,予与诸人请益其说,师后住夹山道林,复为学徒扣之,凡三提宗纲。语虽不同,其旨一也。③

禅宗发展到北宋后期,各宗派之间既有对立,又有融合。大致看来,临

---

① 《大藏经》第四十八册,第141页。
② 同上书,第144页。
③ 同上书,第224页。

济宗与曹洞宗的对立比较突出,而与云门宗则有融合的趋向①。雪窦属云门宗系统,从云门文偃、香林澄远、智门光祚一线传下;圜悟属临济宗杨岐派系统,其法系为杨岐方会、白云守端、五祖法演到圜悟克勤。他在云门宗的典籍上加以评唱②,这一事实也表明了两宗合流的趋向。唐代咸通年间夹山善会禅师在回答"如何是夹山境"的问题时,用了"猿抱子归青嶂里,鸟衔花落碧岩前"两句诗③。圜悟在住持夹山灵泉禅院时最后一次评唱此书,故命名为《碧岩录》。

《碧岩录》的结构颇为特殊,它由以下五部分构成:一垂示(一本作"示众"),是将本则公案的重点加以提示;二本则,就是雪窦选出的公案;三颂古,即雪窦用偈颂的形式阐扬公案;四著语,是圜悟在本则和颂古的字里行间所作的细微的短评;五评唱,分别附在本则和颂古的后面,是对本则或颂古的总评。广义的评唱,应该包括以上五部分在内。但垂示、本则、颂古、评唱(狭义)的次序如何("著语"散见于本则和颂古之中,非独立成篇),却因版本不同而有差异。《碧岩录》的版本,最流行的是元大德四年(1300)张炜(明远)的刊本(简称"张本"),已收入日本大正新修《大藏经》中。另外有成都刊本(简称"蜀本")和福州刊本(简称"福本"),均已亡佚,日本岐阳方秀(1361—1434)的《碧岩录不二钞》和大智实统的《碧岩录种电钞》曾引录,并与张本做对校。日本还有道元禅师入宋时,以一夜功夫抄成的本子(简称"一夜本")。次序的不同,主要表现在张本和一夜本。前者以垂示、本则、本则评唱、颂古、颂古评唱为序,后者以示众、本则、颂古、本则评唱、颂古评唱为序。

---

① 参见张伯伟《对立与融合:宋代禅宗史上一个问题的研究》,《1992年佛学研究论文集·中国历史上的佛教问题》,台湾佛光文化事业公司1998年版,第179—204页。

② 雪窦所选公案,除《楞严经》二则、《维摩经》一则、《金刚经》一则外,其余九十六则实以云门宗为中心,涉及文偃禅师的公案就达十五则之多。

③ 《景德传灯录》卷十五《夹山善会禅师》,《大藏经》第五十一册,第324页。

究竟哪一个次序能够反映其本来面目？学者有不同意见。如铃木大拙认为后者代表了古体，而伊藤猷典认为前者符合其原型，似乎更为合理①。其次序应该是：垂示，本则，本则评唱，颂古，颂古评唱。兹选录一则如下：

垂示云：杀人刀，活人剑，乃上古之风规，亦今时之枢要。若论杀也，不伤一毫。若论活也，丧身失命。所以道，向上一路，千圣不传。学者劳形，如猿捉影。且道，既是不传，为什么却有许多葛藤公案？具眼者试说看。

【本则】举。僧问洞山："如何是佛？"铁蒺藜。天下衲僧跳不出。山云："麻三斤。"灼然破草鞋。指槐树，骂柳树。为秤锤。

【评唱】这个公案，多少人错会。直是难咬嚼，无尔下口处。何故？淡而无味。古人有多少答佛话，或云"殿里底"，或云"三十二相"，或云"杖林山下竹筋鞭"。及至洞山，却道"麻三斤"。不妨截断古人舌头。人多作话会道，洞山是时在库下秤麻，有僧问，所以如此答。有底道"洞山问东答西"，有底道"尔是佛，更去问佛，所以洞山绕路答之"，死汉更有一般道"只这麻三斤便是佛"。且得没交涉。你若怎么去洞山句下寻讨，参到弥勒佛下生，也未梦见在……

【颂】金乌急，左眼半斤，快鹞赶不及。火焰里横身。玉兔速，右眼八两，姮娥官里作窠窟。善应何曾有轻触。如钟在扣，如谷受响。展事投机见洞山，错认定盘星，自是阇黎怎么见。跛鳖盲龟入空谷。自领出去，同坑无异

---

① 伊藤猷典认为，从内容上看，本则评唱和本则著语的末句常有重复，显然是由于两部分靠近而相混，又本则评唱的最后常常有"所以颂出"的字样，后面也应该紧跟颂古的文字。从受学者来看，也以评唱分别紧靠本则和颂古更为便利。（伊藤猷典校定『碧巖集定本』卷首「碧巖集定本刊行の趣旨」，理想社，1963年，32页）

土。阿谁打尔鹞子死。花簇簇，锦簇簇，两重公案，一状领过，依旧一般。南地竹兮北地木。三重，也有四重公案。头上安头。因思长庆、陆大夫，癫儿牵伴，山僧也恁么，雪窦也恁么。解道合笑不合哭。呵呵，苍天，夜半更添冤苦。咦。咄，是什么，便打。

【评唱】雪窦见得透，所以劈头便道"金乌急，玉兔速"，与洞山答"麻三斤"更无两般。日出月没，日日如是。人多情解，只管道金乌是左眼，玉兔是右眼。才问著，便瞠眼云"在这里"。有什么交涉？若恁么会，达磨一宗扫地而尽。所以道，垂钩四海，只钓狞龙。格外玄机，为寻知己。雪窦是出阴界底人，岂作这般见解？雪窦轻轻去敲关击节处，略露些子教尔见，便下个注脚道："善应何曾有轻触。"洞山不轻酬这僧，如钟在扣，如谷受响。大小随应，不敢轻触。雪窦一时突出心肝五脏，呈似尔诸人了也。雪窦有《静而善应颂》云："觌面相呈，不在多端。龙蛇易辨，衲子难瞒。金锤影动，宝剑光寒。直下来也，急著眼看。"……①

将其结构略做分析，垂示类似于解题；本则为古来公案，以散文为之；本则评唱，总评此公案；颂古为雪窦偈颂，以韵文为之；颂古评唱，总评此偈颂。而其中的著语则类似于夹评。刀剑为利器，禅宗常用来比喻截断一切知见会解、思虑分别之境。"杀人""活人"不过用来形容师家启悟学人时活杀自在的手段，实相反而又相成，无非指出向上一路。但学人若死于句下，则未免"如猿捉影"，劳而无功。这就是"垂示"所揭示的本则公案的大意所在。本则公案举僧问洞山"如何是佛"，圜悟禅

---

① 《大藏经》第四十八册，第152—153页。关于这一则公案、颂古及评唱在内容上的阐说，〔日〕入矢義高等訳注『碧巖錄』（岩波書店，1992年）有简明扼要的解释，可参看。

师著语云:"铁蒺藜。天下衲僧跳不出。"铁蒺藜原是布在地上防止敌军进攻的障碍物①,这里比喻考量僧人的问题。而洞山回答"麻三斤",圜悟禅师著语云:"灼然破草鞋。指槐树,骂柳树。为秤锤。"第一句话教人不必咬嚼此语,第二句说此语言在此而意在彼,第三句说此语是对学人的考量。本则评唱先举出四种误解,指出"若恁么去洞山句下寻讨,参到弥勒佛下生,也未梦见在"。其实,制作一件袈裟的材料所需正是"麻三斤"②,僧衣即代表僧人自身,以此启示学人彻底去粘解缚、反求诸己。本则评唱大意在此。"金乌""玉兔"为日月之代称,"急""速"则形容洞山答话如电光石火,间不容发,而其善于应答,亦未曾落于言筌。但学人不悟,以用为体,欲从言句上见洞山境界,则恰如"跛鳖盲龟入空谷"。花团锦簇用以形容洞山答语所创造的世界,但泥于句下,则以为麻是孝服,竹为孝杖,花团锦簇为棺材上所画的花草。如果这样,便真是"合笑不合哭"了。颂古即是此意。而颂古评唱则进一步揭示此意。可见,评唱是要将本则和颂古的妙处随时揭示,又加以提举总评。从其格式来看,与后世的评点完全一致。上文曾分别就章句与评点、论文与评点、科举与评点加以论述,但从形式上看,评点最为完整的样板应该是评唱,垂示即如评点中的题下总论;著语即如文中的旁批、眉批;评唱(狭义的)即如文末的总评。除了缺少涂抹标点的符号,评唱(广义的)是较为典型的评点形式。从形式上看是如此,从精神意态上看更是如此。上文提到经典义疏和文学注释对评点的影响,但从

---

① [明]李时珍《本草纲目》卷十六云:"蒺藜,宏(弘)景曰:多生道上及墙上,叶布地,子有刺,状如菱而小。长安最饶,人行多着木履。今军家乃铸铁作之,以布敌路,名铁蒺藜。"(《景印文渊阁四库全书》第 773 册,第 244 页)

② 参见〔日〕入矢義高「麻三斤」,『自己と超越』,岩波書店,1986 年,87—93 頁。中译文(刘建译)载『俗语言研究』第二期,日本花园大学禅文化研究所 1995 年 6 月版。又芳泽胜弘有《"麻三斤"再考》,中译文(殷勤译)载『俗语言研究』第三期,1996 年 6 月。均可参看。

对待文本的态度来说,义疏和注释是谦恭的,而评唱对于古来的公案或偈颂是平等的,甚至是优越的。在这一方面,评点的性格与评唱也是极为接近的。

禅宗对中国文学批评的影响是深远的,例如,禅宗的术语曾影响了晚唐五代的诗格,禅宗的语录体曾影响了诗话体的产生,禅宗的偈颂则影响了宋代的论诗诗,这些都有大量的实证材料可以证明。评唱影响及评点,也是极为正常的。①

《碧岩录》成书前就以抄录本形式流传于世近二十年②,成书后,更是风行一时。《禅林宝训》卷四引心闻贲禅师《与张子韶书》云:

> 天禧间,雪窦以辩博之才,美意变弄,求新琢巧。继汾阳为颂古,笼络当世学者,宗风由此一变矣。逮宣、政间,圜悟又出己意,离之为《碧岩集》。彼时迈古淳全之士,如宁道者、死心、灵源、佛鉴诸老,皆莫能回其说。于是新进后生,珍重其语,朝诵暮习,谓之至学,莫有悟其非者。痛哉,学者之心术坏矣。③

希陵《碧岩集后序》指出:

> 圜悟禅师评唱雪窦和尚颂古一百则,剖决玄微,抉剔幽邃,显列祖之机用,开后学之心源……后大慧禅师因学人入室,下语颇异,疑之,才勘而邪锋自挫,再鞠而纳款自降,曰:"我《碧岩集》中

---

① 〔日〕入矢義高「公安から竟陵へ—袁小修をとして—」(日本『東方學報』第25册,1954年11月)对评唱与评点的关系曾略微提及,未做展开。承友人陈广宏教授提示,谨致谢忱。
② 关友无党《碧岩录后序》云:"门人掇而录之,既二十年矣,师未尝过而问焉。流传四方,或致踳驳。"
③ 《大藏经》第四十八册,第1036页。

记来,实非有悟。"因虑其后不明根本,专尚语言,以图口捷,由是火之,以救斯弊也。①

元大德四年(1300)张炜重新刊行《碧岩集》,署作"宗门第一书",似乎并非其独自发明,而是此书自北宋末以来广泛流传的真实写照。佛教、禅宗对宋代普通文人的影响,表现得最为明显的是举子程文多用佛语,以至于北宋后期以来的奏议诏令中,三番五次禁用佛书释典②。而在南宋的科场中,士子多用的已是禅宗话头。《宋会要辑稿·选举四·举士十》载:

(孝宗乾道)五年正月十一日,臣僚言:比年科场所取试文,遽不及前。论卑而气弱,浮虚稍稍复出,甚者强掇禅语,充入经义……相习相同,泛滥莫之所届。此岂为士人罪哉?荐绅先生则使然。伏愿深诏辅弼,明勅有司,自今试士,必取实学切于世用者。苟涉浮虚,及妄作禅语,虽甚华靡,并行黜落。庶几学者洗涤其心,尽力斯文,以称陛下总核之政。从之。③

又同书《选举五·贡举杂录》载:

(庆元二年)三月十一日,吏部尚书叶翥等言:二十年来,士子狃于伪学,沮丧良心……专习语录诡诞之说,以盖其空疏不学之陋,杂以禅语,遂可欺人……盖由溺习之久,不自知其为非,欲望因

---

① 《大藏经》第四十八册,第224页。
② 参见〔日〕荒木敏一『宋代科舉制度研究』第六章「北宋末南宋初期の科場と仏教」,东洋史研究会,381—402頁。
③ 《宋会要辑稿》第9册,第5337—5338页。

> 今之弊，特诏有司，风谕士子，专以孔、孟为师，以六经子史为习，毋得复传语录，以滋其盗名欺世之伪……从之。①

从朝廷再三下令禁止的情形推测，当时此类现象必然是屡禁不止。雪窦、圜悟皆有出色的文学才能，与当时的文人交往多而且密，深受重视。其书又有"宗门第一书"的美誉，在禅宗语录风行一世的时代，其渗透力之深远，似不容低估。雪窦除颂古一百则外，尚有拈古一百则，圜悟也曾为之评点阐扬，题为《佛果击节录》二卷。从评唱本身来看，后世有《从容庵录》，为宋天童正觉禅师颂古，元万松行秀评唱；又有《空谷集》，为宋投子义青禅师颂古，元林泉从伦禅师评唱。后人也常将评唱与诗学相提并论。如方回大德四年序《碧岩录》云：

> 自《四十二章经》入中国，始知有佛；自达磨至六祖传衣，始有言句。曰"本来无一物"为南宗，曰"时时勤拂拭"为北宗，于是有禅宗颂古行世。其徒有翻案法，呵佛骂祖，无所不为。间有深得吾诗家活法者。②

万松行秀《评唱天童从容庵录寄湛然居士书》云：

> 吾宗有雪窦、天童，犹孔门之有游、夏。二师之颂古，犹诗坛之李、杜。世谓雪窦有翰林之才，盖采我华而不摭我实。又谓不行万里地，不读万卷书，毋阅工部诗。言其博赡也。拟诸天童老师颂古，片言只字，皆自佛祖渊源流出，学者罔测也。③

---

① 《宋会要辑稿》第 9 册，第 5349 页。
② 《大藏经》第四十八册，第 139 页。
③ 同上书，第 226—227 页。

因此，评唱对于文学的影响尤其重大，绝非无稽之谈。其写作格式及精神意态对于评点形成的先导作用，通过以上的分析，两者间的脉络实清晰可辨。

评唱的语言风格一如禅宗语录，但更为简捷泼辣，尤其是其著语部分，更是正语、反语、雅语、俗语、冷嘲语、热骂语、庄语、谐语、经典语、疯癫语杂陈并置，无所不用。评点书中的文中夹评，虽语言风格有异，但同样简捷明快，一语中的。如《古文关键》常用"起得好""承得好""结有力"等语评点结构，又往往用"洒脱""警策""炼句"等语评点文字，这种时时处处的点评，恰似评唱中的著语，不断为读者或学人点醒眼目。值得注意的是，早期的评点书中也不时夹杂禅语。如《古文关键》卷上评韩愈《获麟解》"麟之所以为麟者"句云："百尺竿头进一步。"①此即出于禅宗，《五灯会元》卷四《长沙景岑禅师》载其偈云："百尺竿头须进步。"卷六《茶陵郁山主》记白云守端禅师偈云："百尺竿头曾进步。"卷十七《黄龙祖心禅师》载其语云："百尺竿头，进取一步。"②《古文关键》又评《师说》"圣人之所以为圣"句云："使《袁盎传》意，换骨法。"③虽然江西诗派有"夺胎换骨"之说，但"换骨法"实与禅宗有关④。后世如金圣叹之评《水浒传》，那种冷嘲热讽的笔调，更是有得于禅宗旨趣。其《读第五才子书法》直用禅宗语"咬人屎橛，不是好狗"⑤；其《读第六才子书西厢记法》也每以赵州和尚之"无"说《西厢记》。所以讲到评点，也有人以禅喻之。如姚鼐《与陈硕士笺》指出："文家之事，大似禅悟，观人评论圈点，皆是借径。一旦豁然有得，呵佛骂祖，无不可

---

① 《景印文渊阁四库全书》第 1351 册，第 720 页。
② 以上俱见《五灯会元》，第 208、355、1110 页。
③ 《景印文渊阁四库全书》第 1351 册，第 720 页。
④ 参见张伯伟《禅与诗学》，浙江人民出版社 1992 年版，第 46—49 页。
⑤ ［清］金圣叹：《第五才子书施耐庵水浒传》卷三《读第五才子书法》，第 32 页。

者。"①又《答徐季雅》云:"夫文章之事,有可言喻者,有不可言喻者。不可言喻者要必自可言喻者入之……圈点启发人意,有愈于解说者矣。"②评点的这种文学津梁的作用,实亦类似于评唱之接引学人,一旦悟理,则可得鱼忘筌、抵岸舍筏。

中国古代文学批评的方式,就其最有民族特点同时又使用得最为广泛而持久者言之,有选本、摘句、论诗诗、诗格、诗话和评点。其中评点方式的形成时间最晚,因此它所吸收的因素也最为复杂。上文从四个方面为之沿波讨源,如果要勉强做一概括性说明的话,也许可以这样说:章句提供了符号和格式的借鉴,前人论文的演变决定了评点的重心,科举激发了评点的产生,评唱树立了写作的样板。评点的批评注重细微的分析剖判,从局部着眼衡量,未免"识小"之讥。但放在整个中国文学批评的体系中看,评点所最为倾心的是文本本身的优劣,它努力挖掘的是文学的美究竟何在以及何以美,它注重对文本的结构、意象、遣词造句等属于文学形式方面的分析,同时也不废义理和内容的考察,尽管这在评点是次要的。中国文学批评在这一方面的贡献,是值得我们作进一步抉发的。

二〇〇〇年十二月二十八日完稿
于京都大学文学研究科

(原载日本京都大学《中国文学报》
第63册,2001年10月)

---

① [清]姚鼐:《惜抱轩尺牍》,安徽大学出版社2014年版,第76页。
② 同上书,第34—35页。

第三辑

六经责我开生面:古典新论

陶渊明的文学史地位新论

一、引言

如果我们说,迄今为止,陶渊明的文学史地位尚未得到确切的说明,此言一出,恐怕不是被当作非常可怪之论,也难免有哗众取宠之嫌。对于陶渊明在文学史上的评价,若从钟嵘《诗品》开始计算的话,差不多经历了一千五百年的时间。即便以现代学术眼光考察陶渊明,也将近有一个世纪。略去汗牛充栋的中外单篇论文和研究专著,中国文学史的著作,至今也有成百上千之多。陶渊明的文学史地位,几乎已经成为一种常识,在各种文学史的著作或教科书中以大同小异的方式固定下来。对于有较好文学素养的学生来说,这个问题的答案甚至是可以脱口而出的。如此说来,这种老生常谈的题目,岂有丝毫"新论"可言?

现代学者论及陶渊明的文学史地位,主要有以下数端,其源头可追溯至钟嵘《诗品》:一是开创了田园诗风。这个评价从钟嵘时代的"田家语"之讥演变而来,逐步成为一种正面的肯定①。然而魏晋以下的诗

---

① 由负面意见转为正面肯定,似从宋代开始,梅尧臣《以近诗贽尚书晏相公,忽有酬赠之什,称之甚过,不敢辄有所叙,谨依韵缀前日坐末教诲之言以和》云:"宁从陶令野(公曰:'彭泽多野逸田舍之语'),不取孟郊新(公曰:'郊诗有五言一句全用新字')。"(朱东润:《梅尧臣集编年校注》卷十六,上海古籍出版社2006年版,第369页)

人,擅长某一题材者比比皆是,即如叶梦得所指出:"魏晋间人诗,大抵专工一体,如侍宴、从军之类。"①此外如咏史、游仙、山水、咏物乃至摹拟,甚至有"一集"仅"一题"者②,"田园"岂足以显示陶渊明超迈时流的贡献? 二是具备了以"冲淡"为主的风格。钟嵘不满于时人仅以"田家语"论陶,乃举陶诗"风华清靡"之句为证,宋人更概括为"质而实绮,癯而实腴"③。就算再加上朱熹所指出的"豪放"④,在《二十四诗品》中,也仅仅是众多并列风格中的一二品,真能概括陶渊明的文学成就吗? 三是隐逸文化的代表。这来自钟嵘"古今隐逸诗人之宗也"⑤的评价而更加推演。陶渊明在当时以及后来相当一段时期内,是以一个隐士的形象为人熟悉。他虽然一人而入三传,但无论是《宋书》《晋书》还是《南史》,都把他归入《隐逸传》中。颜延之的《陶征士诔》和萧统的《陶渊明传》,也是极力塑造了一个隐士的形象。作为中国文化史上隐逸文化的代表,陶渊明是当之无愧的,但以此作为他在文学史上的贡献,未免有些重心偏离。因此,以上种种论断尽管在不同方面和不同程度上对陶渊明的地位做出了评价,但坦率地说,这些意见并未能抓住文学史的核心命题,其结论因而也是不完善的和不透彻的,实有"新论"之必要。

---

① 《石林诗话》卷下,[清]何文焕辑:《历代诗话》,中华书局1981年版,第433页。
② [清]汪师韩《诗学纂闻·诗集》云:"诗有一人之集止一题者,阮步兵集四言十三篇,五言八十篇,其题皆曰《咏怀》;应休琏诗八卷,总谓之《百一》,李虁亦有《百一诗集》二卷。"(丁福保:《清诗话》,第442页)
③ [宋]苏辙《子瞻和陶渊明诗集引》引苏轼语,《栾城后集》卷二十一,《栾城集》下册,第1402页。
④ 《朱子语类》卷一百四十《论文下》指出:"陶渊明诗人皆说是平淡。据某看,他自豪放,但豪放得来不觉耳。"(第3325页)
⑤ 上述钟嵘评语俱见曹旭《诗品集注》,第260页。

二、从中国文学批评传统看文学史的核心命题

什么是文学史的核心命题？简言之，决定某个作家在文学史上地位的最重要的因素构成了其核心命题。在中国文学批评传统中，最能体现文学史意义的批评方法，就是"推源溯流"法。我曾经对这一传统批评方法做了如下定义：

> 批评家在考察一个时代的作家、作品时，将他们放在历史发展的前后联系，亦即文学传统中予以衡量、评价，就是这里所说的"推源溯流"法。①

我也对这一方法的构成做了如下说明：

> 渊源论——推溯诗人的渊源所自；文本论——考察诗人及其作品的特色；比较论——在纵横关系中确定某一诗人的地位。这三个部分就构成了"推源溯流"法。②

我还认为，这一方法在钟嵘《诗品》中得到最为系统而典型的使用，体现了"推源溯流"法的基本特征。那么，在中国文学批评传统中，什么是文学史的核心命题呢？这就是"文体"，亦可略称为"体"。钱谦益《与遵王书》指出："古人论诗，研究体源。钟记室谓李陵出于《楚辞》，陈王出于《国风》，刘桢出于《古诗》，王粲出于李陵，莫不应若宫商，辨

---

① 张伯伟：《中国古代文学批评方法研究》，第 104—105 页。
② 同上书，第 155 页。

如苍素……今之论古诗者,曹、刘、陆、谢能一一知其体源否?"①"体源"即文体之渊源,《诗品》曾就其评论的三十六家作品,一一追溯其渊源所自,堪当钱氏心目中的典型。如评"古诗"云:"其体源出于《国风》。"②直接标明"体"字,其后则省略,而用"其源出于《国风》"或"其源出于《楚辞》"等句式表达,考察的还是"体"。在具体的批评实践中,他同样重视"文体"。如评张协"文体华净",评郭璞之作与潘岳"文体相晖",评袁宏《咏史》"文体未遒",评张融"有乖文体"。对沈约的评论,则主张不仅要听其言——"察其余论",更重要的是观其作——"详其文体"。毫不奇怪,钟嵘在评论陶渊明的时候,也指出了其"文体省净"的特征③。所以说,就中国文学批评传统来看,"文体"是文学史的核心命题。

这里有必要对中国文学批评术语之一的"文体"略做诠释。徐复观指出:"自曹丕以迄六朝,一谈到'文体',所指的都是文学中的艺术的形相性。"④我基本上赞成这一意见,只是还需要做进一步申论。说"基本上",是因为徐氏所谈论的范围是"自曹丕以迄六朝",所以将作品的类别(如诗、赋、序、记等)完全排斥在这一术语的蕴涵之外,而在当时,特别是唐代以后,作品的类别是包含在这一术语之内的。"形相"指的是相貌形状,中国文化以人性论为核心,因此,讨论文学,就常常以人体的各个部位作比。如《文心雕龙·附会》云:

---

① 《牧斋有学集》卷三十九,上海古籍出版社1996年版,第1361—1362页。
② 曹旭:《诗品集注》,第75页。按:现代中外学者校勘《诗品》,或以为"体"字为衍文,未是。
③ 以上引文,分别见曹旭《诗品集注》第149、247、253、449、321、260页。
④ 《文心雕龙的文体论》,《中国文学论集》,台湾学生书局1982年版,第8页。又王运熙《中国古代文论中的"体"》一文对此问题亦有所辨析(《中国古代文论管窥》,齐鲁书社1987年版)。

夫才童学文,宜正体制。必以情志为神明,事义为骨髓,辞采为肌肤,宫商为声气,然后品藻玄黄,摛振金玉,献可替否,以裁厥中。①

又如《颜氏家训·文章》云:

文章当以理致为心肾,气调为筋骨,事义为皮肤,华丽为冠冕。②

在以上两则资料中,无论是"情志""事义""辞采"或"宫商",还是"理致""气调""事义"或"华丽",都是构成文学的重要组成部分,因此可以用"神明""骨髓""肌肤"和"声气",或者是"心肾""筋骨""皮肤"和"冠冕"等与人体各部位相关的词语来形容,各个部位的汇总即为人体,因此就以"体""文体"或"体制"来表示文学的总的相貌特征。可以总论文学,也有专论某一体裁如诗、赋者,《二南密旨》云"诗体若人之有身"③,可谓简捷明快。又如唐人《赋谱》云:

凡赋以隔为身体,紧为耳目,长为手足,发为唇舌,壮为粉黛,漫为冠履……至今新体,分为四段:初三、四对约卅字为头,次三对约卅字为项,次二百余字为腹,最末约卅字为尾。就腹中更分为五:初约卅字为胸,次约卅字为上腹,次约卅字为中腹,次约卅字为下腹,次约卅字为腰。④

---

① 王利器:《文心雕龙校证》,第262页。
② 王利器:《颜氏家训集解》,第249页。
③ 张伯伟:《全唐五代诗格汇考》,第382页。
④ 同上书,第563页。

所谓"新体",即与古赋相对而言的新的样式,"头""项""腹""尾",以及更为细化的"胸""上腹""中腹""下腹"及"腰"是构成人体的各个部位,总合而言就是"体"。离开了这些因素,就无法构成人体。但反过来说,若没有"体",这些部位也无所安置。推之以论文学,"情志""事义""辞采""宫商"都是构成文学的重要因素,而最后完成的必定是整全的、综合的一体,也就是"文体"。人无体不成其为人,文无体也不成其为文。以文体为中心,就形成了一个概念体系。各种概念,只有置于这个体系之中,才能得到切实而有效的解释。如果要使这一术语对应于西方文论,则一近似于"风格"(style),又一近似于"体裁"(genre)。其特色是综合了二者,是"文学性"的集中体现。

独特的风格是一个文学家在创作上成熟的标志。从文学史的角度去研究艺术风格,在中国文学批评传统中至少关注到以下两个方面:其一,风格是描写手段和表现手段的总合,是描写手段和表现手段的体系,它是作为显示艺术内容统一性的完整的形式而出现的。其二,作家的风格是一个时代文学思潮的个别表现,两者之间在多数情况下是顺应的,但也有不一致的乃至相对立的情形。严羽在《沧浪诗话·诗体》中列举的,既有"以时而论"的建安体、黄初体、正始体、太康体等,也有"以人而论"的苏李体、曹刘体、陶体、谢体等①。前者可以说是文学思潮,后者则是个人风格。中国传统文学批评的"推源溯流"法,在其实际运用中可区分为字句、风格、诗派、变革等四种类型,但作为这一方法的核心,应该是"风格",它是统摄其他三类的。"字句"是风格在描写和表现方面的基本因素;"诗派"是由个人风格扩展到共同风格;"变革"则是要以一种更好的风格去反对或替代另一种不够好的风格,即"别裁伪体",正本清源。"体"的含义,从抽象性意义上讲近似于风格,

---

① 郭绍虞:《沧浪诗话校释》,第52—59页。

从具体方面看,则包含了形成风格的诸种要素,即文学的描写手段和表现手段。抽象性的"体",只有在经过了对作品的具体考察,从丰富的形成风格的诸要素再回到抽象,才是有意义的,否则便流于空洞。"推源溯流"法的运用,一是要从描写手段和表现手段上考察文学家在风格形成上的联系,二是要在整体风格中把握个体风格,三是要通过纵向的联系和横向的比较,最终确立一个作家的文学史地位。

在中国文学批评传统中,虽然也用到"格"或"风格"的术语①,如刘熙载《艺概·诗概》说"钟嵘谓越石诗出于王粲,以格言耳"②,就是以"格"替代"体"来描述钟嵘的"推源溯流",不过更为广泛的还是使用"文体"的概念。人体有林林总总之异,文体也有形形色色之别,而且它们同样都来自人的不同"才性"。《文心雕龙·体性》云:"才性异区,文体繁诡。辞为肤根,志实骨髓。"③人有各种不同的才能禀赋,因而就有不同的"文体"。因此在批评实践中,首先应该考察一个文学家的创作是否成"体",其文体的形成有何渊源,即"研究体源"。但文学史的任务不仅在于揭示一个文学家的创作渊源和独特面貌,而且还应该确立其在历史上所占有的位置,这是要通过与其他文学家以及时代风气的比较得出的。钟嵘在《诗品》中列举了从陆机到颜延之的诸家批评论著,毫不客气地指出其通病——"皆就谈文体,而不显优

---

① 刘若愚在其《中国文学理论》一书中曾以西方文学批评术语解释了"格"的概念。他指出:"在此译为'formal style'的'格'这个字,或单独使用,或用于双音节复合词,以表示各种不同的概念:单独使用,或用于'风格'和'气格'这种复合词中,通常意指'风格'(style),尤其是当用以指形式的风格,可是在其他复合词像'格律'和'格调'中,它意指'形式'(form)或'韵律规则'(prosodic rules)。同时,这个字也含有'标准'(standard)的意思。"(杜国清译,台湾联经出版公司1981年版,第188页)

② 《刘熙载文集》,第97页。

③ 《文心雕龙校证》,第192页。

劣"①。所以，文学史家的任务，在钟嵘看来最终还是要"显优劣"，即对文学家在历史上的序列有所定位。也正由于此，"推源溯流"法所展现的以"文体"为核心的批评原则，就不仅是"历史的"，同时也是"审美的"。

三、钟嵘及历代评陶之检讨

如上所述，现代学者对陶渊明的评价，往往可以在钟嵘《诗品》中找到源头。因此，对钟嵘评陶之得失，就有必要做一番检讨，并厘清后世评陶的主流。然而形成反讽的是，如果将从唐代开始对《诗品》的诟病做一浏览，不难发现，钟嵘对陶渊明的评论可能受到了最多的责难。集中在两个问题：一是对陶诗渊源的追溯，所谓"其源出于应璩"；二是对陶诗的文学史定位，即置之中品②。做一个不很严格的区分，前者偏于"历史的"，后者偏于"审美的"。这两个具体问题不是本文关注的重点，以下只是概括一下我的意见。

关于陶诗源于应璩，古人和现代学者都有过不少讨论③。我认为钟嵘的意见不是没有道理的。陶渊明的诗根据内容来看，大致可以划分为三类，即田园诗、讽刺诗和咏怀诗。从渊源上看，讽刺诗与应璩关系密切④；咏怀诗则与左思有些渊源（故钟有"又协左思风力"之

---

① 《诗品集注》，第186页。
② 参见张伯伟《钟嵘诗品集评》，《钟嵘诗品研究》，第300—308页。
③ 以现代学者而言，如逯钦立《钟嵘〈诗品〉丛考》（《汉魏六朝文学论集》，陕西人民出版社1984年版）、王运熙《钟嵘〈诗品〉陶诗源出应璩解》（《汉魏六朝唐代文学论丛》，上海古籍出版社1981年版）、袁行霈《钟嵘〈诗品〉陶诗源出应璩说辨析》（《陶渊明研究》，北京大学出版社1997年版），对此问题皆有所辨析。
④ 关于应璩的诗，参见张伯伟《应璩诗论略》，《中州学刊》1987年第5期。后略作增补收入《中国诗学研究》。

评)。在当时人看来,田园诗最能代表陶渊明的文学面目。而即便在其田园诗中,也往往可以看到应璩的影子(详见下节)。

至于列其诗于中品,在宋代以下的人看来,实在是委屈了陶渊明。但如果回到南朝的语境中,当时人多把他看成一个隐士而非诗人,史书和传记所凸显的是这样,《文选》收录的也是反映其隐居生活的作品,《文心雕龙》对他只字不提,似乎完全不在其观察之列。这样说来,将陶诗定位于中品,岂但不是受到了贬低,甚至可以说是被大大提升了。

上文言及,文体有"以人而论"者,也有"以时而论"者,前者是个人风格,后者属风格潮流。两者之间的关系,并不总是顺应的。文学家注重新创,所谓"若无新变,不能代雄"①,当文学家的新创与批评家既定的观念发生不谐和乃至冲突的时候,会出现什么情况呢? 南齐永明年间的张融在《门律自序》中说:

> 吾文章之体,多为世人所惊……夫文岂有常体,但以有体为常,政当使常有其体。②

从理论上讲,"以有体为常"是强调规范,"岂有常体"是强调个性,而"常有其体"则揭示了规范的普遍性;文无"常体",故以新的"体"打破旧的规范,这似乎也无可厚非。但在创作实际中,强调文无"常体",也可能导致"不成一体"的结果。张融以其"无师无友,不文不句",使得其文章"属辞多出,比事不羁,不阡不陌,非途非路",以致"变而屡奇"③。文体的"屡变",结果不是形成了一种新的"文体",而是成为创作上的"变

---

① 《南齐书·文学传论》,第908页。
② 《南齐书·张融传》,第729页。
③ 按:张融不仅在文学上如此,其书法也具有这样的作风。《南史·张融传》载:"融善草书,常自美其能。帝曰:'卿书殊有骨力,但恨无二王法。'答曰:'非恨臣无二王法,亦恨二王无臣法。'"

色龙"。钟嵘评他的诗"有乖文体",也就是"不成一体"的意思。所以,刻意求新、求变,实际上是在"影响的焦虑"作用下的躁动,是一种不成熟的表现。陶渊明的创作与当时的文坛主流是格格不入的,但他形成了"陶渊明体",因而能够得到有见识的批评家的肯定。

在文体的渊源以外,钟嵘对陶渊明的评论,还有两个方面。一是文体特色:

> 文体省净,殆无长语。笃意真古,辞兴婉惬……古今隐逸诗人之宗也。

另一是人格品德:

> 每观其文,想其人德。①

在钟嵘看来,"陶渊明体"的最大特色就是"省净",即没有任何多余的修饰,摆脱了一切的矫揉造作,是屹立于天壤古今之间真实的人格世界的展示。而这个"真"其实并不单一,作品中状溢眼前的"辞"和意在言外的"兴"能够和婉惬当地融合为一,在平淡的表象下有着深刻的蕴涵,即苏轼所说的"质而实绮,癯而实腴"。而这样的"文体",也就必然贯通于作者的人格品德。如果说,这句话所涉及的是道德批评,那么,在钟嵘的整体批评中,其所占的比重并不多,主要的还是审美批评。如果后人能够继续在描写手段和表现手段方面充实对"陶渊明体"的研究,则其文学史地位或许早就可以得到真实而确切的说明。可惜的是,后代批评家沿承的主要是另外一个方面。

---

① 《诗品集注》,第260页。

在南朝时代，提到陶渊明，人们首先联想起来的往往是"隐士"的形象，言及文学，则往往从其人品之高引申出对其文学价值的肯定。颜延之《陶征士诔》最早论及其文学：

> 弱不好弄，长实素心。学非称师，文取指达……赋诗归来，高蹈独善。亦既超旷，无适非心。①

"文取指达"来自他无所雕饰的"素心"，"赋诗归来"表现的是其"高蹈独善"的操守。萧统是第一个编辑陶渊明文集的人，其《陶渊明集序》开篇即云：

> 夫自炫自媒者，士女之丑行；不伐不求者，明达之用心。是以圣人韬光，贤人遁世。

直揭隐遁主题。接下去评论其文章，有一个高度却笼统的评价：

> 其文章不群，辞彩精拔，跌荡昭章，独超众类，抑扬爽朗，莫之与京。

强调其与众不同，无人堪比，但很快又转到其人格品德，"爱其文"而"想其德"：

> 加以贞志不休，安道苦节，不以躬耕为耻，不以无财为病，自非大贤笃志，与道污隆，孰能如此乎？余爱嗜其文，不能释手，尚想其

---

① [唐]李善注：《文选》卷五十七，京都中文出版社1972年版，第786—787页。

德,恨不同时。

最后论到陶渊明文章的功能,简直可当道德教科书:

> 尝谓有能观渊明之文者,驰竞之情遣,鄙吝之意祛,贪夫可以廉,懦夫可以立。岂止仁义可蹈,抑乃爵禄可辞。①

北朝阳休之在萧统的基础上重编陶集,其《序录》云:

> 余览陶潜之文,辞采虽未优,而往往有奇绝异语,放逸之致,栖托仍高。②

不仅突出其"放逸之致,栖托仍高",而且直接指出其"辞采未优",岂止是文德合一,简直是重德轻文了。在陶渊明去世约一百五十年间,类似的评论连篇累牍,形成了以道德人品为主评价其文学的指标,并且挟以编纂文集的强势姿态,形成了批评主流。而这一主流,显然存在着较大的偏失。

众所周知,陶渊明的文学地位是到了北宋,特别是经过苏轼的表彰才得到普遍认可,成为宋代文学的典范之一。而宋人对于文学典范的选择,恰恰是综合人品与文品两者的。这当然与宋代文学思想强调"文以载道"有关,使道德与艺术合流的趋向越来越明显。因此,宋人之评陶,也就必然合上了以人品衡量文学的传统之辙。陶渊明对于宋人来说,最有吸引力之处是其人格上的脱俗和艺术上的平淡。陶渊明

---

① 以上俱见俞绍初《昭明太子集校注》,中州古籍出版社2001年版,第199—201页。

② 袁行霈:《陶渊明集笺注》附录一,中华书局2003年版,第614页。

说自己"少无适俗韵,性本爱丘山"①,又说"诗书敦宿好,林园无俗情"②。然则何谓俗?何谓雅?从表面上看,陶渊明所写多为俗事,可宋人偏不以为俗,反以为雅。这里,关键是人品的高低。人品高,其自然流露出来的文学不管写什么、怎么写,无一非雅。黄庭坚《题意可诗后》云:

若以法眼观,无俗不真;若以世眼观,无真不俗。渊明之诗,要当与一丘一壑者共之耳。③

苏轼指出:

陶渊明欲仕则仕,不以求之为嫌;欲隐则隐,不以去之为高。饥则扣门而乞食,饱则鸡黍以延客。古今贤之,贵其真也。④

有这样的品格,则其文学一定是雅而不俗的。所谓"陶渊明意不在诗,诗以寄其意耳"⑤,"渊明直寄焉耳"⑥。"渊明不为诗,写其胸中之妙尔。"⑦苏轼说:"吾于渊明,岂独好其诗也哉?如其为人,实有感焉。"⑧如果说,"文体"所代表的是艺术风格的话,则宋人的讨论重心放在了风格与人品关系的架构之中,而构成风格的描写手段和表现手段,即"文体"的另一面意义却被搁置了。作为宋代文学的典范之一,陶渊明

---

① 《归园田居》,袁行霈:《陶渊明集笺注》卷二,第76页。
② 《辛丑岁七月赴假还江陵夜行途中》,袁行霈:《陶渊明集笺注》卷三,第193页。
③ 《山谷集》卷二十六,《景印文渊阁四库全书》第1113册,第276—277页。
④ 《书李简夫诗集后》,《苏轼文集》卷六十八,第2148页。
⑤ [宋]胡仔《苕溪渔隐丛话》前集卷三引《鸡肋集》记苏轼语,第16页。
⑥ [宋]黄庭坚:《山谷外集》卷九"论诗",《景印文渊阁四库全书》第1113册,第442页。
⑦ [宋]陈师道:《后山诗话》,[清]何文焕辑:《历代诗话》,第304页。
⑧ [宋]苏辙《子瞻和陶渊明诗集引》引,《栾城后集》卷二十一,《栾城集》下册,第1402页。

的文学史地位在时人心目中似乎很高,陈善《扪虱新话》卷七"陶渊明杜子美韩退之诗"条指出:"乍读渊明诗,颇似枯淡,久久有味。东坡晚年酷好之,谓李、杜不及也。此无他,韵胜而已。"①宋人在艺术上追求"韵胜",即意在言外的美学效果,有上述评价也毫不奇怪。但"韵胜"的含义实已见于钟嵘的"辞兴婉惬"之评,虽用了新概念,却很难说有多少新发明。至于"李、杜不及"云云,实在只是一句空洞的高调。古代文人的读书态度,可以用"开卷有得,便欣然忘食"(借用陶渊明《与子俨等疏》语)做大致描述,其发表意见的方式,也往往是独抒结论,省略过程。这些评论有其自身的价值,本无可厚非。但百年以来的文学史研究,经历了现代学术精神的洗礼,而对陶渊明文学史地位的论述,在整体上仍未能越出钟嵘的藩篱,岂不令人感叹唏嘘。

四、陶渊明的文体创造

中国传统"文体"的概念,如果用现代的术语表达,则既包含风格,也包含体裁,两者是统一的。文学家的文体创造,集中在描写手段和表现手段的创造,它们构成了形成作家风格的各种因素。中国传统的"推源溯流"法,就是要通过分析综合作品的各种描写手段和表现手段,以期达到对作家风格的认识;并且在与时代思潮的比较中,确定该作家的文学史地位。因此,这一方法的起点,就落实于对文学家创作的各种体裁的研究。其文学地位之高下,也取决于其文体创造力的大小。创造力的大小不等同于作品数量的多少,王闿运评张若虚的《春江花月夜》"孤篇横绝,竟为大家"②,欧阳修说"晋无文章,惟陶渊明《归去

---

① 《全宋笔记》第五编第十册,大象出版社2012年版,第56页。
② 《湘绮楼说诗》卷一,马积高主编:《湘绮楼诗文集》,岳麓书社1996年版,第2108页。

来》一篇而已",引来苏轼也跟着说:"唐无文章,惟韩退之《送李愿归盘谷》一篇而已。"①重要的是有创造,同时又得"体"。

　　毫无疑问,陶渊明的作品在当时来说是别开生面的。在六朝的金粉气息和贵游作风的衬托下,他的作品显得与文坛主流格格不入。批评他的人说是"质直""田家语",喜爱他的人说是"旷而且真"。但也许正是这种文坛"边缘人"的身份,他无意竞名,也不屑邀誉,反而成就了他的文体创造。魏晋以下,摹拟之风盛行。陆九渊《与程帅》云:"唯彭泽一源,来自天稷,与众殊趣。"②刘履也引用曾原一的话说:"前人拟古,既用其意,又用其字,是盗之也,非拟也。"并且发挥道:"晋人如张孟阳、陆士衡,皆不免坐此失。独陶靖节脱去绳墨,直写所蕴,可谓度越前辈矣。"③贺贻孙《诗筏》云:"余谓彭泽序《桃源诗》'不知有汉,何论魏晋',此即陶诗自评也……陶公不知有古今,自适己意而已,此所以不朽也。"④他们都认识到陶渊明作品的"与众殊趣",追究其原因,则一是不受成法的拘束,所谓"脱去绳墨","不知有古今";一是"来自天稷","直写所蕴","自适己意"。由此而铸就其文学上的创造,故能"度越前辈","所以不朽"。我认为,陶渊明在文体上确有惊人的创造,但并非与过去的文学就是绝缘的⑤。易言之,指出一个作家与以往文学的联系,丝毫也不会减损人们对其创造力的尊重。

---

① 《跋退之送李愿序》,《苏轼文集》卷六十六,第2057页。
② 《陆九渊集》卷七,第103页。
③ 《风雅翼》卷十三韦应物《拟古五首》,《景印文渊阁四库全书》第1370册,第204页。
④ 郭绍虞:《清诗话续编》,第159—160页。
⑤ 这可以说是中外文学史上的通例。艾略特(T. S. Eliot)在其《传统与个人才能》("Tradition and the Individual Talent")一文中指出:"我们称赞一个诗人的时候,往往最关注其作品中的最独特之处……然而,如果我们撇开这些偏见去研究一个诗人,我们将常常发现,在其作品中,不仅是最好的部分,甚至是最个人的部分,也是其前辈诗人获致不朽之名最为得力之处。我并非指受影响的青年时期的作品,而是指完全成熟时期的作品。"("*20th Century Literary Criticism*", Ed. David Lodge, Longman, 1972. p. 71.)

"陶体"本用来命名其诗,因而陶诗首先值得关注。作为中国诗歌传统,无论是抒情还是言志,都是以人生的喜怒哀乐、穷通出处为表现对象。陶渊明将其生活中的许多事情写入诗歌,在这样的传统中也并不足奇。其题材的独特性,最为人瞩目的是田园和饮酒。江淹《杂体诗三十首》,选择了三十家诗,"敩其文体"①,分别摹拟之,其中代表陶渊明的就是"田居",这应该是当时人的共识。至于饮酒,萧统以前就有"疑陶渊明诗篇篇有酒"②,成为他人心目中的深刻印记。题材是形成"文体"的重要因素,文学的选材会影响到文学的风格。我们很难想象,殇子悼亡的题材能写得气势磅礴,而指斥宦官专权的题材会处理得如怨如慕。在过去的诗歌中,田园和饮酒曾作为旁衬出现,从来没有成为正面表现的题材。从这个意义上说,陶渊明的选择便是一种创造。酒入文学,始于西汉,如邹阳、扬雄,皆有《酒赋》;崔骃、蔡邕,并作箴铭。魏晋以来,作品更为丰富,遍及赋、赞、箴、铭、戒、颂等体裁。特别是刘伶的《酒德颂》,影响深远③。颜延之说陶渊明"心好异书,性乐酒德"④,说刘伶"颂酒虽短章,深衷自此见"⑤,结合萧统评陶诗"其意不在酒,亦寄酒为迹焉"⑥,两者之间的关系已被揭示。至于田园描写,最早可追溯至《诗经》中的《七月》,有人甚至提出陶诗"与《豳风·七月》相表里"⑦。张衡《归田赋》以"归田"为主旨,"于是仲春令月,时和气清"一节,也是典型的田园风光。但就题材选择的渊源而言,最重要的还是应璩。其《百一诗》云:

---

① 《文选》卷三十一,第 432 页。
② [南朝梁]萧统:《陶渊明集序》,《昭明太子集校注》,第 200 页。
③ 参见张伯伟《从〈酒德颂〉看魏晋人的新酒德观》,《辞赋文学论集》,江苏教育出版社 1999 年版。
④ 《陶征士诔》,《文选》卷五十七,第 787 页。
⑤ 《五君咏·刘参军》,《文选》卷二十一,第 290 页。
⑥ 《陶渊明集序》,《昭明太子集校注》,第 200 页。
⑦ [宋]陈善:《扪虱新语》卷七,《全宋笔记》第五编第十册,第 56 页。

前者隳官去,有人适我闾。田家无所有,酌醴焚枯鱼。①

"隳官"即"罢官",归去则在"田家"。有人造访,辄以酒(醴)相待。又《与从弟君苗君胄书》云:"吾方欲秉耒耜于山阳,沉钩缗于丹水。"②可知应璩确有躬耕之愿。不仅如此,他对田园的向往还颇有代表性,谢灵运《山居赋》云:"昔仲长愿言,流水高山;应璩作书,邙阜洛川。"自注引应璩《与程文信书》云:

故求道田③,在关之西,南临洛水,北据邙山,托崇岫以为宅,因茂林以为荫。④

任昉《齐竟陵文宣王行状》亦沿用之云:"良田广宅,符仲长之言;邙山洛水,协应叟之志。丘园东国,锱铢轩冕。"⑤更突出了这些言行背后的精神蕴涵——"锱铢轩冕"。唐代李德裕《知止赋》干脆写道:"托北阜以为宅(自注引应璩书),就东山而结庐(自注引左思诗),仲乐(一作'既')得于清旷(自注引仲长统论),陶岂叹于将芜。"⑥将应璩、左思、仲长统、陶渊明四者并举,一视同仁,隐然勾勒出一条文学作品中的归田谱系。此外,被钟嵘视为"风华清靡"的代表,并作摘句批评的陶诗"欢言酌春酒",实亦本于应璩《与从弟君苗君胄书》中的"酌彼春酒"⑦。论及陶诗与应璩关系者颇多,而以上的观察似多为人忽略。所以,从各体文

---

① 《文选》卷二十一,第 292 页。
② 《文选》卷四十二,第 591 页。
③ [唐]李善注《文选》卷六十作"故求远田"。
④ 《宋书·谢灵运传》,第 1755 页。
⑤ 《文选》卷六十,第 826 页。
⑥ 《文苑英华》卷九十三,中华书局 1966 年版,第 423 页。
⑦ 《文选》卷四十二,第 590 页。

学的角度考察题材的运用,陶诗之写田园、饮酒还是前有所承的。

陶渊明的创造不仅在于将田园和饮酒的题材从其他文类引入诗歌,也不仅是将这些在过去作品中的附庸提升为主角,而且还自成一体。从此以后,人们只要提及田园和饮酒,首先想到的便是陶渊明的作品。这是因为前人所写之田园,乃不得已而在田家,陶渊明则是"性本爱丘山",故其描写田园,笔端常带感情,于是田园成为审美对象。汉人写酒,往往从道德观念出发,箴贬饮酒无度。刘伶《酒德颂》虽然渲染饮酒之状,但主旨在讽刺礼法之士的虚伪。所以冯班说:"诗人言饮酒不以为讳,陶公始之也。"①翁方纲说:"陶潜始有《饮酒》诗,后人或拟之、和之……要皆极言酒中之趣,非止若邹阳之赋酒已也。"②何止是"不以为讳",陶渊明简直把饮酒的兴致乐趣描述殆尽,于是酒也成为了审美对象。

陶渊明"饥则扣门而乞食",这也成为其题材之一。虽然文章中写到乞食,在应璩的书信中已经可以看到③,但这毕竟是在给友人的信中哭穷告哀,将这一内容写入向来被认为是雅道的诗中,则是陶渊明的创造。只是这种题材他人羞于使用,陶诗也仅偶及之,后人多将这一描写看成其为人"任真"的表现。

魏晋南北朝是一个门第社会,高门贵族为了保持门风不坠,每每教导子孙以文才自见,诫子书、诫子诗中充斥了这些教导,典型者如王筠《与诸儿书论家世集》中"非有七叶之中,名德重光,爵位相继,人人有集,如吾门世者也"的自傲,以及"汝等仰观堂构,思各努力"④的训诫,

---

① 《钝吟杂录》卷五《严氏纠缪》,《丛书集成初编》本,商务印书馆 1937 年版,第 69 页。
② 《复初斋文集》卷十《酒说》,《清代诗文集汇编》第 382 册,上海古籍出版社 2010 年版,第 100 页。
③ 《与董仲连书》云:"谷籴惊踊,告求周邻。日获数升,犹复无薪可以熟之。"(《艺文类聚》卷三十五,第 630 页)
④ 《梁书·王筠传》,第 486—487 页。

透露出的正是一般门第中人所羡慕之境。但即便是流行题材,陶渊明的使用也别出心裁,其《责子诗》以幽默风趣的笔触,写出五个儿子的"总不好纸笔",与门第中人所企盼者,可谓大相径庭。这当然不只是题材处理上的创造,也从一个侧面反映了他对当时主流社会的调侃。唐代李商隐的《骄儿诗》,与陶渊明此诗针锋相对,不免显出浓郁的"誉子癖"①。

《形影神》三首是一篇在结构上非常奇特的作品,分别为《形赠影》《影答形》和《神释》。人们一般会由此诗而联想到晋宋之际思想界关于形神问题的讨论,但陶诗却是在三者间展开。从文体角度言,以两者之间的问答来结构文章,以达到步步深入的效果是颇为常见的。然而在诗歌中却从未见过此类结构的作品,更不要说是在三者间展开。毫无疑问,这个结构是陶渊明的独创。形、影、神所代表的是三种不同的人生观,又同时存在于陶渊明的思想中,在人生的不同阶段、不同境遇下发生着不同作用,有时统一,有时冲突,这篇作品则是对三种人生观的哲学思考,好像一个正反合的结构。影依附于形,形没则影息,而人生无常,"适见在世中,奄去靡归期"。因此,形对影说:"得酒莫苟辞。"从影的方面来看,正因为它是依附于形的,所以不甘于其自身价值的徒然消失,故应树立善名以求不朽。因此,影回答形说:"立善有遗爱,胡可不自竭。酒云能消忧,方此讵不劣?"这是对形的否定。最后是神对形影二者的否定,主张人生应委从天运,"纵浪大化中,不喜亦不惧。应尽便须尽,无复独多虑"②。然而这种在诗歌中罕见的结构,并非没有渊源,那就是来自赋。以对答方式结构成篇,本来是赋体常见的手

---

① 《责子诗》写到:"雍、端年十三,不识六与七。通子垂九龄,但觅梨与栗。"《骄儿诗》则云:"文葆未周晬,固已知六七。四岁知名姓,眼不视梨栗。"《爱日斋丛抄》卷三评《责子诗》可"聊洗人间誉子癖"(中华书局2010年版,第74页)。

② 《陶渊明集笺注》卷二,第59—67页。

法。有二者间的对答,也有在三方展开,往往是一正一反一合。以后者为例,如司马相如的《子虚赋》《上林赋》,便是在子虚、乌有先生、亡是公三者间展开,子虚盛夸楚国,而乌有先生盛夸齐国,这两者的陈词构成了《子虚赋》,于是亡是公出场,指出"楚则失矣,而齐亦未为得也"①,遂铺叙汉代天子之上林以笼罩齐、楚,此为《上林赋》。又如左思的《三都赋》,由西蜀公子的《蜀都赋》开端,继有东吴王孙的《吴都赋》驳难,最后是魏国先生的《魏都赋》,其言曰:"昔市南宜僚弄丸,而两家之难解,聊为吾子复玩德音,以释二客竞于辩囿者也。"②陶渊明《形影神》三诗的结构,实相类似。他是将赋体结构运用于诗体,从而创造了一种新的诗体结构。

从以上的举例来看,陶渊明诗在文体上的创造,一个很大的因素是得力于对诗体以外的其他文学体裁经验的吸取。一般而言,讲到文体的互渗,人们容易联想起的是韩愈的"以文为诗",或是苏轼的"以诗为词"。其实,打破文体壁垒的理论和实践可以上溯到晋宋之际,夸大一些说,这也是那个时代的文学思潮之一。谢灵运在《山居赋序》中便提倡"文体宜兼,以成其美",《山居赋》本身也正是这一审美追求的实践③。萧子显在其《自序》中称:

> 少来所为诗赋,则《鸿序》一作,体兼众制,文备多方,颇为好事所传,故虚声易远。④

---

① 《文选》卷八,第 106 页。
② 《文选》卷四,第 78 页。
③ 曹虹《谢灵运〈山居赋〉自注与柳宗元的山水游记》(《江海学刊》1989 年第 6 期)和《从赋体的多元特征看辩证的文体论思想的产生》(《宁夏社会科学》1991 年第 5 期)两文,对这一问题有较为深入的讨论,可参看。
④ 《梁书·萧子显传》,第 512 页。

他们都明确打出了文体兼备的旗号。相比之下，陶渊明是实际上的开风气者，也是领风骚者，只是在他自己并无此期待，而其同时代的人又无此觉察，千载之覆，遂留待今人开启。

陶渊明有一首《止酒诗》，一句含一"止"，连续二十个"止"，结撰成篇，属于俳谐体。尽管是游戏笔墨，却是有意为之。陈祚明曾评论道："故作创体，不足法也。"①我同意他的意见。如果不是以滑稽有趣的眼光去欣赏，就诗论诗，实难逃雕琢纤弱之评。但"故作创体"，也就表明在陶渊明的心目中有着强烈的文体意识，他虽然无意与当时文坛名流争一日之长，但不受既有文体的拘束，大胆地突破和创造，应该是一种自觉的行为。后来萧绎写《春日诗》连用二十三个"春"字，鲍泉奉和之作连用二十九个"新"字，韩愈写《落齿诗》，连用十五个"落"字，则不仅形成了诗中的"叠字"格式，也仿照了陶渊明的戏谑笔法②。

"陶体"的得名虽然起于其诗，但不妨兼含其赋其文，后者所呈现的文体新创，丝毫也不亚于诗。

《桃花源记》是一篇脍炙人口的名篇，由一文一诗构成。从文体上来说，它究竟属于文还是属于诗，前人就有不同的看法。《陶渊明集》作《桃花源记并诗》，是以"记"为主，以"诗"从属。苏轼作《和桃花源诗》，突出了"诗"的位置，明人选本如《古诗纪》《古诗镜》等，皆题作

---

① ［清］陈祚明：《采菽堂古诗选》卷十三，上海古籍出版社2008年版，第420页。
② 明人谢榛《四溟诗话》卷一云："梁元帝《春日诗》用二十三'春'字，鲍泉奉和亦用二十九'新'字，不及渊明《止酒诗》，用二十'止'字，略无虚设，字字有味。"已指出其写作谱系。何焯《义门读书记》卷三十也指出韩愈《落齿》"拟《止酒诗》"。费经虞《雅伦》卷十一"格式·叠字"仅录萧绎《春日》之作，可谓数典忘祖。又，最早指出陶渊明"通文于诗"、韩愈踵武陶诗者是钱锺书，其《谈艺录》一八"诗用语助"云："唐以前惟陶渊明通文于诗，稍引厥绪，朴茂流转，别开风格。如'结庐在人境，而无车马喧'；'倒裳往自开，问子为谁欤'；'孰是都不营，而以求其安'；'理也可奈何，且为陶一觞'；'阿宣行志学，而不爱文术'；'馁也已矣夫，在昔余多师'；'日日欲止之，今朝真止矣'……夫昌黎五古句法，本有得自渊明者……渊明《止酒》一首，更已开昌黎以文为戏笔调矣。"（第73页）虽六十年前之论，而罕见提及者，故详引如上。

《桃花源诗并记》，乃以"诗"为主，以"记"从属。张溥编《汉魏六朝百三家集》，其中《陶渊明集》的处理方式更为颠顶，将一篇作品分割为二，记为记，诗为诗，两不相干。实际上，以两种不同的体裁处理同一主题，亦文亦诗，互相映衬，正是陶渊明在文体上的一种新尝试。

单就"记"这一文体而言，陶渊明的创造也是惊人的。贺复征《文章辨体汇选》卷五百六十指出：

> 记之名，始于《戴记》《学记》等篇；记之文，《文选》弗载。后之作者，固以韩退之《画记》、柳子厚游山诸记为体之正。①

在古代文体学者的眼中，"记"以叙事为主，"叙事之后，略作议论以结之，此为正体"，故有人以韩、柳诸文为"体之正"。《文选》无"记体"②，固然表示这一文体在编者心目中尚未成型，至少是尚未吸引文坛的注意，而《桃花源记》似乎也成为一个孤独的存在。后人对此文虽然极为重视，议论锋出，成为文学史上的一大话题，但夷考其实，或注重形而上的思想指测而不免空泛，或热衷对号入坐式的地理考证而流于平庸，对文体本身则鲜有探究。所以，尽管此"记"乃以叙事为主，几乎不着议论，却难以进入文体学者的眼光。

从写作上看，《桃花源记》记录了地理、风俗、人物等，在文体上是有所渊源的，这就是自晋宋以来大量涌现的地记。据《隋书·经籍志》所云，"晋世挚虞依《禹贡》《周官》作《畿服经》……国邑山陵水泉、乡亭城道里土田、民物风俗、先贤旧好靡不具悉，凡一百七十卷……齐时陆澄聚一百六十家之说，依其前后远近，编而为部，谓之《地理书》。任

---

① 《景印文渊阁四库全书》第 1409 册，第 1 页。
② "奏记"乃表"尊贵差序"，以写作者和阅读者的身份关系而定名，故此"记"非文体之意。

昉又增陆澄之书八十四家,谓之《地记》"。《隋志》著录"通计亡书,合一百四十部,一千四百三十四卷"①,绝大多数都是六朝著述。除了这些鸿篇巨制,专门记录一时一地之山陵江河、风俗故事的短书小记亦不在少,且多以"记"名,如《会稽记》《三巴记》《风土记》等,这些就成为《桃花源记》在文体上的先导。

但陶渊明的贡献远不止从地理书中吸取文体创造的资源,《桃花源记》和六朝地记的区别,正如一幅山水画和一张舆地图,貌似相类,却有本质的不同。地记在《隋志》中被归入史部"地理之记",其写作的基本态度是"实录",而《桃花源记》则是典型的虚构之作,陶渊明是文学史上"记"体写作的第一人。清人邱嘉穗《东山草堂陶诗笺》卷五评论《桃花源记》云:

> 设想甚奇,直于污浊世界中另辟一天地,使人神游于黄、农之代。公盖厌尘网而慕淳风,故尝自命为无怀、葛天之民,而此记即其寄托之意。如必求其人与地之所在而实之,则凿矣。②

陶渊明充分发挥了语言的文学功能,在现实世界之外创造了一个理想的"乐土"。在《诗经》时代,人民不满于"硕鼠"的盘剥,只能哀告它"无食我黍",期待能"适彼乐国"。可是王道乐土究竟是怎样的一幅蓝图,直到陶渊明才用文学形式加以描绘③。文学的虚构性,使得语言的功能不再限于对现实世界做机械式的反映和记录,而是能够超越不完美的现实,以富有人文关怀的心灵构造一个美好图景,给充满缺憾的人

---

① 《隋书·经籍志》,第 987—988 页。
② 周斌、杨华主编:《陶渊明集版本荟萃》中册,巴蜀书社 2016 年版,第 90 页。
③ 参见先师程千帆《相同的题材与不相同的主题、形象、风格——四篇桃源诗的比较研究》第二节,张伯伟编:《程千帆诗论选集》,第 76—79 页。

生以安慰。本文的主题,决定了其最佳表现手法是虚构,而虚构也是本文突出的文体特征。"桃花源"代表了陶渊明的理想和追求,它不可能存在于"大伪"的污浊世界中,"渔人"的偶一及之,稍纵"遂迷不复得路"①,好比陶渊明在美丽而短暂的"五六月中,北窗下卧,遇凉风暂至,自谓是羲皇上人"的陶醉之后,遂兴"缅求在昔,眇然如何"②之叹。但屈服于现实,放弃理想的追求,则是人生更大的悲哀。陶渊明以"遂无问津者"作结,看似平淡,细味之则无限凄凉。中国文学中以虚构笔法作"记",本不多见,唐代王绩的《醉乡记》,宋代苏轼的《睡乡记》,采用的也是虚构笔法,自有其可称道处,但就文体的创造性而言,视《桃花源记》毕竟有所逊色。

《五柳先生传》是陶渊明在文体创造上的又一奇迹。从性质上说,此文属于自传。中国有着悠久的自传传统,七十多年前郭登峰曾编辑了一部《历代自叙传文钞》,将所有的文献分作八类,即1.单篇独立的自序;2.附于著作的自序;3.自传;4.自作墓志铭;5.书牍体的自叙;6.辞赋体与诗歌体的自叙;7.哀祭体杂记体及附于图画中的自叙;8.自状自讼与自赞,可见内容之丰富③。其中"自传"一目,即以《五柳先生传》为首。其实,在此之前已经有了一些自传性质的文字,如司马迁的《太史公自叙》、班固《汉书序传》、曹髦《自叙》、袁准《自序》、杜预《自述》、陆喜《自叙》等,但如班固之《序传》,以叙述先人历史为主,类同家传;司马迁《自序》,以叙述《史记》的成书渊源及内容为主,乃一书之序;袁准等《自序》,残缺不全,难以窥其全貌。从某种意义上说,《五柳先生传》是中国文学史上第一篇具有文体学意义的自传。

跟既有的自传性质的文字比较,《五柳先生传》在文体上有两大创

---

① 《桃花源记》,《陶渊明集笺注》卷六,第479—480页。
② 《与子俨等疏》,《陶渊明集笺注》卷七,第529页。
③ 郭登峰编:《历代自叙传文钞》,商务印书馆1937年版。

新:其一,将以往自序传的文字由第一人称的叙述改变为第三人称,这实际上是将自我作为一个他者来描写,或者说是以他者的眼光来审视自我。这种叙述立场的改变使得"自传"在某种程度上显得趋向于客观。其二,将以往的自序传由生平事实的描述改变为对传主个性特征的聚焦。为了突出个性,可以采用省略、夸张乃至变形的修辞手段,因而使自传的写作有了更强的文学性。第一点是富于历史感的,第二点是偏于文学性的,"自传"作为一种文体,其特征就在历史感和文学性的完美结合。这也就是陶渊明的贡献,他树立了自传文的典范。文章是这样开始的:

> 先生不知何许人也,亦不详其姓字。宅边有五柳树,因以为号焉。

以第三人称的笔法开始人物的介绍,却出之以"不知"和"不详",可见重心不在其家世爵里,也不在其生平经历。这种省略是为了凸显其个性与爱好,即"闲靖(静)""读书""嗜酒""安贫"。其中"嗜酒"是一个重点:

> 性嗜酒,家贫不能常得,亲旧知其如此,或置酒而招之。造饮辄尽,期在必醉,既醉而退,曾不吝情去留。

这里的"造饮辄尽,期在必醉"便带有一定的强调。"安贫"是另一个重点:

> 环堵萧然,不蔽风日,短褐穿结,箪瓢屡空,晏如也。①

这里描述的衣、食、住三项皆已至常人所不能堪之境,但为了突出其

---

① 《五柳先生传》,《陶渊明集笺注》卷六,第502页。

"晏如"的可贵,此处的用笔甚至是有些夸张的。然而这种文学性的修辞丝毫没有使其文字显得不真实,恰恰相反,由于这是传主的特征所在,这些修辞手段使得此篇自传更为真实了。《宋书·陶潜传》云:"潜少有高趣,尝著《五柳先生传》以自况……时人谓之实录。"①萧统在《陶渊明传》中也重复了这些话,从一个侧面再次肯定了此文的真实性②。

人只有坦然面对死亡,才能真正理解生存。陶渊明的文集中有三篇祭文,其中两篇分别祭程氏妹和从弟敬远,一篇为自祭。从某种意义上说,《自祭文》也是一种"自传",写出了自己的个性和爱好,其内容多有可与《五柳先生传》互参者。祭文本为祭奠亲友之辞,以寓哀伤之意,《祭程氏妹文》和《祭从弟敬远文》属之。然而生前自作祭文,却是陶渊明的首创。前人多将此文看作临终之语,如苏轼谓此文"出妙语于纩息之余"③,李公焕说"此文乃靖节之绝笔也"④,颇为拘泥。我认为与其说是临终"妙语",不如看作平日兴到之作。细味全文,语气诙谐,达观幽默,写自己的农耕生活则是"含欢谷汲,行歌负薪",琴书生活则是"欣以素牍,和以七弦";言心境则"勤靡余劳,心有常闲",言荣辱则"宠非己荣,涅岂吾缁"。想象死后亲友闻讯则"外姻晨来,良友宵奔",嘲笑安葬过厚过俭则"奢耻宋臣,俭笑王孙"。故最后以坦然态度结束祭文:"匪贵前誉,孰重后歌。人生实难,死如之何。呜呼哀哉!"重心不是自叙哀悼,而是展示自己的人生观。所以郑文焯批评"李注极迂滞……贤者知死之生,知亡之存,固不须垂绝之言以自明也"⑤。

---

① 《宋书》,第2286—2287页。
② 清林云铭评注《古文析义二编》卷五云:"昭明作陶公传,以此传叙入,则此传乃陶公实录也。"(上海萃英书局1924年版)
③ [宋]葛立方《韵语阳秋》卷十二引,《历代诗话》,第575页。
④ 《笺注陶渊明集》卷八,《四部丛刊》影印上海涵芬楼藏元翻宋本。
⑤ 《陶渊明诗文汇评》,第378页。

所以此文也可以视为陶渊明在文体上的新尝试。

《归去来兮辞》是陶渊明的名作,向来受到论者的高度关注和评价,欧阳修甚至认为这是两晋唯一可称道之文。其文体上的创造,也已为人所注意,兹略做述论。"辞"之为体,起于《楚辞》。《文选》所举此篇之外,另有汉武帝《秋风辞》。陈知柔《休斋诗话》评论道:

> 陶渊明罢彭泽令,赋《归去来》,而自命曰辞……汉武帝《秋风词》尽蹈袭《楚辞》,未甚敷畅。《归去来》则自出机杼……前非歌而后非辞。①

此就"辞"体之变而言。朱熹《楚辞后语》卷四评曰:

> 其词义夷旷萧散,虽托楚声,而无其尤怨切磨之病。②

此就情感之表现而言。刘熙载《艺概·赋概》云:

> 《离骚》不必学《三百篇》,《归去来辞》不必学《骚》,而皆有其独至处。③

此则总括其创新。

自萧统以惋惜的口吻批评《闲情赋》"白璧微瑕"④,苏轼又对萧统以"小儿强作解事"⑤反唇相讥之后,人们的论题往往集中在此赋主旨,

---

① [宋]魏庆之《诗人玉屑》卷十三引,上海古籍出版社1978年版,第282—283页。
② [宋]朱熹:《楚辞集注》附《楚辞后语》卷四,第262页。
③ 《刘熙载文集》,第127页。
④ 《陶渊明集序》,《昭明太子集校注》,第200页。
⑤ 《题文选》,《苏轼文集》卷六十七,第2093页。

究竟是"劝百讽一"的赋情之作,还是含有《离骚》香草美人之旨,然而敏锐的批评家却能够触及此赋的文体渊源。有从赋体本身着眼者,如何孟春云:

> 赋情始楚宋玉、汉司马相如,而平子、伯喈继之为《定》《静》之辞。既而魏则陈琳、阮瑀作《止欲赋》,王粲作《闲邪赋》,应玚作《正情赋》,曹植作《静思赋》,晋张华作《永怀赋》,此靖节所谓"奕世继作,并固触类,广其辞义"者也。①

《闲情赋序》中已经提及张衡的《定情赋》和蔡邕的《静情赋》,并指出后代的"奕世继作",他的作品也是属于这一谱系的,所谓"虽文妙不足,庶不谬作者之意乎"②。何氏的意见,其实就是对此的引申,并将其线索更为明确化。但《闲情赋》最引人瞩目的是"十愿"——"愿在衣而为领""愿在裳而为带""愿在发而为泽""愿在眉而为黛""愿在莞而为席""愿在丝而为履""愿在昼而为影""愿在夜而为烛""愿在竹而为扇""愿在木而为桐"③,虽然可以看成其写作谱系中的"题中应有",但姚宽在《西溪丛语》中也指出了其他渊源:

> 陶渊明《闲情赋》必有所自,乃出张衡《同声歌》,云:"邂逅承际会,偶得充后房。情好新交接,飔慄若探汤。愿思为莞席,在下蔽匡床。愿为罗衾帱,在上卫风霜。"④

---

① 《注陶靖节集》卷五,转引自《陶渊明诗文汇评》,第 322 页。
② 《闲情赋》,《陶渊明集笺注》卷五,第 448 页。
③ 同上书,第 449 页。
④ [宋]姚宽:《西溪丛语》卷上,中华书局 1993 年版,第 33 页。

"十愿"之一的"愿在莞而为席"显然出自《同声歌》的"愿思为莞席",这是陶渊明"以诗为赋"的例证。他一方面吸取了诗的表现手法,同时又根据赋体的特征加以铺叙。由《同声歌》的"两愿"推演为"十愿",由两句写一愿扩展为四句写一愿。更需要注意的是,他还写出了事与愿违,无一能遂——"考所愿而必违,徒契契以苦心"①,有一愿便生一悲。与李商隐的"巧啭岂能无本意,良辰未必有佳期"②,"纵使有花兼有月,可堪无酒又无人"③类似,一开一阖,一扬一抑,表达了人生的无奈与长勤。《诗比兴笺》中说"《闲情赋》,渊明之拟《骚》。从来拟《骚》之作……无非灵均之重台。独渊明此赋,比兴虽同,而无一语之似",甚至仿照欧、苏的口吻说:"晋无文,惟渊明《闲情》一赋而已。"④

陶渊明在文体上的创造是突出的,他兼采不同文类,熔铸新体;他不守成规旧矩,尝试新体。无论诗文辞赋,他都有令人惊异的构想,为自己所要表达的找到最佳的表达方式。因此,他不仅是在文体上有很大创造,而且一旦创造便属完美,成为文学史上的典范。而这个典范,是不需要等到苏轼来肯定的。

我们不妨再回顾一下,他的田园诗到了唐代为王维、孟浩然等人继承,形成田园诗派。他的饮酒诗也为后代诗歌开辟了坦途,使得酒神曲在中国文学的天地间长久回响。他的《形影神》三首,除了和作之外,

---

① 《闲情赋》,《陶渊明集笺注》卷五,第 449 页。按:钱锺书《管锥编》也举出张衡《定情赋》、蔡邕《静情赋》、王粲《闲邪赋》断句所写诸"愿"之例,特别指出陶作胜于前人者在写"十'愿'适成十'悲'",更透一层,禅家所谓'下转语'也";并指出后人仿效者虽多,"顾无论少只一愿或多至六变,要皆未下转语,尚不足为陶潜继响也"(《管锥编》四,生活·读书·新知三联书店 2007 年版,第 1926—1927 页)。而王闿运《湘绮楼日记》宣统二年(1910)十二月五日载,读《闲情赋》,"以其十愿有伤大雅,不止'微瑕'"(马积高主编:《湘绮楼日记》,岳麓书社 1997 年版,第 3086 页),则未免皮相之见。
② 《流莺》,《玉溪生诗集笺注》卷三,第 705 页。
③ 《春日寄怀》,《玉溪生诗集笺注》卷一,第 253 页。
④ 旧题[清]陈沆撰:《诗比兴笺》卷二,《魏源全集》第 20 册,岳麓书社 2004 年版,第 494 页。

白居易《自戏三绝句》(《心问身》《身报心》《心重答身》)、梅尧臣《拟陶体三首》(《手问足》《足答手》《目释》)皆为仿效之作。他的文章不多，但几乎都当得起"孤篇横绝，竟为大家"(借用王闿运评张若虚《春江花月夜》语)之评。《归去来兮辞》和《闲情赋》分别被后人视为晋世文章的唯一代表。《桃花源记》不仅是后世文学摹拟和讨论的对象，还是东亚绘画史上的题材之一。《五柳先生传》则开创了中国自传文学之体。而打破文体壁垒，兼备众制以熔铸新体，也为后世文学的发展提供了经验和样板。一个文学家能有上述某一方面的贡献，就足以在文学史上享不朽之名，何况一个"十项全能"的优胜者？我们似乎可以说，对陶渊明的文学史地位无论做怎样的推崇，都不会是过分的。如果我们用一句话来概括的话，也许不妨说，陶渊明是中国文学史上拓展文体、创造文体的祖师。

五、余论

现代学术框架中的文学史研究，是在西方学术的冲击和启示下发端和发展起来的。而自十九世纪以来的西方文学史研究，基本上由两种派别构成：一是强调从历史背景出发，对文学的发生、发展及变化做出描写和说明，此即所谓社会—历史学派的方法，属"外在"研究；一是强调文学的自主自足，通过文学本身的形式、类型以及体裁的演变揭示文学的历史，此即所谓"新批评"派的主张，属"内在"研究。近几十年来的文学研究，又被种种意识形态所左右，后殖民、后现代、性别、宗教、族群，等等。而五十年来在中国的文学研究，则是被另外的意识形态所控制，阶级性、人民性、政治性，至"文化大革命"而登峰造极。八十年代中期，学术界又掀起"方法论"热，鼓噪用"新方法"(实际上是自然科学领域中的"系统论""控制论"和"信息论"，即所谓的"三论")来研究包括文学在内的人文学术。接下来是"文化热",大致从意识形态走向了历史。在研究的理论和方法上,则纷纷从西方寻求资源,于是结构主义、解构主义、符号学、接受美学、新历史主义、女性主义、诠释学,等等,各种新理论、新名词和新术语充斥于文学研究的论著之中,至今未有消歇。

本文试图以文体为中心,以中国传统文学批评的"推源溯流"法为基础,对陶渊明的文学史地位做重新论述,意在针对今日中国文学研究(不限于古代文学研究)存在的两大问题,即文学本体的缺失和理论性的缺失,根据自己对中国文学和中国文学批评的理解,在一定程度上改善或改变这样的研究现状。什么是文学本体的缺失?就是文学没有成为文学研究的主角。在文学研究工作者中,有些人很少甚至根本不阅读文学作品,还有一些学者由于对文学背景的过度关切,忽视乃至逐步丧失了对文学的艺术感知能力。而我所说的理论性的缺失,指的是两种情形:一是以文献学代替文学,将艺术作品当作历史化石,或者用所谓"科学的"方法,比如统计、定量分析、图解等,追求文学研究的"实证性"和"技术化";一是生硬地搬贩西方理论,生吞活剥地运用到中国文学研究之中,使得研究工作不免沦为概念游戏,同时也失去了西方理论自身的魅力。不难看出,这两种缺失实际上是有着内在关联的。

面对今日的文学研究,我倡导更多地从中国传统文学批评中吸取理论和方法的资源,重返中国人讨论文学的提问方式,使得问题的提出拥有更多的客观依据,而解决问题的途径也更能符合问题本身的自然脉络。就文学史的研究而言,应该将"文体"作为核心命题来探讨,并且以"推源溯流"作为研究方法的基石。以"文体"作为文学史的核心命题,就必然导致文学成为文学研究的主体;以"推源溯流"作为研究方法的基石,就必然能够统合"内外",对文学史的运行轨迹、内在动力和外在因缘做出更为有效的说明。本文的结论容或有偏颇,但作者的写作用心希望能够得到理解,作者提出的问题以及解决问题的途径也希望能够得到重视。

二〇〇八年十二月十日稿于香港

浸会大学宿舍

(原载香港浸会大学《人文中国学报》

第 15 期,2009 年 9 月)

宫体诗的"自赎"与七言体的"自振"
——文学史上的《春江花月夜》

张若虚的《春江花月夜》是唐诗中的杰作,这一点在今日学术界已无异议。自从晚清王闿运赋予此诗以"孤篇横绝,竟为大家"之评,学者皆赝其言,但他说此诗"用《西洲》格调",又说是"宫体之巨澜"①,在现代学者的一般认识中,前者属民歌,后者在宫廷,二者能否并称?所谓"《西洲》格调"云云,究竟何指?从七言诗的发展来看,该如何评价此诗的意义?诸如此类的问题,或存在若干争议,或未见前人展履。如此说来,从文学史角度看《春江花月夜》,尚有若干葛藤纠结缠绕,本文拟试做觚解。

一、"自赎"还是"救赎"

七十多年前,闻一多曾经发表过一篇著名的文章《宫体诗的自赎》,对《春江花月夜》予以极高的礼赞。在文章的结尾部分,他反问道:"那一百年间梁、陈、隋、唐四代宫廷所遗下了那分最黑暗的罪孽,有了《春江花月夜》这样一首宫体诗,不也就洗净了吗?"②既然这是一首宫体诗,那么它的成就便属于其内部的"自我革新",所以闻一多

---

① 以上俱见《湘绮楼说诗》卷一,《湘绮楼诗文集》,第2108页。
② 此文收入《唐诗杂论》,《闻一多全集》第3册,生活·读书·新知三联书店1982年版,第21页。

用了"自赎"一词来形容。三十多年前,先师程千帆先生写下《张若虚〈春江花月夜〉的被理解和被误解》,在肯定闻氏"对此诗理解的进一步深化"的同时,也指出他以及之前的王闿运都将此诗"归入宫体","就是一种比较重要的、不能不加以澄清的误解"①。如果这不是一首宫体诗,张若虚就是从外部出发对宫体诗做出了改造,那就可以说是"救赎"。因此,这里首先需要处理的,就是如何理解文学史上的宫体诗。

对于什么是原初意义上的宫体诗,现代学者都是很清楚的。就以闻一多来说,其文开宗明义即曰:"宫体诗就是宫廷的,或以宫廷为中心的艳情诗,它是个有历史性的名词,所以严格的讲,宫体诗又当指以梁简文帝为太子时的东宫及陈后主、隋炀帝、唐太宗等几个宫廷为中心的艳情诗。"②对此,程千帆先生也予以肯定曰"这是完全正确的"。问题的焦点在于,能否"把初唐一切写男女之情乃至不写男女之情的七言歌行名篇,都排起队来,认为是宫体诗"③。这里所涉及的就是宫体诗的内涵与外延问题。事实上,古人在其言论或著述中,对于概念的使用不甚严格。既有无意混用,也有故意改变,所以,同一个术语、名词、概念,其含义往往就呈现为动态的特征。以宫体诗来说,也存在这样的情形。

就宫体诗的得名而言,通常引用的文献不外乎《梁书·简文帝纪》《徐摛传》《隋书·经籍志》集部序等,此处不再征引。我要强调的是,宫体诗创作典范《玉台新咏》的编纂,就含有扩大宫体诗内涵的动机和作用。《大唐新语》卷三"公直第五"载:"梁简文帝为太子,好作艳诗,

---

① 收入张伯伟编《程千帆诗论选集》,山西人民出版社1990年版,第130页。
② 《宫体诗的自赎》,《闻一多全集》第3册,第11页。
③ 《张若虚〈春江花月夜〉的被理解和被误解》,《程千帆诗论选集》,第133页。

境内化之，浸以成俗，谓之宫体。晚年改作，追之不及，乃令徐陵撰《玉台集》，以大其体。"①关于《大唐新语》以及这段记载的真伪，学术界有所讨论，争论点主要有二：1.《玉台新咏》是否为徐陵编纂②？2. 此书是否编成于梁代③。但以上两点并未质疑该书具有的"以大其体"的编纂动机和功能，本文的关注点恰在这四个字。所谓"以大其体"，用现代的表述就是扩大该体的范围。由此可以知道，至晚在陈朝，宫体诗的内涵已经被扩大，并且通过一个权威的选本固定下来，扩散开去。唐代李康成编《玉台后集》（也就是《玉台新咏》的续编），写了一篇序称："昔（徐）陵在梁世，父子俱事东朝，特见优遇。时承平好文，雅尚宫体，故采西汉以来词人所著乐府艳诗，以备讽览。"④李康成的编纂起讫虽然从梁代延续到唐代，其基本原则与《玉台新咏》还是一贯的。

有了前后两个选本为凭借，宫体诗概念的扩大也就仿佛成了不言自明、古来如此的"公共知识"，一直延续到晚清民国。不妨以刘师培《中国中古文学史讲义》的说法为例：

> 宫体之名，虽始于梁，然侧艳之词，起源自昔，晋宋乐府，如《桃叶歌》《碧玉歌》《白纻词》《白铜鞮歌》，均以淫艳哀音，被于江左。迄于萧齐，流风益盛。其以此体施于五言诗者，亦始晋、宋之

---

① ［唐］刘肃：《大唐新语》，中华书局1984年版，第42页。
② 传统说法如此，但章培恒先生认为编者另有其人，参见其《〈玉台新咏〉为张丽华所"撰录"考》，《再谈〈玉台新咏〉的撰录者问题》，收入谈蓓芳、吴冠文、章培恒著《玉台新咏新论》，上海古籍出版社2012年版，第1—53页。
③ 据日本兴膳宏教授的考证，成书时间为梁中大通六年（534），参见興膳宏「玉台新詠成立考」，『新版中国の文学理論』，清文堂，2008年，363—386页。而根据刘跃进教授和章培恒先生等人的意见，此书撰成时间在陈朝。参见刘跃进《〈玉台新咏〉成书年代新证》，《玉台新咏研究》，中华书局2000年版，第65—88页；谈蓓芳等撰《玉台新咏新论》。
④ 孙猛《郡斋读书志校证》卷二引，上海古籍出版社1990年版，第97页。

间。后有鲍照,前则惠休。特至于梁代,其体尤昌。①

这些都是将晋宋民间歌词与梁代宫廷艳诗囫囵为一。所以,王闿运、闻一多的看法,不过就是在这种知识背景下自然而然的产物。对王闿运来说,将"《西洲》格调"与"宫体巨澜"相提并论乃顺理成章之事;对闻一多来说,他排列初唐歌行,统冠以宫体诗之名,也只是对李康成以来的传统做法循常习故而已。

然而,《玉台新咏》及《后集》对宫体诗的"以大其体",毕竟只是一种人为的建构,它能否在历史和逻辑上符合文学史的实际是可以并需要质疑的。晋宋以来的乐府,以吴歌、西曲为代表,这些作品与宫体诗的类似,一是文字上的"侧艳之词",一是音乐上的"淫艳哀音",在现代学者看来,这两者已被合而为一,就是"写男女之情",这是能够将宫体诗上溯至晋宋甚至汉魏乐府的原因。然而宫体诗既以"宫体"命名,而非以"艳情"命名,就只能说宫体诗写了艳情,却未必可以反过来说,凡写艳情者皆为宫体诗。同样也不可以说,凡宫体诗都写艳情。之所以要以"宫体"命名,乃缘于这是梁简文帝为太子时,在东宫提倡起来的一种诗风。萧纲在中大通三年(531)五月被立为太子,随即更换东宫学士,一批"转拘声韵,弥尚丽靡"②者如徐陵、庾信、张长公、傅弘、鲍至等皆入选。就在这一年的冬天,他给湘东王萧绎写了一封《答湘东王和受戒诗书》,建立了宫体诗的理论纲领,其中对流行于京师的"裴子野体"予以抨击,认为"裴氏乃是良史之才,了无篇什之美",所以"质不宜慕",并危言耸听地警告追随者不要"入鲍忘臭,效尤致祸"③。《梁

---

① 《中国中古文学史讲义》第五课"宋齐梁陈文学概略",《刘申叔遗书》下,第2400页。

② 《梁书·庾肩吾传》语,第690页。

③ 同上书,第691页。按:关于此信写作时间,参见张伯伟《宫体诗与佛教》,《禅与诗学》,浙江人民出版社1992年版;吴光兴《萧纲萧绎年谱》卷二"中大通三年",社会科学文献出版社2006年版。

书·裴子野传》说他"为文典而速,不尚靡丽之词","与今文体异,当时或有诋诃者,及其末皆翕然重之"①。当"艳诗"在境内"浸以成俗"的时候,自然引起一些人的反对,为了从诗歌史上寻找其"新变"的"合法性",最好的办法就是从历史上获得源远流长的证据,建立起"艳情"诗的系谱,也就是"以大其体"。至于这种人为建构是否符合历史的本来面目,那就是另外一回事了。我的看法是,既然称作"宫体",那就是一种有限定的名称,不可以任意扩大。晋宋乐府中的"艳情"描写,可以是宫体诗写作的渊源之一,但其本身不必然等同于宫体,吴歌、西曲属于民间乐系统,"宫体"属于宫廷乐系统,前者是俗乐,后者是雅乐,所以,"《西洲》格调"(暂且从俗把《西洲曲》当作民歌的话)与"宫体巨澜"在理论上是可以做出划分的。

但历史的复杂性在于,民间乐与宫廷乐虽属不同系统,但二者之间,尤其是在南朝,并非两不相干。宫廷也会常常根据民间乐来制作新乐,而被宫廷重新制作的新乐就不能仍然等同于民间乐。从典章制度来讲,南北朝的雅乐沿用的还是魏晋旧制,但经过五胡之乱,乐人、器物、歌章、舞曲多散佚残阙,因此势必多方杂糅。所以,南北朝雅乐中就参杂了不少俗乐在其中。廖蔚卿曾指出:"南朝雅乐中所杂俗乐以吴歌、西曲为主;而北朝则以胡乐或四夷乐为主。"②从正统的眼光看来,俗乐只是"荡悦淫志"③,其音调"务在噍杀"④,刘勰也批评为"艳歌婉娈""淫辞在曲"⑤。但宫廷对俗乐却颇有采纳,这就如祖孝孙所说的

---

① 《梁书》,第443页。
② 廖蔚卿:《南北朝乐舞考》,《中古乐舞研究》,台北里仁书局2006年版,第189页。
③ [南朝梁]裴子野:《宋略》,《太平御览》卷五百六十九引,中华书局1960年版,第2574页。
④ 《南齐书·王僧虔传》,第595页。
⑤ 《文心雕龙·乐府》,周勋初:《文心雕龙解析》,第137页。

"陈、梁旧乐,杂用吴、楚之音;周、齐旧乐,多涉胡戎之伎"①。著名者如天监十一年(512)梁武帝"改西曲,制《江南(弄)》《上云乐》十四曲"②,王运熙还进一步指出:"考江南弄七曲中的《江南弄》一曲,上云乐七曲中的《方诸曲》,其和声都根据西曲中的《三洲曲》改制而成。《三洲曲》的和声,特别婉媚曲折,这优点被江南弄、上云乐承袭着。"③被宫廷改编后的吴声、西曲,就不再属于民间俗乐,而能够被站在雅乐系统立场上的人承认、接纳甚至赏悦,只是需要一定的时间积淀。《南齐书·萧惠基传》载:

自宋大明以来,声伎所尚,多郑卫淫俗,雅乐正声,鲜有好者。惠基解音律,尤好魏三祖曲及《相和歌》,每奏,辄赏悦不能已。④

王运熙针对这一段话说:"所谓郑卫淫俗,即指吴声、西曲。萧惠基赏悦的魏三祖曲及相和歌(指汉代古辞),原本于汉代的俗乐,曾被当时大儒扬雄、班固等人所鄙夷讥斥的,现在已被史家目为曲高和寡的'雅乐正声'了。"⑤而随着时间的推移,一如廖蔚卿所言,吴歌、西曲也"终在隋、唐之世与汉、魏遗乐并称为古之正响"⑥。

宫体诗既然在当时已经是"境内化之,浸以成俗",因此,其作者就不限于围绕在简文帝身边的东宫学士。宫体诗既然在陈、隋、唐初仍有遗响,其历史也就不限于萧梁一朝。因此,对宫体诗人以外的创作就无

---

① 《旧唐书·音乐志》,中华书局1975年版,第1041页。
② [宋]郭茂倩:《乐府诗集》卷五十《清商曲辞》引《古今乐录》,中华书局1979年版,第726页。《通典》卷一四五载,此二曲为乐令吴安泰据西曲制作。
③ 《清乐考略》,《乐府诗述论》,上海古籍出版社1996年版,第202页。
④ 《南齐书》,第811页。
⑤ 《清乐考略》,《乐府诗述论》,第198页。
⑥ 《南北朝乐舞考》,《中古乐舞研究》,第268页。

法一概而论，需要做出厘清。但判断一诗是否属于宫体，不能仅仅根据其文辞的"丽靡"与否，也不能仅仅根据其内容是否男女恋情，更不能仅仅根据其音乐来源，需要做具体分析。回到本文，就是如何判断张若虚《春江花月夜》的归属。

《旧唐书·音乐志》二记载：

> 《春江花月夜》《玉树后庭花》《堂堂》，并陈后主所作。叔宝常与宫中女学士及朝臣相和为诗，太乐令何胥又善于文咏，采其尤艳丽者以为此曲。①

这段话，《乐府诗集》几乎全部抄录（只是不知为何，郭茂倩把《唐书》误引作《晋书》）。根据郭茂倩的分类，以上这些曲子的基本旋律都属于"清商曲辞"中的"吴声歌曲"，这应该指其曲调的来源。但既然经过陈后主、何胥之手制作，《春江花月夜》等三曲就只能被看作宫廷音乐，其作品也只能被看作宫体诗。在《旧唐书》编纂的年代，《春江花月夜》还属于"其辞存者"，但到了编辑《乐府诗集》的时候，郭茂倩能够看到的就只剩下隋炀帝、诸葛颖以及唐代张子容、张若虚和温庭筠的七首作品了。如何判断这七首作品？我以为，就像只要用了乐府旧题写作，无论是否能够入乐演唱，都是乐府诗一样的道理，用了宫体旧题写诗，无论其辞是艳丽还是典雅，都是宫体诗。闻一多曾举到隋炀帝的《春江花月夜》，作为表现出对南方"美丽的毒素"有所抵抗的个别代表，程千帆先生进而认为其呈现出的乃是"非宫体的面貌"，这种带有审美情感的判断，可能是受到自唐初以来对宫体诗"酷评"的影响，因而不愿让张若虚《春江花月夜》这样的杰作笼罩于

---

① 《旧唐书》卷二十九，第1067页。

"恶谥"之中。

较早对宫体诗做出批评的,是唐初史家,但态度有所不同,其差别不是个人性的,而是分别代表了南北学人审美旨趣的异同①。姚思廉《梁书·简文帝纪》仅仅用"伤于轻艳"②做评,而魏徵等人的《隋书·经籍志》则大加讨伐:"清辞巧制,止乎衽席之间;雕琢蔓藻,思极闺闱之内……流宕不已,讫于丧亡。"③在同书《文学传序》中,更用了"词尚轻险,情多哀思,格以延陵之听,盖亦亡国之音乎"④的"酷评"。《陈书》虽为姚思廉主撰,但在《后主纪》中引用的魏徵"史臣"论曰:"后主生深宫之中,长妇人之手……耽荒为长夜之饮,嬖宠同艳妻之孽……古人有言,亡国之主,多有才艺,考之梁、陈及隋,信非虚论。"⑤若与姚氏的"史臣曰"相较,评价不啻天壤之别。这种将文学上的诗体与道德良窳、政治隆污、朝代存亡联系到一起的批评方式,在后世影响很大,"宫体"也就渐渐成了淫荡下流、亡国之音的代名词。唐代杜牧脍炙人口的诗句中,就有"商女不知亡国恨,隔江犹唱《后庭花》"⑥之句。宋人《北山诗话》曰:"炀帝云:'此处不留侬,别有留侬处。'后主云:'春江花月夜','玉树后庭花'。亡国之音,百代之龟鉴也。"⑦在后代几乎成为定评。闻一多在举到梁、陈宫体诗作品时,给出的评语是诸如"人人眼角里是淫荡""人人心中怀着鬼胎""在一种伪装下的无耻中

---

① 最早指出这一点的,是朱东润《中国文学批评史大纲》第十七"唐初史家之文学批评",上海古籍出版社1983年版,第74—75页。后来牟润孙又有《唐初南北学人论学之异趣及其影响》,《注史斋丛稿》(增订本),中华书局2009年版,第367—406页。皆可参看。
② 《梁书》,第109页。
③ 《隋书》,第1090页。
④ 同上书,第1730页。
⑤ 《陈书》,第119页。
⑥ 《泊秦淮》,《樊川诗集注》卷四,上海古籍出版社1978年版,第273—274页。
⑦ 张伯伟编:《稀见本宋人诗话四种》,江苏古籍出版社2002年版,第401页。

求满足""专以在昏淫的沉迷中作践文字为务"①,等等。其后,贬斥的调子愈唱愈高,直到二十世纪八十年代中叶方始稍歇。但若重新审视当时人的意见,"淫"主要用于音乐评论(起源于孔子说"郑声淫"),在文辞风格上的评语主要是"艳"。若是以梁代帝王的个人生活来看,较之宋、齐两朝,他们在生活方面更是颇为严肃的②,宫体并非其现实生活的写照。至于萧纲《诫当阳公书》中所说的"立身之道与文章异,立身先须谨重,文章且须放荡"③,不仅是对其子的告诫,他自己一生也践履了这一主张④,而"放荡"也只是不拘旧体、勇于新创的代名词⑤。所以"宫体诗"体现的主要是文学上的"新变",所谓"若无新变,不能代雄"⑥,这是不能以有"色"眼镜观之的。从题材上来说,先是玄言,继而山水;从音律上来说,先是"暗与理合"⑦,后有人为的"永明体"。所以,关于宫体诗的定义,我的看法是,从时代上判断,只有在永明体之后的作品才可能被划入宫体诗的范畴。宫体诗的"新变",不仅

---

① 《宫体诗的自赎》,《闻一多全集》第3册,第11—13页。按:闻一多在课堂讲授时就更加直接,他说:"六朝和初唐人一般的写作态度,是肉欲的(sensual)而非肉感的(sensuous),他们的理论根据是《列子》的纵欲主义……肉欲主义者便发展成为宫体诗。"(郑临川记录,徐希平整理:《笳吹弦诵传薪录——闻一多、罗庸论中国古典文学》,上海古籍出版社2002年版,第81页)

② 参见[清]赵翼《廿二史札记》卷十一"宋、齐多荒主"条,王树民《廿二史札记校证》(订补本),中华书局1984年版,第230—238页。

③ 《艺文类聚》卷二十三,第424页。

④ 萧纲临终前的题壁自序,谓己"立身行道,终始如一"(《梁书·简文帝纪》,第108页);庾信《哀江南赋》中也称赞萧纲"立德立言,谟明寅亮。声超于系表,道高于河上"(倪璠:《庾子山集注》,中华书局1980年版,第146页),可参。

⑤ 关于六朝时"放荡"一词的含义及用法,参见邓仕樑《释"放荡":兼论六朝文风》,日本京都大学《中国文学报》35册,1983年;赵昌平《"文章且须放荡"辨》,《古代文学理论研究丛刊》第九辑,上海古籍出版社1984年版。这种含义及用法到唐代还有沿用者,比如《旧唐书·吴筠传》讲到其文学成就时说:"虽李白之放荡,杜甫之壮丽,能兼之者,其唯筠乎?"(《旧唐书》卷一百九十二,第5130页)

⑥ 《南齐书·文学传论》,第908页。

⑦ 《宋书·谢灵运传论》,第1779页。

在题材上由山水到闺情,从自然到女性,而且着重探索诗歌音律的"宫徵靡曼"①。后代使用宫体旧名或旧题的作品,也在宫体诗的范围之内。这里不能不再次引用王闿运的卓见:

> 凡聚会作诗,苦无寄托。老、庄既嫌数见,山水又必身经,聊引闺房,以敷词藻,既无实指,焉有邪淫?世之訾者未知词理耳。②

王氏书并非罕见,但这段论述却几乎没有人注意,实则值得重视。他强调读诗贵在"知词理",就是要提醒人们把诗当成诗来阅读和欣赏,不可简单地与生活实况画等号。这虽然属于常识,却往往被人遗忘,在阅读作品时对号入座。李商隐诗多有男女之词,实则爱情坚贞,丧偶后上司想为他置妾,他写信却之曰:"至于南国妖姬,丛台妙妓,虽有涉于篇什,实不接于风流。"③宋代法云秀禅师曾批评黄庭坚"诗多作无害,艳歌小词可罢之",黄笑答曰:"空中语耳,非杀非偷,终不至坐此堕恶道。"④朱彝尊《解佩令》"自题词集"云:"老去填词,一半是、空中传恨,几曾围、燕钗蝉鬓。"⑤这些自我表白,恰好反证了读者的某些阅读习惯,可谓沿袭已久。

进而言之,就算是写女性,思闺闱,宫体诗也是有节制的。王闿运曾如此比较:

---

① [南朝梁]萧绎:《金楼子·立言》,《金楼子校笺》,第 966 页。按:我在二十多年前出版的《中华文化通志·诗词曲志》一书中写道:"他(萧纲)所要继承的主要在两个方面:一是在诗歌的音律上更趋流利,一是在艳情描写上更为细腻。"(上海人民出版社 1998 年版,第 123 页)这也就是宫体诗"新变"的两个主要内容。
② 《湘绮楼说诗》卷一,《湘绮楼诗文集》,第 2129 页。
③ 《上河东公启》,冯浩《樊南文集详注》卷四,《樊南文集》上册,上海古籍出版社 2015 年版,第 235 页。
④ [宋]释惠洪:《冷斋夜话》卷十,《稀见本宋人诗话四种》,第 91 页。
⑤ [清]朱彝尊:《朱彝尊词集·江湖载酒集》,浙江古籍出版社 1994 年版,第 99 页。

古艳诗唯言眉目脂粉衣装,至唐而后及乳胸腿足,至宋、明,乃及阴私,亦可以知世风之日下也。①

此处说到的"古艳诗",可以包括但不限于宫体诗。从文学史的角度看,梁、陈宫体诗的描写并不如某些评论中那么难堪。陈后主的《春江花月夜》虽未传世,但其《玉树后庭花》却保存在《乐府诗集》中,说"绮艳"则有之,言"淫荡"则无稽,由此推之,其《春江花月夜》的风格应大致类似。若摆脱旧日酷评,以较为客观的眼光审视宫体诗在诗歌史上的新变,那么对于宫体诗之称,也就无须避之唯恐不及了。

大约九十年前,胡小石先生曾写过《张若虚事迹考略》,其中提及《春江花月夜》,认为在初唐"沿江左余风"的时代氛围中,张若虚受梁、陈宫体之"重沐",其诗也本于"陈曲"②。而在更早的《中国文学史讲稿》中提及张若虚,也将他归为"齐、梁派"③。如此说来,胡先生认为此作属"宫体诗"系列是一贯的。我同意这个看法,也因此而认为张若虚此作是对宫体诗的"自赎"而非"救赎"。

二、何谓"《西洲》格调"

王闿运对《春江花月夜》的评论,最为人熟知的就是"孤篇横绝,竟为大家",但这段评论的重心,并不仅仅在强调其"前无古人,后无来者"般的超绝,同时也在指授后学,唐诗中"歌行律体是其擅长,虽各有本原,当观其变化尔"。具体到这一首诗在诗歌史上的成就,其

---

① 《湘绮楼说诗》卷二,《湘绮楼诗文集》,第2137页。
② 此文收入《胡小石论文集》,上海古籍出版社1982年版,第105页。
③ 《胡小石论文集续编》,上海古籍出版社1991年版,第121页。

"变化"旧章的关键,就是"用《西洲》格调"①。这一看法亦有所本,那就是沈德潜的《古诗源》,他在评论《西洲曲》时曾说:"初唐张若虚、刘希夷七言古,发源于此。"②约三十年前,我曾将此意禀告先师,幸蒙采纳③。但后来我又发现,沈德潜并非此说首创者,最早是陈祚明《采菽堂古诗选》中的意见④。其书未能采入《四库全书》,知之者少,所以被沈德潜暗袭了⑤。

尽管在三百五十多年前陈祚明已经揭示了《西洲曲》和《春江花月夜》之间的渊源,但何谓"《西洲》格调",张若虚又是怎样吸收、改造并构成自己的杰作的,对这两者间的联系,前人语焉未详。萧涤非《汉魏六朝乐府文学史》既录《西洲曲》(归在江淹名下),又详录陈祚明的评语,其中论及张若虚、李白受此诗影响,遂于评语后附载《春江花月夜》和《长干行》二首,供读者自行对照⑥。因此,我们有必要就此问题做较为仔细的讨论。

关于《西洲曲》,现代学者如游国恩、余冠英等人在七十年前曾经有过集中讨论,尽管聚焦在释义,但也牵涉出其他问题。比如作者及时代,古人就有不同说法:《玉台新咏》作江淹⑦,《乐府诗集》"杂曲歌辞"

---

① 《湘绮楼说诗》卷一,《湘绮楼诗文集》,第2108页。
② 《古诗源》卷十二,中华书局1963年版,第290页。
③ 参见张伯伟编《程千帆诗论选集》,第132页。
④ [清]陈祚明《采菽堂古诗选》卷十五评《西洲曲》:"初唐刘希夷、张若虚七言古诗,皆从此出,言情之绝唱也。"(上海古籍出版社2008年版,第485页。)
⑤ 《古诗源》多袭《采菽堂古诗选》的意见,李金松点校本《采菽堂古诗选》"前言"中已指出,同时还指出闻人倓为王士禛《古诗选》笺注时,也对陈祚明的意见有所征引,张琦选评《古诗录》,则"每采祚明之说,而讳其所出"(李详《愧生丛录》卷三语)。其说可参。
⑥ 参见萧涤非《汉魏六朝乐府文学史》,人民文学出版社1984年版,第250—253页。
⑦ 《玉台新咏》存在不同版本系统,故内容歧异,《西洲曲》就或有或无。谈蓓芳教授认为明嘉靖十九年(1540)郑玄抚刊本在传世《玉台》诸本中尤足重视(见《玉台新咏新论》),故其《玉台新咏汇校》(吴冠文、谈蓓芳、章培恒汇校)即以此本为底本(上海古籍出版社2014年版)。又通行者有吴兆宜《玉台新咏笺注》(中华书局1985年版),两本皆有题名江淹之《西洲曲》,分别见《汇校》卷六、《笺注》卷五。

题作"古辞",明清选本或题"晋辞",或题梁武帝。毛先舒疑为"唐世拟古之作",甚至判定为"大历以后语"①,陈祚明据"单衫杏子红"等句反诘道:"此岂唐人语耶?"②游国恩不同于上述看法,认为这"是一首地道的江南民歌",甚至是"通俗的民歌"③,余冠英则认为"可能原是'街陌谣讴',后经文人修饰"。至于其时代,"可能和江淹、梁武帝同时……说它是晋辞,似乎嫌太早些"④。他在《汉魏六朝诗选》中将《西洲曲》当作无名氏作品,编于"齐诗"卷末⑤。程千帆、沈祖棻先生选注《古诗今选》,将此诗置于谢朓和萧衍之间⑥,这样的时代判定,我觉得是合适的。从文辞典雅方面来看,虽然不能断定出于文人(无论有名或佚名)创作,但它经过文人之手是无疑的,不能简单等同于民歌,更非通俗者可拟。在"以大其体"的观念作用下,这首乐府也被列进"艳歌"谱系,入选《玉台新咏》,与宫体诗同属一脉,陈祚明也评论为"六朝乐府之最艳者"⑦。所以在传统批评的眼光中,张若虚"用《西洲》格调",也还是齐、梁派内部的改造。

那么,什么是"《西洲》格调"呢?在我看来,它集中在两方面,即结构和句法。先言结构。《西洲曲》在结构上的最大特征,就是四句一换韵。全诗三十二句,犹如八首五言四句小诗联缀而成。余冠英说:"这

---

① [清]毛先舒:《诗辩坻》卷二,郭绍虞:《清诗话续编》,第39页。按:毛氏好辩,有时自相矛盾,如谓《西洲曲》见于《玉台新咏》,题作江淹,乃辩之云云。不知其诗既见于《玉台新咏》,又焉能为大历以后人所作?
② 《采菽堂古诗选》卷十五,第485页。
③ 《谈西洲曲》,原载1947年12月20日《申报·文史》,收入游宝谅编《游国恩文史丛谈》,商务印书馆2016年版,第51页。
④ 《谈〈西洲曲〉》,撰于1948年,收入其《汉魏六朝诗论丛》,商务印书馆2010年版,第50页。
⑤ 《汉魏六朝诗选》,人民文学出版社1978年版(初版于1958年),第253页。
⑥ 程千帆、沈祖棻:《古诗今选》上册,上海古籍出版社1983年版,第105页。
⑦ 《采菽堂古诗选》卷十五,第485页。

首诗表面看来是几首绝句联接而成,其实是两句一截。"①这就带来可能把一首诗的结构分解得支离破碎的危险,我不赞同。葛晓音教授虽然在释义上采余冠英说,但在结构上也坚持"八首五言四句"的意见②。四句一换韵的结构在古诗和乐府中不常见,清代郎廷槐曾提出"五古亦可换韵否?如可换韵,其法如何"等问题,王士禛答道:"五言古亦可换韵,如古《西洲曲》之类。"张笃庆答道:"五古换韵,《十九首》中已有。然四句一换韵者,当以《西洲曲》为宗。"③因为是四句一换韵,所以在形式上,后人觉得好似若干首绝句合成了一首长篇,尤其妙在转接无痕,不见斧凿,义脉连贯,声情摇曳。谭元春评为"一曲中拆开分看,有多少绝句,然相续相生,音节幽亮"④;范大士评为"曲折骀荡,一转一胜,分作绝句,合为全诗,无不佳妙"⑤;沈德潜也说:"续续相生,连跗接萼,摇曳无穷,情味愈出。"又说:"似绝句数首攒簇而成,乐府中又生一体。"⑥古人显然已经注意到此诗在结构上的特征,并且是独有的(所谓"又生一体")。

再言句法。《西洲曲》在句法上的最大特征是复沓和蝉联。这本是南朝民歌的一般特征,但此诗将这一特征表现得淋漓尽致。以复沓为例:

树下即<u>门</u>前,<u>门</u>中露翠钿。开<u>门</u>郎不至,出<u>门</u>采红莲。采<u>莲</u>南塘秋,<u>莲</u>花过人头。低头弄<u>莲</u>子,<u>莲</u>子青如水。⑦

---

① 《谈〈西洲曲〉》,《汉魏六朝诗论丛》,第 50 页。
② 《八代诗史》(修订本),中华书局 2007 年版,第 138 页。
③ [清]王士禛等:《师友诗传录》,丁福保编:《清诗话》上册,第 136 页。
④ [明]钟惺、[清]谭元春选评:《古诗归》卷十,湖北人民出版社 1985 年版,第 205 页。
⑤ 《历代诗发》卷三,"故宫珍本丛刊"第 644 册,海南出版社 2000 年版,第 54 页。
⑥ 《古诗源》卷十二,第 290 页。
⑦ 《乐府诗集》卷七十二,第 1027 页,本文引《西洲曲》全据此,下文不一一出注。

前四句以"门"为关键词,后四句以"莲"为关键词,第四句"出门采红莲"又绾合了"门"与"莲",从上一解过渡到下一解。蝉联句法往往在两解同时也是换韵之间,因而造成转接无痕的效果:

　　……风吹乌白树。树下即门前……
　　……出门采红莲。采莲南塘秋……
　　……仰首望飞鸿。鸿飞满西洲……
　　……尽日栏杆头。栏杆十二曲……

所以这是用蝉联法转韵,一韵一意。蝉联又可称作顶针,孟浩然《夜归鹿门歌》的第四、第五句为"余亦乘舟归鹿门。鹿门月照开烟树",王尧衢就评为"此篇前半叠用四韵,后用顶针法转韵"①,与《西洲曲》采用的是相同手段。除此以外,还有个别错综句法,比如"忆郎郎不至,仰首望飞鸿。鸿飞满西洲,望郎上青楼"②,以"一四""二三"的照应交错成句。

　　张若虚《春江花月夜》既"用《西洲》格调",那么,在结构和句法上也就拥有这些特征。如上所述,清人将《西洲曲》看作四句一换韵的代表,张笃庆甚至说"当以《西洲曲》为宗"。而将数首四句诗"攒簇而成"一首长诗,也被看成"乐府中又生一体"。张若虚继承了这一结构方式,并将它从五言转移到七言。《春江花月夜》共三十六句,四句一转韵,是九首七言小诗的联缀。王尧衢评曰:"此篇是逐解转韵法,凡九解。"③而在转韵的过程中,也如《西洲曲》一般宛尔成章。徐增《说唐诗》评曰:"此诗如连环锁子骨,节节相生,绵绵不断……诗真艳诗,才

---

① ［清］王尧衢:《古唐诗合解·唐诗》卷三,清雍正江南文成堂刻本。
② 《乐府诗集》卷七十二,第1027页。
③ 《古唐诗合解·唐诗》卷三。

真艳才也。"①这里的"艳"不是"艳丽",而是让人"惊艳"的意思。虽然《西洲曲》是五言,《春江花月夜》是七言,但用了这样的手法就使得全诗的规模扩大化。《西洲曲》写一年之事,张玉谷指出:"由春而夏而秋,直举一岁相思,尽情倾吐,真是创格。"②情之所至,一吐为快,不必实事求是,所以王尧衢说:"皆属虚想,非实境也。"③《春江花月夜》写三春之事,从花开到花落,用笔则浓缩于一夜之间(从月亮初升到西沉),而在空间上更由潇湘到碣石,也同样"非实境也"。王闿运批评"碣石潇湘无限路"云:"碣石则太远矣,是诗人不谙考据语,我则无此。"④湘绮老人在这里就未免自作聪明了。最后一解四句,"斜月沉沉藏海雾"⑤写时间,一夜将尽,月亮已由西沉而为晨雾所掩。"碣石潇湘无限路"写空间,碣石为山名,在河北;潇湘为水名,在湖南。诗人为一对恋人的南北睽隔而伤感,也暗含了"道路阻且长,会面安可知"的意思。但诗人是富于同情心的,他不忍把人生想到、推到绝处——"不知乘月几人归,落月摇情满江树",试问月下究竟有谁能及时而归,虽然没有把握(不知),但无论如何总不会无人能归吧?"归"象征着在青春时光里爱的圆满,同时在诗人的心目中,月亮即便西斜,也还是会满含同情地给人生以安慰,并将这种同情和安慰洒满江树。吴乔认为此诗"正意只在'不知乘月几人归'"⑥;王寿昌重视结句"贵有味外之味,弦外之音"⑦,也特别举到此诗的末二句,皆可谓真赏有得之见。

---

① 《说唐诗》,中州古籍出版社1990年版,第94—95页。
② [清]张玉谷:《古诗赏析》卷十九,上海古籍出版社2000年版,第433页。
③ 《古唐诗合解·古诗》卷三。
④ [清]王闿运手批:《唐诗选》卷七,上海古籍出版社1989年版,第753页。
⑤ 《乐府诗集》,第679页,本文引《春江花月夜》全据此,下文不一一出注。
⑥ 《围炉诗话》卷二,《清诗话续编》,第529页。
⑦ 《小清华园诗谈》卷下,《清诗话续编》,第1903页。

在句法上,《春江花月夜》也多用复沓:

> 江畔何<u>人</u>初见<u>月</u>,<u>江月</u>何年初照<u>人</u>。<u>人</u>生代代无穷已,<u>江月</u>年年只相似。不知<u>江月</u>照何<u>人</u>,但见长<u>江</u>送流水。

这里划出的字,都连续出现了四五次。此外,如"年"出现了三次,"何""初""照""代"都出现了两次。不仅是复沓,而且错综成文。王尧衢也指出:"题目五字,环转交错,各自生趣。春字四见,江字十二见,花字只二见,月字十五见,夜字亦只二见。"①这是就全诗而言。诗人又以不严格的蝉联句法安置在两解换韵之间:

> ……江月何年初照人。人生代代无穷已……
> ……何处相思明月楼。可怜楼上月徘徊……
> ……江潭落月复西斜。斜月沉沉藏海雾……

因为不十分严格,所以少了些民谣风,因为还是蝉联句法,所以宛转关情,情文相生。所谓"用《西洲》格调",大抵就是如此。

三、七言体的"自振"

我们现在能够看到的张若虚之前的《春江花月夜》,有三人五首,这里不妨人举一首,前二首是五言四句,后一首为五言六句:

> 暮<u>江</u>平不动,<u>春花</u>满正开。流波将<u>月</u>去,潮水带星来。(隋炀帝)

---

① 《古唐诗合解·唐诗》卷三。

花(一作张)帆渡柳浦,结缆隐梅洲。月色含江树,花影覆船楼。(诸葛颖)

　　林花发岸口,气色动江新。此夜江中月,流光花上春。分明石潭里,宜照浣纱人。(张子容)①

这三首诗,并没有直接描写男女之情,更多的是写自然。但按照上文的看法,我仍然认定其为宫体诗。一首诗的格调如何,与是否写男女之情无关,也与是否属于宫体诗无关。以上三诗的共同点在于有词无情,只是堆垛了一些与题目相关的字词,虽然有些描写还不失生动,但总体来看就像在制题。我把与"春江花月夜"有关的字词都重点标出,第一首有"春江花月",言"星月"则"夜"在其中;第二首有"花江月",但"柳浦""梅洲"射"春",言"月"而"夜"在其中;第三首则"春江花月夜"五字全出。张若虚若是照着他的前人依样画葫芦,则其诗写到第二解即可完篇:

　　春江潮水连海平,海上明月共潮生。滟滟随波千万里,何处春江无月明。

第一解出现了"春江月"三字,虽然"连海平""共潮生""千万里""何处无",写得雄浑壮阔,婉约中有豪迈,豪迈中寓婉约,但也没有能够超出隋炀帝之作多少,"滟滟随波千万里"不就是"流波将月去"吗？如果一定要计较,张若虚还多费了两个字呢。

　　江流宛转绕芳甸,月照花林皆似霰。空里流霜不觉飞,汀上白沙看不见。

---

① 《乐府诗集》卷四十七,第678—679页。

第二解出现了"花"还有"芳甸"（花的原野），既然"月照花林"，当然"夜"寓其中。"似霰"之喻虽然贴切，不过是隐括了又一位宫体诗人萧绎的句子："昆明夜月光如练，上林朝花色如霰。"①若是以前的宫体诗人写到这里，"春江花月夜"五字皆有交代，能事已毕，全诗就可以结束。但张若虚这首诗的伟大，恰恰就是从此后开始的。

闻一多在《宫体诗的自赎》中对张若虚《春江花月夜》给予的最高礼赞，集中在"江畔何人初见月"以下，他情不自禁地赞叹道："更复绝的宇宙意识！一个更深沉，更寥廓更宁静的境界！在神奇的永恒面前，作者只有错愕，没有憧憬，没有悲伤"；"有的是强烈的宇宙意识，被宇宙意识升华过的纯洁的爱情，又由爱情辐射出来的同情心，这是诗中的诗，顶峰上的顶峰"②。四十年后，李泽厚在其《美的历程》中进而发挥道："这诗是有憧憬和悲伤的，但它是一种少年时代的憧憬和悲伤，一种'独上高楼，望断天涯路'的憧憬和悲伤……它显示的是，少年时代在初次人生展望中所感到的那种轻烟般的莫名惆怅和哀愁。""它是走向成熟期的青少年时代对人生、宇宙的初醒觉的'自我意识'；对广大世界、自然美景和自身存在的深切感受和珍视，对自身存在的有限性的无可奈何的感伤、惆怅和留恋。"③这些如诗一般优美的语言所形成的判断，出自诗人与哲人之手，给读者的审美带来刺激和冲击，并让人陶醉其间，当然有不可磨灭的价值。然而从文学史研究来看，仅仅体会到美的魅力并传达出美的感受，只能说仍处于"未完成"的状态。

九十年前胡小石先生在《中国文学史讲稿》中，谈到初唐诗歌的内容时，概括为三个方面：宫闱、边塞、玄谈。几乎所有的中国文学史，绝无以"玄谈"作为初唐诗的内容之一，这可以说是该书的"特见"。胡先

---

① ［南朝梁］萧绎：《春别应令》四首之一，《玉台新咏笺注》卷九，第431页。
② 《唐诗杂论》，《闻一多全集》第3卷，第20—21页。
③ 李泽厚：《美的历程》，文物出版社1981年版，第129—130页。

生特别举出张若虚《春江花月夜》来说明其"玄谈"。余生也晚,无缘亲承音旨,《讲稿》乃据其门人听课笔记付印,现在能看到的说明非常简捷:"洋洋长篇,极诡丽恢奇之能事,满篇富有玄理,而毫不觉沉闷,如'江畔何人初见月?江月何年初照人?'谁能举出答案?"①作为时代特征,他还举出了刘希夷、李峤的一些诗句,但最富代表的还是张若虚。我以为胡先生所谓的"玄谈""玄理"指的是人生哲理,虽然其说明仅寥寥数语,但他以"玄谈""玄理"来概括仍是启人深思的。以下所论,就是我对这一概括的阐释。

讲到以玄理入诗,最早在魏正始年间,刘勰有过这样的评论:"正始明道,诗杂仙心,何晏之徒,率多浮浅。唯嵇志清峻,阮旨遥深,故能标焉。"②这里指出了"浮浅"的何晏之徒,以及与之相对的嵇康和阮籍。特别是阮籍,他第一次在诗中处理了重大的、严肃的问题,按照吉川幸次郎的说法,他是把"以前文学中赋的内容(指班固《幽通赋》、张衡《思玄赋》等)移到五言诗的内容上"③,所以提升了五言诗的品格。就源头而言,五言诗出于民间,在内容上往往是"男女有所怨恨,相从而歌"④,是一己之穷通哀乐。古诗多荡子思妇之词,视野有限。建安诗虽有大发展,是文人创作的一个高峰,然而继承的还是古代歌谣的传统,所谓"文采缤纷,而不能离间里歌谣之质"⑤。阮籍就完全不一样,他以广阔的视野思考人生问题,在在流露出一种伟大的孤独。就其具体描写者看,是"言在耳目之内",但其关怀的幅度又是"情寄八荒之表"。这样的诗歌,当然可以净化读者的心灵("陶性灵"),并启发读者

---

① 《胡小石论文集续编》,第121页。
② 《文心雕龙·明诗》,《文心雕龙解析》,第115页。
③ 〔日〕吉川幸次郎『阮籍の「詠懷詩」について』,岩波書店,1981年,43頁。
④ 《公羊传》宣公十五年何休解诂,《十三经注疏》,第2287页。
⑤ 黄侃:《文心雕龙札记·明诗第六》,第36页。

对人生的进一步思考("发幽思")。所以,这样的诗就能够"使人忘其鄙近,自致远大"①,升华到高远深邃的诗境之中。并非有"玄理"入诗便是好诗,这里有"浮浅"和"遥深"的区别,也有"外铄"和"内化"的不同。但是阮籍建立起来的新典范,并没有为此下太康、元嘉时代的诗歌主流所接受。以玄言入诗,在阮籍之后也走上了弯路。魏晋以下,时人好清谈,谈论的内容是"三玄"(指《老子》《庄子》《周易》),因为发言玄远,故又称"虚谈","玄言诗"就是"因谈余气,流成文体"。这些人虽然有玄学修养,却不能内化为自己的生命,仅仅撮拾玄谈余唾,堆砌老庄辞句以结构成篇。"世极迍邅,而辞意夷泰"②,既粉饰了时代的痛苦,在艺术上也留下"淡乎寡味"③的败笔。到刘宋时代,"体有因革,庄老告退,而山水方滋"④。正因为山水诗与玄言诗在内容和风格上("体")存在因革联系,故以谢灵运为代表的山水诗就把玄理融化于模山范水之中,其结构往往由记游→写景→兴情→悟理构成⑤,这几乎成为宋、齐山水诗的"定格",其"悟理"部分也被现代学人讥讽为"玄学尾巴"。但是从变化趋势来看,这种"定格"到了谢朓就开始有所突破,在写景、兴情之后,不必是对玄学思理的体悟,而出现了人生哀乐的咏叹。直到唐代陈子昂出,提倡恢复"正始之音",明确继承阮籍的传统,形成文学史上的隔代相传。他一洗六朝金粉气息,为唐代文学的"高格调"奠定了基础。韩愈称"国朝盛文章,子昂始高蹈"⑥,可谓一语中的。

七言诗起源于民间谣谚,东方朔的滑稽语、东汉的镜铭以及社会上

---

① 以上引文皆为钟嵘《诗品》对阮籍的评语,曹旭《诗品集注》,第123页。
② 《文心雕龙·时序》,《文心雕龙解析》,第694页。
③ 《诗品序》,曹旭:《诗品集注》,第24页。
④ 《文心雕龙·明诗》,《文心雕龙解析》,第117页。
⑤ 参见林文月《中国山水诗的特质》,台湾中外文学编辑部编《中国古典文学论丛·诗歌之部》,中外文学月刊社1980年再版,第115—142页。
⑥ [唐]韩愈:《荐士》,钱仲联:《韩昌黎诗系年集释》卷五,上海古籍出版社1984年版,第528页。

流传的评语、谶纬等,也都有以七言为之者①。文人偶一试作,并不为人所重。所以七言虽然流行,但汉代人不名之曰"诗",仅称作"七言"。《汉书·东方朔传》说他著有"八言、七言上下",西晋人晋灼作注云"八言、七言诗,各有上下篇"②,这才补了个"诗"字。范晔《后汉书》中提及时人著作,将"七言"与"诗"分列。如果不说是到了刘宋时代仍不把七言当作诗的话,至少也表明在东汉还是这种看法的天下。张衡的《四愁诗》是被历来的文学史论著夸大了意义的作品:一则曰骚体七言诗,好像就是出于《楚辞》的证据。其实在张衡之前东南西北各地的歌谣中,都不乏"兮"字,只是《楚辞》尤为突出而已。刘勰就指出:"寻'兮'字成句,乃语助余声。舜咏《南风》,用之久矣。"③二则曰富美刺,有寄托,其根据就是《四愁诗序》,中有"依屈原以美人为君子,以珍宝为仁义,以水深雪雰为小人,思以道术相报"④云云。而实际上,这并非出于张衡手笔,只是史家之辞,"后之编集(张)衡诗文者增损之耳"⑤。我从前以为,"此序虽非自作,却是对张衡写作动机的真实说明"⑥。现在看来,也需要修正。此诗不过是游戏之作,向东南西北的美人倾诉衷情,因求之不得,遂泪流心烦。其另一首完整的五言《同声歌》,铺陈男女新婚之夜绸缪云雨之乐,而以"乐莫斯夜乐,没齿焉可忘"结篇,也不是什么比兴手法,所以选入了《玉台新咏》,却被后人解读为"以喻当时

---

① 关于七言诗的起源,参见余冠英《七言诗起源新论》,《汉魏六朝诗论丛》,第95—118页。按:关于七言诗的起源,我是赞成余先生的意见的。若果真源出于《楚辞》,其地位何至于长期沉沦下品。

② 《汉书》,第2873页。

③ 《文心雕龙·章句》,《文心雕龙解析》,第564页。

④ [南朝梁]萧统:《文选》卷二十九,京都中文出版社1972年版,第402页。引文中的"依"字今本无,据胡克家《文选考异》卷五补,同上书附,第925页。

⑤ [宋]王观国:《学林》卷七"四愁诗序"条,中华书局1988年版,第225页。

⑥ 张伯伟:《中国古代文学批评方法研究》,第33页。

士君子事君之心焉"①,这同样是被刻意拔高的。傅玄在《拟四愁诗四首序》中说:"昔张平子作《四愁诗》,体小而俗,七言类也。"②"小"非指篇幅,"小而俗"乃审美判断上的贱称,盖指其鄙陋狭隘,如同在非诗的、通俗的韵语体中运用的"七言"之类。虽然题目上有"诗",也仍旧不被以诗看待。但也因为是游戏之作,所以傅玄之外,我们至少还看到张载也写了《拟四愁诗》,而且都被选入《玉台新咏》。从《文选》《玉台新咏》都入选了若干首七言诗看来,到了这个时候,"七言"才正式拥有了"诗"的身份,可勉强挤入大雅之堂。经过梁、陈文人的努力,七言诗经过与三言、四言、五言诗的兼用,在齐言和杂言的行进过程中,逐步成熟起来③。无论是篇制、韵律、语言,开始出现了定型化的七言歌行体④。所以胡应麟说:"至王、杨诸子歌行,韵则平仄互换,句则三五错综,而又加以开合,传以神情,宏以风藻,七言之体,至是大备。"⑤这就是到张若虚的时代他所面对的七言歌行的大致状况。

如果说此时的七言歌行在艺术手法上已基本成熟,大概符合事实,那么从傅玄以来,对七言诗的评价有何变化吗?材料极其有限。《文心雕龙》对"七言"不着一字,只是在《明诗篇》提到"联句共韵,则《柏梁》余制"⑥;《南齐书·文学传论》提到张衡《四愁诗》与曹丕

---

① [唐]吴兢:《乐府古题要解》卷下,丁福保编:《历代诗话续编》上册,第 59 页。
② [清]吴兆宜:《玉台新咏笺注》卷九,第 404 页。按:关于傅玄的这几句话,王闿运曾作这样的评论:"世或疑此二言,谓为难通。余尝寻张之序,自云仿《离骚》而作者。至其再三致意,信同灵均;局促成篇,又异楚骨。故比于《辩》《歌》则为小,偕于近世则为俗。但可入七言之格,成一家之例。"(《湘绮楼说诗》卷一,《湘绮楼诗文集》,第 2118 页)其说可参。
③ 参见葛晓音《早期七言的体式特征和生成原理》《中古七言体式的转型》,皆收入其《先秦汉魏六朝诗歌体式研究》,北京大学出版社 2012 年版。
④ 参见王从仁《七言歌行体制溯源》,《上海师范大学学报》1990 年第 3 期。
⑤ [明]胡应麟:《诗薮》内编卷三,第 46 页。
⑥ 《文心雕龙解析》,第 120 页。

《燕歌行》云:"七言之作,非此谁先?"承认了其"诗"的地位,但还是归结为"五言之制,独秀众品"①。钟嵘《诗品》专论五言诗,也涉及四言,但对七言诗只字不提。他说"五言居文词之要"②,明代胡应麟发挥道:"四言简质,句短而调未舒;七言浮靡,文繁而声易杂。折繁简之衷,居文质之要,盖莫尚于五言。"③大概合乎钟嵘之意。另外有隐约提及者,那就是他批评鲍照"颇伤清雅之调"④,大概是暗指其七言诗。这说明,在齐梁人的心目中,七言诗尚未达到"杂以风谣,轻脣利吻,不雅不俗,独中胸怀"⑤的要求。在整个诗学评价体系中,七言诗仍摆脱不了"俗"称。

胡小石先生概括的初唐诗内容,先是宫闱和边塞,以七言诗来说,这两者在南朝也不鲜见。宫闱的内容其实以闺情为主,而闺情和边塞本来就有着密切关系⑥。其实严格说来,张若虚的《春江花月夜》写了闺情,也写了自然(这些本来都是宫体诗的传统题材),不同处在于,他把人生哲理融入自然和闺情之中,又从自然和闺情之中提炼出哲理。正因为有了"玄理"的加入,七言诗的品格也因此而得到大幅度提升。请看第三解:

江天一色无纤尘,皎皎空中孤月轮。江畔何人初见月?江月何年初照人?

---

① 《南齐书》卷五十八,第908页。
② 《诗品集注》,第36页。
③ 《诗薮》内编卷二,第22页。
④ 《诗品集注》,第290页。
⑤ 《南齐书·文学传论》,第908—909页。
⑥ 参见王文进《南朝边塞诗新论》第四章第一节"边塞与闺怨间的脉络",台北里仁书局2000年版,第98—121页。

前两句是写景，但又不止于写景。《世说新语·言语》曾记载司马道子和谢重的对话："于时天月明净，都无纤翳。太傅叹以为佳。谢景重在坐，答曰：'意谓乃不如微云点缀。'太傅因戏谢曰：'卿居心不净，乃复强欲滓秽太清邪？'"①因此，"无纤尘"不只是写外景，也是诗人内心明朗的写照。一个内心明朗的人才有资格感受青春的美丽，青春不属于内心幽暗的人。因为美丽，所以短暂；因为短暂，更要珍惜。由此而引出对于时间的追问，这是青春自我觉醒的第一个标志。王尧衢说："人有死生，世有古今，而月则常常如此，这个根底，有何人穷究得出？"②于是第四解来了：

>人生代代无穷已，江月年年只相似。不知江月照何人，但见长江送流水。

个人的生命是有限的，但一代又一代的人生是无穷的。个人的生命是小生命，人类的生命是大生命，这是一扬。然而永恒的江月却总是那样冷静，不动表情、不露声色，以年年相似的模样看着月光下不断变幻的人生，这是一抑。世界到底是有情还是无情？若说无情，江月何以有"照"？一个怀有照亮温暖他人之心的主体，总该是有情的吧，又是一扬。若说有情，江流何以分秒东逝"不复回"，全不顾念"吾生之须臾"？"是江流又一无情之物也"③，又是一抑。这句"不知江月照何人"与最后的"不知乘月几人归"相呼应，在"人"和"江月"的对照中，让人感受到宇宙的深邃和生命的敬畏。但透过对永恒"江月"的凝视，导致的不是"人"的"自我矮化"或精神的"贫困化"，而是从个人的局限性中挣

---

① 余嘉锡：《世说新语笺疏》，第150页。
② 《古唐诗合解·唐诗》卷三。
③ 同上。

脱出来的完美人性的可贵,于是重新回到"人"的情感世界。第五解转向了青春觉醒的第二个标志——爱:

> 白云一片去悠悠,青枫浦上不胜愁。谁家今夜扁舟子?何处相思明月楼?

人生有限,时间永恒,能够抵御时间的侵蚀和消磨的,只有人世间永恒的爱意。但爱是有忧伤的,恰如明朗的内心有时也会被微云滓秽。白云一片,悠悠而去,"又是一无情之物"①。水边(青枫浦)送别,依依难舍,总是一有情之人。《楚辞·九歌·河伯》:"子交手兮东行,送美人兮南浦。"②江淹《别赋》:"春草碧色,春水渌波,送君南浦,伤如之何!"③恋人之间的耳鬓厮磨固然是一种爱意的表达,但相爱双方的离别,在孤寂中向对方发出的有声或无声的呼喊,会使得爱意的表达更痛苦和无奈。诗人用了"谁家""何处",并非特指,也因此而显示出一种人生的共相。第八解是作为青春觉醒标志的时间与爱这两大主题的双重奏:

> 昨夜闲潭梦落花,可怜春半不还家。江水流春去欲尽,江潭落月复西斜。

就时间而言,一方面是一夜将尽,一方面是一春将尽。江水代表了时间的流逝,而流走的是四季中最美好的春季,也是一生中最美好的青春。不仅流走,而且"欲尽",又一次提出了时间的主题。但人生不仅短暂,

---

① 《古唐诗合解·唐诗》卷三。
② [宋]洪兴祖:《楚辞补注》,中华书局1983年版,第78页。
③ 《文选》卷十六,第224页。

而且无奈;不仅是青春时光的流逝,而且相爱的人也未能还家。春已将尽,江水流春,花开花落,月亦西沉,人生真可能彻底辜负了"春江花月夜"。而这千古之谜,既无人能解,也是永恒的憾恨。

　　从文学史上来看,七言诗只有到了《春江花月夜》,才"一洗万古凡马空"。就像五言诗到了阮籍,才从哲理的高度思考人生问题。她既开发了我们的理性能力,也培养了我们更细微的感官。到了他们这儿,无论是五言诗还是七言诗,在品格上都彻底摆脱了闾里歌谣的传统。清人马星翼《东泉诗话》卷一云:"张若虚《春江花月夜》诗,在初唐亦是奇作。风韵天然,正如初日芙蓉,鲜有其匹,乃所谓'妙手偶得之'者。"①算是一个有眼光的批评,但此诗"奇"在何处,又为何"鲜有其匹",不经过与同时代诗人的比较,是难以确认的。如前所述,在陈、隋两朝文人的努力下,到了初唐,七言歌行在句法、用韵、规模上已经成熟,但就品格而言,多数诗作还是难免卑下。这话古人已经讲过:"初唐人歌行,盖相沿梁、陈之体,仿佛徐孝穆、江总持诸作,虽极其绮丽,然不过将浮艳之词模仿凑合耳。"②就题材来说,这些作品集中在宫闱和边塞,我们可以不予比较。但刘希夷和李峤的作品,即被胡小石先生举出的"都是带有玄理的"③那些,就很可以拿来一较高低。刘希夷《白头吟》(一作《代悲白头翁》)中有"今年花落颜色改,明年花开复谁在",以及"年年岁岁花相似,岁岁年年人不同"④等含有"玄理"的句子,但这样的"玄理"却被诗人用更大的篇幅、更浅白的意思"稀释"了,以致让人难以卒读。李峤《汾阴行》的结句"山川满目泪沾衣,富贵荣华能几时。不见只今汾水上,唯有年年秋雁飞"⑤,也含有世事感慨,但

---

① 杜松柏辑:《清诗话访佚初编》第3册,第447页。
② [明]何良俊:《四友斋丛说》卷二十五,中华书局1959年版,第226页。
③ 《中国文学史讲稿》,《胡小石论文集续编》,第121页。
④ 《乐府诗集》卷四十一,第601页。
⑤ 《乐府诗集》卷九十三,第1309页。

这些朝代兴亡、人世沧桑的喟叹,却出之以浅露直白的表达方式。明人何孟春曾经把闾巷小儿传唱的"花开花谢年年有,人老何曾再少年"与刘希夷的诗相比较,其共同点是"语意极鄙俚",不同处是"诗人特能将许多言语写出耳,然不免复矣"①。就算这些句子的立意不能用"极鄙俚"来形容,但诗人将这点意思大肆铺叙,确实造成了诗句的文繁意复,同时也不免降低了品格。如果把刘希夷、李峤的诗和张若虚相比的话,就很类似何晏之徒的"浮浅"与嵇康、阮籍"清峻""遥深"的区别。《春江花月夜》的"玄理",不是浅表的人生感叹,不是虚恬的玄学思辨,而是由生命伦理意识为支撑的哲思,是用那种明朗而又蕴藉的方式揭示出的人生神秘、无奈和忧伤,并且这种种的神秘和忧伤又是无法解释、没有终了的。让我们再读一次钟嵘《诗品》对阮籍的评语吧:

　　《咏怀》之作,可以陶性灵,发幽思。言在耳目之内,情寄八荒之表。洋洋乎会于风雅,使人忘其鄙近,自致远大,颇多感慨之词。②

如果把"《咏怀》之作"改为"《春江花月夜》",难道有任何的不合适吗?所以我要说,《春江花月夜》岂止是"宫体诗的自赎",实在是"七言体的自振"!有了这篇杰作,还有谁敢用"体小而俗"去评价七言诗呢?如果运气足够好的话,张若虚本可以和陈子昂在唐诗历史上的地位相当,就像罗马神话中的伊阿诺斯神(Janus)一样有着两张脸:一张面对过去,结束了宫体诗的罪孽和七言体的猥俗;一张面对未来,为盛唐文学的"高蹈"做开路先锋。令人叹息的是,这样的杰作居然在文学史上被冷落了好几百年。张若虚之后的李白应该是读过《春江花月夜》的,就

---

　　① [明]何孟春:《余冬录》卷五十三,岳麓书社 2012 年版,第 560 页。按:此条材料承门人付佳奥提示,特此致谢。
　　② 《诗品集注》,第 123 页。

算"空里流霜不觉飞"未必引发了"疑是地上霜"①,"可怜楼上月徘徊"也未必启示了"我歌月徘徊"②,但"今人不见古时月,今月曾经照古人。古人今人若流水,共看明月皆如此"③等句,能说没受到张若虚的启迪吗④? 而李白以他惯有的目空一切的眼光横扫建安以来的诗坛,用一句"绮丽不足珍"⑤便轻轻抹去;在谈到当时的几种主要诗体的时候,还秉持着"兴寄深微,五言不如四言,七言又其靡也"⑥的老调,仿佛是刘勰、钟嵘、萧子显批评声音的回响。

杰作有时真如人生,错过竟会是那么容易。

(原载《文学评论》2018 年第 5 期)

---

① [唐]李白:《静夜思》,瞿蜕园、朱金城:《李白集校注》卷六,上海古籍出版社1980年版,第 443 页。
② [唐]李白:《月下独酌》,《李白集校注》卷二十三,第 1331 页。
③ [唐]李白:《把酒问月》,《李白集校注》卷二十,第 1179 页。
④ 郁贤皓《李白选集》在《把酒问月》一诗的注释中指出:"张若虚《春江花月夜》:'江畔何人初见月? 江月何年初照人?'亦为本篇先导。"(上海古籍出版社1990年版,第529 页)
⑤ 《李白集校注》卷二,第 91 页。
⑥ [唐]孟棨:《本事诗·高逸》,《历代诗话续编》,第 14 页。按:"棨"据陈尚君所考,当作"启",参见其《〈本事诗〉作者孟启家世生平考》,《新国学》第 6 卷,巴蜀书社2006年版。

抒情诗诠释的多元性问题
——以杜甫《江村》的历代诠释为例

一、引言

我们今天讨论抒情诗诠释的多元性问题,是认识到对于同一首诗,不同时代、不同地区、不同读者往往有着不同诠释这一既在事实。面对这样的现象,我们需要追问的是,什么是诠释的意义?诠释的多元在价值论上是否同等?如何看待文本的一以贯之和诠释的众说纷纭?这是理论问题,但更是实践的问题。因此,我想以抒情诗诠释的一则个案为例对此略抒己见。

朱熹在《论孟集义序》中指出:

> 自秦汉以来,儒者类皆不足以与闻斯道之传。其溺于卑近者,既得其言而不得其意;其骛于高远者,则又支离踏驳,或乃并其言而失之,学者益以病焉。宋兴百年,河洛之间有二程先生者出,然后斯道之传有继……非徒可以得其言,而又可以得其意;非徒可以得其意,而又可以并其所以进于此者而得之。其所以兴起斯文、开悟后学,可谓至矣。①

---

① 《朱熹集》卷七十五,第3944页。朱熹在《中庸集解序》中也发表了类似的看法:"秦汉以来,圣学不传,儒者惟知章句训诂之为事,而不知复求圣人之意,以明夫性命道德

这里所指出的进程，就是由得其言而能知其意，由知其意进而得斯道之传，其效果即在于"兴起斯文、开悟后学"，由文献注释推进到人文精神的传承与延续。所谓经典的诠释，其意义似不外乎此。本文即拟以杜甫《江村》诗的历代诠释为例，讨论抒情诗诠释的多元性问题。兹将杜甫原诗抄录于下，以便展开：

> 清江一曲抱村流，长夏江村事事幽。
> 自去自来梁上燕，相亲相近水中鸥。
> 老妻画纸为棋局，稚子敲针作钓钩。
> 但有故人供禄米（一本作"多病所须惟药物"），
> 微躯此外更何求。②

二、前人对此诗之诠释综述

这首诗，没有古奥的字词，也没有偏僻的典故，因此，在章句训诂方面几乎不存在任何障碍。然而从宋代开始，对此诗的诠释却是众说纷纭，呈现为多元的态势。其诗意究竟为何，至今仍莫衷一是。考察历代人对此诗的诠释，对其诗意的理解大致可以归纳为三说，兹简述如次：

1. 比兴说。持此说者主要为宋人，其特色是将注意力聚焦于第三联"老妻画纸为棋局，稚子敲针作钓钩"，如释惠洪《天厨禁脔》卷中云：

（接上页）之归。至于近世，先知先觉之士始发明之，则学者既有以知夫前日之为陋矣。然或乃徒诵其言以为高，而又初不知深求其意，甚者遂至于脱略章句，陵籍训诂，坐谈空妙，展转相迷。而其为患，反有甚于前日之为陋者。"（《朱熹集》卷七十五，第3956—3957页）可参看。

② ［清］仇兆鳌：《杜诗详注》卷九，第746页。

妻比臣,夫比君。棋局,直道也。针合直而敲曲之,言老臣以直道成帝业,而幼君坏其法。稚子,比幼君也。①

陈郁《藏一话腴》不同意惠洪之说,但思路是一致的:

此盖言士君子宜以直道事君,而当时小人反以直为曲故也。觉范(按:即惠洪)今以妻比臣,稚子比君,如此,则臣为母,君为子,可乎?何不察物理人伦至此耶?②

更有甚者,将此二句做了如下的诠释:

老妻以比杨妃,稚子以比禄山。盖禄山为妃养子。棋局,天下之喻也。妃欲以天下私禄山,故禄山得以邪曲包藏祸心。③

三种意见虽各有不同,但在诠释方法上都是将一联诗凸显并孤立,割裂了与上下文的关系。对此,师古在其《诗话》中驳斥道:

老妻、稚子乃(杜)甫之妻子,甫肯以己妻子而托意于淫妇人与逆臣哉?理必不然。且如《进艇》诗云:"昼引老妻乘小艇,晴看稚子浴清江。"则又将何所比况乎?④

元代以后,这种说法就不再有人提及了。

---

① 张伯伟编:《稀见本宋人诗话四种》,第135页。
② 《藏一话腴》外编卷上,《影印文渊阁四库全书》第865册,第558页。
③ 《分门集注杜工部诗》卷七师古注引,商务印书馆影印四部丛刊初编本。
④ [宋]蔡梦弼《杜工部草堂诗话》卷一引,张忠纲编注《杜甫诗话六种校注》,齐鲁书社2002年版,第122页。

2. 自乐说。宋人葛立方可为代表,元明清以来,这一说法始终占主导地位。葛氏《韵语阳秋》卷十云:

> 老杜《北征》诗云:"经年至茅屋,妻子衣百结。恸哭松声回,悲泉共幽咽。平生所娇儿,颜色白胜雪。见爷背面啼,垢腻脚不袜。"方是时,杜方脱身于万死一生之地,得见妻儿,其情如是。洎至秦中,则有"晒药能无妇,应门亦有儿"之句。至成都,则有"老妻忧坐痹,幼女问头风"之句。观其情惊,已非《北征》时比也。及观《进艇》诗,则曰"昼引老妻乘小艇,晴看稚子浴清江"。《江村》诗,则曰"老妻画纸为棋局,稚子敲针作钓钩"。其优游愉悦之情,见于嬉戏之间,则又异于在秦、益时矣。①

"自乐说"从诗人境遇的变化中比较其对于妻子、儿女的描写,相对于"比兴说"而言显然更为合理,元明以后的不少注家还对"自乐说"做了进一步解析。如仇兆鳌指出:

> 江村幽事,起中四句……燕鸥二句,见物我忘机。妻子二句,见老少各得。盖多年匍匐,至此始得少休也。②

亦有论者将此说推到极致,以潇洒风流看待老杜。如杨伦《杜诗镜铨》云:

> 诗亦潇洒清真,遂开宋派。③

---

① 《韵语阳秋》卷十,上海古籍出版社影宋本 1984 年版,第 126 页。
② 《杜诗详注》卷九,第 746 页。
③ 《杜诗镜铨》卷七,上海古籍出版社 1980 年版,第 320 页。

又如郭曾炘《读杜札记》云：

此诗……自有一种潇洒闲适之趣。①

萧涤非《杜甫诗选注》云：

此诗作于草堂落成后，一种怡然自足的情调也很相似。②

郭氏已入民国，而萧氏书出版于二十世纪七十年代末，可见此说影响之深远。

3. 感喟说。此说可以金圣叹为代表，其《杜诗解》卷二指出：

"自去自来"，止有梁上之燕耳……"相亲相近"，独此水中之鸥耳。二句乃以梁燕、水鸥写江村更无去来亲近，非以"自来自去""相亲相近"写梁燕、水鸥也……"老妻"二句，正极写世法崄巇，不可一朝居也。言莫亲于老妻，而此疆彼界，抗不相下。莫幼于稚子，而拗直作曲，诡诈万端……中四句，从来便作长夏幽事，言老妻弈棋，稚子钓鱼，丈人无事，徜徉其间，真大快活。殊不知可以日日弈棋钓鱼，不可日日画纸敲针……纸本白净无彼我，针本径直无回曲，而必画之敲之，作为棋局钓钩，乃恨事，非幽事。而从来人冈冈，全不通篇一气吟，遂误读之也。夔斋云："先生以夔、龙、伊、吕自待者，起首便着'事事幽'三字，真乃声声泪、点点血矣，何必

---

① 《读杜札记》，上海古籍出版社1984年版，第158页。
② 《杜甫诗选注》，人民文学出版社1979年版，第151页。

读终篇而见其不堪耶？"①

此外，汪灏《树人堂读杜诗》及黄汉臣等人也有类似的意见，只是不如金圣叹说得那般绝对。李文炜《杜律通解》卷三引黄氏语云：

> 味"自去自来"二句，觉与作缘者惟梁上之燕、水中之鸥，此外则老妻、稚子而已。然则厚禄故人、同学少年，其交情盖鸥燕之不若也。②

指出《江村》诗的命意是憾恨、感喟，这一结论是前人所未发者。但金圣叹的说法颇为极端，如其对"老妻"一联的诠释，将夫妻对弈演绎为"世法险巇"，将稚子作钩推想为"诡诈万端"，显然是重蹈了"比兴说"者的覆辙。

三、对前贤诸说之辨析

前贤诸说已略述如上，每一种诠释都有其时代和个人因素，其何以如此，值得做进一步辨析。

1. "比兴说"辨析

此说首见于惠洪之《天厨禁脔》。自中唐皎然以后，在诗坛上出现一种现象，即僧人纷纷写作诗格类著作③。晚唐以来的诗格著作中，讨论的中心问题之一是"物象"，如旧题贾岛《二南密旨》中的"总例物

---

① 《杜诗解》卷二，上海古籍出版社 1984 年版，第 102—103 页。
② 《杜律通解》，清刊本，南京大学文学院资料室藏。
③ 参见张伯伟《中国古代文学批评方法研究》外篇第三章《诗格论》第三、第四节，第 358—380 页。

象",虚中《流类手鉴》之"物象流类"等,他们旨在对诗中的各种物象做举例分类,归纳为若干具有某种暗示作用的意义类型,这种风气一直延续到北宋。例如,《二南密旨·论总例物象》云:

> 山影、山色、山光,此喻君子之德也。
> 乱峰、乱云、寒云、翳云、碧云,此喻佞臣得志也。
> 黄云、黄雾,此喻兵革也。
> 白云、孤云、孤烟,此喻贤人也。①

又如《流类手鉴·物象流类》云:

> 巡狩,明帝王行也。
> 日午、春日,比圣明也。
> 残阳、落日,比乱国也。②

这本来是为作诗者开示讽咏时政的方法,但是到了宋代,以物象类型来诠释诗歌,却成了一时的风气。兹以胡仔《苕溪渔隐丛话》所引述者为例,胡舜陟《三山老人语录》云:

> 《登慈恩寺塔》诗,讥天宝时事也。山者,人君之象,"秦山忽破碎",则人君失道矣。贤不肖混殽而清浊不分,故曰"泾渭不可求"。天下无纲纪文章,而上都亦然,故曰"俯视但一气,焉能辨皇州"。于是思古之圣君不可得,故曰"回首叫虞舜,苍梧云正愁"。

---

① 张伯伟:《全唐五代诗格汇考》,第380页。
② 同上书,第418页。

是时明皇方耽于淫乐而不已,故曰"惜哉瑶池饮,日宴昆仑丘"。贤人君子,多去朝廷,故曰"黄鹄去不息,哀鸣何所投"。惟小人贪窃禄位者在朝,故曰"君看随阳雁,各有稻粱谋"。①

郭思《瑶溪集》云:

《诗》之六义,后世赋别为一大文,而比少兴多。诗人之全者,惟杜子美时能兼之。如《新月》诗:"光细弦欲上,影斜轮未安。"位不正,德不充,风之事也。"微升古塞外,已隐暮云端。"才升便隐,似当日事,比之事也。"河汉不改色,关山空自寒。"河汉是矣,而关山自凄然,有所感兴也。"庭前有白露",露是天之恩泽,雅之事。"暗满菊花团",天之泽止及于庭前之菊,成功之小如此,颂之事。说者以为子美此诗,指肃宗作。②

胡仔有见于此,曾经揭示了惠洪之说的学术渊源:

梅圣俞有《续金针诗格》,张天觉有《律诗格》,洪觉范有《禁脔》,此三书皆论诗也。圣俞《金针诗格》云:"有内外意。内意欲尽其理,外意欲尽其象,内外含蓄,方入诗格。如'旌旗日暖龙蛇动,宫殿风微燕雀高','旌旗'喻号令,'日暖'喻明时,'龙蛇'喻君臣。言号令当明时,君所出,臣奉行也。'宫殿'喻朝廷,'风微'喻政教,'燕雀'喻小人。言朝廷政教才出,而小人向化,各得其所也。如'岛屿分诸国,星河共一天',言明君理化一统也。"天觉《律

---

① [宋]胡仔:《苕溪渔隐丛话》前集卷十二,中华书局(香港)1976年版,第80—81页。
② 同上书,卷十三,第84页。

诗格》辨讽刺云:"讽刺不可怒张,怒张则筋骨露矣。若'庙堂生莽卓,岩谷死伊周'之类也,未如'花浓春寺静,竹细野池幽'。'花浓'喻媚臣秉政,'春寺'比国家,'竹细野池幽'喻君子在野,未见用也。'沙鸟晴飞远,渔人夜唱闲。''沙鸟晴飞远'喻小人见用,'渔人'比君子,'夜',不明之象,言君子处昏乱朝,退而乐道也。'芳草有情皆碍马,好云无处不遮楼。''芳草'比小人,'马'喻势利之辈,'云'喻谄佞之臣,'楼'比钧衡之地。若此之类,可谓言近而意深,不失风骚之体也。"其说数十,悉皆类此。觉范《禁脔》云:"杜子美诗,言山间野外事,意在讥刺风俗……"觉范旧游天觉之门,宜其论诗之相似也。余谓论诗若此,皆非知诗者。善乎山谷之言曰:"彼喜穿凿者,弃其大旨,取其发兴,于所遇林泉人物、草木鱼虫,以为物物皆有所托,如世间商度隐语者,则诗委地矣。"①

胡氏将惠洪的此类论述追溯到其与张天觉的关系,不失为一种启人深思的提示②,但我认为,他主要还是受到时代风气的影响。文末引用黄庭坚的话,出于其《大雅堂记》,便是针对杜诗诠释中普遍存在的弊病而发。当时人不仅用"比兴"法说诗,而且还用以论画。如南宋邓椿《画继》卷九《杂说·论远》云:

(李营邱)所作寒林,多在岩穴中,栽扎俱露,以兴君子之在野

---

① 《苕溪渔隐丛话》后集卷三十四,第259—260页。
② 胡氏所指出的可能性是存在的,但另一方面也无法确证两者间的这种联系,比如方回就认为,《律诗格》很可能不出于张氏之手,其《张天觉〈律诗格〉考》指出:"《无尽居士集》七十卷,《律诗格》上下在第六十八、六十九卷,本江西僧明鉴所编……此所谓《律诗格》者,决非无尽所作……殆后人不识文字者误增入耳。"(《桐江集》卷七,委宛别藏本)

也。自余窠植，尽生于平地，亦以兴小人在位，其意微矣。①

元人黄公望《写山水诀》亦云：

> 松树不见根，喻君子在野。杂树喻小人峥嵘之意。②

所以，惠洪以"比兴"法论杜诗，究其原因，远者可上溯到晚唐五代诗格中的"物象"论③，近者则是宋人的诠释风气所致。至于这种风气是如何形成，以及如何全面评价这种风气，此处不拟涉及。

2."自乐说"辨析

这一诠释是针对"比兴说"而发的，师古《诗话》在驳斥了惠洪等人的意见后指出：

> 此皆村居与妻子适情以自乐，故形之诗咏，皆若托意于草木鸟兽之类，不宜区区肆穿凿也。④

其理论依据显然是黄庭坚的《大雅堂记》（已见上文）。所以，宋代以来的一些注家在驳斥了"比兴说"的穿凿后，往往采用"自乐说"，如蔡梦弼《杜工部草堂诗笺》、王十朋《集百家注编年杜陵诗史》等。方回《跋胡直内诗》云：

---

① 于安澜编：《画史丛书》一，上海人民美术出版社1963年版，第71页。
② [元]陶宗仪：《南村辍耕录》卷八引，第96页。
③ 例如，惠洪云"妻比臣，夫比君"，即出于《二南密旨·论总例物象》中"夫妇，比君臣也"；其"棋局，直道也……言老臣以直道成帝业"云云，则本于王玄《诗中旨格》之释裴说、齐己《棋》诗："此比贤人筹策也。"
④ [宋]蔡梦弼《杜工部草堂诗话》卷一引，《杜甫诗话六种校注》，第122页。

> 诗意不专讥讽,洪觉范《天厨禁脔》误人处极多,或以是释杜诗,山谷不以为然,宜戒之。①

以"比兴"法说诗,往往求之过深,既然是针对其弊而发,就自然会取一种平易的态度。而在其背后,则有一种崭新的诠释策略,实不宜忽略。

众所周知,孟子在宋代的地位得到很大的提升,其书亦由子部上升为经部。宋代理学家秉承并继续发挥孟子的性善论,亦即人性论,形成其思想核心。与此相关的,就是对孟子"以意逆志"的诠释方法的重新肯定和阐发。张载《经学理窟·诗书》指出:

> 古之能知《诗》者,惟孟子为以意逆志也。夫《诗》之志至平易,不必为艰险求之。今以艰险求《诗》,则已丧其本心,何由见诗人之志!②

这里的"诗"虽然具体所指为《诗经》,但实可旁通于广义的诗歌。张载还写过一首《题解诗后》,与上文可参照:

> 置心平易始通诗,逆志从容自解颐。文害可嗟高叟固,十年聊用勉经师。③

因此,以"平易"说诗是宋代理学家提出的一项诠释原则。朱熹则对"以意逆志"做了更进一步的发挥:

---

① 《桐江集》卷四,委宛别藏本。
② 《张载集》,中华书局1978年版,第256页。
③ 同上书,第369页。

"以意逆志",此句最好。"逆"是前去追迎之意,盖是将自家意思去前面等候诗人之志来。

谓如等人来相似,今日等不来,明日又等,须是等得来,方自然相合。不似而今人,便将意去捉志也。①

理学家所强调的诠释策略,无非要保持一种平易、从容、自然的态度,这成为宋人说诗时的立论基础之一。可惜朱熹另外所提倡的"讽咏"文本以求其旨意的方法,并未受到时人的重视。

葛立方在提出《江村》"自乐说"的时候,是通过对杜甫的遭际境遇的比较而得出的结论,其诠释策略应该以孟子之"知人论世"为基础。在宋代,这一理念呈现为两种具体的著述形式,一是纪事之体,如计有功《唐诗纪事》;一是年谱之作,此点特为突出。宋人所编年谱,今可考者约一百四十余种,而以文学家为谱主的就有七十多种②。其中最早的就是北宋吕大防为杜甫、韩愈所作的年谱,目的在于"次第其出处之岁月,而略见其为文之时,则其歌时伤世、幽忧切叹之意粲然可观"③。章学诚在《韩柳二先生年谱书后》中指出:

文人之有年谱,前此所无。宋人为之,颇觉有补于知人论世之学,不仅区区考一人文集已也。④

由于认识到年谱的重要性,宋人乃至于发出了"有文集而无年谱,不几

---

① 《朱子语类》卷五十八,第 1359 页。
② 参见吴洪泽编《宋人年谱集目》,巴蜀书社 1995 年版。
③ 《分门集注杜工部诗》附,商务印书馆影印四部丛刊初编本。
④ 《章学诚遗书》卷八,第 70 页。

于缺典乎"①的感叹。然而诗歌常常言在此而意在彼,宋代以来,笺杜者"必欲史与诗无一事不合,至于年月时日,亦下算子,使之归吾说而后已"②,其结果往往是以史料比附诗意,这种现象亦颇为常见,可知以史证诗并不能将诗等同于史,语意的问题并不是仅凭语境就能解决的。

具体落实到对《江村》诗的诠释,试问"优游愉悦"乃至"潇洒闲适"真的能够反映杜甫当下的心境吗?仅仅注意字面上的意义,是不是把"诗"读成了"文"?如果认为"比兴说"求之过深,则"自乐说"似乎探之稍浅了。

3. "感喟说"辨析

这一说法由金圣叹提出,金氏是一个很有个性的批评家,因自信其见解深刻,故往往做决断之语。南邨《摅怀斋诗话》云:

圣叹批书,独具只眼,辨才妖笔,照彻古今。③

他的俊眼灵思,后人无以形容,竟称"妖笔"。李渔在《闲情偶寄·填词余论》中指出:

圣叹之评《西厢》,其长在密,其短在拘,拘即密之已甚者也。无一句一字不逆溯其源而求命意之所在,是则密矣。④

将这段评语移以论圣叹之评《江村》,也是大致不错的。金圣叹指出前

---

① [宋]赵善:《白文公年谱跋》,汪立名编:《白香山诗集》卷首,《景印文渊阁四库全书》第 1081 册,第 51 页。

② [宋]刘克庄:《再跋陈禹锡〈杜诗补注〉》,《后村先生大全集》卷一百六,商务印书馆影印四部丛刊本。

③ 转引自钱仲联主编《清诗纪事》第四册,江苏古籍出版社 1987 年版,第 2329 页。

④ 《闲情偶寄》,《中国古典戏曲论著集成》七,中国戏剧出版社 1959 年版,第 70 页。

人对此诗的误读，认为杜甫所写"乃恨事，非幽事"，实在是一个富有洞察力的判断。"幽事"与"恨事"是一对矛盾，能够从表面上的"幽"看到深层次的"恨"，是奠定在金圣叹对此诗"通篇一气吟"的基础之上的①。在其诠释经验、艺术敏感和个人气质等因素的综合作用下，他认定从来人对此诗的诠释都是"误读"。遗憾的是，他在眉飞色舞之际太过醉心于自我专注了，以至于情不自禁地把"老妻"一联诠释为"极写世法嶮巇，不可一朝居"云云。

我认为，指出《江村》一诗的命意在感叹，甚至说在憾恨，应该是把握住了该诗的基调。只是这种感叹的内涵颇为丰富，远比传统诠释者已经说出的更为复杂，需要我们做进一步阐发。这里，我先采用传统的"知人论世"法对此诗诠释如下：

通常认为，此诗是上元元年(760)夏天杜甫居成都浣花溪草堂时所作，这是可信的。杜甫在乾元二年(759)腊月底到达成都以后，较之过去陷长安、奔行在以及华州弃官、入秦州、发同谷的一连串的乱离流亡来说，生活已相对稳定。但远远不能用"优游愉悦"四字来形容。杜甫客居成都，最初并无俸禄，只是依靠朋友的帮助来维持生活——"故人供禄米，邻舍与园蔬"②。这种施舍是没有保障的，与《江村》作于同年之夏的《狂夫》，其中"厚禄故人书断绝，恒饥稚子色凄凉"二句，正是其生活中另一面的直接反映。所以，即使在表面上，杜甫也有"昼引老妻乘小艇，晴看稚子浴清江"③的愉悦（姑且不考虑这种"愉悦"还是杜甫面对长安"北望伤神坐北窗"后无可奈何的排遣），但更多的与更内在的，却是"强将笑语供主人，悲见生涯百忧集。入门依旧四壁空，老

---

① ［清］张芳《与陈伯玑》云："近传吴门金圣叹分解律诗……今得此老阐绎，可破世人专讲中四句之陋说。"(《清诗纪事》，第2328页)"中四句"本来指创作律诗时先得中二联，故后来说诗亦"专讲"中二联，难以一气连贯。
② 《酬高使君相赠》，《杜诗详注》卷九，第727页。
③ 《进艇》，《杜诗详注》卷十，第819页。

妻睹我颜色同。痴儿不知父子礼,叫怒索饭啼门东"①的生活。退一步说,就算这种寄人篱下的生活能够勉强度日,而对于一个向来"自谓颇挺出"②"窃比稷与契"③,同时又有着"性豪业嗜酒,嫉恶怀刚肠"④的耿直狂放性格的人来说,也绝非乐意之事。他同年在武侯祠堂前洒下不甘沉沦、抗拒寂寞的泪水⑤,在《野老》《遣愁》《出郭》《散愁》等篇中流露出的对国事的关怀,都表现了杜甫的进取心和责任感。从主观上来说,他向往着诸葛武侯的事业,而在客观上看,他却连生存的起码条件都难以保障。这种混杂着自怜自爱又自怨自艾的复杂心情,就构成了杜甫写作此诗的心理背景。因此,那种认为《江村》是杜甫"自道其退休之乐"⑥"亦安分以终余年而已"⑦的看法,只能是片面而肤浅之见。在杜甫的心境中,"事事幽"只能益见其无聊,所以,他是有着深重的感叹寄寓在字里行间的。

四、从"怎么写"看"写什么"

一首七律五十六字,其中有闲话有正笔,有衬托有主旨,有字面意有弦外音,这也是许多中外文学作品所共有的现象⑧。将"状溢目前"

---

① 《百忧集行》,《杜诗详注》卷十,第842—843页。
② 《奉赠韦左丞丈二十二韵》,《杜诗详注》卷一,第74页。
③ 《自京赴奉先县咏怀五百字》,《杜诗详注》卷四,第264页。
④ 《壮游》,《杜诗详注》卷十六,第1438页。
⑤ 《蜀相》云:"出师未捷身先死,常使英雄泪满襟。"仇兆鳌注云:"宋宗忠简公临殁时诵此二语,千载英雄有同感也。"(《杜诗详注》卷九)
⑥ 佚名:《杜诗言志》卷五,江苏人民出版社1983年版,第106页。
⑦ 《杜律通解》卷三,南京大学文学院资料室藏本。
⑧ 乔治·桑塔耶那(George Santayana)在《美感》(*The Sense of Beauty*)一书中指出:"在一切表现中,我们可以区别出两项:第一项是实际呈现出的事物,一个字,一个形象,或一件富于表现力的东西;第二项是所暗示的事物,更深远的思想、感情,或被唤起的形象、被表现的东西。"(缪灵珠译,中国社会科学出版社1982年版,第132页。)这段论述可以作为西洋文学的某种概括。

的"言"等同于"情在词外"的"意",对文学作死于句下的理解,自难免"固哉高叟"之讥;把文本与作者截然割裂,一味强调读者的"见仁见智",也将堕入信口雌黄的泥淖。辩证地对待文本形式和作者意图,将"怎么写"与"写什么"予以同等的关注,着重从"怎么写"看"写什么",却是值得开拓、探索的经典诠释之途①。

朱熹曾经大力强调"讽咏"文本,这实际上是重视对作品的穷观返照。尤其是诗,清人吴乔曾对比了诗文在传情达意方面的区别:

> 意喻之米,饭与酒所同出也。文喻之炊而为饭,诗喻之酿而为酒。文之措词必副乎意,犹饭之不变米形,啖之则饱也。诗之措词不必副乎意,犹酒之变尽米形,饮之则醉也。②

正因为诗意不尽在字面,更要通过熟读讽诵的方式,以领会其言外之意。所以朱熹说:

> 读《诗》正在吟咏讽诵,观其委曲折旋之意。③

这其实也通于广义的诗歌。所以他又说:

> 杜诗佳处,有在用事造语之外者,唯其虚心讽咏,乃能见之。④

---

① 我在1982年3月与曹虹合写的《李义山诗的心态》第一节"关于义山诗心态研究的设想"中提出:"写什么与怎样写,在有特色的诗人手中从来就是密不可分的。"(原载《唐代文学论丛》第6辑,本书已收入)文章就是根据这一设想,着重从"怎样写"看"写什么"所做的初步探讨。但无可否认,这么多年来,中国文学研究界在作品诠释的理论和实践中,对于这方面的探讨依然是寂寥的。
② 《围炉诗话》卷一,《清诗话续编》,第479页。
③ 《朱子语类》卷八十,第2086页。
④ 《跋章国华所集注杜诗》,《朱熹集》卷八十四,第4354页。

由于沉潜反复、嗟叹咏歌,文本的语脉和意义就可能逐渐显现出来。

如果我们不满足于古人既有的成说,并试图从印象或笼统的说诗方式中摆脱出来,使得文学批评变得有"法"可依,我们就可以尝试从作品的"怎么写"看其"写什么"。

比如,抓住一首诗的关键词或关键句,看它如何在作品中展开,如何在结构中显示其意义。以《江村》诗而言,有以"江村"二字为关键者,如范梈《木天禁语》曾标示"二字贯穿"格①,梁桥《冰川诗式》卷七解释为"起联立二字,中二联分应之"②云云,皆举《江村》为例。这表现出来的是一种机械结构论。有以"事事幽"三字为关键者,如黄生《杜诗说》云:

"事事幽",言人与物各适其适也。三字领一篇之意。③

有汇总以上二说,以"江村幽事"四字为关键者,如仇兆鳌《杜诗详注》云:

江村幽事,起中四句:梁燕属村,水鸥属江;棋局属村,钓钩属江,所谓"事事幽"也。末则江村自适,有与世无求之意。④

这是为"自乐说"寻求作法上的依据。在我看来,此诗的关键乃在第七句"但有故人供禄米",而"江村幽事"不过是衬笔,绝非主意。

古人言诗歌作法有所谓起承转合者,《师友诗传续录》中记载王士禛回答"律诗论起承转合之法否"云:

---

① [清]何文焕:《历代诗话》下册,中华书局1981年版,第742页。
② 《古今诗话续编》本,台湾广文书局影印1973年版,第266页。
③ 《杜诗说》卷九,第352页。
④ 《杜诗详注》卷九,第746页。

勿论古文今文、古今体诗,皆离此四字不可。①

但同时又指出:

起承转合,章法皆是如此,不必拘定第几联第几句也。②

按照常规的作法,律诗八句四联,每联正对应于起承转合,但实际上也并无一定。吴乔《围炉诗话》卷二指出:

遵起承转合之法者,亦有二体:一者合于举业之式,前联为起,如起比虚作,以引起下文;次联为承,如中比实作;第三联为转,如后比又虚作;末联为合,如束题,杜诗之《曲江》《对酒》是也。一者首联为起,中二联为承,第七句为转,第八句为合,如杜诗之《江村》是也。③

从《江村》诗的结构来看,第七句是"转",因此也最值得注意。唯此句"但有故人供禄米"一本作"多病所需惟药物",关于这句异文,前人亦有分析。如仇兆鳌《杜诗详注》卷一《郑驸马宅宴洞中》下引李天生语云:

少陵七律百六十首,惟四首迭用仄字,如《江村》诗,连用"局""物"二字,考他本"多病所需惟药物"作"幸有故人分禄米",于"局"字不叠矣……可见"晚节渐于诗律细",凡上尾仄声,原不相

---

① 丁福保:《清诗话》上册,第150页。
② 同上书,第154页。
③ 郭绍虞:《清诗话续编》,第544页。

犯也。①

这是从韵律上分析。仇兆鳌又从意思上做说明：

> 且禄米分给，包得妻子在内。②

其实这个解释颇为勉强，正如施鸿保《读杜诗说》对仇氏的驳正云：

> 今按诗意，是望故人肯供，非若前《酬高使君诗》"故人供禄米"，是现在有人供也……《狂夫》诗："恒饥稚子色凄凉。"此时必常有断炊之厄。③

所以，最能反映杜甫此时心思的，应该是"但有故人供禄米"。我认为，在前人的各种诠释中，以朱瀚的意见最为精辟。萧涤非《杜甫诗选注》引其语云：

> 通首神脉，全在第七句，犹云"万事俱备，只欠东风"，与"厚禄故人书断绝"参看。若作"多病所需惟药物"，意味顿减，声势亦欠稳顺。④

此诗前六句极写江村幽事，七句笔锋一转，八句冷语作收，使人回味无穷。字面是"但有故人供禄米"，字外却是对可能"断禄米"的不安以及

---

① 《杜诗详注》，第 48 页。
② 同上书，第 747 页。
③ 《读杜诗说》卷九，上海古籍出版社 1983 年版，第 83 页。
④ 《杜甫诗选注》，第 151 页。

凭借"供禄米"以度日的不平。言内是"微躯此外更何求",言外却是有所求而不可能求,不甘如此而又不能不如此。就这一转一合,便将杜甫的复杂心情曲折地表现出来。

在一首诗的结构中,重视其"转"不仅是创作中的要义,也是批评时的重心。最早以"起承转合"说律诗的,是元代旧题杨载的《诗法家数》,分别对应于一首诗的破题、颔联、颈联和结句,其基本涵义可以追溯到唐代。作为"转"的颈联,秘诀就是"要变化"①。律诗之转大多在颈联,但也可以"第七句为转,第八句为合,如杜诗之《江村》"。至于绝句因为四句一首,所以总是第三句为转、第四句为合,无论创作和批评,也就"多以第三句为主"②,也就是以"转"为主。所以,从诗体结构来解析《江村》,最需要注意的就是第七句。

王楙《野客丛书》卷七"韩用杜格"条云:

杜诗:"老妻画纸为棋局,稚子敲针作钓钩。"韩诗:"已呼孺人戛鸣瑟,更遣稚子传清杯。"因知韩诗亦自杜诗中来。储光羲诗:"孺人善逢迎,稚子解趋走。""孺人"对"稚子",又出于江淹《恨赋》。③

王楙处于宋人流行的杜诗、韩文"无一字无来历"的氛围中,指出韩诗用字亦有本于杜诗者,更追溯杜诗用字乃出于江淹《恨赋》,其意义仅限于说明杜诗用字前有所本、后有所继而已。但古人描写家庭生活之"乐"究竟意味着什么,它反映了什么样的普遍心理,却是一个更值得探讨的问题。在古人的诠释中,此类作品似乎表现的就是"家庭之

---

① 张健:《元代诗法校考》,北京大学出版社 2001 年版,第 17 页。按:此段文字多本于旧题白居易《金针诗格》,参见《全唐五代诗格汇考》,第 359—360 页。
② 同上书,第 23 页。
③ 《景印文渊阁四库全书》第 852 册,第 601 页。

乐"。王楙引用的两句韩诗出于其《感春五首》之一,何焯评为"写出闲景兴",程学恂评为"写得极乐,正坐实闲字"①。《江村》所写家庭生活,也曾被人评为"一家之中,骨肉团聚,少长恬适"②。我们不禁要问:这样的评论是中肯的吗?

在杜甫以前的六朝诗赋中,也有对家庭生活的描写。例如,鲍照《拟行路难十八首》中写道:

> 弃置罢官去,还家自休息。朝出与亲辞,暮还在亲侧。弄儿床前戏,看妇机中织。自古圣贤尽贫贱,何况我辈孤且直。③

陈祚明评曰:

> "朝出"四句,写得真可乐。④

张玉谷评曰:

> 此章言孤直难容,宜安家食……透笔写出罢官归家,正多乐事。⑤

沈德潜也批评道:

> 家庭之乐,岂宦游可比,明远乃亦不免俗见耶?⑥

---

① 《韩昌黎诗系年集释》卷七,第728页。
② 佚名:《杜诗言志》卷五,第106页。
③ 钱仲联:《鲍参军集注》卷四,上海古籍出版社1980年版,第231页。
④ 《采菽堂古诗选》卷十八,清乾隆刊本。
⑤ 《古诗赏析》卷十七,上海古籍出版社2000年版,第391页。
⑥ 《古诗源》卷十一,第255页。

令人费解的是，鲍照的诗明明写的是"罢官"之"恨"，何以这些诠释者一律解作"家庭之乐"？王楙曾经举出"孺人"和"稚子"相对乃出于江淹《恨赋》，其文如下：

> 至乃敬通见抵，罢归田里。闭关却扫，塞门不仕。左对孺人，顾弄稚子。①

假如不是其标题为《恨赋》，诠释者是否也要解作"家庭之乐"呢？古来士人以官为业，故极重仕宦，往往要等到罢官归田后，方能体味家庭之乐，而在这种"乐"的掩盖下，恰恰是仕途不达之"恨"。韩愈以强仕之龄被投闲置散，写出"已呼孺人戞鸣瑟，更遣稚子传清杯"之句，貌似乐得悠闲。但观其结尾"如今到死得闲处，还有诗赋歌康哉"②句，便可看出其写"闲处"实乃文章衬托法，究竟也还是满腹牢骚。如果我们把所谓"家庭之乐"的描写看作一个谱系，就不难听到其中所发出的感叹、牢骚和怨恨。在这样的一个谱系中来阅读《江村》，是否可以让我们对杜诗、对传统文学乃至于对古代文化拥有更丰富的理解呢？

五、余论：抒情诗诠释的多元性问题

为什么需要经典诠释？通过诠释，读者对于经典便"可以得其言"，"又可以得其意"，于是"斯道之传有继"，朱熹用"兴起斯文、开悟后学"八字概括之③。所以，经典诠释对于文化的传承和发展实有莫大的意义。

---

① 李善注，『文選』卷十六，京都中文出版社，1972 年，221 页。
② 《韩昌黎诗系年集释》卷七，第 727 页。
③ 《论孟集义序》，《朱熹集》卷七十五，第 3944 页。

认识到经典诠释的多元性,在汉代有几句典型而流行的表达。董仲舒《春秋繁露·精华篇》载:

> 所闻《诗》无达诂,《易》无达占,《春秋》无达辞。①

而在班固就已经意识到作者本意与诠释多元之间的矛盾,《汉书·艺文志》评价汉代的《诗经》学云:

> 汉兴,鲁申公为《诗》训故,而齐辕固生、燕韩生皆为之传。或取《春秋》,采杂说,咸非其本义。与不得已,鲁最为近之。三家皆列于学官。又有毛公之学,自谓子夏所传,而河间献王好之,未得立。②

很显然,班固看重经典的"本义",所以一方面说"咸非其本义",另一方面又指出,必欲求其本义,则《鲁诗》"最为近之"。尽管认识到经典诠释的多元现象,但必以"本义"为最高追求,同时,又以"本义"为客观标准,在多元的诠释中划分出等级。

但是这样的情形到了明代就开始受到挑战,在清人则更为变本加厉。如薛雪《一瓢诗话》云:

> 杜少陵诗,止可读,不可解……兵家读之为兵,道家读之为道,治天下国家者读之为政,无往不可。③

---

① [清]苏舆:《春秋繁露义证》卷三,中华书局1992年版,第95页。
② 陈国庆编:《汉书艺文志注释汇编》,第41—42页。
③ 《清诗话》,第714页。

更有甚者,把读者提高到与作者平起平坐的地位,袁枚《程绵庄诗说序》云:

> 作诗者以诗传,说诗者以说传,传者传其说之是,而不必其尽合于作者也。①

甚至超越作者,如谭献所宣称的:

> 甚且作者之用心未必然,而读者之用心何必不然。②

二十世纪以来,随着西方读者反应理论和接受美学的兴起和流行,经典诠释的多元化似乎变成了天经地义,于是阅读和误读的界线逐渐淡化乃至消失。在很多人看来,诠释不是对文本所表现的作者原意的认识理解,而变成了诠释者的某种自我炫耀。诠释一旦失去其规范,就难免泛滥为信口开河。而所谓的"诠释规范",就是以作者和文本的意图作为诠释的根基。

中国有着悠久的经典诠释的历史,也保存了丰富的经典诠释的文献,面对这样巨大的资源宝库,我们有必要也有可能挖掘、阐发出属于我们自身的诠释学理论。在我看来,其中最重要的一项就是孟子的"以意逆志"和"知人论世"说,其基本意义就是使读者的"意"和作者的"志"透过文本的阅读达到精神上的交流③。它意味着对作者的尊重,意味着对文本的尊重,意味着对历史的尊重。至于在诠释实践中如

---

① 《小仓山房续文集》卷二十八,《小仓山房诗文集》第四册,上海古籍出版社 1988 年版,第 1765 页。
② 《复堂词录序》,《复堂类稿·文》卷一,半厂丛书,光绪刻本。
③ 关于这个问题,参见张伯伟《中国古代文学批评方法研究》内篇第一章《以意逆志论》,第 3—103 页。

何达到对作者意图的阐发,则应该调动并综合各种有效的手段。综合既是中国传统文学批评的特征之一①,也是西方文学批评界有识之士的见解。威尔弗瑞德·古尔林(Wilfred L. Guerin)等著的《文学批评方法手册》第二版中指出:

> 读者在对一部文学作品作出慎重解释的任何一个时刻,他可能是从某个特定的角度做出反应的……然而,理想的最终反应应该是各种方法的综合与折衷。②
> 由于文学是人之为人的语言艺术的表达,并具有这一概念所蕴含的丰富、深刻及复杂,因此,文学批评必然是达到那种经验的许多途径的综合……也因此我们需要很多种方法。③

在本文对《江村》一诗的诠释中,我们就试图运用了各种手段,以期最大限度地迫近作者的意图。在现代西方的诠释学中,我认为列奥·施特劳斯(Leo Strauss)的意见很值得我们的重视。他这样说:

> 思想史家的任务是恰如过去思想理解自己那样去理解它;因为抛弃这个任务就等于抛弃思想史客观性的唯一可行标准……理解一个既定文本的方法可能不计其数,但这并没有否定这样一个事实:原作者在写作这个文本的时候,只从一个理解角度理解它……归根结底,对一个作者的阐释之所以千变万化,皆因为有心或无意地企图比作者更好地理解他自己。但是,如作者理解

---

① 参见张伯伟《钟嵘诗品的批评方法论》,《中国社会科学》1986 年第 3 期。
② *A Handbook of Critical Approaches to Literature*, Oxford University Press, 1999. p. 302.
③ Ibid. , p. 304.

自己那样去理解他的路,只有一条。①

而对于诠释者来说,就是不惮万难地找到这样一条路。坎特(Paul A. Cantor)在《施特劳斯与当代解释学》中也曾做了这样的描述:

> 我们在其间能够看到,施特劳斯对过去伟大作品的敬重,以及当他面对解释它们的任务时的谦卑……一方面,施特劳斯拒绝表示,自己的解释是完美的和最后的;另一方面,他并不仅仅因为自己未能充分理解文本,就觉得有资格宣称无人能充分理解。②

在考察抒情诗诠释的多元性问题时,这位西方思想家的理论和实践是可以给我们一些启示的。

最后,我想把对抒情诗的诠释及其多元性问题的看法做一简明表述:

1. 诠释是交流,是对话,而非自说自话。二十世纪五十年代以后的中国,经典诠释往往以政治领袖的个人意见为主导,千人一腔,形成"群体化"的"唯我独尊";而二十世纪的西方文学批评,又是以强调个人的阅读和理解为主流,形成"个体化"的"唯我独尊"。不变的就是对作者和文本的轻蔑。而强调诠释首先是对话,我们就要学会谦恭的倾听,对作者和文本保持应有的喜爱和敬重。诠释要以理解为基础。

2. 诠释是一门艺术,而不是一种科学,但并不因此表明,我们不可能提出若干解析诗歌的基本原则和基本程序,从"怎么写"到"写什么"的途径进入,我们至少可以关注一首诗的结构,因为作者将语句做了

---

① 〔美〕列奥·施特劳斯:《如何着手研究中世纪哲学》,周围译,刘小枫、陈少明主编:《经典与解释的张力》,上海三联书店2003年版,第302页。
② 〔美〕坎特:《施特劳斯与当代解释学》,程志敏译,《经典与解释的张力》,第165页。

"这样"而非"那样"的排列组合,是为了最大限度、最为有效地传达其想要传达的。而作者撰写的每一篇新作品(如果称得上是作品的话),也是对以往所有作品(他人的和自己的)的某种回应,所以,考察其描写和表达的系谱,也就能够帮助读者理解作品的"匠心",使得一首看起来"多元"的诗具有某种"一元"性,这不是一种固定不变的阐释,而应该可以成为一种阅读的程式。它既是有效的,同时也是受限的。用威廉·燕卜荪(William Empson)的话来说:"要使朦胧具有一元性,必须有一种把它的各要素聚合在一起的'力'。"①而这种"力"就来自综合研究的艺术。

3. 诠释的多元性是一种普遍存在的现象,但不加分析地肯定这种现象,在价值论上予以同等看待,实际上是使诠释演变为读者的自我陶醉或满足。貌似的多元实际上是"一元"——读者的"自我感觉"。批评家的责任,是帮助读者形成不仅自己能够接受,同时也能让其他更多人接受的对作品的理解,这就要求我们使用的方法在某种程度上是可以被验证的。理解的分歧未必形成对立,也可能是互补和统一。用乔纳森·卡勒(Jonathan Culler)的话来说:"对一部文本会见仁见智,理解各一,这之所以有趣,恰恰是因为我们认定统一的见解是可能的,而任何不同的见解都具有可以认识的基础。"②

最后,请让我引用尤尔(P. D. Juhl)的一段话,以作为本文的结束,它能够表明文学作品的解释具有何等的作用:

> 如果文学作品以完全不同的方式被理解的话,我们的文化传

---

① 《朦胧的七种类型》(*Seven Types of Ambiguity*),周邦宪等译,中国美术学院出版社1996年版,第367页。
② 《结构主义诗学》(*Structuralist Poetics*),盛宁译,中国社会科学出版社1991年版,第374页。

统就会成为或变得与其本来面目大不相同。文学作品的解释在形成文化传统方面就是如此的重要。①

二〇〇八年六月初稿于南京百一砚斋
十月修改于香港浸会大学穗禾路宿舍

（原载台湾《政大中文学报》第 10 期，2008 年 12 月）

---

① *Interpretation*, Princeton University Press, 1980. p. 3.

李义山诗的心态*

一、关于义山诗心态研究的设想

　　文学作品是内容与形式的统一,这是文艺理论上的基本问题。但是在具体的批评实践中,我们却常常看到这样的情形,即把作品表现的主题归之于思想内容的范畴加以讨论,而把作品的创作手段归之于艺术形式的领域加以研究。这种分别处理的方式方法,在一些情况下,可能是必要的,但作为文学内容的研究来说,却往往是很不够的。因为主题只说明共性问题(比如说杜甫的许多作品和白居易的新乐府都表现了对劳动人民的同情这一主题),却说明不了个性问题。对于任何作品,我们都可以发问:它的主题是在诗人什么样的心理状态下完成的?诗人是如何表现主题的?全部作品的各个侧面又传达了诗人什么样的心理状态?写什么与怎样写,在有特色的诗人手中从来就是密不可分的。比如,义山诗中喜用"隔"字,这究竟应该归之于思想内容的范畴,还是归之于艺术形式的范畴呢?细读义山的诗集,我们认为这正体现了义山坎壈终身、孤独无援的荒凉心态。如果仅仅认为这只是艺术形式上的遣词造句,甚至认为是一种无病呻吟,那该多么令人遗憾!理论讲究条理,艺术追求统一,难道艺术的浑然一体的境界在理论的条分缕

---

　　* 本文系与曹虹合作。

析下破碎不堪竟是一种必然吗？

人的生命是多方面的，作为全部生命与心血的结晶——作品，也同样是多方面的。"圆照之象，务先博观。"①这是古代理论家提出的批评方法；"倾国宜通体，谁来独赏眉？"②义山的这联诗不是也同样揭示了一种审美心理吗？因此，在本文中，我们将试图把义山的全部诗歌作为一个整体，从各个不同的角度予以透视和考察，从而尽可能完整地把握其心态的各个方面。我们把这个方法姑名之曰"复合分析法"。

二、从取景的角度看义山诗的心态

汉字是以象形为主的表意文字。在汉字里，就有许多突出眼睛的动作以表示观看形状的，康殷在其《文字源流浅说》第一章中列举如下：

（一）见，平视、正视前方的人形；

（二）臥（音同见），俯视下方的人形；

（三）䇂（音同望），仰视上方，或登高企望远方的人形；

（四）艮，扭头回顾后方的人形。③

在义山诗中，经常出现的表示观看动作的字是"望"。"望"由"䇂"发展而来，"䇂"又由"䇂"构成。所以，义山诗中的取景角度多为仰视。例如：

离思羁愁日欲晡，东周西雍此分途。回銮佛寺高多少，望尽黄

---

① ［南朝梁］刘勰：《文心雕龙·知音》，王利器：《文心雕龙校证》，第289页。
② 《柳》，冯浩：《玉溪生诗集笺注》卷三，第649页。
③ 康殷：《文字源流浅说》，荣宝斋1979年影印本，第56页。

河一曲无?(《次陕州先寄源从事》)①

天涯孤旅,心绪愁烦,又值夕阳西下,暮色苍茫,一种悲凉、惆怅的情绪通过"愁"和"晡"透露出来。对此东西分途,更有一种前程渺渺、不知所向的迷惘。三句仰视取景,诗情呈现出翘企盼望的效果,而"望尽黄河一曲无"的"望"字,则挹注了诗人的全部身心。这是饱含着期待向往的呼声,是无法忍耐的呐喊。冯浩释曰:"佛寺高居比源(从事),黄河一曲自喻屈就县尉。""曲"字正隐含着"委曲""心曲"之意。本来,高居佛寺看远方黄河一曲,是俯视之姿,可以用"瞰"字表示,著一"望"字,就成了义山的仰视之姿,是盼望对方能够体察自身的委屈。然而政治斗争的险恶,正如姚培谦对此诗的评论:"便望尽何益!益增肠断耳。"②此诗作于开成四年(839),义山二十七岁③,这是他最初由于朋党之争而遭到困厄后所写的作品。又如:

石桥东望海连天,徐福空来不得仙。(《海上》)④

此诗据张采田《玉溪生年谱会笺》所说,当作于大中五年(851)。三十九岁的义山,饱经了人生忧患和世态炎凉,使他感到自己"自苦诚先蘖,长飘不后蓬。容华虽少健,思绪即悲翁"⑤。他后期的提携者卢弘

---

① 《玉溪生诗集笺注》卷一,第 142 页。
② 转引自刘学锴、余恕诚《李商隐诗歌集解》第一册,中华书局 2004 年版,第 370 页。
③ 本文引诗系年多据采用张采田《玉溪生年谱会笺》(上海古籍出版社 1983 年版),义山生卒年(813—858)据冯浩及岑仲勉说(详见岑仲勉《玉溪生年谱会笺平质》,收入《玉溪生年谱会笺》)。
④ 《玉溪生诗集笺注》卷一,第 26 页。
⑤ 《今月二日不自量度辄以诗一首四十韵干渎尊严伏蒙仁恩俯赐披览奖逾其实情溢于辞顾惟疏芜曷用酬戴辄复五言四十韵诗一章献上亦诗人咏叹不足之义也》,《玉溪生诗集笺注》卷二,第 479 页。

止此时已去世，义山回首往事，瞻望前程，只觉得海天茫茫，杳不可期；一切都处在若有若无、明灭不定之中。一个"望"字，写出了他焦虑急切、期待盼望的心情。而这一切等待期望，都成了一场空。冯浩认为这是一首"自伤"之作，"徐福求仙，义山自喻"，这是不错的。徐福求仙的落空正象征着义山的理想难成。"空""不"两字是如此地决断、无情，与第一句中"望"的执着、痴情形成鲜明对比，写出了义山生命中"希望→破灭→再希望→再破灭"的过程。

义山怀有"凌云一寸心"①，却"厄塞当途，沉沦记室"②。而他的爱情生活也同样不幸。早年与宋真人姐妹及柳枝的恋爱均告失败；与王氏成亲后，虽然感情很好，但他赴广桂、到徐州、下东川，经常宦游在外，睽隔千里。在《哀筝》中他写道："延颈全同鹤，柔肠素怯猿。"冯浩注曰："此状筝形与弦，又以自喻"，"首句望之深，次句愁之切"③。也许正因为他的"望之深"，一些人竟认为义山人品不高，似乎终日在为自己的荣华富贵或拜倒在石榴裙下而苦苦哀求。这实在是一个极大的误解。我们试从其"望"的方位对其心态做进一步说明。

许慎《说文解字》曰："朢，月满，与日相望，以朝君也。从月，从臣，从壬。壬，朝廷也。"④许慎这样解说文字，难免牵强附会。不过，在义山诗中，"望"与朝廷倒经常是关系甚密的。例如：

东南一望日中乌，欲逐羲和去得无？（《东南》）⑤

---

① 《初食笋呈座中》，《玉溪生诗集笺注》卷一，第26页。
② ［清］朱鹤龄：《笺注李义山诗集序》，《李义山诗集》卷首，中华书局（香港）1978年据同治庚午广州倅署本影印。按：朱氏又云："其身危，则显言不可而曲言之；其思苦，则庄语不可而漫语之。"亦可参。
③ 《玉溪生诗集笺注》卷二，第389—390页。
④ 《说文解字》，中华书局1963年影印清陈昌治刻本，第169页。
⑤ 《玉溪生诗集笺注》卷一，第119页。

> 东南通绝域,西北有高楼。(《桂林》)①
> 天津西望肠真断,满眼秋波出苑墙。(《天津西望》)②

《东南》诗作于开成三年(838),义山身在王茂元幕中,冯浩释曰:"在泾州而望京师,故曰东南。"《桂林》诗作于大中元年(847),时义山随郑亚赴桂林,冯浩释曰:"高楼更寓望君之思。广、桂在京师东南数千里也。"同时的作品还写道:"欲成西北望,又见鹧鸪飞。"③又云:"此楼堪北望,轻命倚危栏。"④《天津西望》所作年代不详,冯浩释曰:"在宫苑之东,故曰西望。"可见,义山的"望",无论其东西南北,每每寄托着他对京城、国君的眷恋之心。在封建社会知识分子心里,京师、君王、社稷是三位一体的。义山在大中四年(850)所写的《偶成转韵七十二句赠四同舍》诗,其中还有"爱君忧国去未能,白道青松了然在"⑤之句,他那份报国之心依然未变,用世之念不减当年。义山可贵之处在此,其悲剧也正在此。

三、从空间的隔断看义山诗的心态

人处在被误会和猜疑的境地时,都希望得到他人的谅解和同情,而当这种祈求破灭后,必然会朝相反方向发展,把自己的心窗永远地关闭起来。令狐父子和王茂元对义山来说,一为师门之谊,一为翁婿之情,身兼这两层关系而又处在势不两立的朋党之争间的义山,他的委曲和

---

① 《玉溪生诗集笺注》卷二,第281页。
② 《玉溪生诗集笺注》卷三,第718页。
③ 《桂林路中作》,《玉溪生诗集笺注》卷二,第294页。
④ 《北楼》,同上书,第308页。
⑤ 同上书,第426页。

苦衷是不待言的。义山一次次地用全部心血来冀求谅解,他怀着期待向往之心渴望着同情,结果却是"伶伦吹裂孤生竹,却为知音不得听"①。于是,在义山看来,宇宙空间犹如与世隔绝的孤岛,而人与人之间的距离则是极其遥远,中间是用失望和惆怅组成的无尽的鸿沟。这样,就使义山诗中反复出现了空间隔断的描绘。例如:

  六曲连环接翠帷,高楼半夜酒醒时。掩灯遮雾密如此,雨落月明俱不知。(《屏风》)②
  扇风淅沥簟流离,万里南云滞所思。守到清秋还寂寞,叶丹苔碧闭门时。(《到秋》)③

这两首诗极写空间的"隔"。《屏风》一诗,举杯消愁,酒醒益愁。目之所及,只是屏风翠帷。"掩""遮""密"三字同义反复,写出了处于层层包围之中的心境。在这与世隔绝的空间中,诗人对外界的阴晴、月亮的盈亏,似乎概无所知了。这是一种无可奈何的叹息。《到秋》一首,同样写出了这种寂寞之心。诗人从炎炎长夏守到萧萧素秋,心悬梦断于万里南云,却终于是无望地闭门垂帘。从迢递万里到闭门独守,空间凝聚的速度与跨度,使人感受到一种历尽劫数的倦怠。

  端居怅坐时,义山总感到空间的局促拘禁,从而增添了寂寞的浓度;怀远四望时,义山又感到空间的迢递寥落,从而显示出惆怅的广度。例如:

  目断故园人不至,松醪一醉与谁同?(《潭州》)④

---

① 《钧天》,《玉溪生诗集笺注》卷二,第318页。
② 《玉溪生诗集笺注》卷三,第562页。
③ 同上书,第664页。
④ 《玉溪生诗集笺注》卷一,第182页。

> 地宽楼已迥，人更迥于楼……望睐殊易断，恨久欲难收。(《即日》)①

张相《诗词曲语辞汇释》卷三曰："断，犹尽也；煞也；极也；住也。"②所以，"目断"就是"望断"，"望断"就是"望尽"。"望"而至于"尽"，"目"而至于"断"，这是一种热切盼望后的失望，是无尽挣扎后的疲惫。处在"新知遭薄俗，旧好隔良缘"③的情况下的义山，这种心态的产生是极自然的。

义山还有一些诗，写出了虽近在咫尺，却远若天涯的另一份隔离之感。例如：

> 春窗一觉风流梦，却是同衾不得知。(《闺情》)④

此诗关键乃在结句，它写出了一种同床异梦的孤寂，是处在充满猜忌和倾轧的时代中的典型心态。冯浩说此诗"尖薄而率"，诚为腐儒之见。纪昀批此诗"亦是纤语"，不免皮相之讥⑤。

四、从时间的迟暮看义山诗的心态

黄昏是中国诗人一向所热衷描写的对象。大致说来，这种描写不

---

① 《玉溪生诗集笺注》卷三，第 658 页。
② 张相：《诗词曲语辞汇释》卷三，中华书局 1953 年版，第 355 页。
③ 《风雨》，《玉溪生诗集笺注》卷三，第 675 页。
④ 同上书，第 602 页。
⑤ 纪氏批语见朱鹤龄《李义山诗集》卷上，张采田《李义山诗辨正》批纪昀："谓为纤语，真皮相耳。"(《玉溪生年谱会笺》，第 349 页)但张氏谓此诗"以意求之，终难强解"，似亦未达一间。

外两个方面:黄昏是白日的终曲,是黑夜的使者,夕阳的余晖使人想到时光流逝、青春不再、来日无多。屈原《离骚》中"朝发轫于苍梧兮,夕余至乎县圃。欲少留此灵琐兮,日忽忽其将暮"①即是;黄昏的另一特点乃是恬静安详,诗人每每借此以寄托自己与自然和谐的一份闲适之心,如王维的"寂寥天地暮,心与广川闲"②,"渡头余落日,墟里上孤烟"③即是。而义山笔下的黄昏却别有一种情致:珍爱与恐惧交织,希望与失望相连。"蕙留春畹晚,松待岁峥嵘"④,"天意怜幽草,人间重晚晴"⑤,"莫叹佳期晚,佳期自古稀"⑥,对暮春、暮日、暮年的珍爱是多么真切;"几时禁重露,实是怯残阳"⑦,"回头问残照,残照更空虚"⑧,"不惊春物少,只觉夕阳多"⑨,对黄昏的恐惧又是如此令人战栗!人所熟知的《乐游原》诗更是以希望与失望并写的典型之作:

向晚意不适,驱车登古原。夕阳无限好,只是近黄昏。⑩

诗人由于白日的迟暮和年华的迟暮而有所不适,《诗经》中就有"驾言出游,以写我忧"⑪之句,胸有隐忧则须外泻,故驱车而登上乐游原。放眼望去,无限美好的夕阳给诗人带来了无限美好的希望,于是不适之感

---

① [宋]朱熹:《楚辞集注》卷一,第15页。
② 《登河北城楼作》,赵殿成:《王右丞集笺注》卷九,中华书局(香港)1972年版,第154页。
③ 《辋川闲居赠裴秀才迪》,《王右丞集笺注》卷七,第122页。
④ 《送千牛李将军赴阙五十韵》,《玉溪生诗集笺注》卷一,第159页。
⑤ 《晚晴》,《玉溪生诗集笺注》卷二,第283页。
⑥ 《向晚》,《玉溪生诗集笺注》卷二,第559页。
⑦ 《菊》,《玉溪生诗集笺注》卷一,第242页。
⑧ 《槿花二首》,《玉溪生诗集笺注》卷二,第391页。
⑨ 《西溪》,《玉溪生诗集笺注》卷二,第489页。
⑩ 《玉溪生诗集笺注》卷三,第749页。
⑪ 《邶风·泉水》,朱熹《诗集传》卷二,上海古籍出版社1980年版,第25页。

随之减轻。但夕阳的美好同时又是短暂的,随之而来的是无尽的漫漫长夜,这又唤起了诗人"近黄昏"的失望的悲哀,原先的不适之感也随之更加悠长。

这种看似矛盾的现象反映了义山什么样的心态呢?我们认为:义山最初曾是一位理想主义者,他有着盖世的才华和充分的自信,这种自信建立在他对自我价值的发现和肯定上。但是,他却在现实面前四处碰壁。在当时历史条件下,他只能希望依靠显达贵人的提携而一逞其才华,实现其理想,由此而导致了他从"不知腐鼠成滋味"①的清狂和任弘农尉间挂冠而去的耿介,转向了忍辱负屈地一次次向令狐绹表白心迹。但是他的自信没有消失,这使他永远憧憬着未来。每一次挫折后,他心中都燃起新的希望之火;而每一次希望,又都在残酷的现实面前遭到新的无情破灭。于是,他既怀着无限的热忱珍爱着未来,又怀着巨大的恐惧忧虑着未来,反映在诗中,就出现了珍爱与恐惧交织、希望与失望相连的描写。而当他被社会与生活欺骗、折磨了无数次以后,他精疲力尽了,也彻底绝望了。作于他临死这一年(大中十二年,858)的《幽居冬暮》,正反映了义山的这种绝望之心:

羽翼摧残日,郊园寂寞时。晓鸡惊树雪,寒鹜守冰池。急景倏云暮,颓年浸己衰。如何匡国分,不与夙心期!②

岁暮、日暮,正暗喻着诗人生命旅途的终结。他用全部心力所支持的一份匡国心愿,却没有得到实现。"虚负凌云万丈才,一生襟抱未曾开。"③诗人一生不懈地追求,面对此事与愿违的结局,在临终回首往事

---

① 《安定城楼》,《玉溪生诗集笺注》卷一,第115页。
② 《玉溪生诗集笺注》卷一,第216页。
③ [唐]崔珏:《哭李商隐》,《玉溪生诗集笺注》附录二,第825页。

之际，不得不发出一声无可奈何的质问和叹息。在这一声质问和叹息中，又代表了多少皇权时代有才华而又得不到施展的读书人的共同辛酸。

五、从对自然界的描写看义山诗的心态

"夫君自有恨，聊借此中传。"①诗人在现实世界中郁郁寡欢，在人间的熙攘中感到寂寞，所以，当他把那支缠绵宛转之笔伸向自然界中的鸾凤蜂蝶、垂柳池莲时，这些无忧无虑的动植物也就变得多愁善感了。

彩蝶双双，上下花间，原本是春天寻常所见，而义山笔下的却是"孤蝶小徘徊"②，甚至是晚风秋露下"强娇饶"③的蝶；鸾凤于飞，和鸣锵锵，这该是多么美满和谐，而在义山所见却是"雌凤孤飞女龙寡"④，"岂知孤凤忆离鸾"⑤；黄蜂紫蝶，上下追戏，这正是喧闹绚烂的春景，而义山却无心于这份旖旎融洽之情，而是令人惊颤地借蜂蝶之关系以抒发人间的隔膜流离之感。"同时不同类，那复更相思。"⑥也许是出于对完美的妒忌，义山把人间的烦恼带给了生物；也许自然界中本来就有着残缺不全的憾事，从而更兴起义山同病相怜的感伤。这种感伤，在凤凰与梧桐关系的描写上表现得最为清楚。例如：

寡鹄迷苍壑，羁凤怨翠梧。(《圣女祠》)⑦

---

① 《谢先辈防记念拙诗甚多异日偶有此寄》，《玉溪生诗集笺注》卷三，第603页。
② 《蝶》，《玉溪生诗集笺注》卷三，第736页。
③ 《失题》，《玉溪生诗集笺注》卷一，第21页。
④ 《燕台》，《玉溪生诗集笺注》卷三，第633页。
⑤ 《当句有对》，《玉溪生诗集笺注》卷三，第730页。
⑥ 《柳枝五首》，《玉溪生诗集笺注》卷三，第640页。
⑦ 《玉溪生诗集笺注》卷一，第92页。

枳嫩栖鸾叶,桐香待凤花。(《永乐县所居一草一木无非自栽今春悉已芳茂因书即事一章》)①

　　旧镜鸾何处？衰桐凤不栖。(《鸾凤》)②

　　丹邱万里无消息,几对梧桐忆凤凰？(《丹邱》)③

本来,在《诗经》中就有了"凤凰鸣矣,于彼高冈。梧桐生矣,于彼朝阳。菶菶萋萋,雍雍喈喈"④之句。凤栖桐树,往往成为美满婚姻的代称。而义山诗中的这番描写,既有其漂流宦海、不得所依的仕途上的悲哀,也有其远无消息、徒劳忆念的爱情上的怅惘。在传统社会中,就一般知识分子看来,仕途固然重于爱情。但倘若进无仕宦之显达,而退有爱情之美满,也不失为得一"闺中知己"的幸福。如果两者俱失,则其苦痛之不堪言乃是可想而知的。而这样的悲剧,却偏偏落到天性多情而又执着的义山身上,他既无随遇而安的真正的旷士胸怀,又没有忘却世事的彻底的佛家信念,他只能身负重荷而悲歌一曲了。

　　如果说,义山最敏感于动物的是其睽隔失偶的话,那么,于植物的敏锐则多半是基于对时间倏忽、生命短暂的共感。

　　义山笔下众多的植物中,荷花可说是他最为倾注深情的花卉。这种偏爱的原因我们正可以从其《赠荷花》诗中悟出:

　　世间花叶不相伦,花入金盆叶作尘。惟有绿荷红菡萏,卷舒开合任天真。此花此叶长相映,翠减红衰愁杀人!⑤

---

① 《玉溪生诗集笺注》卷一,第235页。
② 同上书,第195页。
③ 《玉溪生诗集笺注》卷三,第663页。
④ 《大雅·卷阿》,《诗集传》卷十七,第199页。
⑤ 《玉溪生诗集笺注》卷三,第726页。

以如此美好而又顺乎自然的天真,枝叶相谐而又异于凡花的资质,原应长存于世间,但却不得不承受风雨的侵袭而"翠减红衰"。荷花的生长使诗人对照着自己的身世,而诗人的际遇亦投射于荷花的荣枯之中。在义山笔下,不时出现"孤莲""败荷"的意象,如"密竹沉虚籁,孤莲泣晚香"①;"幽泪欲干残菊露,余香犹入败荷风"②。面对孤莲败荷,犹闻晚芳余香,这使人于无奈的憾恨之外更生一种无尽的珍爱。而作于大中十年(856)的《暮秋独游曲江》一诗,直欲使读之者气结肠回:

荷叶生时春恨生,荷叶枯时秋恨成。深知身在情长在,怅望江头江水声。③

诗中的暮秋独游之人与独游之人所见之枯荷败叶已是物中有我,我中有物,不复能辨别。亭亭玉立、鱼戏其间的新荷初生之时,已埋下了恨的深根,而当肃杀之气摧残了荷的枝枝叶叶之时,却又要负起新的感情的重荷。从"池莲饫眼红"④到"一夜将愁向败荷"⑤,使我们想到了"鬓入新年白,颜无旧日丹"⑥的诗人自己。这人格化了的荷花是如此出类超群,它的存在本身就为充满着猜忌、暗算的环境所不容,并且岁月的流逝又像这潺潺的江水一样喧哗而去,要把短促的生命中的一切都带进永恒的时间之流而全然泯灭。这真如庄子所谓"人之生也,与忧俱生"⑦了。但诗人并不想用庄子齐物、逍遥游的哲学去摆脱这人世的烦

---

① 《崇让宅东亭醉后沔然有作》,《玉溪生诗集笺注》卷一,第172页。
② 《过伊仆射旧宅》,《玉溪生诗集笺注》卷一,第177页。
③ 《玉溪生诗集笺注》卷三,第728页。
④ 《寓目》,《玉溪生诗集笺注》卷二,第288页。
⑤ 《夜冷》,《玉溪生诗集笺注》卷二,第457页。
⑥ 《大卤平后移家到永乐县居书怀十韵寄刘韦二前辈二公尝于此县寄居》,《玉溪生诗集笺注》卷一,第218页。
⑦ 《庄子集释》卷六《至乐》,第609页。

恼,诗人用以抗拒这无可抵抗的侵蚀的,是他用全部的血肉凝成的一个"情"字。生命的价值由乎情,人生的意义由乎情,义山之最终不能与尘世彻底地割舍也由乎情。"多情"的性格造就了义山其诗在历史上的地位,却同时给义山其人带来了现实中的悲哀。

"风波不信菱枝弱,月露谁教桂叶香?"①义山所着意歌咏的植物,大多具有品质美好而生命软弱的特征,这是诗人自己的象征,这些诗篇是怜人怜己的哀歌。他咏弱柳,咏朱槿,咏落花,都写出了它们至死不悔的对人间的热恋之情。朱槿花虽则"荣落在朝昏"②,但其鲜红的色泽已注定了它具有情种的特征。"殷鲜一相杂,啼笑两难分"③,它带着浓浓的相思来到人间,又带着未尝满足的情爱而脉脉离去。而且,"落时犹自舞,扫后更闻香"④。这是怎样的一种悲剧情怀!义山在这些弱小生命的歌咏中,寄托着自己的情愫。他无法摆脱这"情"的缠裹,也不想摆脱它,却在这"情"的耽溺中,一边煎熬自己,一边滋润自己,走向生命的尽头。

六、从自比的古人看义山诗的心态

宋玉、司马相如和曹植是义山诗中经常用以自比的古人。三位历史人物的共性是才华出众,但由于他们的生活和经历又有其各自的特点,所以,诗人每在不同的时期,以不同的历史人物来自比。细读义山诗集,我们发现,从开成元年(836)到大中元年(847),义山多以司马相如自比;从大中元年到大中五年(851),他多以宋玉自比;大中五年以

---

① 《无题二首》,《玉溪生诗集笺注》卷二,第458页。
② 《槿花》,《玉溪生诗集笺注》卷二,第331页。
③ 《槿花二首》,《玉溪生诗集笺注》卷二,第390页。
④ 《和张秀才落花有感》,《玉溪生诗集笺注》卷三,第727页。

后,则多以曹植自比。

司马相如患有消渴疾,且早年不遇。义山在这段时期虽有少年及第之乐,然而朋党争斗,仕途多蹇,他胸怀壮志,却报国无门。这种怀才不遇而又急于进取的心态,使义山想到了司马相如,尤其是从他的消渴疾所引申出来的"渴"。在开成初年的一些作品中,以相如自比也含有对事业的渴望。例如:

嗟余久抱临邛渴,便欲因君问钓矶。(《令狐八拾遗绹见招送裴十四归华州》)①

相如未是真消渴,犹放沱江过锦城。(《病中早访招国李十将军遇挈家游曲江》)②

休问梁园旧宾客,茂陵秋雨病相如。(《寄令狐郎中》)③

侍臣最有相如渴,不赐金茎露一杯。(《汉宫词》)④

这些诗句中的"渴"是心情焦虑的写照,表现了要求汲引的愿望。义山还有一首诗正可以作为其多"渴"的注解。《送从翁从东川弘农尚书幕》曰:"鸾凰期一举,燕雀不相饶。敢共颓波远?因之内火烧。是非过别梦,时节惨惊飙。末至谁能赋?中乾欲病痟。"冯浩释后二句云:"谢惠连《雪赋》:相如末至,居客之右。又:王乃授简于司马大夫曰:'倖色揣称,为寡人赋之'……《广韵》:痟,渴病也。司马相如所患。"⑤由是可知,这两句也是借司马相如来表现自己的"渴"的。"渴"乃是由"内火烧"而引起,而这种忧心如焚的感觉又是义山因期一举而屡遭阻

---

① 《玉溪生诗集笺注》卷一,第59页。
② 同上书,第88页。
③ 同上书,第225页。
④ 同上书,第243页。
⑤ 同上书,第73—75页。

挠的结果。义山更写有"莫凭牲玉请,便望救焦枯"①的诗句,由"渴"而至"焦枯",这种盼望之心的急切不是溢于纸上了吗?总之,义山此时的"渴",乃是一种身无所依的焦虑和期待汲引的心态的反映。

从大中元年到大中五年,义山开始在郑亚幕中为掌书记,后来又在卢弘止幕中任判官。郑、卢二人对义山的才华都很器重,使他在精神上感到有所依托。他对这种现状极为珍爱,又对政治风云的变幻莫测而胆战心惊。以宋玉自比,就反映了这种心态:

淡云轻雨拂高唐,玉殿秋来夜正长。料得也应怜宋玉,一生惟事楚襄王。(《席上作》)②

山上离宫宫上楼,楼前宫畔暮江流。楚天长短黄昏雨,宋玉无愁亦自愁。(《楚吟》)③

《席上作》一首,张采田《李义山诗辨正》评曰:"藉高唐关合席上家妓,并自己感遇之意,亦寓其内,深处正未可测。"④它写的正是对"从一而终"的境界的向往。《楚吟》一首,则写出了义山对风云多变的担忧。诗人忽而仰首遥望,忽而低头沉思,对此变幻无常的"黄昏雨",即使是身无近忧的宋玉又怎能不深怀远虑呢?

义山的忧虑并非庸人自扰。大中五年,义山结束了一度"夜归碣石馆,朝上黄金台"⑤的得意生活,幕主卢弘止及妻子王氏的先后去世,使他在事业与爱情两方面遭到了双重打击,冯浩认为义山"自后乃真

---

① 《哭虔州杨侍郎》,《玉溪生诗集笺注》卷一,第85页。
② 《玉溪生诗集笺注》卷二,第289页。
③ 《玉溪生诗集笺注》卷三,第648页。
④ 《玉溪生年谱会笺》附,第319页。
⑤ 《戏题枢言草阁三十二韵》,《玉溪生诗集笺注》卷二,第434页。

绝望"①是有道理的。而建安二十五年(220)以后的曹植,身遭"盛年处房室"②的冷遇和"当南而更北,谓东而反西,宕宕当何依,忽亡而复存"③的飘零,这就更容易引起义山的共鸣。回首往事,无论事业、爱情,他都有一种无可挽回的追憾。因此,义山诗中每以陈王与宓妃连用,突出子建之才华与宓妃之多情。例如:

贾氏窥帘韩掾少,宓妃留枕魏王才。春心莫共花争发,一寸相思一寸灰!(《无题四首》)④

宓妃愁坐芝田馆,用尽陈王八斗才。(《可叹》)⑤

君王不得为天子,半为当时赋洛神。(《东阿王》)⑥

《无题》一首,纪昀评之曰:"贾氏窥帘,以韩掾之少;宓妃留枕,以魏王之才。自揣生平,谅非所顾,故曰'春心莫共花争发,一寸相思一寸灰。'言思之无益也。"对这段评语,就连专与纪氏作对的张采田也发出了"纪氏此段所说独无误,可喜也"⑦的赞叹。《可叹》一诗,张采田评为"自慨用尽才华,而两情依然睽阻也……通体皆是自伤遇合之无成"⑧。我们前面曾指出,义山的自信乃是建立在他对自己才华过人的自重之上的,这份自赏自爱之心在他以宋玉自比时还是很强烈的。如作于大中元年的《宋玉》和大中四年的《偶成转韵七十二句赠四同舍》中分别有"何事荆

---

① 《有感》诗注,《玉溪生诗集笺注》卷二,第460页。
② 《美女篇》,黄节:《曹子建诗注》卷二,中华书局(香港)1973年版,第77页。
③ 《吁嗟篇》,《曹子建诗注》卷二,第89—90页。
④ 《玉溪生诗集笺注》卷二,第386页。
⑤ 《玉溪生诗集笺注》卷三,第581页。
⑥ 同上书,第629页。
⑦ 《李义山诗辨正》,《玉溪生年谱会笺》,第313页。
⑧ 同上书,第346页。

台百万家,惟教宋玉擅才华"①以及"众中赏我赋《高唐》,回看屈、宋由(犹)年辈"②之句。而到了这一阶段,当义山顾念平生之时,他不禁心灰意懒了,因而产生"才尽"的自卑,甚至是对才华过人的自恨了。《东阿王》说曹植之所以"不得为天子",多半是因为他写了《洛神赋》。从历史事实来看,《洛神赋》写于黄初三年(222),而此时曹丕即位已久,义山不会连这点常识也没有。所以邓廷桢《双砚斋笔记》卷六指出:"《洛神赋》作于黄初三年,时丕即位已久,安得如诗所云耶?史称商隐博学强记,岂不知此?盖诗人缘情绮靡,有托而言,政不必实事求是也。"③我们正可以从他对历史原型的改造中看出他的心态。这种对自己一向所珍爱的才华发出如此强烈的怨蘼,正反映了义山对"古来才命两相妨"④的无奈和他对未来的绝望之心。

七、从词汇色彩看义山诗的心态

义山诗色彩瑰丽,如百宝流苏,赏之者谓其清词丽句,诋之者谓其绮才艳骨。这两种评价虽各执一端,却同样忽略了词汇色彩背后所包蕴的意味。义山诗中的词汇色彩,从其运用的数量来看,以红、丹、紫、青、碧、绿六种为多。若把前三者划为一类,后三者划为另一类的话,那么,我们可以发现,义山诗中的色彩运用大致不外两种情况:一是单举一类,二是两类对举。我们选取第二种情况来讨论。例如,红碧对举的:

---

① 《玉溪生诗集笺注》卷二,第 304 页。
② 同上书,第 426 页。
③ [清]邓廷桢:《双砚斋笔记》卷六,中华书局 1987 年版,第 419 页。
④ 《有感》,《玉溪生诗集笺注》卷一,第 141 页。

回廊四合掩寂寞,碧鹦鹉对红蔷薇。(《日射》)①

红青对举的:

阶下青苔与红树,雨中寥落月中愁。(《端居》)②

红绿对举的:

芭蕉开绿扇,菡萏荐红衣。(《如有》)③

丹碧对举的:

守到清秋还寂寞,叶丹苔碧闭门时。(《到秋》)

丹绿对举的:

萱草含丹粉,荷花抱绿房。(《韩翃舍人即事》)④

青紫对举的:

相思树上合欢枝,紫凤青鸾并羽仪。(《相思》)⑤

---

① 《玉溪生诗集笺注》卷三,第591页。
② 同上书,第741页。
③ 《玉溪生诗集笺注》卷二,第394页。
④ 《玉溪生诗集笺注》卷三,第650页。
⑤ 同上书,第704页。

色彩的表现以联想为基础,而联想是有民族性和时代性的。譬如西方人认为红色代表激动、烈火、鲜血等,而绿色则代表爽快、成长、希望等①。那么,在中国人的传统心理上,尤其是在义山诗中,这两种色彩又表现为什么样的联想呢?我们认为,在传统诗词中,红色往往代表着一种相思的感情,这也许是因为红豆又叫相思子的缘故。如李贺的"蛮娘吟弄满寒空,九山静绿泪花红。离鸾别凤烟梧中,巫云蜀雨遥相通"②,再如《西厢记》第四本第三折中的"晓来谁染霜林醉?总是离人泪"③,而义山则有"断无消息石榴红"④之句。绿色则往往被赋予一种令人伤心惨目的象征。如相传为李白所作《菩萨蛮》中的"寒山一带伤心碧"⑤,再如杜牧的"多少绿荷相倚恨"⑥,义山更说道:"一树碧无情。"⑦而要阐发义山诗中的色彩意义,我们认为现代诗人郁达夫的几首仿效义山的作品颇足以说明问题:

阿侬亦是多情者,碧海青天为尔愁。(《寄和荃君》)⑧

此以愁与碧绿相连。

昨夜星辰昨夜风,一番花信一番空。相思清泪知多少,染得罗

---

① 参见〔美〕阿恩海姆《色彩论》,《世界美术》1979年第2期。
② 《湘妃》,〔清〕王琦:《李贺诗歌集注》卷一,上海人民出版社1977年版,第84页。
③ 王季思校注:《西厢记》,上海古籍出版社1978年版,第151页。
④ 《无题二首》,《玉溪生诗集笺注》卷二,第458页。
⑤ 〔清〕王琦注:《李太白全集》卷五,中华书局1977年版,第321页。
⑥ 《齐安郡中偶题二首》,冯集梧:《樊川诗集注》卷三,上海古籍出版社1978年版,第210—211页。
⑦ 《蝉》,《玉溪生诗集笺注》卷二,第440页。
⑧ 周艾文、于听编订:《郁达夫诗词抄》,浙江人民出版社1981年版,第76页。

衾尔许红。(《梦醒枕上作,翌日寄荃君五首》)①

此以红色与相思关合。

  梦来啼笑醒来羞,红似相思绿似愁。(《春闺二首》)②

绾合红绿两类色彩的象征意义,"红似相思绿似愁",这正是义山诗中两类色彩的最好说明。

  义山每以这两种色彩入诗,正反映了他孤独寂寞的心态。"纵使有花兼有月,可堪无酒又无人"③,义山在春日是孤独的;"未必明时胜蚌蛤,一生长共月亏盈"④,义山在月夜也是寂寞的。孤独寂寞,怎能不引起诗人浓浓的相思与深深的愁绪呢?因此,义山对这两类色彩的格外敏感就不难理解了。

八、从句法结构看义山诗的心态

  诗歌中的虚词往往能最微妙地体现出感情的层次。举例说来,渊明是一位智者,他能把人生的痛苦消融于智慧的观照之中,所以,他的诗中"聊"字用得多,如:"此事真复乐,聊用忘华簪。"⑤"拨置且莫念,一觞聊可挥。"⑥"千载非所知,聊以永今朝。"⑦东坡是一位达者,他能

---

① 《郁达夫诗词抄》,第 102 页。
② 同上书,第 106 页。
③ 《春日寄怀》,《玉溪生诗集笺注》卷一,第 253 页。
④ 《城外》,《玉溪生诗集笺注》卷三,第 742 页。
⑤ 《和郭主簿二首》,逯钦立校注:《陶渊明集》卷二,中华书局 1979 年版,第 60 页。
⑥ 《还旧居》,《陶渊明集》卷三,第 81 页。
⑦ 《己酉岁九月九日》,同上书,第 83 页。

把世事的哀乐暂且置之度外,所以,他的词中"且"字用得多,如:"天气乍凉人寂寞,光阴须得酒消磨,且来花里听笙歌。"①"莫惹闲愁,且折江梅上小楼。"②"虽抱文章,开口谁亲。且陶陶乐尽天真。"③无论是"聊"或"且",在句法表现上都呈现出让步形态;从感情的安排与处理来说,都属于退一步的摆脱。义山是一位耽于情感、溺于世事的人,他在感情的处理上所呈现的一贯的方向性,不是退一步的解脱,而是进一步的承受。反映在诗中,就是由"更""犹"等虚词组成的递进句法。例如:

> 刘郎已恨蓬山远,更隔蓬山一万重。(《无题》)④
> 回头问残照,残照更空虚。(《槿花二首》)⑤
> 回肠九回后,犹有剩回肠。(《和张秀才落花有感》)⑥

这种由"更""犹"等虚词斡旋绾结、前后层递的句法,一方面增加了诗的强度,另一方面也反映出义山一意承受负荷的心力,它包含了诗人刻意追求的一份自苦之心。

我们试看他的一首题为《花下醉》的诗:

> 寻芳不觉醉流霞,倚树沉眠日已斜。客散酒醒深夜后,更持红烛赏残花。⑦

---

① 《浣溪沙》,《东坡乐府》卷下,第50页。
② 《减字木兰花》,《东坡乐府》卷下,第71页。
③ 《行香子》,《东坡乐府》卷下,第74页。
④ 《玉溪生诗集笺注》卷二,第386页。
⑤ 同上书,第391页。
⑥ 《玉溪生诗集笺注》卷三,第727页。
⑦ 《玉溪生诗集笺注》卷一,第235页。

张采田评此诗曰:"含思宛转,措语沉着,晚唐七绝,少有媲者,真集中佳唱也。"①这抓住了本诗的特点,从"醉流霞"到"赏残花",恰好体现了诗人刻意追求的过程。日敛客散,身处孤独之中;酒意已消,清醒更使人难堪;更深夜阑,一种黑暗的压迫之感在不知不觉中伸入了感情世界;往日的花枝已是翠减红衰。此情此景,原已不堪忍受,义山却偏偏还要高持红烛,更加赏玩。诗人有志不能行,有怀不得展,事事怫逆,时时惆怅,这种无望的际遇并没有减弱他深长的希望,而伴随此深长之希望的,是更深的哀伤。义山不给自己的感情留下任何得以排遣或超越的余地,对于愁苦只是一味地沉陷和耽溺。义山的一生,正像诗中所咏的"寻芳",经此"更持红烛"的递进,达到了痴绝、愁绝的境地。

从义山的递进句法中,我们还可以发现他的一份高情远意。义山在现实中不得不感到自己高远之理想的难能实现,但他却于不得圆满的憾恨之后,继之以锲而不舍地执着追求。《夕阳楼》诗曰:"花明柳暗绕天愁,上尽重城更上楼。"②诗人的企盼愈烈,其愁绪则愈长,这郁塞长天之内的愁气似乎已把空漠无边的苍天也围绕起来了。诗人却在不断地上升以至"上尽"之后,继之以"更上"的努力,这里包含了多少承受忧愁的勇气与追求理想的执着!

九、从"无端"二字看义山诗的心态

义山诗夙以难懂见称,而其所以难懂的原因,我们认为除了一般人们所论述到的其寄意之深远、构思之密致、措辞之婉约、氛围之迷朦以外,还有一点值得注意的是,义山托之于诗的许多感情,原本是

---

① 《李义山诗辨正》,《玉溪生年谱会笺》,第 446 页。
② 《玉溪生诗集笺注》卷一,第 39 页。

他自己百思而不得其解的。反映在诗中,就是不止一次地出现"无端"二字。

当临歧作别、黯然销魂之时,他说"云鬓无端怨别离"①。当他为春宵苦短、独守云屏的闺怨歌咏时,他说"无端嫁得金龟婿,辜负香衾事早朝"②。当抚今追昔之时,他说"今古无端入望中"③。当他的目光转向自然界时,所见到的又是"秋蝶无端丽"④。而当回首往事之时,他更是无可奈何地写道:

锦瑟无端五十弦,一弦一柱思华年。(《锦瑟》)⑤

所谓"无端",即无缘无故、没来由之意。王锳先生《诗词曲语辞例释》曰:"无端,等于说无意、无心。"又引《锦瑟》诗解说道:"此言锦瑟之有五十弦本属无心,而人见瑟上弦则易生年华易逝的联想。"⑥这样来解释"无端",我们认为尚未能尽惬人意。以《锦瑟》诗为例,朱鹤龄注引《汉书·郊祀志》曰:"泰帝使素女鼓五十弦瑟,悲,帝禁不止,故破其瑟为二十五弦。"⑦以锦瑟如此美好之素质而发出如此凄苦之悲音,这是多么不可理喻!这又怎能不引起诗人自身的联想呢?义山以"总角称才华"⑧的"三河少年",怀着"向来忧际会,犹有五湖期"⑨的美好理想,

---

① 《别智玄法师》,《玉溪生诗集笺注》卷三,第711页。
② 《为有》,《玉溪生诗集笺注》卷二,第566页。
③ 《潭州》,《玉溪生诗集笺注》卷一,第182页。
④ 《属疾》,《玉溪生诗集笺注》卷二,第491页。
⑤ 同上书,第493页。
⑥ 王锳:《诗词曲语辞例释》,中华书局1980年版,第117页。
⑦ 《李义山诗集》卷上。
⑧ 《安平公诗》,《玉溪生诗集笺注》卷一,第30页。
⑨ 《陆发荆南始至商洛》,《玉溪生诗集笺注》卷二,第332页。

却终于带着"如何匡国分,不与夙心期"①的遗憾而离开人世。就爱情方面说来,"血渗两枯心,情多去未得"②,义山本是一个多情的至诚君子,然而他所得到的却是"佳期不定春期赊"③,"良辰未必有佳期"④。他不得不发出"春心莫共花争发,一寸相思一寸灰"⑤的哀叹而心灰意冷。思前想后,义山对自己生命的全部里程陷入一种不可思议、茫然无解的追念之中,他只能归之于"无端"。义山入世之深,用情之专,所赢得的却是人间希望的诱惑与失望的悲哀。他怀古伤今、怨离恨别、惜春悲秋,人间的种种憾恨和悲苦仿佛对他最为慷慨。似乎这一切都属命定,所以他最终只能说"此情可待成追忆,只是当时已惘然"⑥了。

徐铉曾说:"人之所以灵者,情也;情之所以通者,言也。其或情之深、思之远,郁积乎中,不可以言尽者,则发为诗。"⑦义山正是一位情深思远的诗人,他以不尽意之言写其不可以言尽之情,他的以"无端"为其标志的迷离惝恍的诗风,正明白无误地说明了他惘然无奈的心境。千载之下,后人或轻诋其诗之难懂,殊不知这难懂之中也包含着义山的一份极悲苦、极怅惘的心态呢。

十、结论:义山诗中所呈现的心态

总观义山诗作,我们认为,义山是一个由理想主义经过幻想主义而

---

① 《幽居冬暮》,《玉溪生诗集笺注》卷一,第216页。
② 《景阳宫井双桐》,《玉溪生诗集笺注》卷三,第738页。
③ 《赠句芒神》,《玉溪生诗集笺注》卷二,第375页。
④ 《流莺》,《玉溪生诗集笺注》卷三,第705页。
⑤ 《无题四首》,《玉溪生诗集笺注》卷二,第386页。
⑥ 《锦瑟》,《玉溪生诗集笺注》卷二,第493页。
⑦ 《萧庶子诗序》,李振中:《徐铉集校注》卷一八,中华书局2016年版,第543页。

最终归之于悲观主义的人,是由希望到歧望而走向绝望的人,即使他悲观了,绝望了,甚至堕入空门了,他也还不失为一个忠实于自己的人。他对事业和爱情的追求是执着而又带有些幻想色彩的,他是一个"知其不可而为之"①的人。"皎洁终无倦,煎熬亦自求"②,这正是义山一生奋斗而又一生坎壈的绝好写照。当他"怅望人间万事违"③时,他把现实中的"我"推向历史,把人世间的"我"还予自然。然而,这种种努力并未使他的心绪有些微的平静。"无惊托诗遣,吟罢更无惊。"④他只有感叹自己"多情真命薄"⑤了。

毋庸置疑,义山的歌更多的是悲歌,他的诗更多的是抒发人世间不得美满的憾恨,他的笔下更多的是呈现出一种残缺的、病态的美。但我们若知道他的身世,就不会对此而感到奇怪了。人们说人的一生有三个太阳,早年父母是太阳,中年妻子是太阳,晚年儿子是太阳。而义山却早年丧父,中年丧妻,最后"骄儿"衮师也流落长安,寄人篱下。义山何罪于苍天?苍天有负于义山!对于他,宽厚者同情其遭遇,尖刻者鄙薄其为人,生前身后,义山所缺少的是知之者与爱之者。义山的诗不易知,义山的为人尤不易知,这才是人生最大的痛苦。

研究比较文学的人喜爱把义山的作品与存在主义作品相比较,我们也很愿意借用鲁迅评论陀思妥耶夫斯基的一段话来评论义山,作为本文的结束:

> 医学者往往用病态来解释陀思妥夫斯基的作品……但是,即使他是神经病者,也是俄国专制时代的神经病者,倘若谁身受了和

---

① 《论语·宪问》,《四书章句集注》,第158页。
② 《灯》,《玉溪生诗集笺注》卷二,第320页。
③ 《赠从兄阆之》,《玉溪生诗集笺注》卷三,第717页。
④ 《乐游原》,《玉溪生诗集笺注》卷三,第559页。
⑤ 《属疾》,《玉溪生诗集笺注》卷二,第492页。

他相类的重压,那么,愈身受,也就会愈懂得他那夹着夸张的真实,热到发冷的热情,快要破裂的忍从,于是爱他起来的罢。①

一九八二年三月于日不知斋

(原载《唐代文学论丛》第 6 辑,1985 年)

---

① 《且介亭杂文二集·陀思妥夫斯基的事》,《鲁迅全集》第六卷,人民文学出版社 1973 年版,第 406 页。

第四辑

果然东国解声诗：禹域内外

"汉文化圈"视野下的文体学研究
——以"三五七言体"为例

一、引言

"文体学"无疑是十多年来学术界较为重视的研究领域,取得的成绩更是有目共睹。但如何百尺竿头更进一步,在研究的材料、视野、理论、方法等方面继续探索,寻求新的方向和目标,应该说是学术界所面临的问题之一。本文不是为了重温学术界已有的成绩,而是试图从某个层面或侧面,对以上问题做一个初步探索,那么,着重反思研究工作中的不足,便是题中应有之义,目的是希望能够引起学术界的进一步重视,使文体学的研究健康发展,继续深入。

2014年的《深圳商报》曾经连载了叶龙记录的钱穆"《中国文学史》讲稿",此稿讲于二十世纪五十年代后期香港新亚书院,其中最刺激人心的一句话是:"直至今日,我国还未有一册理想的《中国文学史》出现,一切尚待吾人之寻求与创造。"为此,《深圳商报》记者访谈了十多位中外学者,就此问题做出回应。本人也在受访之列,其中对什么是钱穆理想的文学史,做了如下概括:1. 将文学史视如文化体系之一,在文化体系中求得民族文学之特性;2. 以古人的心情写活文学史,使得文学史有助于新文学的发展;3. 贯通文学与人生,从人生认识文学,以文学安慰人生,而极力反对用西方文学为标准来建构、衡量中国文学史。

从中国文化史的整体出发,去认识中国文学的特征,就必然不会以西洋文学的发展和西洋人的治学观念来限制或套用到对中国文学史的理解和描述上,这是钱氏文学史理想引发出来的最重大的意义所在。只是在我看来,这个"文化"不仅是传统的"中国文化",还应该是"汉文化",也就是包括了历史上的朝鲜半岛、日本、越南等地区在内的"汉文化圈"。研究汉文化圈中的文学历史,其中不仅有书籍的"环流"(包括在流传过程中的增损、阅读中产生的误读以及造成的不同结果)、文人的交往、文化意象的形神之变、文学典范的转移和重铸,还有各种文体的变异和再生,等等①。最后一点所涉及的,就与文体学的研究相关,实际上也寄寓了本人对文体学研究中存在问题的隐忧和尝试突破的愿望。

　　这里可以把我的意见表述得更为明晰一些:首先,即便是文体学的研究,它也不只是一个语言形式的问题,也需要从文化史的角度予以说明。而所谓的"文化史",并不是如我们想象中的纯粹单一,因为"一切文化的历史都是文化借鉴的历史"②。所以,我们需要拥有一个文化交流史的眼光,在这样的视野下考察某种文体的演生过程。其次,考察文体的演变不仅需要有时间观念,同样重要的还有空间观念。要回答某种文体是如何的,应该要同时追问在何处的文体是如何的。假如说,一种文体有其自身的生命,那么我们的考察,就不应仅仅止于对其成型的了解,在将成熟的文体视作"正体"的同时,有意无意地将它"固化"。在另外的空间中,由于环境的不同,某种文体发生了变异,展示了另外一种形态,这种形态虽然与原初的"正体"不尽相同,但也绝不会是完全不同或

---

　　① 参见《"在路上"的文学史写作》,《深圳商报》2014年10月9日"文化广场·文化聚焦"版。按:钱穆《中国文学史》现已由成都天地出版社2015年出版。
　　② 〔美〕爱德华·W. 萨义德:《文化与帝国主义》(*Culture and Imperialism*),李琨译,生活·读书·新知三联书店2003年版,第309页。

不相兼容的。正视其变异,理解某种文体在不同空间中发展的"潜能",以动态的眼光考察文体生命的舒展,就有望对文体演变获得新的认识。

以上两个方面,在今天的文体学研究中显然没有受到足够的关注。这里存在着观念上的问题,但更重要的是如何落实到具体实践。孔子说:"我欲载之空言,不如见之于行事之深切著明也。"①因此,本文拟以"三五七言体"的研究为例,详细表明上述立场,以就教于世之博雅君子。

二、"三五七言体"之"源"

在今传各本李白诗集中,都有一首《三五七言》诗,将这种诗命名为某一"体",起于唐代王叡《炙毂子诗格》:

> 三五七言体。
> 李白诗:"秋风清,秋月明。落叶聚还散,寒鸟栖复惊。相思相见知何日,此时此夜难为情。"②

"李白"二字,明刊本、抄本《吟窗杂录》皆作"高迈",王梦鸥以为乃"高适"之讹③,从字形上判断,当有可能。但胡文焕《诗法统宗》本乃作"李白",似可为据。王叡之里籍、年世不详,唐末杜光庭《神仙感遇传》中有其略传,载《云笈七签》卷一百十二。计有功《唐诗纪事》说他是"元和后诗人"④,可以推知王叡应活动于唐穆宗至宣宗之时,即公元九世纪前中期,比李白晚约一百年。据《中兴馆阁书目》的概括,《炙毂子

---

① 司马迁《史记·太史公自序》引,中华书局(香港)1969年版,第3297页。
② 张伯伟:《全唐五代诗格校考》,第363页。
③ 《炙毂子及其诗格考》,收入《古典文学论探索》,台北正中书局1984年版,第347—372页。
④ 《唐诗纪事》卷五十,上海古籍出版社1987年版,第762页。

诗格》乃"叙诗体式所始,评其述作之要"①,所以在王叡看来,"三五七言体"之"所始"就是李白。学术界提及这一诗体,一般都引用严羽的《沧浪诗话》,几乎无人注意到王叡的书,这一诗体的得名也被推后了约四百年。而言及该诗作者,《沧浪诗话》作隋郑世翼。韦縠《才调集》卷十录此诗,归为"无名氏"之作。宋人杨齐贤注李白集云:"古无此体,自太白始。"清人王琦则做斩钉截铁之论:"《沧浪诗话》以此诗为隋郑世翼之诗,《臞仙诗谱》以此篇为无名氏作,俱误。"②所以到了今天,这首诗作为李白的作品已为人耳熟能详了。

尽管就本文而言,此诗是否李白所作,并无关紧要,但无论其出于李白、高适、郑世翼或无名氏,这一诗体总要有来龙去脉。广义地看,此诗可归于"杂言诗"之列,但它又不是一般的"杂言",而是有规律的"杂言"。明人徐师曾《诗体明辨》卷十四"杂言诗"便做了如此归纳:

> 有七五言相间者,有三五七言各两句者,有一三五七九言各两句者,有一字至七字、九字、十字者。③

所选作品,如果按时代先后排比,就是梁僧慧令《一三五七九言》、唐李白《三五七言》、唐白居易等《一字至七字》、唐鲍防等《一字至九字联句》、宋王安石《甘露歌》、宋文同《一字至十字咏竹》,俨然一列发展系谱,代表了其心目中的文体源流,但其中并非没有问题④。

---

① 赵士炜辑:《中兴馆阁书目辑考》卷五,许逸民、常振国编:《中国历代书目丛刊》第一辑上,现代出版社1987年版,第443页。
② 俱见《李太白全集》卷二十五,第1166页。
③ 台湾广文书局1972年影印本,第530页。
④ 这里不拟涉及王安石的《甘露歌》,他绝不是"七五相间"体的创始人。《乐府诗集》卷七十九"近代曲辞"开篇所列隋炀帝和王胄《纪辽东》四曲,都是典型的"七五相间"体。至于敦煌歌词中,这种体式更是屡见不鲜。

所谓梁僧慧令之《一三五七九言》，除了在本书中出现外，此前冯惟讷《诗纪》，张之象《古诗类苑》，释正勉、性㵎同《古今禅藻集》的"隋诗"部分皆录有此作，但作者署名慧英。慧令确为梁僧，《艺文类聚》曾载其《和受戒诗》一首，与《一三五七九言》无关，或因二僧名近似，徐师曾抄录时致误。至丁福保、逯钦立等也根据明人说法，在他们所编的先唐诗总集中，都将《一三五七九言》诗归在隋释慧英名下。但此诗的真正作者也不是慧英，而是唐僧义净。《大唐西域求法高僧传》卷下记载他与无行禅师"同游鹫岭，瞻奉既讫，退眺乡关，无任殷忧"，于是作诗二首。一首是杂言，另一首就是《一三五七九言》，小注云："在西国怀王舍城旧之作。"①无行禅师回国，义净远道相送，时在垂拱元年（685），则此诗当作于更早。无行禅师早年"初霑法侣，事大福田寺慧英法师为邬波䭾耶（亲教师之意），斯乃吉藏法师之上足，可谓蝉联硕德"②。这篇作品与释慧英沾上边，原因或在于此。

"三五七言体"属于杂言诗，严羽其实是一口气列举了杂言、三五七言、半五六言、一字至七字以及未正式命名的"三十字诗"③，其中"三五七言体"尽管可以看成是杂言诗，但这是一种有规律的、齐整的杂言诗，其句式是以三三、五五、七七展开。与之归为一类的作品，如"一三五七九言"，是以一一、三三、五五、七七、九九展开；"从一字至七字"，也是以一一、二二、三三、四四、五五、六六、七七句式展开的。因此，这是一种较为特殊的杂言诗，所以也有人称作"累字诗""宝塔诗"

---

① 王邦维：《大唐西域求法高僧传校注》，中华书局1988年版，第192页。王氏校注以《影印宋碛砂藏经》本为底本，其他诸本则标题多作"在西国王舍城怀旧之作"，小注："一三五七九言。"

② 同上书，第181页。

③ 《沧浪诗话·诗体》云："隋人应诏有三十字诗，凡三句七言，一句九言。不足为法，故不列于此也。"（张健：《沧浪诗话校笺》，上海古籍出版社2012年版，第263页）

等。但规则的杂言诗是从不规则的变化齐整而来,有了规则的杂言诗,不规则的也依然存在。

对于包括"三五七言体"在内的杂体诗,学术界已有一些研究,并取得了一些成果①。就其"溯源"来说,绝大多数的学者都站在本土文化的立场,着眼于汉魏以来的乐府民歌,只有少数学者关注到佛教和印度文化的影响。王昆吾教授是其中之一,他在《隋唐五代燕乐杂言歌辞研究》一书中,详细讨论了杂言歌辞的形成,甚至在一处说出了"隋代的定格诗'三五七言'等等,同样是来自佛教讲经文体的",堪称卓识。可惜的是,其论证过程尚不够精密,受严羽影响而将"三五七言"的时代归于隋;其研究立场也不够坚定,在最后的总结中,还是把一切"创造和更新的源泉"回到了"民间",甚至将它"定为一条规律",佛教的影响终被丢弃在旁②。戴伟华教授是另外一位值得注意的学者,他强调了"义净的《一三五七九言》为创格无疑",而"三五七言诗"只是义净诗的"变体",将该诗的序列排在义净之后,皆可据信。但他在强调义净"创格"的同时,偏重于表彰义净个人所受到的外来文化影响,认为他"在辞式上的创格,当与他在印度求法十三年有关,有可能受到印度文化、佛教梵呗等影响"③。而站在我的立场来看,这些影响要广泛持久得多。

在现有的资料中,最早表现出这一诗体特征的是《一三五七九言》,尽管其作者曾经出现了义净、慧英、慧令等不同名字,但无一例外

---

① 比如鄢化志《中国古代杂体诗通论》(北京大学出版社2001年版)、饶少平《杂体诗歌概论》(中华书局2009年版),对此皆有论及。专题论文如李德辉《李白〈三五七言〉诗研究》(《绵阳师范学院学报》第32卷第12期,2013年12月)等。

② 以上引文见王昆吾《隋唐五代燕乐杂言歌辞研究》,中华书局1996年版,第466、463页。

③ 戴伟华:《义净诗二首探微》,《华南师范大学学报》2003年第3期。

地都是僧人。这实在是一个很有意味的现象。其实除了这首《一三五七九言》，义净同时还有另外一首长篇《杂言》古诗，若大致以四句为一解，则全篇构成之句式如下①：

五五五五／五五七七／三五七七／五五七七／七七七七／七七七／七七七七／三三七七／三三七七／五五七七／三三七七／五五七七／五五七七七七／三三七七／五五七七／三五七七／五五七七

除了四个齐言句式外，多数是以三五七言的句式错综成篇，其中"五五七七"六解，"三三七七"四解，"三五七七"二解，"五五七七七七"一解②。较之于《一三五七九言》诗，这首《杂言》中的某些解与"三五七言"的体式更为接近。

唐代僧人的杂言讲唱辞中，一个极为常见的体式就是"三七七七"或"七五七五"。这在音乐史研究者或音乐文学史研究者眼中，已不是什么罕见的现象。但以任半塘先生《唐声诗》和杨荫浏先生《中国古代音乐史稿》为代表的研究，由于撰著于二十世纪五六十年代，在处理佛教文学与民间文学、佛教音乐与民间音乐的时候，往往强调民间文化对佛教文化具有征服力的影响，而避免或少提佛教文化对社会风尚、审美趣味以及文学体式形成的深刻作用。后来者在这些典范著作的牢笼下，

---

① 任半塘、王昆吾《隋唐五代燕乐杂言歌辞集》录此诗（巴蜀书社1990年版，第904—907页），判为九首，戴伟华《义净诗二首探微》分作十二段六组，句式划分与本文亦不相同，可参看。

② 这一解比较特殊，与其内容相关："劳歌勿复陈，延眺且周巡：东睇女峦留二迹，西驰鹿苑去三轮，北睨舍城池尚在，南睎尊岭穴犹存。"由"周巡"领起向东西北南的"延眺"，故有六句。

便难有较为根本的突破。本文并不排除民间文化的影响,但着重强调佛教的力量。"三五七言体"的形成,就与佛教相关。

《乐府诗集》在论述"杂曲歌辞"的形成时说:"杂曲者,历代有之。"以下列举种种成因,而可判为两类:"或心志之所存,或情思之所感,或宴游欢乐之所发,或忧愁愤怨之所兴,或叙离别悲伤之怀,或言征战行役之苦。"凡此种种,皆内心之感于外物而成。"或缘于佛老,或出自夷狄。"此二种则由他方移植而成。"兼收并载,故总谓之杂曲。"①郭茂倩虽然举出了两类成因,但第一类所揭示者实为所有诗歌的共同性②,并非形成杂曲歌辞的特殊性,属于意义不大的套话。而第二类揭示的外来影响,则值得注意。《乐府诗集》将五代以前的乐府分作十二类,我曾经用另外一种分类方式,将汉乐府辞析为三大系统,即郊祀乐系统、外来乐系统和民间乐系统③。至隋唐燕乐则代表了四均(即宫、商、角、羽)二十八调系统的所有俗乐,其主要来源是民间乐与外来乐的交融,即所谓"合胡部者"④。杂言歌辞在杂曲以及其他部类的外来乐系统中尤多,"出自夷狄"者固然属于"胡部","缘于佛老"者也有许多"胡部"的成分。本文姑不论"出自夷狄"者,专就其与佛教的关系试作阐说。

---

① 《乐府诗集》卷六十一,中华书局1979年版,第885页。

② 这里不妨拿钟嵘《诗品序》中论述诗歌成因及作用之普遍性来做对比:"若乃春风春鸟,秋月秋蝉,夏云暑雨,冬月祁寒,斯四候之感诸诗者也。嘉会寄诗以亲,离群托诗以怨。至于楚臣去境,汉妾辞宫,或骨横朔野,或魂逐飞蓬,或负戈外戍,杀气雄边,塞客衣单,孀闺泪尽。又士有解佩出朝,一去忘返,女有扬娥入宠,再盼倾国。凡斯种种,感荡心灵,非陈诗何以展其义,非长歌何以骋其情。"(曹旭:《诗品集注》,第47页)

③ 张伯伟:《诗词曲志》,上海人民出版社1998年版,第65—72页。

④ 沈括:《梦溪笔谈》卷五《乐律一》云:"外国之声,前世自别为四夷乐。自唐天宝十三载,始诏法曲与胡部合奏,自此乐奏全失古法。以先王之乐为'雅乐',前世新声为'清乐',合胡部者为'宴(燕)乐'。"(胡道静:《梦溪笔谈校证》,上海古籍出版社1987年版,第232页)

印度从古至今都是一个音乐的王国,而歌唱更是一切艺术的源泉①。鸠摩罗什说:"天竺国俗,甚重文制,其宫商体韵,以入弦为善。凡觐国王,必有赞德。见佛之仪,以歌叹为贵,经中偈颂,皆其式也。"②佛经偈颂的"歌叹",即本于其"国俗"。佛教传入中国,译经事业也随之发达,但能够翻译的仅仅是经文大意,唱诵经文的曲调无法照搬。原因就在于佛经译为汉语后,字数、音节和原先不同,所以很难与固有的曲调相配合。慧皎曾这样指出:

  自大教东流,乃译文者众,而传声盖寡。良由梵音重复,汉语单奇。若用梵音以咏汉语,则声繁而偈迫;若用汉曲以咏梵文,则韵短而辞长。是故金言有译,梵响无授。③

佛经文体有长行(又名"散花",指散文)与偈颂(又名"贯珠",指韵文)之别,但只要是"经言",都是"以微妙音歌叹佛德"。传到中国以后,就分为"转读"(吟诵)和"梵呗"(歌唱)两类,所谓"天竺方俗,凡是歌咏法言,皆称为呗。至于此土,咏经则称为转读,歌赞则号为梵呗"④。但转读有一定的调子,也是某种方式的歌咏,而只要是歌唱,都会涉及"声"与"文"或"声"与"辞"的配合。慧皎曾就"声"与"文"的配合说道:

  转读之为懿,贵在声文两得……而顷世学者,裁得首尾余声,

---

 ① 参见〔印度〕彼·查坦亚·戴维著《印度音乐概论》,陈露茜译,《音乐艺术》1982年第3期。
 ② 《高僧传》卷二,《大藏经》第五十册,第332页。
 ③ 《高僧传》卷十三,《大藏经》第五十册,第415页。
 ④ 同上。

便言擅名当世。经文起尽,曾不措怀。或破句以合声,或分文以足韵。岂唯声之不足,亦乃文不成诠。①

由于"声文"配合不当,或影响"声"的发抒,或影响"文"的理解。唐代道世也就"声"与"辞"的关系指出:

咏歌巧则襄述之志申,声响妙则咏歌之文畅,言词待声相资之理也。②

所以,这就出现了一个"言词"如何"待声相资"以收"声文两得"之效果的问题。中土的文人和僧人,为此做出了其创造性的贡献。传说中,曹植便是中土梵呗的创造者。慧皎说:

始有魏陈思王曹植,深爱声律,属意经音。既通般遮之瑞响,又感鱼山之神制。于是删治《瑞应本起》,以为学者之宗……其后帛桥、支籥亦云祖述陈思……原夫梵呗之起,亦兆自陈思。始著《太子颂》及《睒颂》等,因为之制声。吐纳抑扬,并法神授。今之皇皇顾惟,盖其风烈也。③

照此说法,中土之梵呗出于曹植。该传说的最早记录见于刘宋时代,《宣验记》载曹植"游渔山,于岩谷间闻诵经声,远谷流美,乃效之而制其声"④。刘敬叔《异苑》卷五所述亦类似。而据僧祐《出三藏记集》卷

---

① 《高僧传》卷十三,《大藏经》第五十册,第 415 页。
② 《法苑珠林》卷三十六"呗赞篇",《大藏经》第五十三册,第 574 页。
③ 《高僧传》卷十三,《大藏经》第五十册,第 415 页。
④ [唐]湛然《法华文句记》卷五引梁《宣验记》(此误刘义庆为梁人),《大藏经》第三十四册,第 245 页。

十二《法苑杂录原始集目录序》，此书卷六"经呗导师集"中，就列有"陈思王感渔山梵声制呗记第八"①。道世记曹植"尝游渔山，忽闻空中梵天之响，清雅哀婉，其声动心……乃摹其声节，写为梵呗，纂文制音，传为后式。梵声显世，始于此焉"②。也因此而在唐代世俗中，就有"渔梵"③的流行之称。即便各朝或各地制作的梵呗有其时代或地域特征，但"讨核原始，共委渔山。或指东阿昔遗，乍陈竟陵冥授"④。可见，唐人对此事还十分相信。至宋代才开始有人质疑⑤，但宋代志磐修《佛组统纪》，仍煞有介事地将曹植登渔山闻梵响系在黄初六年（225），元代觉岸修《释氏稽古略》也继续沿袭，尽管缺乏根据，但却显示出传说力量之强大。

以现代学者的眼光看来，曹植渔山制契之事乃僧徒伪托，不足据信⑥。但直到唐代，人们仍信以为真。加上《高僧传》的影响，曹植俨然成为中土转读和梵呗的宗师，而他崇高的文学地位也会影响到一般文士对梵呗的尊敬并有所关心⑦。曹植做到"声文两得"的方法是删治《瑞应本起经》，道世说："汉地流行，好为删略，所以处众作呗，多为半偈。"⑧删繁就简应该是魏晋至隋唐流行的一种制呗方式。

我们仅仅知道梵汉的区别，主要在"梵音重复，汉语单奇"，那么，

---

① 《大藏经》第五十五册，第92页。
② 《法苑珠林》卷三十六，《大藏经》第五十三册，第576页。
③ ［唐］窥基：《妙法莲华经玄赞》卷四末，《大藏经》第三十四册，第727页。
④ ［唐］道宣：《续高僧传》卷三十《杂科声德篇·论》，《大藏经》第五十册，第706页。
⑤ ［宋］赞宁《宋高僧传》卷二十五《读诵篇·论》："或曰：此只合是西域僧传授，何以陈思王与齐太宰捡经示沙门耶？通曰：此二王先已熟天竺曲韵，故闻山响及经偈，乃有传授之说也。今之歌赞，附丽淫哇之曲、怣懑之音，加酿瑰辞，包藏密呪，敷为梵奏，此实新声也。"（《大藏经》第五十册，第872页）
⑥ 参见陈寅恪《四声三问》中的相关考证，《金明馆丛稿初编》，第328—341页。
⑦ 曹植制作梵呗的影响力还东传日本，在今天的京都有鱼山大原寺，据说里面的来迎院保存着唐代的"声明"。参见〔日〕興膳宏『「七歩の詩」はなぜ七歩か』，收入『異域の眼』，筑摩書房，1995年，113—122頁。
⑧ 《法苑珠林》卷三十六，《大藏经》第五十三册，第575页。

删略的方式又是如何呢？以偈颂来说，根据隋吉藏《法华义疏》的说法："偈有二种：一首卢偈，凡三十二字……二结句偈，要以四句备足，然后为偈。莫问四言乃至七言，必须四句。故《涅槃经》云：四句为偈，是名句世。句世者,世间流布以四句为偈也。"①这里所说的"世间流布"，应指中土。其句式由"四言乃至七言"，也指汉译佛经。

在梵文本的佛经中，虽然也是以四句为一偈，可是每句的字数未必一致，因此，就把句分为"五位"，所谓"处中、初句、后句、短句、长句"②。八字句属于不长不短，称"处中"，六字句为短句，二十六字以上为长句。这些在汉译的过程中，就会发生变化。这里，我以《金光明最胜王经》为例说明。此经中偈颂甚多，"本有一百六十行偈"③，最初译本为北凉昙无谶所译四卷十八品，继有北周阇那（一作耶舍）崛多译为五卷二十品，其后梁代真谛三藏译为二十二品，隋释宝贵合三为一，撰成《合部金光明经》八卷二十四品，至唐代义净译作《金光明最胜王经》十卷三十一品。日本平安时代沙门愿晓又合众本，撰《金光明最胜王经玄枢》。愿晓云：

此经梵本或有十七字为一句，或有十五字乃至三字为一句。旧大德不依梵本，四字为句，乃至显义未了。今三藏顺梵本，若长句处勒为七言，短句处五言为句，文有次第，义乃显了。④

如果我们比较诸译本⑤，昙无谶本皆作四言偈，即"四字为句"，而梁、隋译本多作五言偈，至义净译本则联篇累牍，皆为五、七言偈，这就是"长

---

① 《大藏经》第三十四册，第472页。
② 愿晓：《金光明最胜王经玄枢》卷五，《大藏经》第五十六册，第589页。
③ 同上。
④ 同上。
⑤ 昙无谶译本、释宝贵合本和义净译本，皆见《大藏经》第十六册。

句处勒为七言,短句处五言为句"。所译呪语,则多三言。此本译于长安三年(703),据菅原朝臣的描绘,"有三藏义净法师,奉制于西明寺,缀文正字,勒为十卷。弥天之响,遍振鬼方;半月之词,流行刹土"①。"刹土"指国土,而"半月之词",依照我的理解,就是"十五字之词",是由三、五、七言句构成的偈语。我们看与义净同时的法藏,他解释偈颂共有四种,除数字颂(即按梵本三十二字为一颂)以外,其他三种颂,"或七言,或五言、四言、三言,如'处世界,如虚空'为三言也,皆以四句为一颂"②。可知到了义净的时代,以三、五、七言为句的偈颂,已经是一种通行文体了,这也可以作为"流行刹土"的一项旁证。此外,我们从保留在经疏中的一些片言只语,甚至还能推测曾有"三五七九"句式的偈颂,如《仁王护国般若波罗蜜经疏神宝记》卷三云:"句有三五七九等差别,有以三十二字为首卢偈者,意恐只是总要之意。"③再者,如果我们联想到义净在印度那烂陀寺已经翻译出《一百五十赞佛颂》,以五七言为之;在东印度耽摩立底国译出《龙树菩萨劝诫王颂》,"此颂是龙树菩萨以诗代书,寄与南印度亲友乘土国王"④,亦五七言交错为之,而且均为鸿篇巨制;与无行禅师同游鹫岭,写下《杂言》诗,多用三五七言句式。综合上述因素,义净写出"三五七言体"的前身——有规则的、齐整的杂言《一三五七九言》诗,就怎么也不能仅仅以偶然或受到民间歌谣影响来解释了。

再举一例,《续高僧传》记载,隋大业初年去世的释善权,擅长唱导:

随言联贯,若珠璧也……或三言为句,便尽一时;七五为章,

---

① 《金光明最胜王经玄枢序》,《大藏经》第五十六册,第483页。
② 《华严经探玄记》卷二,《大藏经》第三十五册,第137页。
③ 《大藏经》第三十三册,第304页。按:由于原文是对于经疏的笔记,文意颇有中断,为了使意脉更为晓畅,引文中省略了个别词语,但意思不会有丝毫改变。
④ 《大藏经》第三十二册,第751页。

其例亦尔。炀帝与学士柳顾言、诸葛颖等语曰:"法师谈写,乍可相从。导达致言,奇能切对,甚可讶也。"颖曰:"天授英辩,世罕高者。"时有窃诵其言,写为卷轴,以问于权。权曰:"唱导之设,务在知机。诵言行事,自贻打棒。杂藏明诫,何能辄传?宜速焚之,勿漏人口。"故权之导文,不存纸墨。①

可见善权唱导制词之特色,一是以三言、五言、七言为句为章,二是句与句之间"奇能切对",已经成为一时之例。隋炀帝说"乍可相从"云云,应是由惊讶而来的赞叹语:怎么样才可以摹仿学到呢?② 而诸葛颖回答说:善权法师是天才,举世无人可比。尽管有人"窃诵其言",还是被善权命令"速焚之",所以他的这一类唱导之词就未能保存下来。但无论是齐、梁、陈、隋文士风气,还是帝王所好,对于佛教、僧人皆极为重视,往来甚密,因此,佛门文风也很容易对社会发生影响③。以至于"京辇会坐,有声闻法事者,多以俗人为之"④。而世俗的唱导方式,无疑是要摹仿僧家者流的。

---

① 《续高僧传》卷三十《杂科声德篇》,《大藏经》第五十册,第704页。按:王昆吾《隋唐五代燕乐杂言歌辞研究》也注意到这一资料,并做了如下解读:"'三言为句''七五为章'均言唱词句法。敦煌写本所载佛教歌辞,以'三三七'体最多,正合所谓'三言为句';而《求因果》四十五首,则恰好是'七五为章'的一宗范例。"(第458页)其说与本文不同。

② "乍可"一词,在蒋礼鸿《敦煌变文字义通释》和江蓝生、曹广顺《唐五代语言词典》中皆有该词条,释义有宁可、情愿、只可、怎可等,其所谓"怎可"实际是"不可"之意,与此处上下文似皆不合。

③ 《续高僧传》卷五《释僧旻传》:"少与齐人张融、谢朓友善,天下才学通人,莫不致礼……所著论疏杂集《四声指归》《诗谱决疑》等百有余卷流世。"又卷三十《释法称传》:"炀帝在蕃,弥崇敬爱,召入慧日,把臂朋从,欣其词令故也。"《释立身传》:"时江左文士,多兴法会,每集名僧,连宵法集。导达之务,偏所牵心。"《释慧常传》:"时隋文兴法,炀帝倍隆,四海辐凑,同归帝室。至于梵导赞叙,各重家风,闻常一梵,飒然倾耳。皆推心丧胆,如饥渴焉。"

④ 《续高僧传》卷三十《杂科声德篇·论》,《大藏经》第五十册,第706页。

自晋宋以来，名僧与名士的交往日益密切①，由此而造成对社会的影响力也越来越大。寺院作为文化活动集中的场所，对社会的吸引力也越来越强。杨衒之《洛阳伽蓝记》有不少记载：

> 长秋寺，刘腾所立也……像停之处，观者如堵。迭相践跃，常有死人。②
>
> 宗圣寺有像一躯……士庶瞻仰，目不暂瞬。此像一出，市井皆空，炎光辉赫，独绝世表……城东士女多来此寺观看也。③
>
> 景明寺，宣武皇帝所立也……伽蓝之妙，最为称首……梵乐法音，聒动天地。百戏腾骧，所在骈比。名僧德众，负锡为群。信徒法侣，持花成薮。车骑填咽，繁衍相倾。④

北方尚且如此，在"南朝四百八十寺"的南方，其盛况更可以想见。直到唐代，也依然不减。无论是诗文还是音乐方面，佛教对社会的影响力是不可忽视的⑤。

我们回过来看李白的《三五七言》诗，它不仅是以三言、五言、七言为篇，而且三三、五五、七七的句子也是"切对"的，与释善权的制词特

---

① 参见张伯伟《玄言诗与佛教》,《禅与诗学》，浙江人民出版社1992年版，第125—153页。
② 范祥雍：《洛阳伽蓝记校注》卷一"城内·长秋寺"，上海古籍出版社1978年版，第43页。
③ 《洛阳伽蓝记校注》卷二"城东·宗圣寺"，第79页。
④ 《洛阳伽蓝记校注》卷三"城南·景明寺"，第132—133页。
⑤ 参见张伯伟《〈文镜秘府论〉与中日汉诗学》第一节"西明寺与唐代诗学"，收入《东亚汉籍研究论集》，台湾大学出版中心2007年版，第137—143页；张伯伟《论唐代的诗学畅销书》第三节"佛门对畅销书的贡献"，收入《作为方法的汉文化圈》，中华书局2011年版，第199—206页；杨荫浏《中国古代音乐史稿》上册第八章第五节"寺院和民间音乐生活"，人民音乐出版社1981年版，第210—212页。

色颇为一致。前面所举两例，无论是义净还是善权，我无意表彰他们的"孤明先发"，不管他们的作品是否流传，他们都是在同样的时代氛围中完成的。而一旦形成，就会反过来挟持着帝王的倡导、文士的爱好、社会大众的迷恋对这个文化环境发生作用。我们不能以单向的眼光来考察这一类问题，把所有的影响力仅仅或主要归结到民间。隋唐之际，类似于"三五七言体"的结撰方式，在佛门中出现，并且引起帝王和文士的注意。而这种方式的产生背景和基础，就是中土人士对偈颂的翻译和梵呗的制作。本文对于民间歌谣的影响未做论述（当然不是否认），一方面是这类论调早已充斥于耳，颇乏新意可陈；另一方面，其重要性又明显被离奇地高估。历史上的佛教作为一种宗教，与其说是一种信仰，"倒不如将其视为美术、工艺或思想、文学、音乐等各方面的综合体更合适"，"历史上的宗教行为应该是人类精神活动的总体，也是文化范畴中的一部分"①，前人的这些判断是值得深思的。

从文体上做"推源溯流"，本是中国传统的文学批评方法之一，其典型的表达法，是钟嵘《诗品》中的"其体源出于某某"②。这种简略的陈述方式，也往往容易引起误解，比如钱锺书就欣赏《南齐书·文学传论》评当时文坛"略有三体"是"综撮大要，顺适无碍"，讥讽钟嵘"固如高叟，一一指名坐实，似为孽子亡人认本生父母也"③。事实上，"推源溯流"法的精髓，是在文学发展的纵横关系中建立起一种秩序，不仅具有历史性，同时兼备审美性意义。某种文体的形成有其复杂性，并不能够限定在"源出于某某"之一端，有时甚至不仅仅在文学的范围之内。如果把文学史当作文化史的一个组成部分，把文体的形成和发展置于

---

① 〔日〕上垣外宪一：《日本文化交流小史》"前言"，王宣琦译，武汉大学出版社2007年版，第2页。
② 参见张伯伟《中国古代文学批评方法研究》内篇第二章"推源溯流论"，第104—193页。
③ 《管锥编》第四册，中华书局1979年版，第1445页。

不同文化的交流背景之下考察，那就既是对中国传统文学批评方法的继承，也是值得继续新探的途径之一。本文考索"三五七言体"之源，追溯到与佛教的关系，用意即在于此。

三、"三五七言体"之"流"

按照徐师曾的系谱，"三五七言体"之"流"至文同而止，这只是在杂言诗的范围内来考察问题。较早突破文体限制，眼光扩大及相关文体的，是赵翼的《陔余丛考》卷二十三"三五七言"条，从李白梳理到刘长卿的《送陆澧诗》和寇准的《江南春诗》。从他将刘、寇二作皆视为"诗"来看，未必有"文体"意义上的自觉，但《江南春》作为后来的词牌之一，这一联系客观上提示我们注意"三五七言体"的流衍与词调的关系。后来《词律》将李白诗看成《江南春》的滥觞，《词谱》甚至列李白之作为"正调"，列刘、寇二作为"又一体"。不管作为词调的《江南春》是如何成立①，其句式出于"三五七言"乃不可否认。后人有将"三五七言"当作词调，也是历史事实（是非则属另外的问题）。

讨论"三五七言体"之"流"，现代学者的眼光和范围其实并未超出古人，一是在中国的范围之内来讨论，二是眼光由杂体诗扩展到词。本文试图予以转换和突破，对以往的那种眼光和范围做出一些改善。

如果说，"三五七言体"的形成与佛教有关的结论能够成立的话，那么，其"自西徂东"的进程，并未到中国为止。署名李白的《三五七言》继续东传，进入了朝鲜半岛，并激发了新的回响。

鱼叔权《稗官杂记》卷一载：

---

① 参见任半塘《唐声诗》下编，上海古籍出版社1982年版，第520—523页。

李文顺见众鸡啄虫,恶而斥之,因作诗曰:"朱朱公,好啄虫。予不忍视,斥勿使迩。汝莫怨我为,好生本自期。我今退老疏散,不卜朝天早晏。岂要闻渠声报曙,贪眠尚欲避窗明。"自注云:"自三言至七言。"盖法李太白《三五七言》之诗也。鱼文贞公《咏菊》诗:"菊,菊。兄松,弟竹。挹夕露,承朝旭。粲粲英英,芬芬郁郁。霜葩耀晚金,雨叶滋晨玉。开三径望南山,溯一潭追甘谷。甜芳自可制颓龄,隐逸还堪医薄俗。香魂不灭宛旧精神,色相犹存本来面目。乌帽落时更看插一枝,白衣来处何嫌酌数斛。物既合洁其操自然而真,人争播咏于诗爱之谁酷。"自注云:"自一字至十字。"盖又法文顺诗,而添其体格也。①

李文顺即李奎报,他是高丽时代人,生当十二至十三世纪,诗见《东国李相国后集》卷四,个别文字有出入,如"声报曙"当作"报曙声",否则不押韵。鱼文贞即鱼世谦,十五世纪人。在鱼叔权看来,李奎报是"法李太白《三五七言》之诗也";而鱼世谦之作,又是"法文顺诗而添其体格"。这种看法当然有其依据,与他同时代的诗人权鞸,《石洲集》卷八有杂体诸诗,其中《松》《竹》《梅》《菊》《莲》五篇自跋云:

植物之中,枝叶可爱者二:曰松,曰竹;花可爱者二:曰梅,曰菊;花叶俱可爱者一:曰莲。余平生酷爱此五者,偶演李白《三五七言》,自一言至十言而止,成五篇。②

从一言到十言,就是"演李白《三五七言》"。此诗作于己亥(1599),而

---

① 《大东野乘》本,朝鲜古书刊行会明治四十二年至四十三年(1909—1910)版,第480—481页。
② 《韩国文集丛刊》第75册,景仁文化社1991年版,第80页。

《稗官杂记》亦撰于明嘉靖年间,其纪事已至丙午(1606)年。所以,他们的认识也代表了时人的一种普遍看法,即将"一言至十言"诗看成对《三五七言》诗的演化。这也导致了后来朝鲜女性的"变本加厉"。

朝鲜时代的诗人当然多有对李白之作亦步亦趋者,如赵任道《三五七言效李白》,载《涧松集》卷二;申活《效李太白三五七言》,见《竹老集》卷一,在标题上已经有所反映。许筠在编纂《国朝诗删》的时候,其"杂体"部分也特别选入了一首《三五七言体》,这表明在编者的心目中,该体也是"国朝诗"的代表之一。但特别引起我们注意的则是一些不同的变化:有的将此诗看成"歌",比如李达《荪谷诗集》卷二"歌"下列举六篇,《三五七言》即在其中;有的列为"长短句",如李健《葵窗遗稿》卷九"长短句"下列举六篇,为首的就是《三五七言》;也有的把该体与《江南春》合一,比如洪柱国《泛翁集》卷五"杂体",就有《江南春三五七言效寇平仲体》。更为特别的是以下两例,一是赵泰采的《李白三五七言一句分用上下句》:

秋风清,古槐寒蝉鸣。秋月明,空檐宿鸟惊。远客愁吟坐深更,星斗阑干河汉倾。①

这是把李白原作中的"秋风清,秋月明"分领二句,将固有的"三五七言体"改变为"三五三五七七"的句式。再如金允安的《鸡畏鸢三五七言》:

鸡畏鸢,鸢飞方戾天。雏奔母自鸣,众鸡亦竦然。庭中猫过不知避,不知大畏当其前。徒知远畏不畏近,猫之可畏难比鸢。鸣

---

① 《二忧堂集》卷二,《韩国文集丛刊》第176册,景仁文化社1996年版,第28页。

呼！世间所忽祸自生,人自不知尤可怜。①

这个改变更大,句式成了"三五五五七七七七(二)七七",即便将"鸣呼"二字当作声词忽略不计,改动还是很大,但仍然被称为"三五七言"。

在这里,有必要对造成这种"变体"的原因稍加探究。在我看来,这是受到了朝鲜人关于歌调观念的影响。朝鲜时代的申纬说:"东国言语文字繁简悬殊,古来词曲,皆参合言语文字而成也。故初无秩然之平仄、句读之叶韵,但以喉咙间长短、唇齿上轻重,或促而敛之,或引而申之,以准其歌词之刻数。"②说明朝鲜的"歌词"主要为配合声音而或"敛之"或"申之",并无严格的文字规则。韩国赵东一教授也指出:"韩国文学的特性首先表现在诗歌的韵律上……它的音节可伸可缩,具有变化的余地。"③这里所说的"诗歌",指的是用谚文,即朝鲜文字创作的可以歌唱的作品④。无论是新罗时代的乡歌,还是高丽时代的歌谣,都具有这种特色。即便是相对较为定型的时调,虽然可以用"三章六句"来概括,但除了第一句规定是三个音节外,其他句子皆长短自如,但并不妨碍统称为"时调"。这些作品都是民间的,但朝鲜文人对于来自民间的歌谣、俗曲也是有一定关注并且有所改造的。

较早关注民间歌谣的,是高丽时代的李齐贤,他曾选取高丽时代的歌谣译为七绝九首,名为《小乐府》,当时的文人闵思平就曾和之,而有

---

① 《东篱集》卷二,《韩国文集丛刊续》第 12 册,景仁文化社 2006 年版,第 46 页。
② 《警修堂全稿》第十七册《小乐府序》,《韩国文集丛刊》第 291 册,景仁文化社 2002 年版,第 379—380 页。
③ 〔韩〕赵东一等:《韩国文学论纲》,周彪等译,北京大学出版社 2003 年版,第 13 页。
④ 其实在新罗、高丽、朝鲜时代,人们讲到"诗",指的就是汉诗,借用汉字表现其民族语的乡歌或用谚文写作的被称为"歌""谣"或"曲"。

《小乐府六章》。李齐贤在元代曾入中国,与中国文人多有交往,又入蜀地、游江南,是朝鲜半岛极少能填词的作家,其长短句被刻入《彊村丛书》。朝鲜时代柳成龙评价为:"高丽五百年间名世者多矣,求其本末兼备,始终一致,巍然高出,无可议为者,惟先生有焉。"①所以,他以七绝翻写歌谣而为《小乐府》的举动也就影响深远。民间歌谣本为鄙俚之词,一般文人很少注意。李齐贤以其崇高的政治地位和文学地位,亲自将"词俚"的俗谣译作雅驯的七绝②,在观念上受到刘禹锡等人的影响。刘在蜀地,曾将"伧儜不可分"的"巴歈"改作《竹枝词》七绝九首,经过他的雅化和美化,这一形式很受后世文人的欣赏,黄庭坚、苏轼皆然。李齐贤《小乐府》也定为七绝九首,与《竹枝词》同,似非偶然。虽然是"诗"与"歌"的结合,显然是诗强歌弱。闵思平欲和其诗而耽心"事一而语重",李齐贤则鼓励云:"刘宾客作《竹枝歌》,皆夔峡间男女相悦之辞,东坡则用二妃、屈子、怀王、项羽事缀为长歌,夫岂袭前人乎?"③他为后代文人采撷民间歌谣、创作歌辞时调,树立了一个新的样板。朝鲜时代的申纬作《小乐府》四十首,序称"高丽李益斋先生采曲为七绝,命之曰《小乐府》,今在先生集中,举皆今日管弦家不传之曲。而其辞之不亡,赖有此诗。文人命笔,顾不重欤"④,所以仿效其作为。而李尚迪在读完申纬的《小乐府》后题词云:"哀乐中年翻旧曲,栎翁风

---

① 《益斋先生文集跋》,《韩国文集丛刊》第 2 册,景仁文化社 1990 年版,第 498 页。
② 《高丽史·乐志二》"俗乐"云:"其《动动》及《西京》以下二十四篇,皆用俚语。"《动动》下云:"词俚不载。"即便是高丽翰林诸儒所撰《翰林别曲》,也只登载其以汉文写作的部分,而不载其用"俚语"者,并且特别作一注释云:"凡歌词中以俚语不载者仿此。"但经过李齐贤"作诗解之"的七篇,即《五冠山》《居士恋》《处容》《沙里花》《长岩》《济危宝》《郑瓜亭》等便全录其文字。
③ 《益斋乱稿》卷四,《韩国文集丛刊》第 2 册,景仁文化社 1990 年版,第 537 页。
④ 《警修堂全稿》第十七册,《韩国文集丛刊》第 291 册,景仁文化社 2002 年版,第 380 页。

调谢公情。"①"哀乐中年"用谢安的感叹语②,"翻旧曲"指申纬仿作李齐贤(号栎翁)的《小乐府》,下句兼以谢、李来形容申诗。李裕元有《海东乐府》百首,也是"原于益斋先生《小乐府》法"③,可见其影响力之经久不衰。

至朝鲜朝世宗时期,文臣奉命撰进《龙飞御天歌》,"爰自穆祖肇基之时,逮至太宗潜邸之日。凡诸事迹之奇伟,搜摭无遗;与夫王业之艰难,敷陈悉备","歌用国言,仍系之诗,以解其语"④。这是将汉诗与谚文并置的,谚文用以歌唱("歌用国言"),汉诗用以理解("以解其语")。尽管在世宗朝创制了谚文,但在很多文人的观念中是抵制的,不愿学习,当然也就无法理解⑤,所以要用汉诗来帮助诠释。《龙飞御天歌》的谚文本句子长短错落,但汉文本却采用了四言为主的诗体,目的在于表明其继承的是"周咏'绵瓜',推本其所自出;商歌《玄鸟》,追叙其所由生"的《诗经》雅颂传统,为创作谚文歌曲寻求某种源于经典的"合法性"。尽管在此之前,如安轴的《关东别曲》《竹溪别曲》已经采用了"景几体歌",但基本上用汉文为之。其后渐渐有了谚汉双语混杂的歌曲,并收入文集之中。这就必然使两种文体发生互渗和影响,比如

---

① 《紫霞侍郎作乐府四十章见贻,题其尾》,《恩诵堂集》诗卷三,《韩国文集丛刊》第312册,景仁文化社2003年版,第179页。

② 《世说新语·言语》:"谢太傅语王右军曰:'中年伤于哀乐,与亲友别,辄作数日恶。'王曰:'年在桑榆,自然至此,正赖丝竹陶写,恒恐儿辈觉,损欣乐之趣。'"这里兼用"伤于哀乐"和"丝竹陶写"之意。

③ 《小乐府四十五首跋》,《嘉梧稿略》第一册,《韩国文集丛刊》第315册,景仁文化社2003年版,第29页。

④ 《进龙飞御天歌笺》,徐居正编:《东文选》第二册,卷四十四,太学社1975年版,第248页。

⑤ 这种情况一直延续到后代,十六世纪时金集说父亲"未习谚字"(宋浚吉:《同春堂集》别集卷四《上慎独斋先生》),十七世纪的朴世采说自己"不识谚字"(《南溪集》外集《答尹子仁》),十八世纪的朴趾源也宣称"吾之平生,不识一个谚字"(《答族孙弘寿书》,《燕岩集》卷三)。

南九万的《翻方曲》,就是将时调翻译为汉诗,十一首中多为六句构成,这符合时调的基本规则。但也有四句一首、五句一首的。再就句式来看,有五、七齐言体,也有杂言体,或作五五五五七五,或作五七五五七七,有的更不规则,比如以下两首:

朝天路草塞,玉河馆人空。大明崇祯今何在,三百年事大至诚如梦中。

东方明否,鸠鹄已鸣,饭牛儿胡为眠在房。山外有田垄亩阔,今犹不起何时耕。①

一作"五五七十",一作"四四八七七",如果和李齐贤的《小乐府》相比,其受谚文歌曲体式的影响已经相当明显。这时的"诗、歌"结合,就具有了平分秋色的特征。一律将"歌"翻作七绝体,是一种强行的"诗化",也就是"汉化",未必能够符合歌唱。李学逵解释"时调"说:"皆闾巷俚语,曼声歌之。"②如果坚持一律使用五七言绝句翻写,势必导致声辞的相互冲突。金万重《西浦漫笔》指出:

松江(郑澈)《关东别曲》、前后《思美人歌》,乃我东之《离骚》,而以其不可以文字写之,故惟乐人辈口相授受,或传以国书而已。人有以七言诗翻《关东曲》,而不能佳……鸠摩罗什有言曰:天竺俗最尚文,其赞佛之词极其华美,今以译秦语,只得其意,不得其辞。理固然矣。③

---

① 《药泉集》卷一,《韩国文集丛刊》第131册,景仁文化社1994年版,第431页。
② 《感事三十四章》,《洛下生集》第十八册,《韩国文集丛刊》第290册,景仁文化社2002年版,第548页。
③ 《西浦漫笔》卷下,通文馆1971年版,第652—653页。

在翻译的过程中,如何照顾到声与辞的配合就显得十分重要。用七言诗翻写《关东别曲》而不能佳的原因,就是声辞之不能相配。有意味的是,金万重为了寻求支持自己立说的理论依据,援引的就是鸠摩罗什有关佛经偈颂的翻译。在朝鲜的歌谣时调翻译为汉诗的过程中,不以中国固有的诗体做强行限制,就是他们在实践中摸索出来的方法之一。而只要能求其真、存其真,"则皆足以动天地、感鬼神,不独中华也"①。这种影响既发生在翻写歌谣中,也会进入自身创作汉诗的时候。据孙起阳的记载:

> 我国歌词,多以方言缀成音节,有难以文字解之者。杨天使自国都还燕时,关西路上,见耘妇唱歌,歌声甚朗,而未解其语。即驻马招译官问所歌者何言,译官相顾无以答。李相国某以接伴跟行,立谈间书示曰:"昔日苟如此,此身安可持。此心化为丝,曲曲皆成结。欲解复欲解,不知端到处。"杨大加嗟赏,因解行橐厚赐耘妇而去。②

杨天使指杨邦亨,李相国乃李恒福,此事当发生于丙申年(1596)明军援助朝鲜抵御倭乱之时。耘妇所唱者为时调,李氏以汉诗翻译,虽为五言句式,但六句成篇,则是受到时调形式的影响。又如李衡祥乐府《浩幡讴》十六首,皆六句成篇;洪良浩《青丘短曲》二十六首中,十三首为六句篇。朝鲜文人有大量摹仿中国的乐府,往往四句一解或一趋,在俞汉隽《自著》卷三"古歌谣乐府之变"中尤为显著。所以,六句一解的方式,便是摹仿了时调句式。李恒福生当十六世纪中至十七世纪初,到了

---

① 《西浦漫笔》卷下,通文馆1971年版,第653页。
② 《鳌汉集》卷四《杂著·排闷琐录》,《韩国文集丛刊续》第11册,景仁文化社2006年版,第238页。

这个阶段,"歌"显然可以影响"诗"。"三五七言"的"变体",应该与朝鲜文人受本土歌谣的影响有关。金允安《东篱集》卷首载《东篱先生年谱》,万历四十五年丁巳(1617)下云:"七月作《鸡畏鸢吟》,以三五七言成篇以寓意。"①所谓"吟"就是歌曲的意思,可见,他是以作歌的方式来作诗的。规则的时调由六句构成,"三五七言体"正是六句,所以很便于用时调的方式来歌吟,也很容易受时调方式的影响而导致句式的改变。赵泰采的《李白三五七言一句分用上下句》是六句。金允安《鸡畏鸢》除去"呜呼"二字共十句,可以理解成沿用了新罗时代的"乡歌体",也可以理解成受四句加六句合成的"方曲"影响。这些作品虽然还称作"三五七言",实际上已经是受到朝鲜歌曲影响后的"变体"了。

"三五七言体"传入朝鲜半岛后,另一个值得注意的现象与女性创作有关。若大致浏览朝鲜时代的女性诗歌,会发现她们颇为热衷写作"三五七言"。如光州金氏有《次李白三五七言韵兼寄子峻》,令寿阁徐氏有《三五七言》,洪原周有《三五七言》二题,淑善翁主有《三五七言》,徐蓝田有《三五七言》②,其身份从公主、命妇、闺秀直到妓女,这些作品的写作方式与中国的"三五七言体"并无二致。一般来说,也都归在"诗"的门类,只有徐蓝田的作品是归在"词"里的。

朝鲜时代的男性作家,曾推衍李白的《三五七言诗》为一至十言,如鱼世谦、权鞸等,这在中国也同样可见,至女性更别出心裁。《韩中故人男女诗词文》是一部抄本,书中作品有的署名,有的未署名,根据我的推断,署名者多男性,未署名者多女性。《浮碧楼诗》是未署名之一:

楼,楼。江岸,城头。浮碧空,带长流。壮观四海,雄压西州。

---

① 《东篱集》卷首,《韩国文集丛刊续》第12册,景仁文化社2006年版,第16页。
② 以上作品,均见张伯伟主编《朝鲜时代女性诗文集全编》,凤凰出版社2011年版。

侧身穷宇宙,弓手挽斗牛。仙人所以好居,骚客几多时游。风烟四海各殊状,人事千年等幻沤。乙密垱边神马不还,猉獜窟里古迹空留。高登雕栏顿觉逸兴生,迥抱平原便欣尘虑休。丹青曜目一杯可消百忧,寒气逼骨五日疑是九秋。僧归暮寺时闻响竹笻,客过烟浦每见倚兰舟。东指香炉众峰兀兀,西望京洛驿路悠悠。花明渡口开云锦,月到波心挂玉钩。青槐遥连柳堤,歌曲时和渔讴。山川独依旧,风景犹带羞。名区久别,时许先收。虽欲居,诚难留。抬首,骋眸。愁,愁。①

此诗先自一言增至十言,然后再依次减为一言,确实匠心独运,闻所未闻。全诗从"楼"开始,随着句子的增长,视野也逐步扩大,至宇宙、星斗而无以复加,遂转而抒发感慨。空间是"风烟四海",时间是"人事千年"。当句子由长变短,其观察的景物也由远而近,最后归结到对浮碧楼的依恋。随着句式的变化,诗情也跌宕起伏,不失为一首佳作。

以上是从一言至十言,又有变本加厉者,从一言演为十八言。金芙蓉的《相思诗》堪为代表:

别,思。路远,信迟。念在彼,身有兹。纱巾有泪,纨扇无期。香阁钟鸣夜,练亭月上时。倚高枕惊残梦,望归云怅远离。日待佳期愁屈指,晨开情札空支颐。容貌憔悴开镜下泪,歌声呜咽对人含悲。挈银刀断弱肠非难事,蹑珠履送远眸更多疑。昨不来今不来君何无信,朝远望夕远望妾独见欺。浿江成平陆后鞭马其来否,桑林变大海初乘船或渡之。逢时少别时多世情无人可测,好缘断恶

---

① 《韩中故人男女诗词文》,抄本,韩国中央研究院(原精神文化研究院)藏。按:浮碧楼在平壤,周围有乙密台、麒麟窟、永明寺,参见《东国舆地胜览》卷五十一。

缘回天意有谁能知。一段香云楚台夜神女之梦在某,数声良箫秦楼月弄玉之情属谁。欲忘难忘稍倚牧丹峰可惜红颜老,不思自思强登浮碧楼每伤绿鬓衰。孤处深闺肠能若雪三生佳约宁有变,独宿空房泪纵如雨百年贞心犹不移。罢春睡开竹窗迎花柳少年总是无情客,揽香衣推玉枕送歌舞游子莫非可憎儿。三时出门望出门望甚矣君子薄情如是耶,千里待人难待人难哀哉贱妾孤怀果何其。惟愿宽仁大丈夫决意渡江旧情烛下欣共对,勿使软弱儿女子含泪归泉孤魂月中泣相随。①

《李朝香奁集》将此诗系于平壤妓灵丹名下,且命名为"宝塔诗",当为误录。由一言而至十八言,这种实践精神虽然值得肯定,但诗句的长度总有一定之限,超过了限制读来就如文章。梁桥在谈到"一字至十字诗"时就指出:"古无此体,至宋始有之。然体类四六,而音律有可取也。"②十字诗已经"体类四六",将字数累至十八言,可算是登峰造极,偶一为之,也能因难见巧。

朝鲜女性对"三五七言体"的最大创造,是用谚文写作,或者是双语写作。以金浩然斋为首的金氏一门是朝鲜时代具有代表性的女性文学家族,而浩然斋是作品最丰富、体裁最全面的一位。她既有家族内部的赠答唱和集,又有散文专论《自警篇》,还有个人诗集《浩然斋遗稿》。值得注意的是,《曾祖姑诗稿》两卷,收诗二百三十五首,在其存世作品集中,数量最多,却是以谚文为之的。例如,《浩然斋遗稿》中有四首《悼兄》,用的是"三五七言体",兹录其中一首如下:

---

① 《朝鲜时代女性诗文集全编》中册,第 1116—1118 页。
② 《冰川诗式》卷二,台湾广文书局影印本 1973 年版,第 80 页。

夜何长,心何咽。展转听漏永,穷山怀思切。寒天切切雁呼群,一声未毕心先绝。①

而在《曾祖姑诗稿》中也有这组诗,与上述这首相对应者如下:

야하장, 심하열。전전청누영, 궁산회사절。한천절절안호군, 일성미필심선절。

虽然使用了韩语,句式却丝毫不变,很像是日语中的"音读"。每句之下,又有与之相对应的意义上的"谚解":

밤이 엇지하여 길며, 마음이 엇지하여 슬픈고。전하고 전하여 누치 기퍼가믈 드르니, 궁한 뫼의 회사도 절 하도다。춘 하늘의 기럭이 절절이 무리를 브르니, 한 소리 끗디 못하여서 마음이 몬져 끗쳐지는도다。②

这两组作品可谓"双语诗"。另外还有两首《十字诗》,则仅存谚文本,兹录其中之一如下:

최, 외。백석, 청태。루노숙, 절친애。녹하무명, 야월배회。범조성장열, 천화영주배。백운만학천령, 홍수천중만퇴。불수춘풍전로활, 회래고서망운퇴。수성초곡유사탄앙, 일수조가일흥상최。낙낙송회곡곡참천입, 분분도리방방만수개。하상연분박의

---

① 《朝鲜时代女性诗文集全编》上册,第 509 页。
② 许米子编:《韩国女性诗文全集》第 2 册,国学资料院 2003 年版,第 865 页。

정색하급,효창춘전공재월광이회。①

试译作汉诗如下：

> 崔,嵬。白石,青苔。□□□,绝亲爱。绿霞无明,夜月徘徊。凡鸟声将迎,鲜花影洒杯。白云万壑千岭,红树千重万回。不数春风前路阔,回来孤屿望云堆。数声樵曲儒士叹仰,一首棹歌逸兴相催。落落松桧曲曲参天立,纷纷桃李坊坊万树开。嗟乎缘份薄依情色何及,何尝春天空载月光而回。②

可见,所谓"十字诗"就是一言至十言诗。其文字是谚文,而诗体属汉诗,将这两者相结合,是金浩然斋的创造:给"三五七言体"披上了一件韩式外衣。

我不能说这是一次成功的尝试,用谚文写作的汉诗体,如果离开了其"谚解"部分,有时是很难理解的。上引《十字诗》中的第五句是三字句,由于其下相对应的谚解部分不存,如何理解就成为一个问题,所以对此句的译文是暂缺的。对于拥有较高汉文化修养的学者来说尚且如此,对于朝鲜时代的普通女性就更为难解了。《曾祖姑诗稿》的抄写者是金浩然斋的曾孙媳沈氏,其目的是便于家族中的女性阅读。在金浩然斋生前,家族中的父母兄弟姐妹常在一起唱和联句,保存至今的作品有《安东世稿》《联珠录》《宇珍》《浩然斋集》等,仅《联珠录》的参与者就达九人,有四人为女性。在他们的文学活动中,也有将时调与汉诗融合为一者,比如长兄金时泽(也是《联珠录》的编者)作歌一曲,又自译

---

① 许米子编:《韩国女性诗文全集》第 2 册,第 971—972 页。
② 此诗的汉译及韩文的翻写得到南京大学外国语学院郑墡谟教授的帮助,又承日本京都大学人文科学研究所金文京教授斟酌数字,特此致谢!

为绝句,遍示诸人,二妹、五妹皆有和作①。这一形式本身也是韩汉文学"合作"的某种实践,对于八妹浩然斋当有启示。由于女性的活动范围仅在家族之内,其诗文写作不为功名,不求闻达,反过来讲也就较少限制,并拥有了创造的自由。在《浩然斋集》中,称得上各体皆备,有文有诗,诗中又包括四言、五言、七言、杂言、古诗、律诗、绝句等。而在朝鲜男性文人的文集中,因为不擅长古体,常常是以律绝为主②。金浩然斋将"三五七言体"以谚文为之,堪称一次大胆的尝试,也显示了这一诗体在朝鲜半岛女性手中的又一种新"变体"。

四、余论:探索文体学研究的新途径

本文选择"三五七言体"为讨论对象,究其实,这不过是古代杂体诗之一,谈不上重要。但我很希望通过对这样一种即便是微不足道的文体源流的考察,在理论和方法上探索一下文体学研究的新途径。

如果说,一种文体拥有一个生命的话,那么,在其形成和成长的过程中,由于不同环境的孕育,就可能出现不同的样态。当佛经从印度传来,人们需要翻译的时候,既要传达其文意,又会受到其文体的影响,当

---

① 其歌如下:"뜰가의 몃는紫荊처음의 심은뜻은,百年花下의 兄弟 湛樂하랴터니,어즈버生離死別한대 홀로繁華하여셰라。"完全是时调句式,翻写成的绝句如下:"庭畔初栽紫荆枝,弟兄湛乐与花期。死别生离萧索甚,春风花发使人悲。"(《朝鲜女性诗文集全编》上册,第 396 页)

② 朝鲜文人从来不擅长古体诗,十五世纪的成俔指出:"我国诗道大成,而代不乏人,然皆知律而不知古。其间虽有能知者,未免有对偶之病,而无纵横捭阖之气。"(《风骚轨范序》,《虚白堂集·文集》卷六)十八世纪的洪良浩也说:"我东俗专尚近体,稍知操觚,已习骈偶,开口缀辞,便学律绝,不知古风长句为何状,是可谓诗乎哉?"(《与宋德文论诗书》,《耳溪集》卷十五)直到十九世纪末、二十世纪初的朴汉永,在其《石林随笔》中还自嘲"著古诗者甚少,唯以近体中七言律绝为酬唱之正宗"是"一种诗式自为半岛体制"(赵锺業编:《修正增補韓國詩話叢編》第 13 册,太学社 1996 年版,第 309—310 页)。

然也有明显的改造。极少数情况下会有较大的改造,比如《仁王护国般若经》并《密严经》,先在多罗叶时,并是偈颂,今所译者多作散文"①;更多的情况下,是将佛经偈颂中字数不一的"处中、短句、长句"等改变为适应中土的文体,先是多作四言,其后有五言、七言、三言或五七三杂言。在其选择过程中,有些受到了传统文体的影响,比如四言赞;有些受到了当时文学风气的影响,比如五言诗②;有些受到了民间歌谣的影响,比如七言或杂言。在多种因素的综合影响下,从而形成了一种汉译佛经偈颂的新文体。这种新文体既来自印度的母体,同时在中国的风土里形成并成长。本来,印度的梵呗和中国的赞颂是两种不同的文体,尽管人们不妨类比,比如道世说:"寻西方之有呗,犹东国之有赞。赞者,从文以结音;呗者,短偈以流颂。比其事义,名异实同。"③但两者的差别,至少从外观上看,汉译偈颂与原先的梵文本已大相径庭。探究其形成原因,自然是受到了中国文化环境的多方面滋养,从而孕育了一个新生命。

考察"三五七言体"的形成,本文追溯至佛教汉译偈颂。尽管这些偈颂体的形成,受到来自传统、文人及民间多方面的影响,但一旦形成其新生命,就会反过来对传统、文人及民间发挥主动的作用,其表现或大或小,或隐或显。善读书者,自当略其形迹,深究本质。章学诚指出:"后世之文,其体皆备于战国……学者不知,而溯挚虞所衷之《流别》,甚且以萧梁《文选》,举为辞章之祖也,其亦不知古今流别之义矣。"④章氏之言,值得深长思之。

---

① 《宋高僧传》卷三《飞锡传》,《大藏经》第五十册,第721页。
② 钟嵘《诗品序》中称:"五言居文词之要,是众作之有滋味者也,故云会于流俗……今之士俗,斯风炽矣,才能胜衣,甫就小学,必甘心而驰骛焉。"(曹旭:《诗品集注》,第36、54页。)
③ 《法苑珠林》卷三十六,《大藏经》第五十三册,第574页。
④ 《文史通义·诗教上》,《章学诚遗书》,第5页。

本文这样的一种探索和主张,虽然集中于文体学研究,其理论意义则不限于此。在文章的开始,我引用了萨义德对于文化特征的一段概括,那段话所针对的是欧洲中心主义者的自大与自恋,而打破这种思想禁锢,要求于学者的,就是用各种不同文化自己的语词来看待和理解不同时代、不同国族的文化,并且予以关注和尊重。在学术上突破民族国家或国别的限制,是二十世纪八十年代以来国际学术界的新潮流,其核心就在于打破欧洲中心主义的传统模式,从而转向其他国家,或直接称作"国际转向"(international turn)。举例来说,有"新文化史",用彼得·伯克(Peter Burke)的话说:"文化的碰撞与互相影响……应当成为新文化史的主要对象。""借鉴和同化的过程不再是边缘的,而是核心所在。"①有"书籍史",它"是一种用社会史和文化史的方法研究人类如何沟通和交流的学问"②,所以,超越国家的"无边界"的研究是必然的。近年来,又有"思想史的国际转向",据大卫·阿米蒂奇(David Armitage)的说法,"这种秉持着国际主义观的新趋势思想史,自视为一种无边界书史与无边界观念史结合的历史",它是"借由关注比国家更大的地区而重新对于空间概念产生兴趣"③。所有这些趋势都表明,在今天,即便从事国别史或国别文学史的研究,也应该突破国别的限制,在更广泛的范围内,以文化交流的视野重新加以审视。

我们不妨把范围缩小一点,2012年在台北"中研院"举办了"第四届国际汉学大会",自1980年以来,这个会议每十年举办一次,是世界

---

① 《文化史的统一性和多样性》,《文化史的风景》(*Varieties of Cultural History*),丰华琴、刘艳译,北京大学出版社2013年版,第227、233页。
② 〔美〕罗伯特·达恩顿(Robert Darnton):《书籍史话》,见《拉莫莱特之吻:有关文化史的思考》(*Kiss of Lamourette: Reflections in Cultural History*)第七章,萧知纬译,华东师范大学出版社2011年版,第85页。
③ 《思想史的国际转向》,胡全威译,《思想史》第一辑,台湾联经出版公司2013年版,第218—219页。

汉学研究的一次大检阅。王汎森在开幕式上的主题演讲,题目是《汉学研究的动向》,概述了2000年以来的世界汉学研究:就主题而言,东亚是一个新动向。同时,研究东亚的方法和路径也不同于过去,借用梁启超《新史学》中的说法,现在的研究是"亚洲之中国"和"世界之中国";就史料而言,出土资料、电子资料以外,域外史料,特别是域外汉籍日益受到重视。2013年,中国人民大学举办了第三届世界汉学大会,"新汉学"之名引人瞩目,"新"的表现之一,就是汉学不再单纯指对中国的研究,而是辐射到整个汉文化圈。同年在日本举行的第64回"日本中国学会"上,首次改变了历来的哲学思想、语言文学的"两分法"传统,新增了日本汉文部分,形成新的"三分法"。而国内自2000年以来的域外汉籍研究和东亚研究也都表明,把汉文化圈作为一个整体,尤其是把东亚汉籍作为一个整体,这种共识已经被越来越多的中外学者所认识、接受并付诸实践。用罗伯特·达恩顿对于欧美书籍史研究状况的形容,"这块领地的富饶程度已经使它不再像是有待开垦的处女地,而更像是枝繁叶茂的热带雨林。探险家到了这儿就会流连忘返,每向前走一步他都会有新的发现"①。与西方自古典时代以后就逐渐形成的文人共和国(Republic of Letters)类似,在东亚长期存在着一个知识和文化的共同体,也可以称作"文人共和国"②。因此,这种整体观不是硬套在他们头上的一道外在的"铁界箍",而是长期以来深植其心中的基本信念。把汉文化圈当作整体考察的方法,不是从观念出发的一厢情愿,而是与研究对象相契的"对应物"。

现在让我们再次把视线转移到欧美。2000年出版了由艾布拉姆斯(M. H. Abrams)主编的《诺顿英国文学选集》第七版,关于这一版在

---

① 《拉莫莱特之吻:有关文化史的思考》,第87页。
② 参见〔日〕高桥博巳『東アジアの文芸共和国——通信使・北学派・蒹葭堂—』,新典社,2009年。

编选理念上与以往各版的区别，主编在序言中做了如下说明："书名中'英国文学'的含义包括两部分：一指主要居住于英格兰、苏格兰、威尔士与爱尔兰的作家撰写的作品；二指用英语创作的文学作品，这种语言已经远远扩展到其原初边界之外。"正因为如此，编者"新选择的许多作品反映出文学史'国家的'（national）概念，在这一概念里面，认为英国文学的含义只是英格兰或最多是大不列颠的文学，已经开始让位于其他概念"①。很明显，第七版《诺顿英国文学选集》跨越了地理、种族和政治的国家概念，强调了"文学史'国家的'概念"，并认定这一概念不是"单一国家"（a single nation）的，而是"全球性的"（global）。这样一种超越了"单一国家"概念的文学史眼光，在欧美，对于非英语文学的研究者显然也产生了刺激。2010年，两卷本《剑桥中国文学史》（The Cambridge History of Chinese Literature）出版，主编孙康宜（Kang-i Sun Chang）和宇文所安在序言中特别表达了这样的意思："基于我们的历史维度，我们也不得不排除韩国、越南以及日本境内的汉文作品。但如果这些国家与中国之间的文学交流已经成为中国文化的一部分，则适当予以关注。"②如果不是因为超越"单一国家"的文学概念的刺激，在一部以"中国文学史"为名的著作中，是无须这番说明的。而他们"排除"东亚汉文学的举动，在我看来，非不愿也，乃不能也。所以，即便就文学研究而言，二十一世纪东西方学术动向都表明，继续固守单一国家的文学史概念的立场，如果不是应该被淘汰，也是一种落伍的陈旧观念。国别文学史研究中的"文化圈概念"，必然会越来越多地得到学术界的响应和实践。

---

① M. H. Abrams, General Editor, *The Norton Anthology of English Literature*, Seventh Edition, New York: W. W. Norton & Company Inc., 2001. pp. xxxii-xxxv.

② 《剑桥中国文学史》上卷，刘倩等译，生活·读书·新知三联书店2013年版，第7页。

我还想强调的是,从理论和实践上加强对研究方法的探索,应该成为学术研究的一个重心。百年来的中国学术,除去文献、人物和史实的考辨,其学术方法、理论框架以及提问方式,占据主流的都是"西方式"的或曰"外来的"。这使得欧美的东方研究具备了自身的一种传统,用萨义德的概括:"那就是,西方文化内部所形成的对东方的学术权威。""它被人为构成,被辐射,被传播;它有工具性,有说服力;它有地位,它确立趣味和价值的标准;它实际上与它奉为真理的某些观念,与它所形成、传递和再生的传统、感知和判断无法区分。"①我并不觉得这一概括是危言耸听的,哪怕是在汉学研究的传统中,西方汉学家也早就形成了其优越感,而且是深入骨髓的。一个手边的例子是,在最近讨论的"思想史的国际转向"中,包弼德说:"难以讳言,即使有千百种不愿意,今日国际性与全球化的浪潮仍不断地由西向东移动。"而这一移动的结果在他的预言中,"除了欧美思想架构体系以及方法论在世上不同语言国家中的扩张外,思想史在国际转向上还能有其他作为吗?其他文化(例如南亚与东亚)能有所反馈吗?儒学学者能有所反馈吗?我觉得对此问题的答案很可能是'不能'。而这也是过去百年来中国知识分子深层焦虑的源由"②。我们不必对这种冷嘲热讽反唇相讥,在十九世纪中叶以前,中国人也习惯于以自高自大的态度面对外在世界,虽然并不一定带有恶意,但最终却难免恶果。我们今天需要的是反省自己的学术工作,如何改变观念和方法上的"西方取向",当然是一项任重道远的工作,我之所以提出并实践"作为方法的汉文化圈"③,一方面希望以此而逐步摆脱百年来处于西洋学术牢笼下的困境,探索一种东方

---

①　《东方学》(*Orientalism*),王宇根译,生活・读书・新知三联书店1999年版,第26页。
②　《我们现在都是国际史家》,第245、246页。
③　参见张伯伟《作为方法的汉文化圈》(刘梦溪主编:《中国文化》2009年秋季号)、《再谈作为方法的汉文化圈》(《文学遗产》2014年第2期)以及专书《作为方法的汉文化圈》(中华书局,2011年版)。

的、亚洲的、中国的知识生产方式;另一方面,也希望能够对百年来所受西洋学术之恩惠予以适当的回馈。我的基本认识是:方法建立在具体的个案研究基础上,理论产生于与西洋学术的对话中。我们的观念和方法应该有别于而不自外于西方的学术研究。从这个意义上说,本文就是秉持这一理念而展开的一项初步实践。

回到本文探讨的问题,从西域到中土,跨越了两种不同的文化;从中国到东国,则是在同一个汉文化圈中的流转。当我们考察两种异质文化的时候,常常易见其异而不见其同;反之,在考察两种同质文化的时候,又往往易见其同而不见其异。我们固然要重视同一个文化圈中不同国家和地区之间的同一性,但更需要注意各个不同空间在相互接触时所产生的有意或无意的"误读",这可以使我们觉察到同一性中的多样性和差异性。就文体的发展来说,其流变有实际发生的轨迹,但也有蕴含在内的各种变化的潜能,后者所反映出来的,往往是一种未能充分实现的文体变化的新姿态。从"三五七言体"在朝鲜半岛的流衍来看,在多数情况下还是中规中矩的,但值得我们注意的恰恰是那些"变体"。它既是两种不同的文学(包括语言、句式、节奏等)嫁接后的果实,也体现了汉语文学发展的某种可能性,从而使我们对于文体生命的理解,拥有一种前所未有的眼光和态度。因此,强调"作为方法的汉文化圈",强调超越民族国家的视野,不是以同一性抹杀多样性,而恰恰是要透过多样性从而更深刻地认识同一性。"变体"的出现看起来似为"偶发",但绝不是偶然的。深究其所以然,能够让我们充分领略传统文体的新面容。本文对"三五七言体"之源流的考察即将结束,但这并不是探索之路的终结。如果继续"一路向东",我们还会注意到日本文学,无论是"三十一音体"(五七五七七)的和歌还是"十七字体"(五七五)的俳句,其"七与五的诗学"①是怎样形成的?僧人在其中起了

---

① 参见〔日〕川本皓嗣《日本诗歌的传统——七与五的诗学》,王晓平等译,译林出版社2004年版。

什么样的作用？日本汉诗中的"和臭"又该如何评价？要是再把眼光转向南方，考察在越南各阶层流传的歌调，采用的往往是"南音北字"①，所谓"南音"就是安南本土的曲调，而"北字"就是传自北方的汉字。但经他们喃译翻唱后的"演歌"，与中国、韩国或日本又都不同，最典型的是"六八体"或"双七六八体"②。这些都可以看作中国文学在汉文化圈的不同空间衍生出的不同面貌，其特殊面貌的形成，又与各地区本民族固有文化有着密切的联系。我想，若以这样的眼光和方法从事文体学的研究，是否能走出一条康庄大道呢？

二〇一四年九月十二日于朗诗寓所
二〇一五年三月三十日改毕

（原载《中国社会科学》2015 年第 7 期）

---

① 《歌调略记》，越南汉喃研究院藏本。按：此语虽就《读书诗》而发，但究其所指，实具普遍意义。

② 俱见《歌谱》所载，越南汉喃研究院藏本。按："六八体"是越南民族最喜闻乐见的文学样式之一，黎朝末期的阮攸曾以该体翻译《金云翘传》为三千二百五十多行，阮朝翼宗国王撰《字义歌》，采用的也是"六八体"。

作为典范的东亚文学史上的杜诗

一、引言

　　一九六二年,为了纪念杜甫诞辰一千二百五十年,日本吉川幸次郎在纪念会上发表了一篇题为《杜甫在东洋文学中的意义》①的演讲,主要以杜诗和日本文学的关系为讨论对象。同年在京都大学出版的《中国文学报》第十七册,也刊登了神田喜一郎的《杜诗在日本》②,就杜诗在日本平安时代至明治年间的研究情况予以综述。一九七六年,韩国李丙畴出版了《杜诗之比较文学的研究》一书,如果以英文标题看,实即"韩国文学中的杜诗"(*Tu Fu's Poetry in Korean Literature*)③。大辂椎轮,代表了现代学者讨论杜诗在东亚文学中的地位和意义的开端。今年是杜甫诞辰一千三百年,打破国别、民族、语言的限制,在更广泛的范围内讨论文化现象,是新世纪学术研究的趋势之一。东亚文学,在空间上主要包括中国、韩国和日本,在语言上则包括汉文、韩文和日文,本文所讨论的范围,固然涵括以上三国,但主要以汉文学为研究对象。这不仅是因为汉文学典籍的异常丰富,而且也因为在二十世纪以前的东亚

---

　　① 「東洋文学における杜甫の意義」,『吉川幸次郎全集』第 12 册,筑摩書房,1968 年,586—592 頁。
　　② 〔日〕神田喜一郎,「日本に於ける杜甫」,京都大學『中國文學報』十七册(杜甫誕生一千二百五十年特刊),1962 年 10 月,186—195 頁。
　　③ 《杜詩의比較文學的研究》,亞細亞文化社 1976 年版。

地区，人们普遍认为，汉文学才是文学的"正宗"。以本国文字撰写的作品，却难免在不同程度上受到贬抑。因此，东亚汉文学世界中的典范，也就代表了东亚文学世界中的典范。关于文学典范（或经典）的讨论，是二十世纪七十年代以来欧美文学研究界的热门话题之一，这在东亚文学研究界也同样引起了反响。故本文撰写之动机有三：一是为纪念杜甫，二是对前贤论著之踵事增华，三是实践"作为方法的汉文化圈"，并且对欧美文学经典研究的理论与方法有所回应。

二、典范的形成

杜诗作为东亚文学史上的典范，其形成的过程和特征在中国、日本和朝鲜半岛是有异同的。兹略做描写如下。

1. 中国

杜诗在中国文学史上的典范地位，在今日已是人人耳熟能详。而杜甫生前，显然也有这样的自觉。这个秘密，清人赵翼已予以揭橥：

> 李、杜诗垂名千古，至今无人不知，然当其时则未也，惟少陵则及身预知之。其赠王维不过曰"中允声名久"，赠高适不过曰"美名人不及"而已，独至李白，则云"千秋万岁名，寂寞身后事"，其自负亦云："丈夫垂名动万年，记忆细故非高贤。"似已预识二人之必传千秋万岁者……盖其探源泝流，自《风》《骚》以及汉魏六朝诸才人，无不悉其才力而默相比较，自觉已与白之才，实属前无古人、后无来者，是以一语吐露而不以为嫌，所谓"文章千古事，得失寸心知"也。①

---

① 《瓯北诗话》卷二，人民文学出版社1963年版，第19页。

不过,杜甫在当时获得的实际评价远未达到其自我期许的程度,尽管韦迢称他"大名诗独步"①,任华赞美曰"昔在帝城中,盛名君一个。诸人见所作,无不心胆破"②,但只是朋友圈内的称颂之辞。在古代最重要的文学批评形式——选本中,唐人较少垂意于杜诗③,其他相关文献也类似。以《琉璃堂墨客图》为例,该书评王昌龄为"诗天子"④,李白为"诗宰相",王维名次之,綦毋潜为"诗大夫",而杜甫列在其后第十三,只能算"位卑名末"。因此,杜诗即便有一定程度和范围的流传⑤,或者有二三有识之士的洞见,也绝难说影响广泛,所以他才有"百年歌自苦,未见有知音"⑥之叹。晚唐人王赞《玄英集序》亦云:"杜甫雄鸣于至德、大历间,而诗人或不尚之。呜呼!子美之诗可谓无声无臭者矣。"⑦如果再看看杜甫去世后二三年间樊晃所编《杜工部小集》(全书已佚)所撰序文,就可以知道杜诗在当时仅仅"行于江汉之南……江左词人所传诵者,皆公之戏题剧论耳,曾不知君有大雅之作,当今一人而已"⑧,对时人之不识杜诗真价值而深致惋惜之情。

---

① 《潭州留别杜员外院长》,[清]仇兆鳌:《杜诗详注》卷二十二,第1995页。
② 《杂言寄杜拾遗》,《又玄集》卷上,傅璇琮:《唐人选唐诗新编》,第600页。
③ 参见卞孝萱《顾陶〈唐诗类选〉是第一部尊杜选本》,收入《唐代文史论丛》,山西人民出版社1986年版,第193—203页。
④ 明抄本陈应行《吟窗杂录》卷十六。"诗天子"一作"诗夫子",误。刘克庄《后村诗话》新集卷三云:"唐人《琉璃堂图》以昌龄为诗天子,其尊之如此。"又日本市河宽斋《诗烬》"诗帝"条曾举平安时代诗人岛田达音诗:"昔在昌龄成诗帝(当作'帝号')。"并引其自注云:"玄宗立王昌龄为诗帝。"(《宽斋先生余稿》,东京游德园1926年版,第256页。)岛田达音(一名忠臣)此诗作于元庆五年(881),见『田氏家集』卷中,"诗帝"之说当本于《琉璃堂墨客图》。
⑤ 关于杜诗的早期流传,参见陈尚君《杜诗早期流传考》,收入《唐代文学丛考》,中国社会科学出版社1997年版,第306—337页。
⑥ [唐]杜甫:《南征》,《杜诗详注》卷二十二,第1950页。
⑦ [唐]方干:《玄英集》卷首,《景印文渊阁四库全书》第1084册,第44页。
⑧ 《杜工部小集序》,[清]钱谦益:《钱注杜诗》附录,第709页。

杜甫在文坛上首次得到极高赞美和无限崇拜,来自元和年间(806—820)的韩愈、白居易和元稹。元稹《唐故工部员外郎杜君墓系铭并序》云:

> 余读诗至杜子美,而知小大之有所总萃焉……盖所谓上薄风、骚,下该沈、宋,古傍苏、李,气夺曹、刘,掩颜、谢之孤高,杂徐、庾之流丽,尽得古今之体势,而兼人人之所独专……诗人以来,未有如子美者。①

推崇到无以复加的程度;其友人白居易也以杜诗为"贯穿今古,覙缕格律,尽工尽善"②。然而从韩愈的《调张籍》诗中可知,这样的评价尚未得到文坛的一致公认:

> 李、杜文章在,光焰万丈长。不知群儿愚,那用故谤伤。蚍蜉撼大树,可笑不自量。③

可见当时确有"蚍蜉撼大树"的"群儿",对于"李、杜文章"颇多毁谤。

杜诗首次在诗歌选本中受到推尊,是顾陶穷三十年之力,在大中十年(856)编成的《唐诗类选》④。此后,韦庄编《又玄集》,以杜诗开卷,置于李白之前;韦縠编《才调集》未选杜诗,却在《序》中特别说明"暇日

---

① 《元稹集》卷五十六,中华书局1982年版,第600—601页。
② 《与元九书》,《白居易集》卷四十五,中华书局1979年版,第961页。
③ 《韩昌黎诗系年集释》卷九,第989页。
④ 最早指出这一点并加以考论的,是日本学者黑川洋一「中唐より北宋末に至る杜甫の發見について」,『四天王寺女子大學紀要』創刊号,1970年12月。后收入其『杜甫の研究』,創文社,1977年。又有卞孝萱《顾陶〈唐诗类选〉是第一部尊杜选本》,原载《学林漫录》第八集,中华书局1983年版。均可参看。

因阅李、杜集,元、白诗"①而引发编纂动机。四库馆臣云:"冯舒评此集,谓崇重老杜,不欲芟择。然实以杜诗高古,与其书体例不同,故不采录。"②两说虽不同,但认为该书未选杜诗乃重视至少并非忽视杜诗的意见是一致的。这些大致可以表明在《唐诗类选》之后,选家对杜诗的态度已经发生了改变。

宋初流行的诗风是白体、晚唐体和西昆体,杜诗不仅不是典范,还受到一些贬抑。西昆体的代表之一杨亿不喜杜诗,贱称杜甫为"村夫子"③。欧阳修改革西昆文风,代之以李白、韩愈。尽管在与宋祁(属西昆体)编纂的《新唐书·文艺传》中,云"唐有天下三百年……言诗则杜甫、李白、元稹、白居易、刘禹锡",又评杜诗"浑涵汪茫,千汇万状,兼古今而有之。它人不足,甫乃厌余,残膏剩馥,沾丐后人多矣",并引用元稹和韩愈的推崇之辞,以为"诚可信云"④,但这与其个人审美并无必然联系。实际上,欧阳修对杜诗并不欣赏,刘攽说:"欧公亦不甚喜杜诗,谓韩吏部绝伦……欧贵韩而不悦子美,所不可晓。"⑤《后山诗话》亦云:"欧阳永叔不好杜诗……余每与黄鲁直怪叹,以为异事。"⑥欧阳修曾写过《李白杜甫诗优劣说》,认为"杜甫于白得其一节而精强过之,至于天才自放,非甫可到也"⑦,主张李优于杜。

杜诗之成为中国文学史上的最高典范,是在北宋中期完成的。首先对杜诗做出高度评价的,应推王安石。他不仅编纂了《杜工部后集》,而且在他所编《四家诗》中,也以杜甫居其首,次以欧阳修、韩愈和

---

① 《唐人选唐诗新编》,第691页。
② 《四库全书总目》卷一百八十六,第1691页。
③ [宋]刘攽《中山诗话》语,[清]何文焕辑:《历代诗话》,第288页。
④ 《新唐书》卷二百一《文艺上》,第5726、5738—5739页。
⑤ 《历代诗话》,第288页。
⑥ 同上书,第303页。
⑦ 《笔说》,《欧阳修全集》,中国书店1986年版,第1044页。

李白。自从韩愈将李白和杜甫并举以来,李、杜就成为诗坛上的双璧,关于李、杜优劣也就成为人们关注的话题之一,而以扬李抑杜的论调较占上风。所以,王安石将杜诗置于篇首,而将李白置于卷末,是具有反拨意义的。他还做出这样的解释,其一,就内容而言:

> 白诗近俗,人易悦故也。白识见污下,十首九说妇人与酒。①

其二,就风格而言:

> 白之歌诗,豪放飘逸,人固莫及,然其格止于此而已,不知变也。至于甫,则悲欢穷泰,发敛抑扬,疾徐纵横,无施不可。故其诗有平淡简易者,有绮丽精确者,有严重威武若三军之帅者,有奋迅驰骤若泛驾之马者,有淡泊闲静若山谷隐士者,有风流酝藉若贵介公子者……此甫所以光掩前人,而后来无继也。②

所谓"绪密而思深",揭示的就是杜诗构思精密、用意深刻的特色。而以李白"格止于此",不如杜甫之"无施不可",也把欧阳修认为杜甫仅于"一节"超过李白的论断彻底扭转了。

其次为苏轼,他接续《新唐书》之余论,从思想上进一步肯定杜诗。其《王定国诗集叙》云:

> 太史公论《诗》,以为"《国风》好色而不淫,《小雅》怨悱而不乱"。以余观之,是特识变风、变雅耳,乌睹《诗》之正乎……古今

---

① [宋]胡仔《苕溪渔隐丛话》前集卷六引《钟山语录》,中华书局(香港)1976年版,第37页。
② 《苕溪渔隐丛话》前集卷六引《遁斋闲览》,第37页。

诗人众矣,而杜子美为首,岂非以其流落饥寒,终身不用,而一饭未尝忘君也欤。①

杜诗之一饭不忘君,此后几乎成为宋人的口头禅、门面语。这对于杜诗典范的形成,而且不止于在中国文学史上,固然有很大作用,但同时也蒙蔽了杜诗真面目,以此学杜也难免流为"杜壳子"②。

从诗歌艺术上对杜诗做进一步阐发,是黄庭坚及其江西诗派。黄庭坚之推崇杜诗,有其家学及师友渊源诸因素,如其父黄庶、岳父孙觉及谢景初等人,都对他产生了或大或小的影响③。特别是他学习杜甫以句法为中心,更是直接继承了王安石的作风。王安石对杜诗句法深有会心,宋人多有此论。黄庭坚从谢景初、王安石得句法,从他以后,句法就成为宋代诗学的中心观念之一。古人所谓"句法",往往包含内容与形式两方面而言,关系到作者的内涵,体现出作者的人格与修养。黄庭坚等人以句法为中心学习杜甫,因此也总是兼顾其人格上的"忠义"和艺术上的"陶冶万物"。就艺术而言,根柢乃在学问。他在《答洪驹父书》中指出:

> 自作语最难,老杜作诗,退之作文,无一字无来处。盖后人读书少,故谓韩、杜自作此语耳。古之能为文章者,真能陶冶万物,虽

---

① 《苏轼文集》卷十,第318页。
② 夏敬观《唐诗说·说杜甫》指出:"明人所学杜壳子,皆坐此弊……苏子瞻以《三百篇》止乎礼义为不足,而推子美诗止乎忠者以序王定国诗,可谓开恶文之例。"(台北河洛图书出版社1975年版,第48页)
③ 黄庶、谢景初诗学杜甫,见载于《后山诗话》。而谢氏"倒着衣裳迎户外,尽呼儿女拜灯前"句,也被黄庭坚评为"绝类老杜","编之杜集无愧也"(《王直方诗话》引,载《苕溪渔隐丛话》前集卷二十八,第198页)。又范温《诗眼》载:"山谷常言:'少时曾诵薛能诗云:青春背我堂堂去,白发欺人故故生。孙莘老问云:此何人诗? 对曰:老杜。莘老曰:杜诗不如此。'后山谷语传师云:'庭坚因莘老之言,遂晓老杜诗高雅大体。'"(《苕溪渔隐丛话》前集卷十四引,第90页)

取古人之陈言入于翰墨,如灵丹一粒,点铁成金也。①

"点铁成金"之说本于禅宗,这里用来指取古人之陈言加以熔铸锻炼,所以又可称之为"夺胎换骨",其核心仍然是句法。范温在《诗眼》中秉承师意云:

句法以一字为工,自然颖异不凡,如灵丹一粒,点铁成金也。②

所以,句法中另一重要内容就关乎"句眼"。僧保暹《处囊诀》"诗有眼"条已举出杜甫"江动月移石,溪虚云傍花"之句,并认为"'移'字是眼也"③。黄庭坚《赠高子勉》云:"拾遗句中有眼,彭泽意在无弦。"任渊注:"谓老杜之诗,眼在句中,如彭泽之琴,意在弦外。"④据叶梦得说,高子勉(荷)也是"学杜子美作五言,颇得句法"⑤。因此,"诗眼"说乃成为江西诗派的理论主张之一。

总之,杜诗典范地位的确立,是在北宋代表性文人的反复强调下得以形成的。正如赵翼指出:"北宋诸公皆奉杜为正宗,而杜之名遂独有千古。"⑥而叶适更将"天下以杜甫为师"的时间确定在"庆历、嘉祐以来"⑦。北宋仁宗时期王洙、王琪收罗校订《杜工部集》,奠定了杜甫传世作品的基本规模。在王、苏、黄三家提倡杜诗之后,注家纷起,鱼龙混

---

① 《豫章黄先生文集》卷十九,商务印书馆影印《四部丛刊》本。
② 郭绍虞:《宋诗话辑佚》,中华书局1980年版,第333页。按:晁公武《郡斋读书记》卷十三《诗眼》下云:"温,范祖禹之子,学诗于黄庭坚。"吕本中《紫微诗话》亦云:"表叔范元实既从山谷学诗,要句字有来处。"
③ 张伯伟:《全唐五代诗格汇考》,第497页。
④ [宋]任渊、史容、史季温:《山谷诗集注》卷十六,第396页。
⑤ 《石林诗话》卷中,《历代诗话》,第419页。
⑥ 《瓯北诗话》卷二,第20页。
⑦ 《徐思远文集序》,《叶适集》,中华书局1961年版,第214页。

杂,鄙浅者有之,诞妄者有之,甚至假托名人,如《东坡杜诗事实》(一名《东坡杜诗故事》)、《杜陵句解》等,即诡称其说出于苏轼①。注家众多,集之者乃有十家、二十家、六十家、百家、千家注杜。杜诗遂广泛流传,深入人心,"乡校家塾,龆龀之童,琅琅成诵,殆与《孝经》《论语》《孟子》并行"②。在诸家注释中,"诗史"和"忠君"观念尤为人所重。《九家注杜诗》为郭知达所集,曾噩刻本极佳③。郭序云:"杜少陵诗,世号诗史。"曾序云:"遭时多难,瘦妻饥子,短褐不全,流离困苦,崎岖埋厄,一饭一啜,犹不忘君,忠肝义胆,发为词章。"④此后有《王状元集百家注编年杜陵诗史》《黄氏补千家集注杜工部诗史》等,也在这一方面强化了杜诗的典范形象。这种意识主导下的杜诗注释风气,直到明代才逐渐有所摆脱。

2. 日本

白居易《读李杜诗集因题卷后》云:"吟咏流千古,声名动四夷。"⑤如果不是泛泛而谈,那么在公元八世纪末、九世纪初,杜诗已经"名动四夷",至少应该传至"东夷"了。但是编纂于九世纪的藤原佐世《日本国见在书目录》,其中并无杜甫集的记载,所以,黑川洋一推断杜集传入日本的时间,是在平安朝末期,即公元十一世纪⑥。这个问题在今天看来,有必要做重新认识。《日本国见在书目录》之编纂,缘于日本贞观十七年(875)冷泉院失火,其能够著录的并非当时已输入日本汉籍

---

① 参见先师程千帆《杜诗伪书考》,《古诗考索》,上海古籍出版社1984年版,第345—365页。
② [宋]曾噩:《九家集注杜诗序》,《九家集注杜诗》卷首,洪业等编《杜诗引得》本,上海古籍出版社1985年版,第1页。
③ 陈振孙《直斋书录解题》称该书"最为善本",钱曾《读书敏求记》亦称此书"刻镂精工,乃宋本中之绝佳者"。
④ 分别见郭知达、曾噩《九家集注杜诗序》,《九家集注杜诗》卷首。
⑤ 《白居易集》卷十五,第319—320页。
⑥ 相关讨论参见『杜甫の研究』第五章「日本における杜詩」,335—338页。

的全部，而只是劫后之余。其实，杜诗何时传入日本，在目录上还是有所反映的，这就是承和五年（838）入唐请益僧圆仁《入唐新求圣教目录》中所著录的《杜员外集》二卷，该书属于他"于长安城兴善、青龙及诸寺求得者"①，当即杜甫诗集。北宋王洙编辑杜诗，记录其所用诸本，首列"古本二卷"。苏轼题跋中有"记子美逸诗"条，自谓"与刘斯立得之于管城人家叶子册中，题云《杜员外诗集》，名甫字子美。其余诸篇，语多不同"②云云，与圆仁所得者或即同一系统。圆仁将舶回的书籍、法器"具目申官"的时间是承和十四年（847），所以，至晚在九世纪中叶，日本人已能够阅读到杜甫诗集，是无可怀疑的③。

但正如许多学者已经指出的，在平安时代最受欢迎的唐代诗人不是杜甫，而是白居易④。如《千载佳句》入选了六联杜甫诗，而白居易的作品竟达五百七联。显然，白居易是平安朝的文学典范，不仅在汉文学中如此，在假名文学如物语、和歌中，也能够看到白居易的深刻影响⑤。

杜诗在日本受到瞩目，起于十三世纪以降的镰仓、室町时代，当时的文化以五山诗僧为代表。随着宋代文学及批评文献的传入，白居易的文坛典范地位受到了动摇，而杜甫的地位则开始上升。比如成书于

---

① 《大藏经》第 55 册，台北中华佛教文化馆影印大藏经委员会 1957 年版，第 1084 页。

② 《苏轼文集》卷六十七《题跋》，第 2104 页。

③ 这个基本结论现在应该已被中日学术界所接受，参见陈尚君《杜诗早期流传考》、〔日〕静永健「近世日本『杜甫詩集』閲讀史考」（载九州大学大学院人文科学研究院『文学研究』第 109 辑，2012 年 3 月）。王洙所列诸本中，与古本二卷相并列的有樊序《小集》六卷，看来，前者不会是后者的转抄系统本。

④ 参见〔日〕吉川幸次郎「杜詩在日本」，『吉川幸次郎全集』12 册，717—719 頁；〔日〕黑川洋一『杜甫の研究』第五章「日本における杜詩」；〔日〕静永健「近世日本『杜甫詩集』閲讀史考」等文。

⑤ 参见〔日〕金子彦二郎『平安時代文学と白氏文集』，藝林社，1977 年；〔日〕丸山清子《源氏物语与白氏文集》，申非译，国际文化出版公司 1985 年版；〔日〕中西進《源氏物语与白乐天》，马兴国、孙浩译，中央编译出版社 2001 年版。

南宋淳祐四年(1244)的魏庆之《诗人玉屑》，不过几十年便传入日本，到日本正中元年(1324)已有和刻本问世①。《诗人玉屑》卷五"初学蹊径"引《后山诗话》云："学诗当以子美为师……学杜无成，不失为功。无韩之才与陶之妙而学其诗，终乐天耳。"②即透露了杜、白地位升降的消息。五山文学的始祖虎关师炼有《济北集》二十卷，卷十六至二十为"通衡"，议论佛教及中国经子文集各类典籍，有云"后世议乐天之浅俗者是也"③，或即本于《诗人玉屑》④。卷十一为"诗话"，其中四则是对以往杜诗注释的指谬，他也因此而被日本学者称许为"我国杜诗研究的开山之祖"⑤。随着阅读的频繁和受众的增广，禅林中也兴起了讲解杜诗的风气，其中以义堂周信、瑞溪周凤、太极藏主、景徐周麟、天隐龙泽等人最为著名⑥。室町时代的诗僧对杜诗的关心，与义堂周信的大力弘扬有关，阅读杜诗之风，也就开始流行。据黑川洋一说，室町时代初期，五山版刊刻有三种杜集，即《集千家注分类杜工部诗》二十五卷，《集千家分类杜工部诗》二十五卷，《集千家注批点杜工部诗集》二十卷⑦。同时，注解杜诗的专书(即"抄物"类)也在禅林中广布。现知最早者为义堂周信的弟子心华元棣，有《杜诗臆断》。现存京都建仁寺两足院的江西龙派《杜诗续翠抄》和雪岭永瑾《杜诗抄》，也是当时产生的两种杜诗抄物。仁甫圣寿还有《续臆断》。又如《翰林五凤集》乃后阳

---

① 此本今藏日本京都大学附属图书馆和东京岩崎文库，卷末有僧玄惠所写刊记，署于正中元年。
② 《诗人玉屑》，上海古籍出版社1978年版，第116页。
③ 『濟北集』卷二十，上村観光編『五山文學全集』一卷，思文閣，1973年，360頁。
④ 《诗人玉屑》卷六"诗要有野意"条引《休斋诗话》云："人之为诗，要有野意……风人以来，得野意者，惟渊明耳。如太白之豪放，乐天之浅陋，至于郊寒岛瘦，去之益远。"(第129页)
⑤ 〔日〕黑川洋一，『杜甫の研究』第五章「日本における杜詩」，339頁。
⑥ 参见〔日〕芳賀幸四郎『中世禪林の學問および文學に関する研究』第二編第二章，日本學術振興會，1956年，269—274頁。
⑦ 『杜甫の研究』第五章「日本における杜詩」，342—343頁。

成天皇(1586—1611在位)勅编,分类编纂了自建武(1334—1338)至元和(1615—1624)约三百年间五山禅僧的诗作,是一部具体而微的五山诗歌总集,其卷六十"支那人名部"以杜甫为吟咏对象的作品,也多至二十二题五十一首。杜甫在时人心目中的地位,达到了前所未有的高度。

但是,杜诗尚不足以称作文学典范。前人研究认为,五山诗僧对于杜诗的推重,主要来自对苏轼、黄庭坚等人的步趋,他们对杜诗的认识也是建立在宋人的评论基础之上的①。这无疑是一个敏锐的观察。但除此以外,还有一个重要原因往往为人忽略,那就是五山禅僧文学观的影响。杜甫有两句诗是五山禅僧津津乐道的,这就是"文章一小技,于道未为尊"②。竺僊语录中有与弟子问答:

裔翔侍者问:"大凡作诗及文章,何者宜为僧家本宗之事?"师曰:"僧者先宜学道为本也,文章次之。然但能会道而文不能,亦不妨也。"翔曰:"多见日本僧以文为本,学道次之。翔见杜子美曰:'文章一小技,于道未足尊。'以此观之,况缁流乎?故窃以为恨。然如何学道可也?"师曰:"汝能知此,犹可敬也。我国之僧,有但能文而宗门下事绝不知者,人乃诮之,呼其为'百姓僧'。若僧为文不失宗教,乃可重也。"③

---

① 参见〔日〕青木正兒『支那文學藝術考』中「國文學と支那文學」節(弘文堂書房,1942),静永健『近世日本「杜甫詩集」閱讀史考』。
② 《贻华阳柳少府》,《杜诗详注》卷十五,第1315页。按:此句真实含义并非贬低文学,仇注云:"柳必推赞公之诗文,故自谦云,文章特小技耳。他日又云'文章千古事',方是实语。"五山诗僧乃断章取义。
③ 『竺僊和尚住净智并无量壽寺語錄』卷上,『大日本佛教全書』第九十六册,佛書刊行會,1914年,281—282頁。

义堂周信则云：

> 君子学道，余力学文。然夫道者学之本也，文者学之末也……老杜以文章自负者，尚不曰乎"文章一小技，于道未为尊"？念哉！①

所以，尽管他对杜诗颇为赏爱，但并不认为学诗当以杜诗为典范。应安三年二月廿三日记载：

> 秀嵩侍者求讲《诗史》，余反劝以佛学。嵩恳请说《北征》一篇，余云："此乃少年暂时所好也，今时学诗者专以俗样而为习，是可戒也。"②

所谓"俗样"，就是世俗的士大夫之体。同上四月廿日：

> 昙瑛恳说老杜诗，余却之，且云："自今以去，誓不复目外道典籍，公其勿乞。"③

五山诗僧真正标榜的是"高僧诗"，义堂周信指出：

> 今时僧诗皆作俗样也，学高僧诗最好。今僧诗例学士大夫之体，尤可笑也。官样富贵，金玉文章，衣冠高名崇位等弊尤多。弊

---

① 「錦江說送機上人歸里」，『空華集』卷十六，『五山文學全集』第二卷，1781 頁。
② 『空華日用工夫略集』，36 頁。
③ 同上书，第 38 页。

则必迹生,迹生则必改,复古高僧之风可也。①

"高僧诗"之高,其实不只在诗,更在于"道"②。站在其宗教背景之上,五山僧人即便推崇杜诗,或者推崇苏、黄诗,也很难将他们视作真正的典范。

前人研究多已指出,到了江户时代,读杜诗的风气极为高涨,读者的范围也进一步扩大。而直接导致其流行的,是一部明人邵傅所编的《杜律集解》,包括五律四卷和七律两卷共五百多首诗,其实仅仅是一部通俗读物而已③。此书在江户时代是畅销书,曾多次翻刻,远远超过其他杜集,一个重要的原因就是简明。林春斋在《畀尾退》一信中说:

> 诗无盛于唐,唐多才子,以子美为最。杜诗多解,然千家、分类、笺注、集注,皆堆而不易读也。近年邵傅《杜律集解》,简而不繁,人人读之。④

由于长崎源源不断地输入中国新书,许多新的杜诗注本也很快传到日本。根据现存日本的各种舶载相关书目,包括赍来书目、大意书、书籍元帐、落札帐等资料⑤,可知下列清人注杜之著均有东传,如卢元昌《杜

---

① 『空華日用工夫略集』,42頁。
② 義堂周信「筑云三隐倡和诗叙」云:"古之高僧居岩穴,修戒定慧,而余力及诗,寓意于讽咏,陶冶性情者固多矣,而视其诗,则率以道德为主,章句为次,枯澹平夷,令读者思虑洒然。若唐皎然、灵彻、道标三师,以诗鸣于吴越之间……而世徒称三师以诗,潜子(指契嵩,有《三高僧诗》)独以道德而美之,不亦高哉!"(『空華集』卷十一,『五山文學全集』第二卷,1781頁)
③ 参见吉川幸次郎「杜詩在日本」,〔日〕黑川洋一「杜甫の研究」第五章「日本における杜詩」;〔日〕靜永健「近世日本〈杜甫詩集〉閱讀史考」等文。
④ 『鷲峰林學十文集』卷三十七,相良亨等編『近世儒家文集集成』第12卷,ぺりかん社,1997年,390頁。
⑤ 大庭脩根据这些记载,著『江戸時代における唐船持渡書の研究』,并且在"资料编"中附载了这些文献,可参看。關西大學東西學術研究所,1967年。

诗阐》,元禄七年(1694)传入;《杜诗会梓》,元禄十六年(1703)传入;仇兆鳌《杜诗详注》,宝永七年(1710)传入;《杜律意笺》,正德元年(1711)传入;吴见思《杜诗论文》,正德二年(1712)传入;钱谦益《注杜诗》,正德五年(1715)传入;顾宸《辟疆园杜诗注解》,享保二年(1717)传入;沈德潜《杜诗偶评》,享保十九年(1734)传入;朱鹤龄《杜诗辑注》,宝历四年(1754)传入;浦起龙《读杜心解》,宝历九年(1759)传入;杨伦《杜诗镜诠》,弘化元年(1844)传入。除了翻刻中国本,也有日本人自己的注本,如宇都宫遯庵《鳌头增广杜律评解》、释大典《杜律发挥》、度会末茂《杜律评丛》、津阪孝绰《杜律详解》等。津阪门人小谷熏所撰《东阳先生杜律详解后序》云:

  唐兴,诗学大振,而杜少陵之诗为诸家冠冕,识者遂推为诗史,又尊为诗中之经。非以其忠厚恻怛、纪实写真,足垂训于百世邪?夫如此,则其为诗道大矣。后之学者,又宜杜诗为宗。①

虽然在内容上皆拾宋人之余唾,评价总算是很高的了。

  从以上所述来看,我们是否可以认为杜甫在江户时代已经成为文坛典范了呢?在我看来,杜甫充其量可以在数量众多的典范中占一席之地,可以在三百年间的历史中领数十年风骚,却无法享有"独尊"的地位。

  第一,与前代相比,杜诗在江户时代最引人瞩目的是读者众多。这当然是有原因的。比如教育规模的扩大,幕府及各地皆有大大小小的学校,学校中有大量的藏书,有从中国输入的,更多的则是和刻本,而和刻本大多附有句读训点,因此,除了专门家以外,一般的武士、町人和民众也都能够借助训读而理解汉籍。所以,读者群的扩大是江户时代的

---

① 黄永武编:《杜诗丛刊》本,第四辑,台北大通书局1974年版,第314页。

普遍情形，并非仅仅是读杜诗而已。

第二，即便有对杜诗"人人读之"的盛况，维持的时间也不过几十年而已。如果比较一下托名李攀龙所编《唐诗选》在江户时代的流行情况，杜诗的流行大概只能用小巫见大巫来形容了。

第三，《唐诗选》的风行，有赖于"蘐园学派"或曰"古文辞学派"的首领荻生徂徕的大力倡导。其实在此之前，就有人对《唐诗选》加以称扬，却成不了气候①。所以，文坛领袖对某本书或某个作者的褒扬，对于其经典地位的形成，往往具有至关重要的意义。相比而言，杜诗就缺乏文坛领袖为之鼓吹张目。

第四，以上对杜甫的褒扬之辞，多出于诸刻本的序跋，因此稍作夸大，也在情理之中。以津阪孝绰为例，除《杜律详解》外，他另有一部文学批评著作《夜航诗话》六卷，其中多处提及杜甫，并无高调表彰，反而会指出其某些不足，或警告效仿者注意。事实上，他的《杜律详解》也只是一部学写律诗的入门之作，并非标榜正宗、树立典范的意思。

第五，江户时代诗坛风气并非一成不变，所以，其步趋的对象也不断变化。广濑淡窗(1782—1856)在《论诗赠小关长卿中岛子玉》中回顾室町到江户的诗风演变云：

> 昔当室町氏，礼乐属禅缁。江都开昭运，数公建堂基……正、享多大家，森森列鼓旗。优游两汉域，出入三唐篱。格调务摹仿，性灵却蔽亏。里瞯自谓美，本非倾国姿。天明又一变，赵宋奉为师。风尘拂陈语，花草抽新思。虽裁敖辟志，转习淫哇辞。楚齐交

---

① 江村北海『日本诗史』卷四云："有先于徂徕已称扬七子者，《活所备忘录》曰：'李沧溟著《唐诗选》，甚契余意。学诗者舍之何适？'……永田善斋《脍余杂录》亦论及七子，而尔时气运未熟，故唱之而无和者。迄徂徕时，其机已熟。"(『新日本古典文学大系』第65卷，岩波书店，1991年，508页)

失矣,谁识乌雄雌。①

后来俞樾《东瀛诗选》在其基础上概括为"二变三期"说。就总体而言,第一期延续五山文学的余习,"犹沿袭宋季之派"②;第二期则在荻生徂徕的倡导下转尚唐音,"一时言诗悉以沧溟为宗"③;第三期则批判"伪唐诗",或主宋诗,或兼宗唐宋,或崇尚清诗。菊池桐孙有《五山堂诗话》,其所谓"五山"者,即白香山、李义山、王半山、曾茶山、元遗山。黄遵宪说日本汉诗"大抵皆随我风气以转移也"④。因此,不存在定于一尊的文学典范。

进入明治时期,虽然在风气上已经开始向欧美转移,当时的文化人,"对西洋文明的一颦一笑皆十分敏感"⑤,创作上则"变而购美人诗稿,译英士文集"⑥,但汉诗写作并未完全衰歇。当时仍有不少诗社活跃在诗坛,各有其宗尚,如以大沼厚为首的"下谷吟社",崇尚宋诗,以陆游为宗;森鲁直为首的"茉莉吟社",推尊清诗,以吴伟业、王士禛为圭臬;森槐南为首的"星社",也以清诗为宗。受到欧洲文学观念的影响,学者开始撰著中国文学史,如藤田丰八、笹川临风等人《支那文学大纲》,选出的中国文学史上的大家,先秦有庄子、孟子、屈原、韩非子,汉魏六朝有司马相如、司马迁、曹植、陶渊明,唐代有李白、杜甫、韩愈、白居易,宋代有苏轼、陆游,元代有元好问,明代有宋濂、高启、李梦阳、

---

① 『遠思楼詩鈔』卷上,〔日〕富士川英郎、松下忠、佐野正巳編:『詩集日本漢詩』第11册,汲古書院,1987年,257頁。
② 俞樾,「東瀛詩選序」,『東瀛詩選』,汲古書院,1981年,4頁。
③ 『東瀛詩選』卷十,132頁。
④ 黄遵宪:《日本杂事诗》卷一,钱仲联:《人境庐诗草笺注》附录一,上海古籍出版社1981年版,第1122—1123页。
⑤ 〔日〕吉川幸次郎,「受容の歴史—日本漢學小史—」,『吉川幸次郎全集』第17册,14頁。
⑥ 《日本杂事诗》卷一,《人境庐诗草笺注》附录一,第1123页。

汤显祖,清代有李渔、王士禛,杜甫的地位仍不突出。明治、大正时期的中国文学研究,毋宁说更重视的是戏曲和小说①。

把杜甫的地位从中国文学史中凸显出来,冠以最高的荣誉,并且成为普遍接受的意见,是到了二十世纪的吉川幸次郎手中完成的。他在铃木虎雄的影响下,以毕生精力翻译、注释、研究杜诗,其相关文章以日文、中文、英文、朝鲜文、越南文印刷或广播。我们随便辑录一些他的看法如下:

> 以我的认识,中国文学中最出类拔萃的是唐代杜甫的诗。②
> 杜甫是中国最伟大的诗人,中国人都以"诗圣",也就是"诗的圣人"来称呼他。③
> 杜甫是(松尾)芭蕉之父,这也增大了杜甫在东洋文学中的意义。④
> 杜甫不仅是唐代诗人的代表,也是中国古今以来最伟大的诗人,中国诗的完成者,这是从十一世纪的北宋至今千年以来的评价。⑤

他的意见,再通过教科书以及文学史研究论著,终于确定了杜诗在日本人心中的典范地位。

3. 朝鲜半岛

被金泽荣许为"吾韩五百年之第一大家"⑥的申纬,在其论诗绝句

---

① 神田喜一郎指出:"杜诗不单被视为作诗的规范同时也是重要的古典作家,是到了明治时代得到了再认识。"(「日本に於ける杜甫」)与本文的意见不同,可参看。
② 『杜甫私記』第一卷「自序」,『吉川幸次郎全集』第 12 册,3 頁。
③ 「杜甫について」,『吉川幸次郎全集』第 12 册,560 頁。
④ 「東洋文学における杜甫の意義」,『吉川幸次郎全集』第 12 册,592 頁。
⑤ 「中国文学の政治性」,『吉川幸次郎全集』第 1 册,115 頁。
⑥ 《紫霞诗集序》,《韶濩堂集》卷八,韩国学文献研究所编《金泽荣全集》第 2 册,亚细亚文化社 1978 年版,第 128 页。

中说:"天下几人学杜甫,家家尸祝最东方。"①这里的"东方"即指朝鲜半岛,如果比较东亚三国文学史上杜甫的地位,申纬的表述没有丝毫的夸张。杜诗享有的独尊的典范地位,在朝鲜半岛文学史上开始最早、历时最久、影响最广、印记最深。

杜诗何时传入朝鲜半岛,韩中日学者都曾有所讨论,但大多为推论之辞②。据《增补文献备考·艺文考》的记载,高丽宣宗二年(1085),宋哲宗即位,向高丽赐《文苑英华》一书,而《文苑英华》收录杜诗两百余首,可视为杜诗传入朝鲜半岛的确证③。《增补文献备考·艺文考》初成于朝鲜正祖二十年(1796),今本乃在其基础上的修正,最终成书于李太王十年(1906)④,固然为时甚晚,但《高丽史·宣宗世家》和《宋史·高丽传》都记载此事,可知确有所本。杜诗传入朝鲜半岛的时间最晚可以确定在十一世纪八十年代。

现存高丽时代的文学主要属明宗朝(1170—1197)以下者,此时文坛的最高典范其实是苏轼。徐居正《东人诗话》卷上载:"高丽文士专尚东坡,每及第榜出,则人曰'三十三东坡出矣。'"⑤据《高丽史·选举志》,科举法"凡选场或比年,或间岁,未有定期;其取士亦无定额"⑥。

---

① 《东人论诗绝句》之三十四,《警修堂全稿》第十一册,《韩国文集丛刊》第291册,景仁文化社2002年版,第375页。

② 以专书为例,如李丙畴《杜詩의比較文學的研究》、李昌龍《韓中詩의比較文學의研究——李白、杜甫에대한受容樣相》(首尔一志社1984年版)、全英兰《韩国诗话中有关杜甫及其作品之研究》(台北文史哲出版社1990年版)、李立信《杜诗流传韩国考》(台北文史哲出版社1991年版)、左江《李植杜诗批解研究》(中华书局2007年版),可参看。

③ 李丙畴《杜詩의比較文學的研究》中也注意到这一记载,但他推论杜诗传入时间在新罗中叶,所以未对此事特别留意,参见第83—84页。近年郑墡谟则根据这一资料,确认杜诗传入即在此时,参见其「高麗朝における杜詩受容―李奎報を中心として―」,日本京都大學『中國文學報』第六十九期,2005年4月。

④ 参见张伯伟编《朝鲜时代书目丛刊》第6册《增补文献备考·艺文考》题解,中华书局2004年版,第2857—2859页。

⑤ 〔韩〕赵锺业编:《修正增補韓國詩話叢編》第1卷,太學社1996年版,第444页。

⑥ 《高丽史》中册,第595页。

神宗朝(1198—1204)曾连续出现岁取进士三十三人(如元年、二年、四年、五年)的现象,此后逐渐固定化。所以"三十三东坡出矣"的提法,也应该出现在之后。这与其他文献也可相互印证,如李奎报《全州牧新雕东坡文跋尾》云:

> 夫文集之行乎世,亦各有一时所尚而已。然今古以来,未若东坡之盛行,尤为人所嗜者也……自士大夫至于新进后学,未尝斯须离其手,咀嚼余芳者皆是。①

此文写于高宗二十三年(1236)。又《答全履之论文书》云:"(世之学者)学为诗,则尤嗜东坡诗,故每岁榜出之后,人人以为今年又三十东坡出矣,足下所谓世之纷纷者是已……东坡近世以来,富赡豪迈,诗之雄者也。"②林椿《与眉叟论东坡文书》云:"仆观近世东坡之文大行于世,学者谁不服膺呻吟。"③高丽文人有爱杜诗者,但他们对杜诗的认识,很大程度上也受到苏轼的影响,重视其忧国爱民、一饭不忘君的思想。李仁老《破闲集》(约成书于高宗七年,1220)卷中云:

> 自雅缺风亡,诗人皆推杜子美为独步,岂唯立语精硬、刮尽天地菁华而已,虽在一饭,未尝忘君,毅然忠义之节,根于中而发于外,句句无非稷契口中流出,读之足以使懦夫有立志。④

崔滋《补闲集》(成书于高宗四十一年,1254)卷中云:"杜子美在寒窘

---

① 《东国李相国集》卷二十一,《韩国文集丛刊》第 1 册,第 515 页。
② 《东国李相国集》卷二十六,《韩国文集丛刊》第 1 册,第 558 页。
③ 《西河集》卷四,《韩国文集丛刊》第 1 册,第 242 页。
④ 《修正增補韓國詩話叢編》第 1 卷,第 51 页。

中,句句不忘君臣之大节。"①又卷下云:"言诗不及杜,如言儒不及夫子。"②李穑《读杜诗》则云:"操心如孟子,纪事如马迁。文章振厥声,恻怛全尔天。"③这一直影响到朝鲜时代,如《东人诗话》卷上云:"古人称杜甫非特圣于诗,诗皆出于忧国忧民、一饭不忘君之心。"④至于在诗歌艺术上,高丽时人以为只能部分学习杜甫。《补闲集》卷上云:"学诗者对律句体子美,乐章体太白,古诗体韩、苏。"⑤又卷下云:"凡诗琢炼如工部,妙则妙矣,彼手生者欲琢弥苦,而拙涩愈甚,虚雕肝肾而已。岂若各随才局,吐出天然,无砉错之痕?"⑥这显然是针对李仁老之论而发⑦。所以,尽管当时不无有识之士高度评价杜诗,但诗坛上普遍崇尚的是豪迈俊爽的苏诗,而对绪密思深、沉郁顿挫的杜诗有些望而却步。《补闲集》卷下云:"彼雄深奇妙、古雅宏远之句,必反复详阅,久而后得味,故学者不悦,如工部诗之类也。"⑧便指出了这种畏难习气。现存高丽时期的唐诗选本《十抄诗》,其中亦未有杜甫诗。如果比较朝鲜时代受崇尚宋诗风气影响而编的《八家诗选》,入选作品最多的反是杜甫,便不难参悟其中消息。

朝鲜王朝建立之后,一改高丽朝之以佛教佑国,而用儒家思想作为立国之根本大道。杜甫自审其文,曾兴"法自儒家有"之叹,赵次公注

---

① 《修正增補韓國詩話叢編》第1卷,第94页。
② 同上书,第111页。
③ 《牧隐诗稿》卷八,《韩国文集丛刊》第4册,第63页。
④ 《修正增補韓國詩話叢編》第1卷,第424页。
⑤ 同上书,第89页。
⑥ 同上书,第111页。
⑦ 〔高丽〕崔滋:《补闲集》卷上云:"琢句之法,唯少陵独尽其妙。"
⑧ 《修正增補韓國詩話叢編》第1卷,第108页。按:清人赵翼曾指杜诗特色云:"其真本领仍在少陵诗中'语不惊人死不休'一句。盖其思力沉厚,他人不过说到七八分者,少陵必说到十分,甚至有十二三分者。其笔力之豪劲,又足以副其才思之所至,故深人无浅语。"(《瓯北诗话》卷二)又概括苏诗特色云:"其妙处在乎心地空明,自然流出,一似全不着力,而自然沁人心脾,此其独绝也。"(《瓯北诗话》卷五)可参。

云:"言文章之法,自是吾儒家者流所有。"①杜诗理所当然地受到高度重视,从而成为崇高无比的文坛典范。尽管朝鲜文坛五百年的风气并非一成不变,金万重即云"本朝诗体,不啻四五变"②,或学宋诗,宗尚苏、黄;或转而学唐,尚明人之习;或兼采唐宋,受清人影响,但杜甫的典范地位却从未被转移或降低。其标志有以下数端。

第一,是杜甫集的大量翻刻。以往研究者多称朝鲜半岛之有杜诗刻本,始于高丽朝,根据则为黎庶昌《古逸丛书》,自云得蔡梦弼《杜工部草堂诗笺》两种,一为南宋本,一为高丽本,后者即黄鹤《集千家注杜工部诗史补遗》十一卷。《古逸丛书》据南宋本影印《杜工部草堂诗笺》,又据高丽本影印《集千家注杜工部诗史补遗》。但据傅增湘、稻叶岩吉、沈庆昊等人所考③,其书实为朝鲜太宗、世宗时代刊本。进入朝鲜时代后,杜甫诗集大量刊行,既有覆刻的中国本,除上述两种外,另如《杜诗范德机批选》《虞注杜律》《赵注杜律》《读杜诗愚得》《须溪先生批点杜工部七言律诗》等,也有由朝鲜人新撰注、译、选本,如《纂注分类杜诗》《分类杜工部诗谚解》《纂注杜诗泽风堂批解》《杜陆分韵》《二家全律》《杜陆千选》等。沈庆昊以时序表列朝鲜时代杜诗刊刻状况,共计五十八次④。如果根据朝鲜时代的册板目录,除京城外,刊刻杜诗的地域分布亦颇广。杜诗的大量印行,必然带来空前的普及,形成其文坛典范的坚实基础。

第二,杜诗诸本的翻刻及新撰,往往是在王室的主导下完成的,反

---

① 《偶题》,林继中:《杜诗赵次公先后解辑校》戊帙卷八,上海古籍出版社1994年版,第1096页。
② 《西浦漫笔》卷下,通文馆1971年版,第619页。
③ 参见傅增湘《藏园群书题跋》、〔日〕稻葉岩吉「古逸本杜工部詩史補遺に就て」(『青丘學叢』第七號,1932年2月)、沈慶昊「李氏朝鮮における杜甫詩集の刊行について」(京都大學『中國文學報』第三十七册,1986年10月)。
④ 参见「李氏朝鮮における杜甫詩集の刊行について」。

映了统治者的思想。最具代表性的有三次:第一次在世宗二十五年(1443),"命购杜诗诸家注于中外,时令集贤殿参校杜诗诸家注释会粹为一,故求购之"①。次年即编成《纂注分类杜诗》,并在此后九次重印。该书是朝鲜人所撰第一部杜诗注本,影响颇大②。第二次是成宗十二年(1481),上命柳允谦等谚解谚译杜诗云:

> 杜诗诸家之注详矣,然《会笺》繁而失之谬,《须溪》简而失之略,众说纷纭,互相抵牾,不可不研核而一,尔其纂之。③

成宗又云:

> 大哉,诗之教也!《三百》以降,惟唐最盛,而杜子美作为首,上薄风雅,下该沈、宋,集诸家之所长而大成焉。诗至子美,可谓至矣!④

一则推崇杜诗之伟大,一则强调谚解之必要,众臣遂撰成《分类杜工部诗谚解》。第三次是正祖时代,他将杜甫、陆游合为一体,经其"御定"者有《杜律分韵》五卷、《陆律分韵》三十九卷(合称《杜陆分韵》,刊本)、《二家全律》十五卷(写本)、《杜陆千选》八卷(刊本)。前两者完成于正祖二十二年(1798),后者完成于次年。其《杜陆千选序》云:

---

① 《朝鲜王朝实录·世宗实录》二十五年四月丙午条,第4册,韩国国史委员会影印本 1955—1958 年版,第 474 页。
② 参见左江《〈纂注分类杜诗〉研究》,收入《李植杜诗批解研究》附录三,第 321—358 页。
③ 〔朝〕曹伟《杜诗序》引,《梅溪集》卷四,《韩国文集丛刊》第 16 册,第 338 页。
④ 〔朝〕金欣《翻译杜诗序》引,《颜乐堂集》卷二,《韩国文集丛刊》第 15 册,第 241 页。

夫子(指朱熹)又尝曰:光明正大、舒畅洞达、磊磊落落、无纤芥之可疑者,于唐得工部杜先生。夫子亚圣也,于人物臧否一言重于九鼎,而其称道杜工部乃如此者,岂非读其诗而知其人也欤?如陆务观与夫子同时,而夫子尚许之以和平粹美,有中原升平气象,则当今之时,等古之世,教其民而化其俗,舍杜、陆奚以哉?①

杜诗的典范地位,也就如此被反复"钦定"了,一般文人自然也纷纷以正宗、大家评杜。如郑经世云:"宇宙诗宗杜少陵。"②丁若镛云:"后世诗律,当以杜工部为孔子。"③类似的评价是不胜枚举的。在王室的倡导下,私人注杜也不断出现,除学术界较为熟知的李植《纂注杜诗泽风堂批解》之外,至少还有七种是可考的④,这也从另一方面推动了杜诗在民间的流传。

第三,是读杜、拟杜、集杜风气的盛行,翻阅朝鲜时代的文集,这一类的题目可谓俯拾即是。而阅读者的身份,包括帝王、群臣、大儒、文人、缁流、女性、儿童等,几乎涵盖了社会的各个层面。读杜诗至千遍的人,也常见于记载,如成侃"读杜诗千遍"⑤,"卢苏斋(守慎)读《论语》、杜诗二千回……李东岳(安讷)读杜诗数千周"⑥,李献庆"最嗜杜诗韩文,多至千读。时时自叹曰:吾无由舍此二人轨辙,别成一体"⑦。这里且以缁流和女性为例。世宗朝从事《纂注分类杜诗》工作的僧卍雨(千

---

① 〔朝〕正祖:《群书标记》四,《朝鲜时代书目丛刊》第2册,第1111页。
② 《招杜术士思忠》,《愚伏集》卷一,《韩国文集丛刊》第68册,第25页。
③ 《寄渊儿》,《韩国文集丛刊》第281册,第453页。
④ 参见張伯偉「朝鮮時代私家杜注考」,載日本京都大學『中國文學報』第八十三册,2012年10月。
⑤ 〔朝〕权鳖:《海东杂录》卷四,《大东野乘》本,朝鲜古书刊行会1909年版。
⑥ 〔朝〕金得臣:《终南丛志》,《柏谷先祖集》附录,《韩国文集丛刊》第104册,第239页。
⑦ 《艮翁集》卷二十四《家庭闻见录》,《韩国文集丛刊》第234册,第502页。

峰),因为他"及见李穑、李崇仁,得闻论诗,稍知诗学,今注杜诗,欲以质疑也"①,如果不是精于杜诗,是没有必要特约僧人以备顾问的。又如活跃于世宗、成宗朝的柳方善(泰斋)及其子允谦、从子休复,皆"精熟杜诗"②,二子皆从方善学,而僧义砧(月窗)乃"柳泰斋方善所从学杜诗"③者。柳有诗寄义砧云:"何日更参方丈会,焚香细读杜陵诗。"④允谦也因对杜诗熟悉而参与成宗时的杜诗译注工作,可以视作僧月窗的间接参与。刊刻工作亦然,如《古逸丛书》本所收《黄氏集千家注杜工部诗史补遗》十卷,后附翻刻题名,刻工皆"禅师",如义信、海山、信顿、信淡、觉了、宝义、思一、海峰、善观、雪和、洪惠、敬顿、信海、性敏、蹬云等。申光汉《寄月峰寺六融禅师》云:"山僧曾见世宗时,箧里今藏老杜诗。"自注云:"僧藏世宗朝印本杜诗。"⑤金昌集《杜诗集句》云:"余有事云庄,来住送老庵者殆半月余矣……适案上见留少陵诗一部……余遂就五言诗中掇取而集成之。"⑥可见寺庙中藏杜诗也是常有之事。再以女性为例,朝鲜时代女性诗文创作的风气并不兴盛,但在现有的文集中,不难发现,杜诗也是女性创作的典范。许筠有《题杜律卷后奉呈妹氏兰雪轩》云:

  《杜律》一册,邵文端公宝所钞,比虞注尤简明可读……余宝藏巾箱有年,今辍奉玉汝一览,其无负余勤厚之意,俾少陵希声复发于班氏之手可矣。⑦

---

① 《朝鲜王朝实录·世宗实录》,第4册,第475页。
② 〔朝〕成倪:《慵斋丛话》卷七,《大东野乘》本。
③ 〔朝〕曹伸:《謏闻琐录》卷二,《修正增補韓國詩話叢編》第1册,第620页。
④ 〔朝〕权鳖:《海东杂录》卷四,《大东野乘》本。按:诗中"会"字在柳氏《泰斋集》卷二《寄月窗上人》作"去"。
⑤ 《企斋集》卷五,《韩国文集丛刊》第22册,第292页。
⑥ 《梦窝集》卷四,《韩国文集丛刊》第158册,第89页。
⑦ 《朝鲜时代女性诗文集全编》,第163页。

许兰雪轩为朝鲜女性诗人的代表,其兄长赠以邵宝《杜律钞》,目的是期待其妹氏能继承杜诗传统并加以发扬光大。此后,女性摹仿、次韵杜诗之作屡见不鲜,如安东金氏家族《联珠录》及金氏《浩然斋集》中,便有兄弟姐妹共同次韵杜诗之作数十篇。徐令寿阁"所喜诵唯陶、杜二诗。恒曰:'他人诗多绮艳,非妇人所宜观也。'"①认为女性所宜阅读者,唯在陶渊明、杜甫。洪原周为令寿阁之女,有《幽闲集》,所存次杜之作尤多。金清闲堂论诗则曰:"诗言志也,言志莫如老杜,其余吐芳咀华、买椟还珠之不能使人屈膝者流,无足齿算。"②除却杜诗皆不能入眼。崔松雪堂撰《自怀》诗,而有"文章称李杜"③之句。吴孝媛《龙岩社雅集十二首》之七云:"题诗称杜甫,种柳忆渊明。"④其《和寒云袁公子克文》诗,被李能和评为"飘泊异域,对境伤感,如读一篇老杜之诗"⑤。梅竹堂李氏的《秋情》也被编者评为"宛若杜诗中意"⑥。以上大致为士大夫家庭的女性,至于妓女学杜之例虽不多见,也不是绝无仅有。如琴仙《逢故人》之"耽佳欲学杜工部,独醒长随屈大夫"⑦;其《次楚葵堂所赠韵》中"偶逢文士乞佳句,开口何能咏凤凰"⑧,显然也是从杜诗《壮游》之"七龄思即壮,开口咏凤凰"脱胎而来。

僧人为方外之人,女性则处于文坛的边缘,而他们对于杜诗的熟稔皆能达到如此程度,其他人士如何,即不难推想而知。

综上三端言之,杜诗为朝鲜文学史上之最高典范,其地位之显赫,在中、日、韩三国范围内,堪称标冠于东亚。

---

① 〔朝〕洪奭周:《家言》下,《朝鲜时代女性诗文集全编》,第673页。
② 〔朝〕金商五:《清闲堂散稿序》,《朝鲜时代女性诗文集全编》,第1361页。
③ 《松雪堂集》,《朝鲜时代女性诗文集全编》,第1401页。
④ 《小坡女士诗集》上编,《朝鲜时代女性诗文集全编》,第1535页。
⑤ 《小坡女士诗集》中编,《朝鲜时代女性诗文集全编》,第1571页。
⑥ 《李朝香奁诗》,《朝鲜时代女性诗文集全编》,第1800页。
⑦ 《琴仙诗》,《朝鲜时代女性诗文集全编》,第263页。
⑧ 同上书,第261页。

三、典范的变异

从杜诗典范的形成来看，东亚三国是各有其特征的，因此，典范的意义也就必然呈现出差异，对这种差异我们可以简称为"典范的变异"。

爱德华·萨义德(Edward W. Said)曾提出过一个著名的"旅行中的理论"，关注到理论转移这样一种文化现象，并且归纳出其旅行方式需经历的几个步骤，即第一，源点或类似源点的东西；第二，一段横向距离和穿越各种语境压力的途径；第三，接受方的条件；以及第四，观念和理论在新的时空中产生了改变。他特别以卢卡奇(Georg Lukács)的理论旅行为例，对此做出了说明。其研究步骤起初似乎是一种历史学途径(实际上相当淡化和弱化)，继而关注理论本身向我们说明了什么，以及理论与社会之间的关系又向我们说明了什么。尽管某种观念或理论的移植、传递、流通和交流是人类文化史上常见的现象，但以往人们通常认为，一切借用、解读和释义都是误读和误释，而在萨义德看来，这是一个完全不能令人满意的结论。① 总之，这样一个令人兴趣盎然的探讨题目，其重心在于观察某种理论或观念在移动过程中发生的变异。更加广义地来看，当一个文本从一地旅行到另一地，在异同不等的社会文化脉络中，该文本是如何被诠释与接受，是书籍史也是文学史的重要论题之一。我想，从这一视角出发，考察作为文学典范的杜诗，在东亚文学史上发生了哪些变异，以及这些变异究竟为何发生，也同样是一个富有意味的论题。

---

① 《旅行中的理论》，载《世界·文本·批评家》(The World, the Text, and the Critic)，李自修译，生活·读书·新知三联书店 2009 年版，第 400—432 页。

作为典范的东亚文学史上的杜诗，首先是在中国确立其地位的，因此，就这一观念而言，中国是其"源点"（point of origin）。这个"源点"是由诸多方面构成的一个综合体：

一曰"诗圣"。无论是从"诗中之圣"（道德）还是从"圣于诗"（艺术）的意义上来理解，"诗圣"都是诗国的桂冠。在中国文学史上，杜诗典范地位是由文坛巨擘的弘扬表彰而形成的。因此，它取决于文人审美趣味的变化，而文坛领袖的个人审美往往会影响到一个时代的审美。反之，时代的不同，也会导致审美趣味的改变，并引起对经典的重新评估。以"诗圣"之称而言，钟嵘曾用以比喻曹植——"陈思之于文章也，譬人伦之有周、孔"①，而宋人则用于评价杜诗、韩文。但明人有以李、杜并称为诗圣者，如黄省曾云："昔李、杜诗圣而文格未光。"②有专以李白为诗圣者，如杨慎所谓"陈子昂海内文宗，李太白古今诗圣"③。甚至还有人自己僭称"诗圣"者，如元人许有壬云："我非燕颔虎头人，但诗圣酒狂而已。"④可见，"诗圣"的称号不是杜甫专有的，所以直到晚明的王思任仍有这样的设问："太白诗仙，少陵诗圣，定评乎？"⑤在中国人的观念中，"圣"是人类中的杰出者，而不是宗教意义上的"神"，尽管受到尊重敬仰，也并非不可议论。而且文人固然有服善的一面，也有争胜的一面，即便推崇杜诗，也不妨兼宗他人，甚至可以横挑竖剔。比如苏轼推崇杜甫，也推崇陶渊明，在私人的话语场合则云："吾于诗人无所

---

① 曹旭：《诗品笺注》，人民文学出版社2009年版，第56页。
② 黄省曾致李梦阳书，载李氏《空同集》卷六十二，《景印文渊阁四库全书》第1262册，第573页。
③ 《周受庵诗选序》，《升庵集》卷三。按：朱熹曾经评论李白"圣于诗"，乃指其诗艺之超越俗流，并非称他为诗中之圣人。明人把李白称作"诗圣"，编类书者乃以朱熹语作为"诗圣"评语之出处，见《山堂肆考》卷一百二十七，不能不说是一种误解。
④ 《鹊桥仙》，《至正集》卷八十一，《景印文渊阁四库全书》第1211册，第566页。
⑤ 《董苏白蕉园诗集序》，《王季重十种·杂序》，浙江古籍出版社2010年版，第91页。

甚好,独好渊明之诗……自曹、刘、鲍、谢、李、杜诸人,皆莫及也。"①在题跋文字中还有专门"记子美陋句"条,一方面肯定"杜甫诗固无敌",另一方面也有"世人雷同,不复讥评,过矣"②的感慨。千年以来,对于杜甫的批评言论,居然也形成一"贬杜论的谱系"③。尽管杜甫头顶"诗圣"的桂冠,其典范地位亦久居诗坛,但批评的声音还是不绝如缕。

二曰"集大成"。这是指在艺术上的包罗并超越前人而言,是从元稹开始的高度评价——"尽得古今之体势,而兼人人之所独专",后来《新唐书·杜甫传赞》云"兼古今而有之",王安石评为"光掩前人,而后来无继"④,到苏轼、秦观乃直接以"集大成"⑤比况,这个名号就与杜诗牢固结合在一起。哈罗德·布鲁姆(Harold Bloom)指出:"直接战胜传统并使之屈从于己,这是检验经典性的最高标准。能够战胜和涵盖传统的人仅是少数,今日也许无人堪为。"⑥所以这一"标准"也许是中西文学史上成其为经典的"通例"。

三曰"诗史"。以杜甫为"诗史",虽然已见于孟启《本事诗·高逸》,但附见于李白,影响力不大。自《新唐书·文艺·杜甫传》史臣赞中提出后,遂成为文学史上的定说:"甫又善陈时事,律切精深,至千言不少衰,世号'诗史'。""善陈时事"之谓"史","律切精深"言其"诗",两者的高度融合,故曰"诗史"。《新唐书》中还有一段评价,强调杜甫的"忠君",所谓"为歌诗,伤时桡弱,情不忘君,人怜其忠云"⑦。两者

---

① [宋]苏辙《和陶渊明诗引》引,《施注苏诗》卷四十一,广文书局1978年版,第488页。
② 《苏轼文集》,第2104页。
③ 参见蒋寅《杜甫是伟大诗人吗——历代贬杜论的谱系》,《金陵生文学史论集》,辽海出版社2009年版,第194—231页。
④ 《苕溪渔隐丛话》前集卷六引《遁斋闲览》,第37页。
⑤ 分别见《后山诗话》引及秦观《韩愈论》。按:《孟子·万章下》云:"孔子,圣之时者也。孔子之谓集大成。"秦观引用《孟子》语论杜,故其"集大成"也含有"诗圣"的意味。
⑥ 《西方正典》(The Western Canon),江宁康译,译林出版社2005年版,第20页。
⑦ 《新唐书》卷二百一,第5738页。

结合,奠定了后来的评价基础。在现代学术体系中的文学史著作诞生之前,正史的《文艺传》或《文学传》在某种程度上便担当了文学史的功能。因此,《新唐书·文艺传》中的"诗史"影响亦极为深远。《四库提要》指出:"自宋人倡'诗史'之说,而笺杜诗者遂以刘昫、宋祁二书据为稿本,一字一句,务使与纪传相符。夫忠君爱国,君子之心;感事忧时,风人之旨。杜诗所以高于诸家者,固在于是,然集中根本不过数十首耳。"①直到明清之际的杜诗阐释,这种状况才得到较大的改变。

四曰"点铁成金"。这主要从艺术角度着眼,杜甫自谓"读书破万卷"②"诗成觉有神"③,又自许"晚节渐于诗律细"④"语不惊人死不休"⑤,教导人"不薄今人爱古人""转益多师是汝师"⑥。在宋人的评价体系中,这就凝聚成"无一字无来处"的"点铁成金"法。虽然这一表述借用了禅宗语,但究其实质所指乃是"句法",而"句法"也正是宋代诗学的核心所在。古人所谓的句法不是纯艺术的,还关系到作者的人格和修养,这是宋代以降文学批评的特征之一,即道德与艺术的合流。当代西方对经典的认识,强调的往往是与传统的关系,而且要排除其道德力量。不妨以哈罗德·布鲁姆的话为例:"西方经典不管是什么,都不是拯救社会的纲领。"⑦尽管我们也可以理解为这是他出于对经典重估中意识形态干扰的厌弃。另一个强调的方面是审美的力量:"只有审美的力量才能透入经典,而这力量又主要是一种混合力:娴熟的形象语言、原创性、认知能力、知识以及丰富的词汇。"⑧也许我们可以把这句

---

① 《四库全书总目》卷一百四十九,第1281—1282页。
② 《奉赠韦左丞丈二十二韵》,《杜诗详注》卷一,第74页。
③ 《独酌成诗》,《杜诗详注》卷五,第384页。
④ 《遣闷戏呈路十九曹长》,《杜诗详注》卷十八,第1602页。
⑤ 《江上值水如海势聊短述》,《杜诗详注》卷十,第810页。
⑥ 《戏为六绝句》,《杜诗详注》卷十一,第900—901页。
⑦ 《西方正典》,第20—21页。
⑧ 同上书,第20页。

话更换一种语序来表述,即"只有经典才能涵盖审美的力量,而这力量又主要是一种混合力"。这就与宋人对杜诗的评价有了异曲同工之妙。

总之,就杜诗典范的"源点"来说,其核心所指是双向的,即道德和审美。由于这两者是融合为一的,无论是"诗圣""集大成""诗史"还是"点铁成金",都包孕了道德和艺术两者,我们也可以说,杜诗典范是一个方向上的两种意涵。同时,它们也包含了在不同的时空旅行中被增减损益的可能。

杜诗典范形成后,在其传播过程中,书籍和图像堪称其旅行的"双翼"。书籍首先来自选本和编集,选本可追溯至顾陶《唐诗类选》,专集则出于北宋。洪业《杜诗引得序》指出:"大约政和(1111—1117)、嘉泰(1201—1204)之间,为时不及百载,校订注论《杜诗》者,已实繁有徒。"①这可以百家、千家注杜为代表。至于图像,在北宋已经颇为风行。被后人许为"善评杜诗,无出半山'吾观少陵诗,谓与元气侔'之篇,万世不易之论"②的作品,就是王安石所题写的《杜甫画像》。《分门集注杜工部诗》卷首也列举了欧阳修的《子美画像》和杨蟠的《观子美画像》,赵抃《题杜子美书室》也有"茅屋一间遗像在"句。这些画像不仅有纸本或绢本,也有碑本。胡仔云:

世有碑本子美画像,上有诗云:"迎旦东风骑蹇驴,旋呵冻手暖髯须。洛阳无限丹青手,还有工夫画我无?"子美决不肯自作,兼集中亦无之,必好事者为之也。③

---

① 《洪业论学集》,中华书局 1981 年版,第 306 页。
② [宋]刘克庄:《后村诗话》新集卷一,中华书局 1983 年版,第 152 页。
③ 《苕溪渔隐丛话》后集卷八,第 53 页。

其诗虽伪,其画像流传于世则真。这里透露出的不仅是有碑本杜甫画像,而且从题诗上看,这是一幅"骑驴图"。结合梅尧臣《观邵不疑学士所藏古书名画》中"首观阮与杜,驴上瞑目醉(自注:阮籍、杜甫)"①句,黄庭坚《松下渊明老杜浣花溪图引》中"宗文守家宗武扶,落日寒驴驮醉起"②句,以及宣和年间董逌《广川画跋》卷四《杜子美骑驴图》,我们能够做一推测,北宋流行的杜甫画像中主要的是"骑驴图"。这不仅以图像方式强化了杜诗的典范地位,而且这些图像本身也在东亚地区得到广泛流传,在典范的形成与变异过程中和书籍一起发挥了作用。

在日本文学史上,中国文学作为一个辉煌的样板,当然是诗人、作家学习的范本。但无论是自觉的还是不自觉的,样板的选择总是由学习者以自己的审美趣味为主体决定的。平安时代文学的典范无疑是白居易,据《日本文德天皇实录》仁寿元年(851)九月乙未条载:"因捡校大唐人货物,适得元白诗笔,奏上。"③可知此时有元稹、白居易的诗文集传入。如上所述,杜诗的传入其实更在此前,所以未能成为当时文坛的典范,与时人没有机缘接近杜诗无关。我们看王朝时期(包括近江、奈良和平安时代约五百多年)的代表性作品,从《怀风藻》到勅撰三集(《凌云集》《文华秀丽集》《经国集》),从《万叶集》《古今和歌集》到《源氏物语》,无论是"诗"还是"歌"或"物语",一个普遍的特征,就是不触及社会政治问题,恋爱是其最集中的主题。正如加藤周一指出:"他们的教养以学习大陆文化为主要内容,喜欢触及政治社会问题的中国的文学观,在《怀风藻》里或《万叶集》里几乎都没有反映。"④杜诗在文化性格上,与王朝时期的文化,与日本文学的基本特征即使不说是

---

① 朱东润:《梅尧臣集编年校注》卷二十六,上海古籍出版社2006年版,第848页。
② [宋]史容:《山谷外集诗注》卷十六,《山谷诗集注》,上海古籍出版社2003年版,第1010页。
③ 國史大系編修會編,『新訂增補國史大系』第三卷,吉川弘文館,1966年,31頁。
④ 《日本文学史序说》,叶渭渠、唐月梅译,开明出版社1995年版,第81页。

相冲突,也必然是不协调的。同样道理,即便作为那个时代的文坛典范,白居易受到欢迎的作品,是其"闲适"和"感伤"的诗,而不是他自己最看重的"讽谕"诗。铃木修次在其《中国文学与日本文学》①一书中,以系列论文对日本文学的"脱政治性"特征做出了卓越的阐述。而且这样的特征,不是限于一时一地,而是作为一个传统延续下来。"摄关时代的'物哀',镰仓时代的'玄幽'或'古雅',德川时代的'风流'——这样的美理念,不仅不会随旧时代的衰亡而消失,而且为新时代所继承,同新的理念共存"②。他们不仅用这样的理念去创作,也用这样的眼光去阅读、选择和诠释。生活于九世纪下半叶的菅原道真,被后人尊崇为学问、歌道、书道之神,据说他提出了"和魂汉才"③之说,强调不失日本固有之精神,方能运用中国的学问,即以和学为体、汉学为用,这成为此后日本吸纳外来文化的基本原则。只是在明治维新以后,更换为"和魂洋才"而已。

　　日本文学史上对于杜诗的第一次阅读高潮出现在五山时期,杜诗也成为诸多文学典范之一被反复吟咏。五山僧侣对杜诗的解读,与中国文学史上对杜诗的理解之间,存在着联系与变异。这里,我着重的是"自其异者而观之"。五山时期一方面是有更多杜诗文本的传入和翻刻,另一方面也有大量宋元画作传入。据《御物御画目录》统计,就有宋元时代绘画九十种二百七十九幅。其中又以牧溪法常的作品最受追捧,"当时诸家专学牧溪画,犹往昔诸卿之学乐天诗也"④。《御物御画目录》著录其作品一百三幅,《君台观左右帐记》著录了一百幅,《杜子

---

① 　铃木修次,『中国文学と日本文学』,東京書籍,1978年。
② 　〔日〕加藤周一:《日本文学史序说》,第5页。
③ 　『菅家遺誡』卷一云:"凡国学所要,虽欲论涉古今究天人,其自非和魂汉才,不能阙其阃奥矣。"(『續群書類従』卷九百四十六,第三十二輯下,平文社,1988年訂正三版,3頁)
④ 　〔日〕白井華陽『畫乘要略』卷一"宗丹"下引卓堂先生语(〔日〕小林忠、〔日〕河野元昭監修『日本繪畫論大成』第10卷,ぺりかん社,1996年,130—131頁)

骑驴》和《贾岛驮驴》即赫然在目。这不仅导致了当时日本画家众多"骑驴图"的诞生,也涌现出数量惊人的题画诗。其中不少都与杜甫相关,如雪舟等扬《杜子美臂鹰图》,即画杜甫骑驴臂鹰,后随一犬。上有策彦周良题诗云:"猎芦吹满驴鞍上,不若灞桥诗思长。"①又有《杜子美图》,亦作骑驴状。在中国文学史上,诗人"骑驴"乃一文化意象,在与骑马相对立的架构中,代表了在朝与在野、出与处、仕与隐相对立的不同的精神追求②。然而在五山僧人的笔下,杜甫骑驴最本质的特征是"风流",其外在表现是"醉归"。如东沼周曝、江西龙派、九渊龙賝、希世灵彦等人都有《浣花醉归图》或《浣花醉吟图》诗,可见时人对此颇为热衷。惟肖得岩《杜陵骑驴图》云:

我在水滨奴木末,蹇驴破帽立秋风。柴门剥啄羌村暮,可对妻儿说画中。③

又东沼周曝《杜甫浣花醉归图》云:

风生驴耳面如霞,水村竹西日欲斜。蜀客清标近谁似?放翁醉后跨桃花。④

即便诗题不以杜甫为名,实际上也隐然以杜甫为蓝本。如仲芳圆伊

---

① 载東京國立博物館、京都國立博物館編集,『雪舟没後 500 年特別展』,每日新聞社,2002 年,47 頁。

② 参见张伯伟《东亚文化意象的形成与变迁》,收入《作为方法的汉文化圈》,第 11—94 頁。

③ 『东海璚華集』,〔日〕玉村竹二編『五山文學新集』第 2 卷,東京大學出版會,1968 年,991 頁。

④ 『流水集』三,〔日〕玉村竹二編『五山文學新集』第 3 卷,東京大學出版會,1969 年,349 頁。

《破帽》：

> 蹇驴背上求诗客，最爱风流着得宜。①

又惟忠通恕《赞孟浩然》：

> 一旦坐诗归亦好，蹇驴破帽旧风流。②

"蹇驴破帽"语出苏轼《续丽人行》之"杜陵饥客眼长寒，蹇驴破帽随金鞍"③，成为杜甫的典型形象。故以上二诗名义上不见杜甫或描写他人，但令人联想到的还是杜甫。在这种浪漫的情怀中，五山诗僧甚至把杜甫改造成"隐士"或"诗佛"。瑞溪周凤《蒋诩三径图》云：

> 五马不如三径闲，杜陵归去解衰颜。衣冠多少属新室，二仲风流几往还。④

又《杜陵春游图》云：

> 万斛新愁两鬓银，锦城老去又逢春。是翁真个诗中佛，花外柳边千亿身。⑤

---

① 〔日〕釋崇傳等編『翰林五鳳集』卷四十二，『大日本佛教全書』，佛書刊行會，1912—1936 年，859 頁。
② 『翰林五鳳集』卷六十，1166 頁。
③ [清]王文诰辑注：《苏轼诗集》卷十六，中华书局 1982 年版，第 812 页。
④ 『卧云稿』，〔日〕玉村竹二編『五山文學新集』第 5 卷，東京大學出版會，1971 年，511 頁。
⑤ 同上书，第 514 页。

由于日本文学的"脱政治性"特征，他们所理解的"风流"，往往是"不风流处也风流"。此语出于素有"宗门第一书"美誉的《碧岩录》，在五山时期亦颇为流行。日本汉文学史上最喜爱使用"风流"一词的是一休宗纯①，其中使用得最有特色的句子如"饥肠说食也风流"②"风流寂寞一寒儒"③"风流自爱寒儒意"④等。在他们看来，即便穷困潦倒，但只要是远离政治，拥有闲适之情，就是一种风流潇洒之姿。至于作品是否真的远离政治，作者是否真的拥有闲适之情，则全在于如何解读。而任何解读，都必然带有自身文化的"先入之见"。杜甫的《茅屋为秋风所破歌》，在郑思肖读来是"数间茅屋苦饶舌,说杀少陵忧国心"⑤，但在万里集九的笔下，却是具有游戏情味的风雅之事：

> 九月旦至晚间，疾风甚雨遂及夜，逆旅之茅堂，其壁疏而檐破矣。避漏痕处处移床，老妻就炉背吹品字之薪，才取明而已。子美云："床床屋漏无干处。"坡老亦云："破屋常持伞。"分两翁之意，或翻案，或捕影，戏作一绝，投天府丈云。
>
> 逆旅滞留宁耐言，连朝风雨独消魂。只今破屋持无伞，处处移床避漏痕。⑥

---

① 最早指出这一点的是岡崎義惠「一休宗純と五山禪林の風流」，載『日本藝術思潮』第二卷之下，岩波書店，1947年。鈴木修次对此许为"卓见"，见「"風流"考」，『中國文學と日本文學』，192頁。

② 「虎丘雪下三等僧」，『狂雲集』上，『續群書類從』第十二輯下，續群書類從完成會，1989年訂正三版，552頁。

③ 「自贊」，『狂雲集』下，『續群書類從』第十二輯下，583頁。

④ 「雪」，『續狂雲詩集』，同上书，598頁。

⑤ 《杜子美茅屋为秋风所破歌图》，陈思：《两宋名贤小集》卷三百七十一"图诗"，《景印文渊阁四库全书》第1364册，第808页。

⑥ 《梅花无盡藏》二，玉村竹二編『五山文學新集』第6卷，東京大學出版會，1972年，736—737頁。

其后松尾芭蕉更是直接把杜甫此诗与苏轼《连雨涨江》中"床床避漏幽人屋"看成是"风流"的描写①。而且无论汉诗还是和歌,其审美底色是一致的,就如希世灵彦所说:"唐诗与和歌,但造文字有异,而用意则同矣。"②这个"底色"就是"风流""风雅",纪淑望《古今和歌集真名序》中凸显的代表歌人,就是"风流如野相公(小野篁),雅情如在纳言(在原业平)"③。这甚至可以说是日本文化的审美本质。纪贯之《新撰和歌序》云:

> 非唯春霞秋月,润艳流于言泉;花色鸟声,鲜浮藻于词露,皆是以动天地、感神祇、厚人伦、成孝敬,上以风化下,下以风刺上,虽诚假名于绮靡之下,然复取义于教诫之中者也。④

"动天地"云云似乎是在强调文学的社会道德功能,但只是出于对《毛诗序》成语的照搬,属于完全没有实际内容和意义的浮泛语。松尾芭蕉在《负笈小文》中,列举了西行之和歌、宗祇之连歌、雪舟之绘画、利休之茶道,认为艺道虽殊,但贯串其间者无非风流或风雅之道:"所谓风雅,乃随造化而以四时为友……所谓风雅者,即去夷狄、离鸟兽,随造化而归造化也。"⑤简括之,即风花雪月。直到当代日本作家川端康成,在诺贝尔文学奖获奖演说时,也还是以"雪月花"来概括日本人的审美。而在中国文学批评的传统中,"连篇累牍,不出月露之形;积案盈

---

① 相关论述参见〔日〕铃木修次「日本文學の脱政治性」,『中國文學と日本文學』,47—52頁。
② 「奉和典厩所咏相君席上倭歌二首并序」,『翰林五鳳集』卷二十七,『大日本佛教全書』本,522頁。
③ 〔日〕柿村重松,『本朝文粹注釋』卷十一,冨山房,1982年新修訂三版,588頁。
④ 同上书,第593—594页。
⑤ 「笈の小文」,『芭蕉文集』,『日本古典文學大系』第46册,岩波書店,1959年,52頁。

箱,唯是风云之状"①,恰恰是受到批判的轻薄文体的代表。芭蕉与杜甫,在日本学术界是一个熟悉的话题,甚至有不少专门的著作探讨②。芭蕉一生尊崇杜甫,庵号"泊船堂",即取自杜诗之"门泊东吴万里船";临终时头陀袋中放置的是《杜子美诗集》;在《虚栗跋》中说,他尝李、杜之心酒,啜寒山之法粥,失意与风雅便油然而生③。在其名著《奥之细道》中,有这样一段著名的描写:

  遥想当年,聚忠义之臣,困守此城之中。争功名于一时,终归化为草丛。国破山河在,城春草自青。铺笠而坐,浩然泪下,不知时之推移。
  夏草萋萋
  将士用命求仁
  梦幻一场④

这里明确使用到的杜诗有《春望》("国破山河在,城春草木深"),隐然于其间的有《玉华宫》("忧来藉草坐,浩歌泪盈把")。芭蕉所感慨的是功名无常,人生的种种追求到头来不过付诸荒凉的萋萋夏草,犹如一场梦幻。这与杜甫在国破家散后的"感时""恨别"本不可同日而语,但芭蕉却巧妙地将杜甫忧国伤时之情转换为对人生无常的咏叹。可见"俳圣"和"诗圣"有着本质的不同,经过"蕉风化"的杜诗,多了一些无常哀

---

  ① 李谔上隋文帝书,《隋书·李谔传》,中华书局 1973 年版,第 1544 页。其后白居易在《与元九书》中也大声斥责了"嘲风雪、弄花草"之作。
  ② 著名者如〔日〕太田青丘,『芭蕉と杜甫』,法政大學出版局,1969 年;〔日〕仁枝忠,『芭蕉に影響した漢詩文』,教育出版センター,1972 年;〔日〕廣田二郎,『芭蕉と杜甫:影響の展開と体系』,有精堂,1990 年。
  ③ 「虚栗跋」,『芭蕉文集』,134—135 页。
  ④ 《奥之细道·平泉》,郑清茂译注,台湾联经出版事业公司 2011 年版,第 96 页。

惋的调子,抹上了风流古雅的色彩,却失去了对政治社会的介入①。这是对杜诗典范的变异,其根源乃在日本文化自身的特色。

  在东亚三国的范围内,杜诗在朝鲜时代文学史上获得了最高赞誉,这当然与君王的直接推动有莫大的关系。相较而言,中国的皇帝即便有喜爱杜诗者,也未曾出现用御定或勅撰的方式加以推广。乾隆帝大概是表彰杜诗较多的皇帝,但也只是在诗中再三感慨:"诗仙诗圣漫区分,总属个中迥出群。李杜劣优何以见,一怀适己一怀君。"②"诗仙虽具出尘体,诗圣原多忧世心。问我二人优劣者,试看七字定评吟。"③由于朝鲜王朝以王室的力量推广杜诗,不仅见效迅速,而且为时久远。另一方面,杜诗在北宋被塑造成文坛典范之日起,忠君爱国就成了他固有的形象,又经后代人反复强调,这一形象就被刻画得更为深入人心。楼钥云:"忠义感慨,忧世愤激,一饭不忘君,此其所以为诗人冠冕。"④即可概括。朝鲜半岛自高丽朝始,文学创作的主体便是士大夫官僚阶层,文学的作用也突出表现在政治方面。《东人诗话》卷下云:"高丽中叶以后,事两宋、辽、金、蒙古强国,屡以文词见称,得纾国患,夫岂词赋而少之哉?"⑤进入朝鲜时代,思想上独尊程朱性理之学,其文学观也渗透在朝鲜文学之中。同时,由于官僚政治本身的痼疾,从燕山君时代(1494—1505)开始,便不断发生士祸和党争。这就使得朝鲜时代的文学带有更为强烈的政治色彩。而杜诗的性格与此也甚为契合,杜诗之

---

  ① 参见李芒《芭蕉的俳句和杜甫的诗歌》,《中国诗学》第 1 辑,南京大学出版社 1991 年版,第 159—163 页。
  ② 《再咏南池四首》之三,《御制诗集》三集卷五十,《景印文渊阁四库全书》第 1306 册,第 106 页。
  ③ 《题南池少陵祠三绝句》之二,《御制诗集》四集卷七十四,《景印文渊阁四库全书》第 1308 册,第 506 页。
  ④ 《答杜仲高旃书》,《攻媿集》卷六十六,《景印文渊阁四库全书》第 1153 册,第 117 页。
  ⑤ 《修正增補韓國詩話叢編》第 1 册,第 467 页。

成为文学上的最高典范,似乎也是势在必然的。

与日本在公元九世纪就形成了"和魂汉才"的意识不同,至晚在公元十一世纪,北宋人已经以"小中华"来看待高丽①,其后也成为朝鲜半岛人士的自我意识。如李奎报《题华夷图长短句》云:"君不见华人谓我小中华,此语真堪采。"②崔岦《送柳西坰赴京师序》云:"我东素称小中华。"③任叔英《芝峰先生朝天录后序》亦云:"海东文献有小中华之号。"④论及朝鲜半岛与中国文化的关系时,往往"自其同者而观之"。因此,十八世纪初赵龟命的一番话就很值得注意,其《贯月帖序》指出:

> 我东之称小中华,旧矣。人徒知其与中华相类也,而不知其相类之中又有不相类者存。⑤

其间微妙的差异,在理论的旅行中很容易被忽略,颇有讨论之必要。

关于李、杜优劣的问题,中国文学史上最早涉及者是白居易,其《与元九书》中称:"诗之豪者,世称李、杜。李之作,才矣奇矣,人不逮矣,索其风雅比兴,十无一焉。杜诗最多,可传者千余首……尽工尽善,又过于李。"⑥乃扬杜抑李。至欧阳修《李白杜甫诗优劣说》则又扬李抑杜。但在朝鲜半岛的批评传统中,几乎无一不是褒扬杜甫的。金万重《西浦漫笔》卷下指出:

---

① 北宋熙宁年间,高丽使臣朴寅亮、金觐赴宋,宋人刊其诗文集,名之曰《小华集》。"小华"即"小中华"之意。
② 《东国李相国集》卷十七,《韩国文集丛刊》第1册,第469页。
③ 《简易集》卷三,《韩国文集丛刊》第49册,第286页。
④ 《疏庵集》卷四,《韩国文集丛刊》第83册,第444页。
⑤ 《东溪集》卷一,《韩国文集丛刊》第215册,第6页。
⑥ 《白居易集》卷四十五,第961页。

> 李杜齐名,而唐以来文人之左右袒者,杜居七八……诗道至少陵而大成,古今推为大家无异论,李固不得与也。①

又如关于"诗圣"的称谓,在中国并非杜甫的专利,所以直到晚明还有人发出"太白诗仙,少陵诗圣,定评乎"的质疑声。这种表述不一的情形同样传入了朝鲜,故李睟光《芝峰类说》卷九云:

> 古人谓:李白为仙才,李贺为鬼才。又谓:李白为诗圣,杜子美为诗史。②

这里所说的"古人",即指以往的中国人。但是在朝鲜半岛,人们并不认同这种表述,在十五世纪的时候,杜甫已经被明确认定为"诗圣",甚至是唯一的"诗圣",早于中国约两百年。徐居正在其《东人诗话》中,两处讲到"少陵诗圣也""老杜诗圣也",其《读岑嘉州集》又云:

> 盛唐人物总能诗,诗圣皆推杜拾遗。③

金德诚云:

> 杜甫诗中之圣人也,以诗圣之笔,寓诗圣之法。④

金夏九云:

---

① 《西浦漫笔》卷下,第617页。
② 《芝峰类说》卷九,《修正增補韓國詩話叢編》第2册,第293页。
③ 《四佳集·诗集》卷五十二,《韩国文集丛刊》第11册,第137页。
④ 《诵诗愈疟鬼说》,《醒翁遗稿》卷二,《韩国文集丛刊续》第12册,第336页。

> 古今所推诗圣,惟少陵一人。①

上节提及东亚三国中杜甫的典范地位,以在朝鲜半岛最为显赫,从"诗圣"的称谓中,我们又一次得到了印证。

朝鲜半岛自高丽光宗朝开始,实行科举取士的制度,对官吏的考核,也注重其文才。在文学创作群体中,以士大夫官僚阶层为主流。由于在政治上的士祸和党争不断,而且带有世袭的特征,不仅复杂,而且持续甚久,使得朝鲜时代的文学染上更为浓烈的政治色彩,故其文学观也是与道德、政治密切相关的。洪万宗《小华诗评》卷上指出:

> 文章理学,造其阃域则一体也。②

又卷下云:

> 诗可以达事情而通讽谕也。若言不关于世教,义不存于比兴,亦徒劳而已。③

显然,在东亚三国文学观念中,这是近于中国而远于日本的。

我们再从对杜甫骑驴图的咏叹做些比较。北宋流传的杜甫骑驴图,除了寒酸穷酸者外,也有浪漫风韵者,而且流传于世的主要是后者,诗人例予歌咏。最有名的作品是黄庭坚《松下渊明老杜浣花溪图引》:

---

① 《楸庵集》卷二,《韩国文集丛刊续》第 61 册,第 42 页。
② 《修正增補韓國詩話叢編》第 3 册,第 484 页。
③ 同上书,第 499 页。

此公乐易真可人，园翁溪友肯卜邻。邻家有酒邀皆去，得意鱼鸟来相亲。浣花酒船散车骑，野墙无主看桃李。宗文守家宗武扶，落日蹇驴驮醉起。愿闻解鞍脱兜鍪，老儒不用千户侯。中原未得平安报，醉里攒眉万国愁。生绡铺墙粉墨落，平生忠义今寂寞。儿呼不苏驴失脚，犹恐醒来有新作。①

此诗既写出杜甫好酒的风韵一面，也揭示其不能忘怀国事的寂寞之心，但总体而言，还是偏于写其饮酒自放。陈师道《和饶节咏周昉画李白真》也提及此诗：

君不见浣花老翁醉骑驴，熊儿捉辔骥子扶。金华仙伯哦七字，好事不复千金摹。②

"金华仙伯"即指黄庭坚。在日本文学中，对杜甫骑驴图的歌咏，更多将重心放到"风流""风雅"一面。这样的骑驴图，在高丽时代也已经传入，徐居正在《题双林心上人所藏十画》中，就有《杜甫驮醉》，主旨与黄、陈二作近似。然而在朝鲜时代，许多诗人在面对这样一幅风韵的骑驴图时，发出的是别样的感慨，将杜甫塑造为别样的形象，形成了又一种"变异"。周世鹏《浣花醉归图》云：

万里孤臣老剑村，百花潭水抱荒园。田翁溪友竞邀饮，稚子老妻相候门。落日蹇驴方倒驮，回头故国正销魂。一生忠愤太生瘦，醉面依然带泪痕。③

---

① 《山谷外集诗注》卷十六，《山谷诗集注》，第 1010—1011 页。
② [宋]任渊注，冒广生补笺：《后山诗注补笺》卷十二，中华书局 1995 年版，第 430 页。
③ 《武陵杂稿别集》卷五，《韩国文集丛刊》第 27 册，第 137 页。

严昕《浣花醉归图》云：

> 骑驴酩酊过溪头，白发萧条映绿洲。病眼感时空洒泪，衰容忧国谩含愁。胡戈满地江边老，鸟道横天剑外游。莫谓宽心须酒力，醉来心思转悠悠。①

金麟厚《杜子美醉后宗文捉辔图》云：

> 君独骑驴向何处，眼花落井生微狂。乾坤九州几万国，一夕转尽归醉乡……回头未解百年忧，一声蜀魂惊藜床。夜深月白起再拜，遥望美人天一方。病鹤悲鸣愁万里，伏枥老骥空腾骧……世上空知诗兴豪，谁看赫赫忠肝肠。寓情诗酒只余迹，远志渺与云相羊。请君将我好东绢，特写葵心倾太阳。孤臣百世老蓬荜，耿耿一饭思难忘。天阍迢递叫不闻，曲江春风泪淋浪。②

这里的杜甫，既非寒酸，又不浪漫，与中国诗人、日本诗人笔下的杜甫骑驴迥然不同。《本事诗》中记载李白调侃杜甫云："借问何来太瘦生，总为从前作诗苦。"③周世鹏显然运用了这一典故，却转换为"一生忠愤太生瘦，醉面依然带泪痕"，说杜甫因为忧国忧民，所以如此瘦削，即便喝酒，醉颜上也布满了"忠愤"的泪痕。在严昕笔下，杜甫则是在衰病之中依旧感时忧国。金麟厚用笔更为生动，已是"一夕转尽归醉乡"，但半夜里"一声蜀魂惊藜床"，杜甫就立刻翻身下床，遥望君王，一拜再拜。然后用"赫赫忠肝肠""葵心倾太阳""一饭思难忘""春风泪淋

---

① 《十省堂集》卷下，《韩国文集丛刊》第32册，第514页。
② 《河西全集》卷四，《韩国文集丛刊》第33册，第78页。
③ 《本事诗·高逸》，丁福保：《历代诗话续编》，中华书局1983年版，第14页。

浪"等浓墨重彩,涂写了杜甫忠肝赤胆、爱君忧民的形象。用笔之重,渲染之甚,凸显了极强的政治性。杜甫作为东亚文学史上的典范,类似这样反复"被痛哭"实在是一种"变异",也是"相类之中又有不相类"之一种。

至此我们可以对萨义德的"旅行中的理论"做一检讨,就理论或观念旅行的步骤而言,第一是需要一个"源点",这是没有疑问的。第二是需要一条途径,以便从一个时空转移到其他时空,这也没有疑问。问题是在这条途径上,未必皆如萨义德所说,充斥着"形形色色语境压力"①。就汉文化圈中的理论与观念的迁移来说,更多的情形是接受方的主动吸纳,是心悦诚服地"尽市文籍,泛海而还"②,给中国人留下的印象是日本人"好书籍"③,或"朝鲜国人最好书"④。如果一定要说有"压力",那是来自海上的巨浪或陆地的狂风,给这条"书籍之路"增添了不少风险。第三是接受方的条件,所有的接受都是由若干条件造成的,不过在萨义德的观察中,这主要指各种抵抗条件,使得理论或观念得以引进或得到容忍。这与本文处理的实例可谓大相径庭,我们面对的历史文献所展现的各种条件,不是"抵抗",而是"接纳"。第四是在新的时空中,理论和观念有了自己的新用途、新位置并产生了某种程度的改变。我们看到,这种改变首先是植根于新的时空条件中,其次,改变对于"源点"来说,是强化或弱化了其某些方面的要素,并没有变得截然不同。最重要的是,在研究方法上,萨义德虽然批评了"误读"和"误释"理论的缺陷在于"对历史、对情境没有给予批判的审视"⑤,但

---

① 《旅行中的理论》,《世界·文本·批评家》,第401页。
② 《旧唐书·日本传》,第5341页。
③ 同上。
④ [清]姜绍书:《韵石斋笔谈》卷上,《景印文渊阁四库全书》第872册,第95页。
⑤ 《旅行中的理论》,《世界·文本·批评家》,第416页。

他自身的研究,却注重空间而忽略时间,淡化甚至根本回避了历史学途径①。而在我看来,只有对理论或观念旅行的过程做历史化的探索,才能最终检验某种理论在何种范围及何种程度上是可行的。我们即便没有能力将西方的理论还原到其产生的复杂语境和谱系中,即便没有能力对其无法涵盖或有效说明某些事实的缺陷做出积极的修正,但至少我们可以而且应该对它抱有戒心。正如萨义德引述的雷蒙·威廉斯(Raymond Williams)的警告:"看起来是方法论上的突破的东西,却可能非常迅速地变为方法论的陷阱。"并且加以发挥道:"如果不加批判地、重复地、毫无限制地运用这一理论的话,一种突破就会变成一种陷阱。"②我认为,这一批判的锋芒不仅指向他人,也应该包括其自身在内。

四、结语

文学史研究涉及阐释和评价,这是否需要理论和方法的支持,当代西方的文学理论家似乎有不同看法。哈罗德·布鲁姆说:"文学批评,按我所知来理解,应是经验和实用的,而不是理论的。"③然而正如萨义德说:"如果认为鉴赏或者恰当的解读'事实'或者'杰出文本'不需要什么理论框架,自然也十分荒谬愚蠢⋯⋯每一文本和每一读者都在某种程度上是一种理论立场的产物,而无论这种立场可能是多么含蓄或

---

① 英国社会史家阿萨·布里格斯(Asa Briggs)在评论萨义德的"东方主义"(Orientalism)时,也含蓄地指出了这一不足,他说:"我倒希望他是用了更多的时间来比较帝国扩张的过程和帝国收缩的过程。"玛丽亚·露西娅·帕拉蕾丝-伯克(Maria Lúcia G. Pallares-Burke)编:《新史学:自白与对话》(*The New History: Confessions and Conversations*),彭刚译,北京大学出版社2006年版,第43页。
② 《旅行中的理论》,《世界·文本·批评家》,第419页。
③ 〔美〕哈罗德·布鲁姆:《如何读,为什么读》(*How to Read and Why*),黄灿然译,译林出版社2011年版,第3页。

者无意识。"①艾布拉姆斯说:"缺乏某种理论的基础,批评就会主要由'常识'想当然地给出漫无目的的印象和缺乏系统的概念构成。"②然而,当我们使用某种理论和方法时,又应该如何在接纳和抵抗之间保持必要的张力(necessary tension)? 萨义德曾经给我们做出如下提示,即一方面"我们自然也需要理论",同时在另一方面,"还需要一种批判的认识:没有任何理论能够涵盖、阻隔、预言它在其中可能有所裨益的一切情境"③。至于我们需要什么样的理论和方法,就不能不考虑到今日面临的学术困境,从而给出如禅家所说的"随病设方"式的回应。

阮元在嘉庆年间曾说:"学术盛衰,当于百年前后论升降焉。"④回顾百年来的中国现代学术,今日遇到的最大问题,就是如何反省西方汉学对中国学术的影响和改造。我们应该承认一个基本事实,百年来的中国人文学术研究,除了文献考证以外,其课题选择、理论假设、思考框架、方法运用、主题的意义和价值基本上都取法乎西方。两年前,我曾经以《从"西方美人"到"东门之女"》⑤为题,用春秋时代"赋诗断章"的方式,描述了百年来中国学术遭遇的问题和困境。而反观欧美汉学传统,却早已形成了其优越感,与萨义德所概括的"东方学"的共同点并无二致:"那就是,西方文化内部所形成的对东方的学术权威……它被人为构成,被辐射,被传播;它有工具性,有说服力;它有地位,它确立趣味和价值的标准。"⑥这样的学术状态,到了应该被改变的时候了。

---

① 《旅行中的理论》,《世界·文本·批评家》,第423页。
② 《批评理论的类型与取向》,艾布拉姆斯:《以文行事:艾布拉姆斯精选集》(Doing Things with Texts: Essays in Criticism and Critical Theory),赵毅衡、周劲松译,译林出版社2010年版,第24页。
③ 《旅行中的理论》,《世界·文本·批评家》,第422页。
④ 《十驾斋养新录序》,《钱大昕全集》第7册,第1页。
⑤ 乐黛云、李比雄主编:《跨文化对话》第28辑,生活·读书·新知三联书店2011年版,第219—227页。
⑥ 《东方学》,第26页。

把范围缩小到中国文学研究，我曾经在一篇文章中指陈了两大问题，即文学本体的缺失和理论性的缺失①。所谓"理论性的缺失"又包含两点：一是生硬套用西方文学理论；二是完全抹杀任何理论。套用西方理论固不可为，无视西方理论更不可为。所以，在几年前，我提出"作为方法的汉文化圈"的观念，既是对十年来自身工作的一种理论性总结，也期望将这一观念继续付诸实践，并且在实践中予以不断的检验和修正②。在今天，以西方理论为参照，以汉文化圈为方法，其意义显得十分重大。只有不断参照西方理论，我们才能与西方学术世界做有的放矢的深度对话。不予关注的结果只能是自说自话，最终在学术上自生自灭。而且，人文学研究的宗旨，说到底是对话而非独白，无论是在时间上的与古人对话，还是在空间上的与外人对话。而强调以汉文化圈为方法，则旨在使我们逐步摆脱百年来受西方学术影响而形成的种种模式和惯性，并有望发现一个东方的、亚洲的、中国的知识生产方式，真正开始"中国人文研究摆脱西方中心取向、重新出发"③的途程。我深知这一途程堪称"道路阻且长"，本文只是一个初步的尝试。

二〇一二年四月一日初稿
十月七日修改于南京朗诗寓所

（本文部分内容以《典范之形成：东亚文学中的杜诗》

为题载《中国社会科学》2012 年第 9 期）

---

① 参见张伯伟《陶渊明的文学史地位新论》五"余论"，《人文中国学报》第十五期，上海古籍出版社 2009 年版，第 50—51 页。
② 作为这一观念的初步成果的结集，见张伯伟《作为方法的汉文化圈》。
③ 余英时：《试论中国人文研究的再出发》，《知识人与中国文化的价值》，第 296 页。

汉文学史上的1764年

一、引言

本文所说的"汉文学史",指的是以汉字撰写的文学的历史,也就是历史上汉文化圈地区的文学史,除了中国,其范围还包括当时的朝鲜、日本、琉球、越南等国家和地区。突破国家和地区的限制,以更为广阔的眼光来审视汉文化的发展和变迁,是近年来学术界不断呼吁的课题。这将在我们面前拓开一个全新的视野,是毋庸置疑的。本文即试图以汉文学整体为背景,讨论其在不同地区势力消长过程中的一个转折点。

从整体上研究汉文学史,人们首先会注意到中国文学与周边国家、地区文学之间的关系,但同时也应注意周边不同国家、地区文学之间的关系,并进而审视汉文学在相同和不同时空的展开。一般而言,周边国家对中国文学的普遍认同是其常态,但周边国家之间对彼此文学的看法就不能一概而论。同时,这种看法的改变也会对中国文学的评价产生连锁反应。

汉文化圈范围内的文学交流,可谓由来已久。唐代诗人与在华外国人士多有诗文赠答[1],这早已成为文学史上的佳话。而此下的使臣往来,每多唱酬,也是史不绝书。宋代有《高丽诗》《西上杂咏》,乃高丽

---

[1] 参见谢海平《唐代诗人与在华外国人之文字交》,台北文史哲出版社1981年版。

使臣与宋代君臣的唱和诗①。至明代使臣出使朝鲜，形成"诗赋外交"，而有《皇华集》之编印②。至于在周边国家之间，虽有语言障碍，却不妨诗文酬答。丽末鲜初的权近（1352—1409）在《送日本释大有还国》中云："情怀每向诗篇写，言语须凭象译通。"③江户时代石川贞《呈朝鲜国副使书记元玄川》云："不愁相值方言异，清兴熟时挥彩毫。"④即指出汉诗对于各自语言的超越。特别是明代《皇华集》的编印与流传，形成了汉文化地区外交场合中的典范，已不限于中国使臣之出使外邦。正如中村荣孝指出："在外交场合以汉诗唱酬笔谈，乃中国文化圈的同文诸国间习惯化的国际礼仪。"⑤而朝鲜通信使与日本文人间的唱酬，其渊源虽可远溯至春秋列国之赋诗言志，但其心中的样板则是《皇华集》⑥。

---

① 孙猛《郡斋读书志校证》卷二十《高丽诗》："元丰中，高丽遣崔思齐、李子威、高琥、康寿平、李穗入贡，上元宴之于东阙下。神宗制诗赐馆伴毕仲行，仲行与五人者及两府皆和进。其后，使人金梯、朴寅亮、裴某、李绩孙、卢柳、金花珍等，涂中酬唱七十余篇，自编之为《西上杂咏》，绩孙为之序。"（上海古籍出版社1990年版，第1075页）

② 现存自明景泰元年至崇祯六年的《皇华集》共二十四种。

③ 《阳村集》卷二，《韩国文集丛刊》第7册，景仁文化社1996年版，第28页。

④ 〔日〕伊藤维典：『問槎餘響』卷上，平安书林明和元年九月刊本，韩国国立中央图书馆藏。

⑤ 「朝鮮の日本通信使と大坂」，『日鮮關係史の研究』下，吉川弘文館，1969年，344頁。

⑥ 元重举《书那波孝卿东游卷后》云："岁甲申，吾四人者（案：即制述官和三书记）从三大夫（案：即正使、副使、从事官）后，东浮入难波（案：即今之大阪）……一念所冀，唯是皇华往事得亲见于眼前。"成大中《东游酬唱录序》云："君子结二国之好，必先之以诚信，成之以礼乐。然无辞令不可以达其意，故有文章以饰之。辞令之所未及也，又咏歌以尽其欢。是故春秋列国大夫交相献酬，必以风雅之咏终之。其可以言、可以群者，顾不在诗乎……惟皇明使价之来于我者，多通经习诗之士，所与俟接者，亦皆典则庄敬，足以鸣一代之盛、通二邦之情，故流风余韵至于今，道之不衰。信使之东渡，必文学之士与俱，其亦有仿于皇华故事欤？"（以上两则材料皆转引自那波利贞「明和元年の朝鮮国修好通信使団の渡来と我国の学者文人との翰墨上に於ける応酬唱和の一例に就きて」，原件于1945年7月3日美军轰炸中烧毁，此件为那波鲁堂『学问源流』所附，为作者友人馈赠藏于家，文载『朝鮮学報』第四十二辑，1967年1月）又日本石川丈山呈权菊轩诗云："日本朝鲜隔海瀛，不图相遇结文盟。使星明日留兹地，唱和皇华歌鹿鸣。"（『新編覆醬續集』卷十六）

朝鲜王朝建立以后,以"事大交邻"为基本国策,其原则是事大以精诚,交邻以信义,所以向明清王朝派遣朝天使或燕行使,而向日本派遣通信使。所谓"通信",一指传通音信,一指敦睦信义①。"通信使"原是朝鲜王朝派往日本使臣的称呼之一,前后多有变化。自仁祖十四年(1636)恢复此称,遂成定名②。在德川幕府时代,朝鲜从宣祖四十年(1607)到纯祖十一年(1811),先后向日本派遣了十二次外交使团,学术界也往往统称为"通信使"。关于朝鲜通信使及其与日本文人的唱和笔谈,韩国和日本学术界已经有了一些先行研究③,为后人的继续探索奠定了良好的基础。

朝鲜通信使团是一个庞大的组成,人数一般在四百多④。主要人员有正使、副使、从事官(原名书状官,以上总称三使)、制述官(原名读祝官)、书记、写字官、画员、医员以及军官、译官等。而负责文字应酬的主要是制述官和书记(共三名)。申维翰(1681—1752)《海槎东游

---

① 雨森芳洲『橘窗茶話』上云:"朝鲜来聘称通信使,'通信'者传通讯问也。或为'通国'之'通'者,误。'通国'字出《孟子》。"(『雨森芳洲全書』二『芳洲文集』,关西大学出版部,1980年,155—156页)孙威喆《朝鲜时代对日交邻体制和通信使》指出:"通信使是朝鲜王朝实现对日交邻政策的、具有外交目的的信义使节。"(韩国震檀学会等主办"东北亚诸地域間의文物交流"国际学术大会论文,第一册,第355页。2004年11月19日—20日,首尔大学校教授会馆)即分别指出了上述两方面的含义。

② 关于"通信使"名称的变迁,以赵曮《海槎日记》所述最为简明,其书于肃宗三十九年(1713)八月初三日记:"丙午(1606)以吕佑吉、庆暹、丁好宽为三使。自前凡使日本者,皆称'通信使'。至是朝廷以通信之称为嫌,且不可以奏闻天朝,议改使号。或谓当称'刷还使',刷还俘口之意也;或谓当称'通谕使',竟以谕字不可施诸邻国,称'回答兼刷还使'……丙子(1636)因马岛主平义成与副官平调兴相讼事,请信使,以任絖、金世濂、黄㦿为三使,复称'通信使'……此前后通信之梗概也。使名之变易,使事之难易,不胜殚论。"(《海行总载》四,朝鲜古书刊行会大正三年(1914)版,第136—137页)

③ 以李元植《朝鲜通信使》为例,其书主体是第二部分"通信使行与文化交流",皆以笔谈唱和为中心展开(首尔民音社1991年版,第51—276页)。又可参见仲尾宏『朝鲜通信使と壬辰倭乱』第九章「朝鲜通信使使行録概説」、第十章「朝鲜通信使研究の成果と課題」,明石書店,2000年,262—319頁。

④ 除了仁祖二年(1624)和纯祖十一年(1810)的使团为三百多人,肃宗三十七年(1711)的使团为五百人以外,其余都在四百多人。

录》卷一云:"倭人文字之癖,挽近益盛,艳慕成风。呼以学士大人,乞诗求文,填街塞门。所以接应彼人言语,宣耀我国文华者,必责于制述官。是其事繁而责大。"①因此朝鲜方面每次都会派出富有倚马之才的文士担当此任。此外,三使书记的人选也须是文采斐然。日本方面同样会派出一些文学之士来接应②,在彼此唱和之间,既展示本国的汉文化水平,也意在较量高低。所以,虽然出席的人数或有多少,却足以充当国家的代表。从某种意义上说,唱和双方内心对彼此文学的评价,就在相当程度上代表了对两国文学水平的总评价,其变化也就透露出文学风气的转移和创作水平的升降。

本文所要讨论的,就是通过甲申1764年(清乾隆二十九年,朝鲜英祖四十年,日本宝历十四年、明和元年)朝鲜通信使在日本的唱和笔谈活动,考察其在汉文学史上的意义。从汉文学史的发展来看,这一年的唱和笔谈具有历史性的转折作用,似为前贤所忽略,有待发覆阐微。

二、甲申行唱酬笔谈之特征

此行朝鲜通信使以赵曮(1719—1777,号济谷)为正使,李仁培(号吉庵)为副使,金相翊(号弦庵)为从事官。掌管文事的有制述官南玉(1722—?,号秋月)、书记成大中(1732—1812,号龙渊)、元重举(1719—1790,号玄川)、金仁谦(1707—1772,号退石)。他们于英祖三十九年癸未(1763)十月初六离开釜山,至次年甲申(1764)正月二十日抵达大坂城,二月十六日入江户(今东京),三月十一日自江户返程,四

---

① 《青泉集续集》卷三,《韩国文集丛刊》第 200 册,景仁文化社 1997 年版,第 422 页。

② 松下忠在选择各个阶段代表性诗人时所遵循的标准之一,就是根据韩使来聘之际与之唱和的学者文人,亦可说明这一点。(『江戸時代の詩風詩論』,明治書院,1969 年,12—14 頁)

月初五回到大坂城,五月初六离开大坂,六月二十二日回到釜山,前后共八个多月①。此行文献众多,正使赵曮有《海槎日记》,制述官南玉有《日观记》,正使书记成大中有《日本录》,副使书记元重举有《乘槎录》《和国志》,从事官书记金仁谦有《日东壮游歌》(谚文),译官吴大龄有《癸未使行日记》,军官闵惠洙有《槎录》等。从唱和笔谈来看,此行之特点首先在于参与的人数和唱酬笔谈的数量都颇为惊人,因此遗留下的文献也很多②。

元重举《书那波孝卿东游卷后》云:"筑之东,武之西,三四月之间,揖让一千余人,酬唱二千余篇。"③从筑州以东到武藏以西,也就是从今天的福冈到东京,这概括了朝鲜通信使在日路途。而赵曮《海槎日记·筵话》载此行归国后向国王英祖复命时的对话云:

> 上曰:"南玉得名云矣,何者多作乎?"对曰:"四人所作之数略同矣。"上曰:"南玉作几篇乎?"玉对曰:"作千余首矣。"上曰:"壮矣。汝得彼人诗来乎?"对曰:"彼人先作,然后和之,故彼作果为持来矣。"赵曮曰:"彼人之诗大抵无圆成之篇,无足可观也。"上曰:"三使臣亦作之乎?"对曰:"自在待勘之后,不复酬唱,渠以为恨。"上曰:"成大中何如?"对曰:"非常矣。元重举、金仁谦亦作千余首矣……"上曰:"南玉比洪世泰、申维翰何如?"对曰:"诗与文皆有所长,而仓促所作,皆能善成矣。"上曰:"彼以谓朝鲜人文武才皆难以云乎哉?"对曰:"然矣。"④

---

① 以上日程据赵曮《海槎日记》所录。
② 据目前所存者统计,此行笔谈唱和集资料约 50 种。
③ 《东游篇》甲申六月十四日,原件藏那波利贞家,那波孝卿为其五世祖,此据那波利贞「明和元年の朝鮮国修好通信使団の渡来と我国の学者文人との翰墨上に於ける応酬唱和の一例に就きて」引,文载日本朝鲜学会编『朝鮮学報』第四十二辑,1967 年 1 月。
④ 『海行摠載』四, 463—464 頁。

按照这样推算，制述官加上三书记，在日所作唱酬诗总数约在四千余首。对话中涉及前人，洪世泰（1653—1725）于肃宗八年（1682）以副使裨将身份赴日，他虽出身寒微，但擅长诗笔，且气宇轩昂。"蛮人持彩笺缣乞求诗墨……公倚马挥扫，骤若风雨，诗思腾逸，笔亦遒妙，得者皆藏弄以为宝。倾慕喧噪，至户绘其像焉。"①为朝鲜国赢得荣誉。有《海东遗珠》和《柳下集》存世。申维翰为肃宗四十五年通信使团制述官，文名甚高，在日本与诸人唱酬，有笔扫千军之概。著《海游录》及《海游闻见杂录》，为人所重，成大中《日本录》中就有《青泉海游录抄》。英祖以此二人与南玉相比，亦显示出对此行"文战"的关注。而赵曮对日本人诗"大抵无圆成之篇，无足可观也"的评价，以及对英祖"彼以谓朝鲜人文武才皆难以云乎哉"之问的肯定答复，可能更多是为了投君王之所好，以满足其虚荣心，未必能反映日本的文学实况②。

通信使此行一路唱和，不仅人员和作品数量众多，而且也结识了一批日本的英髦之士，南玉、成大中、元重举等人对之皆印象深刻。泷长恺《长门癸甲问槎》记录与南玉的问答云：

鹤台：诸君东行浪华、江都及其他处处，藻客髦士抱艺求见者定多矣，才学风流可与语者有几人乎？

秋月：江户诸彦中，井太室、木蓬莱，仆辈尤所惓惓者……浪华

---

① 〔朝〕郑来侨：《墓志铭》，《柳下集》附录，《韩国文集丛刊》167 册，景仁文化社 1996 年版，第 560 页。按：今日本雨森芳洲文库藏人见鹤山所绘"沧浪洪世泰肖像"，最为有名。洪氏《倭京》诗写他在日本京都观感，有"自笑风流非卫玠，市门投果溢行车"（《柳下集》卷十一）之句，杂用《世说新语》中卫玠和潘岳之典，可知他不仅才华出众，且貌美风流。

② 这种情况并不罕见，可能与正使的身份也有一定关系。比如仁祖朝副使金世濂在其《海槎录》丁丑（1637）三月初九日记载回朝复命，"上问：'彼国之人，有能文者乎？'上使对曰：'不成文理，诗则尤不好。'臣世濂对曰：'召长老璘西堂行文尽好，国中惟道春之文为最，沿路及江户多有来问者，皆以理气性情等语为问，不可以蛮人而忽之。'"（『海行摠载』二，469 页）这种差别值得注意。

> 木弘恭之风流,合离之才华,平安那波师曾之博学,释竺常之雅义,尾张州源正卿之伟才,冈田宜生之词律,二子之师源云之丰望,皆仆辈所与倾倒。而那波与之同往江都,情好尤密。足下若与从容,当知仆辈此言非阿好之比。①

大典禅师《萍遇录》卷下录成大中《复蕉中禅师》云:

> 仆入贵境以来,接韵士文儒多矣,而于筑州得龟井鲁,于长门州得泷弥八,于备前州得井潜,于摄津州得木弘恭、福尚修、合离,于平安城得那波师曾,于尾张得源云、冈田宜生、源正卿,于江户得涩井平、木贞贯,而最后得蕉中师。②

元重举《和国志》地卷"诗文之人"条云:

> 以今行所见诗文言之,在江户则柴邦彦文气颇健,而但其为人清浅谝僻;其次冈明伦也。在名护屋则冈田宜生、源正卿年少凤成,俱受业于源云;云温厚,有老成之风。西京则冈白驹、播摩清绚、芥焕,号为"西京三杰",而实不知(按:疑当作"如")其名。大坂则永富凤似优,而合离次之;木弘恭以诗画标致,开蒹葭堂,以交四方游学之人,而但地太微、名太盛,恐不能自容也。备前州则井潜、近藤笃,俱以江户游学,辟为记室。潜赡敏,笃沉静。长门州则龙长凯、草安世,而凯颇老成,且有人誉;安世稍清秀;筑前州龟井

---

① 〔日〕瀧長愷『長門癸甲間槎』乾下,明倫舘藏版明和二年刊本,東京都立日比谷圖書館藏。
② 〔韩〕陈在教、金文京等译注:《萍遇录》,韩国成均馆大学校出版部2013年版,第399页。

鲁,年少有逸才,亦声名太早,恐不能见容也……余于唱酬之席,如得可语之人,则辄曰:"天道自北而南久矣,观贵国人聪明秀敏,此诚文化可兴之日。"①

以上举到的人物,在江户有涩井平(1720—1788,号太室)、木贞贯(1716—1766,号蓬莱山人)、柴邦彦(1724—1807,号栗山);在浪华有木村弘恭(1736—1802,号兼葭堂)、合离(1727—1803,号斗南)、福原尚修(1735—1768,号石室)、永富凤(1732—1766,号独啸庵);在平安有那波师曾(1727—1789,号鲁堂)、释大典(1719—1801,号蕉中)、冈白驹(1692—1767,号龙洲)、清田绚(1719—1785,号儋叟)、芥川焕(1710—1785,号养轩);在尾张有源正卿(1737—1802,号沧洲)、冈田宜生(1733—1799,号新川)、源云(1696—1783,号君山);在筑州有龟井鲁(1742—1814,号南溟);在长门有泷长恺(1709—1773,号鹤台)、草安世(1740—1803,号大麓);在备前有井上潜(1730—1819,号四明)、近藤笃(1723—1807,号西涯)。从地域来讲,他们从东到西,分布在今日的自福冈到东京之间;从年龄来看,多数人在三四十岁,都是当时在儒学和文学上颇有造诣者,多有著述传世,其传记可见于《先哲丛谈》及《续编》《后编》中。

朝鲜通信使对日本文人予以如此大规模的好评,可谓空前。这成为此行唱酬笔谈中最突出的特征。即便如正使赵曮对日本的学术和文学颇有苛评,但也还是有这样的基本认定:

盖闻长崎岛通船之后,中国文籍多有流入者,其中有志者渐趋

---

① 《和国志》,韩国亚细亚文化社1990年版,第329—330页。

文翰,比戊辰酬唱颇胜云。①
・・・・・・・・・・

戊辰为英祖二十四年(1748),即十六年前。值得注意的是,这里明确将此行酬唱与上一次做比较,从而得出"颇胜"的结论。我们有理由相信,此行通信使对日本诗文的评价,既是一种直接的印象,也是在与以往的对比中得出的。此行出发时,赵曮曾携带以往的使行日记,其《海槎日记》十月初六日记载:

> 前后信使,毋论使臣员役,多有日记者。洪尚书启禧广加搜集,名以《海行总载》,徐副学命廑翻誊之,题以《息波录》,合为六十一编,以为行中考阅之资……余固未及详览,而概见之……前后之日记若是伙然,殆无言不有矣。②

而"行中考阅"诸家日记,也不是正使的专利,他人亦得以浏览。例如在成大中的《日本录》中,既有《青泉海游录抄》,包括"文学""理学""禅家"等条目;《槎上记》又提及仁祖十四年(1636)副使金世濂(东溟)的《海槎录》③。可以确定地说,朝鲜通信使此行对日本诗文的评价与过去迥异,是在对比中产生的。我们不妨也对此略做回顾。

---

① 『海槎日记』六月十八日,『海行摠载』四,329 页。又同上记:"阳明之术泛滥天下,而朱子之学独行于朝鲜。群阴剥尽之余,一脉扶阳之责,岂不专在吾东多士耶?日本学术则谓之长夜可也,文章则谓之瞽蒙可也……以今行所闻见于文士者言之,则别无学术之可称,略有文之稍胜者……此后此辈果能因文而学道,渐入于学问境界,则虽是岛夷,可以进于中国,岂可以卉服而终弃之哉?但千年染污之俗,非大力量大眼目,则猝难变革,恐不可以区区诗语把作先示之兆也。"其中涉及的日本人物与元重举类似,而评价偏低。这可能与其正使身份有关,故不免端起架子作官样文字。
② 『海行摠载』四,154—155 页。
③ 《槎上记》甲申正月十二日记:"福禅寺之胜,曾于金东溟《日记》知之。"([日]辛基秀、仲尾宏编,『大系朝鲜通信使』第 7 卷,明石书店,1994 年版,184 页)

早期的日本行纪对于其文学皆不着一字,直到宣祖二十三年(1590)副使金诚一(1538—1593)的《海槎录》卷二《赠写字官李海龙并序》中,提及宣祖临行之教曰:"闻倭僧颇识字,琉球使者亦尝往来云。尔等若与之相值,有唱酬等事,则书法亦不宜示拙也。"于是有写字官李海龙同行,到日本后大受追捧,"求者云集,馆门如市"。金诚一感叹道:"当初海龙之行也,国人皆以家鸡视之,岂料其见贵异邦至于此耶?"①这里流露出的当然也是在文化上对日本的藐视。自光海君九年(1617)正使吴允谦的《东槎录》开始,出现了朝鲜使臣与日本僧人的诗文酬唱纪录。但朝鲜方面往往流露出不屑之意,有时甚至对日本首唱拒不应和。由僧人执掌文事的现象,直到孝宗六年(1655)从事官南龙翼(1628—1692)的笔下才有所改变。其《闻见别录·文字》条载:

> 僧徒外称为文士者,必剌发,或称法印,而实非僧人也。所谓行文颇胜,而犹昧蹊径。诗则尤甚无形,多有强造语。写字则无非鸟足。皆学《洪武正韵》,而字体轻弱横斜,不成模样。画则最胜,无让于我国。②

又《人物》条列"古来文士二十人",自大友皇子至藤敛夫;又列"称为文士者八人",如林道春,"观其所为诗文,则该博富赡,多读古书。而诗则全无格调,文亦犹昧蹊径";林恕,"稍解诗文,性质冥顽";林靖,"言语文字比厥兄颇优";林春信,"亦能写字缀句"③。林道春是日本大学头之始,当时人推崇他"最为我国之儒宗也"④,南龙翼与他也有诗歌唱

---

① 《鹤峰集》卷二,《韩国文集丛刊》第 48 册,景仁文化社 1989 年版,第 56—57 页。
② 『海行摠載』三,477 頁。
③ 同上书,第 496 页。
④ 〔日〕石川丈山「与朝鮮國權學士菊軒筆語」,『新編覆醬續集』卷十六,〔日〕富士川英郎、松下忠、佐野正巳編『詩集日本漢詩』第 1 卷,汲古書院,1987 年,248 頁。

和,见于其《扶桑录》。而在南氏的心底深处,林氏诗文亦不过尔尔。在朝鲜通信使臣日记以及各种唱和笔谈文献中,需要厘清官样文、应酬语和由衷言的区别。比如仁祖十四年(1636)吏文学官权伏(菊轩)与日本诗仙堂主石川丈山(1583—1672)笔谈之际,赞石川的诗"意圆而语新,法古而格清",许以"贵邦诗家之正宗",时而说其诗"真与大历诸家互为颉颃",时而又推为"日东之李杜"①,显然属于随口敷衍的恭维之词。在我看来,朝鲜人真心赞美的日本诗人,首推新井白石。肃宗三十七年(1711)正使赵泰亿、副使任守幹、从事官李邦彦、制述官李礥纷纷为其《白石诗草》撰写序跋,并有高度评价。若结合雨森芳洲(1668—1755)所述"新井白石大有诗名,朝鲜人索其诗草,陆续不已"②数语来看,应该是真实可信的。正是由于日本诗文水平的提高,此后即便是才华杰出之士出使日本,也被提醒不可掉以轻心。申维翰于肃宗四十五年(1719)以制述官身份赴日,行前拜访昆仑居士:

> 公时以病阁笔研,出架上《白石诗草》一卷示余曰:"此乃辛卯使臣所得来日东源玙之作也,语多卑弱,差有声响。君今与此人相对,可以褊师敌之。然余意日东地广,闻其山水爽丽,必有才高而眼广者,不与使馆酬唱之席,而得君一二文字雌黄之,有如葵丘之盟,不无一二心背者,则是可畏已,君勿谓培塿无松柏而忽之。即千篇万什,骤如风雨,可使巨鹿诸侯慴恐,不可使一孟获心服。"③

---

① 「与朝鮮國權學士菊軒筆語」,『詩集日本漢詩』第 1 卷,247—248 頁。按:权伏云"不佞愿以尊公为贵邦诗家之正宗",而石川(大拙)答曰"以不佞称我诗林之宗匠,谁谓当其选。虽然,道眼所照,无处回避"。石川错解"不佞"一词,且笔于纸上,权伏在当下恐不免窃笑腹诽。

② 『橘窗茶話』下,257 頁。

③ 《青泉集续集》卷三,《韩国文集丛刊》第 200 册,第 422 页。

申氏此行，虽然也遇二三可其心之人，但对日本文学的总体评价仍然不高，所谓"使之为歌行律语，则平仄多乖，趣味全丧，为我国三尺童子所闻而笑者"；"人人自谓欲学唐音，而无一句画虎于古人"；"与余对坐酬唱者，率多粗疏遁塞，语无伦序"①，等等。即使考虑到申氏的恃才傲物，有时不免有过激之言②，但当时日本诗文在整体上还不能入其眼，恐怕也是事实。值得注意的是以下的观察：

> 其人率多聪敏明辨，与之为笔谈短简，则仓卒应对，或有奇言美谈。国中书籍，自我国而往者以百数，自南京海贾而来者以千数。古今异书、百家文集刊行于阛阓者，视我国不啻十倍。③
> 国中文才，多在童稚。大坂之水足童子，年十四；北山童子，年十五。倭京之明石景凤，年十八。江都之河口皞，年十七。无论所读述已富，皆貌如玉雪，视瞻端正，言动安详，似礼法中人。④

可见，甲申年朝鲜通信使对日本诗文人物现状的评论，实为一重大转

---

① 《青泉集续集》卷八，《韩国文集丛刊》第 200 册，第 520 页。
② 例如，《海游闻见杂录》下《文学》记载"林信笃为日本第一耆硕，其门徒辈与余笔谈时，皆称学问之纯粹，道德之渊深，我整宇先生一人而已，其为国人推崇如此。然余见其状貌，谨厚有余，而诗文则无一可观"。这样的评价未免过苛，所以日本人对他亦不愿多提及。这尤其可与辛卯年（1711）制述官李礥做对比，《韩人笔谈・酬唱卷》载成大中之问："李东郭（礥）之来已过半百年，犹有称道之者。申青泉文章非东郭之比，年又较近，称道不及，何也？"那波师曾回答说："东郭随人应酬，千篇不休。青泉忽略俗士，交择其人者。"（转引自「明和元年の朝鮮国修好通信使団の渡来と我が国の学者文人との翰墨上に於ける応酬唱和の一例に就きて」）似乎也能透露其中的一二消息。关于李礥在日本所受到的欢迎，松田甲「日本に名を留めたる李東郭」有详述，载其著『韓日關係史研究』，成進文化社據朝鮮總督府本，1982 年影印，108—142 頁。可参看。
③ 《青泉集续集》卷八，《韩国文集丛刊》第 200 册，第 519—520 页。
④ 同上书，第 525 页。按：文中所说的"水足童子"，申维翰曾赐号"博泉"，才华出众，惜天不假年，二十六岁卒。参见〔日〕松田甲，「水足博泉と申維翰」，『韓日關係史研究』，415—434 頁。

折。即由此前的基本否定转变为基本肯定,由此前对个别人的欣赏转变为对群体的称赞,由对自身文明程度的骄傲转变为对自身的反省。当然,从历时性的角度看,这一重大转折的发生也是其来有渐的。

朝鲜学人的印象与日本诗人对诗史的回顾也可以相互印证。广濑淡窗在《论诗赠小关长卿中岛子玉》中这样叙述：

昔当室町氏,礼乐属禅缁。江都开昭运,数公建堂基。气初除蔬笋,舌渐涤侏僑。犹是螺蛤味,难比宗庙牺。正、享多大家,森森列鼓旗。优游两汉域,出入三唐篱……①

可知日本正德(1711—1716)以前的诗尚有五山僧侣文学之余习,在获生徂徕(1666—1728)的倡导下,强调古文辞,特别推崇明代的李攀龙,形成"蘐园学派"或称"古文辞学派"，"遂使家有沧溟之集,人抱弇州之书"②。不仅在诗风上受其影响,文风遂而兴盛,而且在"高自夸许"的精神气度方面也得其仿佛③。这在日本文人对朝鲜诗文的评价上也能有所反映。

概括地说,在甲申1764年以前,日本对朝鲜的诗文书画,皆以一种仰慕的态度追捧之唯恐不及。以近五十年前的申维翰所记为例,其《海游闻见杂录》上《风俗》载：

---

① 『遠思樓詩鈔』卷上,『詩集日本漢詩』第11卷,257頁。
② 俞樾,「東瀛詩選序」,『東瀛詩選』卷首,汲古書院,1981年,4頁。
③ 与当时的文坛主流相比,荻生徂徕显得非常"另类",对朝鲜文人及文学非但全无敬意,还常常语含讥讽、嗤之以鼻。其《与江若水》第四书中云："三韩犷悍,见称于隋史,而不能与吾猿面王(按:指丰臣秀吉)争胜也。后来乃欲以文胜之,则辄拔八道之萃,从聘使东来……去年来,一国人如狂,吾不知其何为而然也。晁卿之雄,与谪仙、摩诘相颉颃,距未千岁,乃至悼此辈(按:指朝鲜通信使)为何？其衰也,使人叹息泣下。"(『徂徠集』卷二十六,『詩集日本漢詩』第3卷,269—270頁)即为明显一例。此则材料承日本京都大学平田昌司教授提示,谨致谢忱！

> 日本人求得我国诗文者,勿论贵贱贤愚,莫不仰之如神仙,货之如珠玉。即皂人、厮卒目不知书者,得朝鲜楷草数字,皆以手攒顶而谢。所谓文士,或不远千里而来待于站馆。一宿之间,或费纸数百幅。求诗而不得,则虽半行笔谈,珍感无已。盖其人生长于精华之地,素知文字之可贵。而与中华绝远,生不见衣冠盛仪,居常仰慕朝鲜。故其大官、贵游则得我人笔语为夸耀之资,书生则为声名之路,下贱则为观瞻之地。书赠之后,必押图章以为真迹。每过名州巨府,应接不暇。①

这种状况是举国皆然,不分贵贱,亦无区域差别,故已成为一种"风俗"。他们视朝鲜为"小华",是先进文明的代表,这在称呼上也有所反映。朝鲜人语及日本,往往呼"倭"称"蛮",而日本人却以"唐人"尊之②。申维翰曾记录他与雨森东(芳洲)的问答云:

> 余又问:"贵国人呼我曰'唐人',题我人笔帖曰'唐人笔迹',亦何意?"东曰:"国令则使称客人,或称朝鲜人。而日本大小民俗,自古谓贵国文物与中华同,故指以唐人,是慕之也。"③

到了甲申年,固然仍有延续以往的情形在,而其变化之处则是惊心动魄的。赵曮《海槎日记》甲申正月十一日记:

> 彼人如得我国人笔迹,则毋论楷草优劣,举皆喜踊,求之者络

---

① 《青泉集续集》卷七,《韩国文集丛刊》第200册,第517页。
② 日语中"唐人"有两读,一作"とうじん",意为中国人;一作"からびと",意为不明事理者。此处乃指第一种读音。
③ 《青泉集续集》卷八,《韩国文集丛刊》第200册,第529页。

绎不绝。不但于写字官,行中之稍解书字者,亦不堪其苦请。至于乘船随后,叉手拜乞。①

粗看此记载,似乎与此前无别,但需要注意的是,这里的记载,其地仅为岛屿地区,而非"名州巨府";其人则是边地百姓,而非搢绅文士。至于学士文人的表现,则已另有一番风景。撰于甲申春三月的山根清《长门癸甲问槎序》云:

> 余及觏韩使四修聘也,阅其所唱酬者,辛卯幕中李东郭已超乘矣,尔后此行南秋月、成龙渊亦为巨擘焉。然而皆操其土风,苏、黄末派之雄耳。如夫笔语者,应酬敏捷,颇似得纵横自由者也。是其生平之所业,习惯如天性,而唯是应务而已,何有文章之可观。盖韩士取士之法,一因明制,廷试专用濂、闽之经义,主张性理,以遗礼乐。故文唯主达意,而修辞之道废矣,宜乎弗能知古文辞之妙,而列作者之林也。此邦昌明敦庞之化,有若物夫子勃兴,唱复古之业,五六十年来,多士炳蔚,文者修秦、汉已上,诗亦不下开、天。吾藩之设校也,先得其教者也。观辛卯以来唱酬集梓行于世者可见矣,矧乎此行以鹤台氏之业莅焉。与彼曷争晋、楚之盟,吾小儿辈亦从行,如执旗鼓而周旋,则报淝水之捷,亦何难焉。虽然,韩使修聘,固大宾也……唯恐违国家柔远人之意也,以故柔其色,孙其言,而不相抗,从容乎揖让于一堂上,固君子无所争,亦可以见昌明敦庞之化而已矣。②

---

① 『海行摠載』四,211頁。
② 『長門癸甲問槎』乾上卷首,明和二年刊本,東京都立日比谷圖書舘藏。

对朝鲜诗文的如此评论,亦可谓得未曾有。山根清(1697—1772)曾四次遇见朝鲜通信使,当为正德元年辛卯(1711)、享保四年己亥(1719)、宽延元年戊辰(1748)和宝历十四年甲申(亦即明和元年,1764),亲眼看见、亲身经历了这五六十年来的变化,从而得出了一番全新的见解:第一,就历次朝鲜使臣在唱酬中的表现而言,能够得到肯定的首推李礥(东郭),其次是南玉(秋月)和成大中(龙渊)。其余似皆碌碌辈,不堪齿及。而即便如上述三人,也不免"操其土风,苏、黄末派之雄耳"之讥。所学者苏、黄,非盛唐之可比。第二,朝鲜文人在唱酬笔谈间唯一擅长的是"应酬敏捷",但这主要得之于平日的训练,"习惯如天性"而已,却无"文章之可观"。第三,朝鲜以科举取士,唯重濂洛性理之学,其文章不识修辞之道,不知古文辞之妙,故其人亦不得"列作者之林"。第四,日本自物徂徕提倡古文辞,人才辈出,皆从"复古之业",文学秦、汉,诗效盛唐,在"辛卯以来唱酬集"中已可见日本诗文主盟的地位。第五,此番唱酬,即便以小儿辈对阵,则大获全胜,亦非难事。第六,因为朝鲜通信使是国家之"大宾",所以尽管日方在文学上已占有优势,但也依然要秉承"君子无所争"之教,表现出柔和其色、谦逊其言的样子。这样的评论,一改以往之仰慕步趋,完全是足以分庭抗礼甚至居高临下的语气和姿态。

然而这并不是孤立的现象。甲申夏五月奥田元继跋其所辑《两好余话》云:

> 余详察朝鲜人作为文章,固不为韩、柳、欧、苏,又不为李、王,实有方土俗习。而一守其师承,不复少变矣。固陋之甚,阅古今笔话可知也。今兹甲申聘使同行四百八十有余人,其中笔翰如流,语言立成,间有奇妙可评者,唯秋月一学士而已,龙渊犹可谓具品也。其他则元、金二书记,良医(按:指李佐国慕庵)、医员(指南斗旻丹

崖、成灏尚庵)之属,虽稍构短辞作笔语,然迟涩钝拙,为秋月、龙渊之下远矣。又云我(即李彦瑱)者杂言数条,伊人逸才英发,学士之言固不周矣。余与夫徒所讨论方俗同异或文变诗话,随得辑录,尚唱酬之诗若干首,悉具别集。然要之共无用,亦无足观者。唯以异国异音而同文之妙无意不通为奇会,则此册亦幸不可弃矣。①

奥田元继(1729—1807)是那波师曾之弟,《两好余话》是他在通信使一行从江户返回到浪华(大坂)时,与南玉、成大中、李彦瑱(1740—1766)等人笔谈酬唱的记录。他的印象是:第一,朝鲜人的文章不学唐宋八大家,也不学李攀龙、王世贞,仅有"方土俗习"。而八大家与王、李文恰恰是当时日本人习文之入门读物②。第二,朝鲜人的文章固陋而缺乏变化。第三,此行文才可称道者仅南玉和成大中,其他如元重举、金仁谦等人不免"迟涩钝拙"。第四,总体而言,这些笔谈酬唱"无用亦无足观者",仅仅是因为"异国异音而同文之妙无意不通"的"奇会",此类文字尚有其保留价值。

同样值得注意的是,山根和奥田的评论也是在历观数十年来日鲜双方唱酬笔谈的基础上提出的,所谓"观辛卯以来唱酬集梓行于世可见矣","阅古今笔话可知也"。日方将与朝鲜使臣的唱酬笔谈刊行于世,是在十七世纪中叶以后,特别是从天和二年(1682)开始,其刊印者

---

① 明和元年刊本,日本京都大学附属图书馆藏。此一文献承日本京都大学人文科学研究所永田知之学弟代为复印,谨致谢忱!
② 申维翰《海游闻见杂录》卷下《文学》:"日本为文者,皆以《八大家文抄》读习专尚,故见其长书写情,则或有理赡而辞畅者。诗则人人自谓欲学唐音,而无一句画虎于古人。夫以海外兜离之乡,声律全乖,韵语之难,百倍于叙述之文故也。间有人以书来问皇明王、李诸家与欧、苏孰贤云云,而渠辈之学习明人者,亦未之见也。"(《青泉集续集》卷八,《韩国文集丛刊》第200册,第520页)

不仅数量多,而且速度快①。将这些唱酬笔谈的记录公之于世,起初只是一种奇货可居式的自我炫耀,渐渐发生了转变,隐隐地表达了这样一番意思,即日本的文学水平与朝鲜已堪对话,并具有应战乃至战胜的能力。所以,到甲申年山根和奥田提出上述意见,形成一个大转折,也是从自身的不断进步中获得了信心。

日本文坛从正德(1711—1716)、享保(1716—1736)至明和(1764—1772)、安永(1772—1781),大致是在李攀龙、王世贞的诗风笼罩之下。广濑淡窗《论诗》指出:

> 独怪正、享时,唐宋分天渊……却使王、李舌,谩握生死权……一诗孕千句,千诗出一肝。②

时人仿效李攀龙,号称"字字拟唐人,句句同唐人,自以为得唐正鹄"③,而就其本质言,惟摹拟是务,所得也仅仅是外在的明诗体格。其风气之发生根本变化,是在安永末、天明初,由山本北山(1752—1812)振臂一呼,展开对李攀龙及其伪唐诗之追随者的批判。正如菊池侗孙(1769—1849)《五山堂诗话》卷一云:"山本北山先生昌言排击世之伪唐诗,云雾一扫,荡涤殆尽。都鄙才子,翕然知向宋诗。"④甲申年恰值宝历(1751—1764)、明和之际,正是王、李诗风甚嚣尘上的时候,日本文人

---

① 申维翰《海槎东游录》十一月初四日之下记载:"湛长老以大坂新刊《星槎答响》二卷示余,此乃余及三书记与长老答赠诸什,而所刊在赤关以前之作,余未卒役。然计于一朝之内,剞劂已具。倭人喜事好名之习,殆与中华无异。"(《青泉集续集》卷六,《韩国文集丛刊》第 200 册,第 491—492 页)

② 『梅墩詩鈔初編』卷二,『詩集 日本漢詩』第 11 卷,406 頁。

③ 〔日〕山田宗俊:《作詩志彀序》,趙鍾業編《日本詩話叢編》第 3 册,太學社 1992 年版,第 265 頁。

④ 〔日〕富士川英郎等編,『詞華集 日本漢詩』第 2 卷,汲古書院,1983 年,343 頁。

持此为衡,自然就会对朝鲜诗文感到不满甚至产生轻视。上文所录山根、奥田的两段话,无一例外地都批评朝鲜诗文"不为王、李""弗能知古文辞之妙",其背景正在于此。然而同时值得注意的是,日本的某些先觉者,此时重新提倡宋学,在与朝鲜通信使的唱酬笔谈中,又得到了进一步鼓舞,并加强了自身的信念。其代表人物就是那波师曾(鲁堂)。琴台东条《先哲丛谈后编》卷八"那波鲁堂"载:

> 明和甲申岁,韩使来聘,鲁堂与其学士南秋月唱和宾馆。又请阿波侯从其东行,相与到江户,屡诣旅舍笔语。秋月喜鲁堂精于理学,称为"日东儒学第一人"。鲁堂以旅笥中所携《剑南诗钞》一帙赠之,秋月固喜陆务观诗,因赋一律谢之。①

现在保存下来的《韩人笔谈》,就是鲁堂与南秋月、成龙渊、元玄川等人的笔语记录,其中颇涉明人诗风和日本当代诗坛。略举如下:

诗格

中华诗格,唐后屡变。明人浮靡,固亦可厌,敝邦人往往有学之者。而中华今复宗香山、髯苏,间取义山西昆用之,余颇爱之。诗唯宜煅字炼句而后入格而已。其以眼前江头论之,盖回护饰陋也。(鲁堂)诗论正矣。然徒效西昆,组织纤浓,反失大雅之本意,不如且熟看三唐、草堂,傍取香山、剑南,是近体之指南。(秋月)

明人诗

明人诗如大声而语,此成学士之语,雨芳洲谓,其咀嚼则无味

---

① 江户书林文政十二年十月版,日本京都大学附属图书馆藏。

之谓而已,如何?(鲁堂)成学士何岁来此?(龙渊)辛卯岁。(鲁堂)成啸轩学士,仆之从祖也。一生用功于诗,其定论仆之家世守之矣。(龙渊)①

朝鲜英祖(1724—1776)、正祖(1776—1800)朝的诗风,从总体上看是兼采唐音宋调,其标志之一就是正祖亲自编纂了杜甫、陆游的诗选(《杜律分韵》《陆律分韵》《杜陆千选》)②。南玉的一番意见,"熟看三唐、草堂,傍取香山、剑南,是近体之指南",反映的也是唐宋兼顾的审美思想。至于谓"明人诗如大声而语",其实并不是出于己亥岁(1719)副使书记成梦良(啸轩),而是辛卯岁(1711)制述官李礥(东郭)③。不过成大中对于明人之作亦无好感,认为其意浅而无味④,所以其观念与上述意见还是一致的。元重举也发表过类似的观感,他在指出日本文坛多效李、王诸子后云:

---

① 原件毁于"二战"美军轰炸,转引自那波利贞「明和元年の朝鲜国修好通信使団の渡来と我国の学者文人との翰墨上に于ける応酬唱和の一例に就きて」,『朝鲜学报』第四十二辑,第32—33页。

② 正祖《群书标记》四《诗观》义例云:"宋诗盖能变化于唐,而以其所自得者出之,所谓毛皮尽落,精神独存者是也。嘉、隆以还,哆口夸论者辄訾之以腐,是何异于谈龙肉而终日馁者哉?"(张伯伟编:《朝鲜时代书目丛刊》第二册,中华书局2004年版,第1001—1002页)此可代表官方的主张。又柳得恭《秋室吟序》云:"若曰学唐勿学宋,又曰学宋勿学唐,此欲以一草一石投今人之病,而自诩古方,非愚则妄。故曰焉学焉不学,参以合之,本诸性情;神以化之,玩其归趣,如斯而已矣。此余二十年前与二三同志言者,而今日举以相赠。"(《泠斋集》卷七,《韩国文集丛刊》第260册,景仁文化社2000年版,第112页)此可代表民间的意见。

③ 雨森芳洲『橘窗茶话』下:"李东郭谓余曰:'明诗如人大声语。'此讥其咀嚼则无味也,可谓善知诗者矣。"(第211页)成梦良(啸轩)亦文学之士,为肃宗四十五年(1719)己亥岁通信使副使书记,非"辛卯岁"(辛卯岁正是李礥出使的年份)。以上当为鲁堂误记。

④ 李德懋《耳目口心书》四录成大中语:"大明人诸文集观之则无味,以其意浅故也。"(《青庄馆全书》卷五十一,《韩国文集丛刊》第258册,景仁文化社2000年版,第423页)

> 大凡明无文章，又无理学。抛掷明代文章，做文做诗，有何不可哉？①

这些人的意见，对于那波鲁堂而言，无疑是一个强烈的支撑和鼓舞，从而更加坚定其信念。在《问槎余响序》中，他把这一观点表现得透彻淋漓：

> 岁甲申有韩国聘使，其制述官曰南氏时韫，记室官曰成氏士执，曰元氏子才，曰金氏子安，皆从焉……其为诗也，翻窠换臼，不勦不袭；横心所出，笔受腕运；变态触发，唯其所适……呜虖！世方贵嘉、隆之伪体，乞墦吓腐，烂熟溢目。余所以特喜诸学士者，以其新也……盖诗新者，岁月之后，第取而读之，其色鲜妍，如旦晚脱稿，墨斗而烟，无论工不工，即使人思其笑语，思其志意。腐则才离笔研，即已陈荖，将从何处寻其生灵耶？诗道贵新贱腐，为此也。②

将当时日本诗坛的摹拟之作斥为"伪体"，显然是后来"伪唐诗"说的先驱。鲁堂当时"专唱性理说，以排击古学以（为）己任，遂以是名于当世"③。所以，从日本汉文学史的发展来看，此后二十年山本北山等人对追随李攀龙之诗风的批判，导致天明朝以下的文学风尚转向宋诗，其渊源实可追溯至甲申年那波师曾等人与朝鲜通信使的唱酬笔谈。

文明的进步往往是整体性的，甲申朝鲜通信使不仅对日本的诗文

---

① 李德懋《观读日记》引，《青庄馆全书》卷六，《韩国文集丛刊》第 257 册，景仁文化社 2000 年版，第 115 页。
② 『問槎餘響』卷首，平安书林明和元年九月版，韩国国立中央图书馆藏。
③ 『先哲叢談後編』卷八。

有高度评价,对其书画篆刻收藏也投以惊异的目光①。如中村三实、平鳞(1732—1796)、木弘恭、福原修等人,都曾为南玉等人篆刻私印。成大中《槎上记》五月十五日载:

日本人雅善图章,所谓一刀万像者名于天下。而今行所见,则三实为最,江户平鳞、西京长公勋次之,浪华木弘恭、福尚修又其次也。②

又有韩天寿(1727—1795)者,字大年,多蓄中国古碑法书,"自禹碑以下篆隶楷行之碣二十有五,钟、王以来小楷帖三十有五,六朝行草帖十有八,梁武以后帝王名臣帖十有七,有唐六臣法书三十有一帖,名臣书二十有一帖"③,名其斋曰"醉晋斋"。此外,如木弘恭之藏书,平鳞之蓄金石,收藏之富之精,皆引起朝鲜通信使的惊诧。而平鳞所赠《峄山碑》拓本,由成大中携归朝鲜,后为金正喜(1786—1856)所得,复以之赠送给翁方纲,翁为赋长诗《秦峄山碑旧本》,成为东亚文化交流史上的一段佳话④。

总之,甲申年朝鲜通信使在日本的唱和笔谈具有明显的特征,双方对彼此文学的评价发生了翻天覆地的变化。从数十年来的总体趋势上看,这一变化是在朝鲜方面对日本诗文水平的逐步肯定,以及日本方面对本国汉学日益提高之自觉的双重作用下产生的结果,从而使得1764年成为汉文学史上富有重大意义的历史转捩。

---

① 参见李元植《朝鲜通信使》第二部第四章第二节之二"日本人之篆刻印章"及第三节"韩天寿醉晋斋书帖题跋",第245—248页,第252—259页。
② 『大系朝鮮通信使』第7卷,193頁。
③ 〔朝〕南玉:《书韩大年醉晋斋书帖录后》,原件为李元植收藏,转引自其《朝鲜通信使》,第256页。
④ 参见〔日〕藤塚鄰,『清朝文化東傳の研究』「歸東篇」第四章第四节,国書刊行会,1975年,158—160頁。

三、甲申行在朝鲜文坛之反响

成大中、元重举等人结束使命,回到朝鲜,此行对日本的印象和观感尚萦绕心头,不能自已。元重举将此行日本人的赠答之作带回朝鲜,又撰写了《和国志》及《乘槎录》二书;成大中则口陈笔撰,称道日本人及其文学。这直接导致了朝鲜第一部日本诗选的编辑,孕育了朝鲜文坛对日本诗文的第一次高度评价。

朝鲜文学史上第一部日本诗选,就是由李书九(1754—1825)、柳得恭(1749—1807)、朴齐家(1750—1805)、李德懋(1741—1793)等人参与编纂的《日东诗选》,又名《蜻蛉国诗选》。据柳得恭《日东诗选序》云:

> 日本在东海中,去中国万里,最近于我……风俗儇利,多淫技巧匠,而独不能工诗……岁癸未,前任长兴库奉事元玄川重举膺是选(按:指书记之职)……玄川翁雅笃厚,喜谈程朱之学,彼中益重之,必称老先生。其能文之士,率多医官、释流,而合离、井潜、那波斯曾、富野义胤、冈田氏兄弟,尤为杰然,皆与之深相交。及其归后,薑山居士钞其《海航日记》中赠别诗六十七首,名曰《日东诗选》,属余为之序。其诗高者模拟三唐,下者翱翔王、李,一洗侏儒之音,有足多者。按日本之始通中国,在后汉建武中,而后……辄为中国所摈,绝不与通,文物因之晼晚。编次属国诗者,置之安南、占城之下,讫不能自奋。比闻长碕海舶往来杭浙,国人稍解藏书,学为书画,庶几彬彬焉。三代之时,小学不能自达于上国者,附于大国曰附庸,今以此集流布广远,为采风者所取,则我东诸君子之所不敢辞。①

---

① 《泠斋集》卷七,《韩国文集丛刊》第260册,第111—112页。

综合上述言论，乃谓日本自来"独不能工诗"，近年由于长崎与中国交通，大量书籍传入，使其国人"解藏书，学为书画"。元重举于癸未（1763）年赴日，归后将日本文人的赠别诗编为二册，李书九（薑山居士）从中抄出六十七首为《日东诗选》①。其诗已非昔日之比，"高者模拟三唐，下者翱翔王、李"。而在柳得恭看来，编纂此书的另一个意义，是要让中国人了解日本的诗文水平，不再将他们置于安南、占城之下，并以春秋时小国附庸大国以进于上国之例，把这项工作当成朝鲜人义不容辞的责任。

可见，《日东诗选》的底本实出于元重举甲申行所携归之赠别诗，参与编选之事者，实不止李书九一人。在李德懋致成大中的信中，就有"昨日柳、朴二寮果来书局，日本人诗略加抄选"②云云，当指柳得恭和朴齐家。又《清脾录》卷四《蜻蛉国诗选》云："柳惠风《巾衍外集》载《蜻蛉国诗选》……余又抄载若干首，摘若干句。"③补抄了合离等人的七首诗和守屋元泰等人的六联句。所以，首部日本诗选的编成，屡经李书九、柳得恭、朴齐家、李德懋之手，而这四人就是朝鲜文学史上所称的"后四家"，是当时文坛上的杰出代表。

在柳得恭看来，日本人诗文水平所发生的变化在当时尚未为中国人所知，故编辑属国之诗，往往置日本于安南、占城之下④。而他已认识到日本诗文水平的今非昔比，所以在其编纂的当代诗选《并世集》（此书编于正祖二十年丙辰，1796）中，首先录中国，其次是日本、安南、

---

① 李德懋《清脾录》卷四《蜻蛉国诗选》引用柳序，作"及其归也，抄其日本文士赠别诗，编为二册，李薑山从而选之为六十七首，名曰《蜻蛉国诗选》（原注：日本地形似蜻蛉，故自称蜻蛉国）"。依此说，则乃元氏先编为二册，李书九复选其六十七首而成其书。李德懋与元氏为姻亲，且其文出于柳氏之后，当是有据而改。兹从之。
② 《青庄馆全书》卷十六，《韩国文集丛刊》第257册，第249页。
③ 《青庄馆全书》卷三十五，《韩国文集丛刊》第258册，第67页。
④ 这种情形并不一定，如钱谦益《列朝诗集》，其属国部分的次序是朝鲜、日本、交趾、安南、占城，而朱彝尊编《明诗综》，其次序则是朝鲜、安南、占城、日本。

琉球,根据的就是他自己对东亚诗坛的认识和理解。其卷二所收日本诗人及作品如下:

> 1. 木弘恭《题蒹葭堂雅集图》;2. 合离《题蒹葭堂雅集图》;3. 冈田宜生《席止(上)赋赠玄川元公》;4. 冈田惟周《奉别元玄川》;5. 富野义胤《晚过兴津》;6. 那波师曾《早行偶兴》;7. 草安世《怀元玄川》;8. 源叔《奉送玄川元公》;9. 冈明伦《奉送玄川元公》;10. 田吉记《送别玄川词伯》

以上十首诗来源有三,其一是《日东诗选》(亦即《蜻蛉国诗选》),分别是3、8、9、10;其二是李德懋补抄《蜻蛉国诗选》,分别是4、5、6、7;其三是成大中所携归的《蒹葭雅集图》,分别是1、2。柳得恭在木弘恭(世肃)名下有一段附记云:

> 世肃构蒹葭堂于浪华之渚,贮图史,与越后片猷字孝秩、平安那波斯曾字孝卿、合离字丽玉、浪华福常修字承明、冈元凤字公翼、葛张字子琴、淡海僧竺常、伊势僧净王相唱酬。甲申通信,时成龙渊舟过浪华,世肃见之托契,临别写《蒹葭雅集图》以赠之,笔意淡泊,学元人。①

《并世集》所选两首与蒹葭堂有关的诗,当是直接从该图中抄录下来。可知此书的日本部分,凝聚着柳得恭等人文学团体的意见,也都与成大中、元重举的甲申之行有关。

成大中对其在日本所获之《蒹葭雅集图》是颇为珍视的,写有《咏

---

① 林基中编:《燕行录全集》第60卷,韩国东国大学校出版部2001年版,第176页。

兼堂雅集图》诗,李德懋曾致书借阅此图,谓"天下之宝,当与知者共鉴赏,亦千古胜绝。惠假如何？少选即当奉还"①云云。这种珍视不仅在于书画本身的价值,而且还蕴含着两国文人之间的友谊。李德懋《耳目口心书》四载：

木弘恭字世肃,日本大坂贾人也,家住浪华江上,卖酒致产,日招佳客赋诗。购书三万卷,一岁所费数千余金。以故自筑县至江户数千余里,士无贤不肖,皆称世肃。又附商舶得中华士子诗数篇,以悬其楣。构兼葭堂于江滨,与竺常、净王、合离、福尚修、葛张、罡元凤、片猷之徒作雅集于堂上。甲申岁,成大中士执之入日本也,请世肃作雅集图,世肃手写,诸人皆以诗书轴,竺常作序以予之。竺常,释也,深晓典故,性又深沉,有古人风。净王,常徒也,清楚可爱。合离亦奇才。②

又录竺常之序云：

乃今会朝鲜诸公之东至也,如世肃者,皆执谒馆中,诸公则悦世肃如旧相识。及其将返,龙渊成公请使世肃作《兼葭雅集图》,同社者各题其末曰:赍归以为万里颜面云尔。呜呼！成公之心与夫置身兼葭之堂者,岂有异哉？则世肃之交一乡一国以至四海固矣……余也文非其道,然亦辱成公之视犹世肃也,其感于异域万里之交,不能无郁乎内而著乎外也。③

---

① 《青庄馆全书》卷十六,《韩国文集丛刊》第 257 册,第 249 页。
② 《青庄馆全书》卷五十二,《韩国文集丛刊》第 258 册,第 440 页。按:李德懋《耳目口心书》撰于乙酉(1765)至丁亥(1767)之间,其中既已抄录《兼葭雅集图》诗并序,可据以推知他借阅该诗画轴的时间。
③ 《青庄馆全书》卷五十二,《韩国文集丛刊》第 258 册,第 441 页。

在元重举、成大中等人的影响下,李德懋在其诗话随笔中首次对日本诗文做出较高的评价。

考察李德懋的文学批评,人们一般会较多注意其《清脾录》,这虽然较为集中,但却是不够的。《青庄馆全书》中有不少篇章,如《琐雅》《观读日记》《耳目口心书》《盎叶记》《寒竹堂涉笔》等,都有相关内容,当作综合考察。而就对日本的诗文批评而言,还应注意其《蜻蛉国志》。

关于李德懋的日本观察及评骘,已有学者做了较为全面的论述①。本文着重就其对日本诗文的评价继做探索。

李德懋本人并未去过日本,他对于日本文学的印象受到元重举、成大中的很大影响。就其与元重举的关系而言,他们之间属于姻亲,《清脾录》卷三《功懋诗》云:"(元)若虚名有镇,玄川之子,余之妹婿也。"②故其《挽元玄川》诗云:"赍咨仍痛哭,不独为姻亲。"③元氏癸未年(1763)赴日本,李德懋以诗相赠。元氏归国后,他们也常常互相酬唱论诗④,其中自然会讲到日本诗文。《观读日记》甲申(1764)十月癸未载:

> 余近与逊庵元丈谈文章升降,逊庵曰:"余新游日本来,其文士方力观白雪楼诸子文集,靡然成风,文章往往肖之。大凡明无文章,又无理学,抛掷明代文章,做文做诗,有何不可哉?"⑤

李德懋显然接受了这种观察,《清脾录》卷一《日本兰亭集》云:

---

① 参见〔日〕河宇凤,『朝鮮実學者の見た近世日本』第二章第三節「李德懋の日本觀」,ぺりかん社,2001年,173—231頁。
② 《青庄馆全书》卷三十四,《韩国文集丛刊》第258册,第51页。
③ 《青庄馆全书》卷十二,《韩国文集丛刊》第257册,第212页。
④ 赵寅永《青城集序》谈及甲申之行诸公特点,特别提到"元玄川喜言诗"。
⑤ 《青庄馆全书》卷六,《韩国文集丛刊》第257册,第115页。

《兰亭集》日本人诗也,命词奇健,骎骎于雪楼之余响……门人杵筑山维熊子祥著《墓志》曰:"……自物夫子倡古文辞,彬彬作者,不可枚举,而擅诗名于海内者,特先生与南郭服先生二人焉耳。于诗专门,初沿①唐人体,后刻意于鳞,而能得其体。"……癸未岁,元玄川之入日本也,与弥八笔谈,尝称博学谨厚、风仪可观云。②

《兰亭集》作者是高野惟馨,而"雪楼之余响",就是元氏所谓"其文士方力观白雪楼诸子文集""文章往往肖之"的意思,实即指受明代李攀龙的影响,这与元玄川的意见一脉相承。李氏有《白雪楼诗集》③,《墓志》中说高野"刻意于鳞而能得其体",也是同样的意思。又《清脾录·兼葭堂》云:

善乎元玄川之言曰:"日本之人,故多聪明英秀,倾倒心肝,炯照襟怀。诗文笔语,皆可贵而不可弃也。我国之人,夷而忽之,每骤看而好訛④毁。"余尝有感于斯言,而得异国之文字,未尝不拳拳爱之,不啻如朋友之会心者焉。⑤

元重举最为人重视的著作是《和国志》(又名《和国记》《和国舆地记》),又有《乘槎录》,部分内容与《和国志》接近,而后者内容更加丰富⑥。在

---

① 此字原本作"沈",兹据抄本及《续函海》本改。
② 《青庄馆全书》卷三十二,《韩国文集丛刊》第 258 册,第 7—8 页。
③ 河宇凤先生将此处的"雪楼"理解为清代诗人黎恂之字(见『朝鮮実學者の見た近世日本』,214 页),误。
④ 此字原本作"讹",兹据抄本改。
⑤ 《青庄馆全书》卷三十二,《韩国文集丛刊》第 258 册,第 10 页。
⑥ 柳得恭《古芸堂笔记》卷四"倭语倭字"条云:"玄川翁素笃志绩学,癸未通信以副使书记入日本……翁归著《和国舆地记》三卷及《乘槎录》三卷,详载其国俗。"(首尔亚细亚文化社 1986 年版,第 377 页)按:《乘槎录》今藏韩国高丽大学校六堂文库。

《乘槎录》中,有两处"懋官云"的按语,在《和国志》的相应位置上也同此①,这应该是李德懋的阅读痕迹。《和国志》中有对日本文学及文人的评论,这些大都被李德懋接受。例如,《清脾录》卷二《倭诗之始》条,多本于寺岛良安《和汉三才图会》卷十六"艺能篇",与《和国志》(李引作《和国记》)地卷的"文字之始"和"诗文之人"等条。除了以《和国志》作校勘以标出异文异说者之外,李德懋评论日本早期诗作云:

> 朴澹高真,不冶之矿,不琢之璞。元玄川曰:"气机初斡之际,穿开昏蒙,透露微萌。"②

此言亦见于"诗文之人"条。李德懋又有《蜻蛉国志》,其《艺文》有云:

> 大抵日本之人,聪明凤慧。四五岁能操毫,十余岁咸能作诗。③

这同样见于《和国志》。即便不是评论日本诗文,而与元重举在日活动有关,他也往往征引其言④。

甲申年成大中的日本之行也同样给李德懋的文学评论带来很大影响。成大中初识李德懋之名,就是癸未出使时读到其赠送元重举的诗并序,"光芒射人,不可狎视。惊问其谁制,则乃懋官也。及归,即就之"⑤。

---

① 见『乘槎录』卷一,『大系朝鲜通信使』第7卷,218—219页;《和国志》天卷,第173、182页。
② 《青庄馆全书》卷三十三,《韩国文集丛刊》第258册,第29页。
③ 《青庄馆全书》卷六十四,《韩国文集丛刊》第259册,第162页。
④ 如《清脾录》卷二"柳醉雪"条云:"柳醉雪逅字子相……丁卯充通信书记入日本,庄重有仪,日本人士皆敬惮。癸未之行,日本人问其安否,舌人妄对'已仙去',其人汪然垂泪。元玄川详说曰:'今清健无恙,日哦诗,人称地行仙。'其人遂收泪而喜。"
⑤ 〔朝〕成大中:《李懋官哀辞》,《青城集》卷十,《韩国文集丛刊》第248册,景仁文化社2000年版,第548页。

李德懋任奎章阁检书官时,成大中为秘书,曾一起监撦正祖御定之《八子百选》。一度又前后比邻而居,"朝夕过从,若形影之相随,一日不见,旷若三秋"①。交谈的内容当然也包括其日本之行,《耳目口心书》三记载:

> 南遂安玉,癸未以制述官入日本,牛窗井潜持百韵律求和,时适夜矣,时韫二更始草,手不停笔,篇讫鸡未鸣矣,潜惊其神速。使行未及江户,诗已先到矣……成士执与南同入日本,目见其事,为余言之如此。②

成大中虽年长德懋九岁,但钦佩其学问,故经常讨论学术文章,并互相批评③。所以,他对于日本的观感和印象也给李德懋很多刺激。

从来朝鲜人对日本人的观感,若以一字而蔽之,则曰"诈",李德懋也不例外。他在《奉赠书记逊庵元丈重举随副使之日本》中写道:"岛俗多狙诈,外面待朝鲜。揖让升降际,忠信当勉旃。"④希望元玄川到日本后,在揖让之际能勉之以忠信。但自甲申通信使归来后,受其影响,李德懋的观念也发生了转变。例如,成大中《书金养虚杭士帖》云:

> 吾尝观日本,其人亦重交游,尚信誓。临当送别,涕泣汍澜,经

---

① 《李懋官哀辞》,《青城集》卷十,《韩国文集丛刊》第 248 册,第 548 页。按:《青城集》卷三又有诗题"青庄屋后红桃即我堂前也,花开正供吾玩,信笔书奉青庄"。
② 《青庄馆全书》卷五十,《韩国文集丛刊》第 258 册,第 414 页。
③ 《青庄馆全书》卷十二《成秘书士执大中寄诗要和仍次其韵》自注云:"士执著《揣言》《质言》《醒言》各一篇,要余评批。"又《耳目口心书》四记录丙戌(1766)三月十一日成大中来访,提及"癸未入日本时,于龙仁驿舍与元子才各阅篇章,始见君文矣。其序中'蔼蔼春云之诗态',知用韩退之诗'君诗多态度,蔼蔼春空云'之语,而'滚滚秋江之笔头'出于何处耶? 余意'态'字属春云甚紧,而'笔头'二字不衬于'秋江',何不改'笔头'以'文澜'耶",李德懋则答以"黄山谷诗曰'笔头滚滚悬秋江'"。
④ 《青庄馆全书》卷二,《韩国文集丛刊》第 257 册,第 46 页。

宿不能去。孰谓日本人狡哉？愧我不如也。①

又《书东槎轴后》云：

吾盖以文采胜也……然彼中文学,非昔日之比,安知无从旁窃笑者耶？②

元重举《和国志》地卷"诗文之人"条云：

混窍日凿,而长碕之书遂通见。今家家读书,人人操笔,差过十数年,则恐不可鄙夷而忽之也……虽谓之海中文明之乡,不为过矣。③

李德懋《清脾录》卷一《蒹葭堂》云：

岁甲申,成龙渊大中之入日本也,请世肃作《雅集图》。世肃手写横绡为一轴,诸君皆记诗于轴尾。书与画皆萧闲逸品……嗟呼！朝鲜之俗狭陋而多忌讳,文明之化,可谓久矣,而风流文雅,反逊于日本。无挟自骄,凌侮异国,余甚悲之。④

其态度之发生根本性转折,无疑受到了成大中、元重举等人甲申之行的影响。

甲申通信使之行,对日本诗文高度评价,对日本人物由衷赞赏,从

---

① 《青城集》卷八,《韩国文集丛刊》第248册,第504页。
② 同上书,第501页。
③ 《和国志》,第326、330页。
④ 《青庄馆全书》卷三十二,《韩国文集丛刊》第258册,第10页。

而影响到朝鲜文坛对日本文学的整体改观①。第一部日本诗选由此应运而生,文学评论界也一改过去对日本诗文不屑齿及的面貌,出现了整体性的高度评价。虽然此前的通信使对日本文学也偶有赞美,但或为应酬语,或仅限于个别,因而未能在朝鲜文坛引起回响②。所以,从使行之言转化为文坛认识,其关键性的转折也是在1764年。

不仅是日本文学,李德懋对于朝鲜文学和中国文学的评论,也有与甲申通信使相关之处。其中比较重要的一点,是对女性诗文的关注③。

朝鲜人对女性的文学创作向来不甚提倡,间或有之,亦不甚关注。在此之前的洪万宗(1643—1725),其《小华诗评》卷下云:

> 我东女子不事文学,虽有英姿,止治纺绩,故妇人之诗罕传。④

与李德懋同时代的洪大容(1731—1783),在英祖四十一年(1765)赴中

---

① 河宇鳳先生认为,李德懋对于日本文章学术的看法,在同时代人物中属于例外,因而值得注目(见『朝鮮実學者の見た近世日本』,216頁),并举出甲申年通信正使赵曮《海槎日记》中对日本学术文章的酷评做对比(见第231页)。这一观点是值得商榷的。李德懋的日本观,既受到元、成等人的影响,也代表了当时的新趋势,不是什么孤明先发,亦非孤掌难鸣。他们所形成的一个舆论氛围,在当时具有较大影响。而赵曮对日本文章学术的酷评,恰恰仅是一种特殊语境中的官样文章,反而是缺乏代表性的。

② 例如,肃宗三十七年(1711)副使任守幹《赠白石源公屿》云:"投我新诗格最高,莹似明珠转玉盘。中华正音在海外,三复令人起长叹。"(《遯窝遗稿》卷二)可谓推崇备至。但其后李瀷、安鼎福等人评论日本学术文章,不仅很少涉及,偶尔提到,也未见好评。如安鼎福《橡轩随笔》下"日本学者"条,言及伊藤维桢,则曰"不意海岛之中、蛮貊之邦,能有此学问人也",局部褒扬中隐含整体贬抑;又评藤明远之书信,"语不成说,文理未畅";评其国执掌文衡的林罗山,"文词与识见虽无可称道者,而以文学鸣于一国"(《顺庵集》卷十三),等等。在这一则中,他还提到仁祖癸未(1643)和英宗戊辰(1748)通信使。

③ 此外,如对于李彦瑱(虞裳)、李圣载(匡吕)的评论,也与通信使的甲申之行有关。为免枝蔓,本文不做引申。

④ 趙鍾業:《修正增補韓國詩話叢編》第3册,太學社1996年版,第567页。按:此语本于徐居正《东人诗话》卷下:"吾东方绝无女子学问之事,虽有英资,止治纺绩而已,是以妇人之诗罕传。"洪万宗重复此语,也表示了他的认同。

国,在北京与潘庭筠(兰公)、严诚等人见面笔谈云:

> 兰公曰:"东方妇人有能诗乎?"余曰:"我国妇人,惟以谚文通讯,未尝使之读书。况诗非妇人之所宜,虽或有之,内而不出。"兰公曰:"中国亦少,而或有之,仰之若庆星景云。"……余曰:"……君子好逑,琴瑟和鸣,乐则乐矣,比之庆星景云,则过矣。"兰公曰:"贵国景樊堂,许筠之妹,以能诗入于中国诗选。"余曰:"女红之余,傍通书史,服习女诫,行修闺范,是乃妇女事。若修饰文藻,以诗得名,终非正道。"①

这里提到的景樊堂,即许兰雪轩(1563—1589),她的诗在中国非常流行,但朝鲜人似并不普遍以此自喜。反之,当柳如是揭发《兰雪轩诗集》中多因袭中国人诗句,朝鲜文人却津津乐道。其心理背景,恐怕与压抑女性的诗文创作有关②。以洪大容这样对北学、西学都深感兴趣的人物,尚且认为女性"以诗得名,终非正道",遑论他人?然而在元重举的《和国志》中,却观察到日本"女子之能诗能书者甚众,殆若唐人之诗外无余事"③,又列举"人君诗文自天武天皇始,释氏诗自智藏始,女子诗自大伴姬始"④,这些话,都被李德懋原封不动地搬进其《蜻蛉国志·艺文》中。很可能是在日本"女子能诗"的刺激下,李德懋也特别留意起朝鲜、中国和安南的女性作品,对以往东国文学评论中对女性作品较为轻视的态度有所改变。

---

① 《湛轩书》外集卷二,《韩国文集丛刊》第 248 册,景仁文化社 2000 年版,第 136 页。
② 安往居《兰雪轩传略》云:"嗟乎!夫人遗响能大鸣中国,而在本邦反为寥寥者,厥亦有由焉。盖东俗以妇人能文,视以为不祥,谁知风诗之《葛覃》《卷耳》亦出于闺房之歌咏也哉?"(《兰雪少雪轩集卷首》,辛亥吟社 1913 年版)
③ 《和国志》地卷,第 330 页。
④ 同上书,第 327 页。

日本人对朝鲜女性创作的关注,在此之前的通信使唱酬中已有所记录。朝鲜肃宗三十七年(日本正德元年,1711)通信使赴日,当年在日本刊刻的文献中就有《鸡林唱和集》,该书第十五卷为"补遗",卷末登载了此行正使书记洪舜衍(1653—?,号镜湖)之妾安媛的两首诗《春思》和《闺怨》,濑尾维贤(1691—1728,号用拙斋)跋曰:"右洪镜湖妾安氏之诗,事虽不关唱酬,而清思妍语,可与李易安、朱淑真相伯仲矣。一友人得之镜湖席上,爱玩示予。呜呼!三韩妇人能言诗,亦可见其文华之盛,故录。"①同年十二月,京都文台屋治郎兵卫据东莱府重刊本为底本开版刊行朝鲜女诗人的《兰雪轩集》。英祖二十四年(日本延享五年、宽延元年,1748)的通信使行中,日本医官野吕实夫(1694—1761,字元文)与朝鲜良医赵崇寿(1714—?,号活庵)笔语云:"贵邦许氏女《兰雪斋集》,万历中明梁有年序之,刻行于世。予尝得阅之,女子而善诗,奇哉!"②这对于此后的元重举关心日本女性的创作,应该有一定的启示。而他对日本"女子能诗"的认识,又刺激了李德懋的观念。

首先是对女性作品的评论。《清脾录》中有七则与女性创作相关的条目,涉及士大夫家室、妓女以及中国女性的诗歌及书法之作,其评价用语亦多属正面。如评金高城副室李氏诗"多有警句",评福娘诗"婉韶堪选",评云江小室李玉峰"能大书,东国所罕",评中国三闺人诗"甚雅正",评妓女一枝红"能诗,挠笔支颐,斯须而成",等等。而在"芝峰诗播远国"条中,他也忽然岔出一笔,评论起安南的闺秀诗。他引用李恒福的话:

　　幼从申公,得见权参判叔强朝京诗帖,与安南使臣武佐酬唱者,且附本国闺秀送武佐之作数十篇。如淳于鸑鸑、褚玉兰、徐媪

---

① 《鸡林唱和集》卷十五,日本京师书坊松柏堂、奎文馆正德辛卯同刻,韩国国立中央图书馆藏。
② 《朝鲜人笔谈》下,写本,日本内阁文库藏。

之诗,皆清健豪爽,盖亦骎骎乎古烈士击筑之遗音。①

在朝鲜文学史上,对女性诗歌创作如此的关怀,是有些异乎寻常的。而结合李德懋的交游及思想,这又是不难理解的。

其次是对于洪大容言行的纠正。《清脾录》卷三"潘秋庫"条谓其"妻湘夫人亦工诗,有《旧月楼诗集》,几欲出示,湛轩庄士也,不喜谈诗,次以妇人能诗为不必佳,遂怃然而止"②。而李德懋则致书潘庭筠曰:

> 前因湛轩闻先生贤阁湘夫人有《旧月楼集》,闺庭之内,载唱载和,真稀世之乐事。诗品与桐城方夫人、会稽徐昭华何如也?似有刊本,愿赐一通,留为永宝。③

又潘庭筠与洪大容笔谈女性能诗时,曾举到朝鲜的景樊堂诗,洪大容义正词严地说:"此妇人诗则高矣,其德行远不及其诗。"而李德懋对此评论道:

> 尝闻景樊非自号,乃浮薄人侵讥语也。湛轩亦未之辩耶?中国书分许景樊、兰雪轩为二人,其诬亦已甚矣。兰公若编诗话,载湛轩此语,岂非不幸之甚者乎?且其诗为钱受之、柳如是指摘瑕颣,无所不至,亦薄命也。④

对洪大容颇为不满,而对兰雪轩却抱有同情。

---

① 《青庄馆全书》卷三十五,《韩国文集丛刊》第258册,第62页。
② 《青庄馆全书》卷三十四,《韩国文集丛刊》第258册,第49页。
③ 《青庄馆全书》卷十九,《韩国文集丛刊》第257册,第264页。
④ 《天涯知交书》,《青庄馆全书》卷六十三,《韩国文集丛刊》第259册,第132页。

最后是积极搜罗女性作品。《清脾录》卷三"高丽闺人诗只一首"条,其内容与技巧皆不足论,但因为是仅有的高丽女性诗而获登载,显然有保存文献的意识。李德懋在正祖二年(1778)入燕,与朴齐家往琉璃厂抄书目,"只抄我国之稀有及绝无者"①,除了通常的经史子集外,还特别留意禁书以及女性创作,其中就有《名媛诗钞》和《名媛诗归》。

《通航一览》曾记载甲申之行使团中的少年金云龙为一日本少女的美貌吸引,与之唱和,乃至行道迟迟②。此事既然已进入日本方面的文献记载,则在朝鲜使团中必然流传颇广,并很可能为李德懋所耳闻。这一近在眼前的故事,便是日本女性擅长写诗的实例,这些都会给李德懋以刺激和影响,从而使他改变对女性诗文的态度,注意并反省朝鲜、中国和安南的女性创作。

李德懋当时虽官阶较低,但在文坛上的影响很大,去世后由正祖特赐钱印制《雅亭遗稿》,"进献七件,家藏八件,诸处分传一百四十二件"③,可谓文人之殊荣。他的《蜻蛉国志》,柳得恭曾劝人"读之以知海外诸国之情状"④。他的《清脾录》则流传于中国,李调元为之刻入《续函海》中;又传入日本,引起文坛上的反响。所以,他和他的文学同好,以其鲜明的理论主张,在当时的知识文化界刮起的"北学风",其势力和影响是不可低估的。

---

① 《入燕记》下,《青庄馆全书》卷六十七,《韩国文集丛刊》第259册,第220页。
② 『通航一览』卷百十一:"甲申之春,韩使来聘,竣事归国,经品川驿,行中少年金云龙者,见儿女之皎美,而俾人问其庚。自傍答曰:'已向破瓜。'云龙熟视云:'洵美且艳。'因援笔立书一绝赠之曰:'颜色如桃李,春秋十五年。君无王上点,我作出头天。'儿女赧羞诵之。卒和之曰:'海外西方客,翩翩美少年。纵成千里别,犹望釜山天。'云龙屡唱赓歌,次旦不能进,从者叱马,乃行。"(第3册,國書刊行會,1913年,321頁)按:"王上点"为"主","出头天"为"夫"。
③ 〔朝〕李光葵:《先考积城县监府君年谱下》,《青庄全书》卷七十一,《韩国文集丛刊》第259册,第332页。
④ 《蜻蛉国志序》,《泠斋集》卷七,《韩国文集丛刊》第260册,第117页。

四、甲申行唱酬笔谈之文学史意义

  一个时代文学观念的形成乃至流行，总是由多种因素综合作用的结果。这里，我想仅就甲申唱酬笔谈影响及朝鲜、日本汉文学史上某些观念的演变继作申论，这也能够在相当程度上揭示其文学史意义。

  就朝鲜方面而言，此时有了一个较为普遍的认识，即日本文明之进步，与大量中国书籍之输入长崎有着密切关系。元重举《和国志》"诗文之人"条云：

> 其后混窍日凿，而长崎之书遂通见。①

李德懋《蜻蛉国志》"艺文"云：

> 近者江南书籍，辐凑于长碕，家家读书，人人操觚，夷风渐变。②

又《天涯知交书·笔谈》云：

> 日本人通江南，故明末古器及书画、书籍、药材，辐凑于长碕，日本蒹葭堂主人木世肃，藏秘书三万卷，且多交中国名士，文雅方盛，非我国之可比。③

柳得恭《古芸堂笔记》卷五"我书传于倭"条云：

---

① 《和国志》地卷，第 326 页。
② 《青庄馆全书》卷六十四，《韩国文集丛刊》第 259 册，第 162 页。
③ 《青庄馆全书》卷六十三，《韩国文集丛刊》第 259 册，第 131 页。

> 倭子慧窍日开，非复旧时之倭。盖缘长碕海舶委输江南书籍故也。①

这种看法已成为趋势，稍后的金正喜(1786—1856)《杂识》云：

> 今见东都人筱四本廉文字三篇，一洗弇陋僻谬之习，词采焕发，又不用沧溟文格，虽中国作手，无以加之。噫！长崎之舶，日与中国呼吸相注，丝铜贸迁尚属第二，天下书籍无不海输山运。②

又李尚迪(1803—1865)《读〈蔫录〉》云：

> 近来中国书籍，一脱梓手，云输商舶。东都西京之间，人文蔚然，愈往而愈兴者，赖有此一路耳。③

如果说，日本能够由"蛮俗化为圣学"④，是因为大量吸收了清代的文章和学术，那么，朝鲜是否依然能够以"小华"自居，而以"夷狄"视清呢？以往所坚持的华夷观是否又有改变的必要呢？诚然，在现代学者看来，李德懋等人属于"北学派"，但"北学"观念却是后起的。英祖三十五年(1759)，十九岁的李德懋曾与漂流到朝鲜康津县的福建人黄森问答，发出了如下的感叹：

---

① 《雪岫外史》外二种，亚细亚文化社1986年版，第125页。
② 《阮堂全集》卷八，《韩国文集丛刊》第301册，第147页。
③ 《恩诵堂集》续集"文"卷二，《韩国文集丛刊》第312册，第242页。
④ 〔朝〕李德懋：《盎叶记》五"日本文献"，《青庄馆全书》卷五十八，《韩国文集丛刊》第259册，第39页。

> 顾今六合之内,浑为戎夷,薙发左衽,无一干净地。独我东尚礼义而冠带之,于今觉幸生东国也。①

而当他目睹日本文明之进步,就不仅不再以"蛮"视之,同时也很容易联想到不能以"虏"视清。他在甲申年七月所写的《琐雅》中说:

> 今清之文章,李渔笠翁为翘楚,而五六十年前人也。日本文章,物徂徕茂卿为巨擘,而专尚王元美、李于鳞,闪烁倏幻,时有可观。②

便是将清代文章与日本文章相提并论。显然,李德懋对这个问题进行了深刻的反省,从而改变了过去的认识,成为那个时代的先觉者之一。在其与赵衍龟的信中说:

> 东国人无挟自恃,动必曰"中国无人",何其眼孔之如豆也?③

又云:

> 世俗所见,只坐无挟自持,妄生大论,终归自欺欺人之地。只知中州之陆沉,不知中州之士多有明明白白的一颗好珠藏在袋皮子。只独自喃喃曰"虏人""夷人",何其自少乃尔,其为不虏不夷人者,行识见识果如中州人乎不也?④

---

① 《青庄馆全书》卷三,《韩国文集丛刊》第257册,第72页。
② 《青庄馆全书》卷五,《韩国文集丛刊》第257册,第104页。
③ 《青庄馆全书》卷十九,《韩国文集丛刊》第257册,第257页。
④ 同上书,第258页。

朴齐家《北学议》外编《北学辨》指出：

> 下士见五谷，则问中国之有无；中士以文章不如我也；上士谓中国无理学。果如是，则中国遂无一士，而吾所谓可学之存者无几矣……夫载籍极博，理义无穷。故不读中国之书者，自划也；谓天下尽胡也者，诬人也。①

而成大中在正祖十四年(1790)《送徐侍郎浩修以副价之燕序》中说：

> 夫集天下之礼乐而折衷之，是之谓大成。如其可采，夷亦进之……况彼中土，实三代礼乐之墟也，故器遗制，犹有可征。书籍则宋、明之旧也，测候则汤、利之余也。若其兵刑田郭之制，简劲易守。建酋之所以并诸夏也，取彼之长，攻吾之短，不害为自强之术也，在吾人博采而慎择之耳。②

尽管此处仍然以"建酋"呼清，但核心思想是要"博采而慎择"，不可"自划"。从整体上看，这是"华夷观"的改变。以文学来说，就是要虚心向清代学习。可以说，朝鲜人是先认识了日本文学的价值，从中受到刺激而反思，然后才认识到清代文学的价值。李德懋《寒竹堂涉笔》上指出：

> 至若昭代则人文渐开，间有英才，虽无入学之规，年年陆行，文士时入，而但无心悦之苦，诚如梦如睡，真成白痴。无所得而空来，所以反逊于新罗之勤实也。大抵东国文教，较中国每退计数百年

---

① 《楚亭全书》下册，亚细亚文化社1992年版，第535—536页。
② 《青城集》卷五，《韩国文集丛刊》第248册，第430页。

后始少进。东国始初之所嗜,即中国衰晚之所厌也。①

要改变这种现状,就是要"心悦"中州文学,不能概以"胡人"而藐视之。李德懋在正祖元年(1777)致李调元的信中说:

> 不佞樗栎贱品,瓦砾下才,只是秉性迈直,爱人信古。只自恨口不饮江河汉洛之水,足不蹈吴蜀齐鲁之地,枯死海邦,有谁知之? 每诵亭林先生"九州历其七,五岳登其四",未尝不泫然流涕也。②

这与十多年前以"幸生东国"而自慰自豪的观念相比,相去如霄壤。李书九云:

> 东国人心粗眼窄,类不能知诗,而至于清,则不问其人之贤否、诗之高下,动辄以"胡人"二字抹杀之……如贻上(王士禛)者,至今犹不识其为何状人也……余酷嗜贻上诗,尝以为非徒有明三百年无此正声,求诸宋元,亦罕厥俦。③

将清人作品凌驾于明人之上,这在朝鲜真是破天荒的议论。因为要特别关注当代文学,柳得恭《并世集》遂应运而生。其序云:

> 言诗而不求诸中国,是犹思鲈鱼而不之松江,须金橘而不泛洞庭,未知其可也……读陈其年《箧衍集》、沈归愚《国朝诗别裁》,益觉中土人文之盛,而独未知不先不后与我同时者为何人也。十数

---

① 《青庄馆全书》卷六十八,《韩国文集丛刊》第259册,第245页。
② 《青庄馆全书》卷十九,《韩国文集丛刊》第257册,第266页。
③ 《清脾录》卷三,《韩国文集丛刊》第258册,第47页。

年来,同志数子,莫不涉马訾踔辽野而游乎燕中,所与游者,皆二南十三国之地之人……言诗而不求诸中国,恶乎可哉?①

此书编于正祖二十年(1796),言诗必"求诸中国",已成为他坚定的信念。从文坛趋势来看,这种认识也愈来愈普遍,且愈来愈强化。如洪奭周(1774—1842)云:

> 近世我国文人如丁洌水、金秋史辈最称博学,其外亦无多人。然向余入燕,访见太学贡生诸人,与之谈论书史,皆随问应答,轮笔递写……是不过远方赴举、失第未还、旅食京师之无名小生也,而以余观之,无非丁洌水、金秋史也。我国人才学,其能当中州人三四分乎?②

又徐有素《燕行录》(写于纯祖二十三年,1823)卷二"文学笔翰"云:

> 中国人非惟天姿颖悟,闻见极博,且有积工一生从事于文学……其规模工程,决非我国之文所可跂及也。远省举人之来留候选者,作小说鬻于市肆,即不过稗官鄙俚之作,而其运意排铺之法,操纵短长之手,亦非我国能文之士所可能也。③

至此,朝鲜人对清代文章学术的看法,亦可谓彻底改观。而要追溯这种改观的起因,则不得忽略甲申年朝鲜通信使在日本的酬唱笔谈活动。衡论其文学史意义,此可谓其一。

---

① 《燕行录全集》第60卷,第50—52页。
② 洪翰周《智水拈笔》引,亚细亚文化社1984年版,第445—446页。
③ 《燕行录全集》第79卷,第245—247页。

其次，与第一点相联系的，由于日本文学的迅速成长，在朝鲜人眼中已成为不可忽略的存在；进而反省自身对于清代文学的认识，从而又是一番改观，形成了汉文学圈整体视野的雏形。比如柳琴曾编李德懋、柳得恭、朴齐家、李书九四家诗为《韩客巾衍集》，并于英祖五十二年（乾隆四十一年，1776）携带入燕，请李调元、潘庭筠撰序评点。其后，柳得恭编《巾衍外集》，李德懋为之补充，其内容分别是中国和日本诗：

> 湛轩编陆（飞）、严（诚）、潘（庭筠）三公笔谈、书尺为《会友录》，又于录中抄铁桥（严诚）语及诗若干首，使余校勘，藏于家。柳惠风又辑三人诗为《巾衍外集》。①
>
> 筱饮斋（陆飞）诗一卷一百三十八首，柳泠庵选五十一首为《巾衍外集》，余又抄若干首。②
>
> 柳惠风《巾衍外集》载《蜻蛉国诗选》……余又抄载若干首，摘若干句。③

内外结合，就是一个具体而微的汉文学圈。柳氏又编辑《并世集》，其书以酬唱诗为主，既录中国诗，又录日本、安南和琉球之作，其视野显然是整体性的。又李德懋《清脾录》卷四"芝峰诗播远国"条云：

> 万历丁酉，李芝峰晬光朝京，逢安南使臣唱和……芝峰又逢琉球使臣，芝峰撰《赠答录》，跋其尾曰："琉球国使臣蔡坚、马成骥并从人十七人，皆袭天朝冠服，状貌言语，略与倭同。愿得所制诗文，

---

① 《清脾录》卷二，《韩国文集丛刊》第258册，第35页。
② 《清脾录》卷一，《韩国文集丛刊》第258册，第18页。
③ 《清脾录》卷四，《韩国文集丛刊》第258册，第67页。

以为宝玩,故略构以赠。而坚等短于属文,不足与酬和耳。"①

值得注意的是,李德懋在指出芝峰之作"播远国",以至于安南文理侯郑剿"以朱圈批","儒生人人抄写诵之"的同时,也载录了安南使臣冯克宽及琉球使臣蔡坚、马成骥等人诗,并评论道:

  冯克宽诗固圆熟赡富,而蔡、马诗亦真实。钟(惺)、谭(元春)见之,应圈字眼而评曰:"灵厚"。②

作为明代竟陵派的文学观念,钟惺(1574—1625)等人主张"诗为清物"③,强调诗的"灵"与"厚"④。诗而至能"灵"且"厚",可谓"无余事矣"。李德懋以"灵厚"评蔡、马之作,与李睟光的评价似有天壤之别。其揄扬虽或不免过分,但其视野却是开放的。李德懋把李睟光比作"东国之升庵",把李书九比作"东国渔洋",又留意朝鲜、中国和安南的女性诗歌,在在体现出以汉文学圈为整体的思考路径。在二百多年前的朝鲜,他们已有这样的胸怀和眼光,是值得我们赞赏并加以发扬光大的。

集中体现李德懋文学思想的是《清脾录》一书。此书初稿完成后不久,就由他本人在正祖二年(1778)带到中国,遍示祝德麟、唐乐宇、

---

① 《青庄馆全书》卷三十五,《韩国文集丛刊》第258册,第60—61页。
② 同上书,第61页。
③ 《简远堂近诗序》:"诗,清物也。"(《隐秀轩集》卷十七,上海古籍出版社1992年版,第249页)按:李德懋名其书曰《清脾录》,虽出于唐僧贯休"乾坤有清气,散入诗人脾",但显然与钟惺的意见也是一贯的。其《琐雅》指出:"钟伯敬、谭元春所缉古诗、唐诗二归,颇费精力,选家鲜能及焉。"(《清庄馆全书》卷五)可见他的趣尚确有与钟、谭相近者。
④ 《与高孩之观察》:"诗至于厚而无余事矣。然从古未有无灵心而能为诗者,厚出于灵,而灵者不即能厚……必保此灵心,方可读书养气,以求其厚。"(《隐秀轩集》卷二十八,第474页)

潘庭筠等人,最后由李调元为之刊刻于《续函海》中。不仅如此,李调元在其《雨村诗话》中还加以引用,因而其书在中国颇有名气。中国人对于周边国家和地区文学的关注,虽说由来已久,但在文学批评中予以正面评价,却颇为罕见。《雨村诗话》多有对安南、琉球、朝鲜人诗的评论,可能也受到《清脾录》的刺激。

就日本方面而言,在其平安时代的文学史上,文人间就有了"斗诗"活动,且认为这是日本文人的创造性活动①。本来,文人间的诗歌唱酬,就是既交流情感又彼此较量的"文战",而在两国之间文人的唱酬中,这种试比高下的因素往往更为加强。石川丈山在宽永十五年戊寅(1638)所写的《与朝鲜国权学士菊轩笔语跋》中云:

> 宽永十三年丙子十一月,朝鲜国贡献,三官使……来朝……岁丁丑正月中旬还京师,馆于本国寺,余为试其才识行而谒候焉。其徒有中直大夫诗学教授权学士者,出而与余臆对矣……余此行也,不设难问,窃记取会次之风雅,以为**文战之征**矣。②

判定"文战"之胜负,往往是以速度来决定。朝鲜方面派出的人员,就特别挑选那些具备倚马之才的文人充当制述官或书记,以应付此类场面。权侙(菊轩)给人留下的印象是:

> 学士雄赡博识,词才敏速,**文不加点,诗不停笔,辨论如流**,吾

---

① 「天德三年八月十六日斗诗行事略记」云:"远稽唐家,近访我朝,初自彼会昌好文之时,至于元和抽藻之世,虽驰淫放之思,未有斗诗之游。"(『群書類従』第九辑卷百三十四,286—287页)天德三年为后周显德六年(959),可知此类活动由来已久。其后又演变出"诗歌合"的活动,两人相对,以诗为左,以歌为右,诗歌相合,以决胜负。

② 『新編覆酱續集』卷六,『詩集日本漢詩』第1卷,252页。

邦之骚人墨客,谁获当其词锋哉?①

日本的汉文学史上,堪称第一捷才的当数祇园南海(1676—1751),十八岁时曾有一夜百首的创作记录。肃宗三十七年辛卯(正德元年,1711)朝鲜通信使制述官李礥(东郭)为其诗集作序,叹赏其才,又赠诗称他为"诗仙"②,南海则将彼此的唱酬诗编为《宾馆缟纻集》。不过在此后的日本人记载中,竟然出现临别之际,南海"仗剑立赋《赠别二十四章》寄之,东郭逡巡不能和一诗,大惭恨而去。相传东郭比至釜山海,呕血猝死"③的故事,其产生背景就是日本人希望自己在酬唱之际能够以速度战胜对方。既然无此可能,不妨向壁虚构,以求心理满足④。甲申年朝鲜通信使之行,尽管亦有捷才随行,且赢得荣誉⑤,但面对日本诗文水平的迅速提升,有识之士也会有所反省。那波师曾记载:

时韫尝谓余曰:"贵邦人竞进不已,不得不用行云流水法,中夜思之,愧汗沾背。"士执亦曰:"草卒属篇,虽使李、杜当此,未必

---

① 『覆酱集』卷上,『詩集日本漢詩』第1卷,18頁。
② 参见〔日〕松下忠,『江戸時代の詩風詩論』,369—375頁。
③ 〔日〕西山拙齋,『閒窓瑣言』,〔日〕関儀一郎編『日本儒林叢書』第二册,鳳出版,1978年,10頁。
④ 李礥在肃宗三十八年(1712)二月回到朝鲜,肃宗四十四年染疾去世,门人赵泰亿撰写祭文云:"曩余泛海,屈公偕逝。有蔚文采,耸彼椎髻。蛮笺百幅,日所清制。信手挥洒,酬应无泥。名章杰句,磊落盈睇。华国之誉,其永无替。归来敛迹,偃息江潊。醒吟醉睡,闲眺倦憩。虽则衰晚,罔愆荣卫。不谓康旺,遽厄役疠。"(《谦斋集》卷四十,《韩国文集丛刊》第190册,景仁文化社1997年版,第166页)
⑤ 此行第一捷才为李彦瑱(虞裳),他作为汉语翻译官随行赴日。《清脾录》卷三"李虞裳"条载:"先王癸未,随通信使入日本。大坂以东,寺如邮,僧如妓,责诗文如博进,虞裳左应右酬,笔飞墨腾。倭皆瞠目呿舌,诧若天人。"(《青庄馆全书》卷三十四,《韩国文集丛刊》第258册,第44页)

能尽作《清平三叠》《秋兴八首》。"益知其所畜有渊源焉。①

上文所引山根清、奥田元继对此行朝鲜通信使酬唱笔谈的议论,唯一觉得其尚有优势的方面,就在"应酬敏捷""笔翰如流,语言立成"。朝鲜通信使再度赴日,已是纯祖十一年(文化八年,1811)。松崎复《接鲜瘖语》卷上记林衡对朝鲜使臣语云:

> 两国交欢业已二百年,各宇靖宁,得与诸公遇于一堂上,真是太平乐事也。从前缣纻相赠,动辄强辨夸辞,更相争竞,恐非君子相待之道。

又云:

> 旧时贵价入境,所在小有词艺者,杂然而前,布鼓嘈嘈,一概以拙速相抗。如此陋习,识者固已哂之。然今废之,又何用叙情?

朝鲜使臣回答道:

> 盛教拙速相抗,识者哂之,果是知言。况文章不系迟速乎?往复足以叙情。②

"巧迟不如拙速"原来是中国兵法上的话③,用到诗文酬唱上,显然也是

---

① 『問槎餘響序』,平安书林明和元年九月刊本,韩国国立中央图书馆藏本。
② 《松崎慊堂全集》第 4 册,冬至书房 1988 年版,第 16—17 页。
③ 《太平御览》卷一百三十二引《梁书·侯景传》云:"兵法曰:巧迟不如拙速。"中华书局 1960 年版,第 641 页。

"文战"用语,早为中国有识者所讥①。日方提及以往的"强辨夸辞,更相争竞""一概以拙速相抗"乃为"陋习"云云,首先浮现在心中的应该是最近一次的情形。审其语气,虽较山根、奥田更为从容自谦,骨子里却更为高傲。如表面上将本国的文章之士黜抑为"小有词艺者",但"拙速"二字,只能属于写作速度快的一方,实指朝鲜文士。从整体趋势来看,日本文坛对朝鲜文学的贬低更甚,这可以说是一个基本态度。

上文已述李德懋《清脾录》中对日本诗文的肯定性意见,此书完成不久便传入日本,西岛长孙(1780—1852)在二十岁前后所写《弊帚诗话附录》②中加以引述并评论道:

> 观此二节,则韩人之神伏于本邦可谓至矣。如高兰亭、葛子琴易易耳,若使一见当今诸英髦,又应叹息绝倒。③

不只在文学方面自傲,日本人在艺术方面也不再对朝鲜那么恭敬了。纯祖十一年辛未朝鲜通信使之行,在对马岛接应他们的有古贺精里(1750—1817)、草场佩川(1787—1867)、以酊庵长老等。兹举古贺的三段文字为例如下,《题冈本丰洲韩客唱和诗帖》云:

> 丰洲以计属供办韩客于对岛,偶有以其诗什示彼者,叹赏不

---

① [明]李东阳《麓堂诗话》云:"'巧迟不如拙速',此但为副急者道。若为后世计,则惟工拙好恶是论,卷帙中岂复有迟速之迹可指摘哉?"(丁福保:《历代诗话续编》,中华书局1983年版,第1398页)

② 『弊帚诗话附录』之附语云:"右附录十数则,是不係(疑当作'佞')少作,近日所漫著也。"又其「弊帚诗话跋」云:"余幼学诗,好读近人诗,遂有所论著。裒辑作编,名曰『弊帚诗话』,实在廿岁左右也。"(『新日本古典文学大系』第65卷『日本詩史・五山堂詩話』,岩波书店,1991年,575页)可知此书写在1800年前后,与林衡语正可互相印证。

③ 『新日本古典文学大系』第65卷,574页。

已,恳求相见,而法不可。因寄数首,获丰洲和章而去。韩客乞和诗,实为仅事。事传播远近,操觚之士多钦仰其诗名。①

朝鲜人对冈本丰洲的诗"叹赏不已",乃至首倡"乞和",这样的殊荣致使国人"多仰其诗名"。此为文学。又《题尔信画》云:

> 向余赴对,与韩客接也,丹邱草场生从行。生有文才,傍善绘事,韩客争求,陆续寄纸绢。发帆之前,至累日废他事应副之。是时尔信随聘使来,余偶得其画,示之生。生云:"韩画无法,不足观矣。"②

以往是日本人争求朝鲜人画,现在是朝鲜人争求日本人画。更有甚者,在日本人的眼中,"韩画无法,不足观矣"。此为绘画。又《题韩人皮生帖》云:

> 盖彼中书法,从前为松雪(按:指赵孟頫)优孟,使人厌恶。辛未来者,正副使则袭故态,而制述以下,则往往步趋玄宰(指董其昌)。清国主多模仿玄宰,韩业为其属国,纳岁贡,字画亦不免效颦也邪?③

以往日本人那么热衷追求朝鲜人书法,得片纸寸楮皆以为宝,而现在的评价是"使人厌恶"。即便摹拟董其昌字,亦不免"纤佻有习气"。此为书法。这种论调,主要根植于自身水平的提升,故其视朝鲜的文学艺术

---

① 『精里三集・文稿』卷二,『詩集 日本漢詩』第7卷,530頁。
② 『精里三集・文稿』卷四,『詩集 日本漢詩』第7卷,549—550頁。
③ 『精里三集・文稿』卷五,『詩集 日本漢詩』第7卷,564頁。

渐由仰视、平视乃至俯视了。

与此同时,就是日本文坛对中国文学的批评,有时几乎达到肆无忌惮的程度。此前日本人学习写诗,根据他们的普遍认识,诀窍就是要多读诗话,这当然主要指读中国诗话①。以此为背景,导致了江户时期大量中国诗话的传入与翻刻②,并激发了日本人写作诗话的热情。而在此时,就出现了对中国诗话的全面批判之著。古贺精里之子古贺侗庵(1788—1847),在文化十一年(1814)撰写了《非诗话》,对中国历代诗话做了高调门的叱责:

诗话之名昉于宋,而其所由来尚矣。滥觞于六朝,盛于唐,蔓于宋,芜于明,清无讥焉。其訾说谬论,难一一缕指。③

撇开其个人因素不论,这种批判与当时日本文坛的大势是一致的。他们拥有愈来愈强的自信心和优越感,使他们在评论中国和朝鲜的文学艺术之际,有时显得非常尖刻。虽然这还是在自家门内说话,但也正因为如此,这些话未做任何掩饰,是他们真实观念的自然流露。

五、结语

本文的基本结论如下:

1. 甲申1764年朝鲜通信使在日本的唱酬笔谈活动是汉文学史上的一个转折点。

---

① 『橘窗茶話』卷下云:"或曰:学诗者须要多看诗话,熟味而深思之可也。此则古今人所说,不必觊缕。"

② 参见张伯伟《清代诗话东传略论稿》第五章"清代诗话东传日本之时间及数量",中华书局2007年版,第194—214页。

③ 『侗庵非詩話』卷一,崇文院,1927年。

2. 这个转折点表现在朝鲜方面，是使臣对日本文坛整体的全新认识和高度评价，在日本方面则是对朝鲜诗文开始流露出贬抑之情。

3. 通信使将其对日本文坛的印象和评价带回朝鲜，从而在朝鲜文坛引起反响，不仅改变了他们对日本文学和人物的态度，而且影响到对本国文学及中国文学关注点的转移。

4. 甲申唱酬笔谈具有重要的文学史意义，它促使朝鲜人从日本文明的进步中转变了其对清代文章学术的认识，并刺激他们形成了汉文学圈整体视野的雏形；而日本文人也从自身文学的不断进步中获得自信和优越，对朝鲜乃至中国文学日渐轻视。

对于十八世纪中叶到二十世纪初期东亚文化的走向，我曾经有过这样一个基本判断，即一方面是朝鲜学术与清朝文化的日益接近，而另一方面，是日本开始对中国、朝鲜的逐步轻视，强调日本中心主义，以东洋之英国自负，主张"脱亚入欧"[1]。本文讨论汉文学史上的1764年，似乎也可以从一个方面加强以上的判断。因此，就其在汉文化圈内的影响和意义而言，1764年不仅是汉文学史上，更是汉文化史上的一个重要标志。

二〇〇七年七月二十五日于百一砚斋

（原载《文学遗产》2008年第1期）

---

[1] 参见《清代诗话东传略论稿》"余论"，第275—284页。

同林异条 异苔同岑
——论日本江户时代"《世说》学"特色

本文正标题的两句诗,前者出自陆机《答贾长渊》,后者出自郭璞《赠温峤》,借以概括汉文化圈视域中"《世说》学"在东亚三国同中有异、异中有同的现象,并在比较中凸显日本"《世说》学"的特色。与同时代的中国、朝鲜半岛相比,日本江户时代(1603—1868)形成了"《世说》热",也进而形成了"《世说》学"。为了更好地把握其"《世说》学"特色,首先有必要正确地理解"《世说》热"的形成。

一、江户时代"《世说》热"之形成

《世说新语》传入日本的时间很早,尽管确切的时间、途径不可详考,但在日本最早的史书《古事记》(712)、最早的汉诗集《怀风藻》(751)与最早的和歌集《万叶集》(759)中,都可以发现大量使用《世说新语》典故的例证①。由此得出推断,在公元八世纪之前,《世说新语》已传入日本,并且在此后继续。我们不仅看到文献记载,如空海《性灵集》中《敕赐〈世说〉屏风书毕献表》,而且有实物遗存可见,如唐写本《世说新书》残卷。成书于日本宽平三年(891)的藤原佐世(？—897)

---

① 参见〔日〕小島憲之『上代日本文學と中國文學——出典論を中心をする比較文學的考察』上、中、下,塙書房,1962、1964、1965年。

《日本国见在书目录》"小说家"最早著录了《世说》,这是一部介于《隋书·经籍志》和《旧唐书·经籍志》之间的目录。更值得注意的是,该书同时著录了两种注本,即《世说问答》二卷和《世说问录》十卷。而在大江匡房(1041—1111)口述、藤原实兼(1085—1112)笔录之《江谈抄》中,还提及另一部注本,即纪长谷雄(845—912)和三善清行(846—918)的《世说一卷私记》。这些都应该是平安时代日本人的《世说》注,可惜除了《世说私记》有片段遗存外,其他都已亡佚。

明代嘉靖丙辰(1556),王世贞将刘义庆《世说新语》与何良俊《语林》合而为一,"《世说》之所去,不过十之二;而何氏之所采,则不过十之三耳"①,成《世说新语补》,风靡一世。不仅在中国,"《补》一出而学士大夫争佩诵焉","盛行于世,一再传,而后海内不复知有临川矣"②,而且广泛流传到朝鲜半岛和日本。传入朝鲜半岛的时间和途径皆有明确记载,即万历三十四年(1606)春,朱之蕃以明朝正使身份赴朝鲜颁诏,在三月二十八日将此书作为礼物赠送给担任接待事务的许筠(1569—1618)③。由于许筠既爱弇山文章,又腹笥甚富,遂为之注释,成《世说删补注解》一书,并且还编纂了仿"《世说》体"著作《闲情录》。至于此书东传日本的时间和途径,就缺乏如此明确的记载。不过从顺治十八年(1661)颁布"迁海令"施行海禁,到康熙二十三年(1684)颁布"展海令",此后大陆商船才有重新驶往日本的可能。尽管我们无法彻底排除在明末有将《世说新语补》传入日本的可能,但如果要依赖文献证据的话,日本学者高野辰之在其《江户文学史》中,曾引用《余毛之

---

① 「世说新语补序」,『李卓吾批点世说新语补』卷首,日本京都林九兵卫元禄七年(1694)刊本。
② [明]凌濛初:《世说新语鼓吹序》,魏同贤、安平秋主编:《凌濛初全集》第7册,凤凰出版社2010年版,第1页。
③ 参见〔朝〕许筠《丙午纪行》,《惺所覆瓿稿》卷十八,《韩国文集丛刊》第74册,景仁文化社1991年版,第291页。

砚》(《餘毛の硯》)的记载,元禄二年(1689)诸学士为测试北村季吟的学识,以最新进口书("新渡の書")《世说》故事相质问,这也只可能指《世说新语补》。大矢根文次郎据此推断,《世说新语补》传入日本的时间不晚于元禄初①。江户时代的"《世说》热""《世说》学",都是以《世说新语补》为基础的。

关于江户时代"《世说》热"的形成,以日本学术界的一般认识来看,会追溯到荻生徂徕(1666—1728)的倡导。最早提及这一看法的是吉川幸次郎,他在1939年发表的《世说新语的文章》中指出《世说新语补》为德川时代儒者必读书,并列举了九种注本,归结为荻生徂徕对此书的爱好②。尽管没有做详细阐释,但也堪称一语中的。在德田武的《大东世语》研究中,他对徂徕学与《世说新语》的关系做了较为详赡地阐发③。而大矢根文次郎在《江户时代的〈世说新语〉》中又提出了另外四项原因:一是德川家康幕府实行的文教复兴政策,导致了汉文学的复兴和汉籍的输入与翻刻;二是长崎的汉语翻译("唐通事")需要语言学习,故取稗史小说为蓝本,《世说》亦为其一;三是《世说新语补》的传入,可以既便利又有趣地理解一千五百年间中国的历代知识;四是《世说新语补》篇幅适中,迎合了日本人快速掌握汉文学的需要④。其考索方向虽多于吉川氏,却反而令人有歧路亡羊、汗漫无际之虞。在我看来,以较为切近的眼光审视江户"《世说》热"的形成,可归结为三方面综合的原因:

1. 林氏家学的影响。林家之学作为江户时代最有影响力的文化代

---

① 〔日〕大矢根文次郎,「江戸時代における世説新語について」,『學術研究』九号,1960年12月;『世説新語と六朝文學』,早稻田大学出版部,1983年,91—92頁。
② 「世説新語の文章」,『吉川幸次郎全集』第7卷,筑摩書房,1968年,454頁。
③ 参见〔日〕德田武「『大東世語』論(その一)—服部南郭における世説新語—」第二节「徂徠学と世説」,载早稻田大学東洋文学会『東洋文學研究』第十七号,1969年3月。
④ 〔日〕大矢根文次郎,「江戸時代における世説新語について」,『世説新語と六朝文學』,90—91頁。

表,从德川家康时代以来,担任历代儒官,主管当时的文教政策,从林罗山(1583—1657)到林学斋(1833—1906)共十二代,形成了"林大学头家系",一如平安时代的大江、菅原等博士家。自第三代开始改为昌平黉学问所大学头,向前追认,林罗山便是第一代大学头。正是自他开始,就与《世说》有了不解之缘。林罗山本人爱好《世说新语》,只是未遑著述,其子林鹅峰(1618—1680)是第二代大学头,他在《世说点本跋》中说:"先考常好读《世说》,欲加之训点而未果。"①所谓"训点",是日本人阅读汉籍时所施加的各种符号,兼有解释和翻译的功能。林罗山的"训点"即著名的"道春点",虽然未能完成对《世说新语》的训点,但林鹅峰能"嗣承家学"②,从宽文十一年(1671)开始,"每月定三夜之课,口授仲龙,欲遂先考之遗志"③。林凤冈(1644—1732)为鹅峰次子,也是第三代大学头。《先哲丛谈》谓"其学亦承父祖,通博德识,为一代硕儒"。"元禄中,文教大熙,家读户诵,先是所未有也。"又引陈元赟曰:"父子齐名,古来稀也,林家三代秀才相继,可谓日域美谈也。"④林榴冈(1681—1758)是凤冈之子,任第四代大学头,曾在宝历二年(1752)完成《本朝世说》二卷,是日本较早的仿《世说》之著。如果根据京都大学西庄文库所藏抄本,其书序文时间为宝永元年(1704),则动意撰著此书的时间更在此前。可见对《世说》的喜爱、熟读、训点、仿作,就是林家之学的组成部分之一。

林家之学是江户时代文化界领袖,他们对《世说》长期的喜好,对

---

① 『鵞峰林學士文集』(下)卷一百,『近世儒家文集集成』第十二卷,ぺりかん社,1997年,412頁。

② 〔日〕原念齋,『先哲叢談』卷一「林忠」条,朝倉八右衛門刻,文化十三年(1816)版。日本京都大学图书馆藏本,此本有猪饲敬所批语,颇足珍贵。

③ 「世说点本跋」,『鵞峰林學士文集』(下)卷一百,『近世儒家文集集成』第十二卷,412—413頁。

④ 『先哲叢談』卷一「林恕」条。

社会风气的影响,尤其是对当时知识人择书兴趣的引导,是可想而知的。他们对《世说》一书性质的理解,在此后形成的"《世说》学"特色方面,也起到了重要作用。

2. 京都书商的推动。《世说新语补》在江户时代的风行,也受到书商出版的推波助澜。这尤以京都书商的表现最为突出,核心人物是初代林九兵卫(？—1711),其名义端,字九成,从学于伊藤仁斋(1627—1705)之门,并与伊藤东涯(1670—1736)、梅宇(1683—1745)兄弟过从甚密,是元禄、宝永年间(1688—1711)京都著名儒商。其书店以"文会堂"为名,伊藤东涯曾应其请为撰《文会堂记》,盖取《论语》"以文会友,以友辅仁"之旨①。最早的和刻本《世说新语补》就是在元禄七年(1694)由林九兵卫梓行,该书以万历十四年(1586)福建建阳余碧泉刊本为底本刊刻。其时荻生徂徕仅受到门弟子仰慕,绝无广泛影响力②,故林九兵卫之刊行此书,可谓得风气之先。

林义端逝世于正德元年(1711),第二代林九兵卫继续其事业,不仅安永八年(1779)版《校正改刻李卓吾批点世说新语补》仍由林九兵卫刊行③,他还与京都其他书商联合出版了大量《世说》注,先后刊行冈白驹(1692—1767)《世说新语补觿》(与风月庄左卫门同梓,1749)、桃井源藏(1722—1801)《世说新语补考》(与林权兵卫、风月庄左卫门同

---

① 参见〔日〕中嶋隆「林文會堂義端年譜稿」(上),載『國文學研究』85號,1985年3月;「林文會堂義端年譜稿」(下),載『國文學研究』86號,1985年6月。

② 德田武教授曾列「徂徠学と世説の対比年表」,于元禄五年(1692)下揭示徂徕因『译文筌蹄』而文名日高,又在元禄七年下列『世说新语补』和刻本刊行,用来暗示两者间的联系(参见其『『大東世語』論(その一)—服部南郭における世説新語—』)。按:此时徂徕在江户教授门徒,即以『译文筌蹄』为讲稿,其影响力似不宜高估。伊藤仁斋读到徂徕『大学定本』『语孟字义』后,极表钦佩,则在元禄八年。

③ 今本未有刊记,唯本卷末户崎允明跋文,其中极力表彰腾龙源公校正该本之业绩,实则隐藏了以权力运作掠人之美的事件,释大典『世说匡谬序』有所揭露,其书现藏于日本尊经阁。

梓,1762)、释大典(1719—1801)《世说钞撮》(与田原勘兵卫、林权兵卫、风月庄左卫门同梓,1763)、《世说钞撮补》(同前,1772)、平贺房父(1721—1792)《世说新语补索解》(与风月庄左卫门、田原勘兵卫、梶川七良兵卫、林权兵卫同梓,1774)、柚木绵山(1722?—1788)《世说新语补系谱》(与林权兵卫、林伊兵卫、菱屋孙兵卫、须原茂兵卫、须原平左卫门同梓,1785)等。这种联合出版有时还跨地域进行,如大江德卿等《世说误字误读订正》便由京都林九兵卫、大坂浅野弥兵卫、江户前川六左卫门三地合刊(1774)。由于林九兵卫富于组织能力,常联合出版《世说》注并形成传统,所以在天明年间(1781—1789)歇业后①,京都其他书肆也还能延续这一出版事业并更加辐射,如桃井源藏《世说新语补考补遗》由京都书肆林权兵卫、柏屋喜兵卫、风月庄左卫门同梓(1791),释大典《世说钞撮集成》由京都武村嘉兵卫、林权兵卫、林伊兵卫、风月庄左卫门书肆和东都须原伊八书肆同梓(1794)。这样的商业活动,也刺激了其他地方的书肆,使《世说》注本的出版和营销形成了一个网络。如文化十三年(1816)刊行之恩田仲任(1743—1813)《世说音释》,虽由尾张(今名古屋)东璧堂书肆梓行,却联合了江户前川六左卫门、大坂松村九兵卫、京都风月庄左卫门、越后屋清太郎、大文字屋卯兵卫、林权兵卫共同发行,此乃三都(京都、大坂、江户)加尾张"相合版"之变形,亦即"尾张板三都卖留"。其后刊行之秦鼎(1761—1831)《世说笺本》,也与此类似②。江户时代有关"《世说》学"著作,可知者达七十多种③,大多数都曾经刊印,这与出版商的贡献是不可分的。而江户时代书林出

---

① 〔日〕井上和雄编,〔日〕坂本宗子增订『慶長以來書賈集覽』一书将林九兵卫书肆营业活动起讫于元禄至安永年间(1688—1781),实则应下延至天明中。高尾书店,1916年初版,1970年增订版。

② 参见「尾州板三都売留書目一覽表」,載〔日〕岸雅裕著『尾張の書林と出版』,青裳堂書店,1999年,82—87頁。

③ 参见张伯伟《日本世说学文献序录》,凤凰出版社2021年版。

版对"《世说》学"著作的热衷,追溯起源,即肇于京都初代林九兵卫。

3.荻生徂徕的倡导。荻生徂徕在造成江户时代的"《世说》热"方面有很大作用,这一点已经被学术界了解,但徂徕之重视《世说》受到林家之学的启示和影响,以及徂徕如何具体推动"《世说》热",这些问题尚有考索之必要,试申说如下。

据《先哲丛谈》卷一记载:"或曰:物徂徕亦出凤冈门。"猪饲敬所(1761—1845)在文政元年(1818)评点该书,此条之上有眉批云:"徂徕不出于凤冈之门。"① 这一问题值得辨析。平石直昭《荻生徂徕年谱考》曾引用《蘐园杂话》,徂徕七岁时读到林鹅峰家对联,心向往之,其后遂入林门,所以在林家《入门帐》中有徂徕之名②。《年谱考》又据关西大学附属图书馆泊园文库藏写本《徂徕先生年谱》,徂徕十二岁"正月之末谒弘文院学士林之道受业,今年至来年之腊,听整宇子讲《书经》"③。"之道"为林鹅峰字,"整宇"为林凤冈号。由此来看,徂徕受教于林家之学是一项事实。此外,徂徕在《学寮了简书》(约 1714)中曾详细介绍昌平黉以林罗山、鹅峰为代表的林家学问、林氏家法,读书科以崇尚博学为第一事,方法以讲释为主,也表明他对林家之学的熟谙和欣赏。安藤东野(1683—1719)曾致徂徕信说:"《世说新语》两本奉璧,更见贷一本,幸幸。"④东野是徂徕门人,也是"蘐园学派"的"五大人"之一,深受徂徕器重。⑤ 从上封信中,可以看出师徒二人皆爱读《世说新语》。徂徕又有《示木公达书目》,其中列《世说新语补》,属于"吾党

---

① 『先哲叢談』卷一「林懋」条。
② 『荻生徂徠年譜考』,平凡社,1984 年,29 頁。
③ 同上书,第 31 页。按:泊园文库藏写本『徂徠先生年譜』(汉文本)详细记载了徂徕十八岁之前的行踪,其中引用的原始文献资料大多亡佚,故弥足珍贵。
④ 『東野遺稿』卷下,〔日〕富士川英郎、松下忠、佐野正巳編,『詩集日本漢詩』第十四卷,汲古書院,1989 年,55 頁。
⑤ 参见若水俊,『徂徠とその門人の研究』「門人篇」,三一書房,1993 年,97—118 頁。

学者必须备座右,不可缺一种"①之一。木下公达(1681—1752)亦为徂徕弟子,这一书目也可以看成徂徕对于后学的带有普遍意义的读书指导。该文献本来就附于《足利学校书籍目录》后,题作《徂徕指示书籍目录》(现藏日本内阁文库),也显示了这一方面的意义。

可知徂徕之推动"《世说》热",是通过教育的途径达成。故诸多前期《世说》注撰者,或徂徕学派,或私淑蘐园,或关系密切,或闻其绪言。而其重心,则在唐音之研习。

以上三方面影响,乃综合发生作用,故当观其会通,不可执一概全。

二、江户时代"《世说》学"的特色

作为"《世说》热"的标志之一,就是江户时代出现了众多对《世说》的注释、考订、辑佚、仿作,存世者也有近五十种之多。与同时代的中国、朝鲜半岛相比,也的确称得上是值得夸耀的事。1764 年朝鲜通信使赴日,在两国文人的笔谈之际,日方的奥田元继(1729—1807)向朝鲜制述官(与正使、副使并称"三使",专掌文事应对)南玉(1722—?)问道:"近世文儒多讲《世说》者,故有《世说考》及《觿》等之书出,而非互无得失。贵邦亦有阐发此书者乎?"这里提及的书名,就是桃井源藏的《世说新语补考》和冈白驹的《世说新语补觿》,奥田曾从学于冈白驹,颇以自雄,故有此问,而南玉对本国的研究状况茫然无知,但为了在外交场合争得面子,竟以炎炎大言对之:"弊邦人士专攻经术,如此书多有旧说,不复喜凿求,故无发注者。"②他完全忘记了(或许根本不知

---

① 〔日〕岛田虔次编辑,『荻生徂徕全集』第一卷,みすず書房,1973 年,537 页。
② 〔日〕奥田元继『两好馀话』卷下,明和元年(1764)刊本,日本京都大学附属图书馆藏。按:《世说》一书为时人重视,日本学者也有据以比较学风变迁者,如溢井太室『读书会意』卷中指出:"古以经立家,今以『世说』『蒙求』、沧溟尺牍、于麟『唐诗选』、明七才子诗立家。"(〔日〕関儀一郎編『日本儒林叢書』第七卷,鳳出版,1978 年,53 页)

道)本国的许筠曾撰《世说删补注解》,相较于冈白驹之《觿》(1749)早了一百四十年,丢失了一个满足虚荣心的机会。至于与中国相较而有所夸耀,则见于现代学者,如大矢根文次郎云:"《世说》之研究与本家的中国相比,德川时代一方,无论是质或量,都处于遥遥领先的地位。"①这样说也并不夸张。综合日本江户时代"《世说》学"著作,其特色有三。

1. 唐话学,这主要是受荻生徂徕的影响所致。所谓"唐话",并非泛指汉语,而是特指其中的口语、俗话。白樫仲凯在《跋唐话纂要》中说:"唐话者,华之俗语也。"②《唐话纂要》由冈岛冠山(1674—1728)编纂,同类著作还有《唐译便览》《唐音雅俗语类》《唐语便用》等。冈岛熟稔"唐话"的秘诀在于精读白话小说,同样精通汉语和朝鲜语的雨森芳洲(1668—1755)就曾泄露其秘密:"我东人欲学唐话,除小说无下手处。"并以冈岛为例说:"冈岛援之只有《肉蒲团》一本,朝夕念诵,不顷刻歇。他一生唐话从一本《肉蒲团》中来。"③这或许带有夸张,但当时人重视通俗文学(包括小说和戏曲)在"唐话"学习中的重要作用则是确定无疑的。这一途径有其合理性,二十世纪上半叶很多中国人学习英语,也往往以熟读戏剧作品为正路④。"唐话学"的兴起最初在长崎,这是当时日本唯一开埠之地,有中国和荷兰的商船往来,出于实用的需求,要培养一批"唐通事"。"唐话学"的兴起,其最初的影响力也以长崎人为主,但它能够由长崎扩散到江户以及京阪地区,从元禄中叶开

---

① 〔日〕大矢根文次郎,「江戸時代における世説新語について」,『世説新語と六朝文學』,95頁。
② 李无未主编:《日本汉语教科书汇刊》第1册,中华书局2015年版,第64页。
③ 均见雨森芳洲,『橘窗茶話』卷上,『日本隨筆大成』第二期第八册,吉川弘文館,1974年,365頁。
④ 比如宋春舫、宋淇父子,前者在法国留学时认为,"要学到最正确、最漂亮的语言,莫过于从戏剧入手";后者年轻时在其父看来"英文不够好",所以要他"读英文戏剧名著"。参见宋以朗《宋家客厅:从钱钟书到张爱玲》,花城出版社2015年版,第31、39页。

始,经宝永(1704—1711)、正德(1711—1716)而至享保(1716—1736)初年形成全国性热潮,这与以荻生徂徕为首(包括其友人冈岛冠山、释大潮等人)的倡导和推动密切相关①。需要指出的是,"唐话学"虽然重心在俗语,但并不与雅言相对立。荻生徂徕所读中国传统经典,以及明代"七子"的论著,固然多为雅言,但他同样热衷口语俗话。在众多口语教材的序跋中,每每强调这一点。如白樫仲凯《跋唐话纂要》云:"盖俗一变则可以至于雅,雅一变则可以至于道,惟在学者之变通如何焉耳。"②伊藤长胤《唐译便览序》云:"古者辞无雅俗之别。"③皆以直截了当之言做结论。而释大潮(1676—1768)《唐音雅俗语类序》则详加阐释云:"夫语言之道二:曰雅与俗也……其实二者相须,非知俗则雅不能就,非知雅则俗不能去。二者之于学也,均为之用也……雅因俗而成,俗待雅而化,二者未尝偏倚。"④《世说新语补》就是这样一部综合了雅言和俗言的著作,经荻生徂徕的大力倡导,时人研治此书,也就在"唐话学"方面开展起来。这里不妨列举几个代表人物:

冈白驹。荻生徂徕与冈岛冠山为友,白驹为冠山门人,在推广唐话方面,冠山殁后,就以白驹称首。他致力于白话小说的训释,有《小说奇言》《小说精言》《小说粹言》(此书与其门人泽田一斋同撰),合为"小说三言"。而白驹由朱子学转治汉人注疏,则受到荻生徂徕的影

---

① 关于这个问题,日本学者有较为全面的研究,参见〔日〕石崎又造,『近世日本に於ける支那俗語文學史』,清水弘文堂書房,1943年,54—142頁。最近的研究成果,集中体现在中村春作、市來津由彦、田尻祐一郎、前田勉編,『續訓讀論:東アジア漢文世界の形成』中所收木津祐子「唐通事の「官話」受容——もう一つの「訓読」」、川島優子「白話小説はどう読まれたか—江戶時代の音読、和訳、訓読をぐって—」、勝山稔「近代日本における白話小説の翻訳文体について—「三言」の事例を中心に—」等論文,勉誠出版,2010年。
② 《日本汉语教科书汇刊》第1册,第64页。
③ 同上书,第69页。
④ 同上书,第221页。

响。《先哲丛谈》也表彰他"通小说俗语,名声藉甚一时"①,故其《世说新语补觿》也尤重口语俗话之训解。

穗积以贯(1692—1769)从学于伊藤东涯,当时,伊藤与徂徕各为东西部学术代表。以贯又与冈岛冠山、冈白驹相交,故亦重视唐话学。《典籍作者便览》曾著录其《文法秘钥》三卷,内容为"经史子集及俗语,以国字解之"②。其《世说新语补国字解》五卷,也同样以日本文字译解原文。

服部南郭(1683—1759),荻生徂徕高弟。当时有僧凤泉者,好古文辞,与徂徕门人多有往来,传授"华音"。南郭《送凤泉师序》云:"师善华音,就学之则亮亮然舌转而亦不自知其非华人。"③南郭有《世说》学著作多种,其中也包含了从"唐话"角度注释者。

安藤东野,上文提及,安藤作为徂徕门下高弟,也热衷于《世说》一书。他同时也喜好小说戏曲,荻生徂徕《送野生之洛序》称:"藤生也者,学诸崎人石吴峰氏者也……其学大氐主《水浒》《西游》《西厢》《明月》之类……其究也,必归乎协今古、一雅唿。"④这里所说的"石吴峰",就是石原鼎庵(1657—1698),曾从学于明代渡日僧澄一道亮和东皋心越。

太宰春台(1680—1747),他曾与安藤东野同学于中野㧑谦(1667—1720)之门,受"唐音学"。春台也是徂徕高弟之一,他虽然没有《世说》著作流传,但其评点《世说》的只言片语,却保存在释文雄的

---

① 『先哲叢談』卷七「岡龍洲」条。
② 〔日〕杉野恒,『典籍作者便覽』,文化九年(1812)序,〔日〕森銑三、中島理壽編『近世著述目録集成』,勉誠社,1978年,108頁。
③ 『南郭先生文集』初編卷六,『近世儒家文集集成』第七卷,ぺりかん社,1985年,60頁。
④ 『徂徠集』卷十,富士川英郎、松下忠、佐野正巳編『詩集 日本漢詩』第3册,汲古書院,1986年,97頁。

著作和鹿鸣堂藏本《世说新语补》中①。

　　释文雄(1700—1763),著有《世说新语补鸡肋》,其中保存了徂徕、春台有关《世说补》的注释遗说。文雄为太宰春台弟子,据《续日本高僧传》卷四《文雄传》记载:"(太宰)纯善华音,尝忧和读害文义,诱以华音,雄就而学。"其后"讲俗典,辨音韵以授门生",将此看成"护法"行为。后人赞曰:"雄公从事音韵之学,多所发挥,可谓浇代护法大士也。"②

　　释大典,从释大潮习华音。有"《世说》学"著作多种,如《世说钞撮》《世说钞撮补》《世说钞撮集成》《世说匡谬》《世说人氏世系图》,并校订《世说新语补》。

　　平贺房父,亦从释大潮习华音,有《世说新语补索解》。

　　以上诸人,都与长崎的"唐话学"诸师有着渊源关系,又多属于蘐园学派中的人物。他们的《世说》注著作,其特征皆重在语辞解释。即使仅仅以这些著作来看,也不难发现当时的"《世说》学"所拥有的"唐话学"特色。

　　如果相较于朝鲜半岛,后者对待明清白话小说的态度迥异。就汉语学习而言,朝鲜半岛从高丽时代开始,就有了自己编纂的汉语教材,著名者如《老乞大》。进入朝鲜时代,这一传统也始终延续,如《朴通事》《训世评话》等,皆为风行一时的汉语教材。《朴通事》中有一段对话提及买书,一问"买什么文书去",答曰"买《赵太祖飞龙记》《唐三藏西游记》去";又问"买时买《四书》《六经》也好,既读孔圣之书,必达周公之理,要怎么那一等平话",答曰"《西游记》热闹,闷时

---

① 参见〔日〕稻田笃信,「和刻本『世説新語補』の書入三種」,原载二松学舍大学编『日本漢文学研究』第八号(2013年)。《和刻本〈世说新语补〉的三种手批本》,李由中译,载张伯伟编《域外汉籍研究集刊》第十四辑,中华书局2016年版。
② 『大日本佛教全書』第104册,佛书刊行會,1917年,201—202页。

节好看有"①。平话小说的功能主要在"解闷",即便有时借用小说戏曲的文体学习汉语,也必须以儒家伦理为核心②。从燕山君时代(1494—1505)就大量购入中国小说,在肃宗朝(1674—1720)也曾将《三国演义》"印出广布,家户诵读"③,至英祖朝(1724—1776)对通俗小说的热爱更是蔚然成风,不分朝野男女。宫中也藏有不少小说,如《型世言》《东汉演义》《忠义水浒志》《列国志》《后水浒传》《续水浒传》《续英烈传》《三国志(演义)》《西汉演义》《大明英烈传》《玉娇梨》《拍案惊奇》等都已译成谚文④,供宫中女性阅读。但无论阅读者身份如何,他们都是借以作为娱乐消遣之用。到了正祖时代(1776—1800),因"新进人"文章多涉明清稗官小品文体,"甚纤靡浮薄,专尚明清间怪套"⑤,"噍杀浮轻,专是小品"⑥,因此严禁从中国购入,已购入者也要从书架剔除。正祖十一年(1787)下令,到中国的"三使臣"(指正使、副使、书状官)或译官等皆不得私自购买"涉于左道不经、异端妖诞之说及杂术方书……如有潜贸之事,即其地摘发烧火状闻,犯者置之

---

① 〔朝〕崔世珍:《朴通事谚解》卷下,韩国亚细亚文化社1973年版,第292—293页。按:关于朝鲜时代的汉语教材的介绍,参见〔日〕小倉進平著、河野六郎補注,『増訂補注朝鮮語學史』第五章第四節,刀江書院,1964年,580—604頁。

② 较为典型的例证如朝鲜成宗朝李边"纂集古今名贤节妇事实,译以汉语,名曰《训世评话》"(《成宗实录》四年癸巳六月壬申条);又赤玉峰道人据丘濬《伍伦全备记》改作的戏曲《新编劝化风俗南北雅曲伍伦全备记》,此为中国人所编,据柳馨远《磻溪随录》卷十云:"按今汉学所试《老乞大》《朴通事》等,皆俚俗驵侩之语,不足讲习。宜使精熟汉语者,别撼经史语录以及物名度数,凡闲杂人事无害于义者,条集如《朴通事》例为一书。又以《五伦全备记》(其中续添供笑条可删者删之)使之诵习可也。"

③ 〔朝〕安鼎福:《星湖僿说类选》卷九上,韩国明文堂1980年版,第954页。

④ 正祖时期编纂的《大畜观书目》就显示了当时王室的藏书状况,其中著录了大量通俗小说,可以略窥其盛。(张伯伟编:《朝鲜时代书目丛刊》第2册,中华书局2004年版,第765—811页)

⑤ 正祖:《日得录》二,《弘斋全书》卷一百六十二,《韩国文集丛刊》第267册,景仁文化社2001年版,第174页。

⑥ 《正祖实录》二十一年十一月丙子,《朝鲜王朝实录》第47册,韩国国史编纂委员会1955—1958年版,第53页。

重辟"①；又云："予于小说一不披览，内藏杂书，皆已去之。"②可知其所谓"杂书"，主要即指小说。这就从国家文化政策的层面，以政治原因贬斥了通俗小说的地位，所以绝无专以明清白话小说为教材之事。而日本之以中国的小说或小说体为教材，从江户时代一直延续到后来的明治、大正年间。早稻田大学图书馆藏官话教材如《官话纂》《闹里闹》（两种）、《琼浦佳话》、《小孩儿》、《养儿子》等，京都大学文学研究科藏作为琉球官话教材的白话小说《人中画》四卷（含《风流配》《自作孽》《狭路逢》《终有报》《寒彻骨》五篇并附《白姓》）③，都是这一风气下的产物。直到二十世纪前期的汉语教育，教材中还选入了"五四"以后新文学作家的短篇白话小说④。

2. 历史学，这主要来自林家之学的影响。林家对《世说》一书的爱赏，始于第一代大学头林罗山，至第四代大学头林榴冈，撰有《本朝世说》，是江户时代较早仿《世说》之著。上文讨论日本"《世说》热"的形成，认为仅仅追溯到荻生徂徕的影响是不够的，应该进而追溯到林家之学。在此要强调指出，这一"考镜源流"工作的意义，不只是为了更准确地揭示历史真相，也是为了更好地阐明日本"《世说》学"的特色。林家之学对于《世说》一书性质的认识，主要是从历史学角度着眼的。林鹅峰讲释《世说》，就是认为该书具有"正史多本之者，汉魏亦有补史之阙者"的意义，至于刘孝标注更是"非寻常解释之比，而可为博识之助者也"⑤。这多少也代表了林罗山对此书的认识。所以，林榴冈仿"《世

---

① 《正祖实录》十一年十月甲辰，《朝鲜王朝实录》第 45 册，第 673 页。
② 《正祖实录》十五年十一月戊寅，《朝鲜王朝实录》第 46 册，第 258 页。
③ 参见〔日〕木津祐子编，『琉球写本「人中畫」四卷付「白姓」』，臨川書店，2013 年。
④ 比如 1929 年东京外国语学校汉语部的神谷衡平和宫越健太郎编辑的两种汉语教科书《现代中华国语读本》《中国现代短篇小说选》中，就选入了鲁迅、胡适、郭沫若、王鲁彦、凌叔华等人的作品。
⑤ 「世说点本跋」，『鵞峰林學士文集』卷一百，『近世儒家文集集成』第 12 册，412 页。

说》体"而撰《本朝世说》,也是以史学著作自命的。关修龄(1726—1801)序其书,即谓刘义庆书"盖得《春秋》笔削之法",而榴冈乃"深于临川氏者",故能"绳其武而相驰逐"①。《本朝世说》共分十门,对于《世说》门类颇有损益,其内容断自保元(1156—1159)以前,是因为此后的历史"君明则臣暗,臣明则君暗,而君臣两全殆希也",其总根源即在"文学之衰"②,而文学的宗旨俱在"周公、孔子之教"③。《恶逆》篇所载多为无道之君,或"频造诸恶,不修一善",或"所行多粗厉者"④,皆援以为历史教训,故其书用意乃在悯时忧世。因为以史书自命,故内容亦多本史籍。全书共一百二十九则,大多出自其祖父林鹅峰所撰《本朝通鉴》(四十则)、《续本朝通鉴》(七十七则)⑤,由此亦可见其家学渊源。

尽管关修龄在《本朝世说序》中称"我邦有《说》,盖自先生始矣"⑥,将首创之功归于林榴冈,但实际上日本第一部仿《世说》是服部南郭的《大东世语》。南郭当然是荻生徂徕的高足,但《大东世语》却是一部与林家之学的关系更为密切的著作。林鹅峰的长子林梅洞(㤢,1643—1666),自幼聪慧,博览群书。林鹅峰奉命修撰《本朝通鉴》,梅洞也参与其事,史馆编修之暇,留心搜集日本中古以来艺苑轶事,纂为《史馆茗话》,其书仅成四十二则而人亡。英年早逝,令鹅峰深悲,乃在其身后数月续成全书一百则,故此书实为林家父子合作。《大东世语》多有采自《史馆茗话》者,清田绚(1719—1785)在《艺苑谱》中将两书相

---

① 《本朝世说序》,"旧浅草文库"本卷首,收入张伯伟《日本世说新语注释集成》第14册,凤凰出版社2019年版,第126—127页。
② 〔日〕林榴冈:《本朝世说序》,《日本世说新语注释集成》,第18页。
③ 《本朝世说·文学》,《日本世说新语注释集成》,第49—50页。
④ 《本朝世说·恶逆》,《日本世说新语注释集成》,第110、114页。
⑤ 参见〔日〕本间洋一,「『本朝世说』の基礎的研究と本文」,载『同志社女子大学学術研究年報』第56卷(2005年12月)。
⑥ 《日本世说新语注释集成》第14册,第126—127页。

提并论云:"《大东世语》于《史馆茗话》多取用之,彩色之美在《世语》,而古色蔚然、一时之情宛然在《茗话》,俱奇珍也。"①又林榴冈《本朝世说》自序中所谓"我国虽褊小,神德之所在、礼典之所备、人物之所高,何必耻中华乎? 宜哉称之为君子国者也"②云云,与《大东世语》之欲与中国相颉颃之作意亦可互证,而二书同样有取于林梅洞之《史馆茗话》,也是其偏于史学之一证③。

　　日本的"《世说》学"特色,其注《世说》多体现"唐话学"传统,而其仿《世说》则多取"历史学"途径,我们不妨再以角田简(1784—1855)的《近世丛话》和《续近世丛话》为例。角田此书乃上承《大东世语》,其《凡例》"附记"历数明清及江户仿《世说》之著,致慨于《世语》之"于近世佳事也未有辑录成书者……岂非一大欠事哉"④,故其书断自"元和建橐",即德川秀忠(1579—1632)为幕府将军以来,直至当世"既往之人",以弥补《世语》仅以中古为限之憾。佐藤坦(1772—1859)也指出:"昭代史书犹未全备,则如斯编者,或可以资修史之用,岂特羽翼之云已乎?"⑤大凡修史,最重史识,本书宗旨,即其《凡例》所称"全为揄扬近世人文"。既以"揄扬"为主,所记者便多为"平居所钦慕博学有道者,奇伟磊落者,渊清玉洁者,逸韵飘荡者,奇行玩世者,及高僧、贤妇、孝子"⑥,而像"《假谲》《汰侈》《谗险》"等,最足害人心术,假令有其人,一概不存而可"⑦。续编之作,宗旨一贯,故川田兴(1806—1859)称其书"皆足以有补于世纲民彝"⑧,西岛长孙(1780—1852)视此书"亦史

---

① 〔日〕石川鸿斋,「新世语跋」,『新世语』卷末,有则轩支店明治廿五年(1892)版,2页。
② 《本朝世说序》,《日本世说新语注释集成》第14册,第12—13页。
③ 《本朝世说》取自《史馆茗话》者十一则,其中亦有与《续本朝通鉴》相重合者。
④ 《近世丛语·凡例》,《日本世说新语注释集成》第15册,第33页。
⑤ 《近世丛语序》,《日本世说新语注释集成》第15册,第21页。
⑥ 同上书,第26页。
⑦ 《近世丛语·凡例》,《日本世说新语注释集成》第15册,第29页。
⑧ 《续近世丛语序》,《日本世说新语注释集成》第15册,第370页。

之一体"①。其书《德行》篇记载僧卓荣与义奴市兵卫事迹,特加按语云:"我邦纂修国史,则二子者可入于《特行传》。"②全书按语仅此一条,强调的也正是其书与史学的关系,尤堪注意。大田才次郎之《新世说》成书已在明治年间,但遵循的也依然是服部南郭、角田简的叙述路径。虽然以日语撰述,在石川鸿斋(1833—1918)看来,也是"学欧九纪传,杂之以邦语者"③,延续了其史学传统。

林鹅峰评论刘义庆《世说新语》,认为"正史多本之者,汉魏亦有补史之阙者",所以属于史部著作。这与中国传统的史学观颇为不合。《世说新语》在《隋书·经籍志》著录于子部"小说家"。唐代刘知幾《史通》首次将"偏记小说"分为十类,其"四曰琐言",《世说新语》属之,特色即在于"多载当时辨对,流俗嘲谑",若是"升之记录,用为雅言",也就是将之与史书混为一谈的话,必然"无益风规,有伤名教"④。而唐修《晋书》,恰恰多采《世说》,也就是林鹅峰所说的"正史多本之者",但在中国得到的却是负面的评价。刘知幾说"皇朝新撰《晋史》,多采以为书",是"征彼虚誉,定为实录","虽取说于小人,终见嗤于君子"⑤。又说:"皇家撰《晋史》,多取此书……以此书事,奚其厚颜。"⑥《旧唐书》

---

① 《续近世丛语跋》,《日本世说新语注释集成》第15册,第741页。
② 《续近世丛语·德行》,《日本世说新语注释集成》第15册,第386页。
③ 《新世说》卷末,有则轩支店明治廿五年(1892)版,第2页。
④ 《史通通释》卷十"内篇·杂述",第253—255页。
⑤ 《史通通释》卷五"内篇·采撰",第108页。
⑥ 《史通通释》卷十七"外篇·杂说中",第450—451页。按:刘知幾的意见显然是偏颇的,宋祁、欧阳修之修《新唐书》,司马光之修《资治通鉴》,都采及野史小说。司马光《答范梦得》说:"实录、正史未必皆可据,野史、小说未必皆无凭,在高鉴择之。"(《传家集》卷六十三)其修《通鉴》,就以"遍阅旧史,旁采小说"(司马光:《进表》,《资治通鉴》,中华书局1956年版,第9607页)为基础。吴缜《新唐书纠谬序》中举该书"其失有八","五曰多采小说而不精择"(王东、左宏阁:《新唐书纠谬校证》,四川大学出版社2014年版,第151—153页)。二十世纪的中国学者对此已有不同于传统的认识,如陈寅恪强调"以小说证史",认为其中往往包含了"通性之真实"(《唐代政治史述论稿》中篇《政治革命及党派分野》,

在谈到修撰《晋书》的史官时说,他们"多是文咏之士,好采诡谬碎事……由是颇为学者所讥"①。直到《四库全书总目》,也还是这样评价《晋书》:"其所载者,大抵宏奖风流,以资谈柄,取刘义庆《世说新语》与刘孝标所注一一互勘,几于全部收入。是直稗官之体,安得目曰史传乎?"②这些意见足以代表中国传统的史学观念。然而日本的史学观念却不同于此。从公元八世纪到十世纪,日本史书以"六国史"为代表,一方面是政府主导的敕撰国史,另一方面也一律为编年体。而从十一世纪开始,就出现了一种以"物语"或"镜"为名的史书,其特点是采用小说的手法写作历史,因而被现代学者称作"故事历史"③。也正是在这个时代,紫式部(973?—1014?)在其《源氏物语》中就借源氏之君之口嘲笑说:"正史的《日本纪》,不过只是略述其一端而已,还不如这些物语记叙得详尽委宛呢。"又说:"(物语)都是事出有据,绝少完全虚构的。"④所以,他们的观念中,不存在"稗官之体"与"史传"的对立,二者反而是可以"互补"的。以仿《世说》而言,如"旧浅草文库"本《本朝世说》卷首所列《援用书目》中,就有《菅家文草》《本朝文粹》《平治物语》《万叶集》等文集、物语、和歌等,尽管其实际所出多本于其祖父的《本朝通鉴》和《续本朝通鉴》,但两种"通鉴"的史源也包括上述书在内。又如《大东世语》,据服部南郭自述,"《世语》节选自《三镜》(指《大镜》《水镜》《增镜》)、《江谈(抄)》《十训抄》《今昔(物语集)》《宇治拾遗

(接上页)第 82 页);钱锺书也指出:"夫稗史小说、野语街谈,即未可凭以考信人事,亦每足据以觇人情而征人心。"(《钱锺书集·管锥编》一,生活·读书·新知三联书店 2007 年版,第 443 页)

① 《旧唐书》卷六十六《房玄龄传》,第 2463 页。
② 《四库全书总目》卷四五,第 405 页。
③ 参见坂本太郎《日本的修史与史学》第二章"故事历史与宗教史观的时代",沈仁安、林铁森译,北京大学出版社 1991 年版,第 41—103 页。
④ 《源氏物语》第二十五帖"萤",林文月译,第 2 册,译林出版社 2011 年版,第 202 页。

(物语)》《徒然草》"①等,而据方寸庵漆锅(1699—1776)《大东世语考》所列,尚有《三代实录》《续日本后纪》《文德实录》《日本后纪》《荣华物语》《古事谈》《东鉴》《北条九代记》《续古事谈》《古今著闻集》《本朝文粹》《平家物语》《源平盛衰记》《元亨释书》《沙石集》《袋草子》《无名抄》《本朝蒙求》《本朝语园》《太平记》《井蛙抄》《拾芥抄》等②,很多都属于"故事历史"。以这样的史学观念为基础,他们将《世说新语》看成史书,并且以修史的眼光从事仿《世说》之作,也就不足为怪了。

至于朝鲜半岛的史学观念,比较接近于中国而远离于日本,但在纪传体和编年体之间,由于受到朱熹《资治通鉴纲目》的影响,所以更偏重后者。像《世说新语》或《世说新语补》之类的书,无论是王室书目如《奎章总目》《宝文阁册目录》之归于"子部说家类",或是私家书目如洪奭周(1774—1842)《洪氏读书录》之归于"小说家",皆无与于史部。相形之下,日本"《世说》学"的"历史学"传统也就堪称一大特色了。

3. 文章学,这与"唐话学"传统有关,而大力倡导于皆川淇园(1734—1807)。言语与文学关系密切,这在《世说新语》尤为突出。刘勰在谈到东晋文学时说:"因谈余气,流成文体。"③《世说》一书,即为代表,故黄伯思推许此书"皆清言林囿"④,刘应登说"晋人乐旷多奇情,故其言语文章别是一色,《世说》可睹矣"⑤,王世懋亦云"晋人之谈,所谓言之近意,而临川此书,抑亦书之近言者也"⑥,在在强调言语与文学之关系。江户时代兴起的"唐话学",虽意在口语,但也同时兼顾文章。雨森芳洲说:"书莫善于直读,否则字义之精粗、词路之逆顺,

---

① 『文會雜記』卷一之下,江户后期写本,日本九州大学图书馆藏。
② 『大東世語考』,写本,日本早稻田大学图书馆藏。
③ 《文心雕龙·时序》,《文心雕龙解析》(下),第694页。
④ 《东观余论》卷下《跋世说新语后》,《宋本东观余论》,中华书局1988年版,第216页。
⑤ 《世说新语序》,《世说新语笺疏》,第931页。
⑥ 《世说新语序》,《世说新语补》卷首,日本元禄七年林九兵卫梓本。

何由乎得知?"①冈岛冠山编成《唐话纂要》,其友人序跋再三强调者也在于此,如藤原安治称赞冈岛"一开口,则铮铮然成于金玉之声;一下笔,则绵绵乎联于锦绣之句"②。高希朴仲说:"唐话为要,不止晓常言以通两情,其读书作文,固有大关系。"③白樫仲凯也告诫读者将此书"朝夕手之口之,则不惟一舌官之业而已,亦临文之际,珠玉满纸、锦绣夺目焉"④。在这样的背景下注《世说》、仿《世说》,当然也就会重视"文章学"的意义。

在江户文坛热衷《世说》的大潮中,有一个另类的声音微弱而顽强,这就是中井履轩(1732—1817)对此书的批判。其《世说新语雕题》二十卷全面检讨《世说》之谬:一则为内容之不当,二则为文章之不佳,三则为分类之不妥,四则为注释之不惬,五则为评语之不确。就文章而言,如《言语中》"道壹道人"章"已而会雪下,未甚寒"批曰:"'已而'两字是冗语,乃却害于文。'未甚寒'亦冗语,并当削去。"⑤又《文学下》"桓宣武北征"章"唤袁倚马前"上批曰:"'倚马前'不成语,亦文之拙处。"⑥又《夙惠》"孙齐由、齐庄二人"章批曰:"叙事无章。"⑦又《栖逸》"康僧渊在豫章"章"清流激于堂宇"上批曰:"堂宇亦难'激'者,是文之疏处。"⑧而履轩对《世说》之批判,实针对当下文坛。如《自新》"周处年少时"章批曰:"'三害'叙事较之本传,退何啻三舍,世人贵《世说》

---

① 『橘窓茶話』卷下,『日本随筆大成』第二期第八册,404页。按:所谓"直读",就是与"训读"相对的用唐音直接阅读的方式,这是荻生徂徕大力提倡的。
② 《唐话纂要序》,《日本汉语教科书汇刊》第1册,第3页。
③ 《唐话纂要序》,《日本汉语教科书汇刊》,第5页。
④ 《跋唐话纂要》,《日本汉语教科书汇刊》,第64页。
⑤ 《日本世说新语注释集成》第6册,第419页。
⑥ 同上书,第537页。
⑦ 《日本世说新语注释集成》第7册,第193页。
⑧ 同上书,第286页。按:中井履轩为学极度自信,故其《雕题》自以为是处不少,或不明语源,或不解文义,或不通俗语,或不念避讳,遂以致误。

如金科,何居?"①就是针对徂徕提倡《世说》文章而言。又《假谲》"王文度弟阿智,恶乃不翅"章批曰:"'不翅'两字似错用,然当时俗语自如此作竭后耳,于《世说》无可怪也。但今人蹈袭,好作若语,乃为不可耳。"②实亦暗讽徂徕等人。考《徂徕集》中文字,"不翅"一词屡见不鲜,若"不翅家君之幸也"③,"今雨之叹,想不翅足下钦"④,"其时民间亦识字,不翅星官"⑤等,这也从反面证明,徂徕之提倡《世说》文章,不只是口陈标榜,也在身体力行,故响应者众多。中井履轩的批判之声,毕竟还是被淹没于流行的热浪中。

以荻生徂徕为代表的蘐园学派又称古文辞派,其在中国的样板就是李攀龙、王世贞等"后七子"人物,因此,对于王世贞的文章自然迷恋,其中也就包括了经其删补的《世说新语补》。冈井孝先(1702—1765)、大冢孝绰(1719—1792)合编《世说逸》,虽然动机起因于当时"弇州之学盛行海内,遂使人不得目见临川之旧,而海舶所赍至《古世说》最罕矣"的现状,但在付出恢复刘义庆《世说》的努力之后,也还是感叹王氏所删皆"平易冗长,无足取者,益信王氏之精选"⑥,一遵荻生徂徕古文辞派的观念。较早注意《世说》文章之美的注本,是释文雄《世说新语补鸡肋》,其"乾卷"属通论,共二十目,其中"十佳境""十一山水""十二雪月""十三松竹""十四杨柳"都与文章描写直接相关,但仅类编字词,未做阐发。野村公台(1717—1784)《世说新语补笔解》已开始由字词发展到"句解",平贺房父《世说新语补索解》开始注重"文理",到皆川淇园《世说启微》就特别注重从"文章学"角度注释此书。

① 《日本世说新语注释集成》第7册,第240页。
② 同上书,第551页。
③ 「同齋越先生八十壽序」,『徂徠集』卷九,『詩集 日本漢詩』第3卷,88頁。
④ 「復爽鳩子方」,『徂徠集』卷二十二,『詩集 日本漢詩』第3卷,231頁。
⑤ 「與竹春庵」,『詩集 日本漢詩』第3卷,287頁。
⑥ 〔日〕冈井孝先:《世说逸序》,《日本世说新语注释集成》第2册,第9—10页。

其门人牛尾介之曾引用淇园口说云:"《世说》之一书,直以言语为文章,晋人之口气存焉,而从前注家,专矜浩博,旁生支叶,如其文章,舍而不讲,是以世之读者,徒醉梦其言辨之华与其气韵之高,而不能推文理、审语势,求其意味之深远。"①淇园认为,不辨字义不能作文,字义既通,文理始晰,故其《世说启微》亦在解释字义的基础上,着重上下文句意之贯通。如《言语中》"道壹"章"未甚寒"下云:"此三字为曰'乃先集其惨淡'言。"下句"乃先集维惨淡"下云:"'先集维霰',《诗·小雅》句,道人之语放其音响,即前所以其言'整饰音辞'耳。"②又《文学中》"孙子荆"章"未知文生于情,情生于文"下云:"上情孙,下情王,诡换法。"③又各章宗旨若不明显,则亦阐释其义,如《排调》"顾长康"章"布帆无恙"下云:"'无恙'二字,盖以暗讥其物爱之而不肯给也,是以特为言之,以示其重之如人物之意,以为谑耳。"④又"顾长康"章"渐至佳境"下云:"不言味美处,而谓为佳境,即是排调。"⑤淇园擅长作诗,亦熟悉唐诗,故其注释往往揭示唐诗与《世说》之关系,如《言语中》"王安期"章"当尔时云云"下云:"尔时谓其言之之时也,形神俱往,以其北望言。又按王龙标'闺中少妇不知愁',全篇旨趣,全自此来。"⑥又"王子敬云"章"若秋冬之际尤难为怀"下云:"李白诗'霜落荆门江树空'一句,妙领得此语旨者。"⑦凡此阐发《世说》文章之妙,皆做具体指陈,不堕空言。

淇园门人田中大壮(1785—1830)著《世说讲义》十卷,杉山信良云:"《世说》由来可谓有注,而不可谓有解,故曰《世说》之有解,自此书

---

① 《世说讲义序》,《日本世说新语注释集成》第12册,第278页。
② 《日本世说新语注释集成》第8册,第33页。
③ 同上书,第43页。
④ 同上书,第147页。
⑤ 同上书,第148页。
⑥ 同上书,第26页。
⑦ 同上书,第32页。

始矣。"①所谓"解",就是注重释义,尤其是从"文章学"角度释义。杉林修《世说讲义序》亦称:"《世说》之作意在于文章也,非止为讲理也。"故田中大壮之书,"每章必首标四字以示大意,而文字之呼唤,前后之照应,妙中肯綮,则所伏之微义跃如,辞中理亦不掩矣"。以这样的眼光来看此前的注释评论,日本学者如冈白驹、桃井白鹿、释大典等著,皆"不务解其辞,而注于所援之事迹典故,要此弃本骛末之缪见,实可笑也"②;至于中国学者如刘孝标、张文柱之注,刘辰翁、李卓吾之评,"亦唯隔靴搔痒,隔膜眠影,曷尝得睍真妙之境乎"③。而田中之注,重视文章的结构、文脉、句法、用字等,与乃师淇园学术一脉相承。

上文曾云,日本"《世说》学"特色,"唐话学"传统多体现在注《世说》,而"历史学"途径则多为仿《世说》所取,至于"文章学"的思路,在注《世说》和仿《世说》的著作中皆有践行。以服部南郭《大东世语》为例,此书的史源有日文有汉文,但在写入本书时,皆经服部氏的翻译或改撰,其文体风格一循《世说》之旧,以合"情协令旨,言中韶音"④之意。词汇如"将无""田舍翁""风流""雅情",句式如"诗用千里,意已萧条;至云万里,更自遥遥"⑤,"虽有百术,不如一清"⑥,形容如"此公俗情未脱"⑦,"纪齐名体制如宫宅半旧,帷帘小敞,寒月独夜,思妇弹筝其中;江以言如白沙如雪,落花满庭,出舞陵王;江匡衡如壮夫擐赤甲、策骏马,方出关门"⑧等,皆极有《世说》风格。

---

① 《世说讲义·附言》,《日本世说新语注释集成》第 12 册,第 283 页。
② 同上书,第 269—271 页。
③ 〔日〕加贺三宅邦:《世说讲义序》,同上书,第 281 页。
④ 〔日〕服部南郭:《大东世语自序》,《日本世说新语注释集成》第 14 册,第 183 页。
⑤ 《大东世语·言语》,《日本世说新语注释集成》第 14 册,第 205 页。
⑥ 《大东世语·政事》,《日本世说新语注释集成》第 14 册,第 218 页。
⑦ 《大东世语·方正》,《日本世说新语注释集成》第 14 册,第 242 页。
⑧ 《大东世语·品藻》,《日本世说新语注释集成》第 14 册,第 277 页。

关于《世说》的"文章学"意义,中国传统文学批评中并非无人提及,但其言说方式往往点到即止。即便如明人多用排比,也是一种印象式描述,如王世贞云:"《世说》之所长,或造微于单辞,或征巧于只行;或因美以见风,或因刺以通赘。往往使人短咏而跃然,长思而未罄。"①又王思任云:"本一俗语,经之即文;本一浅语,经之即蓄;本一嫩语,经之即辣。盖其牙室利灵,笔颠老秀,得晋人之意于言前,而因得晋人之言于舌外。"②诸家评点,亦大致如此。直到晚清刘熙载写《艺概》,将《世说新语》与《庄》《列》、佛书并列为"文章蹊径"③,也仍然是抽象的概括。大抵中国文学批评是对"利根人"而言,表现的是文学圈中人的机警颖悟,自然也就抛弃絮叨冗赘,更无心追求系统化。在这样批评传统中,"《世说》学"无法形成日本式的"文章学"特色。而随着大学的发展和文学教育的普及,学生辈早已无法在古人"以资闲谈"的妙论中"相视而笑,莫逆于心"(借用《庄子·大宗师》语),日本《世说》注的具体细致、不厌其烦的讲述方式,也许更适合今天的课堂教学。

再比较一下朝鲜半岛的情况,对《世说》"文章学"的关注,呈现为一种既早熟而又早夭的现象。《世说》在朝鲜半岛受到人们的好评,这与许筠的提倡和实践有密切关系,其提倡和实践主要落实在"文章学"。他评价王世贞的《世说新语补》,乃"合二书而雌黄之,以语晦而捐刘之十二三,以说冗而斥何之十七八,超然以自得为宗,删二书而为一家言者……益知二氏之为偏驳,而王氏之为独造也"④,就是从文章

---

① 《世说新语补序》,《校正改刻世说新语补》卷首,日本安永己亥(1779)刻本。
② 《世说新语序》,《王季重十种·杂序》,浙江古籍出版社2010年版,第5页。
③ 《艺概》卷一,《刘熙载文集》,第61页。
④ 《世说删补注解序》,《惺所覆瓿稿》卷四十,《韩国文集丛刊》第74册,景仁文化社1991年版,第173页。

角度着眼的。后人亦承其说,如宋浚吉(1606—1672)《答闵持叔》云:"《世说新语》文字可爱。"①申绰(1760—1828)《上伯氏》亦云:"闲时或看《世说新语》……其情到之处,佳丽如画。留意于文者,必于此润笔,然后方成其全才。"②但也同样由于许筠,其思想和行为在当时颇为"出格",竟死于非命,后人在否定其为人、文章的同时,也连带损害了《世说》的影响力。如李敏求(1589—1670)《答吴三宰论选西垧集简约兼示覆瓿稿书》云:"所示《覆瓿稿》者……尺牍时时出射雕手,令人轩衡解权。而专取《世说》《语林》及明人词翰隽永以为生活……使其平日少加操检,不为悖乱之归,得伦于恒人下中,则所著述岂不足传世久远也哉?"③《覆瓿稿》是许筠的文集,这段话赞美其文章渊源自"《世说》《语林》及明人词翰",足以不朽,但其为人放荡不拘,导致"悖乱之归",批评之余尚抱惋惜。后人更有责难王世贞等人文章,如徐宗泰(1652—1719)《读弇山集》云:"彼弇山数子,既不出先秦之际,又不出两京时,乃生于千数百年之下……考其归,则机轴精神不出宋人范围,尤好用晋、宋人《世说》纤美语,又何其不伦也。"④申靖夏(1681—1716)《答柳默守》云:"皇明济南、弇山诸名公之一生尽力于为文者,亦未见其可好。或窃取《世说》之语脉,掇拾《左》《国》之句字,荒杂无伦,浮夸不实。"⑤再进一步,就连《世说》本身也遭到了否定,如李德懋(1741—1793)《童规》云:"韩山子曰:'士大夫家子弟,不宜使读《世说》,未得

---

① 《同春堂集》卷十三,《韩国文集丛刊》第107册,景仁文化社1993年版,第65页。
② 《石泉遗稿》卷三,《韩国文集丛刊》第279册,景仁文化社2001年版,第557页。
③ 《东州集》卷一,《韩国文集丛刊》第94册,景仁文化社1992年版,第272页。
④ 《读弇山集》,《晚静堂集》卷十一,《韩国文集丛刊》第163册,景仁文化社1996年版,第235页。
⑤ 《答柳默守》,《恕庵集》卷八,《韩国文集丛刊》第197册,景仁文化社1997年版,第315—316页。

其隽永,先习其简傲。'善哉斯言!"①加上朝鲜正祖时代的"文体反正",贬斥明清稗官小品,所以《世说》的"文章学",无论理论上或实践上,都不便于在朝鲜时代得到充分的发展。

三、结语

事物之间的"同"和"异"从来就不是截然两立,而是交错其中,所以对事物的观察,可以"自其同者视之",也可以"自其异者视之"(借用《庄子·德充符》语)。总体看来,在探索异质文化的关系时,人们往往易见其异而不见其同;而在考察同质文化的关系时,又往往易见其同而不见其异。东亚汉文化圈以中国为核心,汉籍最初也都是从中国出发向周边传播,这是一项既在的历史实况。十八、十九世纪的西欧文化对人类历史产生了很大影响,成为新的世界核心,从而演变为衡量历史发展和文化价值的标准。以往的研究,也因此而形成了四种基本模式②:一是"中国中心观",即把周边的文化仅仅看成中国文化在四裔的延伸和再现,构成了一个明显的等级制网络,这是中国人的习惯性思路。二是"影响研究",这是十九世纪法国比较文学研究所提倡的方法,在实际运用中往往落实为"接受者"如何在自觉的或非自觉的状态下,将自身的文化业绩奉献给"发送者"。丹麦学者勃兰兑斯(Gerog Brandes)《十九世纪文学主流》是一部影响巨大的名著,在比较丹麦文学和德国文学作家的关系时,就举例说明前者"一旦拿得出可以称之为'我的'的

---

① 《青庄馆全书》卷三十一,《韩国文集丛刊》第 257 册,景仁文化社 2000 年版,第 533 页。按:其引文实出于明人薛冈《天爵堂笔余》卷一,唯赵吉士《寄园寄所寄》卷六引此语作"韩山子"。

② 参见张伯伟《东亚文明研究的模式及反思》,《丝路文化研究》第四辑,商务印书馆 2019 年版。

真正伟大的作品,而且如果它被世人所承认",那就将"把所赢得的桂冠送给"后者①,援用的就是这种模式。"中国中心观"遇上法国的"影响研究",两者一拍即合,成为东亚比较文学研究中最常见的主题和方法。三是"挑战—回应",这是英国历史学家汤因比(Arnold J. Toynbee)在其《历史研究》中提出的模式,西方汉学家或东方学家往往惯用这一理论,它实际上还是以欧洲文明为中心。四是"内在发展论",这在本质上属于"民族主义"的理论立场,是以一个放大了的"自我"为中心,而无视文化的交流与融合。现当代韩国学者的研究中,那些强调"内在发展论"的论著皆为此类②。上述种种,都是应该予以改善的不良模式。

马克思、恩格斯早在一百七十多年前就做了这样的展望:"各民族的精神产品成了公共的财产。民族的片面性和局限性日益成为不可能,于是由许多种民族的和地方的文学形成了一种世界的文学。"③这里用到的"文学"一词即德语的"Literatur",泛指科学、艺术、哲学、政治等方面的著作,并不专指文学作品,而更接近于学术。自二十世纪八十年代以来,整个世界的主潮是"全球化",并且愈演愈烈。这虽然是以经济活动为主,但势必对人的生活和意识产生极大的影响,也使得"世界的文学"日益成为可能。在学术上对这一潮流做出反应,最敏锐的领域体现在历史学,这就是"全球史"(Global History)的兴起。全球史写作与过去的世界史相比(比如兰克的《世界史》),最重要的是有两点

---

① 〔丹〕勃兰兑斯:《十九世纪文学主流》第二分册《德国的浪漫派》,刘半九译,人民文学出版社1981年版,第4页。

② 在韩国学术界,一些有识之士已经对此做出反思和批判,参见白乐晴《全球化时代的文学与人》,金正浩、郑仁甲译,中国文学出版社1998年版;白永瑞、陈光兴编《白乐晴:分断体制·民族文学》,李旭渊翻译校订,台湾联经出版公司2010年版;崔元植《文学的回归》,崔一译,延边大学出版社2012年版。

③ 《共产党宣言》,中共中央马克思、恩格斯、列宁、斯大林著作编译局编译,人民出版社2017年版,第31页。

新共识:一是在意识上破除了欧洲中心观念;二是改变了以民族国家历史为叙述主体,将各国、各地区历史机械叠加而成的写法,易之以"文明"亦即"文化共同体"或曰"文化圈"为研究单元,揭示其联系和交往。在很遥远的地方可以发现其"同",而在一个文明单位之内又要能捕捉其"异",是多样与主潮的统一。所以,即便是以某个地区或国家为具体研究对象,也力求避免"民族的片面性和局限性"。一如柯娇燕(Pamela Kyle Crossley)所说:"全球史家正是以其方法而不是史实,区别于那些研究地区史或国别史的学者。"①然而在文学研究领域中,对这一时代趋势的反应却显得迟钝而滞后,我指的主要不是观念而是实践。以文学史著作为例,1983年开始分卷出版的苏联高尔基世界文学研究所编纂的洋洋八卷十六巨册的《世界文学史》,尽管编者自豪地宣称,唯心主义文学史家"多半不再能撰述这样的著作",并且强调将避免"西方中心主义"或"东方中心主义的倾向";尽管编者也意识到,"把世界文学史理解为各民族文学的简单的、机械的总和显然是不能接受的,那么力求尽量广泛地包罗世界各民族文学在作为语言艺术的文学的整个发展史上的贡献,就具有原则性的、理论的和方法的意义"②,然而在实际写作上,呈现的依然是国别文学史的叠加。正所谓"盖非知之难,能之难也"(借用陆机《文赋》语)。以文化圈为范围的文学史写作也类似,日本学者藤井省三的《华语圈文学史》虽然出版于2011年③,但令人遗憾的是,其学术思路布满了陈陈相因之迹,分别描述中国的大陆、香港和台湾地区的文学现象,以及村上春树作品的翻译,仅仅将若干史实并列叠加,完全没有分析其内在联系。再以国别文学史

---

① 〔美〕柯娇燕:《什么是全球史》,刘文明译,北京大学出版社2009年版,第2页。
② 《世界文学史》第一卷上册"全书引言",上海文艺出版社2013年版,第1、3—4页。
③ 『中国語圏文学史』,東京大学出版会,2011年。该书中译有南京大学出版社2014年版。

为例，出版于2001年的梅维恒（Victor H. Mair）主编《哥伦比亚中国文学史》①，在其书的最后三章，分别讨论了朝鲜、日本和越南对中国文学的接受，较之于过去的研究视野显然有所扩大，对于中国文学与周边国家地区文学的关系也有一定程度的显示，但仍然未能综合为一个有机整体。这种将各地历史加以罗列（无论其简单或繁复）的写作方法，有意无意间遵循的还是十九世纪以来的世界史模式。虽然是新书，走的却是老路。在英语世界中真正有所努力和改善的，可以2020年出版的两部新书为代表，其宗旨是以"汉文化圈"（sinosphere）为研究单元，着眼于"再省察"（reexamining）与"再思考"（Rethinking），它们有可能代表了未来的方向②。在文学领域中成绩较大的是文献出版，以欧美为例，2001年出版的艾布拉姆斯主编的《诺顿英国文学选集》第七版，与此前各版的最大区别，就是编者心目中的"英国文学"概念，反映的是"文学史国家"的概念，是超越了民族国家范围的"英语文学"③。而法国索邦学术出版社自1990开始编纂的"法国及法语文学数据库（从中世纪到二十世纪）"，其所谓"法语文学"，指的是法国之外的撒哈拉以南的非洲地区、印度洋地区的二十五个国家和一百多个少数族裔的作品，也就是"法语语系"（francophone）文学，该数据库将之与法国文学合为一体，已经包含了约14000个文本④。至于在东亚地区，尤其是在中国，近二十年来域外汉籍的出版也正如火如荼，这些都为未来的以文

---

① 本书中译有新星出版社2016年版。

② 参见 *Reexamining the Sinosphere: Cultural Transmissions and Transformations in East Asia* 和 *Rethinking the Sinosphere: Poetics, Aesthetics, and Identity Formation*, edited by Nanxiu Qian（钱南秀）, Richard J. Smith（司马富）and Bowei Zhang（张伯伟）, Cambria Press, 2020。

③ M. H. Abrams, General Editor, *The Norton Anthology of English Literature*, Seventh Edition, New York: W. W. Norton & Company Inc. , 2001. pp. xxxii-xxxv.

④ *Grand Corpus des Littératures Française et Francophone du Moyen Âge au xxe Siècle*, Classiques Garnier publie. 可参见以下网页的介绍：https://classiques-garnier.com/grand-corpus-des-litteratures-moyen-age-xxe-s. html。

化圈为单元的文学研究构建了必要的资料基础。

也正因为这样,我反复提倡并实践"作为方法的汉文化圈"①,强调将汉文化圈当作一个整体,将历史上的汉字文献当作一个整体,并且注重不同语境下相同文献的不同意义,注重汉文化圈内各个地域、阶层、性别、时段中的人们思想与感受的统一性和多样性。我期待运用这样的观念和方法,既能消减文化帝国主义的膨胀欲,又能打开民族主义的封闭圈。本文以汉文化圈为视域考察"《世说》学"在东亚的"同"和"异",就是试图以具体而微的个案剖析,展示一个可能的以文明为单元的文学史研究的新方向。

二〇一九年八月二十日初稿
二〇二〇年十月二十二日改毕

---

① 参见张伯伟《作为方法的汉文化圈》,《中国文化》第30期(2009年秋季号);《作为方法的汉文化圈》,中华书局2011年版;《再谈作为方法的汉文化圈》,《文学遗产》2014年第2期;《东亚汉文学研究的方法与实践》,中华书局2017年版。

汉字的魔力
——朝鲜时代女性诗文的新考察

一、引言

按照《旧约·创世记》开篇的说法,上帝说"要有光",于是就有了光;上帝称光为"昼",暗为"夜",于是就有了昼夜。接着上帝又命名了天地万物,于是无论树木果实还是游鱼飞鸟,皆各从其类,并拥有了自己的名称①。世间万物不仅是上帝用语言命名,也是上帝用语言创造的。这大概是对语言魔力所做的最早描绘了。在《新约·约翰福音》中,其表述更为明显:"太初有道,道与上帝同在,道就是上帝。""万物是借着他造的。凡被造的,没有一样不是借着他造的。"②后面引文中的"他",指的就是上文的"道"。这个"道",在希腊语中作 Logos(逻各斯),而在拉丁语、德语、英语中,都是"词语""言说"的意思,日语也是用"言葉"(言语)来翻译的③。上帝还创造了人,并且赋予了他亚当的

---

① 《创世记》1∶4—21,据《新旧约全书》,中国基督教协会、中国基督教三自爱国运动委员会1986年版。

② 《约翰福音》1∶1—3。

③ 以英文版为例,*The Holy Bible*(King James Version,1974)是这样写的:"In the beginning was the Word, and the Word was with God, and the Word was God."(p.82)日译本『聖書』(新世界訳,1985年):"初めに言葉がおり,言葉は神と共におり,言葉は神であった。"(1635页)

名字,让他看管伊甸园,又吩咐他园中的果子什么可吃,什么不可吃。可见,人与上帝同样拥有语言能力并可以相互沟通。既然语言有如此巨大的力量,就成了上帝担忧的一件事。《旧约·创世记》记载:"那时,天下人的口音言语都是一样……他们说:'来罢,我们要建造一座城和一座塔,塔顶通天,为要传扬我们的名,免得我们分散在全地上。'"这样的人类,可以无所不能成就,所以神就下来"变乱他们的口音,使他们的言语彼此不通"①,最终,通天塔未能造成,使用不同语言的众人变成了不同的民族,分散在世界各地。

  人类为了克服方言造成的彼此沟通的困难,用智慧创造了文字,将自己的想法向四方("四方上下曰宇")传播、与古今("古往今来曰宙")沟通。按照《出三藏记集》的说法,文字可以突破时空限制,即所谓"文字应用,弥纶宇宙"。据说世界上的文字,最初就是由兄弟三人创造的:"长名曰梵,其书右行;次曰佉楼,其书左行;少者苍颉,其书下行。"②或由左向右书写(如英文),或由右向左书写(如阿拉伯文),只有苍颉创造的汉字系统,是由上向下书写的。根据《创世记》的记载,人类的语言本来是与上帝一样的,神变乱了众人的语言,于是就形成了高低,神的语言当然优于并高于人的语言。文字也一样,僧徒为了自神其说,固然要提高自身文字的地位,所以在僧祐看来,梵、佉文字"取法于净天""为世胜文""天竺诸国谓之天书"③,当然要优于并高于苍颉文字。这些观念主要出于宗教的迷恋,较少历史依据,但基督徒或僧徒的自我标榜,也是可以理解的。

  然而即便在人世间的不同语言文字中,由于各种原因,也同样形成

---

  ① 《创世记》11∶1—7。
  ② 《出三藏记集》卷一《胡汉译经文字音义同异记第四》,中华书局1995年版,第12页。
  ③ 同上书,第12、13页。

了高低优劣,在人类历史中延续了漫长的岁月,形成特殊的文化景观。在欧洲,从中世纪到二十世纪中叶,"拉丁文成了名副其实的'欧洲符号'"①。在政治、宗教、知识等领域中,它作为一种具有"权势"的语言,不为任何一个民族所独享,其地位远远高于每一种"方言"。拉丁文被赋予了崇高的地位,是"一门纯粹体面的学问"②。尽管大多数作家笔下的拉丁文绝不纯粹,甚至有错误,但只要使用了拉丁文,就能"勾勒出无知者的巴别塔和学者的一元化社会之间的分野"③。不懂拉丁文,其交际范围就限定在社会的下层或一隅——彼此语言不通的"巴别塔"(Tower of Babel)中;掌握拉丁文,则是成为一个上流社会绅士的必要条件,彼此就能共享其文化。在这个意义上,拉丁文是有"魔力"的。对于英国作家托马斯·哈代(Thomas Hardy)笔下的裘德(Jude)来说,拉丁文就有这样的"魔力",可以让他离开乡下、进入基督寺和大学——那个"由学问和宗教守卫着"的"城堡"④。因此,这种语言既权威又神秘,一旦掌握了它,就意味着拥有了某一特定的文化工具;拥有这一工具的人,就成为"文学共和国"中的一员⑤。身处这一"共和国",不管来自哪个国家,拉丁文才是他们共同的语言。在十八世纪的欧洲,一个人即便再怎么博学多闻,如果他不能或没有使用拉丁文,就可能受到同侪的无情嘲弄⑥。

---

① 〔法〕弗朗索瓦·瓦克(Françoise Waquet):《拉丁文帝国》(*Le latin ou L'empire d'un signe : XVIe-XXe siècle*),陈绮文译,台湾猫头鹰出版社 2015 年版,第 172 页。

② 同上书,298 页。

③ 同上书,219 页。

④ 参见〔英〕托马斯·哈代《无名的裘德》(*Jude the Obscure*),刘荣跃译,上海译文出版社 2007 年版,第 18 页。

⑤ 这个词出现于十五世纪,在十七世纪中期之后被频繁运用,1684 年法国还创立了一本名为《文人共和国新闻》(*Nouvelles de la République des Lettres*)的期刊。

⑥ 《拉丁文帝国》第一部第三章曾这样描写当时的状况:"古柏(Gisbert Cuper)力劝友人拉克罗兹(Mathurin Veyssière de La Croze)用拉丁文撰写世界史。他明确指出,法文虽然

语言学家和历史学家常常把欧洲的"拉丁文"世界与东亚的"汉字"世界相提并论,比如罗兹·墨菲(Rhoads Murphey)说:"在欧洲和东亚,拉丁语和中文分别象征着各自地区内在的文化统一。"①罗杰瑞(Jerry Norman)说:"在远东地区,汉语起着类似拉丁语、希腊语在欧洲所起的作用。"又说:"在这三个国家(指朝鲜、日本、越南),古代汉语是他们的官方书面语,犹如拉丁语在以前的欧洲一样。"②史蒂文·罗杰·费希尔(Steven Roger Fischer)也说:"汉语成了东亚的'拉丁语',对所有的文化产生了启迪,其程度远远超过了拉丁语在西方的影响。"③上述引文里的"中文"或"汉语",实际上应该理解作"汉字书面语"④。无论是从时间、空间还是在社会细胞中的渗透,或者仅仅是依据印刷品及抄写本的数量,汉字的影响力都远远超过拉丁文。所以,汉字所拥有的"魔力",至少也不会逊色于拉丁文,如果不说是大于的话。在典籍中寻找汉字诞生的记录,那真是一件动天地、泣鬼神的大事,所

(接上页)'对一些小书和当代书籍来说,很普遍且值得赞赏……但一部为学者而写的著作,依我看,应该用拉丁文发表才是'。佩娄(François Peleau)在写给英国政治哲学家霍布斯(Thomas Hobbes)的信中不怎么争辩:他承认用法文写., '用非学科的语言与您交谈',让他甚感'羞愧'。拉丁文是知识界的组成要素。博物学家雷伊(John Ray)曾经谴责对手:'他无知到连写拉丁文都有语病。'霍夫曼(Christian Gottfried Hoffmann)责备博学多闻的同胞用德文写作:照他的说法,那是不学无术的人才做的事。"(第117页)

① 《东亚史》第四版(*East Asia: A New History*,4E),林震译,世界图书出版公司2012年版,第2页。
② 《汉语概说》(*Chinese*),张惠英译,语文出版社1995年版,第21、71页。
③ 《阅读的历史》(*A History of Reading*)第三章"阅读的世界",李瑞林等译,商务印书馆2009年版,第93页。
④ 这里之所以要把"中文""汉语"理解成"汉字书面语",是因为在历史上的东亚地区,尽管大家使用着同样的汉字,却有着不完全甚至完全不同的读音,但都能根据字形理解字义。十六世纪的葡萄牙神父沙勿略(Francisco Xavier)曾经有这样的观察:"虽然是相同的字,日本人读时用日语,中国人读时用中文。尽管说话时互不能通,但书写时仅凭文字便能相互理解。他们的口语不同,但字义相通,所以彼此能够理解。"(河野純德譯,『沙勿略全書簡』,平凡社,1985年,555页。此据日语撮译大意。)

谓"苍颉作书而天雨粟,鬼夜哭"①。东亚各国除了通用汉字以外,也先后不等地在汉字的基础上,创造出本民族的文字,如假名(日本)、谚文(朝鲜半岛)、喃字(越南),与之相对的汉字则被赋予了真名、真文、真字的称呼,"真假"之间寄寓的优劣高下之意是显然的。然而具体到东亚的历史和社会,汉字的"魔力"究竟如何表现,与拉丁文在欧洲的表现有何异同,实有待从各个不同的方面和层面予以阐释。本文拟以朝鲜时代女性诗文为例,看汉字是如何表现其"魔力",从而导致了语言风格、意识形态的改变和女性地位在家庭、社会关系中的升降。

二、男性化——朝鲜时代女性诗文之一特征

回到历史上的朝鲜时代,所谓"诗文",一般都理解为用汉字撰写的诗或文。尽管就文学创作使用的媒介来说,除了汉字,他们尤其是她们,也使用谚文即本国文字创作,但韵语往往被称作"歌"(在不同的时代被赋予不同的名称,如新罗时代的"乡歌"、高丽时代的"词脑"、朝鲜时代的"时调"等),其他就是一些故事小说之类,也不以"文"名。《高丽史·乐志》中记载的"俗乐",其原作都一概以"歌"名之,但经李齐贤(1287—1367)用汉字改写后的作品则称为"诗"(所谓"李齐贤作诗解之")。所以,这里所说的"诗文",指的就是汉文学作品。朝鲜时代的女性诗文,目前资料最为完备的总集是《朝鲜时代女性诗文集全编》②,本文使用的相关资料,便以此书为依据。

本文所概括的朝鲜时代女性诗文的特征,是通过与以下两个方面的比较得出的:其一,与朝鲜时代女性谚文创作(主要是歌谣)的比较;

---

① 刘文典:《淮南鸿烈集解·本经篇》,中华书局1989年版,第252页。
② 该书由张伯伟主编,俞士玲、左江参编,凤凰出版社2011年版。

其二,与东亚其他地区(如中国、日本)女性创作的比较。因此,这样的特征是名副其实的,也因此,这样的特征是值得做深入研究的。

简要地说,本文想揭示的朝鲜女性诗文的特征,指的是其创作中表现出的"男性化"。所谓"男性化",一似说"女性化",其判断在某种文化中具有不言自明的性质,一旦落入言筌,很可能招致许多反证,本文以中国文学批评传统中众多事实判断为基础来认识和理解"男性化",无须对此过度敏感。以诗文的性格而言,文偏于男性,而诗偏于女性;以诗而言,古体偏于男性,而近体偏于女性;以风格而言,豪放偏于男性,而婉约偏于女性;等等。这些并不绝对的评价指标,无疑是在中国文学传统中形成并潜在地确立。如果浏览明清以降的妇女著作,不难发现,诗占据了95%以上的比例,而在诗集之中,又以近体为主,当然还有通俗文体如弹词等。尽管人们可以找出挥动如椽大笔纂修史书、指导大儒马融读通史书的曹大家(班昭),或是精于金石学的李清照,长于史论的徐德英,在晚清还可以举出女报主笔薛绍徽,但毕竟只是两千年女性文学长廊中的凤毛麟角。清人沈大成曾对惠栋说:"昔河南女子传《说卦》,济南博士女传《尚书》,刘子骏妇、女传《左传》,韦逞母宣文君传《周礼》,五经皆女子所传。"①颇得惠栋首肯。但揆诸实际,女性作文多与经史、性理、社会之学绝缘,而以尺牍序跋等小品见长者为众②。

---

① [清]惠栋:《南楼授诗图序》,[清]徐暎玉《南楼吟稿》附,胡晓明、彭国忠主编:《江南女性别集》初编,黄山书社2008年版,第186页。

② 王秀琴编《历代名媛文苑简编》二卷(商务印书馆1947年版)是一部较为大型的女性文章总集,"论"体仅上卷六篇,下卷四篇,相对于序跋书信数量很小。除此以外,王氏又编《历代名媛书简》八卷(商务印书馆1941年版),这一文体上的比例也是显然的。所以胡明《关于中国古代的妇女文学》说:"中国古代妇女文学独偏于韵文尤其是诗词和弹词,这实际上也就决定了她们在整体战略上畏惧并放弃了古文。"(《文学评论》1995年第3期)前人对历代女性文章研究亦少,其中明代部分有曹虹「明代女性古文家的登场」,载松村昂編著『明人とその文学』,汲古書院,2009年。关于薛绍徽,有 Nanxiu Qian, "Politics, Poetics, and Gender in Late Qing China: Xue Shaohui and the Era of Reform", Stanford University Press, 2015。皆可参看。

日本女性文学颇为发达,尤以"女官"和"女歌"文学著名,但在汉文学领域数量极少,存世者多为吟风弄月的小诗。以假名创作的文学堪称丰富,且有《源氏物语》等传世名著,其佳者也只限于物语、和歌、日记等文体,主要表现男女之间的"物哀"(もののあはれ)之情①。但在朝鲜时代女性的诗文中,却表现出与上述种种根本的差异。

文章众多是朝鲜女性文学现象之一,在现存的约三十家别集之中,以文章见长或诗文兼擅者就在半数上下,但更值得注意的是其内容。辞赋作为文章一体,在中国女性的文章撰作中,也占有一定的比例。《归去来辞》是陶渊明的一篇名作,自苏轼和作以后,响应者众多。不仅在中国文学史上如此,在朝鲜文学史上的和作也层出不穷②,其中一篇还出自女性之手,这就是徐令寿阁(1753—1823)的《次归去来辞》。朝鲜文人不无自傲地说:"我东世家夫人徐氏……次彭泽《归去来辞》,以夫人而有此,乃是创闻,虽中原女士无此作也。"③如果必定要在中国女性创作中找出近似之作,明代徐淑英、德英姊妹的《归田赋》《归田辞》差可比拟。据《归田赋序》云,这两篇作品的写作完全出于父命:"今还绶于官家,归去来兮,尔姊妹盍为我各赋一篇?"故作为此赋,"俚言殊惭夫平子,故事漫拟于陶公,聊以复大人之命,为之道志焉耳"④。

---

① 这是日本江户时代国学家本居宣长概括出来的日本文学的特色,"物哀"的特点有二:一是出于真心,必须是真切的对万事万物、形形色色的感动,哪怕这种感动有违道德,因为文学不是道德教科书;二是不容自己,理性无法遏制,也无法解释,是一种无限定的、无理由的感动。当作者将心中的物哀之感自然表达出来的时候,读者也能在心中激起同样无限的物哀之感。

② 仅据南润秀《韩国의「和陶辞」研究》(亦乐 2004 年版)一书所涉者,从高丽时代到光复以后(1956 年)就多达 150 余篇含和、次、拟、步、敬、仿、反《归去来辞》的作品,可参看。

③ 〔朝〕李圭景:《诗家点灯》卷二"《归去来辞》唱和"条,〔韩〕赵鍾业编:《修正增補韓國詩話叢編》第 12 册,太學社 1996 年版,第 67 页。

④ 《历代名媛文苑简编》卷上,第 87 页。

所以,这是一篇"应命代言"体作品,综合了张衡的篇名和陶渊明的故事,与徐令寿阁自道心志——"与夫子而偕隐,双垂白发莫相疑"①的实践活动是不能同日而语的。在东亚传统社会中,一般女性的活动范围在家庭,出仕游宦乃男性的作为,既无所谓"出",当然也就谈不上"归",所以这一题材无疑是属于男性的。"中原女士无此作"本属正常,朝鲜女性作此文,恰恰体现了"男性化"特征。

金浩然斋(1681—1722)的文集中有《自警篇》六章,由"正心章、夫妇章、孝亲章、自修章、慎言章、戒妒章"构成。"自警"的概念,始于《周易》乾卦的"君子终日乾乾,夕惕若厉,无咎",以及《论语》所说的"吾日三省吾身"。"自警"传统的建立,则始于宋儒,以赵善璙《自警编》九卷为标志。至明清理学家,崇尚正心诚意之学,甚至将敦伦之事也一一记入日记,以为自警②。显然,"自警"的文字原属士大夫事。赵氏《自警编》在朝鲜时代影响甚巨,朴世采(1631—1695)曾记录东人的"口头禅"曰"《自警编》学问,《古文真宝》文章",并评论道:"盖谓用功近而收效多也。"③任堕(1640—1724)也有"案上唯留《自警编》"④之句。金浩然斋撰写《自警篇》,一方面有其家族传统,如其族祖金寿恒(1629—1689)、族叔父金昌集(1648—1722)或喜读《自警编》,或采东国名臣言行撰《续自警编》,另一方面也出于其自身"夙夜忧惧,不能一日而安"⑤的精神状态。该书原以汉字书写,为了便于家族妇女诵习,改写为谚文,流传日久,汉文本反而遗失。我们现在看到的是其外孙金

---

① 《朝鲜时代女性诗文集全编》上册,第664页。按:曹虹有《论朝鲜女子徐氏〈次归去来辞〉》(收入《中国辞赋源流综论》,中华书局2005年版),可参看。
② 参见袁枚《子不语》卷二十一"敦伦"条,其中涉及理学家李恕谷的日记作为。(王英志主编:《袁枚全集》第4册,江苏古籍出版社1993年版,第409—410页)
③ 《跋新定自警编》,《南溪集》正集卷六十九,《韩国文集丛刊》第140册,第403页。
④ 《谢遂庵借自警编》,《水村集》卷四,《韩国文集丛刊》第149册,第78页。
⑤ 《浩然斋自警篇序》,《朝鲜时代女性诗文集全编》上册,第468页。

钟杰(1755—1812)根据谚文的汉字翻录本,翻录动机就在于其内容"不独妇女之所可仪则,潜心玩索,亦多为戒于丈夫者"①。甚至可以说,主要(如果不说仅仅)是为了男性阅读的目的而翻录,这也从另一方面揭示了其文所具的"男性化"特征。

最以文章著名的当推任允挚堂(1721—1793)。现存《允挚堂遗稿》凡上下两篇,略分传、论、跋、说、箴、铭、赞、祭文、引、经义,绝无一诗。其中最引人注目的是论、说和经义。现存十一篇"论"皆史论,从春秋时人到宋代人物,一一予以褒贬,尤其善作斩钉截铁之言。如《论豫让》云:"世称豫让为义士,以吾观之,非真义士也。"②《论颜子所乐》云:"或问于余曰:夫子称颜子不改其乐,颜子所乐者何事欤?曰:乐天也。"③《论司马温公》云:"司马温公,宋之贤相也。其平生所行,无不可对人言者,则其贤可知耳,复焉有可论也哉?然其见识尚有乖于《春秋》大义者。"④《论岳飞奉诏班师》云:"或曰:人皆以岳武穆之班师为非,然孔子之趋君命,不俟驾而行,则武穆一日奉十二金牌,而可以不班师乎?曰:不然。"⑤成海应(1760—1839)曾经把她与其兄弟同评:"任夫人号允挚堂,丰川人,其兄弟并好学:曰圣周以经行闻,曰相周以文学称,夫人长于史学,为文皆典实,可为师法。"⑥"说"凡六篇,皆阐发儒家性理学说。《理气心性说》长达五千三百余字,文气充沛,笔力雄健。《人心道心四端七情说》则为理学命题,其持论折衷于朱子。"经义"两篇,凡《大学》六则,《中庸》二十七则,多有与其兄弟圣周(1711—

---

① 《浩然斋自警篇跋》,《朝鲜时代女性诗文集全编》上册,第476页。
② 同上书,第528页。
③ 同上书,第531页。
④ 同上书,第538页。
⑤ 同上书,第542页。
⑥ 《草榭谈献》三,《研经斋全集》卷五十六,《韩国文集丛刊》第275册,第174页。

1788）、靖周（1727—1796）讨论者。靖周称赞她为"闺中之道学,女中之君子"①。又以《中庸》"君子之德,闇然而日章"形容其文学经术②；李敏辅（1717—1799）推崇她"天授经识,性理仁义之论,又古今闺阁中一人也"③；朴胤源（1734—1799）也以她"学问高明,簪珥之身而卓然为儒者事业"是"数千年一人而已"④。虽然这些文字出于序文、书信或家人评论,表彰难免略有夸张,但其中有一致之处,都是从女性善为男性文字的角度评论的。

与文相较而言,诗是东亚女性更为普遍使用的文学体裁。诗有古体、近体之别,中国历代女性诗歌,从诗体的选择来看,主要是近体。正如苕溪生指出的："大凡闺秀诗,清丽者多,雄壮者少；藻思芊绵者多,襟怀旷达者少。至诗体亦多五七言绝句及律诗,能古风者绝少。"⑤这几乎是古人的共识,不妨再引述几则评论,如袁枚说："闺秀少工七古者。"⑥雷瑨说："闺秀能为长歌甚鲜,以其气薄而力不足也。"⑦这种状况,在日本女性诗歌创作中也类似。从这个意义上说,"古体"诗更能显示男性的豪迈之气。但是在朝鲜时代女性的笔下,诗体的比例就呈现出不同的样态。以存诗较多的几家为例,《兰雪轩集》有五古15首,七古5首,五律8首,七律13首,五绝24首,七绝142首；《浩然斋集》中有古诗32首,律诗42首,绝句66首；《令寿阁稿》有古诗32首,律诗104首,绝句53首。如果考虑到朝鲜一般文人也不擅长古体诗的文学

---

① 《遗事》,《朝鲜时代女性诗文集全编》上册,第582页。
② 同上。
③ 《鹿门先生文集序》,《鹿门集》卷首,《韩国文集丛刊》第228册,第3页。
④ 《与任稚共》,《近斋集》卷八,《韩国文集丛刊》第250册,第153页。
⑤ 《闺秀诗话》卷四,王英志主编:《清代闺秀诗话丛刊》第2册,凤凰出版社2010年版,第1681页。
⑥ 《随园诗话》卷十,第337页。
⑦ 《闺秀诗话》卷五,《清代闺秀诗话丛刊》第2册,第1034页。

环境①，那么，女性的古体诗创作就更显突出了。以明人吴明济的《朝鲜诗选》七卷为例，五古作者12人，选诗28首；七古作者15人，选诗27首，其中最多的是许兰雪轩（1563—1589），一人占五古7首，七古6首。再以蓝芳威的《朝鲜诗选》为例，其书收五古作者29人，选诗68首，女性作者3人15首，许兰雪轩入选12首；七古作者22人，选诗43首，女性作者2人10首，许兰雪轩入选9首②。从比例上来看，女性作品也显然占据了绝对优势。两种选本呈现的，也正是朝鲜女性诗体特色之一。

　　诗体是一个因素，毕竟还属于形式上的，题材和主题也许更能说明问题。在中国儒家传统构筑起来的家庭观念中，男主外，女主内，女性的关注重心和活动范围一般都限定在家族关系之内，诗歌抒发的也多属于个人的喜怒哀乐之情，与社会、政治、军事等问题很少联系。朝鲜时代以儒学治国，以上观念通过各种礼法渗透到家庭。但朝鲜女性诗歌的题材和主题，常常逸出既定的规范。以教育而言，读书（当然都是汉籍）是男子的事，与女子教育相关者，多教养类书，一似中国的《礼记·内则》《女诫》《女四书》等。初有德宗昭惠王后（1437—1504）《御制内训》三卷，后有李师朱堂（1739—1821）《胎教新记》一卷。或者将

---

①　洪良浩《与宋德文论诗书》云："仆尝西游中国，见华人诗话云：高丽人好作律绝，不识古诗。使我颜发骍也。"（《耳溪集》卷十五，《韩国文集丛刊》第241册，第261页）所谓"华人诗话"即指王士禛《渔洋诗话》。故朴永汉《石林随笔》云："及于半岛也，著古诗者甚少，唯以近体中七言律绝为酬唱之正宗。故王阮亭《采风录》有言：朝鲜人诗殊多近体，绝少古诗云。"并自嘲多近体、少古诗"自为半岛体制"（《修正增補韓國詩話叢編》第13册，第309—310页）。按：《采风录》为康熙年间孙致弥所编，王士禛在看到此书后发表了上述议论。

②　此处统计的数字，若将不同文献加以比较，会发现其中存在矛盾。这是因为《朝鲜诗选》（尤其是蓝芳威所选）有不同版本，各家对古诗和绝句的判断有异，加上有些作品的来源未必可靠，导致了统计数字稍有出入。但大体来看，反映的总体倾向——女性在古体诗方面有较大作为是一致的。

汉籍译成谚文,如《三纲行实》《小学》《五伦歌》等书皆有谚译,俾使闾巷妇女便于诵读。而一般的经史类典籍,都不在女性教育的规定之内。所以李能和(1869—1943)说:"我朝鲜自古以来,绝无教养女子之事……以国用之文既是汉字,则虽男子犹难通晓,况在女性乎?况不之教学乎?"①即便大家世族的女性,也只能通过"肩外见学"②的途径,多非直接受教者。只有妓女能够在教坊中习得,或在与文人交往中习得,为人妾室者也能够从夫受学。所以通常而言,读经史类书为男子事。但这一题材却为女性所常用,如金浩然斋的《观书》:"静对明窗万卷书,圣贤心迹坐森如。天渊大道虽难见,犹使迷情暂觉且。"③又如金三宜堂(1769—1823)《读书有感》九首,所读者即《论语》《诗经》,并领会了孟子"以意逆志"的读诗法("于此始知观诗法,其意不可害以辞")④。此外,如徐令寿阁《冬夜读书》、姜静一堂(1772—1832)《读中庸》等皆是。取其醒目,这里选择的是以"读书"为标题的作品,至于诗句中表达读书自励的内容也不少见。这些以读书为题材的作品,其主题大多自勉成贤成圣。与此相联系的就是一些以性理学为题材的作品,如安东张氏(1598—1680)的《圣人吟》《萧萧吟》《敬身吟》,黄情静堂(1754—1793?)的《恒字义示学者》,姜静一堂的《自励》《性善》《主敬》《仰孔夫子》《诚敬吟》,南贞一轩(1840—1922)的《太极》《爱莲》等。从诗学角度视之,这些作品往往"理过其辞,淡乎寡味"(借用钟嵘《诗品序》语),但从题材和主题着眼,则都是属于"男性化"的。还有一些题材涉及军国大事,或怀古伤今,如许兰雪轩《皇帝有事天坛》,金浩然斋的《国哀》《青龙刀》《闻嗣王即位》《武侯》,徐令寿阁《三间庙》,黄

---

① 《朝鲜女俗考》,翰南書林1927年版,第170页。
② 此朝鲜俗语,李能和解释为"在家塾之内,姊妹在兄弟读书之傍,从肩外闻而知之故"(《朝鲜女俗考》,第133页)。
③ 《浩然斋集·遗稿》,《朝鲜时代女性诗文集全编》上册,第501页。
④ 《三宜堂稿》卷一,《朝鲜时代女性诗文集全编》中册,第731页。

情静堂《命子廷烈历谒金文忠公墓》,南贞一轩《补天》,金清闲堂(1853—1890)《题文天祥》,崔松雪堂(1855—1939)《闻欧西战报有感而作》等,都称得上"重大题材"。甚至妓女也有"中华吾东邦,捷书报箕城"①之作,乃以明军收复平壤、大败倭寇为题材。至于近代的吴孝媛(1889—?),她已经迈出国门,其作品更以东亚和世界为关心对象,虽然得之于世界形势的刺激,然而从年鉴派史学家费尔南·布罗代尔(Fernand Braudel)的"长时段"(longue durée)②观念和"新文化史"注重文化内部考察的眼光看,也是由其自身写作传统潜在决定的。试读"乘风快渡长江去,杀尽群凶复大明"③,"拟将良弼擎天手,愿作清朝(指政治清明之朝代)补衮贤"④等句,无一不是超逸了传统女性的藩篱。

三、朝鲜女性声音"变调"之形成

朝鲜女性的谚文创作,无论是书信还是歌谣,题材取自日常生活,主题多男女间喜怒哀乐,风格是柔和温婉的,而她们的诗文创作,就显示了截然不同的"变调",其原因是值得探索的。

简捷地说,不同文字的使用是其根本原因。在朝鲜时代以前,半岛没有自身的文字,使用的都是汉字。至朝鲜世宗二十八年(1446)创制二十八字,名曰《训民正音》公布天下,朝鲜半岛开始有了自己的文字。《增补文献备考·艺文考》四云:"上以为诸国各制文字,以记其国之方

---

① 〔朝〕金泠泠:《琴仙诗》,《朝鲜时代女性诗文集全编》上册,第248页。
② "长时段"表达的是一个历史时间概念,指以一个或几个世纪为单位来研究历史的方法。
③ 《青龙刀》,《浩然斋集·遗稿》,《朝鲜时代女性诗文集全编》上册,第495页。
④ 《补天》,《贞一轩诗集》,《朝鲜时代女性诗文集全编》中册,第1246页。

言,独我国无之,遂制子母二十八字,名曰谚文。"①按《广韵》云:"谚,俗言。"②所以"名曰谚文"是与文字(即汉字)相对而言,记录的是"方言"。依小仓进平的意见:"向来朝鲜人使用'方言'一语的内涵,并非dialect 之意,而是相对汉语而言的'本来的朝鲜语',亦即'乡言''谚语'之意。"③用谚语抄录下来的文件,士大夫也往往以"土书"称之。而日语假名在朝鲜士人的眼中,也同样是"谚文"或曰"倭谚",以此与"文字"(汉字)相对④。十八世纪以下,西洋文字进入东亚,在朝鲜士子看来,也无非"西洋谚字"⑤,或贬为"略似胡书"⑥,或拟作"谚字蟹文"⑦。有些士人对此现象痛心疾首,崔汉绮甚至提倡以汉字统一世界文字,使"西域诸国,同行华夏文字"⑧,可见汉字在他们心目中的地位。

从文化史上来看,朝鲜世宗大王颁布《训民正音》,是一重要的历史事件。无论是赞成者或反对者,也无论是褒扬者或贬抑者,其共同的认识就是这种字简单易学,适用于妇孺。如果说,汉字是男性的、士人的,谚文就是女性的、庶民的。申景浚(1712—1781)《(训民正音)韵解序》云:"书之甚便而学之甚易,千言万语,纤悉形容。虽妇孺童骏,皆得以

---

① 张伯伟编:《朝鲜时代书目丛刊》第 6 册,中华书局 2004 年版,第 2976 页。
② 《宋本广韵》卷四"线第三十三",中国书店 1982 年影印本,第 389 页。
③ 〔日〕小倉進平著,〔日〕河野六郎補注,『增訂朝鮮語學史』,刀江書院,1964 年,126 頁。原文为日语,兹译其大意。
④ 姜沆『看羊錄・倭國八道六十六州國』,『海行摠載』一,朝鲜古書刊行會,1914 年,368 頁。
⑤ 〔朝〕洪大容:《燕记・刘鲍问答》,《湛轩书》外集卷七,《韩国文集丛刊》第 248 册,第 249 页。
⑥ 〔朝〕成海应:《兰室谭丛・西洋舶》,《研经室全集》外集卷五十九,《韩国文集丛刊》第 278 册,第 83 页。
⑦ 〔朝〕金泽荣:《送洪林堂归堤川序》,《韶濩堂集》卷二,《韩国文集丛刊》第 347 册,第 250 页。
⑧ 《四海文字变通》,《神气通》卷一,《增补明南楼丛书》第 1 册,成均馆大学校出版部 2002 年版,第 20 页。

用之,以达其辞,以通其情。"①柳僖(1773—1837)《谚文志序》引郑东愈(1744—1808)对他的教导云:"子知谚文妙乎……子无以妇女学忽之。"②卷末又云:"然今人之尊文而贱谚者,岂以其不能成章欤? 特以觉之难易尊之贱之,故可哈尔。"③李圭景(1788—?)也慨叹"世人何藐视其易而不讲哉"④。这里所说的"文字""文"指的都是汉字,汉字难,故尊之,谚文易,故贱之。在郑东愈、柳僖、李圭景等人看来,这种态度是不足取的。但在朝鲜时代,有一些士大夫就是以掌握汉字、不学(至少宣称不学)谚文为荣。作为一种地位的象征,既然谚文是为"妇孺童骏""愚夫愚妇"所用,学习它就有失身份。其中尤以理学家为多,如传说中金长生(1548—1631)"昧谚文"⑤,其子金集(1574—1656)也说父亲"未习谚字"⑥,看来是可信的;朴世采(1631—1695)自陈"鄙人不识谚字"⑦;而著名文学家朴趾源(1737—1805)引为平生遗憾之事,就是从未与老妻通过一封信:"吾之平生,不识一个谚字。五十年偕老,竟无一字相寄,至今为遗恨耳。"⑧女性通常不学汉字,仅以谚文与家人互通音讯,而一旦使用汉字写信(如果有此能力的话),往往是要表达一番庄严郑重的意思。比如李徽逸(1619—1673)患消渴疾,又饮酒过甚,其母张氏用汉字给他写信,并且在末尾强调说:"谚书不见信,书此

---

① 《旅庵遗稿》卷三,《韩国文集丛刊》第 231 册,第 35 页。
② 《校刊柳氏谚文志》,韩国中央图书馆藏《姜园丛书》铅活字本,奉天,1934 年版,第 12 页。
③ 同上书,第 57 页。
④ 《五洲衍文长笺散稿》卷二十八"谚文辩证说",东国文化社 1959 年影印本,第 801 页。
⑤ 〔朝〕权绿《谩录》:"沙溪亦昧谚文。"(《滩村遗稿》卷七,《韩国文集丛刊续》第 52 册,第 179 页。)
⑥ 〔朝〕宋浚吉:《上慎独斋先生》,《同春堂集》别集卷四,《韩国文集丛刊》第 107 册,第 362 页。
⑦ 《答尹子仁》,《南溪集》外集卷四,《韩国文集丛刊》第 141 册,第 317 页。
⑧ 《答族孙弘寿书》,《燕岩集》卷三,《韩国文集丛刊》第 252 册,第 78 页。

以送。"①意思是"用谚文给你写信恐怕不会引起你的重视,所以用汉字写了这封信给你"。

在中国,通行的文字就是汉字,无论男女贵贱,同用一种文字。由于在日常生活中无从比较,汉字的地位也就无所谓高低②。文字本身没有性别差异,女性创作也就是内心世界的自然流露。日本兼用汉字和假名,既然是两种文字,相较起来就有优劣。"女の文学"并不限定在女性所作的文学,而是由文字决定的。汉字是男性的文字(男のことば),假名是女性的文字(女のことば)③。比如平安时代有代表"女人的心"的"物语"以及"和歌""日记"等,但"男性贵族轻视女性的假名创作,更多的是持续从事汉诗汉文的写作"④。男女之间的书信来往,男性用汉字书写,女性用假名作答⑤。尽管如此,由于日本女性用假名创作了很多杰作,已经形成了深厚的传统,所以到江户时代出现较多女性汉诗时,也仍然保留了其细腻、精致的文学本色。何况包括男女在内的日本文学传统,本来就有"脱政治性"的特征,文学中的最重要的主题是"恋爱"与"无常","物哀"就是一种"日本式的悲哀"⑥。这种

---

① 《寄儿徽逸》,《贞夫人安东张氏实记》,《朝鲜时代女性诗文集全编》上册,第273页。

② 葛洪《抱朴子·讥惑》云:"余谓废已习之法,更勤苦以学中国之书,尚可不须也,况于乃有转易其声音以效北语,既不能便,良似可耻可笑。"(杨明照:《抱朴子外篇校笺》下册,中华书局1991年版,第12页)又颜之推《颜氏家训·教子》云:"齐朝有一士大夫,尝谓吾曰:'我有一儿,年已十七,颇晓书疏,教其鲜卑语及弹琵琶,稍欲通解,以此伏事公卿,无不宠爱,亦要事也。'吾时俛而不答。异哉,此人之教子也! 若由此业自致卿相,亦不愿汝曹为之。"(《颜氏家训集解》,第36页)在与"北语"和"鲜卑语"的对比中,汉语的地位才凸显出来。

③ 〔日〕金田一春彦『日本語』,岩波書店,1957年,47頁。

④ 〔日〕西郷信綱、永積安明、広末保『日本文学の古典』第二版,岩波書店,1966年,50—51頁。

⑤ 〔日〕金田一春彦『日本語』,51頁。

⑥ 参见本居宣长《石上私淑言》《紫文要领》,收入王向远《日本古典文论选译》古代卷,中央编译出版社2012年版。

审美倾向固然充斥于假名文学传统中，其实在汉文学中（兼有男女）也仍然有其底色。正如五山诗僧希世灵彦（1403—1488）说："唐诗与和歌，但造文字有异，而用意则同矣。"①这种底色从某种意义上说，就是日本文学（无论男女作者）都具有"女性化"的特征②。

然而在朝鲜时代则完全不同。谚文创制以后，它成为女性学习的文字。我们在很多朝鲜男性给家族中女性撰写的行状、墓志等文献中，常常可以看到其笔下的女性"五岁通谚文""六岁能通谚文"或"七岁解谚文"等记载，大概属于知识或官僚家族中的女性常态。洪大容（1731—1783）也说："我国妇人，惟以谚文通讯，未尝使之读书。"③对于读书习字，一般并不主张。李瀷（1681—1763）曾比较中朝两国女教之异云："东俗与中土不侔，凡文字之工，非致力不能，初非可贵也。"④因为汉字难学，对于女性来说既非必要也不值得追求。但如果有特别的禀赋或特殊的机缘，女性掌握了汉字，并能够使用汉字写作诗文，那她们就拥有了与男性同等的权力——学术讨论、互相倡和、彼此辩驳（尽管只是在家族内部）的权力。因为汉字是男性的文字，汉诗文是士大夫的工具，女性在学习这种能力之初，其样板就是男性。

朝鲜时代最早有文集问世的女性是许兰雪轩，这是许筠（1569—1618）为他的姊氏编纂的。为使其编纂进而出版具有"合法性"，他利用与明代正使朱之蕃、副使梁有年的交往，请他们为这部诗集作序或题辞。在朱之蕃的序中，他举出中国汉代的曹大家、唐代的徐贤妃，以及宋代女词人朱淑真、李清照为比；梁有年的题辞则举出新罗朝真德女王

---

① 「奉和典廐所咏相君席上倭歌二首并序」，『翰林五鳳集』卷二十七，『大日本佛教全書』，佛書刊行會，1914年，522頁。

② 参见〔日〕增田裕美子、〔日〕佐伯順子編『日本文学の「女性性」』，其书第一部即为「男性文学の女性性」，思文閣，2011年。

③ 《干净衕笔谈》，《湛轩书》外集卷二，《韩国文集丛刊》第248册，第136页。

④ 〔朝〕安鼎福编：《星湖僿说类选》上辑卷三"妇女之教"，明文堂1982年版，第191页。

织锦《太平诗》,以表明东方女性诗文之源远流长。这样的表彰套路,是非常"中国式"的。中国人在评价女性创作时,其标准就是历史上的女性楷模,不妨以清代女性文集的序跋文字为例,如李因《玉窗遗稿题辞》云:"名亚左棻,才同道韫。"①高望曾《舞镜集序》云:"曹则大家,左为娇女。"②俞承德《月藁轩诗草跋》云:"虽左棻之解缀文,曹昭之能续史,方斯巨制,不让前徽。"③翁端恩《独清阁诗词抄序》云:"羡左棻之嗜学,媲鲍妹以摛辞。"④而朝鲜时代女性诗文的评价标准或比拟方式,则与此大相径庭。

由于汉字是男性的文字,所以,使用汉字创作诗文,其文学典范便与男性无异,在朝鲜时代也就是陶渊明和杜甫⑤。李象靖(1711—1781)曾记载其祖母申氏"毅然有男子之志……喜诵晋渊明《归去来辞》"⑥。洪奭周(1774—1842)记录其母亲令寿阁事云:"在枕上每诵古人诗以遣思虑,然所喜诵,唯陶、杜二诗。"⑦在其母《墓表》中也说:"自少日常喜诵《蒹葭》《衡门》诗及陶渊明《归田园作》。"⑧又撰《贞敬夫人行状》云:"先妣自年少时,常喜诵祝牧《偕隐歌》及陶渊明《归园田作》。"⑨翻阅《令寿阁稿》中次韵之作,就以杜甫居首,共二十八题⑩,王

---

① 胡晓明、彭国忠主编:《江南女性别集》初编上册,黄山书社2008年版,第129页。
② 《江南女性别集》初编下册,第921页。
③ 《江南女性别集》二编下册,黄山书社2010年版,第930页。
④ 同上书,第1155页。
⑤ 关于这个问题,可参见张伯伟《朝鲜时代女性诗文总说》二"文坛典范",载韩国中國語文學會编《中國語文學誌》第39辑,2012年6月。
⑥ 《祖妣恭人鹅洲申氏圹记》,《大山集》卷四十七,《韩国文集丛刊》第227册,景仁文化社1999年版,第422页。
⑦ 《家言下》,《令寿阁稿》附录,《朝鲜时代女性诗文集全编》上册,第673页。
⑧ 《朝鲜时代女性诗文集全编》上册,第670页。
⑨ 《令寿阁稿》,《朝鲜时代女性诗文集全编》上册,第666页。
⑩ 据题目统计是二十七,左江指出《忆清潭》亦次杜甫《寄高三十五詹事》,其说是。参见《朝鲜时代的知识女性与杜诗》,载《域外汉籍研究集刊》第八辑,中华书局2012年版。

维次之,共九题,陶渊明三题,孟浩然两题,若将陶诗与王、孟合作一派观,总计十四题。朝鲜时代女性诗文以陶、杜为典范,令寿阁是一典型。上文提及其《次归去来辞》,也是类似一例。洪原周(1791—?)是令寿阁之女,其《幽闲集》中次韵之作甚多,也以和杜为首,达三十八题。又有《和陶读山海经韵》《次陶归田园居》《次陶》等,还以《陶征君》为题,提炼出陶渊明作品的精神所在。男性鼓励女性学诗,提供的样板也是杜诗,许筠(1551—1588)就曾以他在中国所获邵宝《杜律钞》赠送给其妹兰雪轩,并勉励她"无负余勤厚之意,俾少陵希声复发于班氏之手可矣"①。这里的"班氏"就是以班固之妹班昭为喻,代指兰雪轩。闺秀之作如此,妓女的作品也类似,如琴仙(1581—?)《逢故人》之"耽佳欲学杜工部"②;又《次楚葵堂所赠韵》的"偶逢文士乞佳句,开口何能咏凤凰"③,显然从杜甫《壮游》之"七龄思即壮,开口咏凤皇"④脱胎而来。又如徐蓝田(1849—1894)《松馆赋》中"身羲皇之上人兮,卧北窗而引觞"⑤,也是化用陶渊明"常言五六月中,北窗下卧,遇凉风暂至,自谓是羲皇上人"⑥,以及"引壶觞以自酌,眄庭柯以怡颜"⑦等成句。而朝鲜人评论女性作品,衡量标准也往往是陶、杜。赵仁寿跋《林碧堂遗集》云:"冲淡闲雅,绝无脂粉习气,实有陶、韦趣味。"⑧南九万(1629—1711)序该书亦云:"可与陶彭泽、林孤山诸作相上下。"⑨全毅

---

① 《荷谷集・杂著补遗》,《兰雪轩集》附录,《朝鲜时代女性诗文集全编》上册,第163页。
② 《琴仙诗》,《朝鲜时代女性诗文集全编》上册,第263页。
③ 同上书,第261页。
④ 《杜诗详注》卷十六,第1438页。
⑤ 《蓝田诗稿》,《朝鲜时代女性诗文集全编》中册,第1339页。
⑥ 《与子俨等书》,逯钦立校注:《陶渊明集》,第188页。
⑦ 《归去来兮辞》,同上书,第161页。
⑧ 《林碧堂遗集》,《朝鲜时代女性诗文集全编》上册,第18页。
⑨ 同上书,第25页。

洙《松雪堂记》云:"陶靖节之清趣,抚孤松而盘桓;孟浩然之高致,冒寒雪而遨游。"①即以松、雪上比陶、孟,用来赞美崔松雪堂。《李朝香奁诗》编者评梅竹堂李氏《秋情》云:"宛若杜诗中意。"②李能和评吴孝媛《和寒云袁公子克文》云:"飘泊异域,对境伤感,如读一篇老杜之诗。"③这些评论或形容是否中肯姑且不论,但皆以陶、杜诗文做比,正体现了一种评价传统。这与中国女性的创作追求有很大不同,如梁孟昭就明确指出:"我辈闺阁诗,较风人墨客为难……讽咏性情,亦不得恣意直言,必以绵缓蕴藉出之,然此又易流于弱。诗家以李、杜为极,李之轻脱奔放,杜之奇郁悲壮,是岂闺阁所宜耶?"④当然,女性的作品若真能摆脱"闺阁气""脂粉味",也能够得到正面肯定。反之,男性作品若过于柔弱,就难免"女郎诗"之讥⑤。而在朝鲜,类似的讥讽就是将汉文作品贬作"谚文"。崔慎(1642—1708)曾赞美其师宋时烈(1607—1689)的文章"辞约而意尽,可谓妙入神也",但宋子却悻悻然地回答:"吾之文字多尚宋朝文章,故调格甚卑矣,顷闻李台瑞以余之文为'谚文'云也。"⑥显然,他对这一"酷评"是深不以为然的。但这样的比拟,也显示了两种文字在时人心目中的地位。

如果说,诗歌创作所涉及的还多是文学的题材、体裁、主题和风格等问题,那么文章所涉及的,就更有女性的人性自觉。在诗歌中,女性偶尔还会对自己的"女儿身"哀叹⑦,在文章中,女性常常流露出的则

---

① 《朝鲜时代女性诗文集全编》下册,第1480页。
② 同上书,第1800页。
③ 《小坡女士诗集》中编,《朝鲜时代女性诗文集全编》下册,第1571页。
④ 《寄弟》,出《墨绣轩集》,引自《历代名媛文苑简编》卷上,第45页。
⑤ 最早以"女郎诗"讥讽男性诗人的是元好问《论诗三十首》,其中将韩愈的诗与秦观的诗做对比,贬称后者为"女郎诗"。
⑥ 《华阳闻见录》,《鹤庵集》卷三,《韩国文集丛刊》第151册,第258页。
⑦ 如金浩然斋《自伤》云:"可惜此吾心,荡荡君子心……自伤闺女身,苍天不可知。"(《浩然斋集·遗稿》,《朝鲜时代女性诗文集全编》上册,第491页)

是性别的"平等"。既然汉字是男性文字,女性也能够熟练运用,与男性一起讨论经史,就说明从受之于天的本性而言,男女并无本质差异。女性完全可以像男性一样追求成贤成圣,即便在现实社会中难以践行,至少在精神领域是可以这样期待的。金浩然斋《自警篇·正心章》云:"阴阳异性,男女异行,女子非敢妄追圣贤之遗风,然而嘉言善行教化之明,岂可嫌男女异宜而不思慕效哉?"①任允挚堂说:"我虽妇人,而所受之性,则初无男女之殊。纵不能学颜渊之所学,而其慕圣之志则切。"②她的意见对姜静一堂影响很大,后者进而发挥道:"虽妇人而能有为,则亦可至于圣人"③。所以在与丈夫兄弟子侄间讨论经史文章时,毫不气馁,勇下断语。不止于平等对话,她们有时更有居高临下之势。金清闲堂常与其弟商讨文史,其弟曾引述其语:"论史则曰:'定名分,不可不读《春秋》,抑其次,紫阳《纲目》。'论文则曰:'韩文汰健,柳文巧雕,欧文内刚而外柔。兼得韩、柳,方可为文。'论诗则曰:'诗言志也,言志莫如老杜,其余吐芳咀华、买椟遗珠之不能使人屈膝者流,无足齿算。'"④全然一种傲视群雄的态度。不仅士大夫家族女性有此自觉,就是出身青楼者也有惊人之语,如金锦园(1817—1887?)云:"天既赋我以仁知之性、耳目之形,独不可乐山水而广视听乎?天既赋我以聪明之才,独不可有为于文明之邦耶?既为女子,将深宫固门、谨守经法,可乎?既处寒微,随遇安分、湮没无闻,可乎?"⑤这些都是从天赋之性的根本处立论,来表明追求男女平等的意愿。而事实上,这里所流露出的种种追求,并非纸上谈兵的文字游戏,在实际生活中,女性一旦使用汉字作为交流思想的工具,无论是其自我感觉,还是家族内外男性的态

---

① 《浩然斋集》,《朝鲜时代女性诗文集全编》上册,第469页。
② 《克己复礼为仁说》,《允挚堂遗稿》,《朝鲜时代女性诗文集全编》上册,第556页。
③ 《尺牍并上夫子》,《静一堂集》,《朝鲜时代女性诗文集全编》中册,第818页。
④ 〔朝〕金商五:《清闲堂散稿序》,《朝鲜时代女性诗文集全编》中册,第1361页。
⑤ 〔朝〕金锦园:《湖东西洛记》,《朝鲜时代女性诗文集全编》中册,第1148页。

度,都会发生很大的改变,好像他们处于同一个知识共和国,并构成了统一的知识共同体。

四、男女在家庭与社会中的移位

在人们的通常印象中,古代朝鲜半岛深受儒家思想教化,女性在家庭中的地位必然低下,在夫妇关系中,女方总是俯首帖耳的一方。事实上,史料中对这一方面的记载非常缺乏,女性在家庭生活中的真相如何,只能给人留下一些刻板的印象。但总体来说,在不同的历史阶段存在着较大变化,不可一概而论。从三国时代到统一新罗时代,新罗曾出现过三任女王(善德女王、真德女王、真圣女王),女性地位不可谓不高。就婚姻关系而言,在朝鲜时代以前,往往"男归女家"。李能和曾针对这一现象说:"其俗尚矣,盖自高句丽已然,高丽时亦如之。"①所以,东国人娶妻称作"入丈家"。朝鲜时代初期,已有人对此提出警告,如郑道传(? —1398)说:"男归女家,妇人无知,恃其父母之爱,未有不轻其夫者。"②"男归女家"所造成的直接后果,就是女性在家庭中的实际地位较高。随着儒家思想的不断强化,这一习俗在朝鲜时代逐渐被更改。柳馨远(1622—1673)《磻溪随录》指出:"今国家王子、王女昏姻,皆行亲迎之礼。而士大夫家因陋苟简,婿留妇家,故不曰'娶妻'而曰'入丈'。是阳反从阴,大失男女之义。宜明饬礼法,以正人伦之道。"③尽管"亲迎之礼"未能彻底贯彻,但"男归女家"的习俗是逐步废弃了。从社会对女性以及女性对自身的一般期待来看,乃以"顺"为第

---

① 《朝鲜女俗考》,第34页。
② 《朝鲜经国典·礼典·婚姻》,《三峰集》卷七,《韩国文集丛刊》第5册,第431页。
③ 《磻溪随录》卷二十五《续篇上·昏礼》,东国文化社1958年版,第485页。

一义。故朝鲜时代女性名字中,"从顺字者十居八九"①。昭惠王后《御制内训·夫妇章》云:"妻虽云齐,夫乃妇天。礼当敬事,如其父焉。卑躬下意,毋妄尊大。唯知顺从,不敢违背……欲家之兴,曰和与顺。何以致斯,又在乎敬。"甚至要求女性"虽被棰鞭,安敢怨恨"②。此书成于朝鲜成宗六年(1475),据尚仪曹氏《跋》,此书虽以汉字编纂,但"继以谚译,使之易晓"③,并且在朝鲜时代多次由官方和地方印行,王室对此书的刊印质量也有很高要求,往往视印刷效果优劣而赏罚分明④。从十五世纪到十八世纪乃至以后,此书对于朝鲜各阶层女性的约束有重要作用。因此,就朝鲜时代一般士大夫家庭而言,女性在家以"顺"为主,大概与事实相去不远。

然而对于能够使用汉字写作的女性来说,情况就不大一样乃至大不一样了。在家庭中,妻子对丈夫的平等相勉亦属常态,批评指责亦时有发生,"和容婉辞""以弱为美"⑤的戒条完全不起作用。重要的是,处在这种情况下,丈夫总是受之泰然,甚至颇以为荣。他人也交口称赞,羡慕向往,乃至高调表彰。女性的家庭和社会地位,在以汉字构筑的世界中,发生了很大改变。

金三宜堂年十八,嫁与同年同月日生、居同邑同里闲之河湜为妻。

---

① 《朝鲜女俗考》,第95页。
② 《朝鲜时代女性诗文集全编》下册,第1718页。
③ 同上书,第1743页。
④ 宣祖六年(1573)二月二十五日传曰:"近日印出《内训》与《皇华集》,字画熹微,纤断不端,多有不精处。校书馆官员与所印下人,推治。"(《朝鲜王朝实录》第21册,第257页)"推治"即审问治罪,此为罚例。光海君四年(1612)二月二日,"司谏院连启:'(赵存世、元裕男、尹应瑞等及《璇源录》纂集,《通鉴》《史略》《诗经谚解》《内训》校正等)赏加大滥,请并命改正。'王答曰:'查仿旧例,酌施赏典,不可改正。勿为烦论。'"(《朝鲜王朝实录》第27册,第307页)此为赏例。从光海君回答中可见,此类"赏典"因属"旧例",故"不可改正",并申斥诸大臣"勿为烦论"。
⑤ 《御制内训·夫妇章》,《朝鲜时代女性诗文集全编》下册,第1718—1719页。

晋阳河氏家族乃儒学世家,溵父经天(？—1804)亦秉持家风,严守传统,其《教子十三条》中就有"勿听妇人之言,必乖骨肉；勿用妇人之计,必败道义"①之训。河氏夫妇礼成之夜,溵问道:"终身不可违夫子,则夫虽有过,亦可从之欤？"金氏答曰:"夫妇之道,兼该五伦。父有争子,君有争臣,兄弟相勉以正,朋友相责以善。至于夫妇,何独不然？然则吾所谓不可违夫子者,岂谓其从夫之过欤？"②终其一生,他对妻子之言、之计心悦诚服,完全不用其父之教。如果说,这种现象姑且还可以用夫妇之间燕婉情深来解释,那外人的评论就更能说明问题了。郑钟烨(1885—1940)《晋阳河氏五孝子传》云:"溵妻金氏……早受家学,涉猎经史,一览辄记,而文思水涌风发,金精玉美,虽许兰雪、李玉峰蔑以过此。而至于义理处,辞气森严,实有丈夫之所难及。"③名为河氏立传,用笔则多在金氏。至于"辞气森严"四字评论,与要求女性的"和容婉辞"相较,不啻天壤之别,非但没有受到贬抑,得到的反是高度褒扬。郑迥泽《三宜堂稿跋》更以男女对比而言,认为著书立言乃人生事业之最大者:"然有此事业者,千百人中一男子。男子子之所不能,女子子而能之,具须眉冠带而读此者,其颡能无泚乎？又使女子子读之,其奋发思齐之心乌可已也？"④这些文字在一定程度上反映了社会舆论。在汉字的"文学共和国"中,由于男女发声标准的统一,女性的地位也与男性等同,有时甚至还超而上之。

宋德峰(1521—1578)是柳希春(1513—1577)正室,柳氏号眉岩,

---

① 转引自朴尧順《三宜堂及其诗研究》(三宜堂과 그의詩研究),《韓南語文學》第十一辑,韓國大學校韓南語文學會,1985年。
② 《三宜堂稿·礼成夜记话》,《朝鲜时代女性诗文集全编》中册,第780页。
③ 《修堂先生文集》卷四,《韩国历代文集丛书》第396册,景仁文化社1999年版,第262页。
④ 《朝鲜时代女性诗文集全编》中册,第784页。

是朝鲜宣祖时代硕学名流，所以宋氏也被封为"贞敬夫人"①。宋氏素有孝妇、贤妻、良母之称，但在宋氏文字中，每有对眉岩的微讽或讥斥，有时甚至毫不留情。朝鲜恩津县出产佳石，宋氏长年渴望取其地之石为其父立碑墓侧，恰值宣祖四年辛未（1571）眉岩出任忠清道监司，可利用职权之便完成此事。宋氏屡促之，而眉岩每以"不顾私事"有所拖延。宋氏乃撰《斫石文》再三质问之："此独何心，得非恶累清德而然耶？等差妻父母而然耶？偶然不察而然耶……且君在钟山万里之外，闻吾亲之殁，惟食素而已，三年之内，一未祭奠，可谓报前日款接东床之意耶……我亦非薄施而厚望于君也，姑氏之丧，尽心竭力，葬以礼、祭以礼，余无愧于为人妇之道，君其肯不念此意耶？君若使我不遂此平生之愿，则我虽死矣，必不瞑目于地下也。"②按照朝鲜时代对女性言语的一般要求，应是"徐缓、温恭、谦让、敛退"，"言语之快，非妇人之本色也。一为快言，其害三至"③。即便丈夫有过失，正确的处理方式是："夫苟有过，委曲谏之。陈说利害，和容婉辞。"④然而宋氏的文章却是气势汹汹，滔滔不绝，数落责难，再三再四。又如眉岩在京独处四月，致书宋氏，自矜不近声色之好，宋氏回曰："三四月独宿，谓之高洁有德色，则必不澹然无心之人也。恬静洁白，外绝华采，内无私念，则何必通简夸功，然后知之哉……以此观之，疑有外施仁义之弊，急于人知之病也。"⑤眉岩书信今不存，以其夫妇关系之昵爱，也许只是一个玩笑，却引来宋氏一番义正辞严的教训，甚至有诛心之论，但眉岩同样安然受

---

① 《校注大典会通》卷一"吏典·外命妇·文武官妻"："贞敬夫人，正、从一品。"（保景文化社，1985年据朝鲜總督府中樞院1938年版影印，57页）
② 《德峰集》，《朝鲜时代女性诗文集全编》上册，第41—42页。
③ 〔朝〕金浩然斋：《自警篇·慎言章》，《朝鲜时代女性诗文集全编》上册，第473页。
④ 《御制内训·夫妇章》，《朝鲜时代女性诗文集全编》下册，第1718页。
⑤ 《答文节公书》，《德峰集》，《朝鲜时代女性诗文集全编》上册，第50页。

之,不仅抄入当天日记,还评论说"夫人词意俱好,不胜叹服"①。在其日记中,我们常常看到眉岩对宋氏文学才能的服膺,或曰"余翻译《类合》下卷,多咨于夫人而改正"②,或曰"夫人和我诗甚佳"③,还将宋氏评论其诗之语录于日记:"夫人谓余曰:'诗之法,不宜直说若行文,然只当起登山渡海,而说仕宦于其终可也。'余即矍然从之。"④其次韵宋氏《醉中偶吟》,末句为"不如归舍馔前荣",特加自注云:"'舍'改作'去',从夫人指也。"⑤"矍然从之""从夫人指"云云,活现出眉岩对夫人的佩服已至五体投地之境。作为一代大儒而能如此行事,更可见汉字的"魔力"。日记属于"私人性"文体,但正因为其"私人性",其中反映的家庭关系也更加可信。

在朝鲜时代的夫妇关系中,姜静一堂所处的主导地位以及在社会上获得的良好声誉可能是最突出的。姜氏年二十,归于坦斋尹光演(1778—?),和眉岩不同,光演只是一介书生。所以,姜氏有着强烈的"引夫当道"的自觉,也有充分的实践。她虽为女性,却有男性的担当。其《遗稿》中有大量的"代夫子作",反映的实为自己的心声,如《孺人金氏墓志铭》(代夫子作)云:"夫子或有过,从容辨析,引而当道;有忧戚,则辄以理宽譬。"⑥在现存的八十二通"尺牍"中,除少数者外,都是对丈夫的劝诫勉励。有些属于原则上的大道理,更多的是生活细节,比如责人时"声气过厉",偶入卖酒之家,未挽留贤友吃饭,衣服不整洁,等等。这类劝勉,尽管不如宋氏对眉岩的表述那么激烈或情绪化,但字里

---

① 《眉岩日记草》二,国学资料院 1982 年据朝鲜总督府 1936—1938 年版影印,第 293 页。
② 《眉岩日记草》四,第 313 页。
③ 《眉岩日记草》五,第 85 页。
④ 同上书,第 290 页。
⑤ 《德峰集》,《朝鲜时代女性诗文集全编》上册,第 44 页。
⑥ 《静一堂遗稿》,《朝鲜时代女性诗文集全编》中册,第 824 页。

行间有一种不可违逆的威严,因为姜氏所依凭的是儒家正论而非夫妇情感。他们之间的关系与其说是夫妇,不如说是师生。对此,作为丈夫的尹氏也坦陈不讳,姜氏去世后,他写了三篇祭文,其中之一云:"念吾室人之亡,吾有所疑,谁其释之? 吾欲有为,谁其成之? 吾有错误,谁其正之? 吾有过尤,谁其戒之? 中正之论,奥妙之旨,何从而闻之? 操存之工,涵养之方,何从而讲之?"①与其说丧失了一贤妻,不如说是一良师。其自省之际,亦每以"未能遵先人之训、奉尊师之教、从孺人之戒"②三者并举。他人评论亦类似,如洪直弼尝谓光演云:"孺人,君之师也。君更读十年书,可以知孺人之德。"③卷末辑录的他人挽章,发表此类看法者众多,这样的评论,在朝鲜半岛的历史上,也是绝无仅有的。尽管人们对姜氏有一些微弱的异议,但占据主流的声音是对她的高调赞美。从家庭到社会,她收获了双重的颂扬。在朝鲜时代的夫妇关系中,姜氏的社会地位已远远高于其丈夫。

以上所举女性皆为闺阁中人,有的虽然在经济上不免窘迫,但就阶层而言,总属于书香门第。擅长写作诗文的另一类人是妓女,这样的出身,决定了其地位的低下。然若真能写出一手好文章,也会改变其自身的形象和地位。金锦园少年时曾女扮男装,游历四方,有《湖东西洛记》记其行。又与金芙蓉(约 1800—1860)、朴竹西(约 1820—1851)、琼山、镜春结为吟社,五人皆一时名妓,其后分别成为诸名流小室,锦园嫁与金德喜为妾。李裕元(1814—1888)曾评论锦园之"诗文俱丽",又特别指出其祭金德喜文"非比女史作也"④。金正喜(1786—1856)与德

---

① 《祭亡室孺人姜氏文》之一,《朝鲜时代女性诗文集全编》中册,第 850 页。
② 《祭亡室孺人姜氏文》之三,《朝鲜时代女性诗文集全编》中册,第 852 页。
③ 《孺人晋州姜氏墓志铭》,《朝鲜时代女性诗文集全编》中册,第 848 页。
④ 《林下笔记》卷三十三《华东玉糁编》一"诸女史"条,成均馆大学校大东文化研究院 1961 年版,第 831 页。

喜为从兄弟,读锦园祭文,亦由衷赞叹云:"宁有如此奇文者乎?最是辞气安闲,体裁雅正,行中璜佩,颜叶彤管,有古女士闺阁风概,无一点脂粉黛绿气味。颔下横三尺髯,胸中贮五千字者,直为羞欲死也。"这还只是就文章论文章,以为此文之杰出,足可令男子羞惭。接着就感叹其在家族中的地位:"家中有如此人而不识何状,视一寻常勾栏中一辈人,非徒为此人悼叹,怀书抱玉之人,终古何限!"将她与历史上"怀书抱玉"不得知音的文士相提并论。最后表彰她心中追求之广之高,以一唱三叹结束全文:"一寸锦心中,藏得巨海崇山有不可测者,乌乎异矣!乌乎异矣!"①李裕元官至领议政,为一品大员,金正喜(阮堂)是将清代考据学传入朝鲜半岛的学术巨匠②,他们的褒奖一方面代表了家族,另一方面也会影响到社会。由于驱使汉字表情达意的能力,金锦园获得了极高的表彰,原先所带的较为负面的妓女身份反而显得微不足道了。

在朝鲜半岛历史上,汉字写作本是男性的作为,女性一旦拥有这种能力,就同时拥有了与男性平等对话的场域。她们并不仅仅满足于诗歌唱和或文字游戏,而是试图深入到读史、论学、讲经等更为庄重、严肃的层面,与男性有时相互讨论,有时代为发言,有时予以指点。即便在诗歌领域,她们心中的典范也是陶渊明、杜甫等人,而古诗体的写作,在文字风格上也具有了"须眉气"。与此同时,当她们用汉字与男性交往之际,其家庭地位和社会地位也获得了空前的提高③。

---

① 《阮堂集》卷三《与再从兄》,《阮堂全集》第 2 册,学民文化社 2005 年版,第 355 页。

② 参见〔日〕藤塚鄰著、藤塚明直編『清朝文化東傳の研究—嘉慶・道光學壇と李朝の金阮堂—』,國書刊行會,1975 年。

③ 如果说也存在别种声音的话,许兰雪轩可能是一个特例,对于她的为人和作品,既有"不虞之誉",又有"求全之毁",形成这种后果的因素也很复杂,此处暂不讨论。

五、余论:拉丁文世界与汉字世界中的女性

据英国历史学家彼得·伯克的说法,知识社会学的兴起可以追溯到二十世纪初,并且在法国、德国和美国出现了三个不同的学派,关注的重心是知识和社会的关系。但经过一阵短暂的辉煌之后,这个领域便失去了吸引力,至少在社会学范围中已日趋逊色。六十年代之后,知识社会学再度复兴,形成了第二次浪潮。同时,也在四个方面表现出与"老知识社会学"的差异,其中之一就是"德国社会学派主张知识是具有社会情境的……现阶段,人们更加关注的是性别和地理研究"①。

如果说本课题处理的内容也可以属于知识社会学的话,那么,其关注的重心恰恰就是知识在"社会情境"中缘于"性别和地理"所发生的改变。一些历史学家和语言学家喜好做这样的类比,把欧洲的拉丁文世界与东亚的汉字世界相提并论。这样做当然是有一定依据的,比如这两种文字都具有相当的"魔力",而且这种魔力并非自身携带,而是由社会赋予的;又比如在相当长的历史时期,拉丁文或汉字都是男性"上流人士"在正规场合中"专用的"文化工具;再比如与歌唱的语言、素描或绘画的语言相比,拉丁文和汉字都属于"雕刻的语言"②,能够持久而广远地传播。但我们若进一步追问,这两种文字"魔力"的范围、

---

① 参见《知识社会史》(*A Social History of Knowledge*)上卷第一章"导论:知识社会学与知识史",陈志宏、王婉旎译,浙江大学出版社2016年版,引文见第9页。

② 借用法国文学批评家布伦蒂埃(Ferdinand Brunetière)的话说:"拉丁文是雕刻的语言,它刻下的内容不可磨灭。我们可以说,不是放诸四海皆准或永恒的事,都不是拉丁文。"(转引自《拉丁文帝国》,第366页)而在传统东亚,几乎所有在金石上铭刻的文字都是汉字,虽然经过时间的侵蚀,大量保存至今的铭刻文字仍在默默而顽强地呈现着昔日的荣耀。

机制、结果有何异同,以及为何出现种种异同,既有的学术积累在提供答案时就会显得力不从心。本文专从女性(性别)和东亚(地理)切入,希望得出一些新鲜而具体的结论。

性别和地理,在本文中是联系在一起的概念。也就是说,我们需要阐释的是,唯独在朝鲜半岛历史上女性的汉诗文写作具有的某些特征,以及这些特征形成的原因和引起的后果,同时,在有限的范围内,也可以与拉丁文在欧洲世界中的情形做一些对比。

如上所述,朝鲜时代女性诗文具有"男性化"特征,这一特征形成的根本原因是汉字,所以说,汉字是有"魔力"的,然而这种"魔力"是由特定社会的文化氛围赋予汉字的。第一部女性诗文集的作者是许兰雪轩,她的才华曾在后来引起包括众多中国人在内的选家、批评家的注目和好评,但是当她辞世之际,却嘱托家人将其所有的诗文付之一炬。至少在她看来,这些心血结晶是无须传于世、传于后的,尽管是用汉字撰作。现存的诗集是由其弟许筠根据自己的记忆恢复而成,编成后他特别请当时在政坛和文坛都有地位的柳成龙(1542—1607)写序作跋,柳氏一方面高度肯定兰雪轩作品"铿锵则珩璜相触也,挺峭则嵩华竞秀也……至其感物兴怀,忧时闷俗,往往有烈士风",但最后还是希望许筠"收拾而宝藏之,备一家言,勿使无传焉可也"①,主张秘藏于家,而非公开印行。这篇跋文作于万历十八年(1590),而许筠刊刻此书是在万历三十六年(1608),在这十八年中,先是吴明济、蓝芳威(尤其是后者)将兰雪轩诗大量选入《朝鲜诗选》(1600、1604);然后是在中国刊行其书(1606年前沈无非刊本);继而朱之蕃、梁有年为之作序题辞(1606);之后在中国再次刊行其书(1608年春潘之恒刊本)。在朝鲜方面,许筠也做了多方面的铺垫,先是在其《鹤山樵谈》中高调表彰兰雪轩的作品

---

① 《跋兰雪轩集》,《西厓集》别集卷四,《韩国文集丛刊》第52册,第483页。

（1593）；继而请海东名笔韩濩(1543—1605,石峰)书写兰雪轩《广寒殿白玉楼上梁文》,许筠为之刊刻印行(1605)；最后才在万历三十六年夏刊刻了第一个朝鲜本①。在朝鲜时代女性"文墨之才,非其所宜"②的观念世界中,并非只要用汉字写作,女性就天然拥有了公之于世的权力,至少在兰雪轩本人尚无此意识。许筠在那个时代是一个思想上的先行者,但他要将思想落实到行为,也需要借助许多"外力",使得社会舆论形成出版该书的必要性（比如中国人到朝鲜,纷纷向人索取兰雪轩诗）。而一旦出版,也就拥有了"汉字"的特权,此后,不仅有《兰雪轩集》的重刊、再刊,到高宗三十二年(1895)为止,又有十种女性诗文集公开刊行。这也表明,汉字的功效是由社会赋予的。而在东亚社会的知识社群中,来自中国本土的人士（尤其是众多男性）发挥了最初的重要"推力"。

　　反观拉丁文世界中的女性,就没有那么幸运。尽管使用拉丁文,知识阶层组成了一个学问共同体——"文人共和国",这当然只是一个"想象的共同体",然而凭着这样的想象,知识阶层就把自己和"异己者"划清了界限。可是那个时代的知识女性却"几乎被排挤出学问追求的行列","女性不能和男性一样加入文人共和国之中"。即便有少数"开明的"男士,愿意"用浅显的语言向女性解释新科学",但也往往"以恩人姿态自居"③。"浅显的语言"就是"非拉丁文"。据说在十八世纪初的欧洲有这样一句谚语："女人讲拉丁语,准没好下场。"瓦克在他的书中列举了一些人的解释,比如拉丁语中含有一些通俗语言说不出口的淫词秽语,不懂拉丁文有助于使女性保有纯真。还有人说,男女

---

① 参见张伯伟《明清之际书籍环流与朝鲜女性诗文——以〈兰雪轩集〉的编辑出版为中心》,韓國高麗大學校《漢字漢文研究》第10号,2015年8月。
② 〔朝〕鱼叔权:《稗官杂记》卷四,《大东野乘》本,朝鲜古书刊行会明治四十二年(1909)版,第587页。
③ 〔英〕彼得·伯克:《知识社会史》上卷,第21—22页。

的"天职"不同,女性的职责是在家里,所以不适合也无必要学习拉丁文,与"才智"无关。这也得到了部分女性的认同,英国散文家夏博恩夫人(Hester Chapone)说,基于"卖弄学问的危险,以及想象的天赋可能被学者严肃、力求精确的态度取代",女人应避开拉丁文和其他"深奥的学问"。就连支持女子教育改革的《淑女杂志》也说:"我们绝不希望社会上充满了穿着衬裙,用拉丁文和希腊文对着我们大说特说的女学者。"而随着教育的普及,以及巴黎大学女生数量的增多,导致的最终结果是,"在女性化的过程中,拉丁文失去了它的威望"①。

如果说,拉丁文的"威望"是被法国女性"往下拉",那么,汉字的"威望"就是将朝鲜女性"往上提"。首先,女性创作被用来激励男性。用汉字撰作的作品,是可以达致"不朽"之目标的,所以,在表彰女性作品的同时,伴随着的就是对男性的刺激。上文引用他人对《三宜堂稿》《静一堂稿》之评已多此论,又如李殷淳《情静堂遗稿跋》亦云:"世之身为丈夫、名为士子,而浪度光阴,不卞鱼鲁,终归于秦不关、楚不关者,其视夫人言,果何如哉?"②至于金正喜读金锦园文而生"颔下横三尺髯,胸中贮五千字者,直为羞欲死也"之慨,就更是由衷钦佩之语。其次,女性也因此而生发著述不朽的意识,毫无愧色地主动加入"作者之林"。很多女性生前就编定自己的文集,任允挚堂《文章誊送溪上时短引》云:"逮至暮年,死亡无几,恐一朝溘然,草木同腐,遂于家政之暇,随隙下笔,遽然成一大轴,总四十编。"③据申奭相(1738—?)《祭姑母尹夫人文》所云:"自以为《芙蓉堂集》者亦且数卷。"④可知其集亦申芙蓉堂(1732—1791)自编。又《三宜堂稿》有金氏自序,必是出于自编。

---

① 参见《拉丁文帝国》第八章"阶级划分",第312—317页。
② 《情静堂遗稿》,《朝鲜时代女性诗文集全编》上册,第695页。
③ 《允挚堂遗稿》,《朝鲜时代女性诗文集全编》上册,第569页。
④ 《山晓阁芙蓉诗选》,《朝鲜时代女性诗文集全编》上册,第611。

姜静一堂原有《文集》三十卷、《经说》三卷,均归散佚。又有《答问编》《言行录》,生前已失,曾发出这样的自叹:"平生精力,尽归乌有矣。"①流露出无限惋惜之情。她们对于汉文学世界,并不满足于被动接受,还要积极创造,有所作为。这与社会情境对她们的鼓励是密切相关的。当然,从整体数量上看,朝鲜女性中能够以汉字书写者的数量只占很小的比重,他们在家庭和社会中的地位,也不足以代表朝鲜时代一般妇女的实际情形,但也正因为是少数,恰恰体现了汉字的"魔力",它扭转了世人的一般观念,以统一的标准对待女性诗文,并进而对其作者也另眼相看。这在欧洲的拉丁文世界中几乎是不可思议的。

　　西方从二十世纪六七十年代的后现代之风,在史学上的最佳表现是"新文化史"。他们抛弃了年鉴派史学的宏大叙事方式,关注的不是整体,不是本质,而是"历史碎片";或者说,他们认为本质不在于历史之树的树干或树枝,而是在树叶上。这种史学趋向的得失很难一言而尽。从积极的方面看,这样的史学必然是多元的、自主的,强调研究者用各种不同文化自己的词语来看待和理解不同时代、不同国族的文化,从而打破了自启蒙时代以来根深蒂固的西方中心普遍主义的牢笼。但值得警惕的是,这种研究也容易导致"碎片化"②。有鉴于此,本文采用了年鉴派史学的"长时段"观念,又吸收了"新文化史"注重从不同文化自身出发的路径,希望能够对需要处理的问题做一个动态的把握。研究模式之间的竞争永远都存在,宏大叙事在今日也并非一蹶不振,史学

---

① 〔朝〕姜元会:《行状》,《静一堂稿》,《朝鲜时代女性诗文集全编》中册,第844页。
② 参见〔法〕弗朗索瓦·多斯(François Dosse)《碎片化的历史学:从〈年鉴〉到"新史学"》(*L'histoire en Miettes: Des Annales àla "Nouvelle Historie"*),马胜利译,北京大学出版社2008年版。又弗朗索瓦·多斯等《19—20世纪法国史学思潮》(*Les courants historiques en France: Siecles 19ᵉ-20ᵉ*)第五章"扩展和碎化:'新史学'",顾杭等译,商务印书馆2016年版,第336—414页。

界也在呼唤"长时段"的回归①。我们期望的是宏大而不空洞,细致而非琐碎的研究,并愿意通过具体的个案将这一理念付诸实践。

二〇一七年三月十四日写于朗诗寓所

(原载《中国社会科学》2018 年第 3 期)

---

① 参见〔美〕乔·古尔迪(Jo Guldi)、〔英〕大卫·阿米蒂奇(David Armitage)《历史学宣言》(*The History Manifesto*),孙岳译,格致出版社、上海人民出版社 2017 年版。

张伯伟著述编年

1983年

《李义山诗中的宋玉、司马相如和曹植》,刊于《光明日报》"文学遗产"副刊第580期(1983年3月29日)。

1985年

《李白的时间意识与游仙诗》,刊于《南京大学学报》研究生专刊1985年(一)。《李义山诗的心态》(与曹虹合作),收入《唐代文学论丛》第6辑,由陕西人民出版社出版;又收入钱林森编《中外文学因缘》,由南京大学出版社1989年出版;又收入王蒙、刘学锴编《李商隐研究论集(1949—1997)》,由广西师范大学出版社1998年出版。

1986年

《钟嵘〈诗品〉的批评方法论》,刊于《中国社会科学》1986年第3期。

1987年

《环绕今本〈论语〉的诸问题——兼与朱维铮先生商榷》,刊于《孔子研究》1987年第3期。《应璩诗论略》,刊于《中州学刊》1987年第5期。《"以意逆志"法的源与流》,刊于《文化:中国与世界》第3辑,由生活·读书·新知三联书店出版。《一部颇有识力的中国文学批评史——〈中国文学批评〉》,刊于《中国社会科学》1987年第6期。《金代诗风与王若虚诗论》,刊于《古代文学理论研究丛刊》第12辑,由上海古籍出版社出版。

1988年

《评车柱环教授〈钟嵘诗品校证〉——兼谈古代文论校勘中的几个

问题》,刊于《南京大学学报》1988年第2期。《钟嵘〈诗品〉谢灵运条疏证》,刊于《中国文艺思想史论丛》第3辑,由北京大学出版社出版。

1989年

《宋代诗话产生背景的考察》,刊于《文学遗产》1989年第4期。《汉儒以美刺说诗的新检讨》,刊于《南京大学学报》1989年第5期。《寒山》,收入《中国历代著名文学家评传》(续编一),由山东教育出版社出版。《王若虚》,收入《中国历代著名文学家评传》(续编二),由山东教育出版社出版。

1990年

《程千帆诗论选集》(编),由山西人民出版社出版。

《中国古代文学批评方法三论》,刊于《文献》1990年第1期,转刊于《新华文摘》1990年第4期。《且把金针度于人——读〈程千帆诗论选集〉》,刊于《文艺理论研究》1990年第1期,收入《程千帆先生八十寿辰纪念文集》,由江苏古籍出版社1992年9月出版。《〈中国诗话史〉的文献问题商榷》,刊于《文学遗产》1990年第1期。《水·祓禊·生死》,刊于《文史知识》1990年第2期。《摘句论》,刊于《文学评论》1990年第3期,转刊于《新华文摘》1990年第7期。《杜甫〈江村〉诗心说——兼评传统的说诗方法》,刊于台湾《国文天地》第6卷第4期(1990年9月)。《〈诗品〉探源》,刊于《南京大学学报》1990年第5、6合期。

1991年

《中国诗学》第1辑(合编),由南京大学出版社出版。

《中国古代诗话的文化考察》,刊于《文献》1991年第1期。《修史贵在史识——读〈隋唐诗歌史论〉》,刊于《南京大学学报》1991年第1期。《论诗诗的历史发展》,刊于《文学遗产》1991年第4期。《略论佛学对晚唐五代诗格的影响》,刊于《中华文史论丛》第48辑,由上海古籍出版社出版;又收入《唐代文学研究》第3辑,由广西师范大学出版社1992年8月出版。《古典诗论研究中的文献学问题》,刊于《中国诗学》第1辑,由南京大学出版社出版。《中国古代诗歌批评史上"推源溯流"法的成立及其类型》,刊于《中国诗学》第1辑,由南京大学出版社出版。

1992年

《禅与诗学》,由浙江人民出版社出版。(繁体字版,1995年由台湾扬智文化事业公司出版。)

《中国诗学》第2辑(合编),由南京大学出版社出版。

《历代〈诗品〉学》,刊于《古典文献研究》(1989—1990),由南京大学出版社出版。《禅学与宋代诗学》,刊于《禅学研究》第1辑,由江苏古籍出版社出版。《略论中国古代学术传统的形成》,收入《程千帆先生八十寿辰纪念文集》,由江苏古籍出版社出版。《宋代禅学与诗话二题》,刊于《中国文化》1992年第1期。《诗话的正名与辩体》,刊于《中国诗学》第2辑,由南京大学出版社出版。《孟子"以意逆志"说的现代意义》,刊于《中国诗学》第2辑,由南京大学出版社出版。

1993年

《钟嵘诗品研究》,由南京大学出版社出版。

《论钟嵘〈诗品〉的思想基础》,刊于日本京都大学《中国文学报》第46册(1993年4月)。《钟嵘〈诗品〉在域外的影响及研究》,刊于《文学遗产》1993年第4期。

1994年

《钟嵘〈诗品〉"〈楚辞〉系列"通说》,刊于《中国韵文学刊》1994年第1期。《漫话中国文学批评》,刊于《华夏文化》1994年第1期。《全唐五代诗文赋格存目考》,刊于《古典文献研究》(1991—1992),由南京大学出版社出版。《诗歌王国》,收入《中华文明》,由社会科学文献出版社出版。《唐五代诗格丛考》，刊于《文献》1994年第3期。《学界"偷心"钳锤说》，刊于《文学遗产》1994年第4期。《古代文论中的诗格论》，刊于《文艺理论研究》1994年第4期。

1995年

《中国诗学》第3、4辑（合编），由南京大学出版社出版。

《古代文学理论研究的方法问题——从〈钟嵘诗品研究〉谈起》，刊于《古典文学知识》1995年第1期。《环绕〈临济录〉诸本的若干问题》，收入《中国典籍与文化论丛》（二），由中华书局出版。《域外汉诗学研究的历史、现状及展望》，刊于《中国诗学》第3辑，由南京大学出版社出版。《古代的诗话与词话》《中国古代的文学批评》，收入郭维森、柳士镇主编《古代文化基础》，由岳麓书社出版。《魏晋风流·名僧风采·花郎道》，刊于《古典文献研究》（1993—1994），由南京大学出版社出版；又收入南京大学中文系编《魏晋南北朝文学论集》，由南京大学出版社1997年9月出版。《钟嵘〈诗品〉"兴"义发微》，刊于《文学史》第2辑，由北京大学出版社出版。《论〈吟窗杂录〉》，刊于《中国文化》1995年第2期。

1996年

《全唐五代诗格校考》，由陕西人民教育出版社出版。

《朝鲜古代汉诗总说》，刊于《文学评论》1996年第2期。《春花秋月何时了——中国古典诗词鉴赏》，刊于《古典文学知识》1996年第4期。《范云〈送沈记室夜别〉鉴赏》，收入《古诗分类鉴赏系列·友谊篇·海内存知己》，由上海辞书出版社出版。《乐府诗三论》，收入《艺文述林》第1辑"古代文学卷"，由上海文艺出版社出版。

1997年

《临济录》，由台湾佛光文化事业公司出版。（简体字版，2018年由东方出版社出版。）

《中国诗学》第5辑(合编),由南京大学出版社出版。

《南京大学档案馆藏〈程千帆友朋诗札辑存〉题记》,刊于《南京大学学报》1997年第1期。《日本汉诗总说》,刊于《中国文化与世界》第5辑,由上海外语教育出版社出版。《元代诗学伪书考》,刊于《文学遗产》1997年第3期;又收入《20世纪学术文存·古代文学理论研究》,由湖北教育出版社2002年10月出版。《从元代的诗格伪书说到〈二十四诗品〉》,刊于《中国诗学》第5辑,由南京大学出版社出版。《关于〈补春天〉传奇的作者及内容》,刊于《文学遗产》1997年第4期。《从中韩诫子传统看宋尤庵的诫示子孙诗》,刊于韩国忠南大学宋子学研究所《宋子学论丛》第4辑(1997年12月)。

1998年

《诗词曲志》,由上海人民出版社出版。

《我与中国诗学研究》,刊于《古典文学知识》1998年第1期。《21世纪古典文学应重视对文献的研究》,刊于《江苏社会科学》1998年第1期。《从旧诗到新诗》,刊于《南京大学中文学报》1998年号。《对立与融合:宋代禅宗史上一个问题的研究——以〈临济录〉为中心》,收入《1992年佛学研究论文集·中国历史上的佛教问题》,由台湾佛光文化事业公司出版。《韩国汉籍的渊薮——谈奎章阁的沿革及所藏韩国本》,刊于《书品》1998年第4期。《〈颜氏家训〉与颜氏家风》,收入《第三届魏晋南北朝文学国际学术研讨会论文集》,由台湾文史哲出版社出版。《论唐代诗学批评的贡献》,收入《诗话学》1998创刊号,由韩国太学社出版。《关于〈唐宋分门名贤诗话〉的几个问题》,刊于《文学遗产》1998年第6期。

1999年

《钟嵘诗品研究》(修订本),由南京大学出版社出版。

《中国诗学》第6辑(合编),由南京大学出版社出版。

《钟嵘年谱简编初稿》,收入范子烨、刘跃进编《六朝作家年谱辑要》,由黑龙江教育出版社出版。《意象批评论》,收入《南京大学中文系本科学生论文选集》,由南京大学出版社出版。《略论魏晋南北朝时期音乐与文学的关系》,刊于《文学评论》1999年第3期。《写在〈嘉定钱大昕全集〉出版之后》,刊于《书品》1999年第3期。《从〈酒德颂〉看魏晋人的新酒德观》,刊于《学术集林》第16卷(1999年10月);又收入南京大学中文系编《辞赋文学论集》,由江苏教育出版社出版。《"诗"字原始观念的形成及其流变》,收入《诗话学》第2辑,由韩国梨花图书出版社出版。《骑驴与骑牛——中韩诗人比较一例》,收入《韩民族语文学》第34辑,由韩民族语文学会出版。

2000年

《中国诗学研究》,由辽海出版社出版。

《中国典籍精华丛书·文苑明珠卷》(主编),由中国青年出版社出版。

《桑榆忆往》(编),由河北教育出版社出版。

《略论辽金元少数民族汉诗》,刊于《中国典籍与文化论丛》第5辑,由中华书局出版。《韩国历代诗学文献总说》,刊于《文献》2000年第2期。《程千帆先生的诗学研究》,刊于《江苏文史研究》2000年第3期。《唐代文章论略说》,刊于《漳州师范学院学报》2000年第2期。《古代文学理论研究中的文献学问题》,收入《文化的馈赠——汉学研究国际会议论文集》(语言文学卷),由北京大学出版社出版。《隋唐五代文学批评总说》,刊于日本中唐学会编《中唐文学会报》2000年号,由日本好文出版公司出版。《程千帆文集(书评)》,刊于《中国学术》第4辑,由商务印书馆出版。

2001年

《得意忘言与义疏之学——魏晋至唐代的古典解释》,刊于日本《中国中世文学研究》第39号(2001年1月)。《〈中国古代文学批评方法研究〉导言》,刊于《书品》2001 年第 5 期。《评点溯源》,刊于日本京都大学《中国文学报》第 63 册(2001 年 10 月)。《『酒德颂』から見た魏晋人の新酒德观》,刊于大阪市立大学《中国学志》豫号(2001 年 12 月)。

2002 年

《全唐五代诗格汇考》,由江苏古籍出版社出版。

《中国古代文学批评方法研究》,由中华书局出版。

《稀见本宋人诗话四种》(编),由江苏古籍出版社出版。

《中国诗学》第 7 辑(合编),由人民文学出版社出版。

《论日本诗话的特色——兼谈中日韩诗话的关系》,刊于《外国文学评论》2002 年第 1 期。《论选本的包容性》,刊于《古典文献研究》第 5 辑,由江苏古籍出版社出版。《惺惺相惜"野狐精"——读王安石〈桂枝香·金陵怀古〉》,刊于《文史知识》2002 年第 5 期。《清代论诗诗的新貌》,刊于《江苏社会科学》2002 年第 3 期。《谈〈稀见本宋人诗话四种〉》,刊于《光明日报》2002 年 6 月 12 日"文学遗产"版。《朝鲜本〈唐宋分门名贤诗话〉校证》,刊于《中国诗学》第 7 辑,由人民文学出版社出版。《选本与域外汉文学》,刊于《南京大学学报》2002 年第 4 期。《读稀见本宋人诗话》,刊于《文史》2002 年第 3 辑。

2003 年

《中国诗学》第 8 辑(合编),由人民文学出版社出版。

《〈文选〉与韩国汉文学》,刊于《文史》2003 年第 1 辑。《"宾贡"小考》,刊于《古典文献研究》第 6 辑,由江苏古籍出版社出版。《读古典文学的人——在南京大学浦口校区的讲演》,刊于《博览群书》2003 年第 3 期。《〈东人诗话〉与宋代诗学——以文献出典为中心的研究》,刊于《中国诗学》第 8 辑,由人民文学出版社出版。《域外汉籍与中国文学研究》,刊于《文学遗产》2003 年第 3 期。《十七、十八世纪中国诗歌美学的系谱》,刊于韩国《中国学研究》第 26 辑(2003 年 12 月)。《新世纪中国古代文学研究的两点思考》,刊于韩国《中国语文学》第 42 辑(2003 年 12 月)。

2004 年

《朝鲜时代书目丛刊》(编),由中华书局出版。

《中国诗学》第 9 辑(合编),由人民文学出版社出版。

《佛经科判与初唐文学理论》,刊于《文学遗产》2004 年第 1 期;又收入《现代性视野中的文学理论》,由南京大学出版社 2006 年 8 月出版。《二十六种朝鲜时代汉籍书目解题》(上),刊于《文献》2004 年第 4 期。《朝鲜书目与时代及地域之关系》,刊于《延边大学学报》(社会科学版)2004 年第 4 期。《〈东坡禅喜集〉的文化价值》,刊于《中华读书报》2004 年 12 月 22 日。

2005 年

《域外汉籍研究集刊》第 1 辑(编),由中华书局出版。

《中国诗学》第 10 辑(合编),由人民文学出版社出版。

《二十六种朝鲜时代汉籍书目解题》(下),刊于《文献》2005 年第 1 期。《华西先生说孟子"浩然章"义平议》,刊于《域外汉籍研究集刊》第 1 辑,由中华书局出版。《〈文镜秘府论〉与中日汉诗学》,刊于《中国诗学》第 10 辑,由人民文学出版社出版。《朝鲜时代目录学新探》,刊于《中国学术》第 19、20 合辑(2005 年 9 月)。

2006 年

《域外汉籍研究集刊》第 2 辑(编),由中华书局出版。

《中国诗学》第 11 辑(合编),由人民文学出版社出版。

《域外汉籍研究答客问》,刊于《南京大学学报》2006 年第 1 期。《域外汉籍研究——一个崭新的学术领域》,刊于《学习与探索》2006 年第 2 期;转刊于《高等学校文科学术文摘》2006 年第 4 期;中国人民大学书报资料中心报刊复印资料《中国古代、近代文学研究》2006年第9期全文转载。《清代诗话东传略论稿》，刊于《域外汉籍研究集刊》第2辑，由中华书局出版。《论唐代的规范诗学》，刊于《中国社会科学》2006年第4期；又收入周宪等主编《语境化中的人文学科话语》，由北京大学出版社2008年4月出版。

2007年

《清代诗话东传略论稿》，由中华书局出版。

《东亚汉籍研究论集》，由台湾台大出版中心出版。

《域外汉籍研究集刊》第3辑（编），由中华书局出版。

《再论骑驴与骑牛——汉文化圈中文人观念比较一例》，刊于《清华大学学报》（哲学社会科学版）2007年第1期。"Buddhist Kepan and Literary Theory of the Early Tang Dynasty", *Frontiers of Literary Studies in China*, Vol. 1, No. 1, 2007.《李钰〈百家诗话抄〉小考》，刊于《域外汉籍研究集刊》第3辑，由中华书局出版。《汉文学东传研究法举例》，收入《中国社会科学院文学研究所学刊》，由中国社会科学出版社出版。

2008年

《禅与诗学》（增订版），由人民文学出版社出版。

《中华大典·文学典·文学理论分典》（主编），由凤凰出版社出版。

《中国诗学》第12、13辑（合编），由人民文学出版社出版。

《域外汉籍研究集刊》第4辑（编），由中华书局出版。

《汉文学史上的1764年》，刊于《文学遗产》2008年第1期；又收入《风起云扬——首届南京大学域外汉籍国际学术研讨会论文集》，由中华书局2009年10月出版。《论唐代的诗学畅销书》，收入《周勋初先生八十寿辰纪念文集》，由中华书局出版。《近年の中国古典文学研究に関する一見解》，刊于日本京都大学《中国文学报》第75册（2008年4月）。《廓门贯彻〈注石门文字禅〉谫论》，刊于《域外汉籍研究集刊》第4

辑,由中华书局出版。《抒情诗诠释的多元性问题——以杜甫〈江村〉的历代诠释为例》,刊于台湾《政大中文学报》第 10 期(2008 年 12 月)。
2009 年

《风起云扬——首届南京大学域外汉籍国际学术研讨会论文集》(编),由中华书局出版。

《域外汉籍研究集刊》第 5 辑(编),由中华书局出版。

《中国文学批评的抒情性传统》,刊于《文学评论》2009 年第 1 期。《廓門貫徹『注石門文字禪』淺論》,刊于关西大学アジア文化交流研究センター—《東アジア文化交流と經典詮釋》(2009 年 3 月)。《陶渊明的文学史地位新论》,刊于香港浸会大学《人文中国学报》第 15 期,由上海古籍出版社出版。《中国古典学研究的新材料·新视野·新方法》,收入台湾中央大学文学院《典范转移:学科的互动与整合》(2009 年 9 月)。《作为方法的汉文化圈》,刊于《中国文化》2009 年第 2 期。
2010 年

《中国诗学》第 14 辑(合编),由人民文学出版社出版。

《域外汉籍研究集刊》第 6 辑(编),由中华书局出版。

"On the Standardization of Poetry Writing in the Tang Dynasty",收入 *Frontiers of Literary Studies in China*, March 2010 (2010 年第 1 期), Higher Education Press & Springer。《东亚文化意象的形成与变迁——以文学与绘画中的骑驴与骑牛为例》,刊于《域外汉籍研究集刊》第 6 辑,由中华书局出版。《朝鲜时代女性诗文集解题(上)》,刊于《文献》2010 年第 4 期。《朝鲜时代女性诗文集的文献问题考论》,刊于《中山大学学报》(社会科学版)2010 年第 6 期。
2011 年

《域外汉籍研究论集》,由北京大学出版社出版。

《作为方法的汉文化圈》,由中华书局出版。

《朝鲜时代女性诗文集全编》(主编),由凤凰出版社出版。

《中国诗学》第 15 辑(合编),由人民文学出版社出版。

《域外汉籍研究集刊》第 7 辑(编),由中华书局出版。

《朝鲜时代女性诗文集解题(下)》,刊于《文献》2011 年第 1 期。《东亚文学与绘画中的骑驴与骑牛意象》,收入《东亚文化意象之形塑》,由台湾允晨文化实业有限公司出版。《朝鲜时代女性诗文集编纂流传的文化史考察》,刊于台湾《中央大学人文学报》第 46 期(2011 年 4 月)。《论朝鲜时代女性文学典范之建立》,刊于《中国文化》2011 年第 1 期。《从朝鲜书目看汉籍交流》(韩文版),刊于首尔大学校奎章阁韩国学研究院《韩国文化》第 54 期(2011 年 6 月)。《从"西方美人"到"东门之女"》,收入《跨文化对话》第 28 辑,由生活·读书·新知三联书店出版。

2012 年

《域外汉籍研究入门》,由复旦大学出版社出版。

《注石门文字禅》(合作校点),由中华书局出版。

《域外汉籍研究集刊》第 8 辑(编),由中华书局出版。

《中国诗学》第 16 辑(合编),由人民文学出版社出版。

《今日东亚研究之问题、材料和方法》,刊于《中国典籍与文化》2012 年第 1 期。《中朝外交活动与朝鲜女性诗文之编纂流传》,刊于《域外汉籍研究集刊》第 8 辑,由中华书局出版。《中朝外交活动与朝鲜女性诗文之编纂流传》(韩文),刊于韩国《洌上古典研究》第 35 辑(2012 年 6 月)。《东亚学术交流之回顾与展望》(韩文),刊于韩国《东亚三国新的未来的可能性》,2012 年 6 月。《典范之形成:东亚文学中的杜诗》,刊于《中国社会科学》2012 年第 9 期、《新华文摘》2013 年第 2 期"论点摘编"。《〈和刻本中国古逸书丛刊〉序》,刊于《中国文化》2012 年第 2 期。《「漢文學史」における一七六四年》,收入日本堀川贵司、浅见洋二编《蒼海に交わされる詩文》,由汲古书院出版。《杜诗研究与当代学术》,刊于《江淮论坛》2012年第6期。《朝鲜时代私家杜注考》(日文),刊于日本京都大学《中国文学报》第83册(2012年10月)。

2013年

《域外汉籍研究集刊》第9辑(编),由中华书局出版。

《中国诗学》第17辑(合编),由人民文学出版社出版。

《略说朝鲜时代女性诗文的特点》,收入《世界汉学》第11卷,由中国人民大学出版社出版。《文献与进路:朝鲜时代的女性诗文研究》,刊于《中正汉学》2013年第1期。《中国古代文学研究的新展拓》,刊于《文艺理论研究》2013年第4期。《作为经典的东亚文学史上的杜诗》,收入第四届国际汉学会议论文集《跨文化实践:现代华文文学文化》,由台湾"中央研究院"出版。

2014年

《读南大中文系的人》,由南京大学出版社出版。

《域外汉籍研究集刊》第10辑(编),由中华书局出版。

《中国诗学》第18辑(合编),由人民文学出版社出版。

《书籍环流与东亚诗学——以〈清脾录〉为例》,刊于《中国社会科学》2014年第2期。《再谈作为方法的汉文化圈》,刊于《文学遗产》2014年第2期。《朝鲜时代私家杜注考》,收入复旦大学古籍整理研究所编《实证与演变:中国文学史研究论集》,由上海文艺出版社出版。《明清时期女性诗文集在东亚的环流》,刊于《复旦学报》(社会科学版)2014年第3期。《行道救世 保存国粹——程千帆先生的精神遗产》,刊于《中国文化》2014年第1期。《朝鲜半岛汉籍里的中国》,收入复旦大学古籍整理研究所、章培恒先生学术基金编《域外文献中的中国》,由上海文艺出版社出版。《名称·文献·方法——关于"燕行录"研究的若干问题》(韩文、日文、中文),收入郑光、藤本幸夫、金文京共编《燕行使与通信使》,由韩国首尔博文社出版。《从朝鲜半岛史料看中国形象之变迁》,收入《韩国研究》第12辑,由浙江大学出版社出版。

2015年

《桑榆忆往》(编),由北京大学出版社出版。

《中国诗学》第19辑(合编),由人民文学出版社出版。

《域外汉籍研究集刊》第11、12辑(编),由中华书局出版。

《"汉文化圈"视野下的文体学研究——以"三五七言体"为例》,刊于《中国社会科学》2015年第7期。《中朝外交活动与朝鲜女性诗文之编纂流传》(韩文),收入韩国宝库社《东亚文化交流与流动的记录》。《明清之际书籍环流与朝鲜女性诗文——以〈兰雪轩集〉的编辑出版为中心》(中文、韩文),刊于韩国高丽大学校《汉字汉文研究》第10号(2015年8月)。《略说明清时期女性诗文集在东亚的环流》,刊于李奭学、胡晓真主编《图书、知识建构与文化传播》,由台湾汉学研究中心出版。

2016年

《"燕行录"研究论集》(编),由凤凰出版社出版。

《中国诗学》第20、21、22辑(合编),由人民文学出版社出版。

《域外汉籍研究集刊》第13、14辑(编),由中华书局出版。

《书目著录奎章阁所藏经部文献的价值》(韩文),刊于《韩国文化》第73辑(2016年3月)。《新材料·新问题·新方法——域外汉籍研究三阶段》,刊于《史学理论研究》2016年第2期。《中国古代文学研究的理论和方法问题》,刊于《文学遗产》2016年第3期,转刊于《新华文摘》(网络版)2017年第6期(2017年5月11日)。《清代东亚诗学的环流及研究》,收入上海大学清民诗文研究中心编《清代诗学文献整理与研究》,由上海大学出版社出版。《东亚文人笔谈研究的回顾与展望》,刊于香港浸会大学《人文中国学报》编辑部编《人文中国学报》第22期,由上海古籍出版社出版。《域外汉籍与唐诗学研究》,刊于《学术月刊》2016年第10期。《日本世说新语注释本叙录》(上),刊于《域外汉籍研究集刊》第14辑,由中华书局出版。

2017年

《东亚汉文学研究的方法与实践》,由中华书局出版。

《风月同天:中国与东亚》(合著),由江苏人民出版社出版;同年由中华书局(香港)有限公司出版繁体字版。

《三思斋文丛》(编),由南京大学出版社出版。

《从传统到现代的中国诗学》(合编),由上海古籍出版社出版。

《域外汉籍研究集刊》第15辑(合编),由中华书局出版。

《中国诗学》第23、24辑(合编),由人民文学出版社出版。

《东亚行纪"失实"问题初探》,刊于《中华文史论丛》2017年第2期。《现代学术史中的"教外别传"——陈寅恪"以文证史"法新探》,刊于《文学评论》2017年第3期;《社会科学文摘》2017年第7期转摘;中国人民大学书报资料中心报刊复印资料《中国古代、近代文学研究》2017年第8期全文转载。《关于东亚文化交流的若干断想》,收入《史学调查与探索》2017年卷,由北京师范大学出版社出版。

2018年

《동아시아 한문학 연구의 방법과 실천》,심경호 역(沈慶昊译),由韩国高丽大学出版部出版。

《域外汉籍研究集刊》第16、17辑(编),由中华书局出版。

《中国诗学》第25、26辑(合编),由人民文学出版社出版。

《卷首弁言》,刊于南京中国科举博物馆主编《科举文化》2018年第1期。《东亚诗话的文献与研究》,收入《中国古籍文化研究》,由日本东方书店出版。《汉字的魔力——朝鲜时代女性诗文新考察》,刊于

《中国社会科学》2018年第3期;《新华文摘》2018年第13期"论点摘编"转摘。"Preface to the Korean Edition of 'The Methods and Practice in the Research of East Asian Sinitic Literature'",刊于 *Journal of Cultural Interaction in East Asia*, Vol. 9, March 2018。《日本江户时代的〈世说〉热》,刊于《国际汉学研究通讯》第16期,由北京大学出版社出版。《从新材料、新问题到新方法——域外汉籍研究的回顾与前瞻》,刊于《古代文学前沿与评论》第1辑,由社会科学文献出版社出版。《"有所法而后能,有所变而后大"——程千帆先生诗学研究的学术史意义》,刊于《文学遗产》2018年第4期。《域外汉籍研究的理论、方法与实践——张伯伟教授访谈录》,刊于《安徽师范大学学报》(人文社会科学版)2018年第4期。《宫体诗的"自赎"与七言体的"自振"——文学史上的〈春江花月夜〉》,刊于《文学评论》2018年第5期;《社会科学文摘》2018年第10期转摘;《新华文摘》2018年第23期转载。《日本僧人世说新语注考论——江户学问僧之一侧面》,刊于《岭南学报》第9辑,由上海古籍出版社出版。

2019年

《日本世说新语注释集成》,由凤凰出版社出版。

《域外汉籍研究集刊》第18辑(编),由中华书局出版。

《日本世说新语注释本叙录(中)》,刊于《域外汉籍研究集刊》第18辑,由中华书局出版。《中国「文」学の近世化——科挙制度と文学観変容の視角から》,收入《日本「文」学史——東アアジの文学を見直す》,由日本勉诚出版社出版。《艰难的历程,卓越的成就——新中国70年的古代文学研究》,刊于《文学评论》2019年第5期;转刊于《中国古代、近代文学研究》2019年12期。《东亚文明研究的模式及反思》,刊于《丝路文化研究》第4辑,由商务印书馆出版。

2020 年

《读南大中文系的人》(增订版),由南京大学出版社出版。

《程千帆古诗讲录》(编),由人民文学出版社出版。

《域外汉籍研究集刊》第 19、20 辑(编),由中华书局出版。

Rethinking the Sinosphere: Poetics, Aesthetics, and Identity Formation,(合编),由美国 Cambria 出版社出版。

Reexamining the Sinosphere: Cultural Transmissions and Transformations in East Asia,(合编),由美国 Cambria 出版社出版。

《"去耕种自己的园地"——关于回归文学本位和批评传统的思考》,刊于《文艺研究》2020 年第 1 期;转载于《社会科学文摘》2020 年第 2 期、《中国社会科学文摘》2020 年第 7 期。《江南文脉的空间流衍——〈世说新语〉在东亚》,刊于《立命馆文学》第 664 号"芳村弘道教授荣退纪念论集"(2020 年 3 月)。"Literary Chinese as a Gender Equalizer in Korea",刊于 *Reexamining the Sinosphere: Cultural Transmissions and Transformations in East Asia*,Cambria Press 2020。《日本世说新语注释本叙录(下)》,刊于《域外汉籍研究集刊》第 19 辑,由中华书局出版。《我们需要什么样的文学教育——〈程千帆古诗讲录〉编后记》,刊于《中国文化》2020 年春季号。《日本"世说学"总案》,收入《魏晋风流与中国文化·第二届"世说学"国际学术研讨会论文集》,由凤凰出版社出版。